MIKE STEINHAUSEN

Geheim-
operation
Gehlen

MIKE STEINHAUSEN

Geheim-operation Gehlen

KRIMINALROMAN

GMEINER

Immer informiert

NEWSLETTER

Spannung pur – mit unserem Newsletter informieren wir Sie regelmäßig über Wissenswertes aus unserer Bücherwelt.

Gefällt mir!

Facebook: @Gmeiner.Verlag
Instagram: @gmeinerverlag
Twitter: @GmeinerVerlag

FSC www.fsc.org MIX Papier | Fördert gute Waldnutzung FSC® C083411

Besuchen Sie uns im Internet:
www.gmeiner-verlag.de

Im Ehnried 5, 88605 Meßkirch
Telefon 07575/2095-0
info@gmeiner-verlag.de

1. Auflage 2023

Herstellung: Mirjam Hecht
Umschlaggestaltung: U.O.R.G. Lutz Eberle, Stuttgart
unter Verwendung eines Fotos von: © ullstein bild – Sven Simon
Druck: CPI books GmbH, Leck
Printed in Germany
ISBN 978-3-8392-0482-5

Personen und Handlung sind frei erfunden.
Ähnlichkeiten mit lebenden oder toten Personen
sind rein zufällig und nicht beabsichtigt.

KAPITEL 1

Mit einer dicken Jacke gegen die Kälte gewappnet, schippten die Männer den aufgeweichten Lehm aus dem Schützengraben. Die letzten Regengüsse hatten die Befestigungsanlagen unterspült, und die Gänge glichen mehr einem schlammigen Acker. Louis Richard fluchte innerlich. Wenn sich dieses Wetter nicht beruhigte, würden sie absaufen, noch bevor der Gegner überhaupt eine Chance hatte, ihnen eine Kugel durch den Helm zu jagen. Raul Durand stieß das Spatenblatt in den Boden und fingerte mit klammen Händen eine Zigarettenpackung hervor. Sein Atem kondensierte in weißen Wolken. Mit spitzen Lippen zog er eine der Filterlosen heraus und hielt die Packung anschließend in Louis' Richtung.

»Haste schon gehört, Louis? Geht wohl bald los.«

Louis lehnte das Angebot mit einer Handbewegung ab, und sein Kamerad verstaute die Kippen wieder in seiner Innentasche. »Erzähl.«

Raul zündete sich zuerst die Zigarette an, nahm einen tiefen Zug und beobachtete einen Augenblick die graue Rauchwolke, die sich über ihren Köpfen auflöste. »Na, was meinste, warum wir hier diesen Kaninchenbau auf Vordermann bringen sollen?«

Louis tat wenig überzeugt. »Das wäre Wahnsinn, Raul. Die Wehrmacht steht zweihundert Meter weiter. Wir müssten bergauf. Der Boden ist weich wie frische Kuhscheiße. Du kriegst nach zwei Metern deine Stiefel nicht mehr aus dem Dreck.«

Raul zog erneut an seiner Zigarette. »Hab da was munkeln gehört«, tat er geheimnisvoll.

Insgeheim rechnete Louis jeden Tag mit einem Angriffsbefehl. Zunächst war alles nach Plan verlaufen. Den Alliierten war es gelungen, über die Vogesen bis an die Oberrheinseite vorzustoßen. Während die 1. Armee Frankreichs von Süden zuletzt über Belfort vorgerückt war, war es der 7. US-Armee unter General Devers gelungen, von Norden her an den Rhein vorzustoßen. Somit hatten sie die Deutschen in die Zange genommen. Links und rechts die Alliierten, im Rücken der Rhein. Doch obwohl der Druck auf die Deutschen unerbittlich zunahm, hielt deren 19. Armee große Teile der Frontlinie. Entweder waren das verdammt harte Burschen, oder ihr Fanatismus war noch größer, als man behauptete, dachte Louis. Nun hatte das Wetter den Vorstoß der Alliierten ins Stocken gebracht. Tagelanger Dauerregen, so stark, dass manche Kameraden in ihren Schützengräben in bis zu fünfzig Zentimeter tiefem Wasser standen. Und das bei Temperaturen knapp über dem Gefrierpunkt. Selbst wenn man das Glück hatte, auf einigermaßen festem Boden auszuharren, so ging die Kälte bei jedem ans Eingemachte.

»Ich meine …«, Raul schnippte den Stummel weg, »ewig werden wir hier nicht hocken bleiben. Und von allein werden die Krauts sicher nicht angreifen. Sitzen ja trocken.«

Louis schaute zum Himmel. Er war grau, obwohl es erst Mittag war. Ein zuverlässiges Zeichen dafür, dass sie jeden Augenblick erneut mit heftigen Regenfällen zu rechnen hatten. Und mit fallenden Temperaturen. Das Wetter war eindeutig auf der Seite der Deutschen, da hatte Raul recht. Wenn sie nicht bald die Offensive suchen würden, dann würde der Winter zu ihrem größten Feind werden.

Das monotone Wummern der Artillerie legte sich auch in dieser Nacht über das Schlachtfeld. Tagsüber waren Aufklärungsstreifen im Niemandsland zu gefährlich. Daher sandten ihnen die Deutschen in jeder Nacht die tödliche Botschaft, erst gar nicht auf die Idee zu kommen, Kundschafter in ihre Richtung zu schicken. Die psychische Belastung dieses Dauerfeuers verfehlte ihre Wirkung nicht.

Die Männer hatten sich Nischen in die Wände der Schützengräben geschaufelt und diese Kojen mit Planen ausgeschlagen, um halbwegs trocken zu liegen. Als Kissen dienten ihnen ihre Rucksäcke. Laut Dienstvorschrift hatten sie auch in ihrer Freizeit einsatzbereit zu sein. Der zermürbende Stellungskrieg, der sie hier seit Wochen gefangen hielt, forderte seinen Tribut. Die Männer hätten vor Erschöpfung im Stehen schlafen können. Louis befand sich mit seinen Kameraden in den rückwärtigen Linien, wo sie zumindest vor den leichten Mörsern relativ sicher waren. Es war nicht der Lärm, der Louis aus seinem traumlosen Schlaf riss. Es war diese trügerische Stille, die sich in sein Unterbewusstsein geschlichen und ihn geweckt hatte. Louis war sofort hellwach. An der Front lernte der Körper, dass er es sich nicht erlauben konnte, länger als nötig in der wohligen Phase des langsamen Erwachens zu verweilen. Er schob seine Plane zur Seite. Es war stockdunkel. Das Einzige, was er spürte, war dieser nicht nachlassen wollende Nieselregen, dessen kalte Tropfen sich wie kleine Nadelstiche auf seinem Gesicht anfühlten. Zunächst war es nur ein hoher Ton. So zart, dass Louis für einen Moment nicht wusste, ob es dieses latente Pfeifen war, das ihn schon seit längerer Zeit in seinen Ohren begleitete und das mit zunehmender Ruhe immer lauter wurde. Doch binnen weniger Wimpernschläge schwoll das Geräusch zu einem ohrenbetäubenden Kreischen an. Die Schallwellen der donnernden Explosion schlugen ihm mit der Wucht einer Lok entgegen.

Die Gegend erzitterte, Erdreich und Steine prasselten auf ihn herab und rissen ihn aus seiner Starre. Hektisch richtete er sich auf, darauf bedacht, sich seinen Helm aufzusetzen. Louis fiel förmlich aus seiner Nische und presste sich mit dem Rücken eng an die gegenüberliegende Wand. Die nächste Detonation erfolgte wenige Sekunden später. Louis wurde durch die Luft katapultiert, verlor jegliche Orientierung und schlug derart hart mit dem Rücken auf, dass sein Atemreflex blockierte. In Panik versuchte er, Luft einzuatmen. Der Niederschlag aus Lehm und Geröll hörte sich fast so an wie faustgroße Hagelkörner, die auf ein Dach niedergingen. Schließlich wurde es still. Langsam, noch immer nach Sauerstoff ringend, richtete er sich auf. Louis tastete sich ab, suchte nach Verletzungen, horchte förmlich in sich hinein. Irgendjemand machte ein Licht an, und obwohl der Schein nur schwach war, drang ein Bild unglaublicher Zerstörung zu ihm durch. Zeitgleich begannen die Schreie. Louis' Kopf schmerzte. Er blickte sich um, tastete nach seinem Gewehr, und als weitere Lampen den Bereich erhellten, sah er, dass von dem Schützengraben, in dessen vermeintlich relativer Sicherheit er noch vor wenigen Sekunden im Schlaf gelegen hatte, nicht mehr viel übrig war. Ein riesiger Krater tat sich in einigen Metern Entfernung auf, und ihm war klar, dass es ausschließlich seinem Glück zu verdanken war, dass er noch lebte. Louis nahm sich seinen Helm, setzte ihn auf und stellte sich mit wackligen Beinen hin. Ein hoher, monotoner Ton dämpfte sein Gehör. Langsam, so, als traue er seinem Körper nicht, setzte er sich in Bewegung. Vor ihm lag ein Mann auf dem Boden. Er lebte, doch die Trägheit in seinen Bewegungen deutete an, dass er benommen war. Louis ließ sich auf die Knie fallen. Das Gesicht des Mannes war voller Schlamm, sodass er nicht erkennen konnte, um wen es sich handelte.

»Alles gut, Kamerad. Ich bin bei dir. Bist du verletzt?« Der

Mann sah ihn zitternd an, doch stand er so unter Schock, dass Louis sich nicht sicher war, ob seine Frage überhaupt zu ihm durchgedrungen war. Plötzlich tauchte ein weiterer Soldat auf, und Louis brauchte einen Augenblick, um zu begreifen, dass es sein Kamerad Victor Baptiste war, der neben ihm in die Hocke ging.

»Hier.« Victor reichte Louis eine Feldflasche. Dieser hob den Kopf des Kameraden leicht an und führte die Öffnung an dessen Lippen, während Victor sein Messer zog. Louis sah ihn irritiert an.

»Ich muss mir seine Verletzung ansehen«, sagte Victor, der bereits dabei war, die Jacke des Mannes aufzuschneiden. Louis' Aufmerksamkeit wurde kurz auf den jungen Mann gelenkt, der leicht hustete und das aufgenommene Wasser wieder ausspuckte. Louis spürte Victors festen Griff an seinem Unterarm. Als sich ihre Blicke trafen, sah Louis, wie Victor kaum merklich den Kopf schüttelte. Ein erneuter Hustenanfall rüttelte den Verletzten durch, als der Körper plötzlich erschlaffte.

»Was zum Geier war das?« Victor Baptiste erhob sich, als hätte der Tod des Soldaten nicht stattgefunden.

»Keine Ahnung. Was mächtig Großes«, antwortete Louis, während er sich, noch immer ungläubig, umsah. »Was ist mit den anderen?«

»Ich weiß es nicht, Louis. War gerade pissen, als es gerumst hat.«

»Sind Sie Sergeant Richard?«, ertönte es von hinten.

Louis fuhr herum. Vor ihm stand ein Soldat. »Der Lieutenant will Sie sprechen. Sofort!«

Noch ehe Louis etwas erwidern konnte, drehte sich der Mann um und schritt voran.

*

Peter Lohmann, Lieutenant der Infanterie, legte den Hörer des Feldtelefons auf. Der Befehl vom Chef de Bataillon Francis de Bouvier war eindeutig gewesen. Lohmann war ein Officier Kepi Blanc. Eine interne Bezeichnung, die ihn als ehemaligen, ausländischen Vertragsoffizier auszeichnete. Offiziell lautete sein Titel Officier a titre etranger. Er hatte seine Karriere bei der Fremdenlegion als einfacher Legionär begonnen. Später hatte er die französische Staatsbürgerschaft erworben, sein Abitur gemacht und die anschließende Offiziersschule mit Auszeichnung absolviert. Auch er hatte zu Beginn seiner Laufbahn einen französischen Namen bekommen, ihn aber später abgelegt. Seine deutsche Vergangenheit war ein Teil von ihm, den er akzeptierte und nicht verleugnete. Nachdenklich starrte er auf einen imaginären Punkt, irgendwo vor sich. Francis de Bouvier hatte ihm vierundzwanzig Stunden eingeräumt. Vierundzwanzig Stunden für eine Mission, die selbst bei optimalen Bedingungen und einer Vorlaufzeit von einer Woche als unmöglich zu bezeichnen war. Lieutenant Peter Lohmann kannte Louis Richard gut. Soweit er sich erinnerte, war er Halbjude, der zuvor Aaron Kaufmann hieß. Aber das spielte in der Fremdenlegion keine Rolle. Kennengelernt hatte er ihn in Afrika, als die Legion im Mai 1943 gegen das Infanterieregiment 361 der Deutschen gekämpft hatte. Der Krieg in der Wüste war ein anderer. Feindkontakt bedeutete in der Regel Nahkampf, durchgeführt durch kleinere Spähtrupps. Der Wüstensand und die Topografie ließen den Einsatz von schwerem Gerät kaum zu. Erstmalig aufmerksam wurde Lohmann auf diesen jungen Kerl bei internen und eigentlich illegalen Boxkämpfen, bei denen er sich erstaunlich talentiert gezeigt hatte. Im Einsatz kannte der Bursche nur eine Richtung. Und die zeigte nach vorn. Darüber hinaus war er außergewöhnlich fähig im Umgang mit dem Gewehr. Eine Begabung, die ihm bei der Ausbildung zum Scharfschützen zugutegekommen war. Eines zeichnete Sergeant Louis Richard besonders aus: seine bedingungslose Loyalität. Er hätte es durchaus weit bringen können, doch neigte er zum Widerspruch, und Lohmann hatte mit seinen Beziehungen und seinem Einfluss Louis' Kopf mehr als einmal aus der sprichwörtlichen Schlinge holen müssen. Vielleicht aber, so dachte Lohmann, war es genau das, was Louis ausmachte. Wenn es darauf ankam, würde er diesem jungen Mann, ohne zu zögern, sein Leben anvertrauen.

»Lieutenant!«

Lohmann drehte sich um. Der Soldat, der soeben eingetreten war, stand salutierend kerzengerade vor ihm, drehte sich dann auf der Stelle um hundertachtzig Grad und verließ die Behelfsbehausung.

Lohmann sah Louis kurz an, der Haltung annahm. »Rühren, Sergeant.« Er wies Louis mit einer Geste an, Platz zu nehmen. »Verluste bei Ihren Männern?«

Louis zuckte kurz mit den Schultern. »Konnte mir noch keinen Überblick verschaffen. Die Gräben sind als solche nicht mehr zu erkennen.«

Lohmann schaute ernst. »Deshalb habe ich Sie rufen lassen, Sergeant.« Der Lieutenant sah seinen Untergebenen in einer Art an, als suche er nach den richtigen Worten. »Ich weiß, dass Sie jetzt bei Ihren Männern sein wollen.« Er machte eine kurze Pause. »Sein sollten«, ergänzte der Offizier.

»Sie werden Ihre Gründe haben, mon Lieutenant.«

Lohmanns Gesichtsausdruck ließ erahnen, dass er für Louis' Verständnis ein Stück weit dankbar war.

»Das, was wir soeben erleben mussten, Sergeant, ist nur der Anfang, wenn sich unsere Befürchtungen bewahrheiten.«

Louis brauchte nicht nachzufragen. Dass Lohmann ihn unmittelbar nach einem solchen Beschuss, einem derart unerwarteten Angriff zu sich zitierte und mit ihm allein sprach, war Antwort genug. »Wie kann ich helfen, mon Lieutenant?«

»Das war kein zufälliger Artillerieüberfall, Louis. Wir haben in den vergangenen Tagen einen Hinweis vom SHAEF erhalten. Und das, was man uns mitgeteilt hat, macht mir ernsthafte Sorgen.«

Streng genommen durfte Lohmann nicht darüber reden. Der Befehl des Supreme Headquarters Allied Expeditionary Force, welches aufgrund des fast unaussprechbaren Namens bei den meisten Kameraden nur unter der Bezeichnung SHAEF bekannt war, war dahin gehend eindeutig. Höchste Geheimhaltungsstufe. Doch hatte der geplante Verlauf des vorgesehenen Einsatzes eine unerwartete Wendung erfahren. Eine Tatsache, die unzähligen Kameraden das Leben kosten würde.

»Die britischen Luftaufklärer haben Bewegung bei der 106. Panzerbrigade der Wehrmacht erkannt. Wenn unsere Berechnungen stimmen, werden die Deutschen in spätestens sechsunddreißig Stunden in Schussweite sein. Uns allen dürfte klar sein, was das bedeutet.«

Obwohl Louis ihn mit beinahe versteinerter Miene ansah, war Lohmann sich sicher, dass der junge Soldat um die Konsequenz dieser Aussage wusste.

»Kommen Sie!« Lohmann erhob sich und winkte Louis zu sich. Auf einem hölzernen Klapptisch rollte er eine Karte aus. »Hier sind unsere Gräben.« Er tippte auf eine Stelle des Papiers. »Und dort, uns gegenüber auf dem Hügel, stehen die Deutschen.« Wieder wies er mit seinem Zeigefinger auf einen Bereich. »So weit ist Ihnen das alles ja bekannt. Und ebenso wissen Sie, warum wir diesen verdammten Hügel nehmen müssen.«

Louis nickte. »Um die Versorgungslinie der Deutschen dahinter zu unterbrechen.«

Lohmann bejahte. »Aber das ist nur ein Teil der Wahrheit. Es sind zwanzig Kilometer bis zum Rhein. Diese Stelle hier«, der Offizier zeigte auf einen Bereich der Karte, »ist auf einer Länge von fünfzig Kilometern links und rechts des Flusses die engste Stelle. Gleichzeitig ist es die einzige Möglichkeit, bei dem herrschenden Hochwasser den Rhein zu überqueren. Wenn wir diesen Bereich kontrollieren, unterbrechen wir die rückwärtige Versorgung des Feindes. Wir könnten die Deutschen dann förmlich aushungern, ohne dass auch nur ein einziger Schuss notwendig wäre. Aber dafür müssen wir über diesen verdammten Hügel.«

»Verstehe.« Louis betrachtete nachdenklich die Karte. »Wenn es der Wehrmacht gelingt, ihre Panzer und Artillerie an strategischen Punkten zu sammeln, sichern sie ihre rückwärtigen Versorgungslinien und verhindern, dass wir über den Fluss kommen, um ins Hinterland vorzustoßen.«

»Richtig kombiniert, Sergeant. Und das liefert uns die Erklärung für den Beschuss soeben.«

»Sie meinen, mon Lieutenant, dass die Deutschen wissen, dass wir von ihren Absichten Kenntnis haben.«

»Das steht außer Frage. Den Deutschen ist klar, dass Bewegungen eines ganzen Regiments nicht unentdeckt bleiben.«

»Also werden sie alles daran setzen zu verhindern, dass wir einen Versuch starten, um …«

»Den Hügel zu nehmen. Korrekt«, ergänzte Lohmann den Satz. Erneut wies der Lieutenant auf die Sitzgelegenheiten. »Irgendwie haben es die Deutschen offenbar geschafft, eine Lafette auf den Hügel zu kriegen. Keine Ahnung, wie sie das bei den Bodenverhältnissen fertiggebracht haben. Und genau das ist unser Problem, Louis.« Mit sorgenvoller Miene sah er den Sergeanten vor sich an. »Wir wissen nicht, wo sich das Geschütz befindet. Luftunterstützung ist zu riskant. Wir sind zu nah an den gegnerischen Linien.«

Es entstand eine Pause, in denen sich die Männer anblickten.

»Warum haben Sie mich rufen lassen, mon Lieutenant?«

»De Bouvier ... wir sollen den Hügel nehmen. Man hat uns ... man hat mir maximal sechsunddreißig Stunden eingeräumt, eine Lösung zu finden.«

Ungläubig starrte Louis Lohmann an. »Sechsunddreißig Stunden? Mon Lieutenant ... das ist Wahnsinn. Unter den vorherigen Bedingungen schon beinahe unmöglich. Aber jetzt ... wir reden von einem Artilleriegeschütz, welches direkt auf uns gerichtet ist.«

Lohmann sprang fast auf. »Das weiß ich doch auch alles, verflucht noch mal!« Für einen Moment schien er gedanklich woanders. Dann sah er seinen Untergebenen in fast väterlicher Art an. »Ich kann das nicht ohne Sie.«

»Wie lautet der Befehl?«

Lohmann betrachtete Louis. Er ging davon aus, dass der junge Legionär wusste, dass die Bitte, die er an ihn herantragen würde, herantragen musste, einem Himmelfahrtskommando gleichkam. Bestenfalls. Und es stand für Lohmann außer Frage, dass er auf diesen Soldaten zählen konnte. Genau diese Loyalität war es, die ihm zu schaffen machte. Weil er ihn mit an Sicherheit grenzender Wahrscheinlichkeit in den Tod schicken würde.

»Kein Befehl, Louis. Es ist kein Befehl. Es ist eine Bitte. Die Bitte, etwas Unmögliches zu wagen.«

Der junge Sergeant atmete tief ein. Als sich sein Brustkorb wieder senkte, zeichneten seine Züge eine Antwort. Schließlich nickte er langsam und mit zusammengekniffenen Lippen.

»Ich konnte mit de Bouvier einen Handel vereinbaren. Wobei es sich eher nach einem Geschäft mit dem Teufel anfühlt. Bei Sonnenaufgang wird ein Bomber der Briten über unsere Stellungen gleiten. Um exakt acht Uhr zwölf geht er in den Tiefflug. Über das Risiko eines solchen Manövers brauchen wir uns sicher nicht zu unterhalten. Finden Sie das Geschütz und markieren Sie es. Wir haben nur diese eine Chance. Ansonsten muss ich unzählige Kameraden in den Tod schicken.«

*

Über eine Stunde hatten sie darüber debattiert, was die beste Herangehensweise wäre. Louis hatte Lohmanns Plan, unmittelbar nach einem Intensivbeschuss der feindlichen Stellungen vorzurücken, als nicht zielführend abgelehnt. Zu groß war seiner Meinung nach die Gefahr, dass die Deutschen eine Offensive vermuteten, eine Reaktion auf die Verlagerung des Panzerregimentes und mit allem ballerten, was sie in ihren Munitionskisten hatten. Sie würden ohnehin mit erhöhter Wachsamkeit und wahrscheinlich auch mit erheblich mehr Soldaten an den Frontgräben nach Bewegungen der Alliierten Ausschau halten. Der Regen der vergangenen Wochen hatte den Boden in einen regelrechten Sumpf verwandelt. Die Wucht, mit der die Geschosse der Deutschen in die Gräben eingeschlagen waren, zeugte von einem großen Geschütz. Louis war sich sicher, dass es mindestens eine 15-cm-Feldhaubitze gewesen sein musste, von der sie im Schlaf überrascht worden waren. Und um sie zu transportieren, brauchte man mindestens einen Pferdezug, und selbst damit würde man bei den Wetterbedingungen wahrscheinlich nicht weit kommen. Bei optimalen Bedingungen benötigte man schon ein Gespann von mindestens sechs Kaltblütern. Die einzige Möglichkeit, eine Lafette auf den Hügel zu bringen, war, sie komplett in ihre Einzelteile zu zerlegen und vor Ort wieder zusammenzubauen. Der Vorteil dieses Geschützes lag auf der Hand. Eine lafettierte Waffe konnte sehr präzise ausgerichtet werden. Bei der Entfernung, die beide Gegner trennte, beinahe punktgenau. Außerdem war der Rückstoß geringer, was in dem engen Bereich der Frontgräben eine gewichtige Rolle spielte. Der Nachteil war, dass die Stellung höchst wahrscheinlich nicht oder nur unter erheblichem Aufwand geändert werden konnte. Bei dem aufgeweichten Boden hingegen würde das Gewicht des Geschützes eine schnelle Positionsveränderung nicht zulassen.

Louis hatte schließlich seine Vorgehensweise ohne tatsächlichen Widerstand durchgesetzt. Sie würden im Schutze der Dunkelheit in einem kleinen Trupp aus lediglich vier Kameraden versuchen, unbemerkt an die feindlichen Linien zu gelangen, um so nah wie möglich an das Geschütz heranzukommen. Die Deutschen würden in der folgenden Nacht den Einsatz der Waffe intensivieren, um dem Gegner erst gar keine Möglichkeit einzuräumen, einen Angriff zu starten. Tagsüber würde der Feind die Position nicht verraten wollen. In der Dunkelheit war das Mündungsfeuer deutlicher zu sehen, aber das Chaos würde bei schlechten Lichtverhältnissen erheblich größer und eine Koordinierung für einen Gegenangriff merklich eingeschränkter sein. Zumal die Deutschen wussten, dass sie mit dem ersten Beschuss eine Duftmarke gesetzt und sie den Feind damit gezwungen hatten, binnen kürzester Zeit einen Stellungswechsel vorzunehmen. Die Angaben der Wachposten waren eindeutig gewesen. Das gegnerische Feuer war von links gekommen. Louis war sich sicher, dass die Deutschen diesen Bereich besonders gesichert hatten. Die feindlichen Linien liefen entlang des Hügelfußes auf einer Gesamtbreite von annähernd tausend Metern. Louis würde sich mit seinen Männern zunächst rechts halten, um den gegnerischen Graben zu überwinden und sich so der Geschützposition zu nähern. Die Deutschen würden sich auf das Geschehen vor ihm konzentrieren und wahrscheinlich nicht damit rechnen, dass sich der Feind hinter den eigenen Reihen näherte. Während Louis sich also von hinten heranpirschte, würden die übrigen Kameraden ein zur Ablenkung notwendiges Spektakel veranstalten.

Die Druckwelle der Detonation hatte sich durch die schmalen Gräben gedrängt. Obwohl die Ablenkung von seinen Kameraden in einem toten Seitengraben erfolgte, war Louis von der Wucht des gezündeten Dynamits beeindruckt. Der Plan war wahnsinnig. Das galt für viele Dinge der vergangenen Kriegsjahre, an die man sich in den Geschichtsbüchern erinnern würde, dachte Louis, während er den Kragen seiner Uniformjacke nach oben zog. Doch diese Nummer hier war schon etwas Besonderes. Die Vorbereitungen waren nicht einfach gewesen. Die Kameraden hatten in den vergangenen Stunden unter Beschuss höllisch schwere Lkw-Reifen herangeschleppt, die nun, mit Benzin übergossen, unmittelbar nach der Sprengung entzündet worden waren. Die Deutschen hatten sofort reagiert und einen Geschosshagel in Richtung der Schützengräben entsandt. Doch hatte sich ihre anfängliche Nervosität relativ schnell wieder gelegt, als sie begriffen hatten, dass dem Feind offensichtlich ein Missgeschick passiert war. Es war nicht ungewöhnlich, dass falsch gelagerte Munition in die Luft flog. Bis hierhin hatte der Plan funktioniert. Doch es war Vorsicht geboten. Den Deutschen Dummheit zu unterstellen, konnte tödliche Folgen haben. Ihr Misstrauen würde vermutlich noch etwas bestehen bleiben und zumindest ihre Wachsamkeit erhöhen. Der Wind war günstig, die dichte Rauchwolke überdeckte einen großen Teil ihres Abschnittes. Die Männer standen eng an die Grabenwand gepresst und warteten auf Louis' Befehl. Die Deutschen hatten noch nicht zu ihrem gewohnten Rhythmus zurückgefunden. Die Leuchtraketen erhellten in unregelmäßigen Abständen den nachtschwarzen Himmel, doch verlängerten sich die Zeiten bereits. Louis drehte sich um und ließ seinen Blick nochmals über die getarnten Gesichter der Männer schweifen. Er richtete seine Augen wieder geradeaus. Sie hatten ihre komplette Ausrüstung dabei: Karabiner, inklusive Ersatzmunition, zwei Stabhandgranaten, dazu Gasmaske, Verbandstasche, Brotbeutel und Feldflasche. Louis führte darüber hinaus eine Pistole mit Leuchtraketen und den benötigten Markierungslichtern mit sich. Sollte es ihnen gelingen, den Plan in die Tat umzusetzen, so würde er mit dem Abfeuern nicht nur das feindliche Geschütz markieren. Er würde mit dessen Zerstörung gleichzeitig zum Angriff blasen. Louis hob seine Hand über den Kopf und gab das Zeichen zum Aufbruch. Die Soldaten bewegten sich langsam auf die schmalen Leitern zu. Mit wenigen Schritten waren sie überwunden und im Nu standen die Männer das erste Mal auf dem festen Boden oberhalb ihrer Gräben. Louis deutete nach vorn und sofort fächerten die Legionäre aus, um sich einen Wimpernschlag später auf den Boden zu werfen. Wie Schatten verschmolzen sie mit dem Morast, dessen Kälte augenblicklich in ihre Körper drang. Keine Sekunde zu früh, denn beinahe zeitgleich erhellte eine weitere Leuchtrakete mit ihrem gelben Schein den Streifen zwischen den Frontlinien. Ihre Kameraden würden in einem zehnminütigen Rhythmus jeweils eine Rakete in die Luft schießen. Anders als die der Deutschen leuchtete sie weiß. So wussten sie, wann sie die Köpfe heben konnten, um das Gelände vor ihnen einzuschätzen. Dicht an den Boden gedrückt warteten sie, bis das Licht über ihnen erlosch. Unmittelbar darauf gab der Feind eine kurze Stoßsalve ab, deren Geschosse zischend über ihre Helme rasten. Sofort danach sprangen die Männer in die Hocke und liefen in gebückter Stellung weiter. Die Läufe ihrer Waffen waren nach vorn gerichtet, schwenkten hin und her, folgten in ihren Bewegungen den Augen, um auf alles Verdächtige reagieren zu können. Ihre Stiefel drangen knöcheltief in den schweren Lehmboden ein. Jeder Schritt glich einem kraftzehrenden Akt. Wieder vernahmen sie das zischende Geräusch einer abgeschossenen Leuchtrakete, die sich in zitternden Bahnen ihren Weg in den Himmel suchte und die Umgebung mit ihrem fahlen Schein erhellte. Tief drückten sie ihre Körper in den Matsch. Noch hielt das Maschinenfett, mit dem sie ihre Kleidung großzügig eingerieben hatten, einen Großteil der Nässe zurück. Louis hob seinen Kopf etwas, überstreckte den Hals und sah in dem erlöschenden Licht einen Bombentrichter, vielleicht zwanzig Meter voraus. Einen Moment verharrten sie, lauerten förmlich auf einen Beschuss. Louis machte das Handzeichen zum Vorstürmen und die Männer rannten in Richtung des Kraters, so schnell es der Untergrund zuließ. Mit einem gewaltigen Satz sprangen sie hinein. Gerade rechtzeitig. Schon explodierte die nächste Rakete am Himmel und einige Artilleriegeschütze zischten über sie hinweg.

»Fabre!«, flüsterte Louis, obwohl der Geschosslärm dies nicht erforderte. Er zeigte nach vorn. Der gebürtige Niederländer verstand, nickte, robbte den Trichter hinauf und lief gebückt in Richtung des Stacheldrahtes, der sich wenige Meter voraus für einen Augenblick im Schein des Leuchtfeuers aus der Dunkelheit geschält hatte. Er griff über seinen Kopf hinter sich und zog den Bolzenschneider aus seinem Rucksack. Nach wenigen Sekunden war der Draht durchtrennt. François Fabre lief zurück und rutschte auf seinem Gesäß hinunter zu seinen Kameraden. Louis spähte über den Kraterrand. Viel sah er nicht. Das Gelände vor ihnen wurde bereits nach wenigen Metern von der Dunkelheit verschluckt. Aber auch bei Tageslicht hätten die mannshohen Kraterwälle eine genaue Bewertung des stetig ansteigenden

Geländes nicht zugelassen. Victor Baptiste kauerte hinter ihm und reichte ihm das Feldtelefon.

»Louis hier. Sind schätzungsweise fünfzig Meter vorgedrungen. Circa auf zehn Uhr Ihrer Position. Keine Sicht auf den Feind. Brauchen Einweisung.«

Zunächst hörte er nur ein knackendes Geräusch in der Leitung.

»Feindliches Mündungsfeuer vor zuletzt sieben Minuten auf elf Uhr Ihrer Position. Geschätzte Entfernung zweihundertfünfzig Meter«, vernahm er kurz darauf.

Louis reichte den Hörer zurück an Baptiste und sah auf seinen Chronografen. Es war null Uhr dreißig. »Ich mach mich auf die Socken. Ihr müsst so nah ran wie möglich. In exakt zehn Minuten eröffnet ihr das Feuer.«

*

Zehn Meter vor seinen Kameraden fand Louis hinter einem Baumstumpf Deckung. Er atmete stoßweise, war voller Adrenalin, als er einige Gewehrschüsse hörte. Wenige Meter nachdem sie den Graben verlassen und sich das erste Mal schützend zu Boden geworfen hatten, hatte er die Kälte gespürt. Schon bald würde sie zu einem ernsthaften Problem werden. Er fühlte bereits jetzt ihre lähmende Wirkung. Louis holte tief Luft und rannte einige Schritte nach vorn, bevor er sich wieder zu Boden warf. Unmittelbar an der Stelle, wo Fabre zuvor den Stacheldraht durchtrennt hatte. Er zwängte sich durch den schmalen, freigeschnittenen Zugang und kroch bäuchlings weiter. Er sah höchstens drei, maximal vier Meter weit. Wie aus dem Nichts tauchte vor ihm ein hölzernes Sperrkreuz auf. Gefertigt aus alten, mit Teer bestrichenen Schienenbohlen. Schwer atmend lehnte er sich mit dem Rücken an das Hindernis. Louis blickte hinunter in Richtung seiner Kameraden. Plötzlich ratterte hinter ihm ein Maschinengewehr. Da er nicht einschätzen konnte, wohin die Waffe ihre tödliche Ladung sandte, zog er instinktiv den Kopf ein. Hatten sie ihn entdeckt? Sofort antworte das MG der eigenen Stellung. Er lugte vorsichtig ums Eck und sah die Mündungsfeuer der Deutschen, die wiederum zurückschossen. Kein Zweifel. Es war auf ein weiter entferntes Ziel gerichtet. Er robbte weiter durch die kaum durchdringbare Dunkelheit. Das Gelände stieg stetig an. Louis versuchte, ein Gefühl für die Entfernung zu entwickeln. Jetzt, wo es bergauf ging, verfestigte sich der Boden etwas. Er beschloss, die nächste Leuchtrakete abzuwarten, um sich ein Bild von dem Gelände unmittelbar vor ihm machen zu können. Jetzt, wo er dem Feind immer näher kam, stieg die Anspannung in ihm. Er lag bäuchlings, überstreckte den Kopf Richtung Himmel und tatsächlich: Sekunden später sah er die unruhige Leuchtspur der Rakete, die wenige Augenblicke danach das Gebiet in ein helles Licht tauchte. Plötzlich vernahm er ein Geräusch. Es glich dem einer entkorkten Sektflasche. Nur dumpfer und weit entfernt. All seine Instinkte schrien auf. Wieder hörte er dieses Floppen. Mehrfach. Die Luft veränderte sich. Vibrierte. Begleitet von einem hohen Ton. Einem Pfeifen. Unbewusst presste er seinen Körper tiefer in den Boden und senkte das Haupt. Mit beiden Händen hielt er seinen Stahlhelm fest. Drückte ihn mit aller Kraft auf seinen Kopf. Einen Wimpernschlag später schlugen die Geschosse der Mörser ein. Ein ohrenbetäubendes Trommeln, das den Boden erzittern ließ. Erdreich und Steine prasselten auf ihn herab. Die Druckwellen rissen an seiner Kleidung und wurden von Mal zu Mal stärker. Louis Richard sprang auf und rannte um sein Leben.

*

»Merde!« Fabre riss dem jungen Baptiste den Hörer des Feldtelefons aus der Hand. »Was ist da los?«, schrie er gegen den Lärm des Mörserbeschusses an, während er sich das freie Ohr zuhielt.

»Fabre? Können Sie mich hören, Fabre?«, kam es unterbrochen aus der Sprechmuschel.

»Lieutenant? Ich höre Sie!« Die nächste Detonationswelle schlug ein, und obwohl die Mörsergranaten in einer geschätzten Entfernung von vielleicht fünfzig Metern niedergingen, regnete es Erdreich auf die Männer.

Kurz lugte der erfahrene Soldat über den Kraterrand, hin zu der Stelle, wo die Geschosse einschlugen und wo er Louis vermutete.

»Lieutenant! Wer, verdammt noch mal, ballert hier rum?«

Die Antwort blieb zunächst aus. Die Leitung stand noch. Fabre hörte hektische Schreie am anderen Ende. »Lieutenant? Lieutenant? Zum Teufel, Lohmann!«

So plötzlich, wie die Bombardierung begonnen hatte, endete sie. Eine unnatürliche, beinahe bedrohlich wirkende Stille stellte sich ein. Der Legionär sah in die Gesichter seiner Kameraden, die wiederum ihn erwartungsvoll mit besorgtem Ausdruck anblickten. Nur allmählich wich die Spannung in ihren Körpern.

»Fabre? Lieutenant Lohmann hier. Können Sie mich …«

»Was war los, Lieutenant?«, unterbrach er seinen Vorgesetzten.

»Man hat Bewegungen gesehen«, kam es zurück. »Sind Ihre Männer vorgerückt?«

Fabre nickte, obwohl Lohmann ihn nicht sehen konnte. »Louis. Er ist los. Aber wieso schießt man auf uns? Hat man sie nicht …?«

»Fabre!«, unterbrach Lohmann ihn. »Ich kann nicht der ganzen Front mitteilen, dass wir in einer geheimen Operation … Wir hatten Feuerpause angeordnet. Irgendjemand hat Louis offenbar gesehen und gedacht, die Deutschen krebsen da rum.«

Wütend warf der große Niederländer seinen Helm auf den Boden. »Verfluchte Scheiße!«

»Was ist los?«, fragte Marcel Lefebvre.

Fabre spie aus und setzte sich seinen Helm wieder auf. »Unsere Jungs haben Louis offenbar für einen deutschen Spähtrupp gehalten.«

»Hat man denn keine Feuerpause …?«

»Wir brechen ab, Fabre«, hörte er den Befehl durch den Telefonhörer. »Kommen Sie mit Ihren Männern zurück. Haben Sie verstanden?«

»Louis ist noch da draußen!«

»Der Einsatz wird abgebrochen. Das ist ein Befehl!«

Fabres Gesicht war wie versteinert, als er Baptiste den Hörer reichte. »Abbruch«, sagte er schließlich.

»Was ist mit Louis?« Marcel Lefebvres Stimme klang beinahe flehend. »Wir können ihn doch nicht einfach so …«

»Das war keine Bitte, Marcel. Das war ein Befehl. Packt eure Sachen. Das war's.«

*

Louis rannte im Zickzackkurs, während hinter ihm die Granaten niedergingen. Es blieb ihm keine Zeit, sich umzudrehen, um die Lage einzuschätzen. Zu dicht waren die Einschläge, und während die Detonationen ihn verfolgten, trieben ihn die Druckwellen nach vorn. Er sah fast nichts und immer wieder stolperte er, fiel hin und rappelte sich auf. Vor ihm tauchte ein Krater auf. Louis fiel kopfüber hinein. Schwer atmend blieb er für einige Augenblicke liegen. So plötzlich, wie der Beschuss eingesetzt hatte, hörte er auf. Louis traute der trügerischen

Ruhe nicht. Doch es blieb ruhig. Langsam sah er sich um. Er konnte kaum etwas erkennen und er hatte nur eine vage Vorstellung von seiner Position. Louis war nach links gerannt. Waren es fünfzig Meter gewesen? Oder hundert? War er geradeaus gelaufen oder leicht bergauf, in Richtung des Feindes? Er drückte die Waffe an sich, atmete nochmals tief aus und robbte dann hoch zum Kraterrand. Verzweifelt bemühten sich seine Augen, die Dunkelheit zu durchdringen. Sein Atem schien ihm kilometerweit hörbar und sogar das Rauschen seines Blutes war laut genug, um dem Feind seine Position mitzuteilen. Er zog sich wieder etwas zurück und beschloss, auf eine der Leuchtraketen zu warten. Louis überlegte, was ihn verraten haben konnte. Die Deutschen hatten gezielt auf ihn geschossen, das stand für ihn fest. Aber warum hatten sie sofort mit Mörsergranaten auf ihn gefeuert? Warum hatten sie nicht versucht, ihn mit dem MG auszuschalten? Irgendetwas war schiefgelaufen. Louis verharrte in seiner Position. Nicht enden wollende Minuten vergingen. Dann erhellte plötzlich ein gelbes Licht die Umgebung. Er streckte seinen Kopf über den Rand der Deckung. Er sah nach rechts, um seine letzte Position zu erahnen. Bevor das Licht erlosch, erkannte er, dass er keine Deckung finden würde, sollte er sich entschließen, die Strecke zu seinem letzten Standpunkt zurückzulaufen. Es half nichts. Er musste auf eine andere Weise einen Weg finden, sich zurückzukämpfen. Langsam glitt er den Kraterrand hinunter, um den Bombentrichter auf der anderen Seite zu verlassen. Louis hatte weder eine Vorstellung, wie weit er sich von den eigenen Schützengräben entfernt befand, noch davon, wo seine Kameraden waren. Er hoffte nur, dass man ihn nicht als Feind wahrnahm, würde er sich den französischen Linien nähern.

Stück für Stück, weiter eng an den Boden gepresst, schob er sich durch den Dreck. Verharrte immer wieder, lauschte angespannt in die Dunkelheit hinein. Warum kam nichts? Weshalb hatten sie zunächst diesen Granatenteppich gelegt, um dann abrupt das Feuer zu beenden? Irgendetwas stimmte hier nicht. Louis kroch weiter, begleitet von der unerträglichen Beklemmung, sich jeden Augenblick eine Kugel einzufangen. Das MG der Deutschen ratterte sporadisch, doch vermochte er nicht einzuschätzen, aus welcher Richtung die Schüsse kamen. Louis wollte gerade die nächsten Meter zurücklegen, als er in der Bewegung erstarrte.

*

»Verstanden!« Lohmann reichte den Hörer zurück an den Fernmelder. Seine Miene war versteinert. Es war gleich Mitternacht. Sie hatten somit knappe acht Stunden, bis der Bomber auftauchte, maximal vierundzwanzig, bis er den Angriffsbefehl geben musste. Vorausgehen würde ein Mörserbeschuss aus den hinteren Reihen. Unmittelbar danach würde Lohmann den Angriffsbefehl geben müssen. Kurz ließ er seinen Blick durch den schmalen Gang des Grabens schweifen, betrachtete seine Männer, von denen er viele schon bald in den Tod schicken würde. Ein Sieg war vorrangig eine Frage der Ressourcen. Und dazu zählten in erster Linie Soldaten. Ein Vorteil, den sie den Deutschen gegenüber hatten und den es so bald wie möglich auszuspielen galt. Schwere Waffen, und dazu zählten auch Maschinengewehre, waren vornehmlich Verteidigungswaffen. Und je moderner die Waffen waren, desto mehr verlangsamten sie den Krieg. Würde man zu lange in den Gräben ausharren, auf einen schwachen Moment der Deutschen hoffen, so gab man dem Feind die Zeit, die es brauchte, um einen undurchdringlichen Wall aus Defensivwaffen zu schaffen. Man konnte es drehen und wenden, wie man wollte. Der Winter würde hart werden und ihnen Kräfte in einer Form abverlangen, die man sich nur schwer ausmalen konnte. Man würde sie opfern. Opfern müssen. Das gehörte im Krieg dazu.

»Louis. Verdammt! Wo steckst du?«, knurrte er kaum hörbar, während er seine Fäuste in seinen Manteltaschen ballte.

*

Louis ging hinter dem hölzernen Sperrkreuz in Deckung, entsicherte sein Gewehr. Er legte sich auf den Bauch und presste das Gewehr gegen die Schulter. Sein Blick glitt von der Kimme über den dunklen Lauf bis zum Korn. Er schätzte, dass die Entfernung zum Feind zwischen achtzig und hundert Meter betrug. Sein Lehm verschmierter Finger ruhte neben dem Abzugshahn. Immer wieder schloss er kurz die Lider, blinzelte. Er wusste, dass er bei diesen Lichtverhältnissen kein Ziel ausmachen würde. Lediglich die Mündungsfeuer würden ihm eine ungefähre Schussrichtung vorgeben. Aus der Dunkelheit schälte sich die Silhouette einer schmalen Gestalt. Louis hatte sie im Augenwinkel wahrgenommen. Der feindliche Soldat lief in gebückter Haltung. Den Helm umschloss ein Netz, in dem sich Stofffetzen befanden. Wie in Zeitlupe legte Louis den Zeigefinger um den Abzugshahn seines Gewehres und folgte mit seiner Waffe der Person. Das geschwärzte Gesicht des Deutschen war nach vorn gerichtet. Er bewegte sich ein Stück und verharrte dann wieder. Der Soldat lauschte in die trügerische Stille. Wer den Krieg nicht sehen konnte, musste ihn hören. Die Entfernung zu ihm betrug vielleicht drei Meter. Der größte Teil von Louis' Körper befand sich hinter der Sperrbarriere. Zusätzlich schützte ihn eine Bodenwelle. Langsam schob sich der Feind vorbei. Louis' Herz hämmerte in seiner Brust. Wenn jetzt eine Rakete den Himmel erhellte, würde er unweigerlich schießen müssen. Wo ein Deutscher war, waren mit Sicherheit weitere. Niemand schlich hier allein rum. Möglicherweise ein Spähtrupp. Louis verharrte noch einige Augenblicke, bis der Fremde in der Schwärze der Nacht verschwunden war.

*

Louis ging in die Knie und schulterte sein Gewehr. Anschließend zog er sein Messer aus der Scheide. Ihm blieb nur wenig Zeit. Die Dunkelheit verschluckte den Deutschen nach wenigen Metern. Louis hoffte, dass die fremden Soldaten die Grundlagen der Eigensicherung kannten. Und vor allen Dingen auch beachteten. Und das hieß, nur der Vorauslaufende durfte den Finger am Abzug haben. Der Boden war in diesem Bereich noch immer regendurchtränkt, bei Weitem aber nicht so nass, dass jeder Schritt ein schmatzendes Geräusch hinterließ. So schnell es die Verhältnisse zuließen, lief Louis in Richtung des Spähtrupps. Das Auftauchen des letzten Mannes überraschte ihn, beinahe wäre er gegen ihn geprallt. Der Soldat drehte sich um, wobei sich sein Gewehr mitbewegte. Blitzschnell ergriff Louis mit der Linken den Lauf, richtete ihn gegen den Himmel, während seine rechte Hand die Klinge zeitgleich seitlich in den Hals des Gegners trieb. Das Messer verschwand beinahe bis zum Schaft, durchtrennte die Hauptschlagader und die Luftröhre, und noch während Louis die Klinge ruckartig zurückzog, sank der Deutsche röchelnd in die Knie. Louis fing den leblosen Körper auf, ließ ihn zu Boden gleiten, riss ihm den Helm vom Kopf und setzte ihn auf.

»Günther?«, kam es leise aus wenigen Metern Entfernung. Louis sah nichts.

»Mein Gott, Bremer, ist alles in Ordnung?«

»Ja!«, flüsterte Louis zurück. Noch immer erkannte er niemanden.

»Alles in Ordnung?«

»Ja«, wiederholte Louis. »Alles gut.« Vorsichtig, das Messer einsatzbereit in der Hand, ging er weiter. Dann sah er seinen Gegner. Er hatte ihm den Rücken zugewandt und gab ihm mit der Hand ein Zeichen, stehen zu bleiben. Anschließend deutete er nach vorn. Sie hatten etwas bemerkt. Louis steckte das Messer weg und hob sein Gewehr.

*

Zwei Schüsse. Zeitlich so eng beieinander, dass man sie kaum auseinanderhalten konnte. Das, was folgte, war ebenso abstrus. Für einen winzigen Moment schienen die Deutschen irritiert. Überrascht. Dann erschlafften ihre Körper und sie fielen nach vorn. Louis warf sich auf den Rücken, darauf bedacht, kein Ziel zu bieten. Er drehte sich um und spähte aus der Bodensenke in Richtung der deutschen Frontlinie. Keine Ahnung, wie lange es dauert, bis sie ihre Männer vermissten. Louis robbte etwas nach vorn und zog einen der toten Deutschen mit ruckartigen Bewegungen zu sich. Der Erschossene hatte ungefähr seine Statur. »Ich brauche deine Sachen«, flüsterte er zu dem Toten, während er begann, ihn zu entkleiden.

*

Der Spähtrupp war also der Grund, warum es so auffallend ruhig gewesen war. Louis musste höllisch aufpassen. Entdeckte man ihn oder wurden die Nazis misstrauisch, bedeutete das, dass der gesamte Abschnitt zwischen den Gräben unter heftigen Beschuss genommen werden würde und ihr Plan oder der klägliche Rest, der davon noch übrig war, zum Scheitern verurteilt sein würde. Was das hieß, wenn der Befehl zur Einnahme des Hügels kam, wollte Louis sich nicht vorstellen. Er hoffte insgeheim, dass er das Geschütz finden und es markieren konnte, zumindest einige Beobachtungen machen zu können, welche sich auf die enormen Verluste, die sie erwarten mussten, auswirkten, sollte er scheitern.

Gebückt schlich er weiter. Es war nach wie vor relativ ruhig, und beinahe verspürte er so etwas wie Sehnsucht nach dem vertrauten Wummern der Artillerie, nach dieser akustischen Deckung. Die Stille war etwas, was ihn verunsicherte, und wenn er alle paar Meter stehen blieb und in die Nacht lauschte, konnte er bereits einige Wortfetzen der Deutschen wahrnehmen. Die nächsten Leuchtraketen erhellten den Himmel, und Louis stellte fest, dass er sich erschreckend nah an den Feindesstellungen befand. Reflexartig schmiss er sich der Länge nach hin. Gerade in dem Moment, als das deutsche MG das Feuer eröffnete. Noch während die ersten Leuchtraketen erloschen, schoss der Feind weitere in den Nachthimmel. Das MG bellte, und Louis spürte förmlich das Zittern der Luft, als die Projektile dicht über seinen Kopf sausten. So schnell er konnte, robbte er rückwärts in der Hoffnung auf eine Bodensenke, einen Einschlagkrater oder ein Hindernis, welches ihm etwas Schutz bot. Links und rechts schlugen die Kugeln mit unglaublicher Geschwindigkeit unter hoher Frequenz in den matschigen Boden. Sein Verstand war viel zu träge, um ihm eine rationale Vorgehensweise zu präsentieren. Es gab nichts, was er tun konnte. Und so übernahm sein Urinstinkt das Kommando. Angetrieben durch Todesangst bewegte er sich weiter, bis er tatsächlich auf eine Vertiefung traf. Blitzschnell fuhr er herum, presste sich mit dem Rücken auf den Boden und umklammerte mit beiden Händen sein Gewehr. Wieder stieg eine Rakete auf, explodierte und machte die Nacht zum Tag. Und erneut vernahm er das kalte, metallische und brutale Rattern des MGs. Louis atmete stoßweise. Sein Geist stand kurz davor, der erdrückenden Panik den Raum abzutreten, die sie verlangte. Ein Todesurteil. »Bleib ruhig«, sagte er zu sich, immer wiederholend. »Denk nach.« Doch sosehr sich sein Gehirn anstrengte, es fand keine Lösung. Denn es gab keinen Ausweg. Wieder hörte er das MG. Und wieder vernahm er das Einschlagen der Kugeln in den Boden. Doch dieses Mal etwas entfernter. Es entstand eine Feuerpause. Nur wenige Sekunden. Wieder schoss das MG. Und dieses Mal waren die Einschläge tatsächlich deutlich weiter weg. Die Entfernung hätte er nicht einschätzen können. Doch schienen die Deutschen ihr Feuer nicht gezielt auf etwas zu fokussieren, sondern eher auf einen bestimmten Bereich. Und das konnte nur eines bedeuten: Sie wussten nicht genau, wo er lag. Bestenfalls hatten sie nur auf einen Verdacht hin das Feuer eröffnet und erhofften sich durch ihren Beschuss eine Reaktion. Das bedeutete jedoch gleichzeitig, dass er hier gefangen war. Louis wusste, er hatte nahezu keine Chance wegzukommen. Das Sperrkreuz bot nur einen trügerischen Schutz. Sobald die deutsche Patrouille vermisst würde, war es nur eine Frage von Augenblicken, bis die ersten Granatwerfer alles um ihn herum dem Erdboden gleichmachen würden. Vorsichtig lugte er um das Hindernis. Das Mündungsfeuer des Maschinengewehrs blitzte nur für den Bruchteil einer Sekunde auf. Es war unmöglich, sich darauf einzustellen und einige Schüsse aufs Geratewohl in der Hoffnung abzugeben, er könnte damit etwas Zeit gewinnen. Er würde damit höchstens seine genaue Position verraten. Die Leuchtraketen erhellten das Gebiet ohne Unterlass. Er würde nicht mal zwei Meter weit kommen, ohne dass man ihn niederstrecken würde.

Wieder bellte das MG. Doch dann hörte Louis Schüsse. Gewehrschüsse. Eindeutig aus der anderen Richtung kommend. Vorsichtig spähte er in die Richtung. Und dann sah und hörte er es. Mündungsfeuer. Seine Reihen erwiderten den

Beschuss und lockten die Aufmerksamkeit des Feindes in die andere Richtung. Und auch die nächste Leuchtrakete suchte ihren Weg in den Nachthimmel in diese Richtung. Ihr Schein erhellte nach wie vor das gesamte Frontgebiet, bei Weitem aber leuchtete es seinen Standpunkt nicht mehr so stark aus. Ein Blick auf seinen Chronografen zeigte ihm, dass es mittlerweile ein Uhr dreißig war. In weniger als sieben Stunden musste er einen Weg über die feindlichen Gräben gefunden, das Geschütz aufgespürt und es in einem schmalen Zeitfenster von wenigen Minuten markiert haben. Jetzt oder nie, dachte er. Noch einmal presste er sich mit dem Rücken gegen die Deckung, drückte das Gewehr an die Brust und machte einen tiefen Atemzug. Louis rannte in gebückter Haltung los, als der nächste Schusswechsel erfolgte.

*

Louis hörte hinter sich die Explosionen unzähliger Treibladungen. Unmittelbar darauf war die Luft erfüllt von der Melodie des Todes. Einem hohen, kreischenden Lärm. Unbewusst stoppte er, zog den Kopf ein und verfolgte die Granaten, welche die Luft zerschnitten und mit ihren vernichtenden Ladungen dicht über ihn hinwegflogen. Wenige Sekunden später erfolgten die Einschläge, und der Boden bebte. Und mit ihnen kamen die Schrecken des Krieges. Dem ohrenbetäubenden Donnern folgten Druckwellen, die einen durch die Gegend warfen. Augenblicklich ertönten die Schreie der Schwerverwundeten, die mit zerschmetterten und abgerissenen Gliedmaßen vergeblich auf schnelle Hilfe hofften. Im Nu baute sich eine Wand aus Pulverdämpfen auf, die einem die Lungen und Augen verätzte und die Orientierung raubte. Zurückbleiben würde ein Bild ungeheurer Vernichtung und Verwüstung. So war es immer. So war der Frontkrieg. Bis zum nächsten Angriff. Doch hatte er ein gewaltiges Problem. Die Einschläge lagen nicht nur dicht bei ihm, sie kamen näher und schnitten ihm den Rückweg ab. Es gab nur eine Richtung. Louis rannte die letzten Meter auf die feindlichen Gräben zu. Er musste das unüberschaubare Durcheinander ausnutzen. Es gab niemand, der ihm jetzt helfen konnte. Er war einzig und allein vom Glück abhängig. Abrupt blieb er stehen. Den spiralartig ausgelegten Stacheldraht hatte er erst im letzten Moment bemerkt. Wer sich hier verfing, mit dem hatte ein gegnerischer Schütze leichtes Spiel. Fieberhaft sah er sich um, tastete den Zaun links und rechts mit seinen Augen nach einer Lücke, einer Unterbrechung ab, soweit es die Sichtverhältnisse zuließen. Louis hechtete nach rechts. An einer Stelle lag der Draht nicht flächig auf. Verlockend, aber gefährlich. Man versuchte damit, den Feind zu animieren, das Hindernis an diesem Punkt zu überwinden. So mancher war darauf reingefallen und fand sein Ende bei einer Minenexplosion. Louis schmiss sich auf den Rücken und robbte unter dem Hindernis hindurch. Er fuhr herum, orientierte sich auf dem Bauch liegend und sprang auf. So schnell es ging, rannte er gebückt weiter. Wie aus dem Nichts erschien die Barriere aus Sandsäcken. Ihm war klar, es gab nun keinen Weg zurück. Mit einem gewaltigen Satz überwand er das Hindernis. Noch in der Luft erkannte er zwei Deutsche, die von seinem Auftauchen völlig überrascht waren. Sie fingen sich sofort wieder, rissen ihre Gewehre herum, doch der winzige Augenblick, den sie brauchten, um die Situation zu analysieren, reichte Louis. Noch immer in der Luft, zog sein Zeigefinger den Abzug durch. Der erste Soldat machte eine Hundertachtziggraddrehung, bevor er fiel, um in grotesker Stellung auf dem Boden liegen zu bleiben. Der Graben war schmaler als gedacht. Louis prallte gegen die gegenüberliegende Wand und fiel auf die harten Laufbretter. Schon war der andere Soldat über ihm. Mit einem Tritt beförderte Louis den Lauf des Gegners zur Seite, gerade in dem Moment, als dieser abzog. Die Kugel, die ihm galt, schlug in die holzverstärkte Wand. Der Mann reagierte blitzschnell und schlug die Schulterstütze der Waffe gegen Louis' rechte Schläfe. Die Wucht wurde von seinem Helm abgemildert, doch war der Hieb kraftvoll geführt. Für einige Sekunden wurde ihm schwarz vor Augen, trotzdem gelang es ihm irgendwie, den Lauf zu erfassen und von sich wegzudrücken. Sofort war der Soldat über ihm. Er hatte sein Gewehr mit beiden Händen umfasst und presste es gegen Louis' Hals. Er umklammerte die Waffen und hielt dagegen. Doch der Soldat über ihm konnte das gesamte Gewicht seines Oberkörpers mit einbringen. Immer näher kam die Waffe seinem Kehlkopf. Doch kampferprobt wie er war, machte er sich die Kraft des Gegners zunutze. Es gelang ihm, den Feind etwas seitlich von sich zu bringen. Plötzlich und für den Deutschen unerwartet gab Louis nach. Während sich das Gewicht des Soldaten schlagartig nach vorn verlagerte, wich Louis zur Seite aus. Der Deutsche war noch immer über ihm, doch es gelang Louis an sein Kampfmesser zu kommen. Die Klinge drang in Höhe der Niere ein. Der beinahe unmenschliche Schmerzensschrei des Feindes ging fast vollständig im Lärm der Detonationen unter. Der Mann verkrampfte seinen Oberkörper, ging ins Hohlkreuz und versuchte automatisch nach dem zu greifen, was dort in seinen Körper gestoßen war. Mit der freien Hand griff ihm Louis unter die Nase, überstreckte dessen Kopf und zog das Messer quer durch den Hals. Sofort rappelte er sich auf, drehte sich hektisch in alle Richtungen, wobei sein Gewehr seinen Bewegungen folgte. Einige Meter weiter beugte sich ein weiterer Schütze über den Rand des Grabens und feuerte, was das Zeug hielt. Er zog in Erwägung, den Mann auszuschalten, doch schenkte der Soldat ihm keine Beachtung. Für einen

Wimpernschlag war Louis irritiert, bis ihm bewusst wurde, dass er eine deutsche Uniform trug.

»Soldat! Was machst du da?«

Louis hatte den Mann hinter sich nicht bemerkt. Schnell fasste er einen der toten Deutschen am Revers und schulterte ihn.

»Der Kamerad braucht Hilfe! Wo ist ein Sani?«, schrie Louis aus Leibeskräften.

»Bist du noch ganz dicht, Soldat?«, brüllte der andere gegen den Geschosslärm. »Sieh gefälligst zu, dass du dein Gewehr in die Hand nimmst!«

»Wo?«, schrie Louis erneut aus Leibeskräften. Der Soldat sah ihn an, als hätte er den Verstand verloren, zeigte aber stumm in die andere Richtung.

Louis rannte an ihm vorbei. Er erkannte, dass die deutschen Soldaten auffallend jung waren, teils jünger als seine Kameraden. Und das zeigte sich auch in ihrem Verhalten. Voller Panik schossen sie blindlings in Richtung des Feindes, oder dorthin, wo sie ihn vermuteten. Niemand schenkte Louis Beachtung. Warum auch. Louis erkannte einige Verwundete, die unter Schock stehend und traumatisiert auf dem Boden lagen oder gegen die Grabenwände lehnten. Es war ein furchtbares Chaos, verursacht durch Todesangst und dem unbändigen Willen, am Leben zu bleiben.

»Stehen bleiben!«, schrie jemand aus Leibeskräften.

»Nimm die Hände hoch!«, bellte der Mann.

Louis ließ den Toten langsam zu Boden gleiten und hob die Arme. Obwohl der Befehl von hinten kam, stellte er nicht infrage, dass er ihm galt. Der schmerzhafte Schlag ins Kreuz überraschte ihn. Sofort knickten ihm die Knie ein und er fiel vornüber. Der nächste Stoß mit dem Gewehrkolben raubte ihm den Atem. Hände fassten ihn und zogen ihn hoch. Er sah in den Augenwinkeln, dass es mindestens drei Männer waren. Der Fausthieb in seine Magengegend ließ ihn nach vorn fallen, wobei seine Gegner ihn hielten. Louis musste würgen und er war kurz davor, sich zu übergeben. Er wurde abgetastet und man nahm ihm die Waffen und seinen Rucksack ab, während irgendjemand ihm zeitgleich den Helm vom Kopf riss, ihn rüde am Kinn ergriff und seinen Kopf hochzog. Noch immer um Luft ringend blickte Louis in das Gesicht des Soldaten, den er zuvor nach dem Sanitäter gefragt hatte. Dessen Gesicht war wutverzerrt. Es gehörte einem Mann, der töten wollte, und als hätte er Louis' Gedanken erkannt, zog er seine Pistole aus dem Halfter und drückte den Lauf schmerzhaft gegen seine Schläfe. Sein Mund näherte sich dem von Louis. »Niemand schneidet sich selbst die Kehle durch, du Bastard!«, zischte er gerade so laut, dass Louis es im Geschosslärm hören konnte. Dann spannte der Deutsche den Hahn. Louis schloss die Augen.

*

Die Druckwelle und der Lärm waren ohrenbetäubend. Louis hatte das Gefühl, als würde er von einer Dampfwalze erfasst werden. Die gewaltige Detonation schleuderte seinen Körper wie ein Spielzeug in die Luft. Hart schlug er gegen die Grabenwände. Die Wucht war so stark, dass er kaum Luft bekam und für einige Augenblicke die Besinnung verlor. Das Prasseln von Erdreich und Steinen schien nicht aufzuhören und als Louis endlich den Kopf hob, sah er verschwommen wenige Meter vor sich einen Einschlagkrater. Exakt dort, wo zuvor noch der Schützengraben gewesen war. Das Loch befand sich in einer Wolke aus Pulvernebel, der sich nur allmählich lichtete. Etwas irritierte ihn. Er vermisste die Schreie der Verwundeten, die Befehle der Vorgesetzten. Und den Lärm der Geschosse. Benommen rappelte er sich auf. Es war eigenartig ruhig. Nicht ruhig im Sinne von Stille. In seinen Ohren war nur ein hoher, durchgehender Ton. Sonst nichts. Louis taumelte weiter, stützte sich mit den Händen an den Wänden ab, während er versuchte, etwas zu erkennen. Die Granate hatte exakt den schmalen Graben getroffen. Für den Schützen ein ungeheurer Glückstreffer. Für den Feind war es eine Katastrophe, da sich die Wucht der Explosion auf engstem Raum ausdehnte und die Wirkung umso fataler war. Louis hatte im Laufe der Gefechte viele Kameraden kennengelernt, denen eine nahe Detonation die Trommelfelle zerrissen hatte. In der Regel gab sich das nach einiger Zeit, wenn keine Entzündung hinzukam. Aber in dieser Situation war es das Letzte, was er gebrauchen konnte. Er hoffte, dass es die einzige Verwundung war. Zumindest spürte er keine allzu großen Schmerzen, wenn man von den Prellungen mal absah. Aber das musste nichts heißen. Theoretisch konnte er voller Granatsplitter sein, ohne es zu merken. Vor ihm lag ein Mann auf dem Bauch. Er rührte sich nicht. Louis drehte ihn um und erkannte nur mit viel Fantasie denjenigen, der ihm noch vor wenigen Sekunden den Schädel wegpusten wollte. Die abgesprengten Splitter der Stützwände hatten ihn regelrecht zerfetzt. Noch immer ohne Gehör drehte sich Louis langsam. Da war nichts, was auch nur im Entferntesten mit dem Ort zu tun hatte, an dem er zuvor mit seinem Leben abgeschlossen hatte. Schwerfällig stieg er über den Toten. Die Männer dahinter waren in ihre Einzelteile zerlegt worden. Ein Haufen verbrannten Fleisches. Ein Bild, dessen Schrecken dadurch etwas abgemildert wurde, dass die Nacht keine Farben preisgab. Louis schritt weiter. Noch immer war er nicht voll da. Einige Meter weiter sah er seinen Rucksack. Er setzte ihn auf. Während er ein Gewehr aufhob, stieß er gegen einen Helm, der über den Boden schlitterte. Louis stutzte. Er ging einige Meter und trat erneut gegen den Helm. Er hörte das metallene Geräusch. Gedämpft, wie durch Watte, aber er hörte es. Wenn es auch mehr zu erahnen war. Louis lauschte in die Nacht. Eindeutig. Der Beschuss hatte aufgehört.

*

Es glich einem gespenstischen Abwarten. Vereinzelnd fielen noch Gewehrschüsse, doch der beidseitige Mörserbeschuss hatte aufgehört. Der Pulverdampf in der Luft hatte sich auf die Zunge gelegt und die Schleimhäute gereizt. Der kalte Nieselregen würde die Rückstände schon bald aus der Luft waschen. Vorsichtig bewegte sich Louis durch den schmalen Gang. Niemand nahm von ihm Notiz. Die Soldaten, die dieses Inferno unverletzt überstanden hatten, knieten auf den Auftritten und lugten angespannt und kampfbereit über ihre Kugelfänge und durch die Schießscharten auf der Suche nach feindlichen Soldaten. Andere versorgten die Verwundeten. Die Leuchtraketen erhellten den Himmel ohne Unterlass, und Louis erkannte, dass sich die Verluste in den Reihen der Deutschen offenbar in Grenzen hielten. Bisher hatte man von ihm keine Notiz genommen. Solange die Soldaten unter Beschuss standen, konnte er sich relativ unauffällig bewegen. Insbesondere, da man offenbar die meisten Soldaten während des Gefechtes aus den hinteren Reservegräben zum Frontabschnitt beordert hatte. Es war unmöglich, alle Kameraden zu kennen. Trotzdem würde es nur eine Frage der Zeit sein, bis man auf ihn aufmerksam wurde. Louis war von der relativ geringen Anzahl an Soldaten überrascht. Es stimmte wohl. Den Deutschen ging das Kanonenfutter aus. Er sah sich um. Irgendwo mussten die Laufgräben sein, die zu den hinteren Versorgungsreihen führten. Und möglicherweise dorthin, wo die Deutschen ihre Munition aufbewahrten. Was auch immer. Er musste einen Schwachpunkt finden,

den man für einen Angriff nutzen konnte. Der Rest war einfach. Er würde nur noch einen Weg hier rausfinden müssen, den feindlichen Graben bei Tag verlassen und in deutscher Uniform zu seinen Leuten marschieren. Er grinste bei der Lächerlichkeit dieses Gedankens. Louis sah zwei Soldaten, die, so schnell sie konnten, wankend mit einer Trage auf ihn zukamen. Der Vordere sah ihn an und brüllte etwas. Louis hörte nur Laute, gedämpft, wie durch Watte. Aber er verstand. Der Soldat machte eine Kopfbewegung, die im signalisierte, er solle zu ihnen kommen. Louis schulterte das Gewehr und übernahm eine Seite der Trage, während der Soldat einen blutigen Lappen auf die Bauchwunde seines Kameraden presste, der mit gebrochenem Blick und schlaffen Gliedern auf der Trage dalag. Seine ausgestreckten Arme wippten im Takt der Schritte. Durch den Zickzackkurs, in dem der Graben angelegt worden war, konnte man die vorausliegende Strecke nur wenige Meter weit einsehen. Die Abbiegung zu dem schmalen Verbindungsgraben kam abrupt. Zu seiner Überraschung führte der Weg sie in einem Bogen um den Hügelfuß herum in einen Bereich, von dem er vermutete, dass er im toten Winkel für sein Regiment lag. Eine strategisch perfekte Lage. Dieser rückwärtige Teil war somit für jeglichen Beschuss unerreichbar. Kurz darauf sah er ein größeres, rechteckig ausgehobenes Karree, das die Deutschen offenbar als Lazarettstelle nutzten. Es war in Parzellen aufgeteilt, mit Dächern aus schwerem Öltuch. Hier lagen die Verwundeten und wurden versorgt. Zwei Soldaten eilten ihm entgegen. Er übergab die Trage und sah den Männern nach. Jemand schlug ihm auf die Schulter. Louis fuhr herum.

»Und du?« Er las die Worte mehr von den Lippen ab, als dass er sie hörte. Ein älterer Kerl im Rang eines Hauptgefreiten. Die breite Armbinde mit dem roten Kreuz wies ihn als Sanitäter aus. Er fasste Louis ans Kinn und drückte seinen Kopf leicht zur Seite, während er dessen Kopfwunde betrachtete. »Mit dem Kratzer kommst du hierher?«

Der Mann schnippte links und rechts seines Sehfeldes. »Kannst du das hören?«

Louis nickte, wenngleich die Geräusche für ihn mehr zu erahnen waren.

Ohne auf eine Antwort zu warten, zeigte der Sani auf eine Holzbank. Provisorisch gefertigt aus groben Stämmen. »Deine Trommelfelle. Halb so wild. Ich hole was, dass du dir reinstecken kannst. Was Sauberes. Damit es sich nicht entzündet. Setz dich dahin.« Nochmals betrachtete der Mann seine Platzwunde.

»Hast du Schmerzen?«

Louis schüttelte den Kopf. »Ich halt's aus.«

»Hauptgefreiter Pollmann? Zu mir!«

Louis sah einen Mann, der am Ende des Lazaretts aus einem abgetrennten Bereich trat und in ihre Richtung winkte. Der Sani verdrehte die Augen, während er Louis ansah. »Kriegst 'nen schönen Verband und dann kannst du deinen Helm wieder aufsetzen. Bin gleich wieder da.«

Er drehte sich um und entfernte sich. »Unglaublich!«, murmelte er im Fortgehen. »Demnächst kommen die noch, wenn sie sich einen Nagel einreißen.«

Louis ließ seinen Blick schweifen. Die Zahl der Verletzten hielt sich in Grenzen. Sie hatten vorwiegend Platz- und Fleischwunden. Ein weiterer Soldat stützte einen Kameraden. Dieser hatte seinen Arm um dessen Schulter gelegt. Er humpelte und sein Gesicht war schmerzverzerrt, ansonsten wirkte er unversehrt. Der junge Soldat setzte sich neben ihn. Louis betrachtete sein Profil. Fast noch ein Knabe, stellte er fest. Er war schmal, auffallend blass, sein Bart lückenhaft, eher ein jugendlicher Flaum. Zwei Soldaten trugen einen abgedeckten Leichnam auf einer Trage an ihnen vorbei.

»Nimm's locker«, kam es von Louis. »Besser als der sind wir allemal dran.« Der Junge sagte nichts. »Bist noch nicht lange hier, was?« Dieses Mal sah er Louis an, antwortete jedoch noch immer nicht. Louis zwinkerte ihm aufmunternd zu.

»Gewöhnst dich schon noch dran.«

»Und was ist mit dir?« Der Sanitäter war zurück und baute sich vor dem jungen Deutschen auf. »In die Windeln geschissen?«

»Mein Fuß. Glaub, ich hab mir den Knöchel gebrochen.«

Der Sani schob skeptisch eine Braue hoch. »Kriegste den Stiefel aus?«

»Glaube nicht ...«

Der Sanitäter stellte seine Tasche neben Louis auf die Bank und nickte ihm kurz zu. Er sagte etwas, doch Louis hörte nur gedämpft. Der Sani machte eine Geste. Louis erhob sich und fasste den jungen Deutschen mit beiden Händen unter die Achseln, während der Sani sich an dem Stiefel zu schaffen machte. Zimperlich ging er mit seinem Patienten nicht um. Der Junge schrie abrupt so laut auf, dass es selbst Louis deutlich vernahm.

»Der Knöchel ist ganz schön geschwollen.« Skepsis lag in den Zügen des Sanis. »Muss sich der Arzt angucken. Dauert. Flickt gerade einen zusammen. Lohnt sich meiner Meinung nach nicht. Aber mich fragt ja keiner.« Er griff in seine Umhängetasche und beförderte Verbandmaterial hervor. »Zu welcher Einheit gehörst du?«, rief er. Louis hörte ihn nur leise. Aber er hörte ihn, was ihn etwas beruhigte. Der Sani begann, seine Platzwunde zu versorgen. »Muss das gleich dokumentieren.«

»War ein ganz schöner Mörserhagel. Weißt du weshalb? Du bekommst doch hier bestimmt viel mit?«, fragte Louis.

Der Sani zuckte mit den Schultern und zog im gleichen Rhythmus die Mundwinkel nach unten. »Vielleicht wollen die uns nervös machen? Oder die kriegen da unten einen Lagerkoller.«

Louis nickte »Vielleicht hast du recht. Die werden sicher bald einen Angriff versuchen. Können sich ja nicht ewig da unten festsetzen. Bei dem Scheißwetter.«

»Dann müssen die sich aber verdammt beeilen.« Der Sani knotete das Ende des Verbands zusammen und betrachtete sein Werk mit Wohlwollen wie ein Künstler.

Louis tastete vorsichtig über die Bandage. Er tat nur mäßig interessiert. »Beeilen? Was meinst du damit?«

»Weil es den Schützengraben von denen bald nicht mehr geben wird.«

»Wieso? Ziehen die sich zurück? Das glaube ich kaum. Das hätten wir doch bemerkt.«

Der Sani grinste, sagte aber nichts und reichte Louis stattdessen ein Metallröhrchen mit Schmerztabletten.

»Du weißt doch was!«

»Man sollte immer etwas mehr wissen als die anderen.«

Louis holte ein Päckchen Zigaretten hervor, zog ein Stäbchen mit den Lippen heraus und hielt sie ihm hin.

»Amerikanische? Wo haste denn die her?«

»Wie du schon sagtest ... man sollte immer etwas mehr wissen als die anderen.«

Der Sani lächelte anerkennend, während er eine Zigarette herauszog. »Junge ... ich muss sagen, du gefällst mir!«

»Nimm dir ruhig noch eine. Ach was! Behalt die Packung. Ist viel los hier. Haste dir verdient.«

»Echt?«

Louis entzündete ein Streichholz und hielt ihm die Flamme hin. Mit geneigtem Kopf und einem zugekniffenen Auge zündete sich der Sani seine Zigarette an. Zeitgleich verschwand das Päckchen in seiner Außentasche. Er inhalierte genüsslich und hielt die Luft so lange an, dass Louis befürchtete, er würde das Ausatmen vergessen. Anschließend schaute er auf die Spitze und betrachtete die Glut. »Ich bin übrigens Hapo. Steht für Hans Pollmann. Du verstehst …«

Plötzlich blickte der Sani verschwörerisch in alle Richtungen, bevor er sich zu Louis beugte.

»›Acht, Acht‹! Zwei Stück«, las Louis von seinen Lippen ab. Er tat nicht nur verblüfft. Er war es. »Hier? Wo?«

Hapo beugte sich wieder zurück. Er wirkte nun etwas überheblich. Wie jemand, der seinen Wissensvorsprung genoss, antwortete jedoch nicht.

»Ich meine … die wiegt … wie viel? Fünf Tonnen? Wie willst du die unbemerkt auf 'ner Lafette bei der Witterung …?«

Wieder zuckte der Sani mit den Achseln. »Haben die wohl in den letzten Tagen auseinandergebaut und den Hügel rauf. Hab ich zumindest gehört.«

»Und du bist dir sicher?« Es gelang Louis nur mit Mühe, sich sein Entsetzen nicht anmerken zu lassen. Darum war es in den letzten Tagen relativ ruhig gewesen, fuhr es ihm durch den Kopf.

»Ich hör hier vieles. Einer von den Jungs war hier. Die haben ein MG 42 dort aufgebaut. Um die Stellung zu schützen, falls der Feind davon Wind bekommt und 'nen Flieger schickt.«

Louis sah auf seine Uhr und spürte einen Kloß im Hals. Es blieb ihm nur noch wenig Zeit. Zu wenig, wenn das, was er soeben gehört hatte, stimmte. »Weißt du, wann sie zum Einsatz kommen? Ich meine … wäre ja ein Heidenspaß.«

»Die haben die Muni heute Abend raufgeschleppt. Mordsgeschosse. Die Jungs haben geflucht wie Hafennutten«, sagte der Sani, wobei er sich leicht von Louis abwandte.

»Ich brauche deinen Namen noch.« Er blätterte in einem Schreibbuch.

Louis' Eingeweide zogen sich zusammen. »Bremer«, sagte er schließlich. »Günther Bremer.«

Der Sani blätterte einige Seiten zurück. »Bremer … Bremer … Ah! Da haben wir dich ja!« Er klappte das Buch zu. »Komm morgen zur Kontrolle. Wenn du dann noch lebst.« Er beendete den Satz mit schallendem Gelächter. Er wies den jungen Burschen an, sich zu erheben, und stützte ihn. Nochmals drehte er sich zu Louis. »Und danke für die Kippen.«

Das anfängliche Chaos hatte sich weitestgehend gelegt. Der bandagierte Kopf rundete seine Tarnung ab. Der Feind würde nicht davon ausgehen, dass der Gegner in einer deutschen Uniform und mit einem frischen und sauberen Kopfverband durch knietiefen Morast bis in ihre Gräben vorgedrungen war. Früher oder später musste er mit einer Situation rechnen, bei der man dennoch Fragen stellen würde. »Acht, Acht«. Zwei Stück. Unfassbar. Und doch sah er keinen Grund, die Aussage des Sanis infrage zu stellen. Skeptisch blickte er den Hügel hinter sich hinauf. Wenn es den Deutschen wirklich gelungen war, sie dort in erhöhter Stellung zu positionieren …

Louis hatte die Bekanntschaft des deutschen Artilleriegeschützes bereits in Afrika gemacht. Ursprünglich sollte sie zur Flugabwehr dienen. Doch auch im Erdkampf und als Panzerabwehrkanone zeigte sie sich geeignet. Das lag an ihrer Besonderheit. Die »Acht, Acht« konnte unterhalb der Horizontale eingesetzt werden und einen Panzer in einer Entfernung von zwei Kilometern in eine zerknüllte Konserve verwandeln. Kaliber 8,8 mit über neun Kilogramm schweren Geschossen, die sie aus annähernd fünf Meter langen Geschützrohren mit einer Mündungsgeschwindigkeit von bis zu achthundert Metern pro Sekunde abfeuerte. Das bedeutete, dass man nicht mal den Abschuss hörte, bevor man in seine Einzelteile zerlegt wurde. Und das bei bis zu zwanzig Schuss in der Minute. Nicht auszudenken, wenn sie tatsächlich dort oben existieren sollte und zum Einsatz kam. Dagegen war eine MG-Stellung nichts. Eine von denen reichte, um sein gesamtes Regiment in Minuten dem Erdboden gleichzumachen. Louis sah auf seine Taschenuhr. In etwas weniger als zwei Stunden würde es hell werden. Er musste sich etwas einfallen lassen. Und das möglichst schnell. Er schnappte sich die Sanitätstasche, die noch immer neben ihm auf der Bank stand, und lief zurück Richtung Frontgraben.

*

Die Vorbereitungen waren im vollen Gange. In den Reservegräben rüsteten die Soldaten auf. Sie überprüften und warteten ihre Waffen, kontrollierten ihr Gepäck. Andere wiederum schleppten Munitionskisten von den hinteren Versorgungslinien heran. Die Feldküchen waren bemüht, ihren Männern einen besonderen Dienst zu erweisen. Für einige würde es der letzte Dienst sein. De Bouvier hatte etliche Männer zusammengezogen, die sich nun in den schmalen Gängen der hinteren Reihen drängten und um die besten Plätze buhlten, an denen sie sich niederlassen konnten. Jegliche Heiterkeit, die an der Front ohnehin nur in homöopathischen Dosen vorhanden war, sogar der allgegenwärtige Sarkasmus, war einer bedrückenden Stille gewichen. Jeder Soldat zog sich in seinen eigenen, inneren Raum zurück. Ließ sein Leben Revue passieren, betrachtete zerschlissene Fotos oder las die Briefe seiner Lieben. Mancher suchte das Gespräch mit Gott, sofern dieser an der Front überhaupt noch gegenwärtig war. Trotz der Bemühungen des Pfarrers, der durch die Gänge zog und diejenigen segnete, die darum baten. Er wusste, unmittelbar vor der Schlacht beteten auch die, für die Religion keine Rolle spielte. Vor einem Angriff gab es keine Atheisten. Lohmann hatte de Bouvier überzeugen wollen, einen zweiten Versuch zur Ausschaltung der MG-Stellung abzuwarten. Doch schien das Wetter zu ihren Ungunsten umzuschlagen. Offenbar zog ein erneutes Tiefdruckgebiet heran. Und tatsächlich roch es nach Schnee. Wenn sie noch länger warteten, würde bei einsetzendem Niederschlag der Boden binnen Minuten zu einer Sumpflandschaft werden, bei dem der Angriff buchstäblich nach den ersten Metern stecken bleiben würde. Außerdem war de Bouvier zu dem Ergebnis gekommen, dass ein Angriff zur Nachtzeit ungünstig wäre. Die dichten Absperrungen aus Stacheldraht und andere Hindernisse würden den Vorteil eines Angriffs in der Dunkelheit zunichtemachen. Die Männer hatten den Befehl erhalten, bei Morgenanbruch einsatzbereit zu sein. Zunächst würde man versuchen, den Feind mittels intensiven Artilleriebeschusses in seiner Abwehr zu schwächen. Danach würde der eigentliche Sturm auf die gegnerischen Gräben beginnen. Bei dem Gedanken wurde Lohmann regelrecht übel. Doch der Befehl war eindeutig. Und so würde er seine Männer nach vorn peitschen müssen, bis der Feind besiegt war oder Reißaus nahm. Letzteres war bei den fanatischen Deutschen nicht zu erwarten. Lohmann sah auf seine Uhr. Noch zwei Stunden bis Sonnenaufgang.

*

Im Verbindungsgraben durchsuchte Louis die Sanitätstasche. Er fand, was er suchte. Eine weiße Binde mit einem roten Kreuz. Er zog sie sich über den rechten Arm. Am Frontgraben bog er nach rechts ab. Die Gräben der Deutschen waren weitaus weniger provisorisch angelegt. Ein eindeutiges Zeichen dafür, dass man sich hier offenbar auf eine längere Standzeit eingestellt hatte. Sogar die Latrinen waren mit groben Brettern halbwegs sichtgeschützt angelegt worden, was jedoch den unerträglichen Gestank nicht verhinderte. Von hier oben hatte man auf die darunterliegenden feindlichen Gräben einen noch besseren Überblick, als man es von unten vermuten konnte. Wenn es tatsächlich die Taktik der Deutschen war, auf den eisigen Winter zu warten, dann hatten die Alliierten tatsächlich ein Problem. Allerdings fiel ihm erneut die geringe Besatzdichte und das geringe Durchschnittsalter auf. Zugleich trugen viele der Soldaten Uniformen, mit denen man einen harten Winter sicher nicht durchstehen würde. Es war bereits schweinekalt, und bald würde es schneien. Ihre teils hageren Gesichter waren eindeutig ein Zeichen längerer Mangelernährung. Wären da nicht die Tücken des Geländes … Man konnte die gegnerischen Linien wahrscheinlich ohne Weiteres überrennen, wenn man von der »Acht, Acht« absah. Einige Male blieb er kurz stehen und sah sich die leichten Verletzungen einiger Soldaten an, die entweder keiner Behandlung bedurften oder schon behandelt worden waren. Keiner schöpfte auch nur den geringsten Verdacht. Dabei lugte er immer wieder den Hügel hinauf auf der Suche nach den zwei Artilleriegeschützen, von denen der Hauptgefreite erzählt hatte. Doch bei den Lichtverhältnissen wurden Konturen schon nach wenigen Metern von der Dunkelheit verschluckt. Auch bei besserem Licht rechnete er nicht damit, sie sofort zu erkennen. Die Deutschen würden die Geschütze gut getarnt haben, da war er sich sicher. Irgendwo musste er doch einen Hinwies auf die MG-Stellung finden, von der Hapo gesprochen hatte.

Louis arbeitete sich langsam weiter. Er traf auf weitere Verbindungsgänge, durch die Soldaten vorwiegend Baumaterialien heranschafften, um die Schäden des letzten Bombardements zu reparieren und die Wände zu verstärken. Holzbohlen, Bretter und Sandsäcke. Darüber hinaus sah er einige Männer, die hölzerne Munitionskisten trugen. Einige grüßten ihn, die meisten Männer nahmen keine Notiz von ihm. Ein Soldat erweckte seine Aufmerksamkeit. So sehr, dass sich sein Puls beschleunigte. Er schleppte einen metallenen Kasten. Der Deckel des relativ schmalen Behälters verjüngte sich zur einen Seite hin, und die weiße Beschriftung ließ keinen Zweifel zu. »MG 42« stand darauf. Die Kiste war definitiv leer, sonst würde er sie nicht allein tragen. Louis folgte dem Soldaten. Der Munitionsbunker lag in einem der hinteren Gräben. Er war tief ins Erdreich eingefügt und mit robusten Rundhölzern abgestützt worden. Vor dem Zugang befanden sich zwei Soldaten. Die grob gezimmerte Flügeltür des Lagers stand offen und die beiden Wachen verteilten Munition, während ein weiterer die Ausgabe protokollierte. Louis beschloss, unauffällig an dem Bunker vorbeizugehen, um sich einen Eindruck vom Lagerbestand zu machen, als sich von hinten eine Gruppe von Soldaten an ihm vorbeidrängte und auf das Lager zuschritt. Die beiden Wachmänner waren bemüht, den Haufen zu einer halbwegs geordneten Aufstellung zu bewegen. Für einen flüchtigen Augenblick überlegte Louis, dann griff er die leere MG-Kiste und verschwand.

Nach kurzer Orientierung lief er gezielt auf eine der Latrinen zu und versteckte sich hinter dem Sichtschutz. In unmittelbarer Nähe hielt sich niemand auf. Louis öffnete seinen Rucksack und zog die beiden Stielhandgranaten hervor. Während er immer wieder in den Graben spähte, trennte er den einen Detonationskopf ab und band ihn mit einer Mullbinde an den Kopf der anderen. Anschließend setzte er die Sprengkapsel ein und befestigte Verbandsstoff an der Abreißschnur. Er legte die geballte Ladung auf den Boden der Munitionskiste. Louis füllte den Behälter mit Steinen und Erde, bis er in etwa das Gewicht angenommen hatte, welches man von einer gefüllten Kiste erwarten durfte. Zuletzt band er die Schnur an den Öffnungsmechanismus seitlich des Deckels, schloss diesen und zog die Schnur, die etwas herausragte, vorsichtig fest. Wer auch immer diesen Deckel öffnete, würde damit sein Schicksal besiegeln.

Die Deutschen wirkten sichtlich nervös. Jeder einsatzfähige Soldat stand im Graben. Louis fiel auf, dass die Deutschen keine weiteren Distanzwaffen heranschleppten. Es standen jede Menge Gewehrschützen in erster Reihe, aber Louis sah keine leichten Mörser oder Ähnliches. Der Grund war klar: Man wollte unter allen Umständen eine direkte Provokation vermeiden. Eine verirrte Granate und die mühsam hergeschleppten »Acht, Acht« würden unbrauchbar sein. Louis hoffte, dass der Sani recht hatte und die Deutschen noch etwas brauchten, bis diese Waffe einsatzbereit war.

»Wo willst du denn hin!«

Louis zuckte innerlich zusammen. Obwohl er den Ruf nur wie durch Watte gehört hatte, fühlte er sich angesprochen. Langsam drehte er sich um. Der Feldwebel hatte beide Hände in die Hüften gestemmt.

»Meinen Sie mich, Herr Feldwebel?«

»Wen denn sonst?«

»Entschuldigung. Meine Ohren ... Hab 'n Knalltrauma. Ist 'ne Kiste Murmeln fürs 42.«

»Warum schleppt ein Sani hier Munition rum? Du bist doch Sani, oder?«

»Ja. Der Kamerad, der sie liefern sollte, liegt bei Hapo auf der Liege. Hat jede Menge Splitter im Arsch. Hapo hat gesagt, ich soll sie bringen. Weil das MG sie braucht. Würde keinen Sinn machen, erst ...«

Der Feldwebel winkte ab. »Das ist die falsche Richtung, Soldat. Schütze Schmitz! Packen Sie mit an.«

Schütze Schmitz war ein junger Bursche. Louis bezweifelte, dass er älter als sechzehn oder siebzehn Jahre war.

»Aber beeilt euch!«, bellte ihnen der Feldwebel hinterher.

Schmitz ging vor. Zu Louis' Verwunderung liefen sie in entgegengesetzte Richtung. Plötzlich bog Schmitz nach links ab. Die Deutschen hatten eine Art Treppe aus groben Stämmen in den Boden eingelassen. Es ging mehrere Stufen hinauf. Louis war überrascht. Sie hatten über dem eigentlichen Schützengraben einen weiteren Laufgraben ausgehoben. Teile der Befestigungsanlage waren terrassenförmig angelegt. Etwas, das von den feindlichen Gräben aus nicht zu erkennen war. Und dann sah er das MG-Nest. Der Lauf befand sich schätzungsweise drei Meter über dem unteren Kampfgraben. Das Rohr lugte aus einer schmalen Öffnung von Sandsäcken heraus. Die Sicht aus dieser Position erstreckte sich über das gesamte Schlachtfeld. Wenn Lohmann den Befehl zum Angriff gab, geben musste, so würde das MG aus dieser Lage das gesamte Regiment vollständig eliminieren. Und selbst, wenn es einige bis nahe an den Deutschen schafften, so würden sie in ihrer Anzahl wahrscheinlich keine Gefahr mehr für den Feind darstellen. Möglicherweise würden sich die Wehrmachtssoldaten sogar auf die erhöhte Position zurückziehen und die völlig überraschten Feinde von oben herab einen nach dem anderen abknallen. Das Perfide war, griffen seine Männer nicht an, so würden die beiden »Acht, Acht«-Artilleriegeschosse die Gräben seiner Kameraden in den nächsten vierundzwanzig Stunden binnen Minuten in eine tödliche Hölle verwandeln. So oder so. Wenn sein Plan nicht funktionierte, würden seine Kameraden schon bald ihr Leben aushauchen.

»Nun komm schon!«

Louis hatte nicht bemerkt, dass er unter diesem Eindruck fast stehen geblieben war. Schmitz' Aufforderung holte ihn aus seinen Gedanken zurück. Wieder ratterte das MG. Sie drängten sich an einigen Männern vorbei. Erst jetzt erkannte er, dass sie Scharfschützengewehre in ihren Händen hielten. Die Deutschen hatten tatsächlich alle Zeit der Welt. Ein Sturm auf ihre Gräben wäre unter dem Feuer des MG-Nestes aussichtslos.

»Kameraden!«, rief Schmitz. Er ließ die Kiste sinken. Louis folgte mit seiner Bewegung und gemeinsam stellten sie die Patronenkiste ab.

Drei Männer erkannte Louis. Schmitz drehte sich um, drängte sich an Louis vorbei und lief zurück.

Die MG-Schützen schauten Louis fragend an. Schließlich sagte einer der Männer: »Was sollen wir damit? Haben doch eine volle gekriegt.«

Louis suchte fieberhaft nach einer Antwort. Wenn sie erst eine neue Kiste bekommen hatten und wiederum nur sporadisch einige Schüsse abgaben, würde es ewig dauern, bis sie seine Kiste öffneten. Und diese Zeit hatte er nicht.

»Der Kamerad, der mir die Munition gegeben hat, den hat es übel erwischt. Wird gerade zusammengeflickt. Er sagte, ich soll die Kiste so schnell wie möglich zu euch bringen. Und ich soll euch sagen, dass ihr die andere nicht nehmen sollt.«

Irritiert sah der Soldat ihn an. »Und warum?«

Louis zuckte mit den Schultern und tat unwissend. »Keine Ahnung. Er sagte, die Patronen wären nicht Ordnung. Wären zu viele Krepierer drin. Ich soll die hierherbringen und euch sagen, dass ihr tauschen sollt.«

»Tauschen?«

Louis nickte. »So hat er es gesagt.« Louis tippte sich an die Stirn. »Ich muss zurück. Mächtig was los nach der Sache vorhin.« Während er sich entfernte, presste er die Zahnreihen unbewusst aufeinander. Louis wartete darauf, dass man ihn zurückrief. Ihn anhielt, auf irgendeine Art enttarnte. Und er wusste, wenn sie die Kiste in den nächsten Sekunden öffneten, würde ihn das unweigerlich mit in den Tod reißen.

»Du! Sani!«

Louis erstarrte. Wie in Zeitlupe drehte er sich um und sah den Scharfschützen an, der ihm entgegenstarrte.

»Ich hab da 'ne Schwellung. Zwischen meinen Beinen.« Das Gesicht des Soldaten formte ein dämliches Grinsen. »Hab gehört, da hilft nur Frauenspucke.«

Louis' Blick wanderte an dem lachenden Schützen vorbei hin zum Maschinengewehr. Er sah, wie sie den alten Patronengurt entnahmen und einer der Männer die neue Kiste zu ihnen heranzog. Louis grinste zurück. »Ich bestell Hapo Grüße von dir und sag ihm, dass er sich 'ne Perücke aufsetzen und sich die Lippen schminken soll.«

»Scheiße, Mann! Das Bild hab ich jetzt im Kopf.«

»Siehste?«, kam es von Louis. »Und schon ist deine Schwellung kuriert.« Louis drehte sich um und lief los.

Es war, als rannte er auf der Stelle. Der Treppenabgang war nur noch wenige Meter vor ihm und trotzdem hatte er das Gefühl, ihm nicht näher zu kommen. Die Wucht der Detonation komprimierte die Luft und presste sie wie eine Walze durch den engen Laufgang. Sie traf ihn in den Rücken und warf ihn regelrecht die Stufen hinunter. Für einen flüchtigen Moment folgte der Explosion eine unwirkliche Stille. Dann prasselte Erdreich wie schwerer Regen auf die Gegend. Für weitere, wenige Augenblicke hatte dieses Ereignis die anderen Soldaten in eine Schockstarre versetzt, aus der sie plötzlich, wie auf Kommando, zeitgleich erwachten. Schreie, Rufe, irgendjemand bellte Befehle. Louis erhob sich, als er beiseitegestoßen wurde. Die ersten Deutschen rannten an ihm vorbei, hoch zu den Kameraden in der verzweifelten Hoffnung, noch jemanden lebend vorzufinden. Louis nutzte das Chaos, bog nach links ab und sprintete los. Außer Sicht überwand er den Schützengraben, kroch den Abhang hoch und lief anschließend zurück in Richtung der MG-Stellung. Dorthin, wo er die getarnten Geschütze vermutete. Noch fünf Minuten. Ab jetzt lief die Zeit. Unter sich sah er die Flammen, die von seiner selbst gebastelten Bombe stammten. Er sah die Soldaten, die noch immer hektisch umherrannten, Verletzte versorgten und weitere Munition einsammelten, damit diese ihnen nicht auch noch um die Ohren flog. Im Lauf riss er sich seinen Rucksack vom Rücken. Seine Hände tasteten blind darin, bis seine Finger die Leuchtpistole erkannten. Es war acht Uhr zwölf. Louis hob den Kopf und suchte den Himmel ab. Plötzlich hörte er ein dröhnendes Geräusch weit über sich. Sein Arm schnellte in die Höhe, streckte sich und dann zog Louis den Abzug durch.

KAPITEL 2

Zehn Jahre später

Herrmann Breuer war entweder der dümmste oder der dreisteste seiner letzten Aufträge gewesen. Jedenfalls hatte er sich in beeindruckender Weise von mehreren Größen der Stadt Gelder erschlichen, um sich den Traum eines großen Nachtclubs zu erfüllen. Und dabei hatte er es regelmäßig so richtig krachen lassen. Zumindest was Luxus und Weiber betraf, dachte Louis, während er wie zufällig an dem zerstörten Gebäude vorbeilief. Breuer hatte sich gern mit den wichtigen Leuten umgeben. Typen, die mindestens eine Nummer zu groß für ihn waren. Und wenn man sich von gewissen Personen Geld lieh, sollte man eine entsprechende Zahlungsmoral an den Tag legen und sie nicht in aller Öffentlichkeit verspotten. Der Sprengstoff hatte ganze Arbeit geleistet. In der Frontfassade klaffte ein riesiges Loch und dicke Risse schlängelten sich bis zum First. Von der Wohnung war nicht mehr viel übrig. Louis war eher ein Verfechter von Zurückhaltung, aber sein Auftraggeber hatte eindeutig eine gewisse Aufmerksamkeit gewünscht. Die Schupos hatten Mühe, die Schaulustigen hinter der Absperrung zu halten. Aber wer konnte es ihnen verübeln? Schließlich bekamen sie hier einiges geboten, ging es ihm durch den Kopf. Zweifel am Erfolg seines Einsatzes hatte er nicht. Louis hatte Breuer ins Haus gehen sehen. Wenige Augenblicke später hatte es gerumst. Er hatte das TNT in unmittelbarer Nähe der Eingangstür angebracht. In dem schmalen Flur hatte sich die Druckwelle nicht großartig ausbreiten können, was die Wirkung des Sprengstoffs erhöhte. Etwas weniger hätte es auch getan, dachte er, als er das Ergebnis betrachtete, aber er hatte auf Nummer sicher gehen wollen. Er hatte den Ruf absoluter Zuverlässigkeit und den galt es zu pflegen, immerhin wirkte sich dieser auf die Bezahlung aus. Das Geld würde noch heute seinem Mittelsmann übergeben werden. Er war nicht billig, dafür konnte Louis seine Anonymität wahren. Gleichzeitig verschaffte es ihm eine gewisse Autorität. Wer ihn reinlegen wollte, der wusste nicht, mit wem er sich anlegte. Und es hatte sich rumgesprochen, dass man ihn nicht hinterging. Hier gab es nichts mehr zu tun. Louis hatte seinen Volkswagen einige Straßenzüge weiter abgestellt. Seine Einkünfte erlaubten ihm ein durchaus komfortables Leben, gleichzeitig warf ein dementsprechender Lebensstil Fragen auf. Neider und Denunzianten gab es zuhauf. In seinem Job konnte er es sich nicht erlauben aufzufallen. Von daher hatte er es vorgezogen, seinen Wohnsitz in den Essener Norden zu verlegen. Man war hier relativ anonym. Die Bundesrepublik war bestrebt, durch große Werbekampagnen sogenannte Gastarbeiter ins Land zu holen, da der Hunger nach Kohle nicht zu bändigen war. Zu Tausenden strömten sie ins Land. Dazu kamen unzählige Vertriebene aus dem Osten, die im Ruhrgebiet eine neue Heimat suchten. Um die Zechen herum versuchte man, aus allem Wohnraum zu schaffen. Und hier, in Katernberg, wo der Förderturm der riesigen Zeche Zollverein wie ein breitbeiniger Wächter von Weitem sichtbar über die Gegend blickte, gab es Ecken, in denen man mit der deutschen Sprache nicht allzu weit kam. Außerdem fand er in der Anhäufung materieller Dinge keine Befriedigung. Sie würden ihm seine Rastlosigkeit nicht nehmen. Schon vor langer Zeit hatte er es sich abgewöhnt, darüber nachzusinnen, ob das, was er tat, verwerflich war. Wahrscheinlich war es das. Nach heutigem Standard. Aber moralischen oder ethischen Konflikten stellte er sich nicht. Das war pure Heuchelei in seinen Augen. Vor wenigen Jahren noch wurden Unschuldige im Krieg zu Opfern. Die systematische Ermordung von Wehrlosen, von Alten, Frauen und Kindern war allein durch die Tatsache, dass zwei Staaten sich formell zu Feinden erklärt hatten, legitimiert gewesen. Man hatte das Töten von Menschen nicht nur als notwendig erachtet. Man hatte es verlangt. Und waren die Gründe noch so nichtig. Ein Völkerkrieg setzte einen ungehemmten Brutalisierungsprozess in Gang, in dem jegliches Menschsein verloren ging. »Moral Bombing« hatte man es genannt. Der gezielte Angriff auf die Zivilbevölkerung, um deren Durchhaltewillen zu brechen. Louis' Zielpersonen waren alles andere als unschuldig. Es waren allesamt Verbrecher. Betrüger. Zuhälter. Mörder. Skrupellos und so auf ihren Vorteil bedacht, dass das Schicksal anderer für sie keine Rolle spielte. Sie gingen im wahrsten Sinne des Wortes über Leichen. Anders als die Männer, die ihm an der Front gegenübergestanden hatten und die ihn auf einen Befehl hin töten sollten. Befehle von Vorgesetzten, einst bekennende Nazis, die später in führende Rollen der Politik, der Justiz aufgestiegen waren und jetzt die Verbrechen anprangerten, die sie noch vor Kurzem angeordnet und gebilligt und in vielen Fällen selbst durchgeführt hatten. Im Grunde genommen tat er der Gesellschaft mit jedem erledigten Auftrag einen Gefallen. Zumindest war das seine Sicht der Dinge.

Louis sah die schmale Seitenstraße hinunter. Die Dämmerung brach herein. Etwa hundert Meter entfernt erkannte er eine junge Frau. Der Kerl, der sie verfolgte und lautstark als billige Hure beschimpfte, fasste sie an den Haaren und zog sie brutal zu sich. Das peitschenartige Geräusch der Ohrfeige brach sich in der Häuserschlucht. Die Frau stürzte und hielt schützend ihre Arme vor ihr Gesicht, während der Kerl sie noch immer an den Haaren über das Kopfsteinpflaster zog. Ihre Habseligkeiten, verstaut in einer Tasche, verteilten sich über die Straße.

»Hey, Arschloch!«

Generell mischte sich Louis nicht in fremde Angelegenheiten ein. Aber das hier ging ihm zu weit. Er hatte nicht vor, das zu seinem Problem zu machen, aber dem Kerl gehörten seine Grenzen aufgezeigt. Louis war bis auf wenige Meter herangekommen. Erst jetzt schenkte der Mann ihm Beachtung. So überheblich und von sich überzeugt war er, dass es ihn offenbar nicht im Geringsten interessierte, dass er mit seinem Verhalten die Aufmerksamkeit anderer auf sich gezogen hatte. Anscheinend war er es gewohnt, dass sich ihm niemand entgegenstellte. Als würde die Frau keine Rolle mehr spielen, ließ er sie los und wandte sich Louis zu. Seine Lippen umspielte ein leichtes Lächeln, er schien sich zu freuen.

Louis ging weiter unbeirrt auf den Mann zu. Der Mann war eher schmächtig und gut zehn Zentimeter kleiner als Louis, der mit seinen ein Meter dreiundachtzig ohnehin nur zu wenigen aufschauen musste. Das blonde Haar von dem Kerl war licht und mit Pomade streng nach hinten gekämmt. Trotz der Lichtverhältnisse trug er eine Sonnenbrille.

»Was mischt du dich ein? Willst du hier den Helden spielen? Dann komm her!«, rief er erregt, während er auf Louis zuging.

Schon waren beide gleichauf. Der Mann ballte seine Faust und schlug zu. Doch er hatte viel zu weit ausgeholt. Zu lang und zu ineffektiv. Louis hatte sich weggeduckt und ließ seine Rechte ansatzlos nach vorn schnellen. Er zerschmetterte das Nasenbein des Mannes. Blut tropfte auf dessen Oberbekleidung. Er taumelte zurück und hielt sich beide Hände vor das

Gesicht. Louis machte zwei Schritte auf seinen Gegner zu. Ruhig. Beinahe gelassen. Der nächste Schlag traf den Solarplexus. Der Kerl fiel in sich zusammen und blieb in embryonaler Haltung auf dem Kopfsteinpflaster liegen. Sein Gesicht war binnen Sekunden angeschwollen. Louis stieg über ihn hinweg.

»Pass auf!«

Louis fuhr herum. Gerade in dem Moment, in dem ein weiterer Typ ein beidseitig geschliffenes Messer in Richtung seines Halses stieß. Louis wich nach hinten aus. Schon stach der Mann ein weiteres Mal zu. Er war ohne Frage geübt im Umgang mit der Waffe. Louis schlug gegen die Außenseite des Ellenbogens, umklammerte den Arm, während er mit seiner linken Faust auf die Schläfe des Gegners schlug. Louis' Linke hatte bei Weitem nicht die Schlagkraft wie seine Rechte. Doch brachte der Hieb den Angreifer aus dem Konzept. Noch immer hielt Louis dessen Arm mit seiner rechten Hand fest. Während er ihm unter die Achselhöhle trat, zog Louis den Arm in die entgegengesetzte Richtung und kugelte ihm so die Schulter aus. Der Schmerzensschrei war geradezu unmenschlich. Von ihm würde keine Gefahr mehr ausgehen. Prüfend sah sich Louis um. Er wollte sich kein weiteres Mal überraschen lassen. Er kickte das Stilett zu Seite und entspannte sich. Die junge Frau hatte sich wieder aufgerappelt. Ihre Kleidung wirkte abgenutzt und ihre Tasche verschlissen. Ihr dunkelblondes Haar war schulterlang und einzelne Strähnen bewegten sich im Wind, während sie hektisch ihre paar Habseligkeiten aufsammelte. Sie war vielleicht Mitte zwanzig, möglicherweise auch jünger, aber ihr Gesicht zeigte ihm, dass sie schon viel erlebt haben musste. Vielleicht eine Prostituierte, fuhr es ihm durch den Sinn. Die beiden Kerle dort auf dem Boden machten sich gut als Zuhälter.

»Sie sollten die Chance nutzen und abhauen«, sagte er kurz und drehte sich bereits um.

»Warten Sie!«

Louis hob beide Arme, ihr den Rücken zugewandt. »Nicht mein Problem«, sagte er. Ohne sich nochmals umzudrehen, ging er weiter. Einige Straßen entfernt schloss er seinen VW-Käfer auf und startete den Motor, der mit einem heftigen Schütteln zum Leben erwachte. Louis schlug das Lenkrad ein, musste verkehrsbedingt warten, bevor er losfahren konnte, da sah er im Rückspiegel die junge Frau. Sie rannte in seine Richtung, soweit das ihre hohen Schuhe zuließen. Louis verdrehte die Augen. Ehe er ausscheren konnte, war sie an seinem Wagen und klopfte hektisch gegen die Seitenscheibe, wobei sie immer wieder ängstlich in die Richtung schaute, aus der sie gelaufen kam. Louis beugte sich zur Beifahrertür und kurbelte das Fenster einige Zentimeter hinunter. »Hören Sie … ich habe Ihnen das gerade bereits gesagt. Es ist nicht mein Problem.«

Sie griff zum Türöffner, doch die Seite war verschlossen. Hektisch klopfte sie gegen die Scheibe. »Mach die Tür auf! Bitte.«

Louis sah in den Seitenspiegel. Die Fahrbahn war frei und er fuhr an. Während er beschleunigte, warf er instinktiv einen Blick in den Rückspiegel. Sie hatte die Schuhe ausgezogen und rannte barfuß seinem Wagen hinterher. Louis konzentrierte sich wieder auf die Straße. Er fragte sich, warum er sich überhaupt eingemischt hatte. Er hatte genug getan. Es waren nach wie vor harte Zeiten. Wirtschaftswunder hin oder her. Sie musste selbst zusehen, wie sie klarkam. Was ging ihn das an? Louis bog an der nächsten Kreuzung ab. Ein Schutzmann regelte den Verkehr und genau in dem Moment, wo er in den Kreuzungsbereich einfahren wollte, forderte der Uniformierte ihn mit Handzeichen auf, stehen zu bleiben.

Ungeduldig klopfte er mit den Fingern auf das Lenkrad. Eine gewisse Vorahnung ließ ihn immer wieder in den Rückspiegel schauen. Vielleicht war es auch sein schlechtes Gewissen. Und dann sah er sie. Kurz war er versucht, das Lenkrad rumzureißen und um den Elefantenfuß mit dem Verkehrspolizisten herumzufahren, doch der Querverkehr war zu dicht. Einen Wimpernschlag später trommelte sie mit den Fäusten gegen die Scheibe der Beifahrertür. »Mach die verdammte Tür auf, du Mistkerl!«

Sofort hatten sie die volle Aufmerksamkeit des Schutzpolizisten, der lautstark von seiner Trillerpfeife Gebrauch machte und alle Verkehrsteilnehmer anwies, stehen zu bleiben. Misstrauisch ging er auf Louis' Wagen zu. »Gibt es Probleme, gnädige Frau?«

»Verflucht!«, knurrte Louis, beugte sich hinüber zur Beifahrertür und entriegelte sie. Sofort sprang sie hinein.

»Was ist hier los?« Der Schutzmann baute sich vor dem Käfer auf, die Hände demonstrativ in die Hüften gestemmt.

Louis kurbelte das Fenster hinunter. »Nichts für ungut, Herr Wachtmeister. Sie liebt mich halt abgöttisch.« Grinsend zwinkerte er dem Uniformierten zu. Dessen Misstrauen blieb noch etwas bestehen, bis sich seine Züge entspannten und nun eher genervt wirkten. »Fahren Sie weiter. Sie halten hier nur unnötig den Verkehr auf.«

Louis überquerte zügig die Kreuzung, während die Frau den Polizisten im Seitenspiegel verfolgte.

»Was ist das für 'ne Nummer, die du hier abziehst?« Louis war erkennbar gereizt.

In ihrem Gesicht spiegelte sich eine Mischung aus Empörung und Feindseligkeit wider. »Sag mal, hat man dir ins Gehirn geschissen? Ich zieh 'ne Nummer ab? Wem hab ich den ganzen Scheiß zu verdanken?«

»Hättest dich lieber verdreschen lassen, was?«

»Es hat dich keiner gebeten, den Retter zu spielen. Ich wäre auch ohne dich klargekommen.«

Da hatte sie wohl recht, dachte Louis. Wahrscheinlich war ihr bisheriges Leben von Gewalt geprägt gewesen. Eine Tracht Prügel mehr oder weniger machte da nicht viel aus.

»Wenn du angeblich so gut klarkommst, warum sitzt du dann in meinem Wagen?«

Sie schnappte förmlich nach Luft. »Du hast mir diese Kacke eingebrockt! Hast du 'ne Ahnung, was die mit mir machen, wenn die mich finden?«

Verdammt. Daran hatte er nicht gedacht. Louis zog die Stirn in Falten. Während sie ihre Tasche auf den Rücksitz schmiss, fuhr Louis sich mit der Rechten über sein raues Kinn und grübelte. Er beobachtete sie aus dem Augenwinkel. Noch immer guckte sie ängstlich in den rechten Außenspiegel. Ihr Profil wirkte hübsch. Ihre langen blonden Haare hatte sie soeben zu einem Pferdeschwanz gebunden. Für seinen Geschmack hatte sie etwas zu wenig auf den Rippen. Na gut, sie hatte nicht den gesündesten Lebensstil und aß wahrscheinlich unregelmäßig, nahm vielleicht auch Drogen. Er fragte sich, wie man sich so gehen lassen konnte. Aber tat er nicht genau das Gleiche? Bewegte er sich nicht auch am Rande der Gesellschaft, allein und fernab jeglicher Moral? Was war von seinen Träumen übrig geblieben? Hatte er überhaupt je welche gehabt? Wenn ja, dann konnte er sich nicht mehr daran erinnern. Er tat das, weil er nichts anderes konnte. Ebenso hatte das Schicksal, oder was auch immer die Geschicke lenkte, das junge Ding nicht danach gefragt, wie es Geld verdienen möchte.

Louis' Augen suchten ebenfalls immer wieder den Rückspiegel. Eigenschaften, zunächst antrainiert, mittlerweile in Fleisch und Blut übergegangen. Aber ihre Anspannung übertrug sich auf ihn.

»Hör zu«, sagte er schließlich. »Kann ich dich irgendwo absetzen. Ich meine ... Du wirst doch sicherlich irgendwo ...«

Sie wandte sich ihm zu. Die Antwort fand er in ihrem Gesicht. Sie konnte nirgendwohin. Weil es nichts und niemanden gab. Er hatte sie in diese Lage gebracht. Und nun wollte er sich ihrer entledigen. Die folgenden Minuten schwiegen beide. Eine unangenehme, drückende Stille. Zumindest für Louis. Sie schien ein Mensch zu sein, der es gewohnt war, still sein zu müssen. Ihm fiel ein, dass er ihren Namen nicht wusste.

»Monika«, antwortete sie auf seine Frage. »Kannst mich Moni nennen.«

Louis hatte so seine Zweifel, ob es stimmte. Letztendlich aber war es ihm egal. Und ebenso akzeptierte sie seinen Namen, ohne nachzufragen.

»Hast du Familie?«, fragte sie nach einer Weile. »Was machst du beruflich? Arbeiter bist du offenbar nicht.«

Louis sah sie an. »Wie kommst du darauf?«

»Was meinst du?«, hakte sie nach. »Das mit der Familie? Du trägst keinen Ring. Und die Hautfarbe ist durchgehend. Da war auch eine längere Zeit kein Ring.«

Louis betrachtete seine Finger.

»Und das mit dem Beruf … Deine Hände sind zu gepflegt. Die Fingernägel. Und du hast keine Schwielen. Auch wenn deine Hände kräftig sind. Es sind keine Arbeiterhände.«

Louis war beeindruckt, wie viele Details sie aufnahm.

»Lass mich raten. Du bist … Geschäftsmann. Habe ich recht?«

Louis schmunzelte. »So was in der Art.«

»Was genau?«

Louis antwortete nicht, sondern fuhr den Käfer an den Straßenrand. Der Motor schüttelte sich kurz, dann erstarb er.

»Wo sind wir?« Sie drehte sich auf dem Sitz und sah sich in alle Richtungen um.

»Ich wohne hier. Du kannst die Wohnung für eine Nacht haben.«

Ihre Augen weiteten sich. »Bist du so ein Perverser?«

»Wenn das so wäre, müsste ich dich töten. Du kannst mich beschreiben, sitzt in meinem Wagen und weißt, wo ich wohne. Das sind jede Menge Risiken. Überleg's dir also.« Ohne auf eine Reaktion zu warten, stieg er aus.

»Außerdem bist du hinter mir hergelaufen. Schon vergessen?«, fragte er über das Dach hinweg. Louis öffnete den Kofferraum und entnahm eine große Papiertüte mit Lebensmitteln.

Die Wohnung war weder besonders groß noch geschmackvoll eingerichtet. Eher zweckmäßig, ohne jegliche Dekoration. Die Wände waren weiß getüncht und das Email der frei stehenden Wanne im Bad blätterte bereits an den Rändern ab. Es war sogleich erkennbar, dass hier nur ein Mann wohnen konnte. Allein. Es war auffallend sauber, was wiederum ungewöhnlich für einen Mann war. Selbst auf dem spärlichen Mobiliar war keine Staubschicht zu sehen. Louis hasste Unordnung.

»Nett«, sagte sie in einem Ton, den man nutzte, wenn man sich genötigt fühlte, etwas zu sagen, was man im Grunde genommen nicht so meinte.

»Hör mir zu«, sagte er, während er die Lebensmittel in der kleinen Küche abstellte. »Ich muss gleich noch mal weg. Werde wahrscheinlich erst morgen Mittag oder Nachmittag zurück sein. Du kannst hierbleiben. Essen ist in der Tüte. Morgen früh bist du weg.«

Sie sah ihn nicht an, sondern betrachtete die schmucklose Unterkunft.

»Du findest hier nichts, was in irgendeiner Form von Wert ist. Das Einzige, was ich erwarte, ist, dass du die Wohnung wieder sauber hinterlässt.«

»Bist du immer so vertrauensvoll?« Sie warf ihm ein Lächeln zu. Das erste Mal, dass sie lächelte, seit er ihre Bekanntschaft gemacht hatte. Es berührte ihn auf eine gewisse Weise. Etwas, was ihm in der Regel nicht passierte, womit er nicht umgehen konnte und was ihm unangenehm war. Vielleicht lag es daran, dass es hier in seiner Wohnung passierte. Verlegen schaute er nochmals in die Lebensmitteltüte, obwohl er den Inhalt genau kannte.

»Wie gesagt … morgen Früh. Zieh einfach die Tür zu.«

Einen flüchtigen Augenblick betrachtete er sie, wartete darauf, dass sie etwas sagte. Doch sie sah ihn nur an. Ihr Lächeln war nicht gänzlich zusammengefallen. Es blieb ein kaum wahrnehmbarer Rest, der ihren Zügen etwas Weiches gab. Er riss sich aus seiner Starre, nickte ihr kurz zu und verließ die Wohnung.

Louis hatte zunächst mit seinem Mittelsmann Kontakt aufgenommen. Gerd Baumgärtner, der ein Spirituosen- und Kaffeegeschäft in der Innenstadt besaß. Baumgärtner hatte ihn nie persönlich kennengelernt. Zumindest war Baumgärtner der Meinung gewesen. Er war zunächst Hilfspolizist, später Scharführer gewesen und dann SS-Unterscharführer. Nach Kriegsende war er von den Alliierten als Minderbelasteter entnazifiziert worden. Allerdings waren vermehrt Gerüchte aufgekommen, dass er bei der Judendeportation eine gewisse Rolle gespielt hatte. Ein Umstand, den Louis sich zunutze machte. Um sicherzustellen, dass er in ihrer Zusammenarbeit die gleiche Loyalität aufzeigte, hatte ihm Louis klargemacht, dass er über Baumgärtners Familienleben Kenntnis hatte und es sicher bedauerlich wäre, wenn jemand von seiner Sippe über seine Vergangenheit Bescheid wüsste. Gleichzeitig hatte er ihm ein Honorar in Aussicht gestellt, welches noch bestehende Bedenken aus dem Weg geräumt hatte. Eine Abhängigkeit, die sich aus Angst und Gier zusammensetzte. Louis verfügte über zwei Wohnungen, jeweils am anderen

Ende der Stadt. Die zweite war konspirativ. Es handelte sich um einen größeren Gebäudekomplex im Stadtteil Steele, in dem man sich untereinander kaum kannte und sich nicht für die Dinge der Nachbarn interessierte. Er hatte die Bleibe vor Kurzem für ein Jahr gepachtet und die Miete für den gesamten Zeitraum beglichen. Offiziell war er Geschäftsmann, der die Unterkunft als Zweitwohnsitz nutzte. Es war seine Einsatzbasis. Er betrat diesen Ort nie unverkleidet. Auch wenn es auszuschließen war, dass jemand den Louis aus dem anderen Stadtteil hier wiedererkannte. Genauso erledigte er jeden Auftrag mit einem anderen Äußeren.

Es war bereits dunkel. Immer wieder war Louis aufs Neue davon beeindruckt, wie schnell sich dieses noch vor wenigen Jahren beinahe völlig in Trümmern gelegene Land von den Auswirkungen des Krieges erholt hatte. Kleine Geschäfte schossen nach wie vor wie Pilze aus dem Boden. Und was man dort alles kaufen konnte! Letzter Schrei waren Möbel, von denen er nicht wusste, ob sie nur modern aussehen sollten oder auch einen Nutzen hatten. Nierentische in den schillerndsten Farben, Tütenlampen mit roten und gelben Schirmen, sogar ein Laden für Elektrowaren hatte neulich eröffnet, in dessen Schaufenster ein Röhrenfernseher stand, der ein rosafarbenes Gehäuse hatte. Pink, nannte sich die Farbe. Daran musste er sich erst gewöhnen. Die Läden waren oft bunter als die Obstauslage auf dem Wochenmarkt. Was ihm gefiel war die Mode der jungen Frauen. Caprihosen und unverschämt kurze Petticoats. Und auf was alles geachtet wurde. Alles musste farblich aufeinander abgestimmt sein. Die Schuhe sollten zur Handtasche passen und diese wiederum zum Hut. Manchmal gab es das sogar als Kombination zu kaufen. Set nannte man dann das. Und bei den Männern war das Modebild stark vom amerikanischen Stil geprägt. Wie beinahe alles, was aus Amerika kam, Einzug hielt. Wer was auf sich hielt, trug einen

Hut. Dazu lässige Kleidung. Wie dieser Schauspieler, James Dean, der in aller Damenmunde war. Louis musste gestehen, dass dieser Kerl in der Tat recht lässig daherkam. Trotz seiner Meinung, dass er ihn für zu klein, zu schmächtig und zu verklemmt hielt. Aber die Zeiten änderten sich rasant. Für seinen Geschmack etwas zu schnell. Immer wieder ertappte er sich dabei, wie seine Gedanken zu Monika zurückkehrten, obwohl er erst eine halbe Stunde mit ihr verbracht hatte. Was war nur mit ihm los? Sein ganzes Leben war darauf ausgelegt, möglichst unauffällig zu sein und so wenig Spuren wie nötig zu hinterlassen. Und dann erlaubte er einer völlig fremden Frau seine Wohnung zu nutzen. Louis spürte, wie Ärger in ihm aufstieg. Nicht auf Monika. Sondern auf sich. Weil er einfach keine Erklärung für sein derart amateurhaftes Verhalten hatte. Sei es drum, beruhigte er sich. Morgen früh war sie weg. Zukünftig würde er sich aus den Angelegenheiten anderer heraushalten.

Louis war Frühaufsteher und erwachte wie immer zur gewohnten Zeit. Als er aus dem Fenster blickte, sah er die ersten Lichtstrahlen der aufgehenden Sonne. Er öffnete das Fenster und trank seinen Kaffee davor. Die Luft war an diesem Septembermorgen recht kühl und feucht, sodass der allgegenwärtige Koksgeruch wie eine Glocke über der Gegend lag. Louis wusch sich und zog sich an. Seinen Wagen hatte er wie immer etwas abseits geparkt. Seine Sporttasche warf er auf die Rückbank. Er nahm seine Verkleidung ab. Ein angeklebter Oberlippenbart, eine dicke Hornbrille mit Fensterglas und eine Oberkieferprothese, die ihm einen leichten Überbiss verlieh. Er legte die Sachen in das Handschuhfach. Seine Pistole zog er aus seinem Hosenbund und verstaute sie in dem Holster, welches er unter dem Fahrersitz angebracht hatte.

Zunächst fuhr er zur nahe gelegenen Haupt- und Einkaufsstraße. Das Tagesblatt berichtete von einer Explosion in der Innenstadt, bei der eine Person ums Leben gekommen war. Die Polizei hielt sich aus ermittlungstaktischen Gründen mit weiteren Informationen bedeckt. Es beunruhigte ihn nicht. Sein Auftraggeber hatte mit der Aktion eine klare Ansage gemacht, die im Milieu ihre Wirkung zeigen würde. Und möglicherweise zu Konflikten führen würde. Was ihm wiederum zu neuen Aufträgen verhalf. Der Boxclub in Steele öffnete um zehn Uhr. Um diese Uhrzeit fand sich in der Regel kein Sparringspartner. Louis legte zunächst eine Kardiorunde ein. Seilspringen und Schattenboxen. Nachdem er sich aufgewärmt hatte, ließ er sich die Fäuste bandagieren und trainierte am Sandsack. In der Regel verzichtete er auf Boxhandschuhe. Es raubte ihm das Gefühl für echte Körpertreffer. Wenngleich die Verletzungsgefahr deutlich höher war. Nachdem er geduscht hatte, nahm er sein morgendliches Mixgetränk ein. Ein halber Liter Milch mit Haferflocken und drei rohen Eiern. Die Phasen zwischen den Aufträgen empfand er stets als belastend. Die Wochen, die dazwischenlagen, senkten seine Stimmung. Er durchlebte den Tag inhaltslos. Er war keiner, der sich gut mit sich selbst beschäftigen konnte, viel las oder überhaupt ein Buch in die Hand nahm. Louis spulte lediglich seine Alltagsroutine ab. Dazu gehörte sein tägliches Training. Er kaufte ein, aß etwas und streifte danach rastlos durch die Innenstadt, um gegen Abend in irgendeiner Kneipe zu versacken. Es war nicht so, dass er ehrliche Arbeit ablehnte. Er hatte einfach nichts gelernt. Das Einzige, was er wirklich konnte, waren seine Erfahrungen als Soldat zu verkaufen. Und damit zugleich seine Seele. Ein einsamer Weg.

Es war bereits Mittag, als Louis den VW parkte. Vielleicht, sagte er sich, sollte er die Wohnung renovieren. Moderne Möbel kaufen. Und die Wände konnten einen Anstrich vertragen. Oder sogar eine von diesen neuen Tapeten. Eine bunt gemusterte und davor eine neue Garnitur. Und einen Nierentisch mit einer Marmorplatte. Vielleicht, so dachte er weiter, gönnte er sich auch ein Röhrenfernsehgerät. Nur in einer etwas gemäßigteren Farbe. Pink musste es nicht sein.

Er ging ins Haus und schloss die Wohnungstür auf. Sie stand in der Diele, hatte offenbar seine Schritte gehört, die auf den alten Holzstufen durch das ganze Treppenhaus hallten. Beinahe hätte er sie nicht wiedererkannt. Sie trug ein Hemd. Eines von seinen. Es war ihr zu groß, rutschte seitlich hinunter und gab einen Blick auf ihre Schulter frei. Ihr Haar hatte sie hochgesteckt und offenbar hatte sie leichtes Make-up aufgelegt. Ein süßer, blumiger Duft stieg ihm in die Nase. Für einen Moment wurde ihm flau in der Magengegend.

»Meine Kleidung ... ich hab sie gewaschen«, sagte sie sichtlich verlegen, wobei sie ihre Handinnenflächen an ihrem Rock rieb. »Ich hab mir ein Hemd von dir geborgt. Ich hoffe es ist in Ordnung.« Sie lächelte. Unsicher. »Ich hab dir etwas zu essen gemacht. Vielleicht hast du ja Hunger. Hast du Hunger?« Sie drehte sich, ging in den Wohnraum und knetete verlegen ihre Hände. »Ich bin keine gute Köchin, weißt du?«

Louis trat in den Raum. Er schenkte dem Tisch keine Beachtung. Ernst sah er sie an. Sein Gesicht zeigte keine Regung. »Was soll das? Wenn du damit was bezwecken willst, vergiss es. Pack deine Sachen und verschwinde.«

Ihre Mimik fiel in sich zusammen. »Ich habe mich lediglich bedanken wollen.« Wütend raffte sie ihre Habseligkeiten zusammen. »Es kommt in meinem Leben nicht oft vor, dass ich das Bedürfnis habe, mich bei jemandem zu bedanken.«

»Vergiss nicht das Hemd.«

Sie zog das Hemd über den Kopf und stand nun im BH vor ihm. Sie schmiss es über die Stuhllehne und streife ihre Jacke über. Als sie die Tür öffnete, war da etwas, was Louis schon seit langer Zeit nicht mehr gefühlt hatte. Etwas, womit er nicht umgehen konnte. Das tiefe Bedürfnis, etwas sagen zu wollen. Zu erklären. Sie warf die Tür hinter sich zu.

Sei es drum, riss er sich selbst aus seinen Gedanken. Er hatte für sie mehr getan, als man erwarten konnte. Für Gefühle war in seiner Welt kein Platz.

Louis hatte einige Erledigungen getätigt und sich am späten Nachmittag dazu entschlossen, sein Lieblingsessen zu machen, deftiger Eintopf vom Vortag mit einer großen Mettwurst, etwas, das ihn an die Feldküchen seiner Soldatenzeit erinnerte. Aber er bekam kaum etwas runter. Seine Laune war auf dem Tiefpunkt, sodass er entschied, erheblich früher als sonst ins Eckstübchen, eine der zahlreichen Kneipen am Katernberger Markt, zu wechseln. Die Schenke war in den Dreißigern vom alten Erich Höffken in der Nähe der Zeche Victoria Mathias, im Nordviertel, gegründet worden. Nach dem Krieg, aus dem Höffken nicht mehr zurückgekehrt war, hatte seine Frau Frieda das ausgebombte Wirtshaus übernommen und es von Grund auf wieder aufgebaut. Es war nicht viel los. Streng genommen war Louis der einzige Gast. Trotzdem entschloss er sich, am Ende des Tresens Platz zunehmen. Ohne dass er etwas bestellt hatte, stellte ihm Frieda eine Flasche Bier hin. Louis nickte nur kurz, sah sie aber nicht an.

»Hast 'nen harten Tag gehabt, was, Junge? Siehst müde aus.«

Louis streckte sich. »Schon bessere gehabt.« Sein Gesichtsausdruck blieb neutral. Friedas Alter war schlecht abzuschätzen. Das Leben hatte es mit ihrer Generation nicht gut gemeint und in ihrem Gesicht tiefe Spuren hinterlassen. Trotzdem schienen die Erlebnisse ihrem Gemüt nicht viel ausgemacht zu haben. Jeder hatte sein Schicksal, was es zu akzeptieren galt. Wortlos stellte sie ein Pinnchen hin und schenkte ihm einen Schnaps ein. »Geht aufs Haus.«

»Du meinst, ich kann einen gebrauchen?«

Frieda grinste.

»Wir sind alle müde«, erwiderte Louis. »Ist 'ne harte Zeit.«

»Mach du dir mal selbst was vor, Jungchen«, sagte sie und wandte sich ab.

Er runzelte die Stirn, sagte aber nichts.

»Wie heißt denn die Kleine?« Sie sah ihn nur kurz an und konzentrierte sich wieder auf die Reinigung des Tresens.

»Ich weiß nicht, was du meinst.«

Sie zwinkerte verschmitzt.

Louis' Sinne warnten ihn, sich nicht auf eine Diskussion einzulassen. Sich mit einer gehörigen Portion Lebensweisheit anzulegen, war riskant.

»Bist nicht der erste junge Bursche.«

»Was meinst du?« Louis drehte die Flasche in seinen Händen, unschlüssig, ob ihn ihre Bemerkungen nervten oder interessierten.

»Na, der Bauer erkennt seine Schweine am Gang«, sagte sie und schenkte ihm einen weiteren Schnaps ein. »In diesem Fall die Bäuerin.«

»Und was hat dir mein Gang verraten?«

»Das ist so eine Sache bei euch Exsoldaten.« Sie nahm ein weiteres Gläschen und füllte es ebenfalls mit einem Klaren und schenkte auch ihrem Gast neu ein. Sie prostete ihm zu. Louis stieß sein Glas dagegen und beide leerten in einem Zug. Die wohlige Wärme, die von dem Getränk ausging, breitete sich angenehm im Magen aus. Und auch die Wirkung in seinem Kopf verfehlte der Schnaps nicht.

Sie lächelte ihn an. Auf eine weise Art, mit der viele ältere und lebenserfahrene Menschen die jüngere Generation ansahen.

»Ihr habt nie gelernt, mit euren Emotionen umzugehen. Verständlich. Kann man sich im Krieg nicht erlauben. Ihr kämpft dagegen an. Weil ihr Angst habt, dass es euch verwundbar macht.«

»Pass auf … ich wollte nur ein Bierchen …«

Frieda hob abwehrend die Hände. »Natürlich … Noch einer von der Sorte ›Ich bin nicht einsam. Ich bin lediglich ein Einzelgänger und das ist etwas völlig anderes.‹«

Louis trank sein Bier aus und legte Geld auf den Tresen. Ihm war nicht nach einer aufgezwungenen Konversation. Vielleicht weil er ahnte, dass er dabei zweiter Sieger werden würde.

»Danke für den Schnaps«, sagte er, während er sich die Jacke anzog. Frieda nickte nur.

Louis schob den Vorhang auseinander, der den Schankraum vom Eingang trennte.

»Du kannst deine Gefühle unterdrücken«, sprach sie ihm hinterher. »Nur verschwinden werden sie dadurch nicht. Wir sind alle verletzbar, Junge.«

Gegen Abend kehrte Louis in seine Wohnung zurück. Er fühlte sich müde. Nicht auf eine körperliche Art. Es war eine Erschöpfung, die ihn immer einholte, wenn er keine Aufträge hatte. Sie füllte diese Leere. Er hing seine Jacke auf und streifte sich seine Schuhe von den Fersen. Als er in die Wohnstube trat, wirkte der Raum auf ihn in einer seltsamen Art verändert. Der Tisch war noch immer gedeckt. Für zwei Personen. Obwohl es sich nur um etwas Geschirr handelte, erfüllte dieser gedeckte Tisch die Stube auf merkwürdige Weise mit Leben. Machte sie zu so etwas wie einen bewohnten Ort.

»Sentimentale Scheiße«, knurrte er. Louis begann, den Tisch abzuräumen. Kurz hielt er inne. Sie hatte gekocht. Das

Essen war bescheiden, weil er nicht viel eingekauft hatte, aber sie hatte erkennbar versucht, daraus etwas zu zaubern. Kartoffeln mit Fleisch. Dazu Steckrüben, für die sie offenbar eine Soße gemacht hatte. Das Mahl war nicht einfach auf dem Teller platziert. Sie hatte sich Mühe gegeben. Kräuter darüber gestreut und neben dem Besteck lagen sorgsam gefaltete Servietten. Sogar eine Kerze hatte sie aufgestellt. Louis wusste gar nicht, dass er Kerzen besaß. Die Küche war aufgeräumt. Sämtliche Töpfe hatte sie gespült und wieder an ihren Platz gestellt. Louis entsorgte das Essen im Müll und spülte das Geschirr. Als er das Hemd nahm, roch er etwas von ihrem Parfüm, und ohne sich dessen bewusst zu sein, hielt er den Stoff an seine Nase. Louis schmiss es zur Schmutzwäsche. Nun sah alles aus wie immer. Und doch wirkte es anderes. Als bemerkte er das erste Mal, wie leblos, wie steril diese Wohnung aussah. »Nicht gerade ein nettes Plätzchen«, sagte er mit sarkastischem Grinsen zu sich, nachdem er sich gesetzt und eine Flasche Bier geöffnet hatte. Aber was man nicht mochte, daran hing man nicht. Und das machte aus seiner Sicht vieles einfacher. Er konnte jederzeit loslassen, ohne sich umzudrehen. Das Bier schmeckte nicht. Außerdem wollte sich einfach nicht dieses wohlige Gefühl von Schwere, von angenehmer Müdigkeit einstellen. Das Fenster war gekippt. Von draußen drang der Lärm der Stadt monoton zu ihm durch. Es war Freitagabend. Die Menschen strömten nach draußen, um sich zu amüsieren, um den Alltag und die Sorgen für einen Abend loszulassen. Louis trat ans Fenster und blickte hinaus. Die Sehnsucht der Menschen nach Freiheit, Unbeschwertheit war nach den harten Kriegsjahren kaum zu stillen. Es war seltsam. Während die meisten Leute das tiefe Bedürfnis hatten, unter Gleichgesinnte zu kommen, etwas zu trinken und ausgelassen zu feiern, sehnte sich Louis geradezu nach dem, was ihn genau zu dem gemacht hatte, was er war. Louis nahm seine Jacke und verließ die Wohnung. Er hatte einen Tipp bekommen, der ihm möglicherweise etwas Abwechslung verschaffte.

KAPITEL 3

Der Wind frischte auf und es roch nach Regen. Louis zog den Hut tiefer ins Gesicht und schlug den Kragen seines Mantels hoch. Aus den Wirtshäusern und Spelunken in der Innenstadt drang gedämpfte Musik bis auf die Straße. Nicht wenige Kerle hatten sich die Haare nach hinten gewachst und sich eine Tolle geformt, wie es dieser Elvis Presley tat. Er musste sich eingestehen, dass ihm die Musik von diesem Ami recht gut gefiel. Trotzdem überforderte ihn die Schnelligkeit dieses Wandels ein Stück weit und er kam sich vor wie ein Tourist in einem fernen Land. Louis hielt an seinem Aussehen fest. Sein dunkles Haar war kurz geschnitten, militärisch eckig. Die Lokale in Nähe der Hauptstraßen unterschieden sich deutlich von denen in den Seitenstraßen. Während vor den Kneipen und Tanzlokalen in den lichterhellten Bereichen junge, testosterongeschwängerte Burschen, in neuste Mode gehüllt, den Mädchen mit lässigen Posen und Tanzeinlagen imponierten, fand man vor den Türen in der Schattenwelt der Stadt zwielichtige Gestalten, Lebensversager und rückständige Säufer, denen man auch tagsüber ungern begegnete. Hier trafen sich Spieler, Gauner, Zuhälter und die Größen der Unterwelt. Fragen stellte man hier besser nicht. Hierhin verirrte man sich nicht. Selbst die Polizei tauchte hier nur auf, um die eine oder andere Zuwendung abzuholen, mit der sich der Gönner eine gewisse Ruhe vor staatlicher Repression versprach. Eintrittskarte war das Gesicht. Die Türsteher erkannten zuverlässig, wer hierhergehörte, wer Ärger machte oder wen man ausnehmen konnte. Die Anzahl der Animierdamen, die unbedarfte Betrunkene in diese teils rechtsfreien Räume lockte, war unüberschaubar. Louis klopfte an die Hintertür eines alten Backsteingebäudes, was offenbar mal zu den alten Krupp-Werken gehört hatte. Er hatte einen Tipp erhalten. Einer jener Hinweise, die geflüstert und hinter vorgehaltener Hand gegeben wurden. Einige Sekunden später öffnete sich ein Schiebefenster der Tür. Der finster dreinblickende Mann betrachtete Louis. »Was willst du?«

»Einundfünfzig – sechzehn – sechsunddreißig«, erwiderte Louis. Es war der Code, den er am Eingang sagen sollte. Das Fenster wurde geschlossen, beinahe zeitgleich öffnete sich die Tür. Der Kerl dahinter, dessen Nase mehr Krümmungen aufwies als eine Gebirgsstraße in den Alpen, nickte ihm kurz zu. Gründlich tastete er den fremden Gast ab. Louis durchschritt die alte Werkshalle und ging geradewegs auf eine weitere doppelflügelige Stahltür zu, vor der sich ein weiterer Kerl, breit wie ein Kleiderschrank, aufgebaut hatte. Die Luft, die sich hinter der Tür befand, war getränkt von Schweiß. Von Alkohol und Zigarettenrauch. Die Anzahl der Gäste belief sich seinen Schätzungen zufolge auf gut und gern hundertfünfzig Leute. Für eine illegale Veranstaltung recht ordentlich, dachte er. Bei einer solchen Größenordnung fiel man zwangsläufig auf. Louis schätzte, dass man die Polizei ausreichend geschmiert hatte. Die Anfeuerungsrufe der Gäste gingen in einen jähen Jubelschrei über. Louis erhaschte einen Blick ins Innere des Kreises, den man mit Farbe auf den nackten Betonboden gezogen hatte und sah die beiden Kämpfer. Der Unterlegene lag regungslos auf dem Rücken, während der Sieger weiter auf ihn eindrosch. Das Gesicht des Verlierers war nur noch eine blutige Masse. Das Publikum war gnadenlos. Ebenso im Blutrausch wie der Sieger ergötzte es sich an diesem Akt ausufernder Gewalt. Der Ringrichter erfüllte die

Erwartungen der Gäste und ging erst dazwischen, nachdem die Menge das bekommen hatte, was sie erwartet hatte. Arme wurden hochgereckt, Hände winkten mit Wettscheinen und forderten den Gewinn ein, während der Verlierer besinnungslos oder tot aus der Arena getragen wurde. Es interessierte niemanden. Dafür war man hier. Um Blut zu sehen. Schon erschien der nächste Kämpfer. Sein Schädel war glatt rasiert und schimmerte im Licht der Industrielampen. Der nackte Oberkörper war eingeölt und unterstrich die ausgeprägte Muskulatur. Siegessicher riss er die Arme hoch, drehte sich im Kreis, begleitet vom ekstatischen Jubel der Leute. Seine Züge spiegelten Hass oder Wahnsinn wider. Gespielt oder echt. Möglicherweise beides. Der Veranstalter übertönte die Menge durch sein Mikrofon und warb um einen Freiwilligen, der seine Chance beim Schopfe ergreifen wollte und dem ein hohes Preisgeld versprochen wurde. »Zweihundert Mark für den, der unseren Kämpfer besiegt! Einhundert Mark, wenn er verliert, aber über die Distanz von drei Minuten nicht zu Boden geht.« Nicht wenige Naive fielen unter dem Einfluss von Alkohol oder um ihre Begleitung zu imponieren darauf rein. Louis drängte sich zwischen die Zuschauer und trat in den Ring aus Menschenleibern.

»Verehrtes Publikum! Applaus.« Der Veranstalter verließ das Podest und schritt in den Ring. Der Kämpfer setzte sein aggressivstes Gesicht auf und wurde, mit mäßig schauspielerischem Talent, von zwei Ordnungskräften festgehalten.

»Sag uns deinen Namen, mein Freund.« Der Veranstalter sah Louis nicht an. Er drehte sich wie ein Kreisel und betrachtete die Zuschauer, während er weitersprach. »Sag uns deinen Kampfnamen!«

»Nenn mich, wie du willst.«

»Dieser junge Mann hier, der den außergewöhnlichen Kampfnamen Nennmichwieduwillst trägt, zeigt einen ausgesprochenen Mut, meine Damen und Herren. Vasili ist einer unserer besten Kämpfer.« Vasili baute sich vor Louis auf und taxierte ihn übertrieben, während das Publikum in Gelächter verfiel.

Der Blick des Mannes glitt an Louis einmal rauf und runter. »Ein drahtiger Bursche, wie mir scheint. Wollt ihr einen Kampf sehen?«, brüllte der Veranstalter ins Mikro. Die Menge johlte. Erneut führte er das Mikrofon an die Lippen. Dieses Mal hielt er eine Hand an seine Ohrmuschel. »Ich kann euch nicht hören! Wollt ihr einen Kampf sehen?«

Das Grölen der Zuschauer war ohrenbetäubend.

»Dann erwarte ich Ihre Wetteinsätze, verehrte Gäste!«

Hände mit Geldscheinen flogen in die Höhe, während die Lakaien des Veranstalters das Geld entgegennahmen und Wettscheine verteilten. »Fünf zu eins für einen Sieg unseres Herausforderers«, schrie er, um auch die letzten Unentschlossenen zu einer Teilnahme zu bewegen. Der Kämpfer gab eine Demonstration seiner Kraft, indem er, in die Luft boxend, durch den Ring tänzelte.

Schließlich trat der Veranstalter zu Louis und legte kumpelhaft seinen Arm auf dessen Schulter. Bevor er etwas sagen konnte, ergriff Louis das Mikrofon. »Hast du gesagt, fünf zu eins, wenn ich gewinne?«

»Ja, das habe ich gesagt. Fünf zu eins.«

Louis setzte ein anerkennendes Gesicht auf. »Ich setze tausend Mark auf mich.« Er griff in seinen Hosenbund und beförderte einige Geldscheine hervor, die er demonstrativ in die Höhe hielt. Der Veranstalter stutzte. »Das ist eigentlich nicht vorgesehen«, antwortete er mit lachendem Unterton.

»Davon war aber nicht die Rede. Du hast lediglich gesagt, dass du fünf zu eins auf den Herausforderer bietest. Du hast nicht gesagt, dass ich nicht auf mich setzen kann.«

Der Mann schaute verunsichert zu seinen Jungs.

»Die tausend Piepen auf Sieg, oder ich gehe wieder.« Louis drehte sich um. Die Menge begann zu pfeifen. Buhrufe erfüllten die Halle.

Plötzlich wurde er am Arm ergriffen. »Wer wird denn gleich so empfindlich sein?«, sprach der Veranstalter in sein Mikrofon. »Selbstverständlich kannst du auf dich wetten. Warum denn auch nicht?«

Erneut ergriff Louis das Mikro. Der Mann hielt dagegen, doch Louis riss das Gerät an sich, als würde er den Widerstand nicht spüren. »Plus die zweihundert Mark Siegprämie.«

Die Menge feierte ihn lautstark.

»Natürlich. Natürlich.«

Louis' Selbstbewusstsein schien die Menge zu euphorisieren. Der Lärm aus unzähligen Kehlen verstärkte sich nochmals. Der Veranstalter widmete sich seinem Kämpfer und schien diesem einige Instruktionen zu geben. Er nickte und sah Louis dabei direkt in die Augen. Als Louis seinen Oberkörper entblößte, ging ein Raunen durch die Menge, welches auch dem Veranstalter nicht entging. In der leger geschnittenen Kleidung wirkte Louis eher schmal. Seine austrainierte Physis war eher zu erahnen. Mehr noch aber als sein gestählter Körper zogen die unzähligen Narben auf seiner Haut die Menschen in ihren Bann und für einen winzigen Moment schien auch sein Gegner irritiert. Die beiden Kontrahenten stellten sich gegenüber. Louis sah, wie die Halsschlagader seines Gegners pulsierte. Er war mit Sicherheit keine Luftpumpe. In der Regel nahmen sich diese Jungs zurück. Wenn Freiwillige regelmäßig aus der Halle getragen würden, wäre das Geschäft bald vorbei. Doch Louis wusste, dass er den Veranstalter aus der Reserve gelockt hatte. Er hatte ihn provoziert und das Publikum auf seine Seite gezogen. Mal abgesehen von dem Wetteinsatz. Dieser Boxer hier würde nicht mit angezogener Handbremse kämpfen.

Der Gong kam für Louis überraschend. Es stand außer Frage, dass man ihn bewusst überrumpeln wollte. Sofort stürmte sein Gegner auf ihn zu. Louis hatte keine Chance zur Seite auszuweichen. Die Menschenmenge stand zu dicht. Obwohl es offiziell als Boxkampf bezeichnet wurde, gab es keine Regeln. Sein erheblich schwererer Gegner prallte gegen ihn, noch ehe Louis zu einem Schlag ausholen konnte. Er geriet in Rückenlage und fiel nach hinten, den Boxer über sich. Sofort begann dieser, mit einem Trommelfeuer an Faustschlägen auf ihn einzudreschen. Louis winkelte die Arme an, um seinen Kopf zu schützen und zog die Beine an, um seine Rumpfmuskulatur anzuspannen. Gerade rechtzeitig, da sein Gegner merkte, dass dessen Schläge nur in Louis' Deckung landeten. Blitzschnell wechselte er und versuchte, Leber und Nieren zu treffen. Louis zog den Kopf des Mannes zu seinem Brustkorb und klammerte sich an ihm fest. Das Publikum feuerte die Kämpfer an. Es sah sich um seinen Wetteinsatz betrogen. Louis hatte Schwierigkeiten, den Mann zu halten. Das Öl auf seiner Haut glich Schmierseife und immer wieder musste er nachfassen, was seinem Kontrahenten die Möglichkeit einräumte, weitere Treffer zu setzen. Louis schlang seine Beine um die Taille seines Gegners, verschränkte die Füße ineinander und quetsche ihm die Nieren ein. Endlich schritt der Kampfrichter ein und trennte die beiden. Louis löste seine Umklammerung. In dem Moment, als er sich mit den Händen aufstützte, um sich zu erheben, erhielt er einen Kopfstoß seines Gegners. Benommen taumelte er zurück. Der Boxer stieß den Kampfrichter zur Seite und witterte seine Chance. Er stürmte nach vorn und schlug wie ein Berserker auf Louis ein, der sich erneut nur in die Defensive flüchten konnte. Die Zuschauer äußerten immer lautstärker ihren Unmut. Erbost darüber, auf das falsche Pferd gesetzt zu haben. Dann plötzlich schlug Louis aus der Deckung heraus einen Aufwärtshaken. Seine Faust traf den anderen nicht präzise, doch verschaffte er sich etwas Luft. Die Menge tobte. Wieder standen sich die beiden Kämpfer gegenüber. Viele Männer des Veranstalters hatten sich in der ersten Reihe des Publikumsrings positioniert, um den Raum für Louis eng zu machen. Kam er in ihre Reichweite, würden sie mit Sicherheit versuchen, ihn zu behindern, um ihrem Boxer einen Vorteil zu verschaffen. Das Selbstvertrauen seines Gegners hatte zugenommen. Er fühlte sich eindeutig überlegen. Aber anders als bei den Möchtegernkämpfern auf der Straße verstand der Mann sein Handwerk. Er war kein guter Techniker, deswegen boxte er wahrscheinlich hier, aber er hatte alle Raffinessen drauf, sämtliche schmutzigen Tricks, die man als Schläger brauchte. Das stand außer Frage. Louis' Haken war kein Wirkungstreffer gewesen, aber er hatte den Mann wütend gemacht. Er wollte Louis bestrafen. Erneut stürmte er nach vorn. Nicht ungestüm, aber mit der gewissen Überheblichkeit eines sich überlegen fühlenden Kämpfers. Louis stellte ihm eine Finte. Er wich kurz nach links aus. Sofort folgten die Fäuste des Mannes in seine Richtung. Blitzschnell pendelte Louis zur anderen Seite. Der Schlag seines Gegners ging ins Leere, sodass dessen linke Körperseite ungedeckt war. Hart schlug Louis seine Rechte auf die Rippen des Mannes. Mit schmerzverzerrtem Gesicht wich er nach hinten aus. Schon wollte Louis nachsetzen, als der Kampfrichter einsprang, die beiden trennte und zu ihrer Ausgangsposition beorderte. Der Kampf wurde zunächst nicht fortgesetzt. Vielmehr beschäftigte sich der Kampfrichter damit, das Publikum zurückzudrängen. So lange, bis der Kämpfer sich von dem Wirkungstreffer erholt hatte. Das Handzeichen des angeblich Unparteiischen setzte den Kampf fort. Dieses Mal war Louis' Gegner nicht so forsch. Er hatte schmerzhaft erfahren müssen, dass der Fremde eine harte Rechte schlug. Louis ging in die Offensive. Immer wieder reizte er den anderen mit seiner Führhand. Die Schläge trafen vorwiegend die Deckung, kamen aber einige Male explosionsartig durch. Das entging auch dem Publikum nicht. Im Augenwinkel sah Louis, wie der Veranstalter wütend eine Aktion seines Schützlings forderte. Dieser stand unter Zugzwang. Louis musste ihn aus der Reserve locken. Der Kerl hatte Schwierigkeiten, seine Aggressionen unter Kontrolle zu halten, das wusste Louis. Und Ungeduld führte automatisch zu Fehlern. Louis nahm demonstrativ die Arme runter, grinste den Kämpfer süffisant an und warf ihm einen Kuss zu. Das Publikum johlte erneut. Eine Demütigung, die ihre Wirkung nicht verfehlte. Der Mann stürmte nach vorn. Louis tauchte unter seiner Schlaghand weg und platzierte einen Wirkungstreffer auf den Solarplexus. Sofort blockierte der Atemreflex des Getroffenen und sein Körper krümmte sich. Der nächste Schlag traf das Nasenbein des Mannes. Der Kopf wurde nach hinten gerissen und Blut spritzte auf die dahinterstehenden Gäste. Das Gewicht des Mannes verlagerte sich nach hinten. Der Kampf war zu Ende. Noch während der Mann nach hinten fiel, setzte Louis zum finalen Schlag an. Seine Rechte schmetterte gegen die Schläfe des Gegners. Besinnungslos landete dieser auf dem Boden. Louis riss die Arme nach oben und drehte sich im Kreis. Er genoss diese unkontrollierte Adrenalin- und Endorphinflutung. Das Publikum feierte ihn mit ohrenbetäubendem Lärm. Während Louis sich als Sieger präsentierte, fiel sein Blick auf den Veranstalter. Dessen Gesicht sprach Bände. Zwei seiner Männer waren bei ihm und offensichtlich gab er ihnen Instruktionen. Louis wusste, was dies bedeutete. Auf Kommando grinste der Veranstalter, als er zur Ringmitte schritt und Louis' Arm mit gönnerhaftem Gesichtsausdruck in die Höhe reckte. Während zwei weitere den noch immer besinnungslosen Kämpfer abtransportierten, reichte einer seiner Mitarbeiter ihm das Mikrofon. Noch bevor er etwas sagen konnte, trat Louis nah an dessen Ohr.

»Verarschst du mich, erzähl ich den Leuten, dass du sie um ihre Kohle betrügen willst. Wird bestimmt lustig.« Das gekünstelte Lächeln des Mannes blieb eisern bestehen.

»Sehr verehrte Gäste! Liebes Publikum. Was für ein Kampf. Wer hätte das gedacht?«

Erneut reckte er Louis' Arm in die Höhe. »Wir haben einen Sieger durch technischen K. o.«

Die Menge verfiel in tosendem Applaus und die ersten Hände mit Wettscheinen wedelten über den Köpfen. Der Veranstalter machte eine beschwichtigende Geste, die Ruhe einforderte. Nur allmählich ebbte der Lärm ab und er kam zu Wort. »Deine Siegprämie«, sagte er lautstark und zog einige Geldscheine aus seiner Hosentasche, die er demonstrativ in die Höhe hielt. Die Gäste honorierten das mit Beifall. »Mein Freund, das hast du dir redlich verdient.« Der Veranstalter trat einen Schritt zurück und streckte Louis die Geldscheine hin.

»Meine Damen und Herren, Applaus für unseren Sieger.«

Louis zog seinen Wettschein aus dem Hosenbund. »Ich hätte da noch was!«, schrie er gegen den Lärm an.

Die Gäste verstummten beinahe schlagartig.

»Fünf zu eins«, rief Louis.

Das Grinsen des Veranstalters gefror. »Das regeln wir nachher. Keine Frage. Wir sind doch hier Ehrenmänner.«

Louis wandte sich der Menschenmenge zu. »Wollt ihr die Kohle sehen?«, brüllte er.

Das Publikum schrie auf. »Kohle raus!«, ertönte es in rhythmischen Sprechchören. Der Veranstalter zögerte. Etwas, das auch seinen Gästen aufzufallen schien. Die lautstarken Forderungen nahmen zu. Der Veranstalter sah zur Seite und nickte einem seiner Mitarbeiter zu. Dieser eilte wie ein eingeschüchterter Hund zu ihm und überreichte ihm eine Rolle Geldscheine.

»Unser Held scheint es eilig zu haben«, versuchte er, die Situation zu entspannen. Mit flinken Fingern zählte er einige Scheine ab, die er Louis überreichte. Dann trat er nah an ihn heran. »Du bist tot«, zischte er für die Umstehenden unhörbar. Louis hatte keinen Zweifel daran, dass die Drohung ernst gemeint war. Louis zwinkerte ihm zu. »Da musst du dich hinten anstellen. Ganz weit hinten.«

»Das war es für heute, meine Damen und Herren. Es war mir wie immer eine Freude. Kommt gut nach Hause.«

Unbeeindruckt überprüfte Louis die Summe, steckte das Geld ein und zog Hemd und Jacke an. Als wäre die Geldübergabe ein Startschuss, forderte die Meute ihre Gewinne ein, während diejenigen, die auf den anderen Kämpfer gesetzt hatten, in Richtung Ausgang strömten.

Louis hatte fünf Männer gezählt. Dazu die zwei Türsteher. Fieberhaft suchten seine Augen nach ihnen, während er sich in den Strom der Besucher einreihte. Zwei Männer standen an der ersten Tür. Ihre Augen hatten ihn bereits erfasst. Louis griff in seine Hosentasche, holte sein Feuerzeug hervor und hielt die Flamme an seine Jacke. Sofort fing der Stoff Feuer. Er ließ sie auf den Boden fallen.

»Feuer!«, schrie er aus Leibeskräften.

Die Menschenmenge brauchte einige Sekunden, um die Warnung zu realisieren, reagierte dann wie erwartet. Als die Ersten die Flammen und den Brandgeruch wahrnahmen, brach kollektive Panik aus, die sich in einer rasanten Eigendynamik verstärkte, jeden in der Halle erfasste und die zum Verlust jeglicher Selbstkontrolle führte. Alle rannten zum Ausgang. Schon stolperten und fielen die Ersten, die Nächsten liefen darüber und verstärkten damit die Angst. Louis wusste, er musste sich mit der Masse treiben lassen. Schon war der Zugang mit Leibern verstopft, während von hinten die Menge gnadenlos drückte. Die beiden Türsteher wurden zur Seite gedrängt, unfähig, dieser Gewalt etwas entgegenzusetzen. Louis wurde die letzten Meter förmlich nach vorn getrieben, bis der einem Flaschenhals gleichende Türbereich jegliches Vorwärtskommen unmöglich machte. Geistesgegenwärtig öffnete einer der Türsteher die andere Hälfte der Flügeltür. Der Druck von hinten entlud sich schlagartig und die erste Reihe der Fliehenden stürzte zu Boden. Augenblicklich wurden sie unter den Beinen der Nachrückenden begraben. Louis gelang es, mehr stolpernd als aufrecht die Engstelle zu passieren. Er stürmte weiter nach vorn und sah den nächsten Aufpasser, der ihn ins Visier genommen hatte. Doch auch dieser Hüne war mit der anstürmenden Menge überfordert. Louis bemühte sich, einige der Gäste zwischen sich und dem Mann zu bringen. Trotzdem schaffte dieser es, sich zu ihm durchzukämpfen. Mit beiden Armen griff er nach ihm. Louis stieß einen Gast in die Richtung des Kerls. Doch es gelang ihm, Louis' Arm zu ergreifen. Seine Finger krallten sich in den Stoff seines Hemdes. Louis wurde herumgerissen. Noch in der Drehung holte er mit seinem rechten Bein aus und trat den Mann zwischen die Beine. Sofort ließ der Mann ihn los, sackte zu Boden und wurde unter den Körpern der nachfolgenden, stürzenden Personen begraben. Louis zwängte sich durch die letzte Tür, rannte die Straße hinunter, bog in eine Seitenstraße ab und spähte schwer atmend um eine Mauernische. Er rechnete nicht mehr damit, dass man ihn verfolgte. Die Panik, die er ausgelöst hatte, würde alle Männer binden. Der Kampf und die Flucht hatten Louis' Kräfte aufgebraucht. Der Schweiß rann in seine Augen. Wenn er sich bei den Temperaturen keine Erkältung einfangen wollte, musste er schnellstmöglich zu seinem Wagen. Plötzlich hörte er schnelle Schritte. Er presste sich fest an die Mauer und lauschte. Zwei Personen. Sie gingen in seine Richtung. Louis trat etwas zurück. Das Licht der Straßenbeleuchtung reichte nicht zu ihm, erhellte aber einen großen Teil der Straße. Dann sah er sie. Zwei Kerle, die er zuvor in der Hallte nicht wahrgenommen hatte. Beide mit gezückter Pistole. Für einen Moment verharrten sie auf der Straße. Dann gab einer dem anderen ein Handzeichen und sie rannten zurück. Louis wartete einen Augenblick. Als er sich sicher war, dass die Luft rein war, setzte er sich in Bewegung. So wie es aussah, hatte er sich einige neue Freunde in der Stadt gemacht.

Die Nacht war unruhig gewesen. Louis gesamter Körper schmerzte. So war es immer nach einem Kampf. Das Adrenalin hatte ihn beinahe schmerzunempfindlich werden lassen, doch nun spürte und sah er die Blessuren umso mehr. Sein Gesicht und sein Oberkörper waren mit Hämatomen übersehen. Obwohl er spät ins Bett gegangen war, weckte ihn seine innere Uhr zuverlässig. Louis brühte sich einen Kaffee. Er würde einige Zeit auf sein tägliches Training verzichten, solange ihm das Einatmen schwerfiel. Nach der Morgentoilette tankte er den Wagen. Er müsste heute einige Einkäufe erledigen und er brauchte eine neue Jacke. Anschließend fuhr er einige Adressen ab, um zu schauen, ob Baumgärtner ihm eine Nachricht hinterlassen hatte. Und tatsächlich. Deutlich sichtbar hatte sein Informant ihm eine Kreidenotiz an einem der abgesprochenen Gebäude hinterlassen. Louis steuerte die nächste Telefonzelle an.

»Baumgärtner«, meldete sich der Teilnehmer.

»Wie lautet der Auftrag?« Louis brauchte sich nicht die Mühe zu machen, sich zu legitimieren. Sein Mittelsmann hatte auf seinen Anruf gewartet.

»Roland Kahrmann. Ein aufstrebender, ambitionierter Zuhälter. Wird von allen ›Mucki‹ genannt. Hat sich in der

Nordstadt mit seinen Mädels breitgemacht und will wohl dort den Koksmarkt übernehmen.«

Louis überlegte. Der Name sagte ihm nichts. »Was genau?«

»Du sollst ihm klarmachen, dass das Gebiet besetzt ist.«

»Also Überzeugungsarbeit.«

»Genau«, antwortete Baumgärtner. »Ist wohl schlecht dranzukommen. Hat seine Männer gut aufgestellt. Unser Auftraggeber möchte in dem Bezirk kein Theater. Daher soll es ... eindringlich sein, aber nicht zu viel Lärm machen, wenn du verstehst.«

»Sonst noch was?«

»Fährt wohl einen Daimler. Typ 220a in schwarz.«

»Einen 220er? Dann laufen die Geschäfte ja offenbar.«

»Nimmst du an?«

»A3«, antwortete Louis. Er hatte seine Aufträge in fünf Kategorien eingeteilt. Je nach Schwierigkeitsgrad. Wobei A5 in der Regel eine Liquidation bedeutete. Die Honorare waren fest. So ersparte er sich Diskussionen und Verhandlungen. Lief der Einsatz leichter, machte er Plus. Liefen sie schlechter als angenommen, trug er die Differenz.

»A3«, wiederholte Baumgärtner. »Wenn der Kunde einverstanden ist, melde ich mich.«

Louis hängte den Hörer zurück in die Gabel.

KAPITEL 4

Es hatte keine vierundzwanzig Stunden gedauert, bis Louis den Auftrag bekam. Er hatte sich umgehört. Mucki konzentrierte sich demnach in erster Linie auf den Straßenstrich und das dortige Drogengeschäft. Die Nutten standen im Bereich des alten Güterbahnhofs. Er lag strategisch günstig. Man konnte die Polizei schon von Weitem sehen und das Gebiet bot sowohl für die Freier als auch für die Damen genug Fluchtmöglichkeiten. Ein paar Mal hatten Zivilbullen es aus abgestellten Güterwaggons heraus versucht, doch der Aufwand war recht groß und brachte dauerhaft keinen Erfolg. Noch während man die Festgenommenen auf den Wachen verhörte, nahmen andere ihren Platz ein. Das große Geld wurde hier ohnehin nicht gemacht. Die Reviere waren sehr eng gesteckt. Umsatz machte man vor allem in den illegalen Clubs. Dort floss mit Glücksspiel und Prostitution in einem Monat mehr Zaster, als so mancher Großbetrieb im Jahr erwirtschaftete. Es war bereits die dritte Observation in Folge, und wenn sich seine Beobachtungen als richtig erwiesen, würden die Geldeintreiber in den kommenden Minuten eintreffen. Schutz und Drogen gegen Geld. Selbstverständlich kauften die Mädchen ihren Stoff von ihren Zuhältern, die sie zuvor in die Abhängigkeit geführt hatten. Denjenigen, die sich gegen diesen eingeforderten Gehorsam auflehnten, sah man es relativ deutlich an. Wenn sie Glück hatten, kamen sie mit einigen Blutergüssen davon. In anderen Fällen tauchten sie nie wieder auf. Aber wer interessierte sich schon für den Verbleib einer Nutte. Gleichzeitig sorgte man dafür, dass jeder Widerspruch zukünftig unterbleiben würde.

Beinahe pünktlich trafen sie ein. Sie waren zu dritt. Während einer der Kerle die Straße im Auge behielt, näherten sich die beiden anderen den Frauen. Man tat so, als ob man ins Gespräch käme. Es konnte ja durchaus mal sein, dass sich unter den Freiern einige Polizisten eingeschlichen hatten. Meistens hatten die anderen Mädchen ihre Kohle bereits einer Kollegin abgedrückt. Die Übergabe nahm nur wenige Augenblicke in Anspruch. So auch dieses Mal. Die Männer stiegen wieder in ihre Wagen und fuhren langsam an ihren Pferdchen vorbei. Louis startete das Motorrad, ließ das Licht aber noch aus. Die Straßen waren um diese Uhrzeit relativ wenig befahren. Er versuchte, immer einige Fahrzeuge zwischen sich und den Männern zu lassen, obwohl er deren Zielort aus den vergangenen Nächten bereits kannte. Er hatte Glück. Die wenigen Ampeln sprangen alle auf Grün, sodass er nicht dicht auffahren musste. Die Fahrt dauerte nicht lang. Der Wagen hielt vor einem alten Mehrfamilienhaus. Louis parkte das Krad in ausreichender Entfernung. Die Polizei würde es irgendwann finden und dem rechtmäßigen Besitzer wieder zukommen lassen. Unversehrt. Louis hatte auf eine gewisse Weise Respekt vor dem Eigentum anderer.

Im Erdgeschoss befand sich ein leer stehendes Ladenlokal, links davon eine Hinterhofzufahrt. Einer der Männer stieg aus und verschwand darin. Der Eingang lag hinter dem Haus. Der Motor des Wagens lief, sodass er sicher nicht allzu lang bleiben würde. Wahrscheinlich übergab er das Geld, bevor es auf die nächste Tour ging. Wenige Minuten später erschien er tatsächlich wieder, setzte sich ins Fahrzeug und der Wagen fuhr davon. Die Handlanger folgten offenbar einer täglichen Routine. Seit drei Tagen hatten sie ihren Rhythmus nicht geändert. Was Louis einiges über ihre

Überheblichkeit sagte. Oder über ihre Dummheit. Sie schienen nicht auf die Idee zu kommen, sich damit angreifbar zu machen. Louis goss sich etwas Schnaps über seine Kleidung. Dann lief er torkelnd los. Ungefähr fünfzig Meter vor dem Haus wechselte er die Straßenseite und ging nun gezielt auf das Objekt zu. Jede Faser seines Körpers war gespannt, als er durch die Unterführung auf den Hof zuschritt. Stimmen und Musik drangen gedämpft aus dem Haus. Dann sah er ihn. Einen Mercedes 220a in Schwarz. Louis zog sich zurück. Jetzt hieß es warten.

Die Nacht war kühl und die Kälte drang allmählich durch. Der Gestank, der von seiner Kleidung ausging, bot eine hervorragende Legende. Louis fühlte seine Waffe in der Tasche. Er hatte sie, wie vor jedem Einsatz, komplett auseinandergebaut, gesäubert und geölt. Etwas, was er mit geschlossenen Augen beinahe genauso schnell konnte wie mit offenen. Unbewusst glitten seine Finger über das Metall. Die Waffe in seiner Tasche war durchgeladen, wobei er nach dem Zurückziehen des Schlittens das Magazin entnommen und eine weitere Patrone eingefügt hatte. Beinahe glaubte er, dass seine Observation eine verdammt lange Geschichte werden würde, als er das Starten eines Motors hörte. Licht drang aus der Toreinfahrt. Mit schnellen Schritten wechselte Louis die Straßenseite und drückte sich seitlich neben der Zufahrt an die Häuserwand. Der Fahrer im Hof gab Gas, und Louis hörte, wie sich der Wagen näherte. Die Scheinwerfer fluteten die Zufahrt. Einen winzigen Moment noch wartete er. Dann sprang er. Der Aufschlag auf die Motorhaube hallte dumpf durch die Nacht. Der Fahrer bremste und der Motor würgte ab. Langsam rollte Louis von der Motorhaube auf den Gehweg und blieb seitlich liegen.

Eine Fahrzeugtür wurde geöffnet. »Verfluchte Scheiße«, hörte er.

»Wo kam der denn her?« Schon war der Fahrer bei ihm.

»Was ist mit dem Wagen?«, hörte Louis eine weitere Stimme.

Louis spürte einen Fuß auf seinem Körper, der ihn auf den Rücken stieß.

»Irgend so ein Penner. Herrgott, stinkt dieser Kerl!« Nochmals stieß der Mann mit seinem Fuß gegen Louis. »Hey, Arschloch! Steh gefälligst auf.«

Langsam drehte sich Louis auf die Seite und lallte irgendetwas Unverständliches. Als er sich schwerfällig erhob, täuschte er vor, das Gleichgewicht zu verlieren, prallte gegen den Mann und stieß ihn einige Meter zurück. So weit, dass sie sich außerhalb des Sichtbereichs des anderen Mannes befanden.

»Geh weg von mir du Stück Sch...« Weiter kam der Fahrer nicht. Blitzschnell stieß ihm Louis sein Knie in die Magengegend. Noch während dieser in sich zusammenfiel, traf ihn ein Schwinger seitlich am Kopf. Louis fuhr herum. Während er die wenigen Meter ums Eck hin zum Fahrzeug machte, glitt seine rechte Hand in die Manteltasche und zog in einer fließenden Bewegung die Waffe aus der Tasche. Der Schussarm war bereits gestreckt, als er auf den Mann zuschritt, den er für Mucki hielt. Louis hatte die Waffe auf dessen Kopf ausgerichtet. Mit der Linken stieß er den Fremden auf die Rückbank. Als Louis sich zu ihm hinunterbeugte und einen Blick ins Innere des Wagens warf, war es ihm, als hätte ihn ein Faustschlag getroffen. Das Gesicht, in das er schaute, war von Blutergüssen übersät. Und es gab keinen Zweifel. Er kannte diese Frau.

Für einen Wimpernschlag brachte ihn das aus dem Konzept. Eine Zeitspanne, die der andere nur aufgrund der Tatsache nicht zu seinem Vorteil genutzt hatte, weil er zu sehr unter dem Einfluss dieser unerwarteten Bedrohung stand.

Und wahrscheinlich nicht der Typ für Heldentum war. Blitzschnell fing sich Louis wieder und presste dem Kerl den Lauf seiner Waffe gegen die Schläfe.

»Du weißt nicht, ob ich weiß, wer du bist. Also gebe ich dir den Rat, mich nicht anzulügen. Es wäre definitiv deine letzte Lüge.« Zur Untermauerung seiner Drohung, drückte Louis die Waffe noch fester gegen den Kopf. »Ich frage dich also nur ein einziges Mal. Wie ist dein Name?«

Der Typ begann zu zittern. Binnen Sekunden brach ihm der Angstschweiß aus. »Hey, Mann! Ganz ruhig. Was ... was willst du? Willst du Geld?«

Louis spannte hörbar den Abzugshahn.

Der Mann hob die Hände und schloss die Augen. »Nein, nein! Warte. Ich heiße ... Mein Name ist Fredi. Fredi Schumacher.«

Louis sah zu Moni. Er war sich nicht sicher, ob sie ihn erkannt hatte. »Ist das Fredi?« Louis zog fragend eine Braue hoch.

Monika nickte langsam.

»Okay, Fredi. Wo ist Mucki?« Louis, tastete den Kerl nach Waffen ab. Seine Hand fuhr unter Schumachers Sakko und beförderte einen Revolver hervor. »Smith & Wesson. 'ne 357 Highway Patrolman mit Vier-Zoll-Lauf. Respekt. Wird 'ne hübsche Stange Geld gekostet haben.« Louis betrachtete den amerikanischen Revolver, der über eigens angefertigte elfenbeinfarbene Schalen auf dem Griffstück verfügte, die Fredis Initialen trugen. Louis drückte die Trommel auf und ließ die Patronen auf Fredis Schoß fallen, bevor er die Waffe aus dem Wagen warf. »Noch mal. Im Übrigen das letzte Mal. Wo ist Mucki?« Fredis Gesicht änderte sich nochmals. Es schien, als ob er vor dieser Antwort noch mehr Angst hatte als vor der Waffe, die schmerzhaft gegen seine Schläfe drückte.

»Hören Sie! Ich weiß es nicht. Ich weiß es wirklich nicht. Ich schwöre Ihnen …«

Louis nahm die Pistole weg und drückte sie abrupt gegen den Schoß des Mannes. »Habe ich das Gefühl, nur ein kleines bisschen das Gefühl, dass du mich anlügst, ballere ich dir zuerst die Eier weg.«

Instinktiv versuchte Fredi, etwas nach hinten auszuweichen, presste sich gegen die Rückenlehne, während er mit weit aufgerissenen Augen auf seinen Schoß schaute. Blitzschnell zog Louis die Hand etwas zurück und schoss in die Sitzbank. Während Moni kurz aufschrie, erstarrte Fredis Gesicht. Binnen Sekunden färbte sich seine Leinenhose dunkel. »Oh Gott! Ich weiß es doch wirklich nicht.«

»Warum sitzt du dann in Muckis Wagen?« Louis presste den Lauf wieder gegen Fredis Weichteile. »In wenigen Sekunden ist das nicht Pisse, die dir da aus der Hose läuft, Kumpel. Also mach's Maul auf!«

»Ich … Ich sollte nur auf sie aufpassen. Ehrlich.«

Louis musterte Moni. Mit einem Mal verengten sich ihre Lider. Sie hatte ihn erkannt. Und noch etwas sah er in ihrem Gesicht. Es wechselte von Angst in Entsetzen. Als läge ein Flehen darin. Ein Flehen, das keine Hilfe forderte.

»Und wo wolltest du jetzt mit ihr hin?«

»Ich weiß es nicht. Der Fahrer … Wo ist er überhaupt. Hast du ihn …? Du hast ihn doch nicht …«

Wenn der Typ hier die Wahrheit sagte, und seine eingenässte Hose machte seine Aussage ein Stück weit glaubwürdig, dann lag der Einzige, der diese Frage beantworten konnte, besinnungslos auf dem Gehweg. Darüber hinaus gab es ein weiteres Problem. Der Kerl wusste jetzt, dass er Mucki suchte. Und das würde den Job nicht einfacher machen. Louis ärgerte sich über sich selbst. Er konnte den Kerl ja nicht einfach so erschießen. Nicht, dass es ihm etwas ausgemacht hätte.

Doch hätte das für Unruhe im Milieu geführt und, was noch schlimmer wäre, Zweifel an seiner Professionalität aufkommen lassen. Außerdem, und das war der wichtigste Grund ... Moni war Zeugin.

»Raus aus der Karre!«, befahl er dem Mann.

Ängstlich stieg dieser aus, die Hände noch immer erhoben. »Was haben Sie vor? Sie werden mich doch nicht erschießen, oder? Werden Sie mich erschießen?«

»Halt's Maul und hör mir zu!«, fuhr Louis ihn an. »Mucki hat achtundvierzig Stunden Zeit, um seinen Krempel zu packen und aus der Stadt zu verschwinden. Ansonsten wird er sich nur noch bei Nacht und mit einer Tüte überm Kopf auf die Straße wagen können. Und auch das wird ihm nichts nützen. Und jetzt hau ab!« Louis stieß ihm gegen die Brust. »Nun mach schon!«, brüllte Louis und riss ihn aus seiner Starre. Fredi drehte sich um und rannte die Straße hinunter. Auf dem Gehweg stöhnte der Fahrer. Er kam offenbar wieder zu Bewusstsein. Louis sprang auf den Fahrersitz, schlug die Tür zu und startete den Motor. Er sah über den Innenspiegel auf die Rückbank. Moni saß dort mit Tränen gefüllten.

»Was hast du nur getan?«, schluchzte sie. »Was hast du nur getan?«

»Sei still!« Während er beschleunigte, wechselte sein Blick in den Rückspiegel. »Versuchst du abzuhauen, bist du tot!«

Louis vermied die Hauptstraßen und fuhr einige Nebenstrecken entlang. Er schaltete das Licht aus und parkte den Wagen. Einige Minuten blieben sie wortlos sitzen, während Louis die Straße beobachtete.

»Aussteigen!«, befahl er schließlich. Er ging um den Wagen herum, fasste sie am Arm und zog sie hinter sich her. Nach einem kurzen Fußweg kamen sie zu Louis' Käfer. »Steig ein!«, befahl er.

»Wo bringst du mich hin?«

»Wir fahren zu mir. Hör zu … Du hast Fragen. Wir klären das. Jetzt muss ich zusehen, dass wir unentdeckt hier wegkommen.«

Louis spürte, wie sie ihn aus den Augenwinkeln heraus betrachtete. Er wusste nicht, ob er froh war, sie wiedergetroffen zu haben, oder ob er ihr Zusammentreffen verfluchen sollte. Es hatte seine Situation auf jeden Fall verkompliziert. Louis stellte den Wagen abseits ab und führte Monika in die Wohnung.

»Setzt dich«, sagte er und verschloss die Tür. Wie in Zeitlupe folgte sie seiner Anweisung. Sie hatte Angst. Angst vor ihm. Etwas, was ihm irgendwie naheging. »Was ist mit deinem Gesicht passiert?«, fragte er, wobei er die Antwort kannte.

Sie schnaubte verächtlich aus. »Was glaubst du denn?«

Louis nickte. »Es war falsch«, sagt er, und es fiel ihm auf, wie schwer er sich damit tat. »Dass ich dich hängen gelassen habe, meine ich. Nicht nur dein Leben ist kompliziert.«

Sie antwortete nicht, aber ihr Ausdruck sagte ihm, dass sie seine Worte als bedeutungslos erachtete.

»Warum bin ich hier?«, fragte sie schließlich.

Louis fuhr sich müde über sein unrasiertes Gesicht. »Dieser Typ … aus dem Wagen … Er hat gesagt, er sollte auf dich aufpassen und dich irgendwo hinbringen. Was meinte er damit? Was hast du mit diesem Mucki zu schaffen?«

Sie kramte in ihrer Tasche und holte ein Zigarettenpäckchen hervor. Mit zittrigen Händen zündete sie sich eine Filterlose an. Tief atmete sie den ersten Zug ein. »Was spielt das noch für eine Rolle?«, sagte sie mehr zu sich als zu Louis. »Ich bin so gut wie tot.«

»Solange du hier bei mir …«

»Komm mir nicht so«, fuhr sie ihm über den Mund, während sie aufsprang. »Sieh dir an, wo deine … Hilfe hingeführt hat!« Mit beiden Händen wies sie auf ihr Gesicht.

»Ich hab dir doch gesagt, es tut mir …«

»Drauf geschissen!« Den Tränen nahe zog sie erneut an ihrer Zigarette. »Deinetwegen hat man mir die Scheiße aus dem Leib geprügelt. Den Rest willst du nicht wissen, glaub mir.«

Der letzte Satz traf ihn bis ins Mark.

»Also, noch mal … Was willst du von mir?«

Louis riss sich aus seiner Starre, ging zu einem kleinen Sideboard, aus dem er zwei Gläser und eine Flasche Gin entnahm. Er schenkte ein und reichte ihr ein Glas. Während er einen großen Schluck nahm, setzte er sich wieder ihr gegenüber. Der Alkohol tat seine Wirkung und nahm ihm etwas von der Beklemmung in der Brust. »Tja, ich glaub jetzt nicht unbedingt an Schicksal … Tatsache ist, dass ich dort nicht zufällig war, wie du dir denken kannst.«

Monika sagte nichts, sondern nippte nur an ihrem Drink.

»Du hast mich erkannt. Und stellst somit ein Risiko für mich dar. Du weißt, wo ich wohne. Es gibt also nur zwei Möglichkeiten.«

Sie trank den Rest in einem Zug aus. »Dann entscheid dich für die richtige. Er wird mich finden«, antwortete sie unbeeindruckt. »So oder so.«

»Warum sollte er deiner Meinung nach ein solches Interesse an dir haben?«

»Interesse? Es geht nicht um Interesse. Ich bin sein Eigentum. Niemand nimmt ihm ungestraft etwas weg.«

»Du kannst nichts für die Situation.«

Sie lachte spöttisch auf. »Das konnte ich beim letzten Mal auch nicht. Und da bin ich freiwillig zurückgekehrt.« Sie stützte die Stirn auf ihre Hand und schüttelte resigniert den Kopf. »Scheiße, verdammte …«

Louis setzte sich aufrecht hin und hob beide Hände. »Okay, okay. Ich habe dich in diese Scheiße geritten. Und ich werde es wiedergutmachen. Das verspreche …«

»Wiedergutmachen? Kaufste ’ne Schachtel Pralinen und einen Strauß Blumen? Wiedergutmachen. Pah …«

»Hör zu, Moni. Oder wie auch immer du heißt. Ob du es wahrhaben willst oder nicht. Wir stecken in derselben Scheiße. Irgendwie. Also sind deine Sorgen zumindest ein Stück weit auch meine.«

»Mir ist egal, in was für ’nen Mist du steckst.« Moni stand auf und nahm ihre Tasche.

»Das kann ich nicht zulassen«, sagte Louis ruhig, aber mit einer Ernsthaftigkeit, welche sie in der Bewegung verharren ließ. »Setz dich wieder.«

Kurz taxierte sie ihn. Eine Mischung aus Trotz und Abschätzung lag in ihren Augen. Louis ahnte, dass sie aus eigener Erfahrung nur zu gut wusste, wann man keinen Widerstand mehr leisten sollte. Es sei denn, man legte es darauf an, eine Lektion erteilt zu bekommen.

»Fürs Erste bist du hier sicher. Ich kümmere mich um das Problem.«

»Pah!«

»Mucki ist nicht das erste Problem, das ich zu lösen habe.« Seine Züge blieben unverändert ernst. »Halten wir fest. Gehst du zu Mucki zurück … weiß der Teufel, was dir dann blüht. Abgesehen davon, würde mich das in Gefahr bringen. Du verstehst, dass ich das nicht zulassen werde. Woanders kannst du nicht hin. Zumindest nirgendwohin, wo er dich nicht finden würde, wenn ich das richtig verstanden habe.« Louis goss sich noch einen Gin daumenbreit ein. Er leerte das Glas in einem Zug. »Ich bin somit im Moment deine einzige Option. Du kannst das Schlafzimmer haben. Ich penn auf dem Sofa. Morgen höre ich mich um. Ich werde eine Lösung finden. Für uns beide.« Louis stand auf, nahm ihre Tasche und schmiss sie durch die offen stehende Schlafzimmertür auf sein Bett. »Eins noch: Ich habe einen sehr leichten Schlaf. Wenn du also meinst, du könntest abhauen …«

*

Louis war fest davon ausgegangen, dass sie in der Nacht versuchen würde, sich aus der Wohnung zu schleichen. Tatsächlich aber war sie nur einmal aufgestanden, um die Toilette aufzusuchen. Er hatte sich schlafend gestellt. Entweder war sie nicht darauf reingefallen, oder sie hatte die Situation tatsächlich vollumfänglich erfasst. Letzteres glaubte er nicht wirklich. Diese Schweine übten auf die Mädchen einen derartigen Druck aus, dass die meisten von ihnen, selbst wenn sie um ihr Leben fürchten mussten, zu ihnen zurückkamen. Dafür sorgten auch die Exempel, die sie statuierten, sollte eines der Mädchen nicht ihren Befehlen gehorchen. Louis hatte ihr Frühstück gemacht. Sie schlief noch, als er das Schlafzimmer betrat. Für eine Weile beobachtete er sie. Sie sah erschöpft aus. Jetzt, wo er ihr Gesicht betrachtete, fiel ihm auf, wie hübsch sie war. Als ob sie seine Anwesenheit erahnte, öffnete sie schlagartig die Augen. Ängstlich fuhr sie herum und sah ihn an. Für einen Moment hatte er ein schlechtes Gewissen. Dann aber war es ihm, als gelte die Angst nicht ihm. Es war eine Angst, die sie wahrscheinlich bei jedem Aufwachen verspürte.

»Ich habe dir Frühstück gemacht«, sagte er leicht verlegen. Es schien ihr nicht zu entgehen. Louis hatte in den wenigen Stunden ihres Kennenlernens recht schnell erkannt, dass ihr viele Kleinigkeiten auffielen. Wahrscheinlich, weil es überlebenswichtig war. Eine Fehleinschätzung konnte in ihrer Welt Gewalt bedeuten.

Irritiert schaute sie auf das Tablett. Sie setzte sich auf, darauf bedacht, die Bettdecke fest an ihren Oberkörper zu pressen.

Für einen Augenblick überforderte ihn die Situation. Er stand dort, das Tablett in beiden Händen, wie bestellt und nicht abgeholt.

»Ich stell es hierhin«, war das Einzige, was ihm einfiel. Gleichzeitig bemerkte er seine Unbeholfenheit. Etwas, was ihm unangenehm war. Auch weil er vermutete, dass es ihr ebenso auffiel. Er stellte das Tablett ab. »Wenn du gegessen hast, müssen wir uns kurz unterhalten. Ich warte nebenan.« Louis drehte sich um.

»Danke«, hörte er hinter sich.

Louis erhitzte das Wasser auf dem Herd erneut. Er wartete, bis er das Brodeln in der Kanne hörte, nahm sie und schüttete etwas in den Filter. Während es sich den Weg durch das dunkelbraune Pulver suchte, hörte er die Schlafzimmertür. Moni trat mit dem Tablett heraus. »Macht es dir etwas aus, wenn ich hier bei dir frühstücke? Ich esse nicht so gern allein.«

Insgeheim hatte er sich das gewünscht, obwohl er sich dies nur schwer eingestehen konnte. Sie wartete nicht auf eine Antwort und setzte sich. Etwas, wofür er ihr dankbar war. Sie aß mit Appetit.

»Isst du denn nichts?«, fragte sie mit vollem Mund.

Louis schüttelte den Kopf. »So früh nicht.« Er nahm seine Tasse und setzte sich ihr gegenüber. Da sie aß, fühlte er sich genötigt, die Stille mit Worten zu füllen. Doch er war nicht sehr geübt darin und bekam kein Wort heraus.

»Wie geht es jetzt weiter?«, fragte sie zu seiner Erleichterung.

»Zunächst sollen wir nichts überstürzen.«

Sie beendete ihr Frühstück. Er jetzt fiel ihm auf, wie schnell sie aufgegessen hatte.

»Warum hast du nach Mucki gefragt? Was willst du von ihm?«

Louis überlegte. Was konnte er ihr sagen? Sie vermutete es ohnehin. Zumindest das Wesentliche.

»Mucki macht sich breit. Und das passt einigen Leuten nicht.«

»Und was hast du damit zu schaffen?«

Louis antwortete nicht.

»Verstehe …«

Er setzte sich aufrecht hin und stützte beide Arme mit den Ellenbogen auf. »Meine Aufgabe ist es, Mucki davon zu überzeugen, dass es besser ist, wenn er … sagen wir mal … sich ein anderes Revier sucht. Eines, was weiter weg ist.«

Sie lachte leicht sarkastisch auf. »Du kennst Mucki nicht.«

»Und du mich nicht. Lass das meine Sorge sein.«

»Und was habe ich damit zu tun?«

Louis zog eine Braue hoch. Er wartete einige Augenblicke, bis er antwortete. »Lass ich dich gehen, setze ich mich der Gefahr aus, dass sie herausbekommen, wer ich bin und wo ich zu finden bin. Gleichzeitig läufst du Gefahr, dass er dir übel mitspielen wird. Kann mir nicht denken, dass du darauf Lust hast.« Louis lehnte sich wieder zurück. »Du hilfst mir, Mucki zu finden, ich sorge dafür, dass er dich nie wieder belästigt. So lange kannst du hierbleiben.«

»Und was ist, wenn ich nicht mitspiele? Hältst du mich dann gefangen? Oder legst du mich um?«

Louis zog die Mundwinkel nach unten und schüttelte langsam den Kopf. »Wenn du gehen willst, dann geh. Die Konsequenzen trägst du selbst. Um mich braucht sich niemand Sorgen zu machen.«

Sie trank ihren Kaffee in kleinen Schlucken, während sie in die Tasse starrte. »Was genau hast du vor?«

Louis erhob sich und zog seine Jacke an. »Wir haben etwas Staub aufgewirbelt. Zunächst sollte sich die Sache etwas beruhigen. Wichtig ist nur, dass du keine Fehler machst. Also zu irgendjemanden Kontakt aufnimmst oder einfach so das Haus verlässt. Du verstehst. Am besten bleibst du hier. Bist unsichtbar. Ich werde viel unterwegs sein und möglicherweise nicht jeden Tag nach Hause kommen. Mach dir also keine Gedanken, wenn ich über Nacht wegbleibe. Solltest du dich anders entscheiden, erwarte nie wieder Hilfe von mir.«

Als Louis die Tür hinter sich zuzog, war es ihm, als rotierte es in seinem Kopf. Sein Handeln war irrational. Gefährlich. Und entgegen all seiner Prinzipien. Zugleich aber empfand er ein Gefühl, welches ihm fremd, gleichzeitig jedoch auf eine seltsame Art angenehm war. Das Gefühl, dass jemand da war.

*

Zu seiner Überraschung war sie nicht gegangen. Sie hielt sich an alle seine Vorgaben. In ihrem Leben hatte man ihr oft genug beigebracht, dass jeglicher Widerspruch, jede Zuwiderhandlung schmerzhafte Konsequenzen hatte. Louis hatte in den folgenden Tagen den Bereich des Straßenstrichs immer wieder observiert. Nach wie vor trieben die Männer das Geld ihrer Pferdchen ein. Die Welt drehte sich weiter. Doch sie waren deutlich vorsichtiger. Obwohl er den einen oder anderen Tipp erhalten hatte, wo Mucki sich versteckt halten könnte, hatte er ihn bisher nicht gesichtet. Selbst Moni konnte ihm keine Adressen nennen. Meistens wurde sie in ein Auto gesetzt und irgendwo hingefahren, hatte sie erklärt. Entweder war der Typ feige und verkroch sich, oder er war einfach nur gerissen und sehr vorsichtig. Zumindest so lange, wie sein Verfolger kein Gesicht hatte. Die Reviere wurden immer härter verteidigt und ihre Grenzen verschoben sich beinahe täglich. Darüber hinaus konnte er nicht zweifelsfrei sagen, ob einer der Männer, die er bisher beobachtet hatte, Mucki war. Nahm er den falschen in die Mangel, würde das erneut für Unruhe sorgen. Louis hätte sich den Grund für den schleppenden Fortschritt seiner Arbeit zuschreiben können, aber das würde er sich niemals eingestehen.

Die ersten Tage kam er nur selten in seine Wohnung und blieb nicht lang. Er wollte keinen falschen Eindruck erwecken. Doch schien es ihr nichts auszumachen. Im Gegenteil. Es wirkte so, als würde sie sich aufrichtig freuen. Er tat es damit ab, dass sie sich langweilte und seine Gesellschaft sie aus ihrer Monotonie riss. Sie beklagte sich nicht. Vielleicht weil das, was viele für eine unerträgliche Enge hielten, ihr so etwas wie Sicherheit schenkte. Sie hatten sich bislang gegenseitig nicht viel über ihre Leben erzählt. Und im Grunde genommen spielte es keine Rolle. Ihre Beziehung war eine Zweckgemeinschaft, und schon bald würden beide wieder ihre eigenen Wege gehen. Das Einzige, was Louis erfahren hatte, war, dass Moni ihre Eltern im Krieg verloren hatte und sie in einem katholischen Kinderheim aufgewachsen war. Die Nonnen hatten ein strenges Regime geführt, und irgendwann war sie abgehauen. Den Rest brauchte sie nicht zu erzählen. Es war die klassische Geschichte. Letztendlich war es egal, ob man zum Überleben seinen Körper verkaufte oder, wie er, seine Seele. Louis kehrte früher als geplant in die Wohnung zurück. Er wollte lediglich nach dem Rechten sehen. Zumindest redete er sich das ein. Schon beim Betreten des Hausflurs hörte er laute Radiomusik. Er klopfte und schloss die Tür auf. Sie stand da, ihm den Rücken zugewandt. Das nasse Haar hatte sie mit einem Handtuch hochgesteckt, ein weiteres Tuch hatte sie um ihren Oberkörper geschlungen. Es war das erste Mal, dass sie so viel Haut zeigte. Ihr Körper war betörend, und unter dem Handtuch sah er ihren Po hervorlugen. Doch sosehr ihn dieser Anblick faszinierte, so sehr schockierte ihn, was er noch sah. Unzählige Quernarben, deren Herkunft keine Frage offenließen. Wut stieg in ihm auf. Als hätte sie seine Gegenwart gespürt, fuhr sie herum. Sofort hob er abwehrend beide Hände und schaltete das Radio aus.

»Entschuldige«, stotterte er. »Ich habe geklopft. Ich wollte dich nicht … Ich wusste nicht, dass …«

Sie wirkte in keiner Weise peinlich berührt. »Ich habe nicht mit dir gerechnet. So früh.« Moni öffnete das Handtuch und ihr Haar fiel ihr um die nackten Schultern.

Louis hatte plötzlich das Gefühl, als würden ihm die Beine versagen. Es war, als hätte sein Verstand nach langer Zeit wiederentdeckt, wie aufregend, wie erregend eine Frau sein konnte. »Ich …«, stammelte er.

Sie schien seinen Konflikt zu spüren und genoss offenbar seine Verlegenheit. Zumindest, wenn er ihr Grinsen richtig interpretierte.

»Was?«, fragte sie und nahm eine kecke Haltung ein, indem sie die Hände auf die Hüften legte und sich leicht aufreizend positionierte.

»Ich wollte … Ich bin gekommen, um dich … zu fragen, ob du mich begleiten möchtest?«, log er hilflos.

»Begleiten? Wohin?«

Louis spürte, wie ihm zunehmend wärmer wurde. »Mal raus. Ich dachte, du könntest mal etwas Luft … Ich meine, nur wenn du magst. Du musst natürlich nicht.«

»Ja. Sehr gern.«

»Gut«, sagte Louis. Er kam sich wie ein Volltrottel vor. »Ich bin dann schon mal im Wagen.«

Er musste nicht lange warten. Als sie auf den VW zuschritt, bemerkte er ein ungewohntes Gefühl. Es war vergleichbar mit dieser leichten Form einer Anspannung, die er immer dann verspürte, wenn er einer Herausforderung gegenüberstand. Ein Kribbeln irgendwo dort, wo die Rippenbögen zusammenliefen. Gleichzeitig pochte sein Puls fühlbar in seinem Hals.

»Wo fahren wir hin?«

Louis hatte die Frage befürchtet, denn er hatte sich keine Gedanken gemacht, wohin er mit ihr fahren sollte. Sie pustete sich eine Haarsträhne aus dem Gesicht. Als diese wieder zurückfiel, schob sie die Strähne hinter ihr Ohr.

»Ich dachte, wir kleiden dich neu ein. Und fahren zum Friseur.« Louis war stolz auf seinen spontanen Einfall.

»Ich gefalle dir also nicht«, sagte sie derart emotionslos, dass er nicht wusste, wie die Antwort gemeint war.

»Nein! Um Gottes willen. Ich dachte nur, dass ... wir mit einer kleinen Typveränderung nicht so schnell auffallen. Das dachte ich. Du willst ja nicht ewig in der Bude hocken.«

»Dachtest du ...«

Louis ging auf diesen Satz nicht ein. Er fühlte sich unwohl. Vielleicht sogar hilflos. Wie ein Anfänger. Und das Schlimmste war, er war sich sicher, dass sie es spürte.

Sie fuhren Richtung Innenstadt. Auf einer der Hauptstraßen sah er ein Bekleidungsgeschäft und riss beinahe reflexartig das Lenkrad rum. Als sie ausgestiegen waren, blieb Moni einen Moment vor dem Schaufenster stehen. Skeptisch betrachtete sie die Kleider. »Du meinst, du willst mit mir in diesen Laden?«

Louis verstand ihre Frage nicht. »Gefallen dir die Sachen nicht?« Er wollte unter keinen Umständen den Eindruck erwecken, dass er nur zufällig dieses Geschäft ausgesucht hatte. Die Kleiderbüsten waren mit der neuesten Mode ausgestattet. Vermutete er. In Wahrheit hatte er davon keine Ahnung. Moni zuckte mit den Schultern und ging zielstrebig hinein. Irritiert sah er nochmals auf die Ware. Als sein Blick auf die Preisschilder fiel, wusste er, was sie meinte.

Die Verkäuferin kümmerte sich ausschließlich um sie.

Während Louis auf dem Sofa vor der Umkleidekabine Platz nahm und mit dieser ungewohnten Rolle haderte, reichte die Dame Moni die neueste Herbstkollektion, wie sie stolz anführte. Als Moni mit dem ersten Kleid aus der Kabine kam, blieb Louis fast die Luft weg. Wie Kleider doch einen Menschen veränderten. Das elegante Modestück schmiegte sich an ihren Körper. Verstärkte ihre Weiblichkeit dort, wo es von Vorteil war, gleichzeitig strahlte es eine Eleganz aus. Er konnte kaum seine Augen von ihr lösen. Moni drehte sich wie ein Mannequin und präsentierte ihm die Kleiderauswahl, als wäre sie auf dem Laufsteg aufgewachsen. Was ihn unbewusst faszinierte, war die Heiterkeit, diese völlige Unbefangenheit, die sie ausstrahlte. Als würde sie keinen Ballast mit sich tragen. Ihr Lachen war so klar wie ein Glockenspiel und er konnte nicht genug davon bekommen. Louis durfte die Auswahl treffen. Er war bemüht, die Stücke auszusuchen, bei denen er vermutete, dass sie ihr ebenfalls am besten gefallen hatten. Moni hatte ein schlechtes Gewissen, als er die Ware bezahlte. Mehrfach bat sie ihn, es noch mal woanders zu versuchen. Er spürte, dass ihre Einwände aufrichtig waren. Aber sie hatte ihm eine Art von Freude geschenkt, die ihm jeden Pfennig wert war. Und er bestand darauf, dass sie eines der Kostüme anließ.

»Sie ist was ganz Besonderes«, flüsterte ihm die Verkäuferin augenzwinkernd zu, als sie ihm die Schachteln und Tüten reichte. »So voller Lebensfreude!« Und wieder löste dies etwas in ihm aus, was ihm fremd war.

Im Anschluss brachte er sie zum Friseur. Er setzte sich währenddessen in eine Kneipe und trank zwei Bier. Als sie den Friseursalon verließ, traute er seinen Augen nicht. Die Dame, die dort auf die Straße trat, hatte nichts mehr mit der Moni zu tun, die er wenige Tage zuvor aus den Fängen zwielichtiger Gestalten befreit hatte. Einige Herren lupften ihren Hut, während sie sie vorbeiließen, nicht wenige drehten sich nach ihr um.

»Und?«, fragte sie, während sie sich drehte. »Gefalle ich dir?«

»Du bist ... wunderschön.« Louis strahlte über das ganze Gesicht. Es war sein erstes, aufrichtiges Lächeln seit langer Zeit. Moni antwortete mit einer leichten Röte auf den Wangen.

»Passt das denn überhaupt zu mir? Das ist doch eher was für elegante Damen.«

Louis' Lächeln blieb wie gemeißelt. »Du bist eine elegante Dame. Komm!«, rief er fast aus. »Das muss gefeiert werden.« Er ergriff ihre Hand und zog sie die Straße entlang. Nach wenigen Metern wollte er sie loslassen, sich nicht von diesem Gefühl des Momentes bestimmen lassen, doch als er seine Finger lockerte, fasste sie umso fester zu.

Sie saßen bis in die späten Abendstunden zusammen. Aßen in einem Restaurant und zogen durch unzählige Gaststätten, wo kräftige Herren in Maßanzügen davon zeugten, dass nur elitäres Publikum vorzufinden war. Sie genossen die gegenwärtige Unbeschwertheit, ohne zurückzublicken oder sich mit der Zukunft zu belasten. Moni erzählte von den Streichen, die sie den Nonnen gespielt hatte, und Louis brachte unzählige Anekdoten von den komischsten Typen während des Krieges zum Besten. Moni hatte wahrscheinlich weder eine Schul- noch eine Berufsausbildung, und obwohl sie sich nie in der bürgerlichen Geschäftswelt bewegt hatte, wirkte sie, als wäre ihr doch alles vertraut. Nur ihre natürliche Art, ihr beinahe kindlich unbefangenes Lachen machte sie beide mehr als einmal zum Mittelpunkt. Eine Präsenz, die der anwesenden Damenwelt missfiel, ihr aber viel Sympathie bei den männlichen Gästen einbrachte, wie Louis feststellen konnte.

Louis hatte Mühe, den Käfer so in der Spur zu halten, dass

er keinem Polizisten aufgefallen war. Den Weg vom Parkplatz zur Wohnung musste er sie stützen. Sie waren beide beschwipst, und Moni befand sich in einem fortwährenden Redefluss. Ihre Albernheit, ihr Lachen tat ihm gut. Tat ihr gut. Sie schleuderte die Schuhe von den Füßen, die polternd auf dem Boden landeten, und warf sich mit weit ausgebreiteten Armen auf das Bett. Die enthemmende Wirkung des Alkohols machte auch vor Louis nicht Halt. Als er sie so liegen sah, weckte sie all das Verlangen in ihm, welches lange verborgen war. Er war kurz davor, sich diesem Verlangen hinzugeben, und nur mit Mühe widerstand er dem Drang, sich zu ihr zu legen. Es schmerzte fast körperlich, als er sich von ihr abwandte. Sie hatten einen unvergleichlich schönen Tag erlebt und er wollte dieses Erlebnis nicht durch eine plumpe Handlung zerstören. Louis vermutete, dass Moni schon seit langer Zeit nicht mehr so glücklich gewesen war. Diesen Tag wollte er nicht trüben.

»Wohin gehst du?«

Louis drehte sich um. Sie saß nun auf dem Bett. »Es ist schon spät. Wir sollten schlafen. Morgen wird uns ohnehin der Schädel dröhnen.«

»Warte!« Sie stand auf, trat an ihn heran und nahm seine Hand. »Ich fänd es schön, wenn du bleiben …«

Er schüttelte den Kopf und löste sich sanft aus ihrem Griff. Louis biss sich auf die Zunge, weil er befürchtete, etwas Unsinniges zu sagen.

»Danke.«

Er lächelte. »Das Wichtigste ist, dass es dir gefällt.«

»Das meine ich nicht.« Etwas Sanftes lag in ihren Zügen. »Danke, dass ich bei dir heute Mensch sein durfte.« Sie trat an ihn heran und gab ihm einen Kuss auf die Wange. Für einige Sekunden hafteten ihre Blicke aneinander. Dann schloss er die Tür.

Louis goss sich noch einen Gin ein und schmiss sich auf sein altes Sofa. Die Sprungfedern drückten deutlich und er musste leicht die Beine anwinkeln, um ganz darauf zu passen. Er hatte den Tag genossen. Auf eine ihm unbekannte Art. Trotzdem blieb ein eigenartiges Gefühl zurück, was nicht so recht dazu passen wollte. Er war ungeübt im Umgang mit Emotionen, aber wenn er seine Empfindung hätte beschreiben sollen, so träfe wahrscheinlich Melancholie am ehesten zu. Weil er spürte, dass es ein flüchtiger Moment gewesen war. Etwas, was er würde nicht festhalten können. Was hatte Frieda neulich in der alten Kneipe gesagt? »Du kannst deine Gefühle unterdrücken«, hatte sie ihm hinterhergerufen. »Nur verschwinden werden sie dadurch nicht. Wir sind alle verletzbar, Junge.«

»Du hast zu viel getrunken«, sagte er zu sich. Er löschte das Licht und legte sich hin, doch die bleierne Müdigkeit, die sich nach dem Genuss von Alkohol in der Regel einstellte, blieb heute aus. Gut. Dieser Tag war angenehm gewesen. Eine nette Abwechslung. Doch er hatte sich auf andere Dinge zu konzentrieren. Der Auftrag bestand noch immer. Und das Ergebnis stand aus. Morgen würde er sich wieder der Sache widmen, sich um Mucki kümmern. Außerdem war es an der Zeit, sich um eine neue Wohnung bemühen. Die hier war verbrannt. Es gab also einiges zu erledigen. Die Schlafzimmertür öffnete sich einen Spalt. Diffuses Licht drang zu ihm. Er richtete sich auf, sah nur ihre Silhouette. Langsam kam sie auf ihn zu. Schemenhaft erkannte er, wie sie das Hemd aufknöpfte. Als sie das Kleidungsstück geräuschlos fallen ließ, umschmeichelten die Lichtstrahlen ihren makellosen Körper, der in ihm ein nahezu unerträgliches Verlangen ausübte. Sie beugte sich zu ihm. Ganz nah. Er spürte ihren Atem in seinem Gesicht.

»Moni … wir …«

»Pst«, kam es leise, während sie einen Zeigefinger auf seinen Mund legte. Dann spürte er ihre weichen Lippen auf seinen. Louis umfasste ihre Taille und zog sie zu sich heran.

*

Sie sprachen in den folgenden Tagen nicht über so etwas wie eine Zukunft. Vielleicht weil es den Zauber des Momentes zerstört hätte. Louis hatte gegen den inneren Konflikt angekämpft. Sein Leben war bisher nie fremdbestimmt gewesen, wenn man von seiner Militärzeit absah. Aber auch dort hatte er sich auf vertrautem Terrain bewegt, hatte sich auf seine Fähigkeiten und seinen Instinkt verlassen können. Es kostete ihn immense Überwindung, sein Leben nur auf Vertrauen auszurichten. Er wusste beinahe nichts von ihr, doch hatte Moni ihn davon überzeugen können, zumindest für eine gewisse Zeit genau das zuzulassen. Sein Verstand begehrte auf, seine Gefühle wollten genau das. Mehr noch. Er konnte nicht genug davon bekommen. Sie hatten jede freie Minute miteinander verbracht, sich oft geliebt und danach einfach wortlos nebeneinander gelegen. Nie hätte Louis geahnt, dass es nicht mehr zum Glücklichsein bedurfte. Doch mit jeder Minute ihres Zusammenlebens wuchs in ihm die Angst, dass all das ein Ende finden würde. Seit einigen Tagen stellte er eine Veränderung bei ihr fest. Sie war oft abwesend, wirkte in Gedanken. Irgendetwas belastete sie. Natürlich gab es tausend Gründe, bei dem, was sie zweifelsohne durchgemacht hatte. Aber da schien etwas anderes zu sein. Etwas, was in die Gegenwart reichte. Es gab nur zwei Möglichkeiten: kämpfen oder einen kompletten Neuanfang, irgendwo weit weg. Doch worauf sollte er ein neues Leben aufbauen? Seine finanziellen Reserven würden sie eine längere Zeit gut tragen können. Sehr gut, sogar. Doch irgendwann wären sie aufgebraucht. Und was dann? Hier hatte er sich in seiner Welt etwas aufgebaut. Kontakte geknüpft und sich empfohlen. Er musste sich um seinen Auftrag kümmern. Moni kam aus dem Bad. Sie war nackt. Louis hätte sie stundenlang so anschauen können. Sein Verlangen, sie so zu sehen, war nicht ausschließlich von Lust geprägt. Er war von ihrer Ästhetik fasziniert. Er betrachtete ihren Körper wie ein Gemälde. Eine Skulptur. Louis konnte nicht genug davon bekommen, ihre Konturen mit seinen Händen nachzufahren, ihren Geruch aufzunehmen. Und umgekehrt schien Monika sich nach seinen Berührungen, seinen aufrichtigen Gefühlen zu sehnen. Sie waren zwei Ertrinkende, die sich voller Hoffnung aneinanderklammerten.

»Was hast du?« Ihre feinen Antennen schienen jede noch so kleine Emotion wahrzunehmen.

»Wir sollten beginnen, ehrlich zueinander zu sein.«

Ihr Gesicht wirkte plötzlich so, als befürchtete sie, dass er genau diesen Zauber beenden würde. Louis bemerkte es und setzte sofort nach. »Wir müssen uns der Realität stellen. Wenn wir eine Zukunft auf was auch immer haben wollen, muss ich wissen, was los ist. Also. Was bedrückt dich?«

Sie nahm ihren Morgenmantel und warf ihn sich rasch über. Mit einem Mal wirkte sie peinlich berührt. Als würde ihr erst jetzt auffallen, dass sie nackt war.

»Es war eine harte Zeit …«

Louis schüttelte den Kopf. »Ich kann dich nicht zwingen. Aber wenn da etwas ist, was du mit dir rumträgst, etwas, was unsere … Beziehung … gefährdet, geht mich das sehr wohl etwas an. Nicht nur du investierst hier.«

Moni trug einen inneren Konflikt aus. Das war offensichtlich. Einen Kampf, der sie mit jedem Tag mehr einholte.

»Keine Rechenschaft, Moni. Wir haben beide unsere Geschichte. Ob selbst verschuldet oder nicht. Es spielt keine

Rolle. Wer könnte schon urteilen? Aber wenn da etwas ist, was bis in die Gegenwart, bis in eine mögliche Zukunft reicht, muss ich es wissen.«

»Es ist nicht so einfach ...«

»Nichts in meinem Leben war bisher einfach«, konstatierte er.

»Es gibt da jemanden ...«

Für einen Moment zogen sich seine Eingeweide zusammen. »Einen ... Mann?«

»Nein, nein. Sie heißt Mariella. Zumindest nennt sie sich so.«

Louis hochgezogene Braue forderte eine Erklärung.

»Sie hat auf mich aufgepasst. Wenn sie nicht gewesen wäre, würde ich jetzt wahrscheinlich nicht mehr am Leben sein.«

Er nickte. »Verstehe. Das Leben ist nicht gerecht, Moni. Dein Glück geht nicht auf ihre Kosten. Du wirst darüber hinwegkommen.«

Moni schüttelte den Kopf. Ihre Augen waren tränenfeucht. »Er wird ihr die Schuld geben. Sie sollte auf mich achtgeben. Weiß der Teufel, was er mit ihr gemacht hat.«

»Es geht vielen so.«

»Du verstehst das nicht. Ich werde immer daran denken müssen, dass ich möglicherweise für ihr Schicksal verantwortlich bin.«

»Moni! Das ist Teil des perversen Spiels. Perfide aufgebaute Abhängigkeit. So funktioniert das nun mal.«

Tränen rannen ihr die Wangen hinunter. Schluchzend vergrub sie das Gesicht in ihren Händen. »Sie war für mich da. Ich meine ... wirklich für mich da.«

»Moni. Auch das ist Teil ...«

»Louis! Sie hat mich in Schutz genommen. Und schwer dafür bezahlt. Mit einem Auge. Hast du eine Vorstellung davon, wie sie aussah?«

Louis hatte eine Vorstellung davon, ging aber nicht darauf ein, um nicht noch mehr belastende Erinnerungen in ihrem Kopf auszulösen. Er spürte, dass dieses tief sitzende Schuldgefühl etwas war, was auch die Zeit wahrscheinlich nicht heilen würde. Und es spielte keine Rolle, ob diese Mariella es ehrlich gemeint oder ihr diese Vertrautheit nur vorgegaukelt hatte, um sie noch stärker zu beeinflussen. »Ohne Mariella wäre ich tot, Louis. Die meisten sterben nicht sofort körperlich. Es ist der seelische Tod. Ein langsames und quälendes Dahinsiechen.« Moni blickte abwesend, war ein Stück weit zurückgekehrt in die Hölle, der sie entkommen war und mit der sie trotz allem auf immer und ewig verbunden sein würde.

»Immer wieder hat sein Handlanger zugeschlagen. Dieser Fredi Schumacher. Du weißt, wen ich meine. Auf seinem Finger hat er diesen fetten Ring. Weil ich meine große Klappe nicht halten konnte. Weißt du, was das Schlimmste war? Sie hat mir dafür nie einen Vorwurf gemacht. Nie.« Noch immer starrte sie irgendwo vor sich hin. Plötzlich lächelte sie sanft und begann, ein Lied zu summen. Schließlich sang sie leise vor sich hin: »Wollst endlich sonder Grämen, aus dieser Welt uns nehmen, durch einen sanften Tod! Und wenn du uns genommen, lass uns in den Himmel kommen, du unser Herr und Gott.« Sie blickte ihn an. »Sie hatte das immer für mich gesungen. Wenn es ganz schlimm war, weißt du?«

»Wo befindet sich … Mariella jetzt?«

Sie sah zu ihm auf, als hätte er sie aus einem tiefen Traum geweckt. Die stille Hoffnung, die plötzlich in ihren geröteten Augen lag, entging ihm nicht. Eine Antwort blieb aus. Stattdessen zuckte sie mit den Achseln.

»Das geht nicht ohne deine Hilfe, Moni.«

»Ich weiß nicht, wo sie Mariella festhalten. Die haben uns durch die halbe Stadt gekarrt.«

Louis nickte. »Würdest du denn die Häuser wiedererkennen?«

Sie überlegte und starrte dabei vor sich hin. »Keine Ahnung. Vielleicht«, sagte sie nach einigem Überlegen.

Ihm entging nicht, dass sich ihr Ausdruck nochmals veränderte. Sie wirkte auf einmal leer. Erschöpft.

»Hör zu. Ich weiß, dass du Angst hast. Wir fahren nur einige Straßen entlang. Wenn du etwas erkennst, sagst du es mir. Wir halten nirgendwo an. Es kann nichts passieren. Du bist sicher. Versprochen.«

Monika starrte auf einen imaginären Punkt. Irgendwo zwischen sich und Louis. »Ich möchte doch nur ein normales Leben. Vielleicht arbeiten. In solch einem Modegeschäft. Das wäre schön.«

Louis erlaubte sich ein mitfühlendes Lächeln. Ihr Wunsch nach einem bescheidenen Leben berührte ihn auf eine gewisse Weise. Wenngleich er auch wusste, dass er dafür nicht geschaffen war. Er nickte besänftigend. »Du würdest mir in einem solchen Geschäft auch gut gefallen. Aber dafür solltest du ... musst du frei sein. Wenn du immer mit der Befürchtung lebst, die Vergangenheit könnte dich einholen, bist du nicht frei.« Louis trat an sie heran und streichelte ihre Wange. »Darum geht es. Die Freiheit, das tun und lassen zu dürfen, das denken zu können, was du möchtest.«

Ihre Zweifel blieben auf ihren Zügen, und als er ihre Hand ergriff, stellte er fest, dass sie leicht zitterte.

»Wir werden einen Weg finden«, sagte er, obwohl er nicht hundertprozentig hinter seinen Worten stand. Weil er nicht wusste, ob ein solcher Weg für Menschen wie sie beide überhaupt existierte. In ihren Augen lag der Wunsch nach einem Versprechen. Wie zerbrechlich sie wirkte, fand er. Es ging nicht nur mehr um den Auftrag, den er angenommen hatte.

Er wollte Mucki für das zur Rechenschaft ziehen, was er ihr angetan hatte. Aber das sagte er ihr nicht.

»Ich kümmere mich darum. Einverstanden?«

Monika atmete tief durch und nickte schließlich. Wenn auch langsam und voller Unsicherheit.

»Dann lass uns gleich los. Am helllichten Tag treibt sich von denen ohnehin niemand auf der Straße rum.«

*

Der Himmel veränderte seine Farbe von dunkelgrau in hellgrau und wieder zurück. Immer wieder wechselte Louis' Blick von der Fahrbahn hin zu Moni. Sie war angespannt und es tat ihm leid, dass er sie in diese Situation gedrängt hatte. Aber er brauchte einen Anhaltspunkt. Dieser Mucki war unsichtbar, wie es schien. Und er war gewarnt. Fraglich, ob er Louis' Drohung tatsächlich ernst nahm. Aber er konnte es sich nicht leisten, den Auftrag nicht zu Ende zu führen.

»Ich weiß nicht«, sagte sie auf seine Frage hin. »Es sieht bei Tag alles anders aus.«

Louis hatte gehofft, dass er mit dieser Fahrt Erinnerungen aus ihr herauskitzeln könnte. Einen Schlüsselreiz, bei dem es im Kopf klickte. Er musste sich eingestehen, dass der Norden der Stadt tatsächlich an jeder Ecke gleich aussah. Hier waren die Spuren des Krieges noch allzu deutlich. Notdürftig reparierte Fassaden. Roter Backsteinziegel, der großflächig unter den abgeplatzten Putzstücken hervorlugte, verlieh dem Viertel ein uniformes Aussehen. Wenig einladend. Heruntergekommen. Die Besitzer und Vermieter hatten wenig Interesse und oft auch ebenso wenig Geld, die Gebäude instand zu setzen. So beherbergte die Gegend, geprägt von hoher Arbeitslosigkeit, vornehmlich die Bevölkerungsschicht, die nicht auf der Sonnenseite des Lebens stand. Eine Gegend, sozial isoliert. Man schuf sich hier eine eigene Gesellschaft, mit eigenständiger Hierarchie und eigenen Gesetzen. Louis roch den Norden förmlich. Über dem gesamten Gebiet lag der schwere Geruch von Koks und Kohle. Die Straßen waren schlecht und nur an wenigen Stellen notdürftig repariert. In weiten Teilen war noch immer Kopfsteinpflaster der vorherrschende Fahrbahnbelag. Der VW Käfer wurde regelrecht durchgerüttelt. Louis versuchte, vorausschauend zu fahren, doch gelang es nicht immer, den größten Schlaglöchern auszuweichen, sodass einige Stöße an ihn und Moni weitergegeben wurden. Sie waren bereits mehrfach durch die Gassen der unzähligen Zechenhaussiedlungen gefahren, und tatsächlich hatte Moni das eine oder andere Mal ein Haus vermeintlich erkannt, hatte ihre Aussage dann aber wieder revidieren müssen.

»Es waren immer unterschiedliche Gebäude. Wir saßen im Auto immer hinten. Da konnte man nicht viel sehen. Es war … Warte!«

Louis bremste leicht ab, vermied es aber, den Wagen zum Stehen zu bringen. »Nicht auf das Haus zeigen«, wies er sie zurecht. »Welches meinst du?«

»Das mit der grünen Tür.«

Louis betrachtete das Gebäude aus den Augenwinkeln. »Sicher?«

Sie zögerte. Wie schon einige Male zuvor. »Ich weiß nicht. Die Fenster waren von innen …«

»Abgedunkelt?«, führte er ihren Satz zu Ende.

»Ja. Woher weißt du das?«

Er antwortete nicht, sondern fuhr die Straße noch einige Zeit weiter. Außer Sicht wendete er und lenkte den Wagen zurück. »Sieh nicht auffällig hin. Achte auf die Fenster.«

Louis fuhr im normalen Tempo an dem Gebäude vorbei. Sein Blick fiel erneut auf die Scheiben, die mit Farbe abgedunkelt waren. »Und?«

»Könnte schon sein. Ja«, sagte Moni schließlich.

Louis bog ab. Er hatte genug gesehen. Zur Tageszeit bracht eine Observation nicht viel. Er beschloss, die Gegend nochmals in den Abendstunden aufzusuchen.

*

Polizeimeister Gerd Fleischhauer war bester Laune. Vor einer Woche hatte sein Vorgesetzter seinem Antrag zugestimmt und seinem Wunsch entsprochen. Eine Hochzeit mit Sigrid, seiner Siggi, wie er sie nannte, stand zumindest formalrechtlich nichts mehr im Wege. Eine Überprüfung hatte ihr einen einwandfreien Leumund beschert. Und er selbst hatte sich in den vergangenen Monaten bemüht, den Anforderungen an seine Person gerecht zu werden. Im letzten Kriegsjahr hatte Fleischhauer als Flakhelfer in der Hitlerjugend gedient, im Anschluss eine Lehre zum Hauer absolviert. Durch Zufall hatte ihm ein Bekannter davon erzählt, dass man bei der Landespolizei händeringend nach jungen Männern suchte. Die Bezahlung war nicht so gut wie die eines Hauers. Aber er musste körperlich nicht so hart schuften, wurde nicht dreckig und durfte, wenn man sich bewährte, Motorrad fahren. Außerdem kam es bei den jungen Frauen gut an, wenn man erzählte, man sei Polizist. Gerd Fleischhauer träumte von einer Karriere als Kriminalbeamter. Es war noch ein weiter Weg bis dorthin, doch war er bemüht, sich bei den Zuständigen stets ins Gedächtnis zu bringen. Fleischhauer stammte aus dem Norden. Essen-Karnap und der nördliche Teil von Essen-Altenessen waren sein Revier. Er kannte hier jede Kreuzung, jeden Fußweg, jeden einzelnen Quadratzentimeter. Und er kannte viele Leute, die ihm den einen oder anderen Tipp gaben. Sie taten das nicht aus Sympathie ihm gegenüber. Meistens ging es darum, einem

Konkurrenten eins auszuwischen. Fleischhauer nahm die Hinweise gern an und gab sie an den zuständigen Kommissar weiter. Der hatte ihn neulich sogar mit Namen angesprochen. »Na, Fleischhauer?«, hatte er gesagt. »Hast wieder einen Tipp für mich?« Außerdem profitierte er selbst ein Stück weit davon. Mal steckte man ihm eine Stange Zigaretten zu, ein anderes Mal gab es Schnaps und hin und wieder ein kleines Trinkgeld, wenn er gönnerhaft über das eine oder andere hinwegsah. Er empfand es nicht als anrüchig. Es war eher ein gegenseitiges Geben und Nehmen. Außerdem wurden beschlagnahmte Sachen während einer Razzia ohnehin vernichtet. Und auf eine Razzia konnte man durchaus einen gewissen Einfluss nehmen. Meist wurden dafür Männer der Schutzpolizei herangezogen. Für Absperrungen oder um sichergestellte Dinge abzutransportieren. Ein Telefonat vorher sorgte dafür, dass der Schaden bei der Gegenseite nicht zu allzu groß war. Gleichzeitig sicherte es ihm einige Hinweise, die er zu seinem Nutzen verwenden konnte. Um notwendige Informationen aus dem Milieu zu erhalten, musste man ein gewisses, professionelles Vertrauensverhältnis aufbauen. Zumindest sah er es so. Und dazu gehörte, auch mal ein Auge zuzudrücken.

Der elfenbeinfarbene VW Käfer war jetzt bereits drei Mal an ihm vorbeigefahren. Fremde kamen in diese Gegend fast ausschließlich mit dem Auto. Und da Fleischhauer die Personen im Wagen nicht kannte, mussten sie fremd sein. Denn Fleischhauer kannte in seinem Revier jeden. Wenn nicht persönlich, dann vom Sehen her. Der Fahrer hatte ihn offenbar nicht bemerkt. Der junge Polizeimeister hatte das Krad in einer Nische abgestellt, um eine Zigarette zu rauchen. Es war besser, sich nicht dabei erwischen zu lassen. Sein Vorgesetzter würde ihm gehörig die Leviten lesen, wenn sich ein Bürger beschwerte.

Polizeimeister Gerd Fleischhauer sah dem Wagen noch etwas nach. Hundert Meter weiter drehte der Käfer und der Fahrer fuhr erneut in seine Richtung, verlangsamte dabei die Fahrt geringfügig. Er schien nach etwas zu suchen. Fleischhauer bemerkte auf dem Beifahrersitz eine junge Frau. Irgendwie kam sie ihm bekannt vor. Man hatte ihm in den vergangenen Tagen ein Foto einer Nutte gezeigt. Er vermutete, dass es eine war. Wenn er sie sehen sollte, sollte er sich melden. Es würde nicht sein Schaden sein, hatte der Mann ihm gesagt, während er ihm fünfzig Mark zugesteckt hatte. Das war ein Haufen Geld, nur für eine Bitte. Fleischhauer beschloss, den Wagen anzuhalten und die beiden Personen zu überprüfen. Ein Blick auf seine Uhr sagte ihm jedoch, dass er spät dran war. Er musste das Motorrad übergeben. Und so sicher war er sich bei der Frau auch nicht. Die in dem Wagen sah nicht wie eine Prostituierte aus. Dazu wirkte sie zu elegant. Fleischhauer beschloss, sich das Kennzeichen zu notieren und eine Anfrage an die Zulassungsstelle zu stellen. Er startete das Krad. Er war spät dran und wollte sich keinen Tadel einfangen, jetzt, wo es so gut lief.

*

Louis war hundemüde. Er war in den letzten Tagen seinen selbst auferlegten Verpflichtungen nicht völlig gerecht geworden. Dazu hatte auch sein tägliches Training gezählt. Den einen oder anderen Körpertreffer hatte er beim heutigen Sparring nehmen müssen, und er spürte sprichwörtlich jeden einzelnen Knochen. Wie schnell sich doch körperliche Fitness abbaute, wenn man nicht am Ball blieb. War das Training bisher eine Selbstverständlichkeit wie das tägliche Zähneputzen gewesen, so hatte er in den letzten Tagen sein schlechtes Gewissen doch erstaunlich leicht ignoriert. Louis genoss zu sehr die Gemeinsamkeit mit Moni. Mit Mariella war er allerdings noch nicht weitergekommen. Die Observation des Hauses, welches Moni ihm gezeigt hatte, hatte zu keinem Ergebnis geführt. Vielleicht hatte sie sich vertan oder das Gebäude war aufgegeben worden. Zumindest hatte die Gewissheit, dass er sich darum kümmerte, etwas von Monikas Druck genommen und ein Stück weit ihre Unbefangenheit, die er so an ihr liebte, zurückgebracht. Trotzdem musste er sich in den kommenden Tagen etwas disziplinieren. Er hatte Verpflichtungen, um die er sich kümmern musste. Doch jetzt freute er sich auf einen ruhigen Abend mit ihr. Louis hatte eine Flasche Rotwein erstanden, ein französisches Baguette und Ziegenkäse. Eine hervorragende Kombination, wie er fand. Seinen Gewohnheiten treu, parkte er den VW Käfer etwas abseits. Es war bereits dunkel und auf der Straße nicht viel los. Zu dieser Jahreszeit zogen es die Menschen vor, in ihren warmen Stuben zu bleiben. Das Viertel wirkte in der Tat friedlich. Wieder wurde ihm bewusst, wie unglaublich es war, dass die Schrecken des Krieges hier in dieser Ecke Essens kaum noch zu sehen waren. Sie schienen in den Köpfen der Menschen nicht mehr existent.

Die Wohnung war beleuchtet, die Vorhänge zugezogen. Wahrscheinlich las Moni ein Buch oder blätterte in einem dieser seltsamen Modekataloge. Es war für ihn unbegreiflich, wie man Stunden mit dem Betrachten von Kleidung verbringen konnte. Als Louis den Hausflur betrat und das Licht einschaltete, hörte er gedämpft Musik. Er schmunzelte bei dem Gedanken, wie sie höchstwahrscheinlich in einer Decke gehüllt auf dem Sofa lag, bekleidet mit einem seiner Hemden, die ihr viel zu groß waren. Sie waren erst seit wenigen Tagen zusammen und doch fragte er sich, wie er all die Jahre diese Stille hatte ertragen können. Sich darauf zu freuen, nach Hause zu kommen, zu wissen, dass dort jemand wartete, war etwas, was er früher nie verstanden hatte. Und heute umso mehr genoss. Louis stellte die Flasche ab, führte den Schlüssel vorsichtig in das Schloss und drehte den Zylinder nahezu lautlos. Er wollte sich nicht hereinschleichen, sie unter keinen Umständen erschrecken, aber er liebte es, sie zu betrachten, wenn sie sich unbeobachtet fühlte. Wenn sie mit den Fingern in ihren Haaren drehte oder leise ein Lied summte. Die Tür zum Wohnraum war nur angelehnt. Da er in beiden Händen etwas trug, stieß er sie vorsichtig mit dem Fuß auf.

»Moni?«, sagte er leise. Er erhielt keine Antwort. Sie lag auf dem Sofa. Zunächst sah er nur ihre nackten Füße, die Pantoffel auf dem Fußboden. Wahrscheinlich war sie eingeschlafen, dachte er. So leise wie möglich schob er die Tür weiter auf. Sein Blick glitt über ihre Füße langsam hinauf über ihre Waden und Knie. Das Blut, welches aus den unzähligen Stichwunden geflossen war, hatte sich in unruhigen Bahnen seinen Weg über ihren nackten Oberkörper gesucht. Zunächst erkannte er sie nicht. Ihr Gesicht war von den Prellungen und Blutergüssen derart entstellt, dass er für einen winzigen Moment die irrwitzige Hoffnung damit verband, es läge eine andere Frau auf seiner Couch. Ihre Augen waren das, was ihn nie wieder loslassen würde. Louis hatte in all den Kriegsjahren die unvorstellbarsten Dinge erlebt. Aber das, was er in dieser Situation spürte, war etwas, das er nie zuvor empfunden hatte. Er ließ die Sachen fallen. Ein Schwall, ätzend wie Salzsäure, drängte seine Speiseröhre hoch.

»Niemand nimmt mir mein Eigentum weg!«, war das Letzte, was er hörte, bevor Schüsse fielen. Dann war da nichts mehr als Dunkelheit.

KAPITEL 5

Louis schien gefangen. Er befand sich in einem Stadium zwischen Tiefschlaf und wachem Zustand. Normalerweise war es etwas, das er als angenehm empfand. Er öffnete die Augen, war sich seiner selbst bewusst und schloss die Lider wieder, in der Hoffnung, sich noch einen Moment in seine Träume zurückflüchten zu können, deren Bilder schon bald zerplatzen würden wie Seifenblasen. Doch diese Bilder würden sich nicht verflüchtigen. Es waren die eines Albtraums. Erinnerungen, deren Konturen mit jeder Sekunde schärfer wurden. Dann traf ihn die Erkenntnis mit der Wucht eines Vorschlaghammers. Noch etwas fühlte er. Schmerz. Einen Schmerz, der sich tief in seinem Innersten befand. Zunächst sah er nur Schlieren. Ein helles, künstliches Licht. Louis versuchte, seinen rechten Arm zu heben, doch es gelang ihm nicht. Es war, als würde der Befehl seines Gehirns auf dem Weg durch seine Nervenbahnen verpuffen. Als er blinzelnd zur Seite sah, erkannte er einen Infusionsständer. Die klare Flüssigkeit in der durchsichtigen Flasche reflektierte die Strahlen der Deckenbeleuchtung. Louis hörte Schritte. Unmittelbar darauf nahm er einen Schatten wahr.

»So wie es aussieht, wird unser Kumpel langsam wach«, hörte er eine Stimme. Sie stammte von dem Schatten.

»Ist er ansprechbar?«, fragte ein weiterer Mann im Hintergrund.

»Da werden Sie sich noch etwas gedulden müssen, Herr Kommissar. Der ist dem Teufel soeben von der Schippe gesprungen.«

»Sie können mir glauben, Herr Doktor. Wenn sich das bewahrheitet, was wir ihm vorwerfen, dann ist er der Teufel. Und zwar höchst persönlich.«

»Gemessen an seinen Verletzungen hat dann sogar Luzifer einen Schutzengel.«

»Verletzungen«, fuhr es durch sein Gehirn. »Doktor?« Lag er in einem Krankenhaus? Louis wollte etwas sagen. Etwas fragen. Er öffnete den Mund, hörte sich selbst, aber es waren nur gurgelnde Laute.

»Herr Richard? Mein Name ist Dr. Gießen.«

Louis registrierte nur vage, dass der Mediziner sein Augenlid nach oben schob. Den Lichtstrahl seiner Taschenlampe spürte er umso mehr. Er schien durch sein Auge in seinen Kopf zu dringen und setzte dort ein Feuerwerk an Schmerzimpulsen frei. Louis wollte den Oberkörper aufzurichten, wurde jedoch mit sanfter Gewalt wieder auf die Matratze gedrückt.

»Sie sollten ruhig liegen bleiben. Hat Sie ganz schön erwischt. Im Moment haben Sie noch jede Menge Reste eines Narkosemittels intus. Das muss sich erst abbauen. Dauert seine Zeit.« Der Arzt hantierte an der Tropfeinstellung des Infusionszugangs. Wieder versuchte Louis, etwas zu sagen, doch ein Schleier bewegte sich auf ihn zu und unmittelbar darauf verlor er erneut das Bewusstsein.

Schlagartig wurde er wach. Instinktiv wollte er sich aufsetzen. Doch die breiten Lederriemen, die seine Handgelenke umschlossen und seine Arme am Bettgestell hielten, hinderten ihn. Das Kopfteil des Bettes war leicht nach oben gestellt. Louis blickte an sich hinunter. Er war zugedeckt, doch seine Füße schauten hervor. Seine Fußgelenke waren ebenfalls ans Bett geschnallt. Zunächst vorsichtig, dann mit aller Gewalt wollte er seine Beine bewegen. Doch sie lagen dort auf der Matratze, als wären es nicht seine. Eine Frau erschien in seinem Sichtfeld. Sie hatte die typische Kleidung einer Krankenschwester an. Dazu trug sie einen Mundschutz und eine Haarhaube, sodass Louis ihr Alter nicht einschätzen konnte.

»Wo bin ich?«, fragte Louis mit schwacher Stimme. Sie hörte sich belegt an.

Die Frau trat an ihn heran, hielt aber etwas Abstand. So als ging von ihm eine Gefahr aus.

»Sie befinden sich im Bethesda-Krankenhaus. Ich bin Schwester Agnes. Ihre Krankenschwester.«

»Was … was ist passiert?«

»Das weiß ich nicht, Herr Richard. Sie hatten einige Schussverletzungen.«

Louis fühlte, wie sein träger Verstand sich erinnern wollte. Aber sein Verstand schien ihm einen Streich zu spielen, gaukelte ihm entsetzliche Bilder vor.

»Moni!« Erneut wollte er sich aufsetzen. »Was ist mit Monika?«

Die Tür wurde aufgerissen und ein Polizeibeamter in Uniform trat in den Raum. Ein athletischer Kerl. Für einen Augenblick schien er hilflos, mit der Situation überfordert. Hinter ihm drängten sich zwei Männer in medizinischen Kitteln an ihm vorbei.

»Beruhigen Sie sich!« Die Männer pressten ihn zurück auf das Bett. Sie hielten den Druck so lange aufrecht, bis Louis Körper ihnen signalisierte, dass er keinen Widerstand mehr leistete.

»Wir lassen Sie jetzt los, verstanden? Sie sind noch nicht über dem Berg. Wenn Sie sich aufregen, muss ich Sie wieder ins Land der Träume schicken, kapiert?«

Louis nickte. »Was ist mit Moni … Monika?«

»Hören Sie«, antwortete der Mediziner. »Ich kenn keine Monika und weiß auch nicht, was man Ihnen vorwirft. Meine Aufgabe ist es, Sie zusammenzuflicken.«

Was man mir vorwirft? Louis Gedankenkarussell drehte sich wie verrückt.

»Sie haben einige Schusswunden erlitten. Dass Sie das überhaupt überlebt haben, ist ein verdammtes Wunder.« Der Arzt nahm ein Kuvert und zog einige Röntgenbilder hervor, die er gegen das Licht hielt, sodass Louis sie sehen konnte. »Sie haben sich vier Kugeln eingefangen. Zwei Durchschüsse. Linker Oberarmbizeps und eine geradewegs durch den Oberschenkelstrecker ihres linken Beines. Fokus lag hier auf einer Wundsäuberung. Nichts Wildes. Ist wohl nicht die erste Schussverletzung, wie mir scheint. Aber das hier …«, der Arzt, der sich zuvor als Dr. Gießen vorgestellt hatte, tippte mit einem Bleistift auf eine Stelle der Aufnahme. »Die Kugel, die Sie hier sehen, steckte nur wenige Millimeter neben Ihrer rechten Herzhälfte. Knappe Nummer …« Sein Stift wanderte zur anderen Seite der Aufnahme. »Die hier steckte in Ihrem Beckenknochen. Ist von vorne durch und hat ihren Darm perforiert. Mussten von vorne ran und an ein paar Nervenbahnen vorbei. Deshalb fühlen Sie Ihre Beine nicht. Haben Sie vermutlich schon festgestellt.«

»Heißt das …«, fragte Louis mit rauer Stimme.

Der Arzt unterbrach ihn mit einer Handbewegung. »Ihre Nervenbahnen sind verletzt, bestenfalls nur gequetscht. Durch die Kugel oder die Operation. Wahrscheinlich beides. Es wird etwas dauern. Daher ist es wichtig, dass Sie ruhig liegen bleiben.«

»Deswegen die Fesseln?« Louis hob gleichzeitig beide Hände an, die nach wenigen Zentimetern gestoppt wurden.

Der Doktor antwortete nicht sofort. »Das ist … sicher einer der Gründe.«

Louis zog fragend eine Braue nach oben. »Und die anderen?«

»Das kann ich wohl besser erklären.« Aus dem Hintergrund drängte sich ein weiterer Mann vor. »Ich bin von der Kriminalpolizei. Mein Name ist von Gleiwitz«, stellte er sich vor. »Kriminalkommissar von Gleiwitz.« Der Beamte blieb vor Louis' Fußteil stehen und sah ihm direkt in die Augen. »Das ist Kriminalhauptmeister Löningen.« Von Gleiwitz' Augen ließen nicht von Louis ab, während er lediglich leicht in die Richtung seines Assistenten schaute.

»Kann ich mich mit ihm allein unterhalten, Herr Doktor?«

Gießen zögerte einen Moment. Dann nickte er, während er zeitgleich antwortete. »Aber bitte nur eine Minute. Jede Aufregung könnte ihn …«

Der Kommissar unterbrach ihn mit einer Handbewegung. »Ist schon klar. Selbstverständlich.«

Dr. Gießen sah Louis an und lächelte aufmunternd. Es war eine rein berufliche Geste.

Von Gleiwitz wartete, bis die übrigen Anwesenden den Raum verlassen hatten. Um sicherzugehen, drehte er sich nochmals zur Tür. Der Beamte stützte sich mit beiden Händen am Fußteil des Bettes ab. Der Polizist senkte seinen Blick zu Boden, als ob er nach den richtigen Worten suchte.

Der Kerl machte sich wichtig, dachte Louis. Er kannte diesen Schlag Mensch. Ein aufgeblähter Angeber von höchstens dreißig Jahren. Von Gleiwitz war ein eher hagerer Typ. Er hatte Hände, die noch nie zugepackt hatten. Louis schätzte, dass er andere die Drecksarbeit machen ließ, sollte es mal zur Sache gehen. Das dunkle Haar war an den Schläfen licht und mit Pomade akkurat zu einem Seitenscheitel gezogen. Das Gesicht von blasser Farbe und glatt rasiert. Das Stereotyp eines Schreibtischtäters. Abrupt sah der Kriminalbeamte auf.

»Kommen wir zunächst zu den Formalitäten.« Er sah Louis nicht an, sondern entfernte ein Haar von seinem Sakko, was er mit gespitzten Fingern zu Boden fallen ließ. Vielleicht tat er auch nur so. Die Kleidung war maßgeschneidert. Für einen Polizisten etwas zu viel des Guten, fand Louis.

»Damit wir das hinter uns haben. Also, Sie sind festgenommen wegen des Verdachtes des Mordes an der Prostituierten Angelika Heuer.« Erst jetzt sah er Louis wieder an, als ob er dessen Reaktion auf das Gesagte einschätzen wollte. »Es dürfte sich offenbar um die Person handeln, die Sie … Wie nannten Sie sie doch gleich? Ach ja! Monika oder so ähnlich.«

Louis wusste, dass Moni tot war. Und er hatte geahnt, dass man ihn für dieses Verbrechen verantwortlich machte. Ihn als ihren Mörder sah. Es aus dem Mund eines Ermittlungsbeamten zu hören, war etwas anderes. Es war auf eine gewisse Weise brutal, weil diese Aussage ihm jegliche Hoffnung nahm, dass er sich irrte. So aberwitzig dieser Gedanke auch war.

»Wie dem auch sei …« Von Gleiwitz trat um das Fußteil zur rechten Seite. »Sie haben das Recht, der Polizei gegenüber keine Angaben zu machen und schon vor Ihrer Vernehmung einen Verteidiger …« Er begleitete diese Belehrung mit einer Handbewegung, die das monotone Herunterleiern unterstrich. »Haben Sie einen?«

Louis antwortete nicht. Dieser Lackaffe sprach von der Frau, die er liebte, geliebt hatte, in einem Ton, als würde der Tod dieses Menschen niemanden interessieren. Und wahrscheinlich tat es das tatsächlich nicht, wenn man Louis außer Acht ließ. Noch immer hatte er keine Erklärung dafür, warum er überlebt hatte. War es reines Glück gewesen? Hatte der Täter zu nachlässig gehandelt, oder hatte man ihm bewusst nicht den finalen Schuss verpasst, um ihn für den Rest seines Lebens doppelt leiden zu lassen? Eins war für Louis klar. Es spielte keine Rolle. Die Klärung des Falls war lediglich eine weitere Sprosse in der wahrscheinlich steilen Karriereleiter dieses Kerls. Und mit ihm hatten sie einen Dummen gefunden, dem sie den Mord in die Schuhe schieben konnten.

»Jedenfalls«, fuhr von Gleiwitz fort, »haben Sie das Recht, auch schon vor einer Vernehmung einen Verteidiger zu befragen, bla, bla, bla. Das sagte ich ja bereits.« Die Augen des Kommissars verengten sich zu Schlitzen. »Ich bin mir sicher, dass Sie diesen Rüttelreim schon unzählige Male gehört haben … Monsieur Louis Richard? Oder wie darf ich Sie sonst nennen?«

»Wie wär es, wenn du mich da küsst, wo die Sonne nie hinscheint? Oder besorgt es dir der kleine Speichellecker hinter dir regelmäßig?«

Von Gleiwitz lächelte mit gespielter Anerkennung. Langsam trat er näher und setzte sich neben Louis auf das Bett. Herablassend sah er auf die Fesseln. »Ich werde dir mal was sagen, mein Freund. So unter uns zwei Betschwestern. Ich werde dafür sorgen, dass man so einen Abschaum wie dich da hinbringt, wo er hingehört. Auf den Müll. Und das für den Rest deines erbärmlichen und unwerten Lebens. Und weißt du, warum ich mir da so sicher bin? Weil ich verdammt gute Arbeit geleistet habe, während du hier selig geschlummert hast und man dich in den vergangenen vierzehn Tagen auf Kosten der Allgemeinheit zusammengeschustert hat.« Von Gleiwitz griff in die Innentasche seiner Jacke. »Falls du es vergessen haben solltest!« Angewidert warf er Louis eine Fotografie auf den Bauch. Louis' Eingeweide zogen sich zusammen. Unfähig, seine Augen von dem Bild zu lösen, nahm er jedes Detail auf. Moni auf dem Obduktionstisch. Das Gesicht von Schwellungen entstellt, der Oberkörper von Einstichen durchsiebt. Von Gleiwitz erhob sich. Louis' Gesichtsausdruck hatte ihm die Genugtuung beschert, die er sich erhofft hatte. Er ließ das Foto auf Louis' Bauch liegen.

»Es ist in diesem … neuen Deutschland leider Gottes nun mal so, dass man Ihnen einen Verteidiger stellen wird, wenn Sie sich keinen leisten können. Aber erhoffen Sie sich nicht zu viel.« Von Gleiwitz setzte seinen Hut auf, während er zur Tür schritt. »Ein Anwalt wird in Anbetracht der erdrückenden Beweislast und dem … sagen wir mal … überschaubaren Honorar sicher nur eingeschränkte Einsatzbereitschaft an den Tag legen.« Nochmals betrachtete der Kommissar Louis. »Na ja, zumindest werden Sie offensichtlich niemandem mehr so schnell schaden können.«

*

»Erheben Sie sich!«

Louis stützte sich auf seinen Krücken ab, kämpfte sich in die Höhe und blieb schwankend stehen. Der Vorsitzende Richter nahm es beiläufig zur Kenntnis.

»Im Namen des Volkes ergeht folgendes Urteil. Der hier angeklagte Louis Richard, nach eigenen Angaben geboren am 21. Juli 1919, Geburtsort unbekannt, wird wegen Mordes aus niedrigen Beweggründen, hier zur Vertuschung einer Freiheitsberaubung, in Tateinheit mit einem Sexualdelikt, unter Feststellung des Mordmerkmals der Grausamkeit, für schuldig befunden. Er ist somit zu einer lebenslangen Freiheitsstrafe zu verurteilen. Sie dürfen wieder Platz nehmen.«

Louis tauschte einen kurzen Blick mit seinem Pflichtverteidiger aus. Ein junger Kerl. Ziemlich unerfahren, aber engagierter, als Louis zuvor vermutet hatte. Wer auch immer die Fäden im Hintergrund gezogen hatte, hatte sich so geschickt angestellt, dass die Beweislage keinen Spielraum für irgendwelche Zweifel an Louis' Täterschaft zugelassen hätte. Insofern machte er seinem Verteidiger keine Vorhalte. Das Geraune im Saal verstummte erst, als der Richter mit seinem Hammer auf das Pult schlug und zur Ruhe ermahnte.

»Das Hohe Gericht hat nach Würdigung aller be- und entlastenden Beweise keinen Zweifel an der Täterschaft des

Angeklagten. Nach Aussage des Zeugen Fredi Schumacher forderte der Angeklagte, aus nach wie vor unbekannten Beweggründen, den Zeugen drei Wochen vor dem Tötungsdelikt unter Vorhalt einer Schusswaffe zur Nachtzeit auf, seinen Pkw, Typ Mercedes 220a, zu verlassen. Offenbar hatte der Angeklagte dem Zeugen aufgelauert. Der Zeuge Schumacher – an der Rechtschaffenheit und Wahrheitsliebe des Zeugen bestehen keine Zweifel – konnte glaubhaft machen, dass er dem Angeklagten bis zu diesem Zeitpunkt noch nie begegnet war. Im Fahrzeug befand sich ebenfalls das spätere Opfer Angelika Heuer, welches der Zeuge Schumacher am gleichen Abend kennengelernt hatte. Auch das spätere Opfer wurde von dem Angeklagten mit der Schusswaffe bedroht. Im Anschluss entfernte sich der Angeklagte mit dem Mercedes des Zeugen Schumacher und dem späteren Opfer.«

Kurz fiel Louis' Blick auf von Gleiwitz, dessen Gesicht mit einer kaum merklichen Genugtuung auf ihm ruhte. Ein weiterer Schritt nach oben, dachte Louis.

»Da der Angeklagte sich bis zuletzt nicht zu den Vorwürfen vor Gericht und auch seinem Verteidiger gegenüber einließ, geht das Gericht nach bisheriger Indizienlage davon aus, dass der Angeklagte das spätere Opfer gegen dessen Willen in der von ihm angemieteten Wohnung festhielt. Die Indizien stützen sich, neben der zweifelsfrei nachgewiesenen Entführung, auf vorgefundenes Fesselmaterial, das eine geplante Tat mit umfangreichen Vorbereitungshandlungen verdeutlicht und eine Handlung im Affekt ausschließt. Mutmaßlich kam es zu einer Vergewaltigung des Opfers durch den Angeklagten. Das Opfer wurde unbekleidet und mit massivsten Gesichtsverletzungen aufgefunden. Die Verletzungen erfolgten nach Aussage des rechtsmedizinischen Gutachtens zeitgleich zu der Vergewaltigung und der anschließenden Tötungshandlung. Der Vorwurf des Sexualdeliktes begründet sich auf Verletzungen, die belegen, dass ein Verkehr nicht einvernehmlich stattgefunden haben dürfte, und aufgrund aufgefundener Spermaspuren im Intimbereich des Opfers.«

Erneut hatte Louis das Gefühl, seine Kräfte würden versagen. Sie hatten Moni nicht nur gefoltert und getötet. Sie hatten sie vergewaltigt. Und es bestand für ihn kein Zweifel daran, dass sie es getan hatten, um sie zu bestrafen. Er hatte ihr versprochen, auf sie aufzupassen. Doch er hatte versagt. Wieder, wie in den Prozesstagen zuvor, wanderten seine Augen zu Mucki, wie sich dieser Kerl selbst nannte oder genannt wurde. Er saß dort neben Fredi Schumacher. Sein diabolisches Grinsen war für Louis unerträglich.

»Im weiteren Verlauf der Tat stach der Angeklagte mit einem ... mit diesem Messer«, der Richter hielt die Tatwaffe demonstrativ in die Höhe, »mindestens neunzehn Mal auf den Oberkörper des Opfers ein. Dieser Beweis stützt sich auf den Tatortbefundbericht und Bildaufnahmen der Kriminalpolizei. Es handelt sich um ein Küchenmesser aus einem Set, welches in der Küche des Angeklagten aufgefunden werden konnte. In dem Messerblock fehlte exakt ein Messer. Die Tatwaffe lag in einer Entfernung von siebenundvierzig Zentimetern neben dem Angeklagten. Aufgrund der verweigerten Aussagebereitschaft des Angeklagten ist davon auszugehen, dass das Opfer, trotz seiner Verletzungen, in den Besitz einer Schusswaffe kam. Entweder handelte es sich um eine der zahlreichen Waffen, welche versteckt in der Wohnung des Angeklagten vorgefunden wurden, oder um die Waffe, die der Angeklagte möglicherweise bei sich trug und aus verschiedenartigsten Gründen während der Tat ablegte. Ich verweise hier auf das verdeckt getragene Holster, welches der Angeklagte umgelegt hatte und in dem sich keine Waffe befand. Der weitere Geschehensablauf konnte nicht rekonstruiert werden. Tatsache ist, dass es dem Opfer offenbar gelang, insgesamt vier Schüsse aus dieser Waffe auf den Angeklagten abzufeuern. Die Schusswaffe befand sich während der Tatortaufnahme noch in der Hand des Opfers. Es wurden ausschließlich die Fingerabdrücke des Opfers und die des Angeklagten auf der Waffe gefunden. Die aufgefundenen Projektile und jene, die bei der lebensrettenden Operation im Körper des Angeklagten sichergestellt wurden, stammen nach dem Sachverständigengutachten zweifelsfrei aus dieser Waffe. Die Wohnungstür wurde bei Eintreffen der Schutzpolizei unversehrt aufgefunden. Der Angeklagte trug einen passenden Schlüssel bei sich. Die Fenster waren ebenfalls verschlossen und ohne Beschädigungen oder Manipulationsspuren, sodass die Täterschaft einer fremden Person auszuschließen sein dürfte. Das deckt sich auch mit dem Bodengrund des Grundstücks. Hier konnten keine Fußabdrücke festgestellt werden, die mit dem Tatort in Verbindung zu bringen gewesen wären. Die Wohnung selbst wies keine Anzeichen auf, dass sie durchsucht worden war. Ebenfalls finden sich, außerhalb des engsten Tatortes, keine Spuren eines Kampfes.«

Louis nahm die Urteilsverkündung regungslos hin. Der Richter nahm seine Brille ab und suchte Blickkontakt mit Louis.

»Die Kammer hat zu keinem Zeitpunkt an Ihrem Verhalten Dinge festmachen können, die man zu Ihren Gunsten hätte werten können. Ihre Identität ist nach wie vor nicht zweifelsfrei festgestellt. Ihre Personalangaben beruhen lediglich auf Ihren eigenen Aussagen. Einer Mitwirkungspflicht sind Sie nicht nachgekommen. Darüber hinaus haben Sie sich nicht zu den Vorfällen eingelassen, nicht einmal Ihrem amtlich bestellten Pflichtverteidiger gegenüber. Während der gesamten Prozessführung haben Sie nicht einmal Ihr Bedauern über Ihre Tat zum Ausdruck gebracht. Die Indizienkette ist nach Würdigung des Gerichts lückenlos. Tatsachen, welche eine Täterschaft Ihrer Person ausschließen oder zumindest infrage stellen, konnten im Rahmen der Beweiserhebung nicht festgestellt werden. Es bleibt somit festzuhalten, dass für diese brutale, ja bestialische Tat als einzige Strafe nur eine lebenslange Freiheitsstrafe infrage kommen konnte. Gegen das Urteil besteht das Rechtsmittel der Revision. Ihr Verteidiger wird Sie dahin gehend aufklären. Möchte der Angeklagte noch etwas sagen?«

Louis' Augen hafteten noch einen Moment auf denen des Vorsitzenden. Dann drehte Louis den Kopf langsam.

In der zweiten Reihe saß er, breitbeinig, fett grinsend. Mucki stieß seine Kumpels an, mit ihm zu lachen.

Louis blickte ihn an: »Wir sehen uns wieder. Das ist ein Versprechen.«

KAPITEL 6

Louis saß in einer Einzelzelle. In einem Bereich des Gefängnisses, in dem die nicht normalen Gefangenen saßen, wie man ihm gesagt hatte. Was auch immer normale Gefangene waren. Louis war nun ein verurteilter Sexualmörder. Ein schlechteres Ansehen hatten höchstens Kinderschänder. Er war hier vogelfrei. Grundsätzlich spielte das für die Gefängnisleitung in Werl eine untergeordnete Rolle. Hier saßen vorwiegend Schwerverbrecher ein. Man lebte hier nach einer ungeschriebenen Knasthierarchie, auf welche die Schließer nur geringen Einfluss hatten. Ihr Interesse, das zu ändern, war gering. Das ließen ihn die Beamten deutlich spüren. Doch ging Louis noch immer an Krücken und so lange wollte man offenbar kein Risiko eingehen. In den folgenden Monaten trainierte er hart in seiner Zelle. Liegestütze, Bauchtraining, Gleichgewichts- und Koordinationsübungen. Aus nahezu jedem Gegenstand ließ sich ein Trainingsgerät fertigen. Louis gönnte sich keine Pause. Nach wie vor hatte er starke Schmerzen, doch konnte er bereits wieder in die Hocke gehen, ohne sich festzuhalten. Und Schmerzen bedeuteten, dass seine Nerven nicht zerstört waren. Noch eines tat dieser Schmerz. Er erinnerte ihn daran, welches Versprechen er Mucki gegeben hatte. Sie waren Tortur und Therapie zugleich. Wenngleich er jedoch oft mit dem Kopf an der Wand lehnte und gegen die Explosionen in seinen Nervenbahnen ankämpfte. Wenn er hier überleben wollte, war es unabdingbar, zu alter Stärke zurückzufinden. Sonst war er Freiwild, und er hatte nicht vor, diese Rolle anzunehmen. Gleichwohl musste er sich eingestehen, dass er von dieser Art des Überlebenskampfs kaum Ahnung hatte. Hier galten eigene Regeln. Louis war bemüht, seine körperlichen Erfolge nach Möglichkeit vor den anderen Gefangenen und den Schließern zu verbergen. Er wollte so spät wie möglich in den normalen Vollzug, weil er fürchtete, sich noch nicht ausreichend zur Wehr setzen zu können. Obwohl er bisher nicht eingesessen hatte, wusste er, dass er sich, sobald man ihn in den normalen Gefangenentrakt verlegte, von vornherein an die Spitze der Knasthierarchie setzen musste. Zum einen, um zu überleben. Zum anderen, um sich eine Chance zu wahren, eines Tages hier rauszukommen. Das ging nur, wenn er Schwächen im System erkannte. Und dazu bedurfte es Hilfe. Er war also gezwungen, unmittelbar nach seiner Verlegung eine Duftmarke zu setzen. Und diese Duftmarke musste so deutlich sein, dass niemand auf die Idee kam, ihn hinterrücks anzugehen.

Als er nach einigen Monaten aufgefordert wurde seine Habseligkeiten zu packen, wurde er auf dem Weg in seine reguläre Zelle – seinem neuen Zuhause für den Rest seines Lebens, wie der zuständige Beamte ihm sagte – von unzähligen Augen begleitet. Es waren Blicke der Verachtung. Es stand außer Frage. Man wusste, warum er einsaß. Und man wusste, dass er neu war. Er betrat ihre Welt. Einen Ort, an dem sie das Sagen hatten. Sie hatten ihm eine Zelle zugeteilt, in der sich bereits ein Mitgefangener befand. Ein schmaler und unscheinbarer Kerl. Sein Verhalten schwankte zwischen Ablehnung, Misstrauen und Unsicherheit. Etwas, was er nicht besonderes glaubhaft zu überspielen versuchte. Seinen Zügen aber entnahm Louis eine gewisse Gerissenheit. Ihm war von vornherein klar, dass sogar jedes Wort im Schlaf seinen Weg aus der Zelle finden würde.

»Du pennst unten«, war das Erste, was er Louis sagte, sobald die stählerne Tür hinter ihm geschlossen worden war. Die Lage des Schlafplatzes war Louis völlig egal. Aber hier ging es um etwas anderes. Unvermittelt fasste Louis ihn am Hals und drückte ihn hart gegen die Wand. Sein stählerner Griff ließ den anderen keine Luft bekommen.

»Ich habe mehr Einschusslöcher in meinem Körper als du Haare auf dem Kopf, du Wicht. Und noch erheblich mehr Leute eigenhändig umgelegt.« Dabei sah er seinen Zellengenossen so an, als überlegte er, auf welche Art er ihm das Leben aushauchen würde. »Ich habe lebenslänglich bekommen. Nenn mir einen Grund, warum ich Skrupel haben sollte, dir die Kehle rauszureißen.« Louis ließ den Mann los und tätschelte ihm die Wange. »Du darfst unten schlafen«, sagte er mit einem Lächeln. »Und du solltest dankbar dafür sein, dass ich nicht den Boden meine.«

*

Der Wärter führte Louis in den schmalen Besucherraum, dessen hochglänzender Boden penetrant nach Bohnerwachs roch, und drückte ihn auf den festgeschraubten Stuhl. Anschließend fixierte er seine Hüfte mit einem ledernen Bauchgurt so, dass er sich lediglich so weit nach vorn beugen konnte, um seine gefesselten Hände auf die Tischplatte ablegen zu können. In einem ausreichenden Sicherheitsabstand ihm gegenüber saß eine Frau und taxierte ihn. Sie war jung. Louis schätzte sie auf Anfang dreißig. Ihre Augen waren wach, und sie hatte einen intelligenten Blick. Das lange, blonde Haar war hochgesteckt und ihr Kostüm wirkte schlicht, gleichzeitig elegant. Das Make-up war äußerst dezent. Sie war sich ihres Aussehens und der damit verbundenen Wirkung durchaus bewusst. Es stand für Louis außer Frage, dass sie diese Reize gezielt und effektiv einzusetzen wusste. Er hatte das Gefühl, sie schon einmal gesehen zu haben, konnte sich jedoch nicht daran erinnern, wo das gewesen war. Der Wärter nickte der Dame zu und verließ dann den Raum. Er würde sich hinter der Tür positionieren und bei Problemen binnen Sekunden zurück sein, sollte etwas passieren. Louis betrachtete sie ausdruckslos.

»Guten Tag, Herr Richard. Ich freue mich, dass Sie sich bereit erklärt haben ...«

»Kommen Sie zum Punkt.«

Ihr Lächeln fiel ein Stück weit in sich zusammen, doch fing sie sich so schnell, dass die meisten diese kleine Unsicherheit überhaupt nicht bemerkt hätten. Kurz überflog sie ihre Notizen. Für Louis stand fest, dass sie die auswendig kannte.

»Mein Name ist Helga Gießmann. Ich bin freiberufliche Gerichtsreporterin, vornehmlich im Bereich Bochum und Essen tätig. Ich hatte Ihren Prozess vor dem Landgericht Essen mit großem Interesse verfolgt.«

Jetzt wusste er, woher er sie kannte.

»Ich würde Ihnen gerne ein paar Fragen stellen.«

Louis lehnte sich entspannt zurück, legte den Kopf leicht schief und schwieg.

»Wie gesagt ... ich habe Ihren Prozess begleitet. Er war ... sagen wir mal ... ungewöhnlich. Nicht, was die Tat als solche betrifft. Eher die äußeren Umstände.« Sie legte das Ende ihres Stiftes an die Lippen und sah Louis erwartungsvoll an. Als er noch immer nicht reagierte, setzte sie nach. »Ein Angeklagter, der absolut nichts zur Sache sagt ... Das ist schon außergewöhnlich. Ich meine ... wenn ich zu Unrecht einer Tat bezichtigt werde, ist es da nicht ein natürlicher Reflex, mich erklären, mich zur Wehr setzen zu wollen? Es sei denn, ich bin schuldig.«

Louis legte den Kopf zur anderen Seite. »Ungewöhnlich. Ihre Berufswahl …«

»Wie?«

»Na, für gewöhnlich ist das eher eine Männerdomäne.«

Ein flüchtiges Lächeln legte sich auf ihre Lippen. »Haben Sie ein Problem damit?«

Louis zog den Mund nach unten, sagte jedoch nichts.

Ihre Züge veränderten sich. So, als überlegte sie, ob sie die richtige Herangehensweise gewählt hatte. Abrupt setzte sie sich aufrecht hin. »Ich halte mal fest. Ein Angeklagter wird eines Mordes bezichtigt. Also einer Tat, die ihn bei einer Verurteilung für den Rest seines Lebens hinter Gitter bringt. Ich bin mir sicher, das beeindruckt auch harte Jungs. Trotzdem lässt sich dieser Angeklagte auf nichts ein. Verschweigt seine Identität, rechtfertigt oder verteidigt sich nicht. Der gesamte Gerichtssaal ist mit Größen der städtischen Unterwelt gefüllt. Und der wichtigste Belastungszeuge gehört genau dieser Gruppierung an. Das Einzige, was der Angeklagte, also Sie, sagte, ist, dass er sich an Roland Kahrmann, der im Publikum saß, rächen würde. Zumindest habe ich das Ihren Schlussworten entnommen. Was soll das heißen?«

Louis zuckte mit ausdrucksloser Miene mit den Schultern. »Was haben Sie an meinen Worten nicht verstanden, Frau Gießmann?«

Die junge Reporterin legte den Stift auf den Tisch und spielte mit ihren Fingern an dessen Enden, während sie den Mann ihr gegenüber betrachtete. »Rechtsfreie Räume schießen wie Pilze aus dem Boden. Das hat nicht nur damit zu tun, dass unsere Polizei hoffnungslos unterbesetzt, schlecht ausgerüstet und auch schlecht ausgebildet ist. Das hat damit zu tun, dass ein, sagen wir mal, gewisser Teil der Polizei mit im Boot sitzt. Ich weiß nicht, wie Sie das sehen. Mir wird bei dem Gedanken kotzübel. Dieser von Gleiwitz, der sie auf die Anklagebank bugsiert hat, ist ein Karrieretyp. Der läuft mit ausgebreiteten Ellenbogen durch seine Behörde. Ich habe recherchiert ...« Gießmann sah Louis in einer Art an, die erwartete, dass das Gesagte ihn interessieren, ihn zu einer Regung animieren müsste. Er blieb es ihr schuldig.

»Der Kerl ist schon mehr als einmal wegen unkonventionellen Methoden behördenintern auffällig geworden. Offenbar heiligen seine Erfolge die Mittel.«

Louis wog den Kopf hin und her. »Und weiter?«

Gießmann nickte. »Ich traue ihm zu, dass er in eigennütziger Art und Weise einseitig, also zu seinem Vorteil ermittelt ... ermittelt haben könnte.«

»Gewagte Aussage. In jeder Hinsicht. Können Sie das beweisen?«

Sie schüttelte den Kopf. »Um befördert zu werden, brauche ich Erfolge. Das ist überall so. Und dass der Typ nach oben will, ist wohl kein Geheimnis. Bei einer solchen Tat will die Gesellschaft jemanden, den sie an den Pranger stellen kann. Schuld oder Unschuld scheinen mir da nicht immer die Hauptintention zu sein.«

Louis sah die junge Frau einige Momente lang an. Dann seufzte er tief. »Ich muss mich jetzt entschuldigen. Gleich ist Essensausgabe und ich möchte das opulente Mahl nicht verpassen.« Er drehte sich leicht nach hinten. »Wache!«

Augenblicklich wurde die Tür geöffnet und der Justizangestellte trat ein. »Wir sind fertig«, sagte Louis.

Der Wärter öffnete den Gurt und Louis erhob sich.

»Man hat Sie reingelegt. Habe ich recht?«, hörte er sie, als er zur Tür geführt wurde. »Aus diesem Grund haben Sie nichts gesagt. Weil sie von Anfang an wussten, dass es aussichtslos sein wird.«

Nochmals drehte er den Kopf und sah sie an. Er hatte das tiefe Bedürfnis, ihr die Wahrheit zu sagen. Ihr zu erklären, was man Moni alles angetan hatte. Aber was hätte das genützt? Was, verdammt noch mal, hätte das geändert?

*

Die Tage waren geprägt von Monotonie. Louis nutzte die Zeit, um weiter an seiner Fitness zu arbeiten. Auch das Verhältnis zu seinem Zellenkumpanen besserte sich nach und nach auf eine gewisse, wenn auch nicht vertrauensbasierte Weise. Hatte er doch erkannt, dass es von unschätzbarem Vorteil sein konnte mit jemandem eingeschlossen zu sein, der offenbar das Zeug dazu hatte, nicht am Ende der Nahrungskette zu stehen. Täglich gab es in den größeren Gemeinschaftstrakten eine Sozialstunde, in der ein Teil der Gefangenen sich gegenseitig besuchen durfte. »Aufschluss« nannten sie das. Dazu eine Stunde Hofgang. Louis erkannte schnell, wer im Knast das Sagen hatte. Klaus, wie sein Mithäftling hieß, ein Gewohnheitsbetrüger, dessen kriminelle Karriere Teil seines Charakters war und der sich, wie alle Betrüger, das Unrecht seiner Taten schönredete, hatte ihm einige wertvolle Einblicke verschaffen können. Der Kerl, der zweifelsohne den Ton angab, wurde von allen nur der Sizilianer genannt. Louis vermutete, dass es etwas mit seinem Aussehen zu tun hatte. Er kam mit seinem schwarzen Haar, das er streng nach hinten kämmte, wie ein Italiener rüber. Er hatte im Hof seinen eigenen Bereich und war stets von seinen Handlangern umgeben. Der Sizilianer regelte die Geschäfte. Über ihn bekam man fast alles. Wahrscheinlich hatte er gute Kontakte nach draußen, die es ihm ermöglichten, dafür zu sorgen, dass der eine oder andere Wärter mal ein Auge zukniff oder im entschiedenen Moment nicht so genau hinsah, wie Klaus mutmaßte. Louis hatte schon früh bemerkt, dass der Sizilianer ihn auf dem Kieker hatte. Und das kam nicht von ungefähr. Der Sizilianer hieß in Wirklichkeit Josef Kleinert, wie

Louis erfuhr. Und dieser Kleinert war vor seiner Inhaftierung zufällig ein guter Kumpel von Roland »Mucki« Kahrmann gewesen. Wohin die Reise ging, war somit klar. Mucki hatte ihn nicht nur ins Gefängnis gesperrt. Er trug Sorge dafür, dass auch Louis' Zeit hier drin die Hölle auf Erden werden würde. Louis tat so, als ignoriere er das, spulte auf dem Hof seine Laufrunden runter und hielt sich während der Sozialstunde in seiner Zelle auf. Er vermied jede Handlung, die als provokant gewertet werden könnte. Klaus hatte ihm erzählt, dass jeder im Knast seine Rolle zugeteilt bekam. Entweder folgte er den Befehlen des Sizilianers oder er wurde zur unerwünschten Person. So nannte es Klaus. Und das bedeutete, dass man die Gewalt im Knast zu spüren bekam. Sexualstraftäter waren in der Regel unerwünscht. Louis' Zurückhaltung war strategisch. Er machte sich nichts vor. Man würde ihn früher oder später in die Mangel nehmen. Die Typen, die den Sizilianer umgaben, waren größtenteils vom Schlag eines Kirmesboxers. Doch zwei oder drei von ihnen gleichzeitig auf engstem Raum könnten ihn in Bedrängnis bringen. Louis traute sich viel zu, aber auf einen ungleichen Kampf wollte er sich nicht einlassen. Zumindest nicht unvorbereitet. Es stand zu viel auf dem Spiel. Wenn es so weit war, hatte er nur eine einzige Chance. Wenn sie ihn angingen, dann musste er bestehen. Mehr noch. Er musste ein Zeichen setzen. Eines, aufgrund dessen man ihn zukünftig nicht infrage stellen würde. Jeden Tag, an dem man ihn in Ruhe ließ, nutzte er, um ihre Gewohnheiten zu studieren. Doch dafür würde er nicht mehr ausreichend Gelegenheit haben. Drei Mann. Das stand für ihn fest. Immer, wenn er am anderen Ende des Hofes seine Übungen absolvierte, bemerkte er, dass der Sizilianer mit drei seiner Jungs jede seiner Bewegungen beobachtete. Man flüsterte sich gegenseitig etwas zu, während man ihn nicht aus den Augen ließ. Louis schätzte, dass einer dieser Kerle bei einem Angriff federführend sein würde. Ohne die anderen unterschätzen zu wollen, stach die Physis dieses Mannes deutlich hervor. Die krumme Nase und die Blumenkohlohren waren ein eindeutiges Zeichen dafür, dass er so manche Schlacht geschlagen hatte. Die anderen waren Mitläufer. Sie würden jeden Befehl des Sizilianers umsetzen. Das stand außer Frage. Aber der Kräftigere war der, auf den sich Louis konzentrieren musste. Würde er diesen zu Fall bringen, würden die zwei anderen schnell den Schwanz einziehen. Klaus hatte Louis geschildert, dass es in der Regel an drei Orten zu einem Überfall kam. Da war zum einen der Hof. Doch Klaus hielt das für unwahrscheinlich. Zu viele Zeugen. Es barg die Gefahr, dass die Bande um den Sizilianer gesprengt wurde; man Mitglieder bestenfalls länger in Isolationshaft steckte, was den Sizilianer schwächen konnte, oder auf andere Haftanstalten verteilte. Möglich war ein Angriff während des Duschens. Zweimal wöchentlich wurde ihnen gestattet, sich dort zu waschen. Der Sanitärbereich wurde nicht überwacht. Bevor die Wärter aufmerksam wurden und einschreiten konnten, verging verdammt viel Zeit. Wenn sie überhaupt einschreiten wollten. Dafür würde der Sizilianer sorgen. Am wahrscheinlichsten war, dass man ihn in der Zelle besuchen würde. Irgendjemand würde mit einer kleinen Zuwendung dafür sorgen, dass ein Wärter ausgerechnet dann mal pissen musste. Oder es wurde eine Ablenkung gestartet. Klaus war ein Feigling. Doch er hatte feine Sinne. Das war notwendig, wenn man sich nicht zur Wehr setzen konnte und am Leben bleiben wollte. Gleichzeitig aber traute Louis ihm nicht. Solche Kerle wechselten ihre Loyalität manchmal schneller, als man blinzeln konnte. Louis lag auf seiner Pritsche. Er hatte sich ein Buch ausgeliehen. Einen dicken Wälzer.

»Angespannte Stimmung«, sagte Klaus mit ernster Miene, als er die Zelle zu Beginn des Aufschlusses betrat. »Da braut sich was zusammen.«

Louis tat unbeeindruckt. »Muss nichts heißen. Du bleibst aber besser vor unserer Bude. Wäre nicht gut, wenn du zwischen die Fronten gerätst.«

Klaus' Lippen wurden zu schmalen Strichen. Entweder wusste er was, oder er sorgte sich wirklich. Möglicherweise auch beides. Schließlich nickte er und drehte wieder um.

Louis zog das Laken vom Kopfkissen, legte das Buch hinein und knotete den Bezug mit ruhigen Händen fest zusammen. Er holte seinen Socken hervor, den er zwischen Matratze und Bettgestell geklemmt hatte. Er fühlte durch den Stoff das Salz-Pfeffer-Gemisch darin, welches er in den letzten Tagen gesammelt hatte. Louis lauschte. Es war tatsächlich auffallend still. Das lautstarke Gelächter und die unflätigen Flüche beim Kartenspielen sowie die derben Rufe von Zelle zu Zelle waren ebenso wenig zu hören wie die bellenden Befehle der Schließer, die sich an den nackten Wänden brachen. Louis Sinne waren hellwach. Er lauschte in sich hinein. Er nahm den leicht beschleunigten Puls wahr, fühlte, wie jede Faser in seinem Körper angespannt und bereit war. Plötzlich hörte er Geschrei. Innerhalb von Sekunden stimmten die anderen Gefangenen ein. Eine Schlägerei war in dieser Enge mit den unzähligen Gewalttätern an der Tagesordnung. Vielleicht war diese Auseinandersetzung der Grund für die vorausgegangene Anspannung. Eine Sanktion. Eine Rache. Irgendeine nichtige, ehrverletzende Bemerkung. Irgendetwas, was sich nun entlud. Doch hätte Klaus davon etwas im Vorfeld erfahren. Zumindest gespürt. Hier stimmte etwas nicht. Louis griff in den Socken, holte eine Handvoll seines Gemischs hervor, während seine rechte Hand seinen Kopfbezug so fest umschloss, dass seine Knöchel weiß wurden. Dann hörte er Schritte. Mehrere Personen rannten. Die Schritte kamen näher. Louis' Puls beschleunigte. Noch einmal holte Louis tief Luft. Dann waren sie da. Er hatte ihnen den Rücken zugewandt. Blitzschnell fuhr er herum. Sein Arm war ausgestreckt und seine Hand öffnete sich in der Drehung. Eine Wolke aus Pfeffer und Salzkristallen flog dem ersten Schläger entgegen. Es war der kräftige Kerl, den Louis erwartet hatte. Noch ehe dieser zu einer Reaktion fähig war, traf ihn das Gemisch und entfaltete in Sekundenbruchteilen seine Wirkung. Instinktiv stoppte er und kniff die Lider zusammen. Gleichzeitig prallten die beiden dahinter mit ihm zusammen. Louis hatte nicht vor, auf eine weitere Reaktion zu warten. Er legte seine ganze Kraft in den ersten Schlag. Das Laken mit dem schweren Buch raste von oben herab und traf den Mann mitten ins Gesicht. Sofort schoss ihm das Blut aus der Nase. Er taumelte rückwärts und prallte gegen die beiden anderen. Louis zögerte nicht. Der kräftige Tritt in die Weichteile seines Widersachers ließ diesen nach vorn zusammenbrechen. Der nächste Schlag mit dem beschwerten Bettbezug führte Louis von unten nach oben aus. Die Wucht war so enorm, dass sein Kopf nach hinten gerissen wurde. Die Situation hatte die beiden anderen völlig aus dem Konzept gebracht. Unbeholfen versuchten sie, an ihrem Anführer vorbeizukommen, der vor ihnen besinnungslos zusammengesackt war. Louis ergriff seine Emailtasse, die auf dem kleinen, am Boden verankerten Tisch stand, und schlug damit gegen die linke Schläfe des nächsten Gegners. Der Mann taumelte und stürzte über den am Boden Liegenden. Louis ließ die Tasse fallen und sprang über ihn hinweg. Noch in der Luft trat er gegen den Kopf des Angreifers. Der Kampf hatte nur wenige Sekunden gedauert. Doch die unerwartete Wende hatte den Dritten völlig überrascht. Sein Verstand brauchte einige Sekundenbruchteile, bis er analysiert hatte, dass ihre zahlenmäßige Übermacht, ihre Überlegenheit in sich zusammengebrochen und er nun auf sich allein gestellt war. Diese Wimpernschläge an Reaktionslosigkeit besiegelten sein Schicksal. Louis' flache Hand schoss nach vorn gegen den Kehlkopf des Mannes, sodass dieser sofort in sich zusammenfiel. Schwer atmend stand Louis einfach nur da. Sein Blick traf auf den seines Zellenkumpanen, der ihn mit offenem Mund anstarrte. Der Lärm auf dem Gang hatte aufgehört. Louis trat über den dritten Widersacher hinweg, der nach Luft röchelnd am Boden lag, und sah den Flur entlang in beide Richtungen. Kein Wärter war zu sehen. Wahrscheinlich hatten sie die beiden Streithähne aus dem Trakt befördert. Stattdessen lugten die übrigen Gefangenen aus ihren Zellen und sahen in seine Richtung. Louis drehte sich um, fasste den ersten Gegner an seinem Bein und zog ihn den Flur entlang, vorbei an den anderen Insassen. Es war totenstill. Louis ließ den Mann vor der Zelle des Sizilianers los. Dessen Tür war nur angelehnt, doch Louis wusste, dass er da war und ihn hörte. Wortlos drehte er sich um und kehrte zu seiner Zelle zurück. Der Mann, den er als Zweites außer Gefecht gesetzt hatte, rührte sich allmählich wieder. Louis schickte ihn mit einer Rechten zurück ins Reich der Dunkelheit, bevor er ihn aus der Zelle beförderte. Schließlich widmete er sich dem Anführer des Trios. Er zog ihn ebenfalls hinaus, stellte sich dann zwischen die beiden Männer, fasste sie an den Hosenbeinen und schleifte sie in die Richtung des Sizilianers. Louis legte die Männer ab. Dann kniete er sich hin und verschränkte die Arme hinter dem Kopf. »Ich werde wiederkommen! Hast du mich gehört?«, schrie Louis. »Ich komme wieder! Das ist ein Versprechen.« Die Trakttür öffnete sich und die Wärter kamen mit erhobenen Schlagstöcken auf ihn zugerannt.

*

Das Telefon läutete aufdringlich und schrill. John McAffrey tastete im Dunkeln über das Nachttischchen. Seine Finger berührten den Fuß der kleinen Beistelllampe, wanderten das Kabel entlang, bis sie endlich den Schalter fanden. Während er sich leicht aufrichtete und den Hörer zum Ohr führte, fiel sein Blick auf die fluoreszierenden Ziffern des Reiseweckers. Es war drei Uhr fünfundzwanzig.

»Ja«, nahm er das Telefonat an und klang dabei, als hätte man ihn nicht aus dem Schlaf gerissen.

»Wie es scheint, haben wir unseren Mann«, kam es vom anderen Ende der Leitung.

McAffrey setzte sich auf, schwang die Beine aus dem Bett und rieb sich die Augen.

»Und was veranlasst Sie zu dieser Behauptung?«

»Ein Anruf. Aus Frankreich. Vor wenigen Minuten. Es passt alles.«

»Um acht Uhr. Wie üblich.« McAffrey legte auf. Es brauchte schon einen triftigen Grund, um den Leiter der Auslandsmission der CIA in der Nacht aus dem Bett zu klingeln.

Um fünf Minuten vor acht nahm McAffrey im Café Platz. Mit dem Rücken zur Wand, sodass er den Eingangsbereich sehen konnte. Die Deutschen strömten an diesem trüben Aprilmorgen zur Arbeit. McAffrey war nun seit sechs Jahren in Bonn. Insgeheim beeindruckte es ihn nach wie vor, wie diszipliniert dieses Volk war. Tatsächlich hatten sie ihre brachliegende Wirtschaft binnen weniger Jahre nach dem Krieg auf ein Niveau gehoben, wie es viele andere europäische Länder in hundert Jahren nicht geschafft hätten. Und genau diese Disziplin war in seinen Augen das, was diese Deutschen so verdammt gefährlich machte. In jeglicher Hinsicht. Wenn man ihre Armee nicht zu fürchten hatte, dann eben ihre Wirtschaftskraft. Der CIA-Chef sah auf seine Uhr. Der Sekundenzeiger hatte seine letzte Runde begonnen. Bald würden die Kirchtürme die neue Stunde ankündigen. Bevor es so weit war, öffnete sich die Tür des Cafés. Eine Wand aus kühler, aber angenehm frischer Luft schlug ihm entgegen. Clark Morrissey hätte alles sein können. Buchhalter, Verkäufer in einem Lebensmittelgeschäft, sogar Florist hätte ihm McAffrey abgenommen. Der Kerl war so unauffällig normal, dass man sich an sein Gesicht nicht mal dann erinnern würde, wenn man mit ihm zusammenprallte und er einem dabei ein Glas Rotwein über den Smoking goss. Der Scheitel war akkurat, wie mit einem Lineal gezogen. Die Brille hatte nur Fenstergläser, verlieh ihm aber einen Hauch von Intellektualität. Niemand würde auf die Idee kommen, dass dieser große, hagere Mann unter seinem Mantel einen schallgedämpften Revolver trug. McAffrey wusste noch nicht, was er von ihm halten sollte. Bisher zeigte er sich engagiert und verschwiegen. Das waren schon einmal keine schlechten Eigenschaften. Wenn er sich zukünftig hinsichtlich seiner Loyalität bewies, war er möglicherweise zu gebrauchen. Was ihn auszeichnete, war sein akzentfreies Deutsch. Er beherrschte sogar einige Mundarten so perfekt, dass selbst die Leute aus den entsprechenden Regionen nicht misstrauisch wurden.

Kurz blieb er vor dem Tisch stehen. »Sir«, sagte er knapp, aber mit erkennbarem Respekt.

McAffrey nickte. Es war eine Erwiderung der Begrüßung und eine Aufforderung, Platz zu nehmen. Beide bestellten sich einen Kaffee.

Morrissey kam ohne Umschweife zur Sache. »Ich habe den Hinweis vor einigen Tagen erhalten«, begann er, während er McAffrey eine als Werbemappe getarnte Akte reichte. »Wir sind im Rahmen unserer Recherchen über den Fall gestolpert.«

McAffrey setzte eine Lesebrille auf. Seit er vor einigen Monaten das fünfzigste Lebensjahr überschritten hatte, änderte sich seine Sehkraft gefühlt wöchentlich. Gleichzeitig hatte jedes einzelne Kopfhaar die Fähigkeit verloren, farblich passend nachzuwachsen. Grau war mittlerweile die dominierende Farbe auf seinem Haupt. Immerhin war es dicht und voll, was ihn von den meisten in seinem Alter unterschied. »Louis Richard«, las er ab. »Heißt Richard auf Französisch nicht so viel wie ›mächtig‹ und ›stark‹?«

Kurz sah Morrissey irritiert auf.

»Ich meine, der Ursprung setzt sich aus ›ric‹ für mächtig und ›hard‹ für stark zusammen.«

Morrisseys Blick blieb unverändert.

McAffrey machte eine abwehrende Handbewegung. »Ist auch unerheblich. Bevor ich mir den ganzen Kram hier durchlese … erzählen Sie.«

Morrissey schob mit dem rechten Mittelfinger die Brille in Position. »Der Kerl heißt … hieß früher Aaron Kaufmann, ist sechsunddreißig Jahre alt, geboren im Ruhrgebiet. In Essen. Sie wissen schon. Waffenschmiede des Reiches und …«

»Kommen Sie zum Punkt, Morrissey.«

»Jedenfalls … Er ist Halbjude. Mütterlicherseits. Was das in Deutschland bedeutete, brauch ich sicher nicht zu erwähnen. Eltern starben recht früh. Der Vater hatte einen Unfall. War wohl unter Tage. Die Mutter hatte Tuberkulose. Als sie starb, war er sechs. Wuchs bei einer Tante in einem Kaff namens Wattenscheid auf. ’ne Katholikin. War mit ihrer Schwägerin wohl nie einverstanden gewesen. Unser Mann hat 1938, also mit zarten neunzehn Jahren, bei der Fremdenlegion angeheuert. Soll ein harter Bursche sein. Flink mit den Fäusten. Verschiedene Auslandseinsätze, darunter Afrika. War da in so einer Art Spezialkommando gewesen.«

»So etwas gab es bei den Franzmännern?«

Morrissey zuckte mit den Schultern. »Was genau er so getan hat, steht nicht ganz fest. Jedenfalls hatte man ihn für den Ordre national de la Légion d’honneur vorgeschlagen.«

»Das da wäre?«

»So eine Art Ritterkreuz. Hängt mit viel Gewicht an der Tuchjacke.«

»Warum hat er ihn nicht bekommen?«

»Wenn er einen Job bekam, erledigte er ihn. Nur nicht immer so, wie man es ihm vorgab. Der Bursche hatte wohl in gewisser Weise seinen eigenen Kopf und stieß sich bei der Durchsetzung seiner Vorstellungen an den Ansichten seiner Vorgesetzten.«

McAffrey zog skeptisch eine Braue hoch. »Also neigt er dazu, Probleme zu machen?«

»Nicht unbedingt. Er hat ... hatte wohl Probleme mit Sesselfurzern. Im Einsatz zeigte er sich überdurchschnittlich loyal. 45 hat er am Rhein einen Schützengraben der Krauts im Alleingang genommen und so möglicherweise Hunderten Soldaten den Arsch gerettet.«

McAffrey nippte an seinem Kaffee. »Ein verdammter Kriegsheld?«

»Wie auch immer man so etwas definiert. Hat ihm im Übrigen nicht allzu viel gebracht. War wohl so eine Art von ... inoffiziellem Einsatz. Nach dem Krieg ist er raus aus der Legion. Seitdem hatte sich seine Spur verloren.«

»Bis?«, fragte McAffrey.

»Bis er wohl im letzten Jahr eine Nutte kaltgemacht hat. Seitdem sitzt er. In Werl. Das ist in Nordrhein-Westfalen. Lebenslänglich.«

McAffrey fuhr sich über sein unrasiertes Kinn. Seine Skepsis war ihm deutlich anzusehen. »Von solchen Jungs gibt es viele. Bisher habe ich als Bild nur einen ehemaligen Fremdenlegionär, der offenbar eine ausgeprägte Tendenz zum Widerspruch zeigt und wegen Mordes einsitzt. Sie haben mich doch wohl nicht deswegen mitten in der Nacht aus meinen Träumen gerissen?«

Morrissey nahm die Brille ab und kaute an einem der Bügel. »Wenn Sie sich der vorletzten Seite widmen würden, Sir.«

McAffrey sah sein Gegenüber an, während er blätterte. Seine Augen wechselten auf das gräuliche Papier, bevor er wieder den Kopf hob. Mit etwas Interpretation war ein Anflug von Anerkennung in seinen Zügen zu erahnen. »Er ist ein ehemaliger Legionärskamerad von unserem Mann?«

Morrissey nickte. »Der Mordprozess vor dem Landgericht in Essen war übrigens ein Indizienprozess. Nach erster Akteneinsicht lückenlose Beweisführung.«

»Und nach zweiter?«, frage McAffrey.

Morrissey setzte sich aufrecht hin und platzierte die Brille wieder auf dem Nasenrücken. »Unser Mann versteht sich im Umgang mit Waffen. Er ist, was das angeht, Spezialist. Laut unseren Quellen tötet er mit bloßen Händen einen mies gelaunten Nashornbullen. Eine Frau, die unzählige Messerstiche im Körper aufweist und der man vorher die Scheiße aus dem Leib geprügelt hat, entwaffnet einen solchen Kerl, während das Leben aus ihr schwindet, und schafft es, ihm vier Kugeln zu verpassen? Jeder Schuss ein Treffer? Man findet in der Beweisführung keinen Hinweis auf Schmauchspuren an den Händen des Opfers. Einer der Hauptzeugen in dem Verfahren pflegt enge Beziehungen zum Zuhältermilieu. Wenn Sie mich fragen, Sir: Das stinkt zum Himmel.«

»Wie haben Sie ihn identifiziert?«

»Der Kerl hat 'ne Tätowierung«, fuhr Morrissey fort. »Irgend so eine Legionärsscheiße. Wir haben unsere Kontakte in Frankreich aktiviert. Viel mehr als das, was in der Akte steht, haben wir nicht.«

McAffrey blätterte erneut durch die Informationen. Dieses Mal länger und intensiver. Schließlich schlug er sie mit einem lauten Knall zu. »Ich muss mir selbst ein Bild von dem Burschen machen. Kriegen Sie das hin?«

Morrissey grinste. »Wann immer Sie wollen.«

*

Die Wärter hatten ihm eine Lektion erteilt, die sich gewaschen hatte, obwohl er keine Gegenwehr geleistet hatte. Wahrscheinlich hatten sie das als notwendig erachtet, um vor den anderen Insassen keine Schwäche zu zeigen. Oder weil sie es immer so machten. Wahrscheinlich sogar. Die Abreibung hatte verdammt wehgetan. Louis hoffte, dass die Rippen nur geprellt und nicht gebrochen waren. Tiefes Einatmen schmerzte höllisch. Jetzt galt es, ihr Spiel mitzuspielen, um so schnell wie möglich wieder in den Regelvollzug zu kommen. Zu viel Zeit sollte nicht vergehen, es würde sonst möglicherweise seine Akzeptanz untergraben. Louis wusste, dass es nur der Auftakt gewesen war, seine Position zu behaupten. Der Sizilianer würde mit Sicherheit nicht freiwillig das Feld räumen. Er würde sich neu aufstellen, dieses Mal vorbereitet sein und ihm einen angemessenen Empfang bieten. Würde er als interner Machthaber diesen Kampf verlieren, wäre er am Boden. Es gab zweifelsohne jede Menge Leute, denen er in der Vergangenheit übel mitgespielt hatte und die nur darauf warteten, dass er angreifbar wurde. Louis würde demnach der am meisten gefährdete Mann hinter diesen Mauern sein. Dass man versuchen würde, ihm an die Wäsche zu gehen, stand zweifelsfrei fest. Ein Risiko, das er bereit war einzugehen. Weil er es eingehen musste. Die Isolationshaft ging ans Eingemachte. Kaum ein Geräusch drang in die schmale, fensterlose Zelle. Das Licht brannte durchgehend. Es gab weder einen Tag-Nacht-Rhythmus, an dem er sich orientieren konnte, noch einen zwischenmenschlichen Kontakt.

Keine Beschäftigung, nichts, was jeder menschliche Verstand forderte. Darüber hinaus sanktionierte man ihn mit Essensentzug. Früher oder später verlor hier fast jeder die Nerven, was den Schließern einen weiteren Vorwand lieferte, einem Insassen klarzumachen, wer hier das Sagen hatte. In der Regel sah das so aus, dass sie denjenigen windelweich schlugen. Oft brauchten sie dafür nicht einmal einen Grund. Wer Pech hatte, der wurde von der Anstaltspsychologin betreut. Das bedeutete, dass man mit irgendwelchen Pillen aus der realen Welt geschossen wurde. Der Isoliertrakt war ein rechtsfreier Raum. Niemand interessierte es, wenn ein verurteilter Gewalttäter hier zu Brei geschlagen wurde.

Louis vernahm Schritte. Mittlerweile war er für jedes menschliche Geräusch dankbar. Gespannt lauschte er dem Hallen der Schuhe, das erst vor seiner Zelle aufhörte. Ein Schlüsselbund rasselte, unmittelbar darauf wurden die metallenen Sperrbügel aufgeschoben und die Tür geöffnet.

»Umdrehen!«, bellte der Wärter. Ein kräftiger Kerl, der nach billigem Rasierwasser roch.

Louis verspannte sich, erwartete förmlich, dass man ihn niederschlug, versuchte aber, sich das nicht anmerken zu lassen. Er folgte der Anweisung und überkreuzte die Handgelenke hinter dem Rücken. Handschellen wurden ihm angelegt. Er hörte das arretierende Geräusch, wie schon so oft in den vergangenen Monaten, und spürte den Stahl, der in seine Haut schnitt.

»Mitkommen!«, kam es erneut knapp.

Man führte ihn über mehrere Gänge und durch weitere Gittertüren hindurch in einen Trakt, in dem er schon mal gewesen war. Es war der Bereich, in dem er sich mit seinem Pflichtverteidiger getroffen hatte. In dem kargen Raum befanden sich zwei Personen, die er zuvor noch nie gesehen hatte. Louis wurde angewiesen, Platz zu nehmen. Die Handfesseln wurden gelöst und die Hände nun vor dem Körper fixiert. Gleichzeitig befestigte man an ihn wieder mit dem ledernen Bauchgurt am festgeschraubten Stuhl, auf dem er saß.

»Wären die Herren bitte so freundlich, uns mit unserem Mandanten allein zu lassen?«

Louis taxierte die beiden Männer. Die Anzüge, die sie trugen, waren definitiv nicht von der Stange. Der ältere der beiden, ein grauhaariger Typ, dessen Züge eine gewisse, nicht gespielte Härte vermittelten, hielt sich im Hintergrund. Der andere, der das Wort ergriffen hatte, wirkte auf Louis eher wie ein Schreibtischhengst. Ein dünner Kerl mit akkurat gezogenem Scheitel und Brille. Er war schätzungsweise in Louis' Alter. Der Wärter nickte, warf ihm einen ermahnenden Blick zu und verschloss dann die Tür.

»Ich sehe, man ist bemüht, Ihnen den Aufenthalt hier so angenehm wie möglich zu gestalten.«

Louis antwortete nicht, sondern sah den Mann an. Es schien ihn zu verunsichern, dass der Gefangene vor ihm den Eindruck eines gewissen Desinteresses erweckte.

»Mein Name ist Heinz Mühlenkamp. Ich bin Rechtsanwalt«, stellte sich Morrissey vor. »Sie werden sich sicher fragen, warum wir Sie aufsuchen.«

Louis zog lediglich eine Braue hoch. »Tu ich das?«

Morrissey setzte sich Louis gegenüber. Dessen Augen wechselten zu dem Mann im Hintergrund. Für Louis stand außer Frage, dass er tonangebend war und dass seine Zurückhaltung einen Grund hatte.

Mühlenkamp schlug eine Akte auf, die er aus seiner Tasche befördert hatte. »Wir haben Grund zur Annahme, dass in Ihrem Verfahren nicht alle entlastenden Beweise berücksichtigt wurden. Mit böser Zunge gesprochen könnte man behaupten, dass einige dieser Beweise nicht Gegenstand der Ermittlungen waren.«

Louis ignorierte den Anwalt. »Unterbrechen wir mal das Schwänzchenwedeln Ihres Schoßhündchens und kommen wir zum Punkt«, sagte er an den älteren Mann gewandt. »Was wollen Sie von mir?«

Für einige Augenblicke verharrten die Augen der beiden aufeinander. Es war ein Abschätzen.

»Sie waren in der Legion, Sergeant Louis Richard. Oder soll ich Sie besser Aaron Kaufmann nennen? Was ist Ihnen lieber?«

Louis schmunzelte. Der Mann schien seine Hausaufgaben gemacht zu haben. »Suchen Sie sich einen Namen aus. Wo haben Sie gedient?«

»United States Marine Corps. Im Pazifik. Unter anderem Wake Island. Sagt Ihnen das etwas?«

Louis nickte anerkennend. »Haben euch mächtig den Arsch aufgerissen, die Japsen.«

»Haben schon besser ausgesehen. Da gebe ich Ihnen recht.«

Mühlenkamp räusperte sich. »Nun, wie schon gesagt, gibt es einige Ungereimtheiten …«

Louis unterbrach ihn mit einer Handbewegung, den Blick weiter auf den Mann im Hintergrund gerichtet. »Was wollen Sie?«

Wiederholt setzte Morrissey an. Sein Partner trat etwas hervor, legte ihm eine Hand auf die Schulter und unterbrach ihn damit. Er setzte sich auf den Stuhl neben seinem Untergebenen.

»Mein Name ist John McAffrey. Central Intelligence Agency, was Ihnen unter der Abkürzung CIA geläufiger sein dürfte.«

»Und was will die CIA von einem verurteilten Mörder aus Deutschland?«

»Wir möchten Ihnen ein Geschäft anbieten. Eines, von dem beide Seiten profitieren.«

Louis sah den Mann abwägend an. »Sie brauchen einen Spitzel? Ich soll mich für Sie umhören und bekomme im Gegenzug 'ne doppelte Ration Kaugummi?«

McAffreys Mimik blieb unverändert. »Das wäre ein bisschen billig, finden Sie nicht? Außerdem wäre ich enttäuscht, wenn Sie vermuten, dass wir uns auf ein solches Niveau begeben.«

»Nun, ein Päckchen amerikanisches Kaugummi stellt hier drin ein kleines Vermögen dar.«

McAffreys Blick blieb weiter auf den Gefangenen haften, während er in seine Außentasche griff. Wortlos schob er eine angebrochene Packung Wrigley's Spearmint zu ihm rüber.

»Nachdem wir das mit Ihrem Honorar nun geklärt hätten, kommen wir zur Beantwortung Ihrer Frage.« McAffrey rückte etwas vor, stützte beide Unterarme auf die Tischplatte und faltete die Hände ineinander. »Ich möchte Ihnen ein Angebot unterbreiten.«

»Das sagten Sie bereits.«

»Um es kurz zu machen ... Sie arbeiten für uns und im Gegenzug holen wir Sie hier raus. Wie hört sich das für Sie an?«

»Sicher.« Louis bemühte sich erst gar nicht, seinen Sarkasmus zu unterdrücken. »Einer der größten Geheimdienste auf diesem Planeten mit hervorragend ausgebildeten Agenten und einer Infrastruktur, die ihres Gleichen sucht, wünscht sich die Zusammenarbeit mit einem deutschen Kriminellen, der, außer eines fraglichen Tötungsdeliktes, ansonsten nicht viel vorzuweisen hat.«

McAffrey grinste. »Es gibt nur zwei Dinge, welche dir die absolute Loyalität eines Mannes sichern. Das erste ist Geld, und zwar so viel, dass es immer etwas mehr ist, als ein anderer bietet. Das zweite ist eine Lage, in der du dessen Haupt aus der Schlinge holst.«

Louis drehte den Kopf in leicht kreisenden Bewegungen. »Ich habe nicht das Gefühl, dass mir etwas die Kehle zuschnürt.«

McAffrey lehnte sich zurück. »Uns ist zu Ohren gekommen, dass Sie sich hier offenbar mit jedem anlegen, der das Zeug und die Mittel dazu hat, Ihren Aufenthalt zu verkürzen. Auf eine – sagen wir mal – endgültige Art. Vielleicht liegt die Schlinge schon um Ihren Hals, nur Sie spüren das Seil noch nicht auf der Haut.«

»Wie ich bereits anführte«, unterbrach Clark Morrissey, »gibt es einige Ungereimtheiten in Ihrem Fall. Ich bin zuversichtlich, dass wir eine Wiederaufnahme Ihres Verfahrens erreichen können.«

»Sparen Sie sich die Mühe«, kam es von McAffrey, ohne dass er den jüngeren CIA-Mann ansah. »Darum geht es hier nicht. Unseren Mann treibt etwas anderes an.«

Louis zog fragend eine Braue hoch. »Und das wäre Ihrer Meinung nach?«

»Sie sind Soldat, Louis. Einer von der Sorte, der weiß, dass man die eine oder andere Schlacht verlieren muss, um den Krieg zu gewinnen. Sie haben jemandem im Gerichtssaal ein Versprechen gegeben. Männer wie Sie halten ihr Versprechen. Es ist Bestandteil Ihres Selbst. Eine Art Kodex. Davon abzuweichen, ist keine Option. Mag sein, dass Sie lange genug hier drin überleben. Vielleicht gelingt es Ihnen tatsächlich, irgendwann hier rauszukommen. Auf welchem Wege auch immer.« McAffrey beugte sich wieder vor. »Aber stellen sie sich vor, dass das Ziel Ihrer Rache, die Person, um die es geht, dann nicht mehr lebt. Oder man ist selbst irgendwann zu alt, um dieses Versprechen noch einzulösen. Die Gefahr, dass irgendetwas in der Zeit passiert, ist eine unbekannte Größe. Hören Sie, Louis … mir ist es scheißegal, ob Sie es waren oder nicht. Ich biete Ihnen die Chance, hier rauszukommen. Und Sie können mir glauben. Wenn es für die Sicherheit der Vereinigten Staaten von Amerika erforderlich ist, hole ich den Papst um zwei Uhr aus dem Vatikan. Zur Not im Nachthemd. Für mich ist es eine Handbewegung, um die Türen hier für Sie zu öffnen.«

Louis wusste, dass diese Worte Teil der Manipulation waren. Das war zu deutlich. Und McAffrey schien nicht das geringste Interesse daran zu haben, das zu verbergen. Er hatte sich nicht mal die Mühe gemacht, das Ganze geschickter anzugehen. Trotzdem fühlte Louis, wie das Gesagte genau den Erfolg bei ihm erzielte, den es bewirken sollte. Für einen Moment verspürte er den Drang nachzufragen. Doch ihm war klar, dass er irgendeine Art von Drecksarbeit erledigen sollte. Und es war immer besser, wenn derjenige, der das erledigen sollte, so wenig wie möglich wusste. Man würde es ihm nicht sagen. Das Wenige, was er für einen Auftrag erfahren musste, würde man ihm unmittelbar vorher anvertrauen. Mehr nicht. McAffrey erhob sich. Morrissey tat es ihm gleich. Das Gespräch war beendet.

»Ich erwarte Ihre Antwort innerhalb von vierundzwanzig Stunden. Sie sind für uns lediglich eine von vielen Optionen, Louis. Vergessen Sie das nicht.«

*

»Wie ist Ihre Meinung, Sir? Glauben Sie, er geht darauf ein?«

Morrissey hatte McAffrey aus den Gedanken gerissen. Er betrachtete das Profil seines Untergebenen, der sich voll auf die Straße konzentrierte. »Er hat schon zugesagt.«

Morrissey bog an der nächsten Kreuzung nach links ab. »Habe ich etwas nicht mitbekommen, Mr. McAffrey? Ich hatte nicht den Eindruck, dass er …«

»Ach, Morrissey!«, unterbrach ihn McAffrey. »Dieser Kerl hat zugesagt, weil er nicht anders kann.«

Kurz sah Morrissey mit gerunzelter Stirn zu seinem Vorgesetzten.

»Wissen Sie, Morrissey, es gibt Menschen, die sind für den Krieg geschaffen. Nicht aus der Lust am Töten. Das gehört dazu, treibt sie aber nicht an. Jeder Mensch hat irgendwie eine Begabung. Nennen Sie es von mir aus Talent. Etwas, was er besonders gut kann. Dieser Louis ist für den Krieg geschaffen. Diese Jungs haben die naturgegebene Fähigkeit, die Gefahr einer Situation schon zu erkennen, bevor andere in der Lage sind zu kapieren, dass etwas passieren wird, verstehen Sie?«

»Nicht ganz ...«

»Leute wie Louis agieren frei von irgendwelchen Emotionen. Empfindungen sind Dinge, die einen Soldaten in seiner Handlung einschränken oder behindern. Mit möglicherweise tödlichen Folgen für sich und andere. Sie besitzen die Gabe, in ihrem instinktiven Handeln Dinge wie Ethik oder Moral komplett auszublenden. Kerle von solch einem Schlag handeln mit absoluter Konsequenz. Sie wissen, dass nicht derjenige einen Kampf gewinnt, der am stärksten ist. Egal ob von der Physis oder von der Bewaffnung her. Es gewinnt der, der als Erster handelt. Und das mit unerbittlicher Konsequenz. Es ist der winzige Bruchteil einer Sekunde, aus dem sie ihren Vorteil ziehen. Weil sich ihr Unterbewusstsein nicht mit der Frage von Richtig oder Falsch auseinandersetzen muss.«

»Okay. Aber was hat das mit einer Zusage zu tun?«

»Weil dieser Louis der Krieg ist. Und genau den hat man ihm weggenommen. Sein Leben ist damit auf eine gewisse Weise inhaltslos geworden. Er wird sich nicht hinsetzen und ein Buch lesen, um diese Leere zu füllen. Ich war mal in Acapulco. Waren Sie schon einmal dort? Nein? Jedenfalls gibt es da so verrückte Hunde, die von haushohen Klippen ins schäumende Meer springen. Wenn sie im falschen Moment abspringen, prallen sie gegen die Felsen. Treffen sie nur geringfügig verkehrt auf die Wasseroberfläche, brechen sie sich bestenfalls sämtliche Knochen. Nicht wenige kommen dabei um. Warum tun sie das, Morrissey? Was glauben Sie?«

Morrissey zuckte mit den Schultern. »Frauen? Jugendlicher Übermut?«

McAffrey schüttelte den Kopf, während er geradeaus auf die Straße schaute. »Es ist der Kick, Morrissey. Die Sucht nach Adrenalin. Es setzt bei ihnen Glückshormone frei, die man nur Auge in Auge mit dem Tod erfährt. Darum geht es, verstehen Sie? Diese Leute können nicht anders.«

»Und Sie meinen, Louis braucht den Krieg? Also eine Situation auf Leben und Tod? Wollen Sie das damit sagen?«

»Exakt. Dieses Leben bietet ihm Sicherheit. Es ist ihm vertraut. Für solche Jungs ist die Rückkehr zu einem Kriegsschauplatz etwas, was man mit einem Nachhausekommen beschreiben könnte.«

Morrissey zuckte mit den Schultern. »Hört sich eher nach einem gewaltigen psychischen Problem an.«

McAffrey blickte wieder auf die Straße. »Ja. Wahrscheinlich ist es das. Den einen erwischt der Krieg an der Front, den anderen zu einem späteren Zeitpunkt. Wie auch immer. Er ist unser Mann. Bereiten Sie alles vor.«

*

Louis hatte die ganze Nacht über gehadert, obwohl er wusste, dass es im Grunde genommen keine andere Entscheidung gab. McAffrey hatte recht. Weiß der Geier, ob er das hier überleben oder jemals rauskommen würde und vor allem wann das sein würde. Und diese Vorstellung machte ihm eine Heidenangst. Überrascht war er von dem Tempo. Wie jeden Tag wurde er um sechs Uhr geweckt.

»Ich soll dich fragen, wie du dich entschieden hast«, hatte ihn der Wärter gefragt.

»Die Antwort lautet Ja«, hatte er kurz erwidert.

Es hatte lediglich eine Stunde gedauert, bis er in dieser verdunkelten Limousine gesessen hatte. Man hatte ihm die Fesseln nicht abgenommen. Die beiden Wachen, die man ihm zur Seite gestellt hatte und die neben ihm im Wagen saßen, ließen keinen Zweifel daran aufkommen, dass ein Fluchtversuch einen schlechten Ausgang nehmen würde. Daran dachte Louis ohnehin nicht. Er hatte keine Vorstellung davon, wozu die CIA in der Lage war. Er hielt es für ratsam, sich das Angebot erst einmal anzuhören.

Die Fahrt hatte lange gedauert. Louis vermutete, dass sie bestimmt drei Stunden unterwegs gewesen waren. Die abgedunkelten Scheiben erlaubten nur einen spärlichen Blick nach draußen, und als sie in eine Tiefgarage fuhren, hatte er noch immer keine Ahnung, in welcher Stadt er war.

»Nehmen Sie Herrn Richard bitte die Handfesseln ab.« McAffrey saß am Kopf eines großen Tisches. Sie befanden sich in einer Hotelsuite. So viel stand fest.

»Bitte setzen Sie sich.« McAffrey zeigte auf den leeren Stuhl.

Louis taxierte den Raum. Die beiden Wachen hatten sich neben der Tür positioniert. Ohne Frage trugen sie unter ihren Jacketts Waffen.

»Wir befinden uns im dritten Stock.« McAffrey wusste, wie Louis dachte. Und genau das wollte er ihm zu verstehen geben.

»Nette Begrüßung …« Louis rieb sich unbewusst die geröteten Handgelenke. »In welche Stadt hat es uns verschlagen?«

»Kaffee? Aus Südamerika.«

McAffrey ging auf Louis' Frage nicht ein. Von daher stellte er sie kein zweites Mal. Der Amerikaner ergriff die Kanne, zog eine Tasse heran und goss Louis ungefragt ein.

»Nun …«, fuhr der CIA-Leiter fort, »Sie sind offenkundig kein Freund vieler Worte. Ich schlage vor, wir beginnen und sparen uns das – wie sagt man bei Ihnen – das Drumherum?«

Der CIA-Mann sah zu den beiden Sicherheitsbeamten. Ohne dass es eines Wortes bedurfte, verließen sie den Raum.

McAffrey schob schwungvoll eine Akte über den Tisch, die sich auf dem Weg zu Louis drehte und in fast exakter Position vor ihm zum Liegen kam. Louis öffnete den Aktendeckel, der mit einer Leinenschnur befestigt war.

»Das ist … oder war Otto Herren«, sagte McAffrey.

Louis betrachtete das Foto, das einen Mann zeigte, dem eine Kugel beinahe die komplette linke Schädelhälfte weggepustet hatte.

McAffrey zündete sich eine Zigarette an. »Herren war ehemaliger Mitarbeiter der Abteilung FHO. Abgekürzt für ›Fremde Heere Ost‹. Damals noch unter Oberst Eberhard Kinzel.«

Louis legte das Bild zur Seite und entnahm ein weiteres. Der Mann darauf hatte ein Einschussloch zwischen den Augen.

»Das ist Wilhelm Miesbach. Ebenfalls FHO. Jedoch unter Reinhard Gehlen.«

Louis legte die Bilder auf den Tisch und lehnte sich zurück. »Mir sagen die Leute nichts.«

McAffrey drückte die Zigarette aus und trank einen Schluck Kaffee. Er war bereits kalt, weshalb er etwas heißen nachgoss und weitersprach. »Wir glauben, dass die Russen dahinterstecken.«

»Aus welchem Grund?«

»Haben Sie schon einmal was von der Organisation Gehlen gehört?«

»Nein.«

»Nun, Gehlen war Generalmajor der Abteilung FHO. Ein absoluter Fachmann in allen strategischen Fragen hinsichtlich der Sowjetunion«, fuhr McAffrey fort. »Er war an der Planung des Überfalls auf die Sowjetunion am 22. Juni 1941 beteiligt, der den Decknamen ›Unternehmen Barbarossa‹ trug. Später ernannte man ihn zum Chef der Aufklärung Ost. Außerdem arbeitete er eng mit dem Auslandsnachrichtendienst der SS zusammen. Gehlen war von jeher seiner Zeit voraus, wenn man das so sagen darf. Er erkannte schon, dass Deutschland den Krieg verlieren würde, bevor andere es überhaupt für möglich hielten.«

»Verstehe«, antworte Louis. »Er hat seine Schäfchen rechtzeitig …«

»Exakt.« McAffrey zeigte anerkennend auf Louis. »Gehlen hatte alle Dokumente auf Mikrofilm gebannt und sie gut versteckt. Und das, nachdem ihn der Führer persönlich aus dem Berliner Führerbunker geschmissen hatte. Das nur zum Thema Mitläufer … Der Kerl war näher dran, als die meisten. Was meinen Sie? Was hätte es für Gehlen, als ehemaligen Leiter der FHO, nach einer Kapitulation bedeutet?«

Louis zuckte mit den Schultern. »Sagen Sie es mir.«

»Es hätte bedeutet, dass man ihn, gemäß des Abkommens der alliierten Siegermächte, an die Sowjets hätte ausliefern müssen. Dort hätte man sich also lediglich damit beschäftigt, auf welche Weise man ihn hinrichten möchte.«

»Also hat er Ihnen die Dokumente angeboten, um seinen Arsch zu retten«, kombinierte Louis.«

McAffrey nickte. »Im Gegenzug kam er in amerikanische Gefangenschaft. Wir verbrachten ihn nach Virginia. Gehlen wusste so viel über die Sowjets wie kein Zweiter. Ihm war klar, dass die Westalliierten nicht dauerhaft der kommunistischen Expansion in den Westen zusehen würden.«

»Ich verstehe immer noch nicht, wie ich Ihnen …«

McAffrey unterbrach ihn mit einer Geste. »Wir setzten Gehlen bei dem Aufbau eines Auslandsnachrichtendienstes ein.«

Kurz lachte Louis auf. »Lassen Sie mich raten. Unter amerikanischer Leitung.«

McAffrey grinste. »Glauben Sie allen Ernstes, wir hätten unmittelbar nach dem Krieg ehemaligen Nazis erlaubt, einen deutschen Geheimdienst aufzubauen?«

Louis grinste zurück. »Gehlen ist somit also lediglich Erfüllungsgehilfe. Verstehe ...«

McAffrey machte eine abwiegelnde Geste. »Ja und nein. Natürlich haben wir den Aufbau nicht nur finanziert und organisiert, sondern unseren ... nennen wir es mal Vorstellungen angepasst.«

»Sie haben ihn die Drecksarbeit machen lassen. Bringen wir es auf den Punkt.«

»Sagen wir so: Uns war klar, dass, sobald Deutschland über eine souveräne Regierung verfügt, unser Einfluss schwinden würde. Gehlens Organisation arbeitete aber schon vorher ausschließlich unter deutscher Führung.«

»Nach Vorgaben der Amerikaner«, ergänzte Louis.

»Das kommunistische Bestreben, sich nach Westen auszubreiten, ist eine Gefahr, die unmittelbar auch vor der deutschen Haustür steht.«

Da hatte der Amerikaner nicht unrecht, ging es Louis durch den Kopf.

»Hören Sie, Louis ... Reinhard Gehlen ist alles andere als ein rechtschaffener Mann. Er ist tief im Nationalsozialismus verwurzelt, mit allem Übel, der daraus hervorgegangen ist. Er rekrutierte ehemalige NSDAP-Mitglieder als Mitarbeiter in einer Vielzahl um sich, dass diese Behörde schon fast im braunen Sumpf versinkt. Unser Problem war und ist, dass wir keine anderen Leute mit entsprechender Erfahrung haben.

Um unsere Interessen zu wahren, war es unabdingbar, von dem Wissen dieser Männer zu partizipieren.«

»Schon gut, McAffrey. Mir gegenüber brauchen Sie sich nun wirklich nicht zu rechtfertigen.« Louis hob abwehrend beide Hände. »Was für ein Angebot wollen Sie mir unterbreiten?«

McAffrey sah seinen Gast eine Weile an. »Es ist geplant, dass am 20. Dezember 1956 die Organisation Gehlen öffentlich bekannt und in den BND, den Bundesnachrichtendienst der Bundesrepublik Deutschland, übergehen soll. Gehlen soll zum Präsidenten dieser Behörde ernannt werden.«

»Und die Russen wollen das verhindern?«

McAffreys Gestik schwankte zwischen Ja und Nein. »Wir vermuten, dass die Russen einen Agenten in den obersten Führungsriegen von Gehlens Behörde haben. Und dass diese Person, sollte Gehlens Vergangenheit ans Licht kommen, für die Präsidentschaft kandidieren könnte.«

Louis runzelte die Stirn. »Also hat irgendjemand die Kerle hier ...«, Louis klopfte auf die Akte vor sich, »aus dem Weg geschaffen. Weil der Mann der Russen selbst Dreck am Stecken hat?«

McAffrey klatschte langsam.

»Was für ein Interesse haben die Sowjets daran?«

»Sagen wir so ... Gehlens Wissen spielt den Sowjets nicht unbedingt in die Karten.«

Der Amerikaner nahm seine Lesebrille ab und nagte an einem der Bügel. »Es gibt da einen Zeugen. Einen Kerl, der den russischen Spion entlarven könnte.«

»Verstehe ...«

»Wir brauchen also etwas, womit wir ihm nachweisen können, dass er für die Sowjets arbeitet und aus diesen Gründen Gehlen diskreditiert, um so die Macht des BND zu stärken.«

»Sie meinen ... Ihre Macht.«

McAffrey ging nicht darauf ein. »Wir haben einen Informanten.«

»Und was hat er? Ihr Informant?«, hakte Louis nach, davon ausgehend, dass man es ihm nicht sagen würde.

»Einen Namen. Den Namen des Zeugen.« Der Blick des CIA-Mannes verharrte auf Louis.

Louis grinste. »Verstehe. Sie haben einen … wie sagt man bei Ihnen? Deal? Sie haben einen Deal mit ihm. Vorher kriegen Sie den Namen nicht.«

»Er sieht es als seine Lebensversicherung.« McAffrey zeigte zielgerichtet auf Louis. »Wir haben Grund zur Annahme, dass wir einen Maulwurf in unseren Reihen haben. Daher wäre es ein enormes Risiko, wenn wir selbst tätig würden. Außerdem traut er niemandem. Bis auf einer einzigen Person. Und genau jetzt kommen Sie ins Spiel.«

Dieses Mal versuchte Louis erst gar nicht, sich seine Überraschung nicht anmerken zu lassen. »Da bin ich mal gespannt.«

»Sein wirklicher Name ist Lewi Rosenthal«, fuhr McAffrey fort. »Ihnen möglicherweise eher als Victor Baptiste bekannt.«

KAPITEL 7

Das ansonsten herrschaftliche, ehemalige Hotelgebäude an der Mainzer Straße in Rolandswerth bot um diese Jahreszeit einen eher tristen Anblick und stach kaum unter den maroden Häusern entlang der Bundesstraße neun hervor. Und selbst der Rhein, der mit seiner graubraunen Farbe entlang der Bundesstraße in seinem Bett dahinfloss, verstärkte eher die melancholische Stimmung.

Victor Baptiste stand, eng gepresst in einem Hauseingang, vielleicht zweihundert Meter vom KGB-Gebäude entfernt und beobachtete die Umgebung. Mit der rechten Hand fuhr er in seine Außentasche und fingerte ein Päckchen filterlose Zigaretten hervor. Er zündete sich eine an und betrachtete das Ziffernblatt seiner Uhr. Ein altersschwacher Lieferwagen fuhr vorbei. Sein unruhiger Dieselmotor übertrug die Vibrationen bis in Victors Eingeweide. Seine Augen folgten einigen Tauben, die aufgeschreckt von einem Mauersims aufstiegen, der mit einer weißgrauen Schicht Kot überzogen war. Die Farbe passte zu der dichten Wolkendecke. Baptiste konnte sich nicht mehr daran erinnern, wie ein makellos blauer Himmel aussah. Zumindest wusste er nicht mehr, wann er einen das letzte Mal bewusst wahrgenommen hatte. Es war nicht viel los, um diese Uhrzeit. Nur wenige Passanten trotteten mit hochgeschlagenen Kragen oder unter aufgespannten Schirmen die Gehwege entlang.

Baptiste hatte die Gegend genau erkundet und kannte sie mittlerweile gut. Diesem Tag waren einige Wochen präziser

Planung vorausgegangen. Zunächst hatte es eine immense Arbeit gekostet, das Vertrauen der Zielperson zu erlangen und sie von der Notwendigkeit ihrer Mitarbeit zu überzeugen. Darauf verstanden sich diese Leute, das musste Baptiste ihnen lassen, wenngleich sie ihn nicht in ihre Taktiken eingeweiht hatten. Letztendlich entsprach ihr Anliegen der Realität. Sollte es den Sowjets tatsächlich gelingen, die Organisation Gehlen als einen von Nazis durchsetzten Haufen zu diskreditieren, der sich lediglich als eine Marionette der Amerikaner entpuppte, würde das zur Frontenverhärtung zwischen Ost und West führen. Und das wiederum würde die Wiedervereinigung Deutschlands in weite Ferne rücken lassen. Ein Stellungskrieg der beiden Großmächte stünde bevor, in der Deutschland zu einem Spielball, zu einem Mittel zum Zweck werden würde. Gleichzeitig würde es die Umwandlung der Operation Gehlen in den Bundesnachrichtendienst unmöglich machen, und das war es, was es seiner Meinung nach unbedingt zu verhindern galt. Aus Baptistes Sicht war es unabdingbar, den Antikommunismus als Ideologie in Deutschland zu etablieren. Und dieses Vorhaben war durchaus in Gefahr. Mehr als hundert deutsche Agenten hatte die Staatssicherheit im Herbst 1953 auf einen Schlag festgenommen. Auch wenn es bisher nicht gelungen war, das schadhaft propagandistisch auszuschlachten, so zeigte es doch, wozu der KGB und die Stasi in der Lage waren. Und seit dem Volksaufstand am siebzehnten Juni arbeiteten die kommunistischen Geheimdienste fieberhaft an Beweisen, um der teils noch immer traumatisierten Arbeiterklasse innerhalb der DDR jeglichen Zweifel am Sozialismus zu nehmen.

Victor Baptiste liebte Frankreich nach wie vor. Nach diesem Auftrag würde er in seine selbst gewählte Heimat zurückkehren. Er mochte die teils melancholische Musik, die Literatur, die französische Küche und Mode zu sehr, als dass er sie auf Dauer missen wollte. Und obwohl all diese romantischen Vorstellungen die Vorfreude auf eine baldige Rückkehr stärkten, war es etwas anderes, was ihn antrieb. Etwas, was er zuvor noch erledigen musste. Etwas sehr Gefährliches. Sie waren kurz davor aufzufliegen. Baptiste sah, wie eine Person aus dem KGB-Gebäude trat. Zweifelsohne eine Frau. Der Countdown begann.

*

Marija Sidorovas Gesicht blieb ausdruckslos, als er ihren Hals küsste. Sie hatte gelernt, ihre Abneigung, ihren Ekel zu kontrollieren. Dieses abstoßende Gefühl, wenn seine Hände, grob und rücksichtslos über ihren Körper glitten. Sie wusste, Alexej Vassiliev war ein Mann, dessen Leben nicht ausschließlich von politischen und ideologischen Dingen geprägt war. Es war das Streben nach Macht. Der designierte KGB-Leiter nahm sich, was immer er wollte. Dass sie sich fügte, stand außer Frage. Denn das Leben einer Sekretärin in ihrer Position würde sich gewiss nicht zum Positiven ändern, sollte sie aufbegehren. Es bedurfte lediglich einer Handbewegung und man wurde von einem Mitarbeiter zu einem Hochverräter. Sie würde sich seinen Geruch abwaschen. Und ebenso die Demütigung. Wie jedes Mal. Doch möglicherweise kam es heute nicht dazu.

»Ich fühle mich heute etwas unwohl, Maschenka.« Zärtlich strich er ihr eine Strähne ihres dicken braunen Haares hinter das Ohr.

Sie mied den Augenkontakt. Marija hasste es, wenn er sie so nannte. Es war eine russische Eigenart, dass jeder Mädchenname verschiedene Koseformen aufwies. Genauso, wie es keinen Frauennamen gab, der auf einen Konsonanten endete. Maschenka war eine Liebkosung von Marija. Und tatsächlich schien er aufrichtige Sympathien für sie zu hegen. Vassiliev machte ihr nicht nur Komplimente, er bedachte sie immer wieder mit Geschenken. Und ja, auch wenn er sich ihrer bediente, wann immer ihm danach war, so behandelte er sie mit Respekt. Zumindest solange sie nicht widersprach. Mehr als einmal hatte sie miterleben müssen, wozu er fähig war, wenn ein Untergebener nicht seinen Ansprüchen genügte. Natürlich war er darauf bedacht, in Gesellschaft eine geradezu unterkühlte Beziehung zu ihr zu pflegen. Immerhin war er verheiratet und Vater dreier Kinder. Ausnahmslos Mädchen. Die Älteste gar in Marijas Alter. Sie machte sich nichts vor. Sie befand sich im Zentrum des sowjetischen Geheimdienstes in der Bundesrepublik Deutschland. Umgeben von ausgebildeten Agenten. Glaubte dieser Kerl ernsthaft, er könnte ihre … Beziehung tatsächlich geheim halten? Wenn es erforderlich war, würde er sie fallen lassen, ohne mit der Wimper zu zucken. Und dass dies eines Tages so sein würde, stand für sie fest. Die Frage war nur, was machte man mit ihr, bei dem Wissen, das sie hatte? Es war eine rhetorische Frage.

Marija sah ausdruckslos über seine Schulter zur großen Standuhr. Sie war annähernd so groß wie ihr Vorgesetzter, der mit seinen hundertsiebzig Zentimeter für einen Mann relativ klein war. Dafür aber war er von kräftiger Statur. Man hatte ihr gesagt, dass es maximal eine halbe Stunde dauern würde, bis die Wirkung einsetzte. Und er hatte alles getrunken. Keinen Verdacht geschöpft. Offenbar hatte es den Geschmack des Tees nicht beeinträchtigt.

Das rumorende Geräusch aus seinen Därmen hallte wie ein entferntes Donnern.

»Du sieht erschöpft aus. Vielleicht solltest du dich heute schonen?« Sie rückte ihre dunkle Brille zurecht, die sie etwas älter wirken ließ.

Er trat etwas von ihr weg. Sein Gesicht war blass und kalter Schweiß schimmerte auf seiner Stirn. Er nahm die Brille ab und wischte ihn mit dem Ärmel weg.

»Entschuldige mich bitte, Maschenka.«

Sie sah ihm nach, wie er zur Tür ging, dabei seine Schritte beschleunigte. Als sie ihm hinterherblickte, rannte er bereits den Flur entlang in Richtung Toilette.

Obwohl sie sich in den letzten Tagen darauf vorbereitet hatte, überkam sie anfallartig eine lähmende Angst, aus der sie sich nur mit Mühe lösen konnte. Mit schnellen Schritten war sie an seinem Schreibtisch, zog die mittlere Schublade auf und fuhr mit ihren Fingern an der Unterseite der Holzlade entlang. Zunächst fand sie den Sperrriegel nicht. Panik kam in ihr auf. Wie lange war er bereits fort? Und wie lange würde ihn das Mittel an die Toilette binden?

Hektisch fuhr ihre Hand hin und her. Ihr Puls beschleunigte sich, und sie fühlte ihr Herz bis zum Hals schlagen. Dann ertastete sie den Stift. Geräuschlos öffnete sich seitlich der doppelte Boden der Schublade. Beherzt griff sie die Akte und schlug sie auf. Die Minikamera, die sie aus ihrer Jackentasche fingerte, war gespannt. Schnell drückte sie den Auslöser und fotografierte die Lichtbilder und die Dokumentationen. Sie ließ die Kamera wieder in ihrer Tasche verschwinden und legte die Dokumente zurück in die Akte, als ein handschriftlicher Zettel zu Boden fiel. »Ari Silberstein«, las sie ab. Marija legte den Zettel in die Mappe, schloss das seitliche Geheimfach und schob anschließend die Schublade zu. Genau in den Moment, als sich die Tür wieder öffnete.

Marija nahm die Tasse auf dem Schreibtisch hoch. »Vielleicht solltest du noch einen Tee …?«

Alexej Vassiliev starrte seine Sekretärin an. Marija Sidorova hatte das Gefühl, ihr Herzschlag setze aus. Abrupt hob der KGB-Chef seine Hand, drehte sich um und eilte erneut zum Bad.

Einen Augenblick sah sie zur Tür und war dabei nicht in der Lage zu atmen. Anschließend nahm sie ihren Mantel und ging aus dem Büro. Seit Wochen tat sie das zur gleichen Zeit. Sie brach auf zu einem halbstündigen Spaziergang am Rhein entlang. Wenn alles glattlief, dann war es das letzte Mal und sie würde in etwas mehr als vierundzwanzig Stunden in Israel ein neues Leben beginnen.

*

Die Frau wechselte nach ungefähr fünfzig Metern die Straßenseite und ging einen kleinen Weg hinunter zum Rheinufer. Victor Baptiste richtete seine Aufmerksamkeit auf die Umgebung. Niemand schien ihr zu folgen. Er hoffte inständig, dass sie die Informationen hatte. Nur mit Mühe war es ihm gelungen, Marija Sidorova bei der Stange zu halten. Sie ging ein verdammt hohes Risiko ein, und er hegte keinen Zweifel daran, dass sie dem Druck nicht mehr lange standhalten würde. Wie in den Tagen zuvor nahm sie den unbefestigten Weg, blieb an einer bestimmten Stelle stehen und fütterte die Enten mit altem Brot, das sie in einer Papiertüte mit sich trug. Nach einer Weile ging sie weiter, verließ den Weg wieder, um die Hauptstraße entlang zurück zum KGB-Gebäude zu nehmen. Und wie in der Vergangenheit warf sie die leere Papiertüte in einen Abfallkorb an einer Bushaltestelle. Victor Baptiste war ihr unauffällig gefolgt. Aus sicherer Entfernung observierte er den Müllbehälter. Niemand schien sich für dessen Inhalt zu interessieren. Baptiste blickte auf die Uhr. Noch exakt vier Minuten. Darauf bedacht, so normal wie möglich zu wirken, näherte er sich der Haltestelle. Noch drei Minuten. Unauffällig schaute er sich um. Es war niemand da, der sich für ihn interessierte. Eine alte Dame mit einer schweren Einkaufstasche näherte sich. Ihr Gesicht, von einem Kopftuch umrandet, und der gedrungene Körper waren von den Strapazen des Krieges gezeichnet. Eine dieser Frauen, die das Kunststück vollbracht hatten, überlebt zu haben, und die später aus den Trümmern das Land wiederaufgebaut hatten. Und die als Dank dafür mit einer mickrigen Rente den Rest ihres Lebens in Armut bestreiten würden. Sie nickte ihm freundlich zu und stellte sich etwas abseits. Noch zwei Minuten. Victor widerstand nur mit Mühe dem Drang, in die Abfalltonne zu greifen. Dann sah er den Bus, der sich langsam näherte und mit zischenden Luftdruckbremsen zum Stehen kam. Die Türen öffneten sich und einige wenige Passagiere stiegen aus. Baptiste griff in den Mülleimer, nahm die Papiertüte und betrat das Fahrzeug. Als der Bus mit einem leichten Ruck anfuhr, fiel er das letzte Stück förmlich auf die Sitzbank. Mit einem tiefen Ausatmen wich etwas von seiner Spannung. Bis hierhin hatte der Plan funktioniert. Wenn alles glattgelaufen war, hatte er hier in seinen Händen die Beweise, die er brauchte, um ihn zu Fall zu bringen.

»Hallo, Victor«, vernahm er hinter sich eine nicht unbekannte Stimme. Und während sich seine Eingeweide zusammenzogen, drehte er sich langsam um. »Verdammt lange her«, hörte er Louis sagen, als dieser sich hinter ihn setzte.

*

Der alte Kastenwagen kam unmittelbar hinter dem Bus zum Stehen, der soeben angehalten und zwei Fahrgäste aufgenommen hatte. Der Wagen hatte seine besten Zeiten längst hinter sich. Die Farbe, die auf einen Malerbetrieb hinwies, war verblichen und der metallene Aufbau verbeult und rostig. Niemand hätte unter der Haube einen perfekt gewarteten Motor erwartet. Und niemand hätte vermutet, dass es sich bei den beiden Handwerkern in ihrer farbbefleckten Arbeitskleidung um zwei bewaffnete Agenten des amerikanischen Auslandsgeheimdienstes handelte. »Zielperson eingestiegen«, informierte der Beifahrer über das Funkgerät.

Kurz rauschte es, als sich der Funkkanal öffnete. »Besteht Kontakt?«

Während der Fahrer den Wagen wieder in Bewegung setzte und dem Bus in ausreichender, unauffälliger Entfernung folgte, erhöhte der andere die Lautstärke eines weiteren Empfangsgerätes.

»Hallo, Victor«, hörte er eine Stimme über seinen Kopfhörer. *»Verdammt lange her.«*

Erneut bediente der Beifahrer das Funkgerät. »Bestätige! Zielperson hat Kontakt.«

*

»Sieh nach vorn!«, wies Louis ihn an.

Nur mit Mühe widerstand Baptiste dem Drang, sich erneut umzudrehen.

»Ich sehe, die Überraschung ist mir gelungen.«

Victor ging nicht darauf ein. »Du bist nicht zufällig hier.« Es war keine Frage. Es war eine Feststellung.

»Du hast etwas«, antwortete Louis knapp.

»Was ist los, Louis? Kein Wie-geht-es-dir? Oder: Was hast du die letzten Jahre so gemacht?«

»Offenbar hast du deinen Traum verwirklicht, Victor. Wolltest du nicht immer Journalist werden?« Louis sah, wie sich Victors Schultern kurz hoben und dann wieder senkten.

»Du erinnerst dich daran? Was treibst du denn so, Louis? Städtereise durch das Rheinland?«

»So etwas in der Art. Ich feile an meiner Reputation.«

»An deiner Reputation? Du hast einen Pakt mit dem Teufel, Louis.«

Louis wechselte ins Französische. »Einige behaupten das. Ich bin hier, um dir den Arsch zu retten.«

»Ist das so, Louis?«, fragte Baptiste nach einer Weile ebenfalls auf Französisch.

»Möglicherweise. Ich muss oft an unsere Zeit zurückdenken. Was sind uns die Granaten um die Ohren geflogen. Manchmal sogar aus den eigenen Reihen.«

Victor Baptiste antwortete zunächst nicht. »Ja. Wenn man zu nah dran war«, kam die Antwort nach einer Weile.

Louis nickte, obwohl sein ehemaliger Kamerad ihn nicht sah. Baptiste hatte seine Warnung verstanden. Ihr Gespräch war nicht sicher.

»Vieles vergisst man, Victor. Schon erstaunlich, wie schnell sich Namen aus dem Gedächtnis verabschieden. Wie hieß doch gleich noch unser gemeinsamer Freund?«

Es entstand eine kurze Pause. »Ich weiß nicht, wen du meinst.«

»War 'ne harte Zeit damals, Victor. Aber wir waren füreinander da. Weil jeder von uns wusste, dass er sich auf den anderen blind verlassen konnte. Das ist mir bis heute in Erinnerung geblieben. Und weißt du, warum das so war? Weil unser aller Überleben davon abhing. Ich würde noch heute jedem der Jungs mein Leben anvertrauen.«

Baptiste antwortete nicht. Louis hoffte, dass seine Botschaft angekommen war. Er wechselte wieder ins Deutsche.

»Vielleicht erinnerst du dich ja doch an ihn.«

»Du meinst Ari? Ari Silberstein?«, kam es schließlich.

»War das sein Name? Ari Silberstein. Wo ist er abgeblieben?«

»Nie wieder was gehört von ihm«, antwortete Victor. »Das Einzige, was ich erfahren habe, ist, dass es ihn in den Westen verschlagen haben soll. Im Bereich des Ruhrgebiets. Da verliert sich wohl seine Spur.«

Der Bus näherte sich der nächsten Haltestelle. Die alte Dame, die einige Plätze weiter Platz genommen hatte, stand auf und ging in Richtung der Tür.

Kalte Luft strömte durch die geöffnete Tür in den Innenraum. Sie roch nach Schnee. Es war nur noch eine Frage der Zeit und die ersten Flocken würden fallen. Niemand war hinzugestiegen. Louis sah in Gedanken nach draußen. Die alte Dame stand an dem hölzernen Wartehäuschen und für einen Sekundenbruchteil trafen sich ihre Augen. Da war es wieder. Dieses Gefühl, welches Louis nicht in Worte fassen konnte. Noch ehe Louis es entschlüsseln konnte, fiel sein Blick auf den Platz, an dem die alte Frau zuvor gesessen hatte. Dort stand eine Einkaufstasche.

Sein Verstand hatte die Botschaft erhalten.

*

Louis' Kopf fuhr herum. Der Wagen der Handwerker hatte sich deutlich zurückfallen lassen.

»Raus!«, schrie Louis aus Leibeskräften, während er gleichzeitig Victor Baptiste am Kragen packte und derart heftig in Richtung der Tür zog, dass dieser mehr stolperte als lief. Louis' Schrei hatte den Fahrer aus seiner Konzentration gerissen. Erschrocken trat er auf die Bremse, die Räder blockierten, der Bus knickte vorn ein, sodass Louis glaubte zu stürzen. Er fing sich wieder, stemmte mit Gewalt die doppelflügelige Tür auf und riss Baptiste erneut am Kragen mit sich. Gerade in dem Moment, wo eine gewaltige Detonation das Fahrzeug auseinanderriss. Die Druckwelle hob den Bus etwas hoch und riss Louis und Victor von den Füßen. Beide schlugen hart auf dem Asphalt auf und blieben benommen liegen. Gedämpft hörte Louis, wie Trümmerteile neben ihm niederprasselten, und als er den Kopf etwas anhob, sah er, wie der Rest des brennenden Busses die Straße hinunterrollte. Louis brauchte einige Sekunden, um sich zu besinnen. Vorsichtig bewegte er sich. Fühlte in sich hinein auf der Suche nach Verletzungen. In seinen Ohren war ein durchgehender hoher Ton, der nur allmählich abflachte und die Umgebungsgeräusche gedämpft zu ihm durchdringen ließ. Mühsam richtete er sich auf. Der Bus war mittlerweile zum Stehen gekommen. Eine schwarze Rauchwolke stieg aus ihm hervor. Louis entdeckte wenige Meter von ihm entfernt Baptiste. Er lag regungslos auf der Seite. Mit schwankendem Schritt näherte er sich ihm, während er sich den umgeschnallten Sender abriss. Er spürte etwas Feuchtes in seinem Gesicht. Nachdem er die Stelle befühlt hatte, bemerkte er Blut an seiner Hand.

Baptiste atmete. Flach und schnell. Louis hatte das unzählige Male gesehen. Sehen müssen, kurz bevor das Leben aus einem Kameraden gewichen war. Er fasste Victor vorsichtig an der Schulter und drehte ihn. Dabei umschloss Baptistes rechte Hand die von Louis und fingerte mit seiner blutverschmierte Linke an seiner Außentasche, bis er endlich fand, was er suchte. Er legte die kleine Papiertüte in Louis' Hand. Drückte dessen Finger darum, als wolle er so die Wichtigkeit dieses Gegenstandes unterstreichen. Plötzlich begann Baptiste, am ganzen Körper heftig zu zittern. Er erfasste Louis' Revers und zog ihn zu sich runter.

»Blau... blauer Ochse«, stotterte er. Ein letztes Mal bäumte sich Baptiste auf und sah Louis in die Augen. Dann erschlaffte sein Händedruck und sein Kopf sackte nach hinten. Und mit Victors letztem Atemzug holte die Realität Louis wieder ein. Hinter sich vernahm er das Hochdrehen eines Motors. Louis fuhr herum. Der Wagen der Handwerker hielt direkt hinter ihm. Der Beifahrer riss die Tür auf, sprang aus dem Fahrzeug, griff unter seinen geöffneten Mantel und richtete die Pistole auf Louis. Zeitgleich mit der Schussabgabe sprang Louis zur Seite und rollte sich über die Schulter ab. Im Zickzackkurs, sich so klein wie möglich machend, rannte er auf eine Nebenstraße zu, während hinter ihm seine Verfolger auf ihn feuerten. Louis bog ums Eck. Er hatte keine Vorstellung davon, wie viel Vorsprung er hatte. Viel war es nicht. Die beiden Kerle waren Profis. Daran gab es keinen Zweifel. Gleichzeitig stand Louis noch immer unter dem Einfluss der Detonation. Wie lange ihn das Adrenalin nach vorn peitschen würde, war nicht abzusehen. Er musste dringend von der Straße runter. In der Ferne hörte er die Martinshörner der Polizei und der Feuerwehr. Wieder hallten Schüsse hinter ihm, und die Treffer in die Hauswand direkt neben ihm verdeutlichten, dass er sich jederzeit eine Kugel fangen könnte. Louis rannte weiter. Die Beine wurden bereits schwer und seine Lunge brannte. Eine Einfahrt kam beinahe überraschend. Er rannte hinein, geradewegs auf eine Mauer zu, die das Grundstück von den anderen Hinterhofparzellen trennte. Louis mobilisierte alle seine Kräfte, schwang seinen Oberkörper auf die Mauerkrone und fiel förmlich auf die andere Seite. Sofort rappelte er sich hoch und sah sich hektisch um. Mit schnellen Schritten war er bei einer Hintertür. Eine grün gestrichene Holztür mit einem Butzenfenster. Louis wartete nicht lange. Mit einem kräftigen Tritt in Höhe des Schlosses verschaffte er sich Einlass. Hinter der Tür standen zwei gefüllte Mülltonnen, die er umwarf. Mehrere Treppen auf einmal nehmend, eilte er nach oben. Zu seiner Erleichterung war die Kellertür nicht versperrt. Sie schwang in seine Richtung auf. Hinter sich hörte er Lärm. Seine Verfolger waren im Haus und kämpften sich über die Abfallbehälter. Louis riss die Haustür auf und rannte auf die Straße genau in dem Augenblick, wo ein Pritschenwagen am Haus vorbeifuhr. Es gelang ihm tatsächlich, den Wagen zu erreichen. Mit einem letzten Krafttakt sprang er auf die Stoßstange, kletterte über die Kante der Umrandung und ließ sich auf die Ladefläche fallen. Am Ende seiner Kräfte lag er schwer atmend auf dem Rücken. Fürs Erste war es vorbei. Doch er wusste, die Jagd hatte gerade erst begonnen.

*

»Wie konnte das passieren?« McAffrey eilte mit strammen Schritten über den Flur.

Clark Morrissey zuckte mit den Schultern, obwohl sein Vorgesetzter ihn nicht ansah. »Das wissen wir nicht. Möglicherweise hat er einfach Glück gehabt.«

»Glück?« McAffrey schnaubte verächtlich aus. »Haben wir, was wir wollen?«

»Ja, Sir, Ari Silberstein. Wahrscheinlich westliches Ruhrgebiet. Unsere Leute sind dran.«

»Also ausgerechnet in der Ecke, wo Louis sich auskennt. Das ist ja hervorragend gelaufen!« McAffrey öffnete die Tür zu seinem Hotelzimmer und ließ sich auf seinen Stuhl fallen. Er bot seinem Untergebenen keinen Platz an.

Morrissey schloss die Tür. »Sir, was machen wir mit diesem Richard?«

»Füttern Sie die deutschen Behörden. Ich möchte, dass jeder verdammte Polizeibeamte in diesem Land Jagd auf ihn macht. Steuern Sie es an die Presse. Flüchtiger Strafgefangener rächt sich an ehemaligen Kameraden. Irgendetwas in der Art. Sehen Sie zu, dass er ausgeschaltet wird. Bis dahin halten Sie ihn in Bewegung. Und klären Sie, ob wir im Ruhrgebiet Wohnungen haben. Wenn nicht, kümmern Sie sich darum. Ich will noch heute abreisen.«

Morrissey drehte sich um, ging zur Tür, stoppte dann aber. »Was ist mit dieser Russin? Dieser Marija Sidorova?«

McAffrey sah über den Rand seiner Lesebrille. »Wir können es uns nicht leisten, dass die Russen Wind davon bekommen. Lassen Sie es wie einen Unfall aussehen.«

*

Louis hatte das Haus einige Stunden observiert. Seit neun Monaten war er nicht mehr hier gewesen. Es war eines jener unauffälligen Gebäude, bei dem sich der Besitzer mehr auf die Zahlungsfähigkeit der Mieter konzentrierte als auf den Werterhalt. Es war hoch und schmal und wirkte mit seinen kleinen Fenstern dunkel und wenig einladend. Das galt für die ganze Gegend. Genau aus diesem Grund hatte Louis es sich ausgesucht. Hier fiel man nur auf, wenn man nackt und schreiend über die Straße lief. Möglicherweise nicht mal dann. Offenbar wurde das Haus von niemandem beobachtet. Er war sich relativ sicher, dass man die Wohnung nicht mit ihm in Verbindung brachte. Andererseits hatten die Amis so einiges über ihn rausbekommen. Weiß der Teufel, was sie noch über ihn wussten. Die Miete hatte er für ein Jahr im Voraus bezahlt. Die Kündigung würde somit erst in einem Monat erfolgen. Louis ging zur Gebäuderückseite. Für die Randbepflanzung des Hauses fühlte sich nach wie vor niemand verantwortlich. Er schob einige Zweige eines Busches beiseite und rüttelte an einem der roten Backsteinziegel, der sich mit etwas Widerstand aus der Mauer lösen ließ. Die Schlüssel befanden sich noch immer in dem Hohlraum. Er hatte die Wohnung in der obersten Etage angemietet. Je weniger Leute an dem Appartement vorbeiliefen, desto weniger Aufmerksamkeit zog es auf sich. Das kleine Siegel, welches er, kaum sichtbar, zwischen Rahmen und Türblatt in Bodennähe angebracht hatte, war unversehrt. Trotzdem fühlte er eine deutliche Anspannung, als er den Schlüssel in den Schließzylinder einführte und die Tür öffnete. Es roch muffig. Nach kalter und feuchter Luft. Auf dem Boden lag ein Umschlag. Laut Absender von seinem Vermieter. Louis ignorierte ihn.

Die Wohnung bestand aus lediglich einem großen Zimmer mit einer Kochnische. Dazu ein kleines Bad. Louis ließ sich eine Wanne ein. Sein Körper war voller Prellungen und Blutergüsse, dazu hatte er eine Vielzahl von Schürfwunden. Zwei Tage hatte er gebraucht, um sich bis nach Essen durchzuschlagen. Er stank fürchterlich. Während das Wasser lief, schenkte er sich einen Gin ein, nahm einige abgelaufene Schmerztabletten und kontrollierte im Anschluss sein Waffenversteck. Ein Hohlraum unter zwei Bodendielen, worauf ein alter Sekretär stand. Er fand alles so vor, wie er es zurückgelassen hatte. Ein Präzisionsgewehr, mehrere Pistolen, Ersatzmagazine und Munition. Dazu einige gefälschte Ausweise und Bargeld. Erschöpft setzte er sich auf das Bett. Louis fingerte die blutverschmierte Papiertüte aus der Tasche und öffnete sie. Nachdenklich betrachtete er die kleine Kamera darin. Was auch immer auf dem Film darin zu sehen sein würde. Es war so wichtig, dass man bereit gewesen war, dafür Menschen zu töten. McAffrey, oder wie auch immer dieser Kerl in Wirklichkeit hieß, hatte ihn hintergangen. Dass er ihn benutzt hatte, war für Louis von vornherein klar gewesen. Ebenso hatte er damit gerechnet, dass ihre Abmachung nur von einseitigem Vorteil war. Doch dieser Amerikaner hatte ihn dafür missbraucht, einen ehemaligen Kameraden zu töten. Einen Mann, der ihm vertraut hatte und der durch dieses Vertrauen sein Leben verloren hatte. Etwas, was McAffrey bitter bereuen würde.

*

Der obere Bereich des Türblattes schlug gegen eine Klingel, deren hoher Klang den überhitzten Raum erfüllte. Sogleich hörte Louis Schritte aus dem Raum hinter der Ladentheke. Für einen flüchtigen Moment stoppte der Angestellte, während er das zerschundene Gesicht des Mannes vor sich betrachtete, als ginge von dem Fremden eine Bedrohung aus. Louis taxierte ihn. Ein schmächtiges Kerlchen von vielleicht etwas über zwanzig Jahren, dessen dunkelblondes Haar im Schläfenbereich bereits licht wurde. Louis ließ seinen Blick durch die Ladeneinrichtung gleiten. Das Inventar des kleinen Fotogeschäftes in Duisburg, unweit zur Stadtgrenze Mülheim an der Ruhr, hatte seine besten Zeiten bereits hinter sich. Louis hatte es für ratsam gehalten, sich nicht auf Essener Gebiet zu bewegen, um Rückschlüsse auf ihn zu erschweren. Der Kerl vor ihm würde kaum der Inhaber sein.

»Guten Tag, der Herr. Wie kann ich Ihnen behilflich sein?« Unsicherheit schwang in der Stimme des jungen Mannes mit.

»Können Sie mir die Bilder hier entwickeln?« Louis zeigte ihm die Filmkapsel. Der Mann legte den Kopf leicht schief, als ob ihn die Frage verwirrte.

»Natürlich«, antwortete er und versuchte, nicht zu forsch zu wirken. »Wir sind ein Fotogeschäft.«

Louis' Mund formte ein humorloses Grinsen. Er legte den Film auf den Tresen, seine Hand ruhte darüber. »Das ist der Grund, warum ich Ihren Laden betreten habe.«

Der Junge war sichtlich eingeschüchtert. Wahrscheinlich eine normale Reaktion der meisten Leute auf jemanden, dessen Gesicht aussah, als hätte es eine verdammt harte Nacht mit verdammt miesen Typen gehabt.

»Selbstverständlich …« Sein Tonfall hatte etwas Beschwichtigendes. Er holte eine Papiertüte unter der Theke hervor, die er eifrig öffnete.

Louis' Hand ruhte noch immer auf dem Film. »Ich formuliere es mal direkter. Können Sie mir diesen Film hier ... sofort entwickeln?«

Der Bursche wich mit seinem Oberkörper leicht zurück, als befürchte er Sanktionen. »Tut mir leid, der Herr. Das geht leider nicht.«

Louis fixierte den Angestellten weiter, während er langsam in die Außentasche seines Mantels griff. Die Lider des Jungen weiteten sich, bis er erkannte, dass es sich um eine Geldnote handelte, die der Fremde hervorzog.

»Wie lange dauert es in der Regel, einen Film zu entwickeln? Zwanzig Minuten? Dreißig?«

»Kommt ganz darauf an.« Der Angestellte betrachtete den Geldschein. »So in etwa«, ergänzte er.

Louis legte einen Fünfzigmarkschein auf den Tresen. »Nun«, begann er mit einem hörbaren Ausatmen. »Das Geschäft hat in wenigen Minuten Mittagspause. Es ist Freitag. Sie gehen doch bestimmt am Wochenende gern aus, oder? All die schönen Mädchen ...«

Louis schob ihm den Schein hin. »Fünfzig Mark für dreißig Minuten ... Wie lange arbeiten Sie dafür? Eine Woche? Leicht verdient, würde ich sagen. Aber wenn Sie nicht wollen, gehe ich zum nächsten Laden.«

Das Angebot verfehlte seine Wirkung nicht. Der Mitarbeiter riss sich aus seiner Starre und trat eiligst um den Ladentisch herum zur Eingangstür und drehte ein Schild, um anschließend die Tür zu verriegeln. »Ich kann ja mal schauen, was ich machen kann. Wenn Sie freundlicherweise hier warten ...«

»Ich komme mit.«

»Das geht nicht!«, kam es mit einer Mischung aus Empörung und Unverständnis.

Louis zog das Geld vom Tisch und drehte sich um.

»Warten Sie«, antwortete er, bevor der Schein wieder in der Tasche verschwand. »Vielleicht kann ich ja mal eine Ausnahme machen.«

In der Tat dauerte es nicht einmal zwanzig Minuten, bis sich, wie durch Zauberhand, in einem Becken mit einer beißend riechenden Flüssigkeit durch leichte Schwenkbewegungen Bilder darstellten. Vorsichtig nahm der Bursche sie mit einer Pinzette aus dem Behälter und hing sie auf. Anschließend schaltete er die Deckenbeleuchtung ein.

»Sie müssen noch einige Minuten trocken«, erklärte er, während er eine Lupe ergriff und die Fotos betrachten wollte. Louis zog ihn zurück. »Du sollst lediglich entwickeln«, fuhr er ihn an. Er entriss ihm das Vergrößerungsglas, schloss ein Auge und betrachtete die Abzüge. Es waren insgesamt sechs Aufnahmen. Jemand hatte die Originale abfotografiert. Sie zeigten Szenen einer Exekution. So viel stand fest. Deutsche Soldaten, die ihre Gewehre auf Gefangene gerichtet hatten. Eindeutig Zivilisten. Der vorgesetzte Offizier stand neben den Schützen, die Hand erhoben, als ob er gleich den Befehl zum Abdrücken geben würde. Als nächstes waren die Zivilisten auf dem Boden zu erkennen. Auf dem dritten Abzug sah man wieder den Vorgesetzten, wie er neben den Erschossenen stand und eine Pistole auf den Kopf eines seitlich liegenden Mannes richtete. Klassischer Fangschuss, dachte Louis. Die Fotografien Nummer vier und fünf zeigten eine Gruppe Zivilisten, darunter Frauen und Kinder. Der Offizier diskutierte mit seinen Männern vor der dieser Gruppe. Auf dem letzten Bild war ein Junge zu erkennen. Louis schätzte ihn auf vielleicht zwölf oder dreizehn Jahren. Möglicherweise war er auch älter. So genau konnte er das nicht einschätzen. Der Junge war wie viele in dieser Zeit unterernährt und wahrscheinlich im Wuchs zurück. Er hatte beide Hände erhoben. Seine Augen spiegelten blanke Todesangst wider. Von links war der Lauf eines Gewehres zu erkennen, der auf ihn gerichtet war. Und auch hier erfolgte eine Begutachtung durch den Wehrmachtsoffizier. Egal wie viel darüber in den letzten Jahren bereits ans Licht gekommen war und wie viele Verbrechen der Nazis öffentlich gemacht wurden und egal wie groß mittlerweile auch die Deutschen abgestumpft demgegenüber waren oder wie groß die Scham immer noch war, Bilder mit Kindern darauf erzielten nach wie vor ihre Wirkung. Auch bei Louis. Wut stieg in ihm auf. Während er nochmals die Lupe über jeden einzelnen Abzug gleiten ließ, fragte er sich, was auf diesen Fotos von so großer Bedeutung war, dass Menschen dafür sterben mussten. Dass es sich hier um ein Kriegsverbrechen handelte, stand außer Frage. Von solchen Dokumentationen gab es Tausende. Irgendetwas musste darauf zu sehen sein, was über das übliche Maß hinausging. »Kannst du mir die Abzüge vergrößern?«

»Klar. Kostet aber extra.«

Louis' Augen verengten sich zu Schlitzen. »Werd jetzt nicht unverschämt, Bürschchen!«

»Äh … ich meine … ich muss dann das Fotopapier berechnen«, log er anscheinend.

Louis löste seinen prüfenden Blick und konzentrierte sich nochmals auf die Bilder. »Dann beeil dich.« Louis fragte sich, welches Geheimnis diese Bilder bargen. Aber wenn bereits diese Aufnahmen Leben kosteten, was für eine Gefahr ging dann erst von der Antwort aus?

*

Louis klopfte an, und während er wartete, dass die Tür geöffnet wurde, betrachtete er das Zechenhaus. Es war alt, aber solide gebaut. Der ehemals rote Ziegel war über die Jahre unter dem Einfluss der Schwerindustrie dunkel, fast schwärzlich verfärbt. Je nachdem aus welcher Richtung der Wind kam, konnte man den Ruß der Zechen förmlich schmecken. Tiefe Risse zogen sich durch das Mauerwerk, und das Dach bestand mehr aus grauen Flechten als aus intakten Dachziegeln. Aber der kleine Vorgarten war gepflegt und die Holzrahmen der Fenster frisch gestrichen. Auf der anderen Seite hörte er Geräusche. Als die Tür geöffnet wurde, sagte Louis: »Hallo, Raul.«

Der Mann vor ihm starrte ihn einen Augenblick überrascht an. Dann verzog er das Gesicht zu einem breiten Grinsen. »Ich fasse es nicht. Martha!«, rief er in den hinteren Bereich. Raul stellte eine der beiden Krücken ab, ignorierte die ihm entgegengestreckte Hand und umarmte seinen ehemaligen Kameraden mit einer Kraft, die Louis erstaunte. Beinahe befürchtete er, Raul würde ihn nicht mehr loslassen.

»Martha!«, kam es dieses Mal etwas lauter, während Raul seinen Gast freudestrahlend ansah und ihm dabei immer wieder auf die Schulter schlug. »Du glaubst es nicht«, sagte er zu sich selbst. Raul klemmte sich die andere Krücke wieder unter die Achsel und trat etwas beiseite. »Komm rein, alter Freund! Komm rein.«

Das Haus war klein und stand in einem der vernachlässigten Bereiche der Stadt. Früher war Essen-Kray ein recht vorzeigbarer Stadtteil gewesen, obwohl er durch die Zeche Bonifacius hauptsächlich von der einfachen Bevölkerung besiedelt wurde. Der Bereich um das Rathaus war nie etwas für Arme gewesen. Während des Krieges brauchte man die Kohle, um die Rüstungsindustrie am Laufen zu halten. Und jetzt verschlang der unaufhörliche Wiederaufbau immense Ressourcen. Doch das alte Steigerhaus unweit des Volksgartens war sauber und gemütlich eingerichtet. Etwas zu warm war es, wie Louis fand. Dunkle Möbel und allerlei Bilder und Familienfotos schmückten die Stube. Raul ging vor. Louis sah auf das gekürzte Hosenbein seines Kameraden, welches in Kniehöhe umgeschlagen und vernäht worden war. Martha kam aus der Küche. Sie war eine kräftige Frau mittleren Alters mit welligem Haar, was im Ansatz bereits grau wurde. Sie wischte sich ihre Hände an ihrer Schürze ab, während sie den Fremden freundlich, aber etwas verlegen, vielleicht auch distanziert ansah. Louis nahm ihr es nicht übel. Mit seiner verkrusteten Platzwunde und den Schürfwunden im Gesicht sah er eher aus, als wäre er gerade aus einer Kneipenschlägerei gekommen. Er versuchte sich an einem unbeholfenen Lächeln und nickte kurz.

»Setz dich, Louis! Setz dich bitte.« Raul ließ sich in einen Sessel fallen und legte die Gehhilfen links und rechts auf dem Teppich ab. »Martha. Ich habe dir doch von Louis erzählt. Erinnerst du dich? Sei so gut und biete unserem Gast doch einen Kaffee an.«

»Ich wollte Sie nicht überfallen. Machen Sie sich bitte keine Mühen …«

»Schon gut. Mein Bruder hat mir so viel von Ihnen erzählt … Bitte fühlen Sie sich willkommen.«

»Martha ist nicht nur meine Schwester«, sagte Raul beinahe verschwörerisch, als sie die Stube verlassen hatte, und beugte sich dabei etwas vor. »Sie bezeichnet sich selbst als mein moralisches Gewissen. In erster Linie was Zigaretten und Schnaps angeht.«

Louis betrachtete seinen alten Weggefährten. Er sah alt aus, hatte einige Haare weniger auf dem Kopf und einige Falten mehr im Gesicht. »Dein Bein …«

Raul verzog verärgert das Gesicht. »Der Krieg war vorbei, Louis. Wir haben diese ganze Scheiße überlebt. Diesen ganzen Gott verdammten Mist. Die Bomben, den Schlamm, den Hunger und die verfluchten Sackratten. Kerl, was haben uns diese Biester malträtiert! Und dann erwischt mich eine Mine.«

Er rückte seine Brille zurecht. »Auf dem Weg in die Heimat. Kannst du dir das vorstellen? Als alles vorbei war.« Einen Augenblick starrte Raul sein Gegenüber an. Dann zuckte er mit den Achseln. »War 'ne knappe Nummer. Hätte eigentlich verrecken müssen. Aber so einfach wollte ich mich nicht abservieren lassen. Nicht nach all dieser verdammten Scheiße, die ich durchgemacht habe. Zähne zusammenbeißen und dem Teufel ein Schnippchen schlagen. So, wie wir es immer getan haben.« Für einen Moment schien Raul nicht da. Er war mit seinen Gedanken woanders. Louis wusste nur zu gut, wo.

»Zumindest habe ich das andere noch. Außerdem sorgt Martha gut für mich.« Raul rieb sich über seinen deutlichen Bauchansatz. »Aber jetzt erzähl!« Er lehnte sich wieder zurück. »Wie hast du mich gefunden?«

»War nicht so schwierig. Gab nicht so viele Kneipen mit Metzgerei, die Zum blauen Ochsen hießen.«

Raul lachte auf. »Wusste gar nicht, dass ich dir das erzählt habe.«

»Du hast es jedem erzählt ...«

Martha kam mit zwei dampfenden Tassen Kaffee aus der Küche. Sie stellte sie auf den Tisch, darauf bedacht, das kunstvoll gestickte Deckchen auszusparen. »Die Herren haben sich sicher viel zu erzählen. Ich werde in der Zeit zu Hildegard gehen, Horst.« Martha sah Louis kurz an. »Das ist unsere Nachbarin«, sagte sie, als hätte sie das Bedürfnis, dies Louis gegenüber zu erklären.

»Horst? Ich bleib bei Raul, wenn du einverstanden bist«, sagte Louis, nachdem sie allein waren.

»Tut gut, mal wieder mit dem alten Legionärsnamen angesprochen zu werden.« Raul trank einen Schluck Kaffee. »Verflucht! War 'ne verdammt schöne Zeit, damals. Trotz allem. Würde mich brennend interessieren, was die anderen heute so treiben. Wohin es sie verschlagen hat.«

»Wie geht es dir, Raul?«

»Es ist schwer, Louis. Nicht einfach. Ich habe das Haus geerbt. Sonst kämen wir wahrscheinlich nicht über die Runden. Die Invalidenrente reicht gerade zum Taubenfüttern. Satt werden die Luftratten davon nicht. Martha arbeitet zweimal in der Woche als Haushälterin. Trotzdem müssen wir jeden Pfennig zusammenkratzen.« Er wirkte mit einem Mal ernst. »Du bist nicht zufällig hier.« Es war keine Frage, es war eine Feststellung.

Louis antwortete mit unveränderter Mimik.

Raul schob mit dem Zeigefinger seine Brille hoch. »Es geht um Victor. Habe ich recht?«

»Du hast mich erwartet?«

»Nicht direkt. Ich habe auf … irgendjemanden gewartet. Er war hier gewesen. Victor. Vor einigen Monaten.«

Louis presste seine Lippen zusammen. »Victor ist tot.«

Raul fuhr sich mit einer Hand nachdenklich über sein Kinn.

»Die Nachricht kommt nicht überraschend für dich?«

»Ja und nein.« Raul sah zur Seite, ohne etwas zu fixieren. »Wie ist es passiert, Louis?«

Louis atmete wie unter einer Last aus. »Er war an irgendetwas dran, Raul. Und ich habe keine Ahnung, was das war. Aber es war so wichtig, dass man ihn dafür ausgeschaltet hat.«

Raul betrachtete seinen ehemaligen Kameraden. So, als schätze er ab, ob er ihm noch immer das gleiche Vertrauen entgegenbringen konnte wie einst. Schließlich griff er in einen Zeitungsständer und zog eines der Nachrichtenblätter hervor. Mit ernster Miene warf er es Louis auf den Schoss, sagte dabei nichts. Louis sah an dem Datum, dass es die Ausgabe von vor zwei Tagen war.

»Mörder gesucht. Wie die Staatsanwaltschaft und die Kriminalpolizei mitteilen, befindet sich der verurteilte Mörder Louis Richard nach einem spektakulären Ausbruch aus der

Justizvollzugsanstalt Werl auf der Flucht. Nach derzeitigem Ermittlungsstand gehen die Behörden davon aus, dass der ehemalige Fremdenlegionär für ein Bombenattentat auf einen Linienbus in Rolandswerth verantwortlich sein könnte. Bei diesem Attentat starb, neben dem Busfahrer, ein weiterer Mann, bei dem es sich ebenfalls um einen ehemaligen französischen Fremdenlegionär handelte. Zur Motivlage führte die zuständige Staatsanwaltschaft an, dass der Verdächtige möglicherweise einen persönlichen Rachefeldzug gegen ehemalige Kameraden der französischen Fremdenlegion führt. Zu detaillierten Hintergründen schweigen die Behörden aus ermittlungstaktischen Gründen. Der Flüchtige ist bewaffnet und gefährlich. Für sachdienliche Hinweise, die zur Ergreifung des Gesuchten führen, hat die Staatsanwaltschaft eine Belohnung in Höhe von 3.000 DM …«

Louis las nicht weiter. Er starrte auf das Fahndungsfoto, welches neben dem Artikel abgelichtet war. Es war das Bild, welches man im Knast von ihm gemacht hatte.

»Ich bin nun mal nicht der Typ, der, wenn er rauskommt, erst einmal schnurstracks in eine Kneipe rennt und sich ein paar Bier gönnt, bis er vom Hocker fällt.«

»Du solltest etwas an deinem Aussehen tun, Louis.«

»Glaubst du, was hier steht?«

»Das mit dem Glauben ist so 'ne Sache.« Raul zuckte mit den Schultern. »Du hast uns damals den Arsch gerettet, Louis. Wahrscheinlich verdanken dir Hunderte von Kameraden ihr Leben. Tatsache ist, manche kommen aus dem Krieg nicht zurück. Auch wenn sie es überlebt haben. Du verstehst …«

Louis verstand. Insgeheim musste er einräumen, dass dies wahrscheinlich tatsächlich ein Stück weit auf ihn zutraf.

»Anderseits …«, Raul wies auf seinen Amputationsstumpf, »wenn es stimmt … stimmen würde, was könnte ein Krüppel wie ich schon dagegen tun?« Raul lehnte sich zurück. Er wirkte gelassen. »Guck mich an. Was habe ich vom Leben, Louis? In mir stecken mehr Metallsplitter, als ein Schrotthändler Schrauben auf dem Hof hat. Es würde keine Rolle spielen. Das Einzige, was mich interessiert, ist der Grund. Den würde ich gern verstehen.«

Louis antwortete nicht. Er spürte, dass die Wahrheit keine Rolle spielte.

»Er war so etwas wie ein freier Reporter«, erklärte Raul. »Recherchierte und verkaufte das dann an eine Zeitung. Er ist nicht näher darauf eingegangen, und ich habe auch nicht direkt nachgefragt, weil ich gemerkt habe, dass er nicht darüber sprechen wollte. Jedenfalls … na ja, er arbeitete wohl an Storys über Politiker. Also welche, die wohl nicht ganz sauber sind. Du weißt schon …«

»Ja. Denke schon.«

Raul legte die Stirn in Falten, als würde ihm das helfen, sich zu erinnern. »Victor sagte, er wäre an einem Typen aus Regierungskreisen dran. Hildebrandt, wenn ich mich richtig erinnere.« Raul kramte in seinen Gedanken. »Hildebrandt. Genau. Wäre nur schwierig und wohl auch gefährlich, wenn man in diesen Kreisen zu viele Fragen stellt.«

»Offenbar hatte er einen Informanten, der ihm etwas Wichtiges beschafft hatte.«

»Du meinst …«, Raul sah Louis nun wieder an, »dass … irgendjemand Wind davon bekommen hat? Und dass man ihn deswegen …?«

Louis zuckte mit den Schultern. »Wäre durchaus möglich.«

Raul rückte seine Brille zurecht. »Du hast einen Verdacht?«

»Ich bin mir sogar sicher, wer es war. Auf die Frage nach dem Warum fehlt mir die Antwort.«

»Und du hoffst, die Antwort bei mir zu finden?«

»Nein.« Louis schüttelte den Kopf. »Ich glaube nicht, dass Victor dich bewusst einer Gefahr ausgesetzt hätte. Aber er hat mir einen Hinweis gegeben, bevor er starb. Einen konspirativen Hinweis, der mich zu dir geführt hat.«

Eine Zeit lang sah Raul seinen ehemaligen Weggefährten ernst an. Er schien abzuwägen. »Tu mir bitte einen Gefallen, Louis«, sagte er schließlich und wies auf eine Anrichte. »In der rechten Schublade …«

Louis erhob sich, ging zu dem Möbel und zog das Fach auf.

»Siehst du das Buch? Das von Rilke?«

Louis nahm es heraus. Der Karton war abgegriffen und die Ecken ausgefranst. Jemand hatte es sehr oft in den Händen gehabt.

»Gib es mir.«

Louis reichte Raul den Gedichtband und setzte sich wieder. Der alte Legionär schlug das Buch auf und holte einen Umschlag hervor, den er Louis gab.

»Als Victor mich besucht hat, hat er mir dieses Kuvert gegeben. Wie du siehst, ist kein Empfänger drauf.«

»Warum gibst du es mir?«

Raul zog abschätzend seine Mundwinkel nach unten. »Victor hat mich gebeten, den Brief zu verwahren. Er sagte, dass mich vielleicht irgendwann jemand aufsuchen würde. Und wenn derjenige mir mitteilt, dass er nicht mehr am Leben ist, soll ich ihm den Umschlag geben. Nun, du bist hier … Schätze, dass du ihn dann wohl bekommen solltest.«

Louis drehte das Papier. Der Brief war versiegelt. Einen Moment lang war er versucht, ihn zu öffnen, dann steckte er ihn in seine Innentasche.

»Willst du nicht wissen, was drinsteht?«

Louis dachte darüber nach. Insgeheim musste er sein Verlangen, den Umschlag aufzureißen, tatsächlich zügeln. Nach einer Weile schüttelte er den Kopf. »Ich glaube nicht, dass es eine gute Idee wäre, ihn jetzt zu öffnen.«

Raul verstand. »Zu gefährlich. Verstehe. Aber wenn dir etwas zustößt, wird diese Information möglicherweise für immer verloren gehen.« Er nahm seine Tasse und trank den Kaffee aus. »Victor ist ... war Jude. Wusstest du das?« Sein Tonfall war merklich ernster geworden.

Louis nickte. Noch einen Augenblick zögerte er. Dann riss er den Umschlag auf. Raul hatte recht. »Ari Silberstein, steht hier. Der Kerl verfolgt mich. Und eine Nummer.«

Raul grübelte. »Eine Nummer?«

Louis zeigte sie ihm.

»Keine Ahnung. Koordinaten sind es nicht. Ein Bankschließfach vielleicht?«

»Anstatt Antworten zu finden, häufen sich die Fragen.« Louis erhob sich. Einige Momente sahen die beiden Männer sich schweigend an. Dann hielt Raul ihm seine Hand hin, die Louis mit festem Griff erfasste.

»Pass auf dich auf«, sagte Raul schließlich in einer Art, die wie ein Abschied für immer klang.

»Das werde ich, Raul. Versprochen.«

KAPITEL 8

Gerald »Gerry« Rosenkranz sah in Gedanken versunken durch das Fenster seines Büros auf die Alfredstraße in Essen, die um diese frühe Stunde bereits schon viel befahren war. Der Winter hatte das Land fest im Griff. Es lag kein Schnee, dafür war es in den Großstädten in der Regel zu warm. Gerade hier, unweit der Innenstadt. Doch es war alles mit einer weißen Schicht aus Reif bedeckt, und er konnte die Kälte spüren, die von der Scheibe ausging und gegen die aufsteigende Wärme seines dampfenden Tees drängte.

»Ein bisschen zu kalt, um schwimmen zu gehen.« Neben ihm zündete sich Kurt Beckmesser eine Zigarette an. Der stellvertretende Redakteur war in der Regel schon vor der gesamten Belegschaft da. Rosenkranz blickte nach rechts und betrachtete seinen schwergewichtigen Kollegen mittleren Alters, von dem eine Wolke Tabakrauch und herben Rasierwassers in seine Richtung ausging. Er hatte, wie vor jedem Spiel, seine rote Krawatte um. Ein Glücksbringer für seinen RWE. Rot-Weiß Essen hatte im Juni 1955 gegen den 1. FC Kaiserslautern die Meisterschaft geholt. Und das nach einer fulminanten Aufholjagd. Und zwei Jahre zuvor gegen die Alemannen aus Aachen den DFB-Pokal. Doch derzeit lief es nicht so gut. Die Jungs waren als erste deutsche Mannschaft überhaupt, wenn man mal vom Saarland absah, beim Europapokal der Landesmeister vertreten gewesen, hatten aber schon die erste Runde nicht überstanden. Und in dieser Saison kämpften sie gegen das Verletzungspech ihrer besten

Spieler, wie Helmut Rahn, der allein ein Spiel entschieden konnte. Franz Islacker saß auch auf der Bank. Und dann hatten sie zu allem Unglück auch noch August Gottschalk verloren. Doch Beckmesser glaubte an seinen RWE. Er hatte die Zigarette im Mundwinkel geparkt und sah mit einem offenen und einem zugekniffenen Auge auf seinen Notizblock. »Im Stadtgarten treibt ’ne Leiche im See.«

Rosenkranz verzog das Gesicht. »Och, komm … Das ist doch jetzt nicht dein Ernst?«

»Beruhig dich!« Das Gesicht des stellvertretenden Redakteurs zeigte ein sarkastisches Grinsen. »Ich schick Harald hin.« Beckmesser setzte sich auf die Kante des Schreibtisches, hob seine Kaffeetasse an und trank schlürfend. »Hör zu, Gerry …«

Rosenkranz hob abwehrend beide Hände. »Ich weiß, was du sagen willst, Kurt.«

Beckmesser zog ein letztes Mal an seiner Zigarette und drückte den Stummel etwas zu fest im Aschenbecher aus, während der Rest des Qualms aus Mund und Nase strömte. »Es ist nur so, dass das jetzt schon eine verdammt lange Zeit in Anspruch genommen hat. Und die Ergebnisse bisher … wie soll ich sagen – überschaubar sind.«

Gerry verstand, worauf er hinauswollte. Doch bevor er intervenieren konnte, setzte Beckmesser erneut an. »Ich glaube, die Sache mit dem Vorfall aus Rolandswerth wird das Ganze noch weiter in die Länge ziehen.«

Rosenkranz sah seinen Chef mit zusammengepressten Lippen an. Sie waren so nah dran gewesen. So verdammt nah. Er glaubte nicht an einen ironischen Zufall. Ausgerechnet so kurz vor einer möglichen Bestätigung. Einem echten Beweis und keiner Vermutung. Das war alles andere als ein Zufall gewesen. Jemand hatte Wind von der Sache bekommen und Victor Baptiste ausgeschaltet.

»Hör zu, Gerry.« In Beckmessers Blick lag etwas Verständnisvolles, während er seine Hemdsärmel hochkrempelte. »Ich weiß, wie das ist. Das liegt uns Reportern im Blut. Wenn man sich in eine Sache verbissen hat, ist es schwer, wieder loszulassen. Aber wir haben eine Zeitung zu verlegen. Und du weißt, wie groß der Konkurrenzdruck ist.«

Rosenkranz fuhr sich angespannt über die Stirn. Das Argument war stimmte. Bisher hatte man ihn bezahlt. Trotz dem Wenigen, das er geliefert hatte. Das würde nicht ewig so bleiben. »Glaubst du wirklich an einen Zufall? Kurt! Das sieht doch ein Blinder mit 'nem Krückstock.«

»Es geht nicht darum, was irgendjemand sieht. Was ich sehe. Es geht darum, was wir beweisen können.« Beckmesser stellte seine Tasse auf dem Schreibtisch ab. »Ich habe einen Verleger in Nacken, verdammt noch mal!«

»Das weiß ich doch alles, Herrgott.« Rosenkranz verkniff sich einen weiteren Fluch.

Das Telefon läutete. Die beiden starrten sich wie Kontrahenten an. Gerald Rosenkranz löste sich aus der Starre und hob den Hörer.

»Rosenkranz.« Wortlos hörte er zu, während er sich Notizen machte. »Ich werde da sein«, sagte er und legte den Hörer auf die Gabel. »Ich muss los.«

Beckmesser zog fragend eine Braue hoch. Es widerstrebte Rosenkranz, sich zu erklären. Doch Kurt Beckmesser war nun mal sein Vorgesetzter. »Der Anrufer behauptet, er habe wichtige Informationen von Victor Baptiste. Persönlich.«

»Hatten wir das nicht gerade geklärt, Gerry?«

Rosenkranz atmete hörbar aus. »Kurt. Nur noch dieses eine Mal, okay? Wenn da nichts bei rumkommt, gebe ich mich geschlagen.«

Beckmessers Blick haftete auf seinem Gegenüber. Er sah nach unten und nickte nach einer gefühlten Ewigkeit.

»Danke.« Rosenkranz schlug ihm freundschaftlich auf die Schulter, ohne ihn anzusehen, und verließ die Redaktion.

Kurt Beckmesser starrte noch einige Zeit auf die Tür, bevor er sich auf Rosenkranz' Stuhl fallen ließ. Natürlich war das kein Zufall gewesen. Aber die Interessen der Leserschaft veränderten sich. Sie wollten einfach zu verarbeitende Skandale. Leichte Kost. Spektakuläre Dinge, deren Informationsgehalt schon mit dem Lesen der Überschrift befriedigte. Immer mehr Bilder bestimmten die Titelseiten der Zeitungen. In Amerika druckten sie schon in Farbe. Die Zeiten, wo sich die Deutschen mit den Gräueltaten der eigenen Vergangenheit ins Gewissen reden lassen wollten, waren lange vorbei. Jeder hatte Schicksalsschläge erlitten, von denen viele mit normalem Verstand nicht zu begreifen waren. Wer erinnerte sich schon gern daran. Beckmesser nahm einen Bleistift und tippte nachdenklich auf Rosenkranz' Notizblock. Wie beiläufig schraffierte er mit leichtem Druck das Papier und betrachtete das, was Rosenkranz notiert hatte. Kurz zögerte er. Dann griff Kurt Beckmesser zum Telefon.

*

Peter Thompson hatte viele Namen. So viele, dass er sich manchmal nicht sofort an seinen richtigen erinnerte. Gewissenhaft führte er den mit Öl getränkten Lappen über jedes Einzelteil seiner auseinandergebauten Waffe. Sie hatte im Grunde genommen keine Reinigung nötig. Sein Arbeitsmittel war stets in einem hervorragenden Zustand. Es war mehr eine Art Ritual, mit dem er sich auf seine Aufgabe, seinen Auftrag einstimmte. Das eine Auge zugekniffen, sah er mit dem anderen durch den Lauf der Waffe, den er gegen das Licht hielt. Zufrieden setzte er das Gewehr wieder zusammen. Er tat es, ohne bewusst hinzusehen. Anschließend verstaute er die

Reinigungsutensilien in der kleinen Metallbox. Thompson wusste, was er wissen musste. Mehr interessierte ihn nicht. Er hatte keine Probleme mit dem, was er tat. Er verdiente nicht einmal so viel, dass man behaupten konnte, der finanzielle Anreiz wäre die Triebfeder seines Handelns. Es entsprach seinen Fähigkeiten. Und dazu zählte, einen Befehl frei jeglicher persönlicher und emotionaler Bewertung durchzuführen. Was ihn darüber hinaus besonders befähigte, war die Tatsache, dass er fließend Deutsch sprach. Nahezu akzentfrei, wenn er sich bemühte. Ein Geschenk seiner deutschen Mutter, die in Hannover geboren und dort die ersten fünfzehn Jahre ihres Lebens verbracht hatte. So wie es aussah, würde es keine große Sache werden. Höchstens einige Tage, dann würde es wieder in die Heimat gehen. Zurück nach Montana. Peter liebte die großen Wälder, die Natur und insbesondere das Fischen an den Seen, die so groß waren, dass man das andere Ufer nicht sehen konnte. Er liebte das Fliegenfischen. Die Seen und ihre Zuflüsse hatten auf ihn eine geradezu meditative Wirkung. Bei dem Gedanken an eine frisch geräucherte Cutthroat-Forelle lief ihm das Wasser im Mund zusammen. Dazu ein oder zwei kühle Biere … Beiläufig betrachtete er das Foto der Zielperson. Aufgenommen vor wenigen Tagen. Das war keine große Sache. Das Telefon läutete und riss ihn aus seinen Gedanken.

»Ja?« Es gab nur einen, der diese Nummer kannte, und nur einen, der sie anrufen würde.

»In der Innenstadt. Café de Paris. Zwölf Uhr. Tisch Nummer neun. Auf unser Zeichen.«

Peter Thompson legte auf und verstaute sein Arbeitsgerät in die eigens dafür gefertigte Tasche. Abschließend zog er sich an. Es war an der Zeit, sich der Sache anzunehmen.

*

Das Café de Paris lag in einer belebten Seitenstraße im Stadtteil Holsterhausen, unweit der Gemarkenstraße, und war eines der typischen französischen Cafés, zumindest, wie man sich eins außerhalb von Frankreich vorstellte. Es erfüllte alle Klischees, nicht nur der Namen passte. Der Boden war mit dunklem Marmor ausgelegt. Wahrscheinlich ein Imitat, dachte Louis. An der Decke hingen vielarmige Leuchter mit geschliffenen Glassteinen, die mehr Pomp als Licht verbreiteten. Stühle und Sitzbänke waren mit bordeauxroten Samtstoffen bezogen und natürlich mussten Liebhaber französischer Patisserie und Boulangerie nicht auf diverse Spezialitäten verzichten, die an der Theke unter wuchtigen Glashauben künstlerisch arrangiert worden waren. Das galt auch in musikalischer Hinsicht. Der Laden war genauso unecht wie die Bedienungen, die, bis auf einige Grundbegriffe, wahrscheinlich nicht einen einzigen Satz auf Französisch zustande brachten. Hier traf man sich, um zu sehen, und noch mehr, um gesehen zu werden. Und dafür war man bereit, das Portemonnaie etwas weiter aufzumachen. Dabei waren Cafés in Frankreich Treffpunkt sämtlicher Gesellschaftsschichten. Es waren Orte der Zusammenkunft, oft für das einfache Volk, das sich dort austauschte, in denen Künstler verweilten und Politik auf kommunaler Ebene gemacht wurde. Weit weg von der elitären Gesellschaft, die man sich hier als Kundschaft wünschte. Nicht wenige wussten, dass es ein Italiener gewesen war, der das erste französische Café in Frankreich nach Vorbild seines Geburtslandes eröffnet hatte.

Louis hatte den Tisch Nummer neun für ein kleines Trinkgeld reservieren lassen, obwohl das in Anbetracht der überschaubaren Gästeanzahl wahrscheinlich nicht nötig gewesen wäre. Er hatte sich zunächst an einen anderen Platz gesetzt, von dem aus er den Tisch beobachten konnte. Louis hatte sich einen französischen Kaffee bestellt, den man hier French Press nannte und von dem er schon enttäuscht war, bevor er ihn probiert hatte. Ein guter Kaffee bestand aus frisch gemahlenen Bohnen. Nicht zu fein, eher mit gröberem Mahlgrad verarbeitet. Das Pulver wurde mit Wasser übergossen, das zwei bis drei Grad unter hundert hatte, also nach dem Aufkochen eine Minute ruhte. Außerdem war es von großer Wichtigkeit, dass das Gemisch sorgfältig umgerührt wurde und mindestens vier Minuten ziehen konnte, ehe man den Stempel im Gefäß nach unten drückte. Den Schaum trug man ab, da er bitter schmeckte. Nichts von dem wurde hier beachtet. Louis bedankte sich, als er bedient wurde, schenkte dem Getränk jedoch keine Beachtung und schob die Tasse ein Stück von sich. Es war kalt an diesem Tag, aber wenigstens trocken. Eine angenehme Trockenheit, ohne die für diese Jahreszeit typische Luftfeuchte, die durch die Kleidung in die Knochen drang und einen von innen her auskühlte. Rheumawetter, so hatten die Alten es immer genannt.

Obwohl es eine enge Seitenstraße war, herrschte reger Verkehr vor dem Café. Immer wieder blockierten sich Autos gegenseitig, und die Fahrer forderten ihren Vorrang durch regelmäßiges Hupen ein. Ein Witzbold hatte sich eine dieser amerikanischen Mehrtonhupen eingebaut und entsandte ein wahres Konzert durch die Gasse. Gerry Rosenkranz erkannte er sofort. So betrat kein Gast ein Lokal, der nur etwas zu sich nehmen wollte. Der Mann, der hier durch die Tür schritt, suchte jemanden. Eine Bedienung trat auf Rosenkranz zu und zeigte nach einem flüchtigen Gespräch in eine Richtung. Die Kellnerin ging voraus, begleitete den Mann zu dem zugewiesenen Tisch und nahm ihm Mantel und Schal ab.

Louis beobachtete ihn. Rosenkranz war einige Minuten zu früh erschienen. Er war ein relativ großer, dunkelhaariger Kerl, der in seinen Bewegungen eher schlaksig wirkte. Was den Legionär überraschte war das Alter. Baptistes Kollege war ausgesprochen jung. Mitte, vielleicht Ende zwanzig. Die aktuelle Mode schien ihn noch nicht erreicht zu haben. Und würde wahrscheinlich auch nicht zu ihm passen. Er wirkte auf eine gewisse Art bieder. Wie jemand, der sich hinter seiner unauffälligen Fassade versteckte. Immer wieder sah Rosenkranz auf seine Armbanduhr. Die Abstände, in denen er das tat, zeigten Louis, dass er unsicher war. Er kannte den Journalisten nicht. Von daher musste Louis davon ausgehen, dass er möglicherweise beschattet wurde. Die Art, wie er sich umsah, war für Louis von Interesse geprägt, nicht von Unbehagen. Zumindest glaubte Louis, dass er sauber war. Trotzdem taxierte er noch mal alle Gäste, bevor er sich erhob und zu Tisch neun wechselte.

*

Ein unauffällig gekleideter Mann stieg aus einem Auto und holte eine Tasche hervor, deren Riemen er sich über die rechte Schulter legte. Danach betrachtete er mit geschultem Auge die Gebäude gegenüber. Binnen Sekunden hatte er gefunden, wonach er gesucht hatte. Er lief gezielt auf eines der Häuser zu und öffnete das Schloss der Tür mit einem kleinen, zurechtgebogenen Draht, den er zwischen Türblatt und Zarge bis zum Fallriegel führte. Peter Thompson lief das hölzerne Treppenhaus hinauf, betrat das Flachdach des Hauses und ging zur Stützmauer, die zur Straßenseite hin zeigte. Nach einem prüfenden Blick öffnete er die Tasche und nahm ein Scharfschützengewehr amerikanischer Bauart heraus. Mit gezielten Handgriffen setzte er ein Fernrohr auf und tastete mit seinem Auge durch die Zieleinrichtung die geschlossene Häuserzeile gegenüber ab, bis das Fadenkreuz den Bereich erfasst hatte, der für ihn von Interesse war. Nach wenigen Minuten näherte sich eine männliche Person. Thompson zog das Foto aus der Tasche und verglich es mit dem Kerl, der soeben das

Café betrat. Das Auftragsobjekt war eingetroffen. Durch das Fernrohr erkannte er, wie sich das Ziel einem Tisch näherte, der Kellnerin seinen Mantel gab und sich setzte. Das Fadenkreuz wanderte den Rücken hinauf bis zum Hinterkopf des Mannes. Sein Plan war es, ihn außerhalb der Gaststätte auszuschalten. Für den Fall, dass er das Ziel im Lokal eliminieren müsste, hatte er zur Sicherheit für entsprechende Munition gesorgt, deren Geschoss sich auch durch das Fensterglas des Cafés in seiner Flugbahn kaum beirren lassen würde. Doch ein gewisses Restrisiko blieb. Thompson schaltete ein mitgebrachtes Funkgerät ein und setzte den Kopfhörer auf, mit dem es verbunden war. Es rauschte, bevor er die Sendetaste drückte. »Die Ware ist eingetroffen. Sehr gut platziert.«

»Verstanden!«

Thompson erkannte durch seine Zieleinrichtung, dass sich ein weiterer Mann dazugesellte.

»Thompson hier. Auftrag zwei soeben dazugestoßen. Er zeigt dem Ziel Fotos.«

»Können Sie erkennen, was auf den Bildern ist?«

»Negativ.«

Wieder rauschte es, als er die Taste losließ. Dann kam die Antwort. »Bedienen Sie den Kunden nach eigenem Ermessen.« Thompson nahm das Ziel erneut ins Visier. Spätestens übermorgen war er in Montana, ging es ihm durch den Kopf, als ein Lieferwagen direkt vor dem Café hielt und ihm die Sicht nahm. Thompson fluchte innerlich. Er überlegte. Dann drückte er die Sprechtaste.

*

»Schätze, Sie warten auf mich.«

»Auf die Minute«, erwiderte Rosenkranz. »Mit wem habe ich das Vergnügen?«

Louis setzte sich und lehnte sich lässig zurück. Er lächelte, als hätte sein Gegenüber einen Scherz gemacht. »Vergnügen? Schauen wir mal.«

Rosenkranz steckte sich eine Ernte 23 in den Mundwinkel und fingerte eine Schachtel Streichhölzer hervor. Er entzündete die Zigarette hinter der hohlen Hand. »Sie sagten am Telefon, Sie hätten Informationen. Von Victor Baptiste.« Er stieß den Rauch etwas zur Seite aus.

»Zumindest war Ihr Name das Letzte, was Victor mit dem Rest seiner Lebensenergie über die Lippen gebracht hatte. Victor und ich waren so 'ne Art Kumpels.« Louis sah Rosenkranz ernst an. »Sie waren mit ihm an einer Sache dran. Eine Story ... vermutlich. Jedenfalls hat man ihn aus einem bestimmten Grund aus dem Weg geräumt.«

»Gehen wir mal davon aus, es ist so gewesen ... Warum sollte ich mit Ihnen darüber reden?« Rosenkranz lehnte sich zurück.

»Weil möglicherweise unsere beiden Leben davon abhängen.« Kurz grinste Louis. »Ihres wahrscheinlich eher als meins.«

Rosenkranz drückte die Kippe aus. Viel zu früh, wie Louis fand.

»Wer garantiert mir, dass Sie mir keinen Stuss erzählen? Oder möglicherweise sogar derjenige sind, vor dem Sie mich hier warnen wollen?«

Louis zuckte mit den Schultern und sah für einen Augenblick durch die große Fensterfront nach draußen. Ein Lieferwagen hielt vor dem Café. »Französische Spezialitäten« stand darauf. »Garantie?« Louis sah seinen Gesprächspartner mit hochgezogener Braue an. »Die gibt es bei Haushaltsgeräten. Was sagt Ihnen der Name Ernst Hildebrandt?«

»Hildebrandt?« Rosenkranz rieb sich nachdenklich das Kinn. »Was sollte mir der Name sagen?«

»Die Antwort habe ich von Ihnen erwartet, Herr Rosenkranz. Sie recherchieren doch im Bereich deutscher Kriegsverbrecher?«

»Gelegentlich. Es gibt viele Leute, die ein normales Leben unter uns führen, aber zu Wehrmachtszeiten an Verbrechen gegen Juden beteiligt gewesen sein sollen. Die meisten davon gelten als entnazifiziert, sind also, wenn Sie so wollen, ungestraft davongekommen.«

»Was aber, wenn dieser Hildebrandt kein ... sagen wir mal ... normaler Verbrecher ist? Und jemand genau das herausgefunden hat?«

»Mit jemandem meinen Sie ...«

»Victor Baptiste. Ja«, vollendete Louis den Satz.

»Was hat Victor Ihnen erzählt, Herr ...?«

»Nennen Sie mich Louis. Er hat mir einen Namen gegeben. Bevor man ein Attentat auf uns verübte.«

Rosenkranz' Augen verengten sich zu Schlitzen. »Sie sind dieser Typ, der gesucht wird. Habe ich recht? Sie kamen mir von Anfang an bekannt vor.«

Louis zuckte beiläufig mit den Achseln und sah durch die große Scheibe nach draußen. Irgendetwas stimmte hier nicht, sagte etwas in ihm.

»Laut Polizei waren Sie es gewesen«, riss ihn Rosenkranz aus seinen Gedanken.

Louis lächelte. Rosenkranz' Misstrauen blieb eisern in dessen Zügen.

»Ich gehe davon aus, dass die Leute, die das zu verantworten haben, hinter Ihnen her sind.«

Der Journalist runzelte die Stirn. »Was macht Sie da so sicher?«

»Weil Sie etwas wissen, Herr Rosenkranz. Und das wiederum weiß auch die andere Seite.«

Rosenkranz lehnte sich zurück und verschränkte die Arme. »Noch mal ... Sie können mir viel erzählen.«

Louis griff in seine Innentasche, ohne seinen Blick von Rosenkranz abzuwenden. Wortlos schob er ein Kuvert über den Tisch. Sein Gegenüber nahm dem Umschlag auf und öffnete ihn, wobei er seine Augen erst von Louis abwandte, als er den Inhalt hervorgeholt hatte. Einige Sekunden sagte er nichts, betrachtete die Bilder. Er wirkte auf Louis so, als bewegte ihn, was er da sah. Auf eine sehr eigenartige, persönliche Weise.

»Wo haben Sie die her?«, fragte er schließlich.

»Victor hat mir einen Film gegeben. Wer auch immer etwas gegen seine Recherchen hat, weiß vermutlich nichts davon. Sonst hätte man nicht versucht, uns in die Luft zu jagen. Sagen Ihnen die Aufnahmen etwas?«

Nochmals betrachte Gerry Rosenkranz die Fotografien. Er schüttelte den Kopf. »Nein. Von solchen Aufnahmen gibt es unzählige. Tausende.«

Das war eine Lüge, so viel stand fest. Louis beugte sich vor und legte die Unterarme auf den Tisch. »Die Bilder wurden abfotografiert. Sehen Sie sich die Lage an. Was fällt Ihnen auf?«

Rosenkranz beugte sich ebenfalls vor und sah erneut auf die Abzüge.

»Ich sag es Ihnen.« Louis tippte auf eines der Bilder. »Die Aufnahmen wurden unter Zeitdruck abfotografiert. Sie liegen nicht ordentlich. Sind nicht ausgerichtet. Jemand hat diese Fotos unter Eile geschossen.« Er hob ein Bild an, drehte es so, dass Rosenkranz darauf schauen konnte. »Irgendetwas auf diesen Fotos ist von so großer Brisanz, dass jemand wahrscheinlich sein Leben riskiert hat, um daran zu kommen. Also. Was wissen Sie!«

Rosenkranz verschränkte die Arme. »Glauben Sie allen Ernstes, dass ich mich einem Fremden gegenüber offenbare? Jemandem, dem man den Mord an einem Journalistenkollegen nachsagt?«

Louis hatte den Kopf zur Seite gewandt. Erneut sah er nach draußen. Und wieder meldete sich sein Instinkt. Lauter als zuvor.

»Haben Sie jemanden von unserem Treffen erzählt?« Louis sah Rosenkranz nicht an.

»Nein. Warum?«

»Die Straße …«

Rosenkranz sah nun ebenfalls nach draußen. »Was haben Sie?«

Louis antwortete nicht sofort. Er wusste, dass er sich in der Regel auf seine innere Stimme verlassen konnte. »Die Autos … Wo sind die Fahrzeuge?«

»Wen interessiert …«

»Wir müssen hier raus!«, zischte Louis, dass Rosenkranz unwillkürlich zusammenzuckte. Louis sprang auf. »Kommen Sie! Verdammt noch mal. Kommen Sie! Wir müssen hier raus.«

*

Der Lieferwagen bremste, die Räder blockierten und die Gummis rieben quietschend über das alte Kopfsteinpflaster. Gleichzeitig flogen die Türen auf und mehrere Männer sprangen heraus. Einer hatte eine deutsche Polizeiuniform an, stellte sich mitten auf die Fahrbahn und hielt den Verkehr an, während die anderen losliefen. Sie wussten, dass sie sich gefahrlos bewegen konnten, denn Gleiches passierte am anderen Ende der Straße.

Insgesamt kamen von jeder Seite sechs Männer, die in Richtung des Cafés rannten. Rüde drängten sie sich an einigen Passanten vorbei, während sie ihre Schusswaffen aus den Schulterholstern zogen. Wenige Sekunden später waren beide Gruppen zusammen. Ein kurzer Blickkontakt der beiden Anführer, ein schnelles Handzeichen und sofort trennten sie sich. Während die einen auf den Eingang zuhielten, bogen die anderen Männer ab, um sich dem Objekt von der Rückseite aus zu nähern. Die Eingangstür schwang auf und die Bewaffneten drängten ins Innere. Exakt in dem Moment, wo sie zwei Männer durch eine Schwenktür in die hinteren Küchenräume verschwinden sahen. Die Jagd hatte begonnen.

*

Rosenkranz war perplex und von der Situation völlig überfordert. Louis fasste ihn am Ärmel und zog ihn auf die Beine.

»Beeil dich, Mann!«, riss Louis ihn aus seiner Starre. Er hielt ihn noch immer fest, schleifte ihn um die Theke herum und stieß ihn dann durch die Schwenktür in die Küche. Er hoffte inständig, dass der Laden über einen Hinterausgang verfügte. Sonst war ihre Flucht beendet, bevor sie richtig begonnen hatte. Noch immer hatte Gerry Rosenkranz die Lage nicht erfasst, sperrte sich gegen die Kraft des Mannes, was sich schlagartig änderte, als Louis eine Pistole aus der Jacke zog und einige der verdutzten Angestellten aufschrien. Louis stieß ihn in den Rücken. »Raus! Wir müssen hier raus.« Kaum hatte Louis den Satz beendet, hörte er hinter sich lautes Poltern. »Weg da! Aus dem Weg!«, schrie jemand. Blitzschnell fuhr er herum. Der Kerl, der in die Küche drängte, hielt eine Waffe mit ausgestrecktem Arm vor sich. Er musste sich zunächst orientieren. Eine Zeitspanne, die ihm zum Verhängnis wurde. »Alles runter!«, schrie Louis und zog den Abzug zweimal durch. Der Knall hallte durch den gefliesten Raum. Louis vergeudete keine Zeit, damit herauszufinden, ob er den Angreifer außer Gefecht gesetzt hatte. Er sah nur, wie der Oberkörper des Mannes einknickte, er zusammensackte und so den Verfolgern dahinter den Weg versperrte. Rosenkranz war jetzt hellwach. Er eilte auf die Stahltür am

Ende des Raumes zu und warf sich dagegen, während er die Klinke hinunterdrückte. Die Tür schlug auf und er drohte zu stürzen. Wieder fasste ihn Louis und zog ihn weiter. Sie kamen in der Parallelstraße heraus. Der Verkehr war dicht. Louis' Kopf fuhr blitzschnell in beide Richtungen. Weitere Männer rannten auf sie zu. »Lauf!«, brüllte er und stieß Rosenkranz nach rechts. Schon bellten Schüsse. Eine Kugel zischte an Louis' Gesicht vorbei und schlug ein Stück aus der Fassade neben ihm heraus. Automatisch zog er den Kopf ein, während er weiterrannte und ungezielt in Richtung der Angreifer feuerte. Die Autofahrer stiegen auf die Bremsen. Zwei Wagen kollidierten mit ohrenbetäubendem Lärm. Ein lautstarkes Hupkonzert entstand, während sich die beiden Flüchtenden mit waghalsigen Manövern ihren Weg durch die Blechlawine bahnten. Es gelang ihnen, sich einen Vorsprung herauszuarbeiten. Nicht viel. Wenige Sekunden vielleicht. Halsbrecherisch rannten sie über eine Kreuzung. Sie mussten von der Straße runter, so viel stand fest. Louis erkannte an Rosenkranz' Gesicht, dass dessen Kräfte nur noch für kurze Zeit reichen würden. Wenige Meter weiter sah Louis einen schmalen Gang zwischen zwei Häusern. Er hatte keine Ahnung, wohin der Weg führte, schlimmstenfalls war es eine Sackgasse. Aber er musste Rosenkranz aus der Schusslinie bekommen. »Weiter!«, trieb er ihn an. »Dort entlang!« Als sie in die Gasse einbogen, drehte sich Louis um. Gerade in dem Moment, wo sich seine Verfolger trennten. Louis schloss daraus, dass man sie aus den Augen verloren hatte. Doch sie wussten, dass sie nicht allzu weit gekommen sein konnten. Zwei der Verfolger orientierten sich nach links, drei nach rechts, während der letzte auf sie zurannte. In der Mitte der Gasse, die vielleicht zwanzig Meter lang war, standen Mülltonnen neben zwei gegenüberliegenden Seitenausgängen. Louis packte Rosenkranz am Kragen.

»Stell dich da rein!«, befahl er ihm und presste ihn in den Türeingang. »Und beweg dich ja nicht.« Louis drückte sich in den anderen Eingangsbereich, als der Verfolger in die Gasse trat. Louis hoffte inständig, dass er sie nicht bemerkt hatte. Rosenkranz stand mit aufgerissenen Augen Louis gegenüber und starrte ihn panisch an. Sein Brustkorb hob und senkte sich, und nur dem Verkehrslärm war es zu verdanken, dass sein Atem sie nicht verriet. Jetzt kam es darauf an. Nochmals warf Louis dem Journalisten einen warnenden Blick zu. Dann waren die Schritte bei ihnen. Louis trat aus seiner Deckung heraus, als der Verfolger auf seiner Höhe war. In vollem Lauf prallte dieser mit seinem Gesicht gegen Louis' angewinkelten Ellenbogen. Benommen fiel der Mann gegen die Mülltonnen, die unerträglich laut schepperten. Sofort war Louis über ihm und hob die Pistole auf. »Hier!« Er warf Rosenkranz die Waffe zu, welche er ungeschickt auffing und wie angeekelt festhielt. Ungläubig starrte er Louis an. Dieser tastete die Tasche des Mannes ab.

»Ist er tot?«, fragte Rosenkranz. Entsetzen lag in seinen Zügen. Als Louis dem Angreifer etwas umdrehte, stöhnte dieser leicht. Zumindest war er am Leben, schien Rosenkranz Gesichtsausdruck zu sagen.

»Schläft nur was«, sagte Louis, um Rosenkranz zusätzlich zu beruhigen. Wie erwartet, fand er nichts, bis auf ein Funkgerät, welches er an sich nahm. »Weg hier!« Louis lief voraus. In die Richtung, aus welcher sie gekommen waren.

»Hey! Wo wollen Sie hin?« Rosenkranz blieb verdutzt stehen. Er hielt die Pistole immer noch mit zwei Fingern fest.

»Kein Fuchs rechnet damit, dass ihm der Hase entgegenläuft. Und nun kommen Sie!«

Rosenkranz stoppte. Als würde er aufbegehren wollen. Dann rannte er Louis hinterher, geradewegs auf die Kreuzung zu. Einige Sekunden beobachtete Louis den Verkehr.

Plötzlich und unvermittelt trat er auf die Fahrbahn. Der Fahrer des Wagens, der auf ihn zukam, stieg in die Bremse. Das Fahrzeug kam so dicht vor Louis zum Stehen, dass dieser seine freie Hand auf der Motorhaube abstützte. Noch ehe der Fahrer überhaupt verstand, was los war, lief Louis mit gezogener Pistole auf ihn zu, öffnete die Tür und zog den Mann heraus. Verängstigt hob dieser die Arme, und als Louis ihn aufforderte abzuhauen, drehte er sich auf dem Absatz um und rannte los.

Louis setzte sich hinter das Lenkrad. »Brauchst du 'ne Einladung? Schwing deinen Arsch in die Karre!«

Erst jetzt registrierte Rosenkranz, dass sie die volle Aufmerksamkeit der Passanten hatten. Wie aufgeschreckt rannte er um die Front, stieg ein und Louis beschleunigte bereits, ehe er die Tür richtig zugezogen hatte. Louis sah ihn ernst an und konzentrierte sich sogleich wieder auf die Straße. Kurz verkrampfte er, als zwei Streifenwagen auftauchten, die ihnen mit eingeschaltetem Blaulicht entgegenrasten. Dann packte er Rosenkranz am Kragen, bis ihm die Knöchel weiß hervortraten.

»Du sagst mir jetzt auf der Stelle, was du weißt. Oder ich schwöre dir, ich schmeiß dich an der nächsten Kreuzung raus!«

*

Der Mann war noch immer benommen. Sein Oberkörper wurde von einem Kollegen gestützt. Clark Morrissey trat über dessen Beine hinweg und sah ihn dabei an. Das Nasenbein war auf die dreifache Größe angeschwollen. Ein Schneidezahn fehlte, ein weiterer hing an einem dünnen Faden Zahnfleisch, soweit man das bei dem geschwollenen Mund erkennen konnte. Viellicht war sogar der Kiefer gebrochen. Morrissey kochte vor Wut. Sie hatten beide förmlich auf dem Präsentierteller gehabt. Und nicht nur das. Offenbar hatte dieser Louis etwas Wichtiges bei sich. So wichtig, dass sich

Rosenkranz mit ihm getroffen hatte. Morrissey hatte keinen Zweifel daran, dass es sich um die Fotos handelte. Diese kleine Russin, Marija Sidorova oder wie sie tatsächlich auch immer hieß, hatte es ihnen bei dem kläglichen Versuch verraten, ihr Leben zu retten. Fotos, die sie heimlich im Büro des Chefs des sowjetischen Geheimdienstes geschossen und dessen Film sie diesem Baptiste übergeben hatte. Sie hatten diesen Fremdenlegionär mächtig unterschätzt. Morrissey drehte sich um und sah auf den Agenten, dem man mühsam auf die Beine half. Louis hatte nicht nur zum wiederholten Male seinen eigenen Arsch gerettet. Es war ihm sogar gelungen, ihre Zielperson zumindest vorerst in Sicherheit zu bringen. Natürlich war das nur eine Momentaufnahme. Nur eine Frage der Zeit. Trotzdem ... so einfach, wie sie sich das gedacht hatten, war es nicht. Doch dieser Kriegsveteran hatte jetzt ein Problem, das ihm zum Verhängnis werden könnte. Er hatte den Journalisten am Bein. Dessen Leben war keinen Pfifferling mehr wert. Morrissey glaubte nicht, dass es Louis etwas ausmachen würde, wenn sie Rosenkranz erwischten. Aber die Tatsache, dass er ihn heute gerettet hatte, zeigte ihm, dass Rosenkranz etwas wusste, was er Louis noch nicht verraten hatte. Oder es war etwas, wozu er Rosenkranz unbedingt brauchte. Das schränkte seine Bewegungsfreiheit ein. Wenn er das bekam, bevor sie ihn ausschalten konnten, würde er Rosenkranz möglicherweise nicht mehr brauchen. Dann könnte das Ganze außer Kontrolle geraten, fuhr es ihm durch den Sinn.

*

Rosenkranz war nass geschwitzt. Sein Haar klebte am Kopf, und in seinem Gesichtsausdruck war das Entsetzen der letzten Stunden noch immer eingemeißelt.

»Rede!«

Noch immer schien Rosenkranz wie in Trance. »Mein Gott! Die haben auf uns geschossen. Ich hab noch nie eine Waffe in der Hand gehabt.«

Louis ließ ihn los und konzentrierte sich wieder auf die Straße. »Ari Silberstein. Du kennst ihn. Ich will wissen, wo er ist.«

Rosenkranz richtete seine Kleidung. Eine Verlegenheitsgeste. »Was passiert hier?«

Kurz warf ihm Louis einen Blick zu, bevor er wieder geradeaus sah.

»Ich kann dir sagen, was passiert. Das gerade eben waren Profikiller der CIA. Sagt dir das was?«

»Der CIA? Was sollten denn die Amerikaner …?«

»Man wird dir die Lichter auspusten. Und ich kann dir versprechen, dass nichts und niemand außer mir das verhindern wird. Also, kotz dich aus, oder du kannst dir am besten selbst gleich 'ne Kugel geben.«

»Mir?« Seine Stimme überschlug sich beinahe. »Warum sollten die mir …?«

»Weil du möglicherweise etwas weißt. Und man uns zusammen gesehen hat. Und diese Leute unter allen Umständen verhindern wollen, dass jemand anderes genau das erfährt.«

Rosenkranz atmete tief aus und fuhr sich erschöpft über die Stirn. »Ich weiß nicht viel über ihn. Er hat den Holocaust überlebt. Baptiste hat mir gesagt, dass er Zeuge einer Massenhinrichtung war.«

Louis schaltete einen Gang runter und bog in eine Seitenstraße ab, wo er den Wagen mit laufendem Motor anhielt. »Lass dir verdammt noch mal nicht alles aus der Nase ziehen!«

»Nun … er … also Victor … hat erzählt, dass man damit eine politische Bombe loslassen könnte. Er hätte eine Informantin, die ihm Fotos besorgen könnte.«

»Beweisfotos? Wen könnten die zu Fall bringen?«

»Das weiß ich nicht.« Rosenkranz schüttelte vehement den Kopf. »Victor hat es mir nicht erzählt. Er wollte sich absolut sicher sein und … wahrscheinlich niemanden gefährden.«

Louis schnaufte verächtlich aus. »Ist ihm ja hervorragend gelungen.« Nachdenklich schaltete er den Motor aus.

»Wer steckt hinter dem Auftrag? Wer hat diesen Informanten rekrutiert?«

Rosenkranz rieb sich mit zitternden Fingern die Schläfen. »Ich weiß nicht. Irgend so eine jüdische Organisation, die ehemalige Nazis jagt. Was ist, wenn niemand Silberstein findet?«

Louis sah Rosenkranz nicht an. »Keiner kann sich ewig verstecken. Dieser Kerl ist der Schlüssel. Wer ihn zuerst findet, der hat die Kontrolle. Über was auch immer. Solange Silberstein nicht gefunden wurde, schwebst du in Gefahr. Weil die davon ausgehen, dass Gerald Rosenkranz als Partner von Baptiste der Weg zu ihm ist.«

»Und wenn Silberstein gefunden wird?«

»Bist du aus der Schusslinie. Möglicherweise …«

»Und Silberstein?«

»Vermutlich tot.«

Rosenkranz schwieg einen Moment. »Was wollen Sie jetzt tun?«

Louis starrte irgendwo geradeaus. Als hätte er plötzlich einen Entschluss gefasst, griff er beherzt in seine Innentasche und zog einen Umschlag hervor, den er Rosenkranz auf den Schoß warf.

»Was ist das?« Rosenkranz erwartete keine Antwort. Er öffnete das Kuvert.

»Baptiste hat es mir zukommen lassen. Was kannst du damit anfangen?«

Rosenkranz warf die Stirn in Falten. »Was bedeutet diese Nummer?«

Louis zuckte mit den Schultern. »Hätte ja sein können.«

»Halten Sie es für wichtig?«

Louis warf seinem Sitznachbarn einen beinahe verächtlichen Blick zu. »Sonst hätte Baptiste sicher nicht dafür Sorge getragen, dass ich den Wisch erhalte.« Nachdenklich trommelte er mit den Fingern auf das Lenkrad. »Die waren nicht zufällig da. Wer wusste davon, dass wir uns im Café verabredet haben?«

Rosenkranz runzelte die Stirn. »Niemand. Der Einzige, dem ich was gesagt habe, ist Kurt.«

»Wird das hier jetzt ein heiteres Rätselraten? Wer, um alles in der Welt …?«

»Mein Redakteur, verdammt noch mal. Kurt Beckmesser. Aber er weiß nichts Genaues. Nur dass ich mich mit jemandem treffen wollte. Mehr nicht.«

Louis taxierte Rosenkranz skeptisch. »Ich muss diesen Ari Silberstein finden«, sagte er schließlich. »Haste 'ne Möglichkeit, wo du dich verkriechen kannst?«

»Ja. Ein Freund von mir. Er ist geschäftlich viel unterwegs. Werde dort bestimmt einige Nächte unterkommen. Warten Sie …« Rosenkranz tastete seine Taschen ab und zog anschließend einen Notizblock hervor. Eilig kritzelte er einige Wörter und Zahlen darauf. Er riss das Papier ab und gab es Louis. »Das ist die Adresse und die Telefonnummer.«

Louis betrachtete das Papier.

»Wie erreiche ich Sie?«, fragte Rosenkranz.

»Gar nicht. Ich melde mich. Spätestens morgen. Ich muss die Karre loswerden und einige Dinge herausfinden. Sieh zu, dass du von der Straße wegbleibst. Und nimm zu niemandem Kontakt auf. Hast du das verstanden? Ich sagte, zu niemanden.«

KAPITEL 9

Wie an jedem Arbeitstag traf Raimund Goldhammer um viertel nach sechs in seinem Büro ein. Obwohl er mit seinen beinahe siebzig Jahren längst hätte im Ruhestand sein können, wäre ihm der Gedanke aufzuhören, schlichtweg frevelhaft vorgekommen. Außerdem hatte er keine Vorstellung, was er sonst hätte tun können. Er war Witwer, seit mittlerweile fünf Jahren. Aus der Ehe war eine Tochter hervorgegangen. Marleen pflegte einen guten Kontakt zu ihrem Vater, trotzdem ging sie, wie jeder junge erwachsene Mensch, ihrer eigenen Wege. Unmittelbar nach dem Krieg hatten die Alliierten zunächst äußerst hohe Ansprüche an ihre sogenannte Denazifizierungspolitik gestellt. Zweifelsohne hing das damit zusammen, dass die Verantwortlichen selbst unter dem Einfluss dieser ungeheuerlichen und menschenverachtenden Taten gestanden hatten. Das änderte sich, als die ersten Theoretiker, die nicht persönlich durch diese Eindrücke betroffen waren, mit der Säuberung aller Gesellschaftsschichten von den Einflüssen des Nationalsozialismus beauftragt worden waren. Nach und nach weichten sie die Grenzen zwischen Mitläufer und Täter auf, dass mittlerweile sogar überzeugte Nazis, einst hochrangige Parteimitglieder, ehemalige SS-Offiziere, nicht nur gesellschaftlich eingliedert wurden. Man setzte sie gezielt in verantwortliche Positionen ein. Sei es in der Politik, im Polizeiapparat oder in führenden Wirtschaftsbereichen. Es war ein Dilemma. Die vorherige Entnazifizierung des deutschen Volkes hatte derart große Lücken in allen Verwaltungsbereichen gerissen, dass man zur Aufrechterhaltung des Staats- und Wirtschaftsapparates keine andere Möglichkeit sah, als diesen Schritt zu gehen. Integrationspolitik nannten sie es seit Kurzem. Goldhammers Verachtung für die neu wachsende Zivilgesellschaft nahm stetig zu. Nur wenige der Kriegsgeneration schienen in diesem Land ein ernsthaftes Interesse an der Vergangenheitsbewältigung zu haben. Und das waren meistens schon vorher oppositionell Denkende gewesen. Judenhass war in vielen Bereichen nach wie vor Bestandteil der deutschen Mentalität. Nur dass er jetzt hinter vorgehaltener Hand stattfand. Goldhammer hatte das Gefühl, dass die Bevölkerung dankbar für das Angebot des aktiven Vergessens war und die von den Amerikanern geschaffene Möglichkeit, den wachsenden Kommunismus als weitaus bedrohlicher und wichtiger zu erachten, gern angenommen wurde. Etwas, was seiner Auffassung nach auch von der Regierung Adenauer vorgelebt wurde.

Goldhammer hatte den Tag seiner Befreiung noch deutlich vor Augen. Ein Mitgefangener hatte ihn in ihrer fensterlosen Baracke angestoßen, als er auf seinem feuchten Strohsack gelegen hatte. Er erinnerte sich an das gleißende Sonnenlicht, welches ihn geblendet hatte und seine Befreier wie Lichtgestalten hatte wirken lassen. Fremdartige Wesen, unscharf in ihren Konturen. Es war der dreißigste April 1945 gewesen. Eine ungewöhnliche Ruhe hatte über dem Lager Mühldorf gelegen. Sogar das Zwitschern der Vögel war ihm noch gegenwärtig. Es hatte sich alles so unwirklich angefühlt. Ihre Peiniger waren fort gewesen. So still und heimlich, als hätte es sie nie gegeben. Eigentlich hätte er diesen Tag nicht erleben dürfen. Man hatte ihn zunächst nach Auschwitz deportiert. Durch Zufall wurde man auf ihn aufmerksam, weil er als Ingenieur im Flugzeugbau an der Triebwerksentwicklung beteiligt gewesen war. Und so war er zunächst in Dachau gelandet und anschließend in dem Außenlagerkomplex Mühldorf. Die Gefangenen des Lagers hatten bei den Bayrischen Motorenwerken geschuftet. Ihre Aufgabe war es gewesen, Flugzeugmotoren zu fertigen. Eine harte und körperlich anstrengende Arbeit, gerade in Ermangelung ausreichender Nahrung und Hygiene. Mit seinen beinahe sechzig Jahren war er für diese Tätigkeit eigentlich zu alt gewesen und eigentlich hätte man ihn ins Gas geschickt. Doch die Nazis hatten sich sein Wissen als Ingenieur zunutze gemacht und ihn als Ausbilder für die KZ-Häftlinge eingesetzt. Goldhammers größte Herausforderung war es gewesen, nicht als Kollaborateur zu gelten. Er hatte von einer besseren Lebensmittelversorgung profitiert. Etwas, was ihn unter diesen Bedingungen wahrscheinlich am Leben gehalten hatte. Trotzdem war er jede Nacht mit der Angst eingeschlafen, dass Mitgefangene ihn heimsuchen könnten. Etwas, was ihn auch heute noch regelmäßig aus dem Schlaf hochschrecken ließ.

Goldhammer betrachtete den Stapel der Ermittlungsakten. Ihre Gruppe war klein. Agierte konspirativ, aber erfolgreich. Finanziert wurden sie aus Israel. Hatte man einen Kriegsverbrecher aufgespürt, so wurden die Erkenntnisse nach Israel übermittelt, von wo aus sie bewertet wurden. Sowohl die alliierten Besatzungsmächte, als auch die deutschen Strafverfolgungsbehörden hatten an der Verfolgung kaum Interesse. Das zwang die Gruppe, sich auf Präsenzfälle zu konzentrieren. Fälle, welche die Deutschen mit ihrer Vergangenheit in empfindlicher Weise trafen und mit denen man den Strafverfolgungsapparat unter Druck setzen konnte.

Es klopfte. Goldhammer sah auf seine Armbanduhr. Es war kurz vor sieben. Der alte Mann fingerte seinen Schlüsselbund aus der Hosentasche und schob seine Brille vom Kopf in die richtige Position. Er öffnete, ließ aber die Sicherheitskette noch eingehakt. Eine Mischung aus Misstrauen und Neugier lag in seinen Zügen.

»Sind Sie Herr Goldhammer? Raimund Goldhammer?«

»Möglicherweise.«

»Mein Name ist … Kaufmann. Aaron Kaufmann. Sie kennen mich nicht.«

»Das ist offensichtlich.« Goldhammers Skepsis blieb bestehen.

Kaufmann öffnete ein Kuvert. »Ich würde mich gern mit Ihnen über diese Bilder unterhalten.« Der Mann schob eines der Fotos durch den Türspalt. Goldhammer betrachtete die Aufnahme, ohne die Miene zu verziehen, und kratzte sich den grauen Haarkranz. Er taxierte den Fremden, schätzte ihn einige Momente ab. Schließlich löste er die Kette. »Kommen Sie.« Noch während er das sagte, drehte er sich bereits um und betrachtete auf dem Weg zu seinem Schreibtisch weiter das Foto. Während er sich setzte, bat er seinen Gast, Platz zu nehmen.

Nochmals sah Goldhammer dem Fremden für einige Sekunden starr in die Augen.

»Was kann ich für Sie tun, Herr … Kaufmann?«

Kaufmann lehnte sich zurück und schien zu überlegen, wie er das Gespräch beginnen sollte. »Wegen dieser Aufnahmen sind Menschen gestorben. Und werden es vermutlich noch.«

Goldhammer antwortete mit einem leichten Nicken, war aber unbeeindruckt. »Und?«

»Können Sie mir etwas zu den Aufnahmen sagen?« Kaufmann legte den Umschlag hin.

Goldhammer beugte sich vor, zog die übrigen Bilder hervor und betrachtete sie oberflächlich, während er sich über sein glatt rasiertes Kinn fuhr. »Ich höre Ihnen zu«, kam es nach einer Weile.

Kaufmann wirkte verunsichert. »Ich sagte ja bereits, dass ...«

Goldhammer unterbrach ihn mit einer Geste. »Mein junger Freund. Was glauben Sie denn?«, entgegnete er mit einer gewissen Heiterkeit in der Stimme, der es jedoch nicht an der notwendigen Ernsthaftigkeit fehlte. »Sparen wir uns bitte jegliches Wortgeplänkel. Sie möchten etwas von mir. Das nennt man Bringschuld. Schon mal gehört?« Goldhammer beugte sich vor, legte beide Unterarme auf den Tisch und faltete die Hände ineinander. »Ich geben Ihnen jetzt ...«, kurz sah er auf seine Armbanduhr, »fünf Minuten, mich zu überzeugen, warum mich diese Bilder und Ihr Besuch interessieren sollten und warum ich Ihnen helfen sollte. Bei ... was auch immer Sie sich vorstellen. Ansonsten dürfen Sie Ihre Fotos einpacken oder da hinten in eine der Kisten zu den anderen legen. Wir haben haufenweise davon.«

Kaufmann wog ab. Dann nickte er. Innerhalb von fünfzehn Minuten schilderte er Goldhammer die Ereignisse der letzten Tage, wie ihn die CIA aus dem Gefängnis herausgeholt hatte und was danach geschehen war. Goldhammer tippte mit einem Bleistift auf seine Notizen, die er sich gemacht hatte, während er nachdachte.

»Sie scheinen viele Freunde und Bekannte zu haben. Zumindest gemessen an Ihrer Schilderung. Seien Sie bitte so gütig und tauschen den Begriff ›Freund‹ in Ihrer Geschichte durch real existierende Namen aus.«

Kaufmann seufzte leicht. »Gut. Die Bilder habe ich von einem alten Legionärskameraden. Sein Name ist ...«

»Victor Baptiste. Habe ich recht, Herr Kaufmann?«, führte Goldhammer den Satz zu Ende. »Oder soll ich Sie lieber Louis nennen?«, fügte er hinzu, während Kaufmann ihn mit offen stehendem Mund ansah.

*

Der Schlag war hart geführt. Aber er würde keine Spuren hinterlassen. Trotzdem sackte Kurt Beckmesser wie ein Kartenhaus in sich zusammen, während sich der Inhalt seines Magens schwallartig über den Boden ergoss. Ein säuerlicher Geruch breitete sich aus.

»Glaubst du eigentlich, Beckmesser, dass du uns verarschen kannst? Wetten ist ein Geschäft. Kein Vergnügen, aus dem man sich beliebig herausziehen kann, wenn man verliert.« Die Stimme des Mannes war eiskalt. Ohne einen erkennbaren Hauch von Gefühlsregungen. Er stieg über Beckmessers Erbrochenem hinweg und zündete sich in aller Ruhe eine Zigarette an, als seine zwei Handlanger den Redakteur unter den Achseln ergriffen und ihn hochzogen.

»Sag ihm … Er kriegt sein Geld.« Ein zäher Faden aus Spucke und halb verdauten Speiseresten hing Beckmesser aus dem Mundwinkel.

»Klar doch«, sagte der Mann höhnisch, ohne ihn anzusehen.

»Ehrlich. Ich schwöre. Gebt mir noch ein paar Tage …«

Der Mann drehte sich um, und ohne den geringsten Anflug von Ekel ergriff er das nasse Kinn des Journalisten. Seine Augen verengten sich zu Schlitzen und er zwang Beckmesser, ihn anzusehen. »Okay, Sportsfreund«, zischte er gefährlich. »Hast du Angst?«

Beckmesser nickte kaum merklich.

»Weißt du, was das Problem mit euch Zockern ist?« Der Mann ließ ihn wieder los und wischte sich die Hand langsam an Beckmessers Hemd ab. »Ihr seid chronisch klamm. Kaum habt ihr was in den Händen, rennt ihr zur Rennbahn, um die Kohle auf irgendeinen huflahmen Gaul zu setzen, oder sucht den nächsten Pokertisch.« Ansatzlos kam der nächste Fausthieb in die Magengegend. Beckmesser klappte nach vorn, wurde aber von den beiden Kerlen gehalten. Leichenblass rang er nach Luft, die er laut hörbar panisch einsog.

»Du hast keine zweieinhalb Riesen, Zeitungsmann«, kam es ärgerlich zurück.

»Ich … besorg … ich besorg … sie.«

Der Fremde verschränkte die Arme und sah Beckmesser abschätzend an. »Weißt du was, Zeitungsmann? Ich glaube dir. Was deine Absichten betreffen. Aber meine Erfahrung lehrt mich, dass gute Vorsätze immer nur eine … sagen wir … begrenzte Zeit Bestand haben. Und nach einer oft zu kurzen Phase in Vergessenheit geraten. Verstehst du, was ich meine?« Der Mann schlug Beckmesser freundschaftlich auf die Schulter. »Weißt du was? Wir wollen mal nicht so sein und dir noch eine Chance geben. Ich weiß natürlich, dass du ein viel beschäftigter Mann bist. Ich gebe dir etwas, damit du dich erinnern kannst. Nur für den Fall. Du verstehst?«

Ruckartig wurde sein linkes Handgelenk ergriffen und seine Hand auf die Tischplatte gepresst. Noch ehe Beckmesser die Situation erfasste, trieb der Mann die Klinge des Stiletts durch seinen Handrücken. Beckmesser schrie auf und starrte entsetzt auf die Scheide.

»Du hast genau eine Woche, Zeitungsmann. Solltest du dann noch immer in Verzug sein, wird sich das Blatt einen anderen Redakteur suchen müssen.«

*

Goldhammer lächelte. »Zumindest hat man uns versichert, dass Sie vertrauenswürdig sind.«

»Darf ich fragen …?«

»Fragen dürfen Sie alles, Louis. Ich darf Sie doch Louis nennen?« Goldhammer stand auf und ging in einen schmalen Nebenraum. »Kaffee?«

»Schwarz. Danke.«

Goldhammer stellte ihm eine Tasse hin, schritt um seinen Arbeitsplatz und setzte sich wieder. »Eigentlich kann ich Kaffee nicht vertragen. Die Säure. Aber ein Laster muss man ja haben.« Er trank einen Schluck. Sein Gesicht verriet, dass das Getränk noch zu heiß war. »Sie haben einen Umschlag erhalten.«

Louis pustete leicht über den Kaffee und nahm ebenfalls einen kleinen Schluck, blieb jedoch eine Antwort schuldig. Er hatte sich noch immer nicht vollständig gesammelt.

»Ihr alter Weggefährte … sein französischer Name ist Raul, wenn ich mich nicht irre. Er hatte von Baptiste den Auftrag bekommen, mich darüber in Kenntnis zu setzen, wenn jemand den Umschlag abholt. Derjenige würde Fragen stellen, und wir haben es so arrangiert, dass er zwangsläufig zu uns stoßen würde. Die jüdische Gemeinde ist aus bekannten Gründen mehr als überschaubar. Dafür sehr gut vernetzt. In Essen steht nach wie vor die größte Synagoge Deutschlands. Sie haben uns also nicht gefunden, mein Freund. Sie sind lediglich unserer ausgelegten Fährte gefolgt. Glauben Sie mir … Ihr Kumpel weiß von nichts.«

Louis trank noch einmal, bevor er die Tasse vor sich auf dem Schreibtisch abstellte.

Goldhammer lehnte sich zurück. »Bei dem SS-Offizier auf Ihren Fotos handelt es sich um Ernst Hildebrandt. Man nannte ihn den Schlächter von Wola. Das war ein Bezirk im Warschauer Ghetto. Hildebrandt war maßgeblich bei den Vergeltungsaktionen gegen Juden im August 1944 beteiligt. Niederschlagung des Warschauer Aufstandes, nannten sie das. Später war er in Auschwitz.«

»Verstehe. Mit diesen Fotos können Sie ihn ans Messer liefern.«

Goldhammer machte eine abwiegelnde Geste. »Das ist die Krux, Louis. Offiziell ist Hildebrandt tot.«

»Sie haben Zweifel?«

»Es ist ein offenes Geheimnis, dass dieses Land auf den Schultern ehemaliger Nationalsozialisten aufgebaut wurde. Und auch noch wird. Ein unvermeidbares Übel. Sich eine neue Identität zu verschaffen, war unmittelbar nach Kriegsende eine Frage von Hartgeld. Manchmal reichte eine Stange Zigaretten.«

»Wenn ich das richtig verstehe, weilt Hildebrandt also nach wie vor unter uns. Und Baptiste hatte einen Zeugen, diesen Silberstein, der genau das bestätigen könnte. Das kann nur eins bedeuten.«

Goldhammer zog fragend eine Braue hoch und erweckte den Eindruck, die Antwort bereits zu kennen.

»Wenn die Amis bereit sind, jeden Zeugen aus dem Weg zu räumen, um die Identität geheim zu halten, und die Sowjets diese Informationen unter Verschluss halten, dann muss es sich um jemand Wichtiges handeln. Jemand, der verdammt wichtig ist.«

»Sie sind ein verflucht schlauer Bursche, Louis.«

Louis schien Goldhammer nicht zu hören. Er starrte auf einen Punkt irgendwo zwischen sich und seinem Gesprächspartner.

»Und es bedeutet noch eins.« Louis schien wieder voll da. »Es bedeutet, dass die Amis Dreck am Stecken haben. Irgendeinen Mist, mit denen die Sowjets ihnen gehörig in die Suppe spucken könnten. Aber was könnte das sein? Oder besser gesagt, wer könnte das sein?«

Goldhammer grinste. Es wirkte wie ein Siegeslächeln.

*

»Wissen Sie, warum ich auf diesem Posten sitze?« McAffrey lehnte sich zurück, verschränkte die Arme hinter dem Kopf und musterte seinen Untergebenen. »Ich bräuchte das nicht.

Ich habe meine Dienstzeit abgeleistet. Mit so vielen Entbehrungen und Opfern, dass ich niemandem Rechenschaft gegenüber ablegen muss. Ein kleines Häuschen in den Südstaaten. Sie wissen schon … der Charme der alten Welt. New Orleans vielleicht. Das Einzige, was ich am Süden nicht mag, sind diese verdammten Mücken. Fürchterlich. Aber ansonsten … mildes Klima, gut für die alten Knochen. Dazu einige Runden Golf in der Woche … Soll ich Ihnen etwas verraten, Morrissey? Ich fühl mich sogar reif für eine Verschnaufpause.«

Der junge Agent rang sich ein verständnisvolles Lächeln ab. »Kein schlechter Ort dafür.«

»Loyalität, mein lieber Morrissey … Patriotismus … Das sind Dinge, die Ihre Generation nur noch als Begrifflichkeiten verwendet. Um es zu fühlen …« Der bullige Mann schlug sich mit der Faust gegen die Brust. »Um mit allem, was man hat, für sein Land einzustehen … Dafür muss man durch die Scheiße gegangen sein. Und bereit sein, es immer und immer wieder zu tun. Wenn ich das sehe … Wenn ich mir vor Augen halte, wie mit Kriegsveteranen in unserem Land umgegangen wird … Ich könnte kotzen, Morrissey. Im Strahl und mich dabei um die eigene Achse drehen.« Der CIA-Chef setzte sich wieder aufrecht hin. »Man kann unsere Arbeit nicht auf Papierkram reduzieren. Genau das aber tun wir mehr und mehr. Tippen uns die Finger wund. Die Realität wird zu einem Aktenvermerk. Aber so läuft das nicht. Man kann einen Krieg nicht mit Papier gewinnen.« McAffrey starrte irgendwo vor sich hin und schüttelte gedankenverloren den Kopf, bevor er seinen Untergebenen ansah. Morrissey machte eine zustimmende Miene, als wolle er ihn ermutigen, es dabei bewenden zu lassen, doch sein Vorgesetzter sah es nicht oder wollte es nicht sehen.

»Wissen Sie, was das Geheimnis eines guten CIA-Mannes ist?« McAffrey schaute sich nach allen Seiten um und sprach dann weiter: »Wenn Sie wirklich etwas bewegen wollen, müssen Sie bereit sein, hin und wieder außerhalb des Protokolls zu agieren, verstehen Sie?«

Morrissey nickte kaum merklich, war sich aber nicht sicher, ob er es tatsächlich verstand. Verstehen wollte.

»Das bedeutet, dass man bereit sein muss, jedes noch so hohe Opfer zu bringen. Jedes, Morrissey, haben Sie verstanden? Jedes. Je weniger diese Korinthenkacker wissen, was genau Sie tun, desto mehr werden Sie erreichen, Morrissey.« McAffrey lachte verächtlich auf. »Diese Typen gehen wahrscheinlich mit ihren Anzügen ins Bett und ihr Horizont endet an der Kante ihres Schreibtisches. Das muss man sich mal vorstellen ... Sondereinheiten werden im Zielgebiet per Telefon von Kerlen gelenkt, die noch nie in ihrem Leben ein Gewehr auch nur aus der Nähe gesehen haben. Für die Zukunft sehe ich schwarz, mein lieber Morrissey. Rabenschwarz.«

»Was gedenken Sie zu tun, Sir?« Morrissey verfiel unbewusst in den Soldatenton. McAffrey hatte ihn mit diesem Worten weg von seinen ursprünglichen Fragen geführt: Was steckte wirklich hinter dieser Geschichte? Dieser Baptiste war tot. Sie hatten den Dialog mit diesem Louis im Bus mitverfolgt. Warum sollten die Fotos von dieser Russin, auf denen angeblich eine Exekution durch SS-Männer zu sehen war, von solcher Brisanz sein? Warum sollten alle Beteiligten ausgeschaltet werden? Wer war dieser Ari Silberstein, und warum gab es für diese gesamte Aktion keinen Einsatzbefehl?

McAffrey schien dessen Gedanken zu erahnen. »Wenn ich bedroht werde ... existenziell und unmittelbar bedroht werde, so habe ich keine Zeit, mir den Kopf zu zerbrechen, welche Intention der andere haben könnte. Ebenso kann ich es mir nicht leisten, zunächst abzuwarten und andere um Erlaubnis zu fragen, wie und ob ich überhaupt reagieren soll und darf.« McAffrey erhob sich und trat ans Fenster. Mit hinter dem Rücken verschränkten Armen blickte er nach draußen. »Sie wissen um Reinhard Gehlen?«

»1946. Operation Rusty.«

»Exakt. Und vermutlich wissen Sie auch, dass er als Leiter der nach ihm benannten Organisation schon bald Präsident des Bundesnachrichtendienstes werden soll.«

»Natürlich.«

»Es gibt da einen Kerl. Zöllner. Heinz Zöllner. Ein Mitarbeiter in Gehlens Organisation, der, wie wir vermuten, zu den Russen übergelaufen ist. Warum haben die Sowjets an ihm Interesse?« McAffrey drehte sich zu Morrissey. »Das liegt auf der Hand, Clark. Weil dieser Zöllner etwas weiß. Gelingt es ihnen, Gehlen mit diesem Wissen zu diskreditieren, verhindern sie die BND-Präsidentschaft Gehlens.« McAffrey rang sich ein sarkastisches Grinsen ab, während er sich Morrissey zuwandte. »Gehlen verfügt über ein immenses Wissen über die Sowjets. Ein Wissen, was Moskau nicht gegen sich verwendet wissen will. Wovor aber haben die Russen genau Angst? Sagen Sie es mir, Morrissey.« McAffrey drehte sich seinem Kollegen zu. »Ich sagen es Ihnen«, fuhr er fort, bevor der junge Mann vor ihm antworten konnte. »Wenn wir Gehlen durchboxen, und dass wir das tun, steht zurzeit außer Frage, dann bröckelt ihr Bollwerk gegen den Westen. Und welches ist das, mein lieber Morrissey?«

»Die Deutsche Demokratische Republik?«

McAffrey klatschte in die Hände. »Exakt. Darum geht es. Es geht um die Wiedervereinigung der Bundesrepublik und der DDR. Etwas, was die Sowjets unter allen Umständen verhindern wollen.« McAffrey nahm wieder Platz. »Und jetzt setzen wir die Puzzleteile zusammen. Wir stehen unmittelbar vor der Wahl zur BND-Präsidentschaft. Einer Institution die wir aufgebaut, in die wir Millionen von Dollar gepumpt und die wir nach unseren Vorstellungen geformt haben. Das wissen die Russen nur zu gut. Dieser Baptiste bekommt heimlich einen Namen einer jüdischen Kontaktperson, die möglicherweise Dinge ans Licht bringen könnte, aus denen man Gehlen einen Strick knüpfen kann. Gleichzeitig werden diesem Reporter, der ganz nebenbei ebenfalls jüdische Wurzeln hat, geheime Fotos aus der Schublade der Sowjets übergeben, die eine Exekution an Juden zeigen, offenbar begangen durch SS-Männer. Zu welchem Ergebnis kommen Sie, Morrissey?«

»Die Fotos zeigen ...«

»Ja, Morrissey! Ich höre.«

»Gehlen?«, kam es mit leichter Pause.

»Bingo! Natürlich zeigen Sie Gehlen. Er ist ein Nazi. Schon immer gewesen. Und der einzige Grund, warum er zu uns übergelaufen ist, war, um seinen Arsch zu retten. Man stelle sich vor, die Sowjets kommen unmittelbar vor der Wahl damit raus.«

»Verstehe, Sir. Dieser Ari Silberstein ist also möglicherweise ein Zeuge, der die Taten belegen kann.«

»Dieser Silberstein wäre für uns kein Problem. Aber jetzt haben wir einen Journalisten und einen ehemaligen Fremdenlegionär, beide mit jüdischen Wurzeln, die von den Recherchen dieses Baptistes wissen. Und nicht nur das. Sie sind im Besitz der Fotos. Bilder, die wir bis dato nicht auf dem Zettel hatten. Wenn sie diesen Silberstein nun zuerst finden, was meinen Sie, was passiert? Dass sie uns die Ergebnisse übergeben? Mit einer solchen Nummer marschierst du Richtung Pulitzer-Preis.« McAffrey beugte sich vor. »Das, mein lieber Morrissey, ist das, worum es geht. Es gibt dabei aber ein Problem. Wir müssen leider davon ausgehen, dass wir einen Maulwurf in den eigenen Reihen haben. Wenn die Sowjets mit der Hilfe dieses ... Verräters Silberstein vor uns finden, demontieren sie uns. Verstehen Sie?«

Morrissey bejahte.

»Daher ist die Sache inoffiziell. Streng genommen wissen nur wenige Leute davon. Auf dem europäischen Kontinent sind es lediglich zwei. Sie ab jetzt mit eingerechnet.«

Die beiden Männer sahen sich an. Der eine mit persönlichem Unbehagen, der andere mit professioneller Gelassenheit. Clark Morrissey musste sich entscheiden, so viel war klar. Würde er sich von seinen Bedenken leiten lassen, würde sich die Tür zu den gehobenen Ämtern, die er zweifelsohne anstrebte, für immer schließen. Seine interne Stellung, sein Rang waren noch zu nichtig. McAffrey konnte seine Karriere mit einer einzigen Handbewegung beenden. Und trotz aller inneren Rebellion ergab das, was McAffrey sagte, Sinn.

»Was also sollen wir Washington berichten?« McAffrey sah Morrissey an, forderte jedoch keine Antwort ein. »Dass uns ein Zeuge ausgetrickst hat? Mithilfe eines Straftäters, eines Mörders, den wir aus dem Knast geholt haben? Und dass dieser im Besitz von Beweisen ist, welche möglicherweise geeignet sind, die Vereinigten Staaten der Lächerlichkeit preiszugeben? Die Sowjets versuchen mit allen Mitteln, eine kommunistische Gesinnung aufzubauen. Unterschätzen Sie nicht den Anteil in der Bevölkerung der DDR, der dafür empfänglich ist. Und ausgerechnet wir bestärken alle Zweifler noch damit.« McAffrey goss sich einen Bourbon ein und spülte das Getränk mit leicht verzerrtem Gesicht hinunter. »Das Ergebnis, Morrissey, wird das gleiche sein. Der einzige, aber entscheidende Unterschied ist, dass man uns Versagen vorwerfen wird. Ich werde in Pension geschickt, spiele Golf in New Orleans. Mit einer üppigen Pension. Damit kann man leben. Und Sie? Was werden Sie machen, Morrissey? Seien Sie sich sicher. Der Job wird gemacht. Wir müssen uns nun entscheiden, ob wir ihn tun wollen oder andere. Denken Sie darüber nach.«

*

»Sie wissen, um wen es sich handelt, habe ich recht?«

Goldhammer antwortete nicht sofort, sondern betrachtete Louis einige Sekunden.

»Ich kenne Levi Rosenthal nur flüchtig. Und dieser Name ist mir ebenfalls erst seit Kurzem geläufig. Er stellte sich bei uns als Victor Baptiste vor. Gab an, dass er diesen Namen in der Fremdenlegion bekommen hat. Außerdem sagte er, er wäre Journalist. Selbstverständlich haben wir das überprüft.«

»Was wollte er von Ihnen?«

Goldhammer lächelte. »Das Gleiche wie Sie, Louis. Informationen.«

»Über Hildebrandt?«

»Ja. Levi ... oder von mir aus Victor, ganz wie Sie möchten ... Jedenfalls war für uns schnell klar, dass er Hinweise hatte. Hinweise, dass Hildebrandt noch am Leben ist. Er sprach von einem Zeugen. Jemanden, der ihn zweifelsfrei identifizieren könnte.«

»Ari Silberstein«, stellte Louis fest.

»Exakt. Jedoch war die Sache brisant, wie Victor nicht müde wurde zu betonen. Unsere Leute hatten bei den Russen einen Informanten aufgetan. Mitten in deren Geheimdienstzentrale.«

»In Rolandswerth?«

Goldhammer nickte auf eine bestimmte Weise, die Louis nicht deuten konnte. »Unser Ansprechpartner sagte, dass er kurz davor stünde, genau die Beweise zu bekommen, die Hildebrandt überführen könnten. Also Silbersteins Aussage belegen würden. Und nicht nur das. Baptiste sprach von einer politischen Bombe mit verheerender Wirkung, wenn sie zum richtigen Zeitpunkt gezündet wird.«

»Was hat es mit der Nummer auf sich? Die er mit Hildebrandts Namen in dem Umschlag bei Raul hinterlegt hatte?«

Goldhammer wirkte mit einem Mal ernst. Betroffen. Nach einem Augenblick des Zögerns krempelte er den linken Hemdsärmel hoch. Louis betrachtete die eintätowierte Nummer auf dem Unterarm des alten Mannes. Goldhammer gewährte ihm einige Momente, bevor er den Ärmel wieder herunterschob und zuknöpfte. Louis sagte nichts. Er wusste schlichtweg nicht, was angemessen sein könnte.

»Die Zuteilung der Häftlingsnummern in den Konzentrationslagern erfolgte unter zentraler Leitung«, fuhr Goldhammer fort. »Die Nummern geben uns heute unter anderem Aufschluss darüber, in welchem Lager der Gefangene eingesessen hatte.«

Louis hörte gespannt zu.

»Das Problem ist, dass die Unterlagen nicht vollständig sind. Viele wurden vor Kriegsende, aber auch danach vernichtet, andere sind auf anderen Wegen in Verlust geraten. Außerdem standen die Nazis kurz vor ihrer Niederlage unter einem gewissen Druck. Obwohl ihnen klar gewesen sein müsste, dass der Krieg nicht mehr zu gewinnen war, haben sie bis unmittelbar vor der Befreiung der Lager beflissentlich versucht, die Häftlingsunterlagen korrekt weiterzuführen. Trotzdem hinkten sie mit ihrer Arbeit hinterher.«

»Deutsche Gründlichkeit«, kam es verächtlich von Louis.

Goldhammer zuckte mit den Schultern. »Ansonsten sind die Häftlingsnummern äußerst aufschlussreich. Selbst für die Lager, wo die Unterlagen nur unvollständig erhalten geblieben sind.«

»Wenn ich Sie richtig verstehe, ist eine solche Nummer nicht nur eine Identifikationsnummer?«

»Nicht nur, Louis. Vielmehr ist es eine Registrierungsnummer, die das Lager bestimmt und sogar wann der Häftling zugeführt wurde. Man kann anhand der Unterlagen also sagen, welcher Häftling wo und wie lange eingesessen hat. Zumindest bis unmittelbar vor der Befreiung.«

»Sie wissen also, zu wem die Nummer auf dem Zettel gehört?«

Goldhammer verzog das Gesicht. »Wie gesagt, leider sind die Unterlagen nicht vollständig. Eine andere Problematik war die Lagerverwaltung selbst. Eigentlich waren alle Nummern in jedem Konzentrationslager einheitlich. Aber es wurden Häftlinge verlegt. Besonders zum Kriegsende hin. Man kam bei der Masse an Menschen oft nicht dazu, neue Nummern zu vergeben. Es wurden bestehende übernommen. Es konnte somit sein, dass ein Häftling im Lager A registriert wurde, tatsächlich aber im Lager C einsaß. Sofern darüber keine Aktenvermerke mehr vorhanden sind, wird man diesen Weg nur schwer nachvollziehen können. In anderen Lagern hat man aus organisatorischen Gründen Nummern von Toten übernommen. Da die Lebenserwartung bekanntermaßen nicht sehr hoch war, sogar öfter. Und um es für uns noch verwirrender zu machen ... Diese Tötungsmaschinerie war so ausgefeilt, dass man für Häftlinge Nummern reserviert hatte. Kam es zu einer verspäteten Ankunft eines Transportes, erhielten Gefangene möglicherweise Nummern des Vormonats. Und gerade zum Ende hin wurden Nummern schlichtweg nicht mehr registriert.« Goldhammer trank einen Schluck seines mittlerweile kalten Kaffees.

»Warum belässt man eine solche Nummer auf dem Arm? Um sich zu erinnern?«

Goldhammer schüttelte bedächtig den Kopf. »Dafür brauche ich keine. Das, was man dort erlebt hat, daran erinnert man sich für den Rest seines Lebens. Jeden Tag. Unfreiwillig. Viele mögen sich diese Tätowierung entfernen lassen. Vergessen werden sie dadurch nicht. Für mich ist diese Nummer aus einem anderen Grund wichtig. Sie ist für mich eine Art Auszeichnung.«

»Beim besten Willen ...«

»Doch, Louis. Diese Nummer erinnert mich jeden Tag daran, dass ich es geschafft habe. Ich habe überlebt. Es ist für mich eine Art Sieg, den ich über meine Peiniger errungen habe.«

»Haben alle deportierten Juden eine solche Tätowierung erhalten?«

Goldhammer schüttelte den Kopf und stellte die Tasse zurück. »Nein. Registriert wurden alle. Oder sagen wir, die meisten. Nach dem gleichen Schema. Tätowiert wurde ausschließlich in Auschwitz. Vorher hatte man die Häftlingsnummern auf die Lagerkleidung angebracht. Das Tätowieren war wahrscheinlich billiger. Lagerbekleidung gab es schon bald nicht mehr. Wozu noch Kosten verursachen, wenn man sie ohnehin ins Gas schickte? Zu den Nummern gab es noch weiterführende Kennzeichnungen. Farbliche Winkel, die etwas über die Gesinnung oder andere Eigenschaften aussagten. Mit rosa Winkeln wurden zum Beispiel Homosexuelle gekennzeichnet. Blau waren Emigranten. Daneben gab es spezielle Kennzeichnungen für Sozialdemokraten, Kommunisten, Schwerverbrecher, Asoziale oder Perverse. Die Wärter konnten somit schon von Weiten erkennen, wer wie eingeordnet wurde. Tätowiert wurden zunächst nur Juden. Später dann auch andere Häftlinge. Da oft sogar in anderer Form. Russische Kriegsgefangene zum Beispiel. Sie hatten die R-Serie. Man hatte ihnen die Registriernummer oft auf das linke Handgelenk und auf die linke Brust gestochen.«

Louis fuhr sich über die Stirn. »Scheint mir alles sehr kompliziert. Die Nummer von Victor …?«

Goldhammer winkte Louis näher heran. »Sehen Sie hier.« Er drehte die Notiz so, dass Louis sie lesen konnte. Wieder betrachtete Louis die verschlüsselte Codierung. »A 202 512«.

»Die Nummer gehört zur A-Serie von Auschwitz. Sie wurde 1945 vergeben. Genauer gesagt, im Januar, also offenbar unmittelbar vor der Befreiung.«

»Woran erkennen Sie das?«

»An der Seriennummer, Louis. Das A steht für ›allgemeine Nummernserie‹. Daneben wurden später noch spezielle Seriennummern für Häftlinge eingeführt, die in besondere Kategorien eingeteilt wurden.«

»Welche Kategorien waren das?«

»R stand für Russen. Z für Zigeuner. Die Nummernserie E wurde ab Februar 1942 für Erziehungshäftlinge eingeführt. Unter die A- und der B-Serie fielen Ende 1944 sogenannte Transportjuden. Also die Deportationen der Bevölkerung. Im Dezember 44 endete die Serie mit der Nummer 202 409. Die letzte in Auschwitz registrierte Nummer hatte die Endziffern 499. Sie wurde am 18. Januar 1945 vergeben. Also weist diese Nummer hier auf dem Zettel auf den Januar hin.«

»Wenn sie auf 512 endet, die offiziell letzte Nummer aber …?«

»Können wir sie keiner Person zuordnen«, beendete Goldhammer den Satz.

Louis verzog das Gesicht. »Mit jedem Schritt nach vorn wird es komplizierter.«

Goldhammer nickte. Er wirkte beinahe verständnisvoll. »Es besteht eine Verbindung zwischen der Nummer und den Fotos. Finden Sie diese Verbindung und Sie haben das Rätsel gelöst.«

*

Kurt Beckmesser zündete sich eine Zigarette nach der anderen an. Unruhig lief er auf und ab. Das Schmerzmittel tat leidlich seine Wirkung, und er spürte seine verletzte Hand, die unter dem Verband stark pochte. »Sie können von Glück sagen, dass keine Sehnen durchtrennt sind«, hatte ihm der junge Unfallchirurg gesagt. »Sie hätten sich einen neuen Beruf suchen müssen.« Vielleicht war es tatsächlich Glück gewesen.

Vielleicht war dieser Verbrecher auch nur geübt und hatte präzise zugestochen. Jedenfalls war es verdammt eng gewesen. Die Nummer hätte anders ausgehen können. Beckmesser hatte dem Arzt gegenüber angegeben, sich beim Handwerken verletzt zu haben. Eher unwahrscheinlich, dass er ihm das abgenommen hatte. Letztendlich war es egal, solange ein Patient bezahlte. Trotzdem war Beckmesser froh gewesen, dass niemand die Polizei informiert hatte. Eine Woche hatten sie ihm eingeräumt. Dass war eine verdammt kurze Zeit. Zumindest wenn es darum ging, zweieinhalb Riesen zu organisieren. Und das auf halbwegs legale Art. Und die Arztrechnung war er auch noch schuldig. Verdammt, fluchte er innerlich. Er konnte doch keine Bank überfallen! Wenn er nur etwas flüssig wäre … Er hatte einen Tipp bekommen. Der Gaul war erstklassig. Eine todsichere Sache. Verdammt gut. So gut, dass man darauf einfach setzen musste. Und anstatt ein Vermögen auf der Gelsenkirchener Trabrennbahn zu machen, saß er in seinem Büro und grübelte. Beckmesser schmiss sich auf seinen Stuhl und forstete die ersten Ergebnisse für die kommende Auflage durch, konnte sich jedoch nicht richtig konzentrieren. Der Mediziner hatte ihm geraten, zu Hause zu bleiben, doch er brauchte die Ablenkung des Büros. Bei dem Druck, unter dem er stand, wäre er sonst schlichtweg wahnsinnig geworden. Die Absatzzahlen waren rückläufig. Sie brauchten dringend einen größeren Fall. Eine dicke Exklusivnummer. Einen Politiker zum Beispiel, der sich mit einer Dame des horizontalen Gewerbes eingelassen hatte. Am besten mit despektierlichen Fotos. Irgendetwas in der Art. Die Leute waren geradezu süchtig nach Skandalen. Es lenkte sie offenbar von ihrem eintönigen Leben voller Entbehrungen ab. Ob an solchen Anschuldigungen etwas dran war, spielte keine Rolle. Beckmesser hatte das früh erkannt, rannte aber beim Verleger nach wie vor gegen den Schrubber. »Wir betreiben seriösen Journalismus.« Er lachte auf, bei dem Gedanken an dessen Worte. Der Reporter zog die Jalousie seines Einzelbüros herunter, öffnete die Schublade und nahm eine angebrochene Flasche Cognac heraus, aus der er sich großzügig in seine Kaffeetasse einschenkte. Während er die Füße auf dem Schreibtisch platzierte, arbeitete sein Verstand auf Hochtouren. Eine Woche …

Das Telefon läutete. Beckmesser ignorierte es. Nach dem zehnten Klingeln hob er genervt ab.

»Kurt? Gerry hier!«

Beckmesser nahm die Füße vom Tisch und setzte sich aufrecht hin. »Gerry! Herrgott. Wo verdammt noch mal steckst du?«

»Pass auf, Kurt. An der Sache ist mehr dran, als wir glauben. Baptiste hatte recht. Er …«

»Gerry! Hör mir zu.« Beckmesser stand auf, darauf bedacht, sich nicht in der Schnur zu verheddern. »Wo, um alles in der Welt, steckst du?«

»Ich bin bei einem Bekannten.«

»Was tust du da? Schwing deinen Arsch …«

»Kurt! Man hat versucht, mich umzubringen.«

Beckmesser klemmte sich den Hörer unter das Kinn und nahm einen großen Schluck. »Erzähl«, forderte er Rosenkranz auf, während er sich setzte.

»Es gibt Fotos, Kurt. Fotos, die belegen, dass er es getan hat.«

»Fotos? Was zeigen sie?«

»Eine Hinrichtung.«

»Was für eine Hinrichtung?«

»Du erinnerst dich, dass mich gestern jemand im Büro angerufen hat? Es ist der Kerl, der bei dem Anschlag in Rolandswerth dabei war.«

»Du meinst den Typen, den sie suchen? Dieser Fremdenlegionär?«

»Ja. Er hat die Fotos von Victor bekommen. Man hat einen Anschlag auf uns verübt, Kurt.«

»Einen Anschlag? Wer zum Teufel sollte …«

»Ich habe keinen blassen Schimmer«, unterbrach Rosenkranz seinen Vorgesetzten. »Sobald ich das Puzzle zusammengesetzt habe, melde ich mich wieder.«

»Gerry! Warte. Wo bist du gerade?«

»Das kann ich dir nicht sagen, Kurt. Es wäre vielleicht zu gefährlich.«

»Gerry! Was ist, wenn dir etwas passiert? Ich muss zumindest wissen, wo du bist.«

»Er hat mir den Arsch gerettet, Kurt.«

Beckmesser gestikulierte wild mit seiner verbundenen Hand. »Du kennst ihn nicht, verflucht! Du musst davon ausgehen, dass er gefährlich ist. Vielleicht benutzt er dich nur. Du hast keine Ahnung, auf was du dich da einlässt. Was ist, wenn man auf ihn aufmerksam wird und du in die Schusslinie gerätst? Das ist ein verdammt gefährliches Spiel. Ich will nur wissen, wo ich dich finden kann, sollte es brenzlig werden.«

Es entstand eine Pause. Schließlich vernahm Beckmesser ein lang gezogenes Seufzen. »Gut, Kurt. Aber du musst mir versprechen, das unter allen Umständen geheim zu halten.«

»Versprochen!«

»Bist du schreibklar?«

Beckmesser klemmte sich den Hörer unter das Kinn und griff nach seinem Füller. »Schieß los, Gerry.«

*

Gerald Rosenkranz lief im Zimmer auf und ab. Erst jetzt, mit etwas Abstand, bemerkte er, wie sehr er unter dem Einfluss des Erlebten stand. Immer wieder schob er die zugezogenen Vorhänge einige Zentimeter auseinander und lugte verstohlen aus dem Fenster in der Überzeugung, dass hinter jedem Busch seine Verfolger lauerten. Natürlich war das reine Einbildung. Niemand hatte Kenntnis davon, dass er hier war. Bis auf Kurt und diesem Louis. Er kannte Harald Liebrecht seit vielen Jahren. Seine Mutter war kurz nach der Geburt an einer Infektion gestorben. Haralds Vater hatte ein mittelständisches Unternehmen aufgebaut, welches sich auf die Herstellung von Elektromotoren spezialisierte, die in den letzten Jahren mehr und mehr in den Haushaltsgeräten Einzug fanden. Nach dem frühen Tod des Vaters hatte Harald als junger Mann und einziges Kind der Familie das Unternehmen übernommen und die Firma nach dem Krieg stetig vergrößert. Seine zahlreichen Auslandsaufenthalte ließen ihn mittlerweile nur noch sporadisch in das Haus seiner Eltern zurückkehren. Rosenkranz hatte einen Schlüssel, um hin und wieder mal nach dem Rechten zu sehen.

Wenn er nicht aus dem Fenster sah, dann fiel sein Blick auf das Telefon. Eine ebenso unnütze Handlung. Es würde dadurch nicht eher klingeln. Wer sollte ihn schon anrufen? Die Anspannung war kaum zu ertragen. Es war bereits früher Nachmittag und schon bald würde das Tageslicht schwinden. Erschöpft und ein Stück weit deprimiert rieb sich Rosenkranz die Stirn. Die Sache war aus dem Ruder gelaufen. Victor hatte gewusst, wie gefährlich dieses Spiel war. Es war reiner Zufall, damals, als Rosenkranz seinen Peiniger wiedererkannt hatte. Und zunächst war er sich nicht mal sicher gewesen. Menschen veränderten sich äußerlich. Und dann sagte er diesen Satz. Diesen einen Satz: »Lieber bereue ich es, es getan zu haben, als es nicht getan zu haben.« Sämtliche Zweifel waren damit beiseitegefegt. Es war jetzt etwas über zwei Jahre her. Rosenkranz Karriere hatte gerade Fahrt aufgenommen. Er war Korrespondent in Düsseldorf und Bonn für irgendein Käseblatt gewesen. Hier war er auf Victor Baptiste getroffen, der Recherchen gegen Hans Globke, Chef des Bundeskanzleramtes, führte. Dieser hatte seinen Ermittlungen zufolge in der Zeit der Nationalsozialisten führende Ämter innegehabt. Baptiste hatte es sich als freier Journalist zur Aufgabe gemacht, ehemalige Kriegsverbrecher aufzuspüren und an den Pranger zu stellen. Er hatte mit einer Organisation zusammengearbeitet, die, wie er hinter vorgehaltener Hand sagte, führende Nazis entlarvte und in direkter Zusammenarbeit mit Israel stand. Rosenkranz hatte das als ungeheuer spannend empfunden. Es war ein kleines Restaurant in Bonn-Poppelsdorf gewesen. Eines dieser Art, welches man als Geheimtipp bezeichnete und in dem vorwiegend die Bonner Bevölkerung einkehrte. Rosenkranz konnte sich sogar noch daran erinnern, was er sich bestellt hatte. Es war um die Mittagszeit, und die wenigen Tische waren ausnahmslos belegt gewesen. Die beiden Herren am Nebentisch passten nicht richtig hierher. Sie trugen perfekt sitzende Anzüge und sahen so aus, als hätten sie etwas mit dem Regierungssitz zu tun. Baptiste und Rosenkranz waren nach ihrer Bestellung in ihr Gespräch vertieft und keiner von beiden hatte den übrigen Anwesenden Aufmerksamkeit geschenkt. Victor Baptiste hatte ihm seinen Ermittlungsstand geschildert und sich darüber empört, dass man ihn bereits mehrfach kontrolliert und einmal sogar auf das Revier der Polizei geführt hatte, weil er mit seinen Fragen in Bezug auf Globke wohl die Aufmerksamkeit gewisser Behörden auf sich gelenkt hatte. Als die Hauptmahlzeit gereicht worden war, war Ruhe eingekehrt. Wie beiläufig hatte Rosenkranz während des Essens zum Nachbartisch geschaut. Einer der Männer war ihm seltsam vertraut vorgekommen. Er hatte gewusst, dass dies nicht sein konnte. Der Kerl war deutlich älter als er gewesen. Gut und gern Ende fünfzig. Ein schlanker und relativ großer Mann, dessen aufrechte Haltung etwas Militärisches gehabt hatte.

Trotzdem, irgendetwas tief in seinem Innersten hatte Rosenkranz auf etwas aufmerksam machen wollen, sodass er nur schwer Baptistes Fragen hatte folgen können. Über was die Männer sich unterhielten, hatte Rosenkranz zuvor nicht mitbekommen. Aus den wenigen Wortfetzen hatte er kombiniert, dass es sich um eine Art Geschäft gehandelt haben musste. »Ich bin froh, dass Sie sich für die richtige Sache entschieden haben«, hatte der andere mit deutlich russischem Akzent zu dem groß gewachsenen Gesprächspartner gesagt. »Sie werden es sicher nicht bereuen, Herr Zöllner.« Das waren die Worte gewesen, an die sich Rosenkranz bis heute ganz genau erinnerte.

Und dann hatte der Mann, also Zöllner, geantwortet, mit eben jenem Satz, den Rosenkranz bereits einmal gehört hatte und den er nie wieder vergessen würde. Damals, als er als Jugendlicher neben den Toten gestanden hatte, die man soeben erschossen hatte. Damals, als der SS-Mann die Waffe auf ihn gerichtet und auf die Bedenken eines Soldaten jene Worte erwidert hatte, die in diesem jeglichen Zweifel ausgeräumt hatten. »Lieber bereue ich es, es getan zu haben, als es nicht getan zu haben.«

Die Türklingel riss Rosenkranz aus den Gedanken. Sofort schnellte sein Puls in die Höhe. Er griff nach der Pistole und umschloss den Griff verkrampft, während er mit schnellen Schritten zum Fenster eilte und den Vorhang ein Stück zur Seite schob. Der Mann, der etwas von der Tür zurückgetreten war und mit hinter dem Rücken verschränkten Armen zu den Fenstern in den oberen Etagen blickte, trug eine Polizeiuniform. Panik stieg in Rosenkranz auf. Waren sie ihm bereits auf die Schliche gekommen? »Beruhig dich«, sagte er zu sich. »Du hast dir nichts vorzuwerfen. Außerdem … wenn der Besuch etwas mit den zurückliegenden Stunden zu tun hätte, würde man nicht einen einzelnen Polizisten in

Uniform schicken, der einfach so an der Haustür klingelt.« Unbewusst schüttelte er den Kopf. Das musste einen anderen Grund haben. Einen harmlosen Grund. Rosenkranz grübelte. Vielleicht war es besser, nicht zu öffnen. So zu tun, als wäre niemand im Haus. Aber was führte ihn ausgerechnet heute hierher? Und wenn er ihm nicht öffnete, würde das Misstrauen bei dem Beamten schüren? Würde er möglicherweise später zurückkehren? Sogar mit Verstärkung? Wieder schellte es. Rosenkranz trat in die Diele. Er hatte sich entschieden, sich eingeredet, dass der Mann keine unmittelbare Bedrohung darstellte. »Ich komme! Einen Augenblick bitte.«

Er legte die Pistole auf ein Sideboard, drehte den Schlüssel und öffnete die Tür einen Spalt.

Der Beamte tippte sich an seine Schirmmütze. »Polizeimeister Großhans. Viertes Revier. Mit wem habe ich die Ehre?«

»Rosenkranz. Gerald Rosenkranz.«

»Rosenkranz?« Der Polizist verzog irritiert das Gesicht. »Ich habe Herrn Liebrecht erwartet.«

Rosenkranz versuchte sich in einem Lächeln. Es misslang ihm. »Herr Liebrecht ist zurzeit nicht da. Geschäftlich unterwegs. Ich sehe nur nach dem Rechten.«

Das Gesicht des Beamten ließ einen Anflug von Misstrauen erahnen. Er trat einen Schritt zurück und sah erneut an dem Gebäude hoch. »Die Nachbarn haben uns alarmiert, da sie von der Abwesenheit des Eigentümers offenbar unterrichtet sind«, kam es nach einer gefühlten Ewigkeit.

»Verstehe«, gab Rosenkranz verständnisvoll an. »Man macht sich Sorgen, weil man mich im Haus gesehen hat. Vermute ich.«

»Man passt in dieser Gegend aufeinander auf.«

Rosenkranz' Nervosität stieg. Das entging auch dem Beamten nicht. »Ich habe einen Schlüssel«, fiel es Rosenkranz spontan ein. Beherzt griff er in seine Tasche, stoppte aber abrupt in der Bewegung, als er sah, wie der Polizeibeamte plötzlich nach seinem Holster griff.

»Okay! Damit keine Missverständnisse aufkommen. Ab jetzt sagen Sie mir, was Sie tun. Zeigen Sie mir den Schlüssel. Langsam …«

Rosenkranz verspürte eine regelrechte Hitzewelle und dass ihm der Schweiß aus den Poren drang. Vorsichtig zog er den Bund aus der Tasche und hielt ihn wie erstarrt hoch.

Der Beamte nickte. »Stecken Sie den Schlüssel in das Schloss und drehen Sie ihn.«

Rosenkranz gehorchte mit zittrigen Händen. Etwas, was auch dem Beamten auffiel. Der Polizeibeamte schien sich etwas zu entspannen, blieb aber misstrauisch. »Sind Sie allein im Haus?«

Gerry Rosenkranz bejahte. Verdammt! »Du machst dich verdächtig«, schoss es ihm durch den Kopf. »Entspann dich!«

»Ich möchte Ihren Ausweis sehen, Herr Rosenkranz.«

»Natürlich. Warten Sie … ich habe ihn in meiner Jacke. Ich hole ihn schnell …«

»Wenn Sie nichts dagegen haben, würde ich Sie gern begleiten. Nichts für ungut. Sie verstehen …«

Rosenkranz' Magen zog sich zusammen. Es kostete ihn immense Anstrengung, nicht zu dem Sideboard direkt hinter der Tür zu blicken. Dorthin, wo die Pistole lag. Rosenkranz öffnete die Tür weit und ließ den Polizisten hinein, darauf bedacht, das Schränkchen im Rücken zu halten.

»Bitte.« Er machte eine Geste. »Meine Jacke. Rechts in der Wohnstube.«

Der Beamte sah ihn unangenehm lang an und ging schließlich vor. Blitzschnell griff Rosenkranz einen Hut von der Ablage und legte ihn auf die Waffe. Nachdem er dem Polizeibeamten den Ausweis ausgehändigt hatte, prüfte dieser das Dokument für Rosenkranz' Geschmack etwas zu lange. Er hatte sich nichts vorzuwerfen, wiederholte Rosenkranz innerlich.

»Die oberen Räumlichkeiten ... Was dagegen, wenn ich mich umsehe?«

Rosenkranz hatte keinen Grund, ihm das zu verwehren. Er hatte das obere Stockwerk nicht betreten. Trotzdem ging ihm dieses Anliegen zu weit. »Hören Sie ... Ich denke, ich habe Ihnen plausibel genug klargemacht, warum ich mich hier aufhalte. Sie haben meinen Ausweis kontrolliert, und ich habe Ihnen gezeigt, dass ich einen Schlüssel habe. Ich bin der Auffassung ...« Das Telefon lautete. Rosenkranz erstarrte für einen flüchtigen Moment.

»Wollen Sie nicht rangehen, Herr Rosenkranz?«

»Natürlich.« Rosenkranz' Hand zitterte. Wenngleich auch nur leicht, entging es dem Polizisten nicht.

»Hallo?«

»Louis hier.«

Rosenkranz' Herz hämmerte. »Tut mir leid. Herr Liebrecht ist derzeit nicht zu Hause.« Rosenkranz konnte die kurze Pause, die am Ende der Leitung entstand, beinahe körperlich spüren.

»Sie sind nicht allein!«

»Das ist korrekt. Herr Liebrecht befindet sich auf Geschäftsreise. Ich sehe nur nach dem Rechten.« Rosenkranz lächelte in Richtung des Polizisten.

»Können Sie umschreiben, wer?«, hörte er Louis fragen.

»Ja. Ich selbst würde es ebenfalls begrüßen, wenn jemand in meiner Abwesenheit auf mein Haus ein Auge wirft. Wie der Zufall es so will, ist gerade die Polizei bei mir. ... Wie? Nein. Eine reine Routinekontrolle. Herr Wachtmeister Großhans vom vierten Revier ist für die Gegend zuständig und gerade auf Streife. Ich kann Herrn Liebrecht gern eine Nachricht hinterlassen, wenn Sie einen Rückruf möchten. Allerdings kann ich Ihnen nicht sagen, wann er zurückkommt.« Rosenkranz machte eine ungeduldige Geste und verdrehte leicht die Augen. »Wie Sie wünschen. Ihnen ebenfalls einen angenehmen Tag.« Rosenkranz spürte Schweiß auf seiner Hand, als er den Hörer auf die Gabel legte.

»Nun, Herr Großhans …« waren die letzten Worte, als ihn etwas Hartes mit ungeheurer Wucht am Kopf traf.

*

Das Haus lag am Ende einer Sackgasse in Essen-Bredeney, im Süden der Stadt. Es war, wie die übrigen Gebäude in der Nachbarschaft, gepflegt. Zwielichtige Gestalten verirrten sich nicht hierhin, und wenn doch, fielen sie nach wenigen Minuten mit Sicherheit auf. In solchen Ecken legte die Polizei eine andere Motivation an den Tag und ihre Einsatzreaktionszeit war um einiges höher als in einer Arbeitergegend. Die Häuser waren allesamt frei stehend und der alte Baumbestand gewährte kaum einen Blick auf die hinteren Grundstücksseiten. Die Kriegsschäden waren hier insgesamt gering. Es war wie eine Ironie des Schicksals, dass die, die schon viel hatten, von den Zerstörungen weitestgehend verschont geblieben worden waren. Die Waffe in seinem Schulterholster schlug im Takt der Schritte gegen seinen Oberkörper. Sein Atem ging schnell, was weniger an dem kurzen Sprint lag, sondern vielmehr daran, dass sein Körper Adrenalin durch die Adern pumpte. Nach dem Gespräch mit Rosenkranz hatte er die Polizei angerufen und nachgefragt, ob der Beamte Großhans vom vierten Revier noch in der Gegend weilte. Es gab weder einen Wachtmeister Großhans noch ein viertes Revier, war die Antwort gewesen. Louis nutzte die Randbepflanzung entlang des Grundstücks als Sichtschutz. Der Hauseingang war unauffällig. Auch die Fassade verriet ihm nichts Ungewöhnliches. Schnell sah er sich nach allen Seiten um, bevor er durch das Buschwerk drang. Das rückwärtige Grundstück war größer, als er vermutet hatte, und durch die immergrünen Nadelbäume nahezu uneinsehbar. Mit schnellen Schritten und in geduckter Haltung, jede Deckung ausnutzend, näherte er sich der Terrasse. Die Vorhänge waren zugezogen, doch erkannte er durch einen Spalt, dass die Zimmerbeleuchtung eingeschaltet war. Louis fluchte innerlich. Er hatte gehofft, etwas zu sehen. Über der Terrasse befand sich ein kleiner Balkon. Die Fenster und die dazugehörige Tür waren lediglich mit Gardinen versehen, die einen Blick ins Innere ebenfalls nicht erlaubten, doch Louis konnte zweifelsfrei erkennen, dass der Raum dahinter unbeleuchtet war. Links und rechts der Terrasse befand sich ein Rankgitter. Die Rosen waren gestutzt und noch nicht weit hinaufgewachsen. Louis überwand die Entfernung und presste sich gegen das Mauerwerk. Er hielt die Luft an, um etwas zu hören, doch nichts drang aus dem Haus zu ihm. Mit festem Griff prüfte er die Rankhilfe. Sie schien fest im Mauerwerk verankert. Entschlossen kletterte er daran hinauf, umfasste das Geländer des Balkons, um das Gitter zu entlasten, das sich instabiler zeigte, als er zunächst gedacht hatte. Einen Wimpernschlag später stand er auf dem Balkon und presste sich wiederholt gegen die Hauswand. Es war immer noch nichts zu hören. Louis lugte vorsichtig durch die Balkontür. Er griff in seine Innentasche und beförderte einen dünnen Draht hervor. Vorsichtig fuhr er damit zwischen Türrahmen und Zarge entlang, bis er auf den Fallriegel des Schlosses traf. Deutlich spürte er, wie ihn der Draht zur Seite schob, doch die Tür öffnete sich nicht. Sie war abgeschlossen. Louis trat einen Schritt zurück, um sein Augenmerk auf den Dachbereich zu legen. Vielleicht war eine Luke geöffnet, über die er ins Innere käme. Meistens waren diese nicht sonderlich gesichert. Und tatsächlich entdeckte er ein altes Dachfenster mit verwittertem Rahmen, wenige Meter über den Balkon. Er überlegte kurz, wie er hinaufkommen könnte, als er einen dumpfen Knall hörte. Louis stutzte. Dann trat er mit voller Kraft die Balkontür ein.

*

Die leichten Schläge auf die Wangen nahm Gerald Rosenkranz zunächst nur im Unterbewusstsein wahr. Schließlich drangen sie durch und beförderten ihn zurück. Ein fürchterlicher Kopfschmerz befiel ihn, und als er seine Augen etwas öffnete, leuchtete ihm jemand mit einer Taschenlampe in die Augen. Sofort riss er seinen Kopf zur Seite, denn das Licht potenzierte seine Kopfschmerzen. Es dauerte etwas, bis er seine Lage realisierte. Er saß auf einem Stuhl, die Hände hinter der Lehne zusammengebunden.

»Da sind Sie ja wieder«, sagte der vermeintliche Polizist gelassen. Er hatte die Uniformjacke ausgezogen. Die Schirmmütze lag auf dem Tisch.

»Netter Versuch.« Der Mann zündete sich eine Zigarette an und setzte sich mit einer Gesäßhälfte auf den Tisch, während er Rosenkranz beobachtete. »Ich meine die Nummer am Telefon.«

Rosenkranz sah seinen Gegner mit einer Mischung aus Furcht und Trotz an. »Wer zum Teufel sind Sie?«

Der Mann zog einen Stuhl heran, stellte ihn vor Rosenkranz und setzte sich ihm gegenüber. Er wirkte tiefenentspannt. »Ich habe nichts gegen Sie persönlich«, sagte er nach einem weiteren tiefen Zug. »Der Kerl am Telefon … das war dieser Louis. Habe ich recht? Ihr … Wie darf ich ihn nennen? Kumpel? Mitwisser? Partner?«

Rosenkranz antwortete nicht. Sein Gegenüber schien auch keine Antwort zu erwarten.

»Wer von Ihnen hat die Fotos? Und die Negative?«

»Ich weiß nicht, wovon ...«

Der Schlag war mit dem Handrücken geführt. Hart und ansatzlos. Rosenkranz spürte, wie in Sekundenbruchteilen die Lippe anschwoll. Und dann hatte er diesen metallischen Geschmack im Mund.

Der Mann schüttelte den Kopf und atmete theatralisch aus. »Gerry. So werden Sie doch genannt, oder? Lassen Sie das bitte. Ich vermute mal, er ist bereits auf dem Weg. Wir können gemeinsam auf ihn warten. Was halten Sie davon?« Der Mann drückte die Zigarette aus. »Oder Sie beantworten meine Frage. Das eröffnet Ihnen zumindest die Möglichkeit, das hier zu überleben. Natürlich abhängig von dem, was Sie mir sagen. Aber denken Sie daran. Sie wissen nicht, was ich weiß. Also schön bei der Wahrheit bleiben.«

Rosenkranz' Verstand arbeitete fieberhaft. Er musste Zeit gewinnen. Den Fremden in ein Gespräch verwickeln. »Ich kenne ihn nicht. Aber das, was ich in der halben Stunde mit ihm erlebt habe ... Sie sollten es dabei belassen. Ist nicht gut Kirschen essen mit ihm.«

Gemächlich erhob sich der Mann und trat ans Terrassenfenster. »Das hat auch niemand behauptet«, wandte er beinahe abwesend ein. »Wer ist dieser Ari Silberstein? Kennen Sie ihn?« Er lugte weiter nach draußen.

»Nein. Ich weiß überhaupt nicht, worum es geht. Dieser Louis hatte mich angerufen. Im Büro. Er sagte, er hätte etwas, woran ein Kollege von mir gearbeitet hat. Er starb einige Tage zuvor bei einem Anschlag. Klar, dass mich das interessiert hat.«

»Was hat er genau gesagt, Gerry? Was hat Louis Ihnen erzählt?«

»Er hat mir in diesem Café Fotos gezeigt. Hab sie noch nie gesehen. Er fragte mich, ob ich die Leute darauf erkennen würde. Das tat ich nicht. Und dann war plötzlich die Hölle los! Man hat auf uns geschossen, uns verfolgt ...«

Der Fremde trat vom Fenster weg und nickte. Statt das Gespräch fortzuführen, ging er in die Küche. Rosenkranz hörte, wie einige Schranktüren geöffnet und wieder geschlossen wurden. Als er zurückkam, hatte er ein Geschirrhandtuch in der Hand, welches er mit einer Schere zerschnitt. Die Streifen band er wiederum zusammen. Er trat an Rosenkranz heran, schob ihm einen unter dessen Oberschenkel hindurch, zog den Stoff so fest, dass Rosenkranz schmerzhaft das Gesicht verzog, und knotete das zerschnittene Tuch fest. »Unser gemeinsamer Freund ist da«, sagte er kurz und drückte Rosenkranz den Rest des Stoffes derart schnell in den Mund, dass dieser nicht mal Zeit hatte, ihn reflexartig zu schließen. Rosenkranz sah ihn mit weit aufgerissenen Augen an. »Schauen wir mal, wie wichtig das, was Sie wissen, wirklich ist«, sagte er, bevor er Rosenkranz in den Oberschenkel schoss.

*

Der Lärm war ohrenbetäubend. Das Glas splitterte, die Tür schwang auf, prallte dabei gegen die Wand und schwang wieder zurück. Louis betrat den Raum und zog seine Waffe. Das Haus war alt, der Boden aus Dielen, die man quer über darunterliegende Tragbalken geschraubt hatte. Er vermutete, dass der Schuss von unten gekommen war. Dort war das einzige Zimmer, in dem er Licht bemerkt hatte. Instinktiv suchte er die Nähe der Wände, bewegte sich nahe an ihnen, um dem Schützen keine verräterischen Anhaltspunkte zu bieten. Eine Kugel würde mühelos von der unteren Etage durch die dünnen Bretter schlagen. Mit schneller Bewegung riss er die Zimmertür auf und ging dabei in die Hocke. Nichts passierte. Louis' Kopf schnellte nach vorn und er wagte einen flüchtigen Blick. Nichts war zu sehen. Er befand sich in der denkbar schlechtesten Lage. Er hatte dem Feind seine Position verraten, sah nichts und kannte sich in dem Haus nicht aus. Das waren verdammt schlechte Voraussetzungen, um eine solche Nummer zu überleben. Louis schob die Tür weiter auf und spähte in den Flur, den er kaum einsehen konnte. Die Treppe nach unten musste irgendwo links sein. Louis' Augen glitten ruhelos umher, versuchten, sich ein Bild zu machen, als er plötzlich eine unbekannte Stimme hörte.

»Louis! Ich habe Ihren Freund hier. Ich möchte Ihnen einen Deal anbieten.«

Louis grinste. »Klar!« Der Sarkasmus in seiner Stimme war unüberhörbar. »Ich komme runter und wir unterhalten uns bei 'ner Tasse Kaffee.«

Der andere lachte über seinen Scherz. »Ihr Humor gefällt mir. Wirklich. Aber Spaß beiseite. Allzu viel Zeit haben wir beide nicht. Oder vielmehr, hat Ihr Kumpel hier nicht.«

Louis hörte einen gedämpften Schmerzensschrei. Es war zweifelsfrei Rosenkranz und so, wie es sich anhörte, war er geknebelt.

»Im Ernst, Louis. Sie haben etwas, was ich will. Ich habe somit keinen Grund, mich mit Ihnen hier zu duellieren. Abgesehen davon wusste ich, dass Sie kommen. Ich hätte Ihnen mit Leichtigkeit eine Falle stellen können.«

»Warum sollte mich Ihr Angebot interessieren?« Louis wusste, dass diese Frage überflüssig war, denn er kannte die Antwort darauf.

»Weil Sie wegen unseres gemeinsamen Freundes hier sind. Warum auch sonst sollten Sie hierhergekommen sein. Aber die Zeit drängt, Louis. Für unseren lieben Gerry hier. Schlage also vor, dass Sie runterkommen und wir uns unterhalten.«

Louis fluchte innerlich. Er hatte eine Ahnung, was dieser Kerl meinte. Und es war klar, dass es nur zwei Möglichkeiten gab. Theoretisch. Praktisch nur eine. Langsam, die Waffe vorgespannt vor sich haltend, schritt Louis den schmalen Flur entlang.

»Nun kommen Sie schon. Ich schieße nicht auf Sie!«

Als Louis die Stufen hinabging, erkannte er zuerst Rosenkranz' Beine. Wenige Schritte weiter sah er ihn gefesselt und geknebelt auf einem Stuhl. Sein Haar klebte nass am Kopf und seine Gesichtsfarbe war aschfahl. Seine Augen waren auf Louis gerichtet und sie sandten ihm eine klare Botschaft. Eine Nachricht, mit der er um sein Leben flehte. Der dunkle Fleck auf seiner Hose machte Louis klar, dass ab jetzt die Zeit lief. Louis kannte den Mann nicht, der hinter Rosenkranz stand und ihm den Lauf seiner Pistole gegen die Schläfe presste. Er war schlank, eher drahtig und ungefähr so groß wie Louis. Sein Haar wirkte hier drinnen dunkelblond oder hellbraun. Er wirkte nicht angespannt oder gestresst. Vielmehr souverän und wachsam. Der Kerl war ein Profi. Und noch etwas: Er war klar im Vorteil.

»Ich mache es kurz, Louis. Weil die Zeit tatsächlich knapp wird. Meine Waffe ist gespannt. Versuchen Sie also nicht, mich zu überrumpeln. War ein Scheißtag, für unseren Gerry, und so, wie es aussieht, wird der Rest nicht besser, wenn Sie nicht mitarbeiten. Ich habe das Bein abgebunden, aber der Blutverlust ist trotzdem groß. Man braucht, glaube ich, kein Arzt zu sein, um zu erkennen, dass unser Gerry hier verblutet. Ich will die Fotos und die Negative.«

Louis nahm die Waffe runter. Er wusste, der Mann würde nicht schießen. Nicht, bevor er nicht das bekam, was er verlangte. »Sie werden es nicht glauben«, antwortete er süffisant. »Ich trag sie tatsächlich nicht bei mir.«

Der Unbekannte lachte auf. Es war kein künstliches Lachen. Er schien aufrichtig erheitert.

Louis antwortete mit einem Grinsen.

»Sie haben nach dem Telefonat ungefähr fünfzehn Minuten bis hierher gebraucht. Wenn ich Sie jetzt bitten würde, die Sachen zu holen, dann dürften Sie ungefähr in einer halben Stunde zurück sein.«

Louis blickte zu Rosenkranz' Blutfleck, der sich erkennbar vergrößert hatte. »Ich weiß nicht, ob und wie lange Gerry so durchhält.«

Der Fremde warf Louis einen Schlüssel zu. »In exakt dreißig Minuten werde ich Sie über das Telefon hier anrufen. Falls Sie unterwegs auf Gedanken kommen sollten ... Gerry wird nicht hier sein. Ich rate Ihnen somit, sich zu beeilen. Die Zeit läuft, mein Freund.«

*

Heinz Zöllner stellte sich in die Mitte des Podestes und ließ seinen Blick über die Anwesenden schweifen. Man hatte eine auf Hochglanz polierte Tafel auf ein Stativ gestellt, auf denen die Namen der russischen Soldaten standen, die am heutigen Tag geehrt werden sollten. Insgeheim musste Zöllner sich zusammenreißen und sich daran erinnern, aufrichtige Anteilnahme bei dieser Gedenkfeier zu heucheln. Heinz Zöllner stand neben Alexander Wassili Gerassimow. Er trug seine Uniform, die ihn als Podpolkownik auszeichnete, was einem Oberstleutnant entsprach. Er war einer Einladung der russischen Botschaft in Berlin gefolgt, die auf Wunsch der Stadt Repräsentanten zur Einweihung des Mahnmals auf dem Essener Parkfriedhof entsandt hatte. Zöllner war voller Verachtung. Hier lagen mehr russische als deutsche Soldaten. Die Anwesenden waren beinahe ausnahmslos Mitglieder der Vereinigung zur Pflege sowjetischer Kriegsgräberstätten und einige Journalisten unbedeutender Lokalzeitungen. Doch um sein Ziel zu erreichen, würden sich einige entsprechende Artikel sicher gut machen, hatte man ihm gesagt. Sei es drum. Er würde im Ruhrgebiet noch an einigen Terminen teilnehmen und anschließend in die Regierungshauptstadt zurückkehren. Letztendlich hatte er keine Wahl. Andrej Lebedew war ein äußerst engagierter, junger Mann, der es sich zum Ziel gesetzt hatte, eine Abkürzung innerhalb der Karriereleiter des KGB zu finden. Es stand außer Frage, dass dieser Kerl über außergewöhnliche, analytische Fähigkeiten verfügte. Der KGB würde zur Betreuung seiner Geheimdienstmitarbeiter im Rang eines Heinz Zöllner keinen Feld- und Wiesenoffizier schicken. So viel stand fest. Zöllner hatte gehört, dass man Lebedew – oder wie auch immer er tatsächlich hieß – extra von Helsinki abgezogen hatte. Ebenso sagte man ihm nach, sich dem westlichen Lebensstil durchaus hingezogen zu fühlen, sodass neben den beruflichen sicher auch private Gründe für sein Engagement in der Bundesrepublik eine Rolle spielten. Dass seine hervorragenden Deutschkenntnisse ihm dabei nicht im Wege standen, verstand sich von selbst. Derzeit war Zöllner nicht in der Position zu bewerten, ob es den Russen tatsächlich gelang, ihn an Reinhard Gehlen vorbei auf den Stuhl des Präsidenten des BND zu setzen. Er verfügte auch nicht über das Wissen, wie sie es anstellen wollten. Doch er machte sich keine Illusionen. Die Russen hatten ihn zum Narren gehalten. Eine Erkenntnis, die ihn zu spät eingeholt hatte. Der Kerl, der ihn angeheuert hatte, hatte sich geschickt als recht naiv und beeinflussbar präsentiert und ihn genau da gepackt, wo er angreifbar war. Bei seiner Vergangenheit und seiner Schwäche für Hochprozentiges. Eine brisante Kombination, die seiner Zunge so manche Information entlockt hatte. Unbemerkt hatte er ihn hin und wieder etwas vom Köder naschen lassen, bis Zöllner wie ein gieriger Hecht den gesamten Brocken samt Widerhaken geschluckt hatte.

Das Haus, in das man ihn eingeladen hatte, konnte man im wahrsten Sinne des Wortes als herrschaftlich bezeichnen. Der Besitzer, der im Grundbuch verzeichnet war, hatte es an eine Scheinfirma vermietet, deren Besitzer zufälligerweise Russe war. Von außen war nichts Außergewöhnliches zu erkennen gewesen. Nur ein geübtes Auge bemerkte, dass das Gebäude äußerst gut gesichert war. Bewohnt wurde es von einem älteren Ehepaar, freundlich und zuvorkommend, mit zwei äußerst athletischen Bediensteten, die sich um das Anwesen kümmerten. Zöllner hatte sich den Führungskopf des russischen Geheimdienstes immer anders vorgestellt. Das Gespräch mit dem Hausherrn erfolgte bei einem opulenten Mahl. Es war eine Konversation auf hohem Niveau, aber es täuschte nicht über die tatsächlichen Absichten hinweg.

»Es wäre sicherlich peinlich für ihre Regierung, wenn die Welt erfahren würde, dass ausgerechnet der neue Leiter des deutschen Nachrichtendienstes eine Marionette der Amerikaner ist«, erklärte Alexej Vassiliev.

Zöllner hatte sich von dieser Aussage zunächst recht wenig beeindruckt gefühlt. »Sie vergessen, die Amis sind die Heilsbringer. Also Demokratie, Wirtschaftsaufbau und solche Sachen.« Er zeigte auf seinen Gesprächspartner. »Sie sind die Bösen. Wer sollte sich daran stören?«

»Gehlen ist ein Mann, der sich während des Nationalsozialismus in führender Funktion mit den Angriffen des Deutschen Reichs auf die Sowjetunion verdingt gemacht hat. Um sich der drohenden Festnahme und der Zuführung zu einem gerechten Verfahren durch die sowjetischen Behörden zu entziehen, bot er noch vor Kriegsende in verräterischer Art und Weise sein Wissen und seine Informationen den Amerikanern an. Er hat aktiv an einem Prozess teilgenommen, der unzähligen deutschen und russischen Soldaten den Tod beschert hat. Er ist ein Kriegsverbrecher. Und Vaterlandsverräter. Wie gesagt, eine peinliche Situation für Ihr Land. Möglicherweise.«

Zöllner war wenig überzeugt. Ebenso wusste er, dass er sich an einem Punkt befand, wo Überzeugung nicht mehr der Schlüssel einer gemeinsamen Zusammenarbeit war. Die Unterredung verfolgte ein Ziel. Man redete mit ihm nicht auf Augenhöhe.

»Warum sollte sich jemand daran stören, dass der Leiter – der zukünftige Leiter des BND – über ein hohes Wissen bezüglich der politischen Wertung der Sowjetunion verfügt? Wären in diesem Land dokumentierte Vorbehalte gegen den Gegner des Westens nicht etwas, was innerhalb der Bevölkerung auf große Zustimmung treffen würde?«

»Wenn dieses Wissen und die dadurch bestehenden Vorbehalte gegen die Sowjetunion auf eine fundamentale, patriotische Ursache zurückzuführen wären, durchaus. Bei jemandem, der aus reinem Eigennutz sein Vaterland verkauft hat, sieht das eventuell anders aus. Möglicherweise würde man dadurch darauf rückschließen, dass die Einflussnahme der westlichen Alliierten und insbesondere der Amerikaner für die gesamte politische Führung der Bundesrepublik gilt. Eine Betrachtungsweise, die bei der Bevölkerung der Deutschen Demokratischen Republik zu großen Vorbehalten führen könnte.«

»Was möchten Sie konkret?«

Der KGB-Offizier antwortete erst nach einer Weile. So, als wägte er seine Worte ab. »Moskau würde es sehr begrüßen, wenn wir einen Mann im Amt des Präsidenten des BND wissen, der … ich sage mal … zu schätzen weiß, dass ausschließlich der gute Wille der Sowjetunion eine Wiedervereinigung beider deutscher Länder ermöglichen wird. Es dürfte verständlich sein, dass das dafür notwendige Vertrauen nicht von einer Person ausgehen kann, die aktiv an dem Überfall der Sowjetunion beteiligt gewesen war und die sich darüber hinaus als Handlanger der Nation herausstellt, die aus rein eigennützigen Interessen einen politischen Krieg mit unserem Land führt. Und das auf Kosten der Bundesrepublik. Die Enthüllung, dass eine mögliche Wiedervereinigung aufgrund einer von außen manipulierten Personalentscheidung in weite Ferne rückt, könnte zu Unstimmigkeiten nicht nur in Ihrem Land führen.«

Zöllner sah den Mann ernst an. Das hörte sich nicht abwegig an. Da musste er Alexej Vassiliev insgeheim recht geben. Eine solche Botschaft würde den Russen die Bevölkerung der DDR ideologisch geradezu in die Arme treiben. Es wäre sicher ein Leichtes, den Menschen mit der richtigen Propaganda klarzumachen, dass die Mär von einer Wiedervereinigung nicht nur das Ziel einer Manipulation wäre, sondern schlichtweg vom Westen nicht gewünscht wird.

Zöllner brachte es auf den Punkt. »Sie fordern von mir also Verrat?«

Der Russe antwortete zunächst lediglich mit einem sanften Lächeln. »Mein lieber Herr Zöllner«, kam es schließlich. »Sie arbeiten bereits seit geraumer Zeit mit uns zusammen. Insofern fordere ich von Ihnen kein anderes Verhalten ein.«

Zöllner presste die Lippen zu einem schmalen Strich zusammen.

»Die Begrifflichkeit ist abhängig von der Betrachtungsweise, Herr Zöllner. Weitergabe von geheimen Informationen fällt allgemein darunter. Zweifelsohne.« Alexej Vassiliev sah Zöllner ein weiteres Mal nachdenklich an. »Gestatten Sie mir eine Gegenfrage. Wenn die Weitergabe von internem Wissen dazu dient, einen erheblich größeren Verrat ans Licht zu bringen, nämlich einen Betrug an Ihrem Vaterland, kann es zur Verhinderung und Aufdeckung eben dieses Hintergehens dann nicht eine zwingende Notwendigkeit sein, interne Informationen zum Wohlergehen des eigenen Landes zur Verfügung zu stellen?«

»Und wie wollen Sie das anstellen?«

»Das lassen Sie getrost unsere Sorge sein, Herr Zöllner.«

Die beiden Männer blickten sich eine Zeit lang in die Augen. Zöllner wusste, dass seine Frage, die ihm auf der Zunge lag, eine Provokation war. Und ebenso wusste er, dass die Antwort etwas beinhaltete, das ihm wahrscheinlich nicht schmecken würde. Und exakt aus diesem Grund musste er sie stellen. »Was ist, wenn ich mich weigere?«

Der alte Mann wirkte so, als habe er auf die Frage nicht gewartet. Er machte den Eindruck, dass sie Bestandteil des Gespräches war. Er drückte einen Knopf seiner Telefonanlage und kurz darauf betrat seine Sekretärin mit einer Kladde den Raum. »Marija«, hatte Vassiliev gesagt. »Wären Sie bitte so freundlich und reichen unserem Gast die Mappe?«

»Vielleicht erinnern Sie sich. Vielleicht auch nicht. Der junge Mann auf dem Bild tut es. Ich möchte es Ihrer Familie und der Öffentlichkeit ersparen, sich mit der Wahrheit dahinter auseinandersetzen zu müssen.«

Zöllners Gedanken kehrten zurück in die Gegenwart und er blickte in die erwartungsvollen Gesichter der Anwesenden. Für ihn stand fest, dass er sich nicht zur Marionette machen lassen wollte, wenn es tatsächlich so weit kam. Er würde Mittel und Wege finden, seinen Posten derart zu festigen, dass er autark agieren und jeder Verleumdung standhalten würde. Geduld war eine Tugend, die er sich gewissermaßen aus reiner Notwendigkeit angeeignet hatte. Mittlerweile war er sogar gut darin. Es war nicht einfach, aber er würde eine Möglichkeit finden. Letztendlich hatte er keine Wahl. Zumindest jetzt noch nicht. Zöllner richtete das Mikrofon aus. »Niemand von uns kommt an der Tatsache vorbei, dass unsere Geschichte, die Geschichte der Deutschen, mit viel Leid verbunden ist. Aber, und das sollten wir nicht vergessen, auch Leid unseres eigenen Volkes. Für die meisten ist das Soldatentum heute lediglich ein äußeres Zeichen ehemals blinder Pflichterfüllung. Aber es ist weit mehr als das, meine Damen und Herren. Der Kampf für die eigene Nation ist die höchste Ehrung, die ein Soldat erhalten kann. Umso mehr gilt unser aller Bestreben der Reputation des Soldaten. Aus tiefster Verpflichtung heraus sind wir angehalten, die Wahrheit nicht zu verschleiern, sondern den tapferen Männern, die ihr Leben für ihr Vaterland gaben, eine würdige Erinnerung zu verleihen.« Für einen kurzen Moment trafen sich Zöllners Augen mit denen von Lebedew, der nur zu genau wusste, was Zöllner zwischen den Zeilen gelesen damit zum Ausdruck bringen wollte.

»Dieser heroische Gedanke gilt für alle Soldaten, die im Dienste ihres Vaterlandes standen. Doch ist es jetzt ebenso an der Zeit, tiefe Gräben zu füllen. Mit ausgestreckter Hand aufeinander zuzugehen. Die deutsch-russischen Beziehungen sind in den Köpfen der Menschen untrennbar mit den schicksalhaften Jahren des zwanzigsten Jahrhunderts verknüpft. Wer sich jedoch mit dem Verhältnis beider Völker darüber hinaus befasst, wird unweigerlich zu der Erkenntnis gelangen, wie tief die enge, bisweilen herzliche Bindung dieser großartigen Nationen nicht nur in kulturellen Bereichen in den vergangenen Jahrhunderten war. Lassen Sie es zu unserem gemeinsamen Bestreben werden, unsere beiden Nationen in Frieden zu einen. Möge der Geist der Versöhnung, der Eintracht, über unser beider Völker kommen und ein stabiles Fundament im politischen und wirtschaftlichen Sinne errichten.«

Lebedews Züge entspannten sich wieder. Eine Journalistin erhob sich abrupt, wobei sie ihre Hand reckte, in der sie einen Stift hielt. An Lebedews Reaktion erkannte Zöllner, dass dieser davon ebenso überrascht war.

»Herr Zöllner. Margit Klaasen von Städtekurier. Eine Frage dazu. Sie sind Mitarbeiter in der Behörde Reinhard Gehlen, der als zukünftiger Präsident des BND gehandelt wird. Immerhin darf man wohl davon ausgehen, dass Nachrichtendienste eher an einer diskreditierenden Informationsgewinnung interessiert sind als an einer verbindenden.«

Erneut trafen sich die Blicke von Zöllner und dem KGB-Mann. Lebedew wirkte nicht angespannt. Er sah eher so aus, als ob er neugierig war, wie Zöllner mit der Situation umging.

»Nun, natürlich steht das Interesse eines jeden Staates an der Unverletzbarkeit seiner Souveränität an erster Stelle. Eine solche Einrichtung ist eine scharfe Waffe die, zielgerichtet eingesetzt, tatsächlich dem Zwecke des Misstrauens dienen kann. Doch ebenso kann ein solches Amt dazu genutzt werden, genau dieses Misstrauen in Vertrauen zu wandeln. Die Sowjetunion hat zu Recht allen Grund, eine … sagen wir … distanzierte Sicht auf diese noch junge Bundesrepublik zu werfen. Ich selbst sehe darin aber eine Chance auf einen Neubeginn. Eine Beziehung, die ohne die alten Köpfe, die festgefahrenen Ansichten die Möglichkeit eines Umbruchs in den Beziehungen beider Länder ermöglicht.«

»Sie spielen auf die Wiedervereinigung an?«

»Ich spiele darauf an, dass der sogenannte Eiserne Vorhang lediglich in den Köpfen der Menschen existiert. Wenn dieser Vorhang fällt, bauend auf gegenseitigem Respekt und Vertrauen, dann wird zukünftig vielleicht vieles möglich sein.« Zöllner sah Lebedews mahnenden Blick. Die Botschaft war eindeutig. Noch weiter sollte er sich auf das Thema besser nicht einlassen.

»Wir sind jedoch heute nicht hier, um über zukünftige Politik zu sprechen. Unser aller Hiersein begründet sich in dem Gedenken an die gefallenen, sowjetischen Kameraden, die ihr Leben dem Kampf gegen den Nationalsozialismus geopfert haben. Lassen Sie uns ihrer gedenken in der Gewissheit, dass ihr Opfer einen Sinn gehabt hat.«

*

Die halsbrecherischen Fahrten hatten tatsächlich je fünfzehn Minuten gedauert und damit vielleicht halb so lang wie unter vorschriftsmäßiger Fahrweise. Rückwirkend grenzte es an ein Wunder, dass er keinen Unfall gebaut oder die Aufmerksamkeit einer Polizeistreife auf sich gezogen hatte. Die Polizei war vornehmlich mit dem VW Käfer unterwegs. Trotzdem wäre es nicht einfach geworden, sie abzuhängen. Mit seinen knapp vierzig Pferdestärken war der Opel Olympia Rekord, den Louis sich ausgeborgt hatte, deutlich stärker als der Brezelkäfer, doch mit seinem Gewicht von über neunhundert Kilogramm kein Leichtgewicht. Er parkte den Opel in einer Seitenstraße, vielleicht zweihundert Meter vom Haus entfernt, und rannte los. Als er die drei Stufen zum Eingang hinaufsprang, hörte er bereits das Telefon läuten. Louis schloss auf, stieß die Tür auf, die er offen stehen ließ, und hechtete ins Wohnzimmer. »Ja«, meldete er sich kurz und knapp.

»Haben Sie die Fotos?«

»Ja. Wie geht es Gerry?«

Louis hörte ein bedächtiges Schnaufen am Ende der Leitung. »Er lebt. Ziemlich blass um die Nase, aber er lebt. Viel Zeit bleibt ihm nicht. Wir treffen uns in exakt zehn Minuten. Wissen Sie, wo das Brachgelände neben dem Industriegelände der Chemiefabrik Goldschmidt ist?«

Das war eine Falle, schoss es Louis durch den Kopf.

»Nein«, widersprach er. »Der alte Kirmesplatz unweit des ehemaligen Grugaparks. In zehn Minuten«, sagte Louis und legte den Hörer auf.

*

Der Mann tauchte gerade in dem Moment aus einem Gebüsch auf, als Louis mit dem Wagen um die Ecke bog. Er stand am anderen Ende des Brachgeländes. Die alten Birken und die teils mannshohen Brombeerhecken verhinderten nahezu jeden direkten Blick von außen. Louis glaubte nicht, dass irgendwelche Komplizen sich so schnell auf diese neue Örtlichkeit hatten einstellen können. Trotzdem blieb ihm nicht viel Zeit. Die Dämmerung hatte eingesetzt. Noch konnte man ausreichend sehen, wenn auch nicht mehr detailliert, was ein Nachteil sein konnte, genauso gut aber auch ein Vorteil, wenn man möglicherweise observiert wurde. Der gepflasterte Kirmesplatz war schätzungsweise siebzig Meter lang und beinahe ebenso breit. Louis stoppte den Wagen, ließ den Motor laufen, kurbelte das Fenster herunter und stieg aus. Die beiden Männer standen sich wie Revolverhelden gegenüber.

»Wo sind die Fotos?«, rief der andere.

»Ich will erst Gerry sehen.«

Der Mann schien einige Sekunden zu überlegen. Dann trat er ein paar Schritte zur Seite und zog Rosenkranz hinter einem Gebüsch hervor. Er schleifte ihn mehr, als dass Gerry selbst gehen konnte. Brutal drückte er dem Knienden den Lauf seiner Waffe an den Kopf. »Die Fotos!«, rief er erneut.

Louis' Nerven waren zum Zerreißen gespannt. Wenn sein Plan nicht funktionierte, dann war es das. Mit ihm und Rosenkranz. Er trat an die hintere Tür und öffnete sie, legte sich mit dem Oberkörper hinein und griff nach dem Umschlag. Gleichzeitig steckte er die beiden Büroklammern zusammen, an deren Ende sich jeweils eine Schnur befand. Das Ganze hatte nur wenige Sekunden gedauert.

Louis griff in das Kuvert, zog die Fotos und die Negative hervor und hielt beides hoch. Die Entfernung war zu groß, als dass er mit einem Schuss hätte rechnen müssen. Der Fremde schien vorbereitet. Er griff in seine Innentasche und zog ein kleines Opernglas hervor, mit dem er in Louis' Richtung blickte.

»Legen Sie die Sachen auf den Boden und treten Sie langsam zurück. So weit, wie ich es Ihnen sage, Louis!«

Dieser schüttelte den Kopf. »Sie wissen genau, dass ich das nicht tun werde.«

Der andere lachte auf. »Nein. Das habe ich tatsächlich nicht erwartet. Mir scheint, wir haben hier eine klassische Pattsituation. Aber unserem Gerry geht es nicht besonders gut. Sie müssen jetzt in Minuten denken, Louis. Was, also, schlagen Sie vor?«

Louis ließ sich mit seiner Antwort einige Sekunden Zeit. Er wollte den anderen glauben lassen, dass er überlegte. Die Situation erst jetzt abwog. Wenn er bei ihm auch nur einen Funken Misstrauen erweckte, war's das. »Ich lege die Fotos und die Negative zurück in den Wagen. Sichtbar auf den Fahrersitz. Dann entfernte ich mich langsam. So weit, dass ich außer Schussweite bin. Sollte ich Sie hintergehen, haben Sie ausreichend Gelegenheit, zu Gerry zurückzukommen, bevor ich nahe genug an Sie rankomme. Sie können von mir aus den Wagen nehmen. Die Karre läuft noch.«

Sein Gegenspieler überlegte. »Klingt machbar. Gut. Ich bin einverstanden.«

Louis trat an den Opel. Er hielt die Fotos und die Negative sichtbar in die Höhe. Vorsichtig ließ er sie durch das geöffnete Fenster auf den Fahrersitz fallen.

»Gehen Sie zurück, Louis!«

Langsam schritt Louis rückwärts, wobei er leicht die Arme hob. Der Blick des Fremden wechselte in schneller Folge zwischen Gerry und Louis hin und her. Er hatte seine Waffe auf Gerry ausgerichtet. Rosenkranz war am Ende. Das erkannte Louis selbst auf dieser Entfernung. Mit einer Überraschung brauchte der Fremde nicht zu rechnen. Mit jedem Meter, den Louis sich entfernte, trat sein Widersacher einen Meter nach vorn. Noch zwanzig Meter bis zum Wagen. »Sie sind mir etwas zu nah, Louis!«

Zur Beschwichtigung hob Louis die Hände etwas höher.

»Kein Problem.« Nochmals vergrößerte er die Distanz. Der Mann ging kein unnötiges Risiko ein. Würden beide zeitgleich losrennen, so würde der andere uneinholbar schnell vor Louis bei Rosenkranz sein.

»So ist gut, Louis. Schön die Hände oben lassen.« Dann stand der andere in Höhe des Wagens. Schnell lugte er ins Innere. »Ich hoffe, es sind alle Fotos.«

Louis zuckte mit den Schultern. »Von mir aus sehen Sie nach. Fotos und Negative sollten die gleiche Anzahl haben.«

Der Fremde stellte sich mit dem Rücken zur Fahrertür und griff hinter sich. Louis' Kiefer mahlten. »Mach schon!«, knurrte er leise. »Mach diese verdammte Tür auf!«

Plötzlich schien es sich der andere anders überlegt zu haben. Er entspannte sich. »Ich mag Sie, Louis. Im Ernst. Die Bezahlung wäre besser, wenn ich beides erledigen würde. Also wenn ich Ihnen noch 'ne Kugel verpasse. Aber irgendwie hätte ich es ... wie soll ich es sagen ... es als nicht würdig erachtet, verstehen Sie?«

»Sie haben, was Sie wollten. Sie sollten gehen!« Louis wusste nicht, ob der Fremde ihn verhöhnen oder ihm tatsächlich so etwas wie einen Abschiedsgruß hinterlassen wollte, als er sich lässig mit zwei Fingern der linken Hand an die Schläfe tippte. Wieder wanderte dessen linke Hand hinter den Rücken und tastete nach dem Griff des Opels. Langsam zog er die Tür auf. Kurz meinte Louis, trotz des schwindenden Tageslichtes, so etwas wie Überraschung in den Zügen des Mannes zu erkennen. Hatte er trotz des laufenden Motors gehört, wie der dünne Draht, der an der Fensterkurbel angebracht war, den Sicherungsstift der Handgranate aus der Halterung gezogen hatte? Blickte er auf den Rücksitz, wo sie unter der sorgfältig gefalteten Wolldecke lag? Wahrscheinlich irrte sich Louis. Für einen Moment sahen sich die beiden Männer nochmals an, als eine gewaltige Detonation den Wagen in Stücke riss, während sich Louis schützend zu Boden warf.

*

Clark Morrissey riss sich den Kopfhörer herunter. »Shit!«, fluchte er, um sich den Hörer direkt wieder aufzusetzen. »Thompson! Verflucht, was war das? Thompson!« Irgendetwas stimmte nicht. Morrissey fuhr herum und sah seinen Mitarbeiter an, der etwas hilflos wirkend an den Justierknöpfen des Funkgerätes drehte. »Wo sind die Teams, John?«

Der Funker presste sich die rechte Hörmuschel seines Kopf-Sprechgeschirrs ans Ohr und öffnete den Funkkanal. »Team eins. Frage Standort!« John wartete kurz, sah konzentriert auf einen imaginären Punkt vor sich. »Verstanden. Team zwei?«

Morrissey hörte ein Rauschen aus dem Hörer des anderen.

John sah Morrissey ernst an. »Eintreffen in maximal neunzig Sekunden nach Einsatzanforderung, Sir!« Noch ehe Morrissey etwas entgegnen konnte, hob der Funker eine Hand und konzentrierte sich wieder auf das Gespräch. »Verstanden«, antwortete er knapp, während er sich zu seinem Vorgesetzten drehte. »Sir! Die Teams haben eine Detonation vernommen. Deutlicher Feuerschein aus dem Zielgebiet.«

»Zugriff!« Morrissey sprang auf, während der Funker den Befehl ins Mikro brüllte. Clark Morrissey drängte sich an ihm vorbei in die Fahrerkabine. »Los!«, wies er den Fahrer an, während er sich auf den Beifahrersitz schwang und ungeduldig auf das Armaturenbrett schlug.

Wenige Minuten später traf Morrissey ein. Noch während der Lieferwagen abbremste, riss er die Tür auf und sprang aus dem Fahrzeug. Die Agenten des CIA standen ratlos um den lichterloh brennenden Wagen oder suchten im Schein ihrer Taschenlampen den Boden ab.

»Was ist hier passiert?«, brüllte Morrissey gegen das laute Knistern des Brandherdes. Deutlich spürte er die Hitze, die von dem Feuer ausging.

Der Leiter von Team eins stampfte durch das Trümmerfeld und trat an ihn heran. »Vermutlich eine Granate. Das Blech der Karre ist teilweise von Splittern durchsiebt.«

»Wo ist unser Mann?«

Der Teamleiter deutete nach links. Ein Beamter kniete vor einem undefinierbaren Etwas. Morrissey ließ den Agenten wortlos stehen und schritt energisch in die Richtung. Die Extremitäten waren beinahe komplett vom Torso abgerissen, ebenso der Kopf. Ein zerfetzter Teil des rechten Oberschenkels ragte als Stumpf hervor. Im Schein der Taschenlampe wirkte das Fleisch fast schwärzlich. Die aus dem Unterkörper gequollenen Darmschlingen schimmerten dagegen in einem grau-blauen Farbton. Zwei Meter von dem entfernt, was einmal Thompson gewesen war, stieß Morrissey gegen etwas Weiches. Er betrachtete es kurz und stellte fest, dass es ein Teil des Unterarms war, an dem die Hand mit Fingerstumpen zu erkennen waren. Angewidert stieg Morrissey darüber hinweg.

»Vorsichtig, Sir. Der Kerl hat sich hier großflächig verteilt.«

Neben dem Geruch von brennendem Treibstoff und verbranntem Kautschuk stieg Morrissey unmittelbar vor der Leiche der Gestank verkohlten Fleisches in die Nase. »Wo sind die Fotos?«

Der Agent zuckte mit den Schultern. »Wir haben hier nichts gefunden. Mit Verlaub ... ich denke nicht, dass davon noch etwas übrig sein dürfte.«

Morrissey verschaffte sich einen Überblick. Die anderen Männer suchten mit ihren Taschenlampen weiter den nahen Explosionsort ab. »Was ist mit den Zielpersonen. Hinweise, ob sie auch ...?«

»Nein, Sir«, unterbrach ihn der Mann. »Hier liegt definitiv nur eine Person. Sind vermutlich abgehauen. Wir sind schätzungsweise drei Minuten nach der Explosion eingetroffen. Rechnen wir einige Sekunden zur Orientierung drauf, haben die gute drei, eher vier Minuten Vorsprung. Mindestens.«

Morrissey fluchte innerlich, versuchte, sich das nicht ansehen zu lassen. »Einer war verletzt. Offensichtlich sogar lebensgefährlich. Die verschwinden doch nicht einfach so.«

Der andere machte einen abwiegelnden Ausdruck. »Einer soll ein Militär sein, wie ich gehört habe. Wenn der den Verletzten geschultert hat ... Man kann hier in nahezu jedem Gebüsch verschwinden.«

»Sir«, kam es von hinten. Morrissey fuhr herum.

»Die Polizei ist im Anmarsch.«

Jetzt hörte auch er die Sirenen, deren Töne stetig näherkamen. Morrissey brauchte etwas Zeit, die er nicht hatte. Thompson hatte über Funk mitgeteilt, dass Louis die Fotos mitgebracht hatte. Mehr noch. Er hatte bestätigt, dass sie sich sichtbar im Fahrzeug befunden hatten. Eine Falle. Eine gottverdammte Falle. Und Thompson war darauf reingefallen. Allmählich bekam Morrissey ein Gespür dafür, wie sehr sie diesen Legionär unterschätzt hatten. Trotzdem. Clark hatte, bis auf einen Funkspruch, keine Beweise, dass es sich tatsächlich um die Fotos und die Negative gehandelt hatte. McAffrey würde wenig begeistert sein.

»Spuren vernichten und dann weg. Team eins, nehmen Sie sich die umliegenden Krankenhäuser vor und die Arztpraxen, die um diese Uhrzeit noch geöffnet haben«, befahl er, während er zurück zum Transporter schritt. Zum Funker im Einsatzwagen rief er: »Anonyme Info an die Polizei. Dieser gesuchte Louis Richard ist hier mit einem verletzten Journalisten unterwegs. Er hat ihn entführt und gerade einen Wagen mitsamt einer Person in die Luft gejagt. Erzählen Sie denen irgendwas. Waffenhandel, Drogen oder so etwas. Und sagen sie denen, dass er schwer bewaffnet ist und davon sofort Gebrauch macht. Ich möchte, dass die ihre gesamte Kavallerie losschicken und hier jeden Stein umdrehen.« Morrissey stieg ein. »Verschwinden wir«, sagte er zum Fahrer. Und während der Wagen beschleunigte, fragte er sich, mit was für Überraschungen sie noch zu rechnen hatten.

*

»Schnell! Hier entlang. Legen Sie ihn hier rauf.« Louis hatte sich Rosenkranz linken Arm um die Schulter gelegt. Goldhammer räumte alles beiseite, was im Weg stand und sich auf dem Schreibtisch befand. Louis zog Gerry mehr, als dass er ihn stützte.

Gemeinsam legten sie Rosenkranz vorsichtig auf den Rücken. »Er hat verdammt viel Blut verloren.« In Louis' Mimik lag die Sorge, dass der Mann vor ihnen es nicht schaffen würde.

Raimund Goldhammer wirkte nachdenklich, während er seine Strickjacke auszog und sie unter Rosenkranz' Kopf schob. Gerry war in einer sehr schlechten Verfassung. Er war noch bei Bewusstsein, aber es war nur eine Frage der Zeit, bis der Blutverlust ihm auch dieses nahm. Sein Gesicht war leichenblass, die Lippen farblos. Goldhammer bemerkte, wie der Verletzte bereits Mühe hatte, die Augenlider offen zu halten und seinen Blick auf einen Punkt zu fokussieren. »Durchhalten, Gerry!«, sagte er mehr, um sich selbst zu beruhigen. Ernst sah er Louis an. »Er muss in ein Krankenhaus. Hier können wir nichts …«

»Ausgeschlossen«, unterbrach ihn Louis. »Dort ist er so gut wie tot.« Er wartete auf einen Einwand, doch Goldhammer nickte nur mit zusammengepressten Lippen.

»Es gab Probleme.« Louis wollte nicht näher darauf eingehen.

»Ich weiß. Die Polizei sucht Sie.«

Louis wusste, dass man den Polizeifunk mit jedem Radio abhören konnte. Wahrscheinlich hatte Goldhammer von der Geschichte am Kirmesplatz auf diesem Weg erfahren.

»Nicht nur die Polizei«, stellte er klar. »Sie sind hinter ihm her!«

Goldhammer erwiderte nichts, sondern griff zum Telefon. Es dauerte nur wenige Sekunden, und der Gesprächspartner hatte abgehoben. »Du musst sofort kommen. Wir haben einen Verletzten. Schusswunde. Er blutet stark. Steht auf der Kippe, wenn du mich fragst.« Kurz lauschte er seinem Gesprächspartner. »Nein. Keine Chance. Im Krankenhaus würde man ihn finden.« Er hörte angespannt und mit gerunzelter Stirn zu. »Keine Ahnung, Warte!« Rosenkranz hielt den Hörer etwas von sich und beugte sich über Rosenkranz. »Gerry! Hören Sie mich? Gerry, können Sie mich hören?« Die beiden Männer sahen, wie Rosenkranz leicht reagierte.

»Kennen Sie Ihre Blutgruppe? Gerry?«

Der Verletzte setzte zum Sprechen an, doch die Stimme schien zu versagen. Er leckte sich über die trockenen Lippen. Goldhammer legte den Hörer beiseite, fuhr herum und ergriff ein Glas, in dem sich etwas Wasser befand. »Helfen Sie mir«, sagte er zu Louis. Gemeinsam hoben sie Gerrys Kopf etwas an und benetzten seine Lippen. »Ihre Blutgruppe, Gerry! Kennen Sie Ihre Blutgruppe?«

Als Antwort kam ein leichtes Nicken. Wieder bewegte Rosenkranz den Mund. Goldhammer beugte sich über ihn, führte sein linkes Ohr ganz nah an dessen Gesicht. Gerry hauchte etwas, was Louis nicht verstand.

Goldhammer richtete sich auf. »A, Rhesus positiv«, sprach er in den Hörer. »Gut. Bitte beeil dich!« Der alte Mann beendete das Telefonat und sah Louis an. »Marleen. Meine Tochter. Sie ist Krankenschwester. Sie versucht, eine Blutkonserve zu besorgen.«

Mit versteinerter Miene sah Louis zu dem Mann, der auf dem Schreibtisch um sein Leben kämpfte. »Wie lange wird das dauern?«

»Ich weiß es nicht, Louis. Wir müssen jetzt auf Gott vertrauen.« Hastig zog er seinen Gürtel aus den Hosenschlaufen, legte ihn um den Oberschenkel und zog ihn stramm. Goldhammer sah ihn über den Rand seiner Brille hinweg an, während er den Gürtel auf Spannung hielt. »Mehr können wir jetzt nicht tun.«

Die Zeit zog sich unerträglich in die Länge. Nicht einmal der Beschuss an der Front, wenn man mit eng am Boden gepressten Körper den feindlichen Kugelhagel über sich ergehen lassen musste, war Louis so lange vorgekommen wie dieses zähe Warten. Endlich erlöste sie die Türklingel aus dieser quälenden Situation. Goldhammer hielt weiterhin den Gürtel, während er in Richtung Eingang nickte. Louis riss die Tür auf. Der junge Mann, der auf der Fußmatte stand, zuckte kurz zusammen, als er Louis' lädiertes Gesicht betrachtete. Noch ehe Louis zu einer Reaktion fähig war, schob sich Marleen hinter dem Mann hervor und drängte sich wortlos an ihm vorbei.

»Wer ist das?«, rief Louis etwas perplex hinter den beiden her. Als er keine Antwort bekam, schlug er die Tür zu und folgte ihnen.

»Das ist Martin«, sagte Marleen in Richtung ihres Vaters, während sie sich hastig ihren Mantel auszog und über einen Stuhl schmiss. »Er ist Arzt.«

Der junge Mediziner hatte sich bereits über den Patienten gebeugt und überprüfte die Pupillenreflexe. Louis warf Goldhammer einen fragenden Blick zu.

»Für so etwas haben wir jetzt keine Zeit«, kam es als Antwort.

»Er genießt mein Vertrauen«, sagte Marleen, während sie ihre Tasche auspackte. Martin war sofort auf seine Arbeit fokussiert. Er löste die Stoffstreifen, welche die beiden Männer um die Wunde gebunden hatten, und schnitt die Hose mit einer Verbandsschere auf.

»Drehen Sie ihn vorsichtig auf die Seite.«

Jetzt, da der provisorische Verband weg war und man die Austrittswunde sehen konnte, war Louis erstaunt, wie groß die Verletzung am hinteren Oberschenkel wirkte. »So wie es aussieht, ein Durchschuss. Das ist schon einmal gut. Vom Schusskanal her mit viel Glück am Knochen vorbei. Aber das müsste man röntgen. Aus nächster Nähe, sagten Sie?«

Louis nickte.

»Das ist wiederum nicht so gut.«

»Warum?«, hakte Louis nach.

Martin verzog die Mundwinkel leicht nach unten. »Es entsteht eine Schockwelle, welche zu einem hohen Gewebsuntergang führen kann. Dazu werden Pulverreste und Stoffpartikel der Kleidung mit in den Wundkanal gedrückt.«

»Das heißt?«

»Dass wir die Wunde spülen müssen. Und dass wir hoffen müssen, dass das Antibiotikum wirkt. Lockern Sie bitte den Gürtel. Nur kurz.«

Goldhammer löste ihn etwas. Sofort begann die Wunde erneut stark zu bluten.

»Das reicht!« Martins Stimme klang ernst. Er war hoch konzentriert. Sofort zog Goldhammer wieder zu.

»Es scheint keine Ader verletzt zu sein. Es blutet nicht pulsierend. Sicher sagen kann man das unter den gegebenen Umständen nicht zuverlässig. Er gehört definitiv in ein …«

»Ausgeschlossen!«, fuhr ihm Louis über den Mund.

Martin wollte etwas entgegnen. Seine Züge spiegelten einen starken inneren Konflikt wider. »Sie werden Ihre Gründe haben«, sagte er schließlich wohlüberlegt, nachdem er Louis taxiert hatte. »Garantieren kann ich nichts. Wenn es schiefgeht, geht's auf Ihre Kappe.«

»Puls relativ flach.« In Marleens Blick zeichnete sich Sorge ab.

»Gut. Wir müssen die Blutung in den Griff bekommen. Marleen, leg einen Zugang. Er braucht eine Transfusion. Hoffen wir, dass das mit der Blutgruppe stimmt. Sonst war's das. Und gib mir meine Tasche.« Martin holte eine Spritze hervor. Dazu ein Fläschchen mit einer klaren Flüssigkeit, die Louis vom Geruch her als Desinfektionsmittel identifizierte.

»Zeit, unseren Freund hier ins Reich der Träume zu schicken. Wie ist Ihr Name?«

»Louis.«

»Gut, Louis! Helfen Sie mir bitte. Krempeln Sie ihm den Ärmel hoch. Ich muss an die Armbeuge.« Martin öffnete das Fläschchen und schüttete etwas davon über ein Stück Mullstoff, während Louis am Ärmelknopf nestelte.

»Hier! Nehmen Sie das.« Marleen reichte ihm die Verbandsschere, mit der Louis den Stoff mit wenigen Schnitten durchtrennte. Während der junge Arzt darauf wartete, dass Louis den Arm freimachte, schob dieser den aufgetrennten Ärmel nach oben. Plötzlich weiteten sich seine Augen und er starrte mit offenem Mund auf das, was er soeben freigelegt hatte.

KAPITEL 10

»Läuft sehr gut. Man könnte glatt meinen, dass die richtig glücklich sind«, kam es von Tom Eckhardt mit einem süffisanten Lächeln.

»Sag ich doch. Du musst das beste Zeug auf die Straße schmeißen. Schon sind es deine Kunden.«

Tom pflichtete Mucki bei, entgegnete dann aber: »Auf Dauer wirft das zu wenig ab, Mann. Außerdem werden so einige einen dicken Hals bekommen.«

Mucki lachte laut auf. »Die haben jahrelang für ihre gestreckte Scheiße unverschämte Preise verlangt. Man müsste die eigentlich bei den Bullen wegen Wucher anzeigen.«

Von Gleiwitz hatte recht gehabt mit dem, was er gesagt hatte. Mucki wollte nach oben. Dort war das Geld zu finden. Bei den Schönen und Reichen. Wobei die meisten eher nur reich waren. Für die Schönen an ihrer Seite sorgte er zusätzlich. Mucki legte Wert auf bessere Kleidung und orientierte sich an der italienischen Mode. Es war an der Zeit, dem Rest der Truppe den Begriff »Niveau« mal beizubringen, denn es war dem Geschäft in diesen Sphären nicht zuträglich, wenn man rumlief wie ein Fabrikarbeiter und gleichzeitig auch noch ein solches Benehmen an den Tag legte. Das war etwas, was er von ihnen nicht allein erwarten durfte. Sie waren schlichtweg zu dumm, um das von sich aus zu kapieren.

»Mach dir keinen Kopf, Tom. Bei der nächsten Lieferung können wir mit den Preisen großzügig nach oben gehen.«

»Nur nicht zu gierig werden, Mucki. Sagst du das nicht immer?«

»Angebot und Nachfrage. Es ist immer von Vorteil, wenn die Nachfrage größer ist. Zufälligerweise haben die Bullen der Konkurrenz einen empfindlichen Schlag verpasst. Dürfte zu erheblichen Lieferengpässen führen.«

Tom grinste anerkennend. »Zufälle gibt's …«

»Dass unser Zeug von bester Qualität ist, dürfte sich mittlerweile rumgesprochen haben. Und Gutes hat nun mal seinen Preis. Außerdem habe ich da noch etwas vorbereitet.«

»Du willst mit Geschenkband ausliefern?«

Mucki lachte laut auf. Es kam selten genug vor, dass er sich mit jemandem unterhielt, der etwas auf dem Kasten hatte. Deshalb mochte er Tom. Außerdem hatte er ein Händchen für die Mädchen. Er fand die richtige Balance zwischen Zuckerbrot und Peitsche. Auch bei den schwierigen Fällen. Wenn er so weitermachte, konnte Tom es unter ihm noch zu was bringen.

»Weißt du, Tom, wichtig ist, dass man den Überblick behält.« Der Zuhälter tippte sich an die Schläfe. »Glaub mir. Bald kontrollieren wir das gesamte Stadtgebiet.« Für Mucki stand es außer Frage, dass man ihn schon bald als ernsthaften Geschäftsmann wahrnehmen würde. Der Straßenverkauf war nur ein Zwischenstopp. Er warf nur mäßige Gewinne ab und war zudem recht riskant. Mucki verkaufte noch Alkohol und unverzollte Zigaretten, aber das brachte eher Hartgeld ein und war mittlerweile mehr eine Belastung. Doch selbst in dem einkommensschwachen Einzugsgebiet des Nordens stieg der Bedarf an Koks. Er würde die immer größer werdende Nachfrage bedienen und dann aus dem Hintergrund agieren. Und dabei in ganz anderen Dimensionen denken. Außerdem wollte er sich zusätzlich mehr auf das Geschäft mit

Nachtclubs konzentrieren. Glücksspiel und Drogen. Darin sah er seine Zukunft.

»Ich hab noch einen Auftrag für dich, Tom. Sieh zu, dass die Mädels gut in Form sind.«

*

»Gehlen wird alles abstreiten«, stieß Heinz Zöllner verächtlich aus. »Es ist darüber hinaus ein offenes Geheimnis, dass der zukünftige Bundesnachrichtendienst mithilfe der Amerikaner aufgebaut wurde. Niemand von der Opposition wird sich daran stoßen.«

Alexej Vassiliev sah seinen Gesprächspartner mit beinahe ausdrucksloser Miene an. So, wie er es immer tat. Er war ein Mann, der sich nicht in die Karten schauen ließ. »Nein. Das wird niemand. Die Notwendigkeit, eine Person wie Gehlen, trotz seiner Vergangenheit, politisch zu etablieren, wird allgemeine Akzeptanz finden«, pflichtete er dem Deutschen bei.

Zöllner fühlte sich unbehaglich. Der Mann auf der anderen Seite des Tisches war intelligent. Überaus intelligent. Und vor allem skrupellos. Er hatte mit Sicherheit so einige Leute auf dem Gewissen. Doch hatte nicht jeder Mann seine Schwächen? Das Problem war, dass sich dieser Russe mit eiserner Disziplin an den Verhaltenskodex seines Berufsstandes hielt. Er gab nichts preis, woran man ihn einschätzen, geschweige denn im Nachhinein hätte festnageln können. Dieser Mann schien keine Fehler zu machen. Es stand außer Frage, dass er jeden einzelnen Vorbehalt, den Zöllner in seinem Gehirn entwickelte, zuvor bereits unzählige Male durchdacht hatte. Er gab nur so viel zu, dass sich ein anderer mit diesem Wissen nicht gegen ihn aufmunitionieren konnte. Und genau das schüchterte Zöllner insgeheim ein.

»Sie wollen ihm also etwas anhängen. Etwas, was über seine Vergangenheit hinausgeht?«

Dieses Mal gestattete sich Vassiliev ein flüchtiges Lächeln. Eine kontrollierte Geste.

»Das wird nicht funktionieren!« Zöllner machte sich nicht die Mühe, seine Ablehnung zu verbergen. »Die Amis werden dafür sorgen, dass alle Vorwürfe entkräftet werden.«

Andrej Lebedew hatte bisher wortlos etwas abseits auf einem Sessel gesessen und die beiden Gesprächspartner genau beobachtet. Plötzlich erhob er sich und reichte dem KGB-Chef einen Umschlag, den dieser entgegennahm, ohne seinen Mitarbeiter eines Blickes zu würdigen. Er öffnete das Kuvert und zog einige Dokumente heraus, die er Zöllner reichte.

»Was ist das?«, verleitete Zöllners Neugier ihn vorschnell zu dieser Frage, bevor er die Unterlagen ausreichend betrachtet hatte.

»Bankverbindungen. Die Geldinstitute sind auf der ganzen Welt verteilt. Kontoinhaber sind diverse Strohmänner. Doch für Ermittlungsbehörden ist es relativ einfach herauszufinden, wer Bevollmächtigter ist.«

Zöllner sah über den Rand seiner Lesehilfe. »Reinhard Gehlen?«

Vassiliev antwortete direkt. »Die beträchtlichen Summen, die Sie dort als Guthaben erkennen können, stammen wiederum von Scheinfirmen, deren Ursprung sich mit etwas Ermittlungsaufwand bis in die Vereinigten Staaten zurückverfolgen lassen.«

»Verstehe ...«

»Sie belegen zweifelsfrei, dass Reinhard Gehlen von den Amerikanern gekauft wurde. Eine Bundeseinrichtung, die im Sinne des Patriotismus mit Unterstützung einer westalliierten Besatzungsmacht aufgebaut wurde, die darüber hinaus als Befreier wahrgenommen wird, wird nicht als anrüchig angesehen werden. Erhält die Öffentlichkeit jedoch Kenntnis darüber, dass der zukünftige Präsident dieser Institution bestochen wurde, und das von einer Nation, die großes Interesse daran haben könnte, eine Wiedervereinigung zu verhindern, um die Deutsche Demokratische Republik als dauerhaften Puffer der beiden Großmächte zu etablieren ... Ich könnte mir vorstellen, dass sich das zu einem politischen Erdbeben entwickeln wird.«

Zöllners Verstand lief auf Hochtouren, suchte verzweifelt nach einer Möglichkeit, dem argumentativ etwas entgegenzusetzen. Doch präsentierte ihm genau dieser Verstand das Gesagte als etwas, was tatsächlich einer politischen Atombombe gleichkam. Und das in beiden Teilen Deutschlands.

»Die Aufdeckung dieses Skandals ist natürlich Ihr Verdienst«, fuhr Vassiliev fort. Heinz Zöllner spürte, wie sich seine Eingeweide zusammenzogen. Er war bemüht, sich seine Unsicherheit nicht anmerken zu lassen. Nicht überzeugt davon, dass es ihm gelang.

»Bei der Vereidigung Gehlens werden Sie die Öffentlichkeit mit Ihren nachvollziehbaren und lückenlos dokumentierten Recherchen und Beweisen konfrontieren.«

»Ich soll was? Das ist doch nicht Ihr Ernst!«

Vassiliev sprach weiter, als hätte er Zöllners Einwand nicht zur Kenntnis genommen. »Sie werden glaubhaft anführen, dass Sie mit der Veröffentlichung bis zur letzten Minute warten mussten, um das Ermittlungsergebnis durch gezielte Manipulation nicht zu gefährden.«

»Meine Aussage gegen die von Reinhard Gehlen? Man wird mich demontieren.«

»Nun, die Exekutive ist gemäß dem Strafverfolgungszwang zur Aufnahme von Ermittlungen verpflichtet. Insbesondere wenn Anschuldigungen von solcher Tragweite in aller Öffentlichkeit erhoben werden. Das kann man nicht unter den Tisch fallen lassen. Gehlen selbst wird alles daransetzen, diese Vorwürfe vollumfänglich aus dem Weg zu räumen. Er wird, in der festen Überzeugung, sich nichts vorwerfen lassen zu müssen, zu jeglicher Zusammenarbeit bereit sein. Wahrscheinlich sogar von sich aus eine lückenlose Aufklärung verlangen. Sie dürfen sich sicher sein, mein lieber Zöllner, dass erheblich belastendes Beweismaterial bei Gehlen aufgefunden werden wird. Einiges davon halten Sie gerade in Ihren Händen.«

Zöllner nahm das Glas Wasser vor sich und leerte es in einem Zug. Es half nichts. Seine Kehle blieb wie zugeschnürt.

»Von diesem Zeitpunkt an ist Gehlen absolut wertlos für die Amerikaner. Sie werden ihn fallen lassen wie … wie sagt man bei Ihnen? Eine heiße Kartoffel?« Vassiliev wartete einen Augenblick. Er schien zu spüren, dass Zöllner einen Moment brauchte.

»Die Bundesregierung wird in erhebliche Erklärungsnöte kommen. Sie waren in den vergangenen Wochen sicherlich etwas verwundert darüber, dass wir so viele Termine mit der Presse initiiert hatten. Unmittelbar nachdem Gehlen zu Fall gebracht wurde, wird die Presse vehement die Nominierung des Mannes fordern, der diesen Skandal aufgedeckt hat. Sie dürfen sich sicher sein, dass das so ist. Spricht nicht seine Loyalität Deutschland gegenüber, seine Kompetenz bei diesen Ermittlungen für ihn? Zudem hat er einige geheime Informationen über die Sowjetunion gesammelt, die natürlich nachprüfbar sind und die desaströsen Fehlinterpretationen von Reinhard Gehlen bei der Bewertung über russische Informationen aufzeigen, und das wiederum könnte eine Gefahr für die Bundesrepublik darstellen. Man wird nicht nur aufgrund des öffentlichen Drucks zweifelsfrei zu dem Ergebnis kommen, dass Sie der richtige Mann für den Posten sind. Im Gegenzug werden Sie uns von Zeit zu Zeit gewisse Informationen zukommen lassen.«

Zöllner zog ein Stofftaschentuch aus der Hose und tupfte sich die Stirn ab.

»Sie sollten aber eines bedenken«, kam es diesmal von Lebedew. »Es geht hierbei um Ihre Zukunft, Herr Zöllner. In jeglicher Hinsicht.« Es stand außer Frage, was er mit diesem Satz zum Ausdruck bringen wollte.

*

Das Zeug half, die Wirklichkeit zum Teil auszuschalten, aber leider nicht völlig. Sie hätte gern mehr von dem Pulver genommen, aber diese Schweine gaben ihnen nie genug. Dabei wollten sie doch nur vergessen, wenn es nur für eine kurze Zeit war. Sie wollten keine Angst haben und keine Schmerzen spüren. Aber genau das gönnten sie ihnen nicht. Das Schlimmste jedoch war, dass man mehr von dem mitbekam, was sie über einen und die anderen Mädchen sagten, was sie mit ihnen vorhatten, als diese Dreckskerle vermuteten. Dabei waren sie so unerträglich überheblich. Möglich, dass die Polizei sie schnappte. Noch am selben Tag würden andere ihren Platz einnehmen. Die Zukunft der Mädchen, ihre eigene Zukunft würde sich dadurch nicht ändern. Und selbst wenn sie die Chance dazu bekäme, Mariella wusste, sie würde sie nicht wahrnehmen. Mehrere Male hatte sie miterleben, ja mitansehen müssen, wie Mädchen, die sich nicht fügten, unvorstellbare Dinge angetan worden waren. Mädchen, die ihr Schicksal geteilt, die mit ihr geweint hatten und denen sie trotzdem versucht hatte, Mut zu machen. Die Kleine lag vor ihr auf der Matratze und schlief. Verdammt! Sie war fast noch ein Kind. Die Drogen hatten sie aus der Realität geschossen, sonst hätte sie das, was sie mit ihr gemacht hatten, wahrscheinlich umgebracht. Mariella wusste aus eigener Erfahrung, dass trotzdem etwas durchdrang und hängen blieb. Es summierte sich auf und schuf schon nach und nach ein Gift, welches einen von innen heraus nach und nach tötete. Zärtlich strich ihr Mariella über das Haar. Es würde etwas dauern, bis ihre Verletzungen so weit verblasst waren, dass man sie wieder anbieten konnte. Wenn sie Glück hatte. Es gab perverse Schweine, die genau darauf standen.

Sie mochte Tom. Er war die rechte Hand von Mucki. Sie mochte ihn auf eine gewiss absurde Art, weil er sie nicht so stark verprügelte wie die anderen Mädchen. Weil er wusste, dass sie einen gewissen Einfluss auf die anderen hatte. Eigentlich schlug er sie nur, wenn er trank. Kunden mochten es nicht, wenn die Ware Zicken machte. Mariella war bewusst, dass es dumm war, so zu denken. Sie durfte natürlich nicht widersprechen. Jegliches Aufbegehren hatte Konsequenzen. Nicht nur für sie. Wenn es nicht gut lief, bestrafte er ein anderes Mädchen für ihre Fehler. Mariella hoffte nur, dass diese Kleine, die hier erschöpft in einem tiefen und hoffentlich traumlosen Schlaf vor ihr lag, nicht den gleichen Dickkopf hatte. Es gab keine Flucht. Sie würden sie jagen und finden. Immer. Das heftige Zittern, welches das junge Mädchen erfasste, riss Mariella aus ihren Gedanken. »Alles ist gut«, flüsterte sie. »Ich bin bei dir. Alles ist gut.«

*

Louis starrte Goldhammer mit offenem Mund an. Dessen Lippen waren zu einem schmalen Schlitz zusammengepresst.

»Sie haben es gewusst!« Als Antwort erhielt er nur ein ernstes Gesicht. Eine Miene, die ihm trotzdem alles verriet. Es war ein Eingeständnis. Im Augenwinkel sah er, wie Marleen ihrem Vater einen flüchtigen, unsicheren Blick zuwarf. Martin schaute ebenfalls auf, beschloss aber weiterzumachen, nachdem er Louis' Gesichtsausdruck gesehen hatte.

Goldhammer sah Louis über den Rand seiner Brille an. Er wirkte, als ob er eine große Last trug, ein Geheimnis, das er behüten sollte und nun preisgeben musste. Kurz betrachtete er die Tätowierung an Gerry Rosenkranz' Handgelenk. Jene eingestochene Nummer, die ihn untrennbar mit der Person verband, die er vor einigen Jahren gewesen war.

»Ari war auf dem Bild sechzehn Jahre alt. Das Foto entstand unmittelbar vor der Befreiung von Auschwitz«, begann Goldhammer. »Die Deutschen versuchten, ihre Gräueltaten zu vertuschen, in dem sie alles, was sie belasten konnte, beiseiteschafften oder vernichteten. Dazu gehörten auch Zeugen.«

Louis bemerkte, wie sehr das Gesagte den alten Mann belastete.

»Der Junge hier hat überlebt. Durch einen einfachen Zufall. Nachdem man die Menschen, mit denen er auf den Platz getrieben wurde, vor seinen Augen erschossen hat, hat Hildebrandt seine Waffe auf ihn gerichtet. Ein junger Unteroffizier hat die Fotos von dem Massaker gemacht. Vermutlich, um zu belegen, dass man bis zuletzt die Pflicht erfüllte. Ein Telefonat hat offenbar Ari das Leben gerettet. Ein Gespräch, zu dem Hildebrandt gerufen wurde. Jedenfalls senkte er seine Waffe und machte auf dem Absatz kehrt. Warum man Ari an diesem Tag nicht getötet hat, wird wohl immer ein Rätsel bleiben. Die einen nennen es Glück, die anderen Schicksal.« Goldhammer zuckte mit den Schultern. »Vielleicht nur aus dem Grund, dass er helfen musste, die Leichen abzutransportieren.«

»Puls scheint mir kräftiger zu werden«, sagte Marleen.

Martin nickte. »Die Blutkonserve stabilisiert ihn. Ich habe die Wunde mit Kochsalzlösung gespült.« Der Kittel des jungen Arztes war blutgetränkt und seine Hände tiefrot gefärbt. Gleiches galt für den Schreibtisch und den Fußboden. »Ich verschließe jetzt die Wunde und verpasse ihm ein Antibiotikum. Er wird weitere Konserven brauchen. Ich sehe, was ich noch machen kann. Aber mehr kann ich unter diesen Umständen nicht für ihn tun.«

»Wird er es schaffen?« Louis sorgte sich tatsächlich.

Der Arzt zeigte verhaltene Zuversicht, aber auch etwas, das Louis als Skepsis wertete.

»Er ist jung. Das ist sicher von Vorteil.«

»Danke, Martin«, sagte Goldhammer. Er richtete sich auf, nahm seine Brille ab und putzte sie mit einem Taschentuch. »Manchmal gibt es Zufälle, Louis. Das Zusammentreffen von Ereignissen, die man im Grunde genommen für unmöglich hält. Manch einer würde da von einer höheren Macht sprechen.«

»Gerry … Ari hat ihn wiedergetroffen? Hildebrandt?«

Raimund Goldhammer nickte bedächtig, während er die Sehhilfe wieder aufsetzte. »In einem Restaurant. Hildebrandt hatte sich mit einem Kerl getroffen, den wir später als mutmaßlichen russischen Agenten identifizieren konnten. Ist jetzt ungefähr zwei Jahre her. Tja … manchmal gibt es Zufälle, bei denen man nicht weiß, ob man sich beim Schicksal dafür bedanken oder es verfluchen soll. Zunächst war Ari sich nicht sicher. Er recherchierte zusammen mit Victor Baptiste. So wurden wir auf die beiden aufmerksam. Wenn man Fragen stellt, bestimmte Fragen, bleibt das nicht unentdeckt. Das Problem war, dass Hildebrandt mittlerweile eine neue Identität hatte. Und diese Person, hinter der er sich bis heute versteckt, macht die Sache heikel.« Goldhammer trat vom Tisch weg und zog eine Schublade auf. Er reichte Louis eine Tageszeitung. Sie war an einer bestimmten Stelle aufgeschlagen und gefaltet. Der Artikel umfasste beinahe eine halbe Seite. Er gab Louis die Zeit, ihn durchzulesen.

»Heinz Zöllner«, sagte Goldhammer während er mit blutverschmiertem Finger auf ein Foto tippte. »Mitarbeiter der

Organisation Gehlen. Der Artikel ist drei Tage alt. Zöllner hat hier in Essen auf dem Parkfriedhof an der Ehrung sowjetischer Kriegsgefallener teilgenommen. Dieser Heuchler …«

Louis ließ sich das Gesagte durch den Kopf gehen. Und plötzlich fügte sich alles zusammen. Es war, als hätte Goldhammer soeben das letzte, das entscheidende Puzzleteil hinzugefügt.

»Die beiden hatten nichts gegen ihn in der Hand«, fuhr Goldhammer fort. »Keine Beweise, Hildebrandt dafür eine lückenlose, neue Identität. Dann haben wir eine Kontaktperson aus dem unmittelbaren Dunstkreis des russischen Geheimdienstes an Land gezogen. Wir haben unsere Fühler in diese Richtung ausgestreckt, weil in der Deutschen Demokratischen Republik nahezu die gesamte Führung aus ehemaligen Parteifunktionären besteht. Zufällig handelt es sich bei unserer Quelle um die persönliche Sekretärin des KGB-Chefs.«

»Respekt!«

»Sie berichtete uns von einem Treffen zwischen Vassiliev und einem Mann, der sich Heinz Zöllner nannte. Bei dem Gespräch ging es offenbar darum, Zöllner zu einer bestimmten Mitarbeit zu bewegen. Betreut wurde Zöllner von einem seiner Bluthunde. Ein Kerl, der sich Lebedew nennt. Zöllner wurde mit den Fotos … überzeugt.«

»Und Ihr Informant hat die Fotos Baptiste übergeben.«

»Richtig. Wir konnten Ari … Gerry ja nicht persönlich schicken. Er und die Fotos sind eins, wenn es darum geht, Hildebrandt alias Zöllner zu Fall zu bringen. Daher durften wir ihn keiner solchen Gefahr aussetzen. Dass die Amerikaner davon Wind bekommen hatten und Sie unter einem Vorwand ins Spiel brachten, davon hatten wir keine Ahnung.«

Louis' Gesichtszüge verhärteten sich. Das entging auch Goldhammer nicht. »Ich konnte … musste Sie zunächst im

Ungewissen lassen, Louis. Wir kennen, also kannten Sie nicht. Die Lage war zu heikel.«

Louis antwortete nicht. Er wirkte nachdenklich.

»Was ist mit Ihnen los, Louis? Irgendetwas verschweigen Sie mir.«

Louis atmete wie unter einer Last aus. »Die Fotos ... Ich musste sie gegen Gerrys Leben tauschen. Und auch die Negative.«

Ein Anflug von Entsetzen lag auf Goldhammers Zügen. Kurz öffnete er den Mund, entschloss sich dann doch, nichts zu sagen.

»Sie wurden vernichtet. Sie haben recht. Irgendjemand scheint ein falsches Spiel zu treiben. Und ich bin mir sicher, ich weiß, wer das faule Ei ist.«

»Sie haben einen Verdacht?«

»Ich bin mir sogar relativ sicher. Der Einzige, der von der Sache wissen konnte, ist Gerrys Vorgesetzter. Kurt Beckmesser oder so. Aber ich muss das erst überprüfen.«

»Wie war der Name?«, kam es unerwartet von Martin.

»Beckmesser. Kurt. Warum fragen Sie?«

Martin zuckte mit den Achseln. »Weil ich gestern einen Kerl die Hand zusammengeflickt habe. Ich meine, der hieß Beckmesser. Ach ja! Hatte sich angeblich die Flosse beim Werken verletzt. Aber wenn Sie mich fragen ... Das sah eher so aus, als wäre er an die Falschen geraten, verstehen Sie? Jedenfalls hat er gesagt, er wäre Redakteur und dass er die Hand zum Schreiben braucht.«

Louis ärgerte sich über sich selbst. Manche Dinge waren so offensichtlich, dass man sie erst bemerkte, wenn man mit der Nase dagegen stieß. »Jetzt wird mir so einiges klar«, murmelte er mehr vor sich hin.

»Der Kerl hat Sie ... uns alle verpfiffen«, sprach Goldhammer aus, was ohnehin klar war.

Louis blickte ihn an, als hätte man ihn aus einem Tagtraum gerissen. »Der Anschlag in dem Café. Ich hatte Gerry in der Redaktion angerufen. Natürlich wird er diesem Beckmesser etwas erzählt haben. Und er war derjenige, der Gerrys Versteck kannte.«

»Dann ist er es, der mit den Amis konspiriert. Jetzt verstehe ich auch, wie die Sache in Rolandswerth zustande kam.«

Louis nickte. »Exakt. Ich habe mir schon die ganze Zeit die Frage gestellt, woher die Amis wussten, dass Victor sich …«

»Mit unserem russischen Informanten treffen wollte«, beendete Goldhammer den Satz.

»Verdammt!«, fluchte Louis. »Die Amerikaner haben mir das als ihr Ding verkauft. Wie habe ich das übersehen können? Das Einzige, was ich noch nicht kapiere, ist, warum die Amis so ein Interesse an Hildebrandt … Zöllner haben.«

»Das werden Sie die fragen müssen, Louis. Ich schätze, aus anderen Beweggründen als wir.«

»Warum hat Ihre Organisation Zöllner nicht ausgeschaltet?«, fragte Louis nach einer Weile.

»Weil es die Welt dann nicht erfahren würde. Darum geht es. Die Welt muss es erfahren, verstehen Sie?«

Goldhammer stützte sich mit beiden Armen auf den Tisch, auf dem Ari Silberstein alias Gerald Rosenkranz lag und um sein Leben kämpfte. Resigniert sah der alte Mann zuerst auf den Verletzten, dann zu Boden. Als er wieder aufschaute, lag eine gewisse Müdigkeit in seinen Augen. »Aber das spielt jetzt keine Rolle mehr, Louis«, sagte er schließlich. Etwas Endgültiges lag in seiner Stimme. »Die Fotos sind vernichtet. Wir haben nichts. Nichts, womit wir Zöllner zu Fall bringen könnten.«

Die beiden Männer blickten sich an. Louis glaubte, tiefe Enttäuschung in den Zügen des anderen zu erkennen. Rein sachlich gesehen hatte er recht. Es gab nichts, womit man die Sache offiziell machen konnte. Abrupt griff Louis nach seiner Jacke.

»Wo wollen Sie hin, Louis?«

»Noch weiß niemand, dass die Fotos vernichtet wurden, richtig?«

»Nein, ich denke nicht. Warum …?«

»Ich weiß jetzt, was zu tun ist«, sagte Louis. Und ehe jemand etwas erwidern konnte, schlug er die Tür hinter sich zu.

*

»Heinz Zöllner. Nicht wahr? Oder soll ich Sie Ernst Hildebrandt nennen?«

Zöllner kniff die Augen zusammen. Er war erfahren genug, seine Situation einzuschätzen. Er wusste, dass sein Gegenüber kein Hasenfuß war, der zufällig an eine Waffe und damit zu Mut gekommen war. Zöllner musste wissen, dass es nun gefährlich für ihn wurde. Und dennoch konnte er nicht aus seiner Haut, legte seine Aufgeblasenheit nicht ab, glaubte stattdessen, so die Souveränität beibehalten zu können.

»Setzen Sie sich.« Der Lauf von Louis' Pistole deutete kurz auf einen Sessel, ehe er sie wieder auf den Mann vor sich ausrichtete. Zöllner lächelte, als er Platz nahm, sah seinen Widersacher dabei jedoch nicht an. Erst als er sich angelehnt und die Beine überkreuzt hatte, erwiderte er Louis' Blick. Er wirkte nicht überrascht. Wahrscheinlich rechnete man bei seiner Vergangenheit immer damit, dass man enttarnt wurde.

»Schickes Hotelzimmer. Kann man das als Spesen absetzen?« Louis sah sich um.

»Was zum Teufel wollen Sie?«

Louis beugte sich nach vorn und stützte die Ellbogen auf die Knie. »Keine Angst. Nicht in guten alten Zeiten schwelgen. Ich denke, Sie sind ohnehin nicht jemand, der mit großem Bedauern auf seine Vergangenheit schaut. Anscheinend scheint sich jeder für Sie zu interessieren. Aus unterschiedlichen Beweggründen.«

»Ist das so?«

Louis neigte den Kopf leicht zur Seite. »Sie arbeiten in der Organisation Gehlen, habe ich recht?«

Zöllner hob süffisant eine Braue. »Wenn ich Ihnen das erklären muss, sind Sie schlecht vorbereitet. Oder dumm.« Wie beiläufig entfernte er ein Haar von seinem Hosenbein, stellte die Ellenbogen auf seinen Oberschenkel und legte anschließend die Fingerspitzen beider Hände gegeneinander.

Louis setzte sich wieder aufrecht hin. »Wissen Sie, woran Ihr System gescheitert ist? Ihr … Großdeutsches Reich? An Ihrer Überheblichkeit. Sie ist der sicherste Weg zum Scheitern. Wie man an dieser Situation hier sieht.« Louis erhob sich. »Ari Silberstein. Sagt Ihnen der Name was?«

Zöllner winkte genervt ab. »Kommen Sie mir jetzt mit irgendwelchen Gewissensfragen? Sparen wir uns das. Ich nehme die Kurzfassung.«

Louis atmete hörbar aus. »Ich möchte einfach, dass Sie meinen Standpunkt verstehen. Ich benötige einige Informationen von Ihnen.«

»Informationen? Sie sollten sich auf Ihren Geisteszustand hin untersuchen lassen.« Zöllner sprach zunehmend lauter, wirkte mit jeder Minute gereizter.

»Später. Vielleicht. Ich verstehe ja, dass es wehtut, wenn man verliert. In Ihrem Fall muss man wohl sagen, schon wieder verliert.« Louis schritt zu einem kleinen Tisch und ordnete beiläufig die Dinge, die er dort platziert hatte, obwohl sie akkurat lagen. »Ich verstehe es nicht, Zöllner. Wie gerade Sie Ihr Vaterland verraten konnten. Verrat übten mithilfe des Landes, welches Ihr Führer zum größten Feindbild erhoben hatte.«

Für einen flüchtigen Moment ruhten die Augen der beiden Männer aufeinander. Zöllner runzelte die Stirn. »Sie reden dummes Zeug!«

»Wollen Sie leugnen, dass diese sozialistischen Brüder Ihre Verbündeten sind? Landesverrat ist nach wie vor ein Kapitalverbrechen.«

Zöllner ballte die Faust.

»Bedauerlicherweise mussten dafür Leute sterben. Nicht, dass ich vermuten würde, dass es Ihnen etwas ausmacht. Also … bitte keine gespielten Selbstvorwürfe.«

Zöllner wirkte zunehmend genervt. »Kommen Sie zum Punkt, Mann! Was wollen Sie?«

Louis sah ihn ernst an. »Ich bin hier, weil ich Sie töten werde.«

»Und warum dann diese unerträgliche Szene?«

»Weil Sie mir Informationen geben werden.«

Heinz Zöllner fing beinahe an zu lachen. »Warum um alles in der Welt sollte ich das tun?«

»Weil ich Ihnen die Gelegenheit einräume, quasi im Gegenzug, einiges wiedergutzumachen.«

Dieses Mal lachte Zöllner tatsächlich auf. Louis antwortete nicht, sondern griff in seine Innentasche. Langsam hielt er das, was er hervorgeholt hatte, Zöllner hin. Der ehemalige Nazioffizier wurde mit einem Mal leichenblass.

»Ihre Frau und Ihre Tochter, stimmt's? Von wann ist das Foto?«, fragte Louis wie beiläufig.

Zöllner war binnen Sekundenbruchteilen jegliche Farbe aus dem Gesicht gewichen. Louis bemerkte, wie dessen Blick auf das kleine Nachttischlein neben dem Bett fiel. Dort stand ein leerer Bilderrahmen.

»Wagen Sie es nicht! Ich schwöre, ich bringe Sie …«

Louis machte mit seinem Zeigfinger eine verneinende Bewegung. »Die Gelegenheit werden Sie nicht mehr bekommen.«

Zöllner sah sich weiter im Zimmer um, wohl in der Hoffnung einen Ausweg zu finden.

»Ihre Frau ist deutlich jünger als Sie.« Louis betrachtete die Aufnahme, als sähe er sie zum ersten Mal. »Und Ihre Tochter kommt ganz auf die Mama raus, wie mir scheint.« Er drehte das Foto wieder zu Zöllner und tippte mit dem Finger darauf.

Zöllner schwitzte plötzlich, obwohl es im Raum nicht so warm war. Louis erkannte den leicht schimmernden Film über der Oberlippe.

»Du dreckiger Hurensohn!«

Dieses Mal war es Louis, der auflachte. »Es ist immer wieder das Gleiche. Egal wie kaltblütig und gewissenlos Verbrecher wie Sie sind, aus einem mir unerklärlichen Grund schaffen sie sich regelmäßig ihre eigene Achillesferse, in dem sie tatsächlich glauben, sich neben ihrem eigentlichen Leben eine heile Welt samt Familie schaffen zu können.«

»Sie sagten, Sie wollen etwas.«

Louis nickte langsam. »Die Russen haben etwas, was ich jetzt habe. Es handelt sich um Fotos. Sie stammen direkt aus dem Büro von Alexej Vassiliev. Den Mann brauche ich Ihnen sicher nicht vorzustellen. Schließlich ist er Ihr Arbeitgeber.«

Zöllner sah Louis an. Seine Gesichtshaut wirkte nun leicht fleckig. Louis legte die Waffe entspannt auf sein Knie, hielt seine Hand jedoch am Griffstück.

»Sie kennen die Fotos. Sie zeigen Ihr Schaffen in Auschwitz unmittelbar vor der Befreiung. Man hat Sie Ihnen im Beisein von Vassilievs Bluthund Andrej Lebedew als ... wie sollen wir es sagen? Als Arbeitsvertrag vorgelegt.«

Zöllners Finger umklammerten die hölzernen Endstücke der Armlehnen, bis die Knöchel weiß anliefen.

»Sie fragen sich, wie das sein kann und woher ich das alles weiß? Nun, Vassiliev hat eine verdammt hübsche Sekretärin.«

Louis gönnte ihm die Zeit, das Gehörte sacken zu lassen. »Bei dem Jungen, auf den Sie auf einem der Bilder Ihre Waffe gerichtet haben, handelt es sich um Ari Silberstein. Ihm geht es gut. Wenn wir mal davon absehen, was Sie seiner Seele angetan haben.« Louis verharrte einen Moment. Er wollte Zöllner die Gelegenheit einräumen, etwas zu sagen. Doch der sah ihn nur mit versteinerter Miene an. »Was auch immer die Sowjets Ihnen versprochen haben. Sie werden Sie fallen lassen. Schlichtweg jegliche Beziehungen zu Ihnen leugnen. Interessanter aber dürften die gesellschaftlichen und politischen Reaktionen zu Ihrer wahren Identität sein. Ein Massenmörder, der selbst vor der Ermordung von Kindern nicht zurückschreckte und der jetzt in einer Führungsposition einer Bundesbehörde arbeitet. Glauben Sie mir: mit Kindern wirkt immer. Die Fotos werden einige Gemüter bewegen, da bin ich mir sicher.«

»Meine Familie hat damit nichts zu tun!«

»Das würde ich so nicht sehen. Man stelle sich vor, was es für ein Kind bedeutet, wenn es erfährt, dass der eigene Vater ein Mörder, ein Judenhasser war, der an der systematischen Vernichtung von Tausenden Menschen beteiligt gewesen war. Und der auf einem Bild eine Schusswaffe auf ein Kind richtet.« Louis beugte sich vor. Es war an der Zeit, Zöllner den Todesstoß zu versetzen. »Und der die Schuld am Tod der Mutter trägt, weil er sich weigerte mitzuarbeiten.«

Zöllner sprang auf. Noch ehe er zu einer Handlung fähig war, schnellte Louis' Schussarm nach vorn und presste ihm den Lauf der Waffe schmerzhaft gegen die Stirn. Zöllner erstarrte in der Bewegung. Er zitterte am ganzen Leib. Louis deutete kurz zum Sessel. Nach einem Moment des Zögerns setzte sich Zöllner. Urplötzlich wirkte er gebrochen.

»Tun Sie das nicht. Ich bitte Sie!« Seine Stimme klang nun flehend.

»Das hängt von Ihnen ab. Erinnern Sie sich, was ich zu Beginn gesagt habe? Dass ich Ihnen die Gelegenheit einräume, einiges wiedergutzumachen?«

Zöllner nickte, als läge in dieser Aussage eine Chance. Eine Möglichkeit, auf was auch immer. »Ja! Ich erinnere mich. Aber lassen Sie meine Familie …«

Louis legte seinen Zeigefinger auf die Lippen. Zöllner schwieg sofort, doch man sah ihm an, dass er förmlich darum bettelte zu erfahren, was Louis ihm anbieten würde.

»Wissen Sie, Zöllner, wer das Ganze ins Rollen gebracht hat? Sagt Ihnen der Name McAffrey etwas?«

Zöllner zögerte. Louis sah ihm an, dass der Name ihm bekannt war.

»Gehlen soll Präsident des BND werden. Wir wissen beide, dass die Amis da ihre Finger im Spiel haben. Und ebenso wissen wir beide, dass Gehlen ein ebensolcher Drecksack wie Sie ist. Mit dem Unterschied, dass er sich von den Amerikanern kaufen ließ und jede Menge Wissen über die Russen hat.« Louis setzte sich wieder. Von Zöllner würde kein weiterer Angriff ausgehen. »Die Russen wollen Gehlen diskreditieren, habe ich recht? Und dafür brauchen Sie jemanden, der nah an ihm dran ist.« Louis zeigte auf Zöllner. »Jemanden, an dessen Loyalität es keinen Zweifel gibt. Und wie erlangt man diese Treue? In Ihrem Fall durch Fotos, die Ihnen und Ihrer Familie in jeder Hinsicht das Genick brechen, würde die Öffentlichkeit davon erfahren. Also der typische Klassiker, wenn es darum geht, jemanden zur Mitarbeit zu bewegen.«

Zöllners Gesicht zeigte keine Regung. Es war wie versteinert.

»Jetzt kommt der Punkt, an dem ich nicht weiterkomme. Wie gesagt … es gab jemanden in unmittelbarer Nähe des KGB-Chefs, der brisante Informationen aus sozusagen erster Hand hat. Habe ich die Sekretärin schon erwähnt? Wie auch immer. McAffrey hat mich beauftragt, die Informationen einzuholen. Es handelte sich um einen Namen. Ari Silberstein. Der Mann, der Sie ans Messer liefern könnte. Was er nicht wusste, war, dass mir bei der Übergabe eine Filmrolle mit genau den Fotos übergeben wurde, auf denen Sie in Ausübung Ihrer Pflicht zu sehen sind.«

Zöllner machte einen verächtlichen Gesichtsausdruck. »Das Ganze ist viele Jahre her. Eine aus dem Kontext gerissene Aufnahme. Möglicherweise manipuliert. Außerdem ist es nicht ungewöhnlich, dass man versucht, jemanden in einem politischen Amt die Beine wegzutreten. Keine Ahnung, wer dieser Silberstein ist. Glauben Sie tatsächlich, dass seine Aussage etwas bewirken würde?«

Louis grinste. »Als Sie Ihre Waffe auf ihn gerichtet haben, hat der Junge die Arme erhoben. Sie kennen das Foto. Doch es zeigt ein winziges, aber entscheidendes Detail. Etwas, auf das Sie nicht geachtet haben. Etwas, was man ihm auf seinen Unterarm tätowiert hat.« Louis erkannte, wie Zöllners Kaumuskeln pulsierten. »Die Amerikaner wussten nichts von den Fotos. Zunächst zumindest nicht. Trotzdem haben sie unmittelbar nach der Übergabe des Namens vorgehabt, mich auszuschalten. Hier komme ich nicht weiter. Warum sollten die Amerikaner ein Interesse daran haben, den Namen und vielleicht die Person, die dahintersteht, von der Erdoberfläche zu tilgen? Eine Person, die im Grunde genommen ja die Position Gehlens stärken würde? Das hat mir wirklich zu schaffen gemacht. Ich habe aber eine Vermutung. Und ich möchte von Ihnen wissen, ob ich richtig liege.«

*

»Und Sie sind sich absolut sicher?«

Morrissey nickte überzeugt. »Absolut, Sir. Es gibt keinen Zweifel.«

McAffreys Gesicht zeigte Spuren von Misstrauen, während er vor sich hinstarrte. »Das ist wie eine Verurteilung wegen Mordes ohne Leiche.«

»Wir waren quasi mit dabei, Sir. Thompson hatte einen Hinweis bekommen, wo sich Rosenkranz aufhielt. Es war nur eine Frage der Zeit, bis dieser Louis sich melden würde. Als dieser Legionär dann auftauchte, hat Thompson Rosenkranz 'ne Kugel verpasst. Louis hatte keine Wahl. Entweder holt er die Fotos samt Negative, oder Rosenkranz würde ausbluten.«

»Und Louis hat ihm tatsächlich die Bilder ausgehändigt?«

»Ja, Sir. Als er zum Treffpunkt kam, waren wir mit im Boot. Zu diesem Zeitpunkt war Thompson verkabelt. Wir haben also jedes einzelne Wort von ihm mitgehört.«

»Hören ist nicht sehen, Morrissey.«

»Das ist korrekt. Doch hat Thompson bestätigt, die Bilder zu haben. Die Negative hat dieser Louis in den Wagen gelegt. Auch das haben wir mitgehört. Nebenbei ... Thompson war kein Amateur.«

»Trotzdem hat unser Louis ihn in die Luft gejagt«, ergänzte McAffrey noch immer nicht restlos überzeugt.

»Eine Falle. Ja. Aber Thompson hat bestätigt, dass die Negative im Wagen lagen, bevor der explodierte.«

McAffrey nagte an seiner Unterlippe. »Warum sollte Louis Interesse an diesem Rosenkranz haben? Oder anders gesagt: Welches Wissen hat der Kerl, dass Louis deswegen die Fotos opfert?«

»Gute Frage, Sir. Es wird wohl etwas sein, was noch mehr Gewicht als die Fotos hat. Irgendetwas, was Gehlen das Genick brechen kann.«

McAffrey nickte gedankenversunken. »Was ist mit diesem Rosenkranz? Der kann sich ja nicht in Luft aufgelöst haben. Wenn er so schwer verletzt ist, wie Sie glauben.«

»Wir sind dran, Sir. Das ist nur eine Frage der Zeit. Er wird ärztliche Hilfe brauchen. Medikamente … irgendetwas, womit man ihn behandelt.«

McAffrey sah Morrissey ernst an. »Wir haben nicht mehr viel Zeit. Die Wahl zum BND-Präsidenten ist nicht mehr weit weg. Ich muss zurück nach Bonn. Finden Sie Rosenkranz und schalten Sie ihn aus. Das geht auf Ihre Kappe, Morrissey. Ich würde ungern einen Bericht verfassen müssen, aus dem hervorgeht, dass ein Verdächtiger mit einem Schwerverletzen einer Armada an CIA-Agenten unter Ihrer Federführung einfach so entkommt. Enttäuschen Sie mich kein zweites Mal!«

*

»Dumm gelaufen.«

»Fragt sich für wen, Herr Kommissar«, wandte Roland Kahrmann ein.

»Kriminaloberkommissar, Mucki. So viel Zeit muss sein.«

Kahrmann alias Mucki lächelte vor sich hin, während sein Blick auf die Leinwand gerichtet war. Das Kino war eines dieser altmodischen Lichtspielhäuser, die sich auf Film Noir spezialisiert hatten. Kahrmann fragte sich, wie man mit einem derartigen Programm überhaupt seine Stromrechnung begleichen konnte. Zumindest war es ein hervorragender Ort für konspirative Treffen. Dunkel, wenig Publikum und teils schon in den Vormittagsstunden geöffnet.

»Befördert worden? Gratulation.« Kahrmann sah nicht in von Gleiwitz' Richtung. Er hasste die ausgeprägte Arroganz von diesem Kerl und insbesondere dessen Bestreben, diese Überheblichkeit selbstgefällig nach außen zu tragen. »Jedenfalls läuft dieser Typ entgegen Ihren Versprechungen da draußen rum«, ging Kahrmann nicht weiter darauf ein. »Die Zeitungen sind voll von Nachrichten über den Typen.

Der hat ein echtes Aggressionsproblem, wenn Sie mich fragen.«

»Nervös?«

Dieses Mal sah Kahrmann seinen Gesprächspartner an. »Nicht mehr, als Sie es sein sollten. Es war falsch, den Kerl nicht umzulegen.«

»Hinterher ist man immer schlauer.« Von Gleiwitz griff in seine Popcorntüte, während er weiter auf den Film schaute. Kahrmann hatte recht. Doch hätte er einen Toten nicht vernehmen und der Gerichtsbarkeit zuführen können, was ihm nicht die gewünschten Lorbeeren beschert hätte. Aber das sagte er ihm nicht.

»Was glauben Sie, Bulle? Wird er Schwierigkeiten machen?«

Von Gleiwitz zuckte mit den Schultern. »Ich bin mir nicht sicher. Hab zumindest gehört, dass er nach seinem Ausbruch wohl wieder in den Fokus diverser Ermittlungen geraten ist.«

»Das heißt?«

Von Gleiwitz schob sich eine Handvoll Popcorn in den Mund. »Ist nicht meine Abteilung«, antwortete er kauend. »Komme also nicht nah genug ran, um alle Details zu erfahren. Jedenfalls hat er sich offenbar in einem persönlichen Rachefeldzug begeben. Irgendwas mit ehemaligen Kameraden von der Westfront. Er wird nun von der ganzen Republik gesucht. Sieht nicht danach aus, als hätte er noch Zeit, sich um Sie zu kümmern.«

»Sie meinen also, er stellt kein Problem dar?«

Von Gleiwitz schob sich eine weitere Hand in den Mund, während er nickte. »Exakt. Trotzdem sollten wir nicht leichtsinnig sein. Sie sollten Ihre Pferdchen instruieren.«

»Da machen Sie sich mal keine Gedanken, Gleiwitz«, sagte Kahrmann gelassen. »Die sputen schon. Wenn man hin und wieder mal ein Exempel statuiert, kann man sich ihrer Loyalität relativ sicher sein.«

»Es sei denn, man übertreibt es, Mucki. Sie sollten Ihre Männer im Zaum halten. Es ist uns nicht zuträglich, wenn alle paar Tage eine zusammengeschlagene Straßennutte mit einem Rettungswagen ins Krankenhaus eingeliefert wird. Ich kann das nicht alles unter den Tisch fallen lassen. Wo wir schon beim Thema sind: Wie laufen die Geschäfte?«

Mucki zog die Mundwinkel nach unten. »Wir haben noch einige Probleme mit der Verteilung, aber es läuft von Tag zu Tag besser.«

»Was für Probleme?«

»Das Ausmaß. Es läuft zu gut. Die ersten meckern schon über die Qualität. Noch mehr strecken können wir das Zeug nicht. Wir müssen also saubereren Stoff finden, den wir besser verschneiden können, oder andere Lieferwege auftun. Kompliziert.«

»Verstehe. Mehr Geschäftspartner, mehr Mitwisser.«

»Das Problem liegt eher an geeigneten Leuten.« Kahrmann hatte von jeher in allen Dingen, die er angefasst hatte, großen Wert auf Sicherheit gelegt. Das galt auch für seine Männer. Wer das Zeug in seiner Organisation anfasste, flog raus. Es wurde immer schwerer, zuverlässige Leute für seine stetig wachsenden Versorgungskanäle zu rekrutieren. Die Verlockung war groß. Mit etwas Glück könnte er den gesamten Kokainmarkt in der Stadt übernehmen. Aber es war nur eine Frage der Zeit, bis ein Krieg ausbrechen würde. Nicht, dass er Angst davor hätte. Es würde den Verkauf bremsen und seine Leute zusätzlich für andere Aufgaben binden. Von Gleiwitz sollte ruhig weiter glauben, der Mann zu sein, der die Fäden zog. Kahrmann brauchte ihn noch eine Weile. Er sorgte zuverlässig dafür, dass die Razzien bei der Konkurrenz zum gewünschten Erfolg führten, und der eine oder andere Verdachtsmoment gegen ihn selbst fand stattdessen seinen Weg nicht über von Gleiwitz' Schreibtisch hinaus.

Doch langsam wurde ihm dieser arrogante Bulle zu gierig. Aber noch brauchte er ihn.

»Sie sollten das Gegenteil machen. Bieten Sie den besten Stoff an, Mucki. Zu einem Preis, bei denen den anderen Anbietern Hören und Sehen vergeht. Ihr Profit sollte dabei erst mal zweitrangig sein. Um die Konkurrenz kümmere ich mich. Wird Sie natürlich was kosten.«

Idiot, dachte Kahrmann. Hielt sich für besonders schlau, dieser Bulle. Für ihn war von Gleiwitz ein korruptes und überhebliches Arschloch. Ein Krimineller, der sich hinter seinem Dienstausweis versteckte.

»Genau aus diesem Grund wollte ich Sie sprechen, Gleiwitz. Der Name Toni Gebauer sagt Ihnen sicher was.« Kahrmann wusste nur zu genau, dass Gleiwitz auch auf der Gehaltsliste von Anton Gebauer stand, der den gesamten Südteil der Stadt bediente. Jenen Teil, in dem sich die bessere Gesellschaft befand. Wobei Kahrmann das Besser auf deren Liquidität bezog. Zugedröhnt oder besoffen waren sie ebenso asoziales Pack wie seine Kundschaft im Norden. Von daher wunderte es Kahrmann nicht, dass von Gleiwitz nicht antwortete.

»Toni kann besseren Umsatz machen als ich. Weil seine Kunden mehr in der Tasche haben. Aber sein Zeug ist minderwertig. Er streckt es zu sehr. Es hat so um die fünfundsiebzig Prozent. Höchstens.«

»Und warum erzählst du mir das alles, Mucki?« Von Gleiwitz duzte Kahrmann von Zeit zu Zeit, wahrscheinlich, um damit seine eingebildete Überlegenheit zu untermauern.

»Ich habe eine neue Quelle ausgemacht. Direkt aus Kolumbien. Kommt über Amsterdam rein. Nahezu hundert Prozent.«

»Was natürlich 'ne Stange Geld kostet«, erwiderte von Gleiwitz etwas gelangweilt.

»Ja. Aber wenn ich den Süden übernehmen würde, könnte

ich es zum Preis bekommen, für den Toni sein Zeug mit maximal fünfundachtzig Prozent einkauft und was er auf knappe fünfundsiebzig streckt. Ich strecke es auf fünfundachtzig, vielleicht sogar neunzig Prozent. Die Kunden wären begeistert, und die Qualität wäre unschlagbar. Genau das, was Sie soeben vorgeschlagen haben.«

Von Gleiwitz sah Mucki eine geraume Zeit an. So, als würde er ernsthaft über das Gesagte nachdenken. Er tat nur so. Das war Kahrmann klar.

»Wir übernehmen das gesamte Gebiet, bieten besseren Stoff an und können so den Preis bestimmen, weil wir konkurrenzlos sind.«

»Hm.« Von Gleiwitz tat wenig überzeugt.

Kahrmann setzte nach: »Es gibt aber noch einen weiteren Vorteil. Einen zusätzlichen Markt, den Toni nicht hat.«

»Der da wäre?« Allmählich konnte von Gleiwitz seine Neugier nicht mehr verbergen.

»Ich habe die Mädchen, Gleiwitz. Wo gekokst wird, wird gevögelt. Wo gevögelt wird, wird Schnaps und Schampus gekippt. Und wo gesoffen wird, wird die ein oder andere Karte gespielt.«

In von Gleiwitz schlechtem Pokerface machten sich Züge von Anerkennung bemerkbar. »Ich sehe da nur ein Problem. Mucki. Toni wird sich sicher nicht so einfach aus der Stadt jagen lassen.«

Kahrmann hatte gewusst, dass dieser Satz kommen würde. Aus diesem Grund hatte er sich seinen dicksten Köder bis zum Schluss aufbewahrt. Einen, den dieser narzisstische Bulle schlucken würde.

»Das steht außer Frage, Herr Komm... Oberkommissar. Ich habe da ein Angebot für Sie. Eines, das Sie möglicherweise schon in kürzester Zeit zum Chef der Kriminalpolizei machen könnte.«

Von Gleiwitz zog eine Braue nach oben. »Da bin ich aber mal gespannt, Mucki. Raus damit.«

*

»McAffrey ist das faule Ei. Habe ich recht?«

Zöllner löste den Knoten seiner Krawatte, als hinderte sie ihn am Atmen. Seine Wangen waren stark gerötet und er saß wie ein Mehlsack auf dem Stuhl. »Welche Garantie geben Sie mir?«

»Garantie?« Louis lächelte. »Die einzige Garantie, die wir beide haben, ist die, dass wir in die Hölle kommen. Mir geht es nicht um Sie, Zöllner. Obwohl Sie es zweifelsfrei verdient haben. Ich will McAffrey, verstehen Sie?« Louis erhob sich, den Blick auf Zöllner gerichtet, während er zu einem Sideboard ging, um ihm eine kleine Wasserflasche zu reichen. »Meine Geduld ist endlich. Man könnte auch sagen, nicht unbedingt meine Stärke. Also reden Sie, Zöllner!«

Der ehemalige SS-Offizier trank die Hälfte zitternd in einem Zug. Er wirkte nun in Gedanken versunken, trug einen inneren Kampf aus. »Nachdem alles vorbei war …«, begann er schließlich wie unter einer großen Last. »Sie wissen schon. Also der Krieg … Na ja. Ich bin zu den Amerikanern rüber. Ich hatte einige Ausweisdokumente von einem Toten, der mir recht ähnlich sah. In der Gefangenschaft hat mich wohl einer erkannt und ich wurde festgenommen. Eines Tages stand McAffrey in meiner Zelle. Er bot mir einen Handel an.«

»Kommt mir bekannt vor«, knurrte Louis mehr zu sich selbst.

»Ich sollte mit den Russen Kontakt aufnehmen. McAffrey versprach mir eine neue Identität und einen Posten bei der Organisation Gehlen.«

»Um weiter ein Ohr auch nach der Übernahme durch Gehlen im BND zu haben?«

Zöllner nickte. Seine Hände umklammerten die Flasche, als könnte er daran Halt finden. »Ja. Doch rechnete er wohl damit, dass die Sowjets ebenfalls an mich herantreten würden. Aber die Russen waren wohl cleverer, als dieser Ami es für möglich hielt. Ich glaub, der hat die mächtig unterschätzt. Vielleicht hatten sie auch ihrerseits Leute in der Organisation. Wie auch immer.« Zöllner leerte die Flasche.

»Was sollten Sie für McAffrey rauskriegen?«

Zöllner zuckte mit den Schultern. »Die Russen würden Fragen an mich herantragen, aus denen die Amerikaner möglicherweise ihre Schlüsse ziehen konnten. Gleichzeitig sollte ich fingierte Informationen übergeben. Typische Geschichte eben. Die Russen kontaktierten mich tatsächlich schon nach wenigen Wochen.«

»Und es lief nicht rund?«

Zöllner atmete lang gezogen aus. Er zögerte mit der Antwort, als müsste er etwas Peinliches beichten. »Sie wissen schon ... Haben mich da gepackt, wo es wehtat. Man erzählt so einiges, wenn man betrunken ist.«

»Sie sind über das Ziel hinausgeschossen«, stellte Louis fest.

»Etwas. Bin darauf reingefallen. Aber ich konnte nicht mehr zurück. Die Russen übten Druck aus.«

»Sie sind also übergelaufen?«

Zöllner verzog das Gesicht und sah zur Seite, als würde er die Bezeichnung für nicht zutreffend halten. »Es war mehr eine Abwägung zwischen Pest und Cholera. Von McAffrey ging weniger Gefahr aus als von den Sowjets. Schließlich hätte McAffrey seinen Vorgesetzten gegenüber einräumen müssen, dass ihm ein Informant von der Fahne gegangen war und nun für die Gegenseite arbeitete. Umgekehrt ... hätten die Sowjets mich fallen gelassen, wäre ich ein enttarnter Spion. Diese Aussicht schien mir weniger attraktiv.«

»Hatten Sie keine Angst, dass die Amis Sie ausschalten würden?«

»Natürlich. Unter normalen Umständen hätten sie es wohl getan. Aber McAffrey hat das alles mehr oder weniger im Alleingang arrangiert. Vermute, er war dazu gar nicht befugt und er wollte sich so in Szene setzen. Sich zu Hause empfehlen. Vielleicht wollte er auch nur seinem Ego einen runterholen. Trotzdem hätte es kein gutes Licht auf ihn geworfen. Er konnte nicht sagen, wie viel die Russen in Erfahrung gebracht hatten und ob sie es in dem Fall, wenn man mich umgelegt hätte, nicht gegen ihn verwendet hätten.«

»Sie beziehen sich auf Ari Silberstein?«

»Ja. Deswegen sind die Amis, vielmehr dieser McAffrey hinter ihm her. Bringen sie ihn zum Schweigen, tilgen sie meine Vergangenheit aus dem Geschichtsbuch und McAffreys Akte bleibt sauber. Egal was man über ihn behaupten würde.«

Louis nickte fast anerkennend. »Und um jedes Risiko auszuschalten, hat McAffrey alle Quellen links und rechts neben Ihnen beseitigt, die ihn möglicherweise hätten in Bedrängnis bringen können. Otto Herren, Wilhelm Miesbach ... Alles Männer, die Sie noch aus den Fremden Heeren Osten kannten und welche die Russen hervorragend hätten nutzen können, um McAffrey in Schwierigkeiten zu bringen. Wenn auch auf Ihre Kosten.«

Zöllner pflichtete mit einem Nicken bei. »Die Liquidationen waren in doppelter Hinsicht von Vorteil. Zum einen in Bezug auf meine Person. Wenn niemand meine Identität ... meine frühere Identität hätte bescheinigen können, wer hätte McAffrey mit irgendwas konfrontieren können? Zusätzlich hätte das Gehlen geschützt. Was hätte ich ausrichten können, ohne meine eigene Identität preiszugeben?«

Louis sah nun klar. Es ging nie um Gehlen. Es ging um McAffrey. Die Fotos hatten eine ganz neue Dynamik in die Sache gebracht. Eine Aussage, die durch Fotos untermauert worden wäre. Fotos, welche den Zeugen anhand einer KZ-Tätowierung zweifelsfrei identifizierten, hätten Zöllner als Kriegsverbrecher und Massenmörder enttarnt. Und somit McAffreys Versagen dokumentiert und zusätzlich die Glaubwürdigkeit des BND mehr als nur infrage gestellt. Als konnte Zöllner seine Gedanken lesen, sagte er: »Man stelle sich vor, die Gesellschaft hätte erfahren, dass die Amis einen Vaterlandsverräter auf den Präsidentenstuhl des BND gesetzt hätten, um ihre Interessen zu wahren. Um die Front zwischen West und Ost zu verhärten, was eine Wiedervereinigung beider deutscher Staaten für wer weiß wie lange verhindern würde.«

Louis nickte. »Und McAffrey hätte sich erklären müssen, warum er einem Kriegsverbrecher eine neue Identität verschafft hat. Einem Nazi, der im Anschluss zu den Russen übergelaufen ist. McAffrey wäre im doppelten Sinne am Arsch gewesen. Deswegen musste Baptiste sterben. Weil er den Namen des einzigen Zeugen kannte.«

Einige Minuten sagten beide nichts. Louis musste das Gehörte erst einmal verdauen. »Wo finde ich McAffrey?«

»Keine Ahnung. Ich ... weiß es wirklich nicht.«

Louis war sich nicht sicher, ob er ihm glauben konnte. »Sie werden sich ja nicht mit parfümierten Briefe ausgetauscht haben.«

Man sah Zöllner an, dass sein Verstand auf Hochtouren lief. »Die CIA kam immer auf mich zu. Wenn Sie ihn finden wollen ... da gibt es so eine Kneipe. In Bad Godesberg. Irish Pub nennt sich der Schuppen. McAffrey erwähnte einige Male, dass er und sein Lustknabe – Clark Morrissey heißt der –, dass sie sich in einem Pub ein Ale gönnen werden.«

»So ein geleckter Affe? Groß, Brille mit Seitenscheitel?«

Zöllner nickte.

Das klang glaubhaft. Soviel Louis wusste, war McAffrey irgendein schottischer oder irischer Name. Und Morrissey klang irisch. Immerhin war es ein Hinweis.

»Wie geht' s nun weiter? Ich meine … Ich habe Ihnen alles gesagt. Was ist mit meiner Familie? Sie wissen von nichts.«

Louis richtete die Waffe wieder auf Zöllner. »Aufstehen!«, befahl er. Zöllner wirkte irritiert. Wie jemand, der sich mit einer für ihn unerwarteten Wende konfrontiert sah. »Sie haben mir versprochen, dass Sie mir Gelegenheit …«

»Wir sind noch nicht fertig. Setzen Sie sich an den Tisch.«

Nochmals zögerte Zöllner und es war ihm deutlich anzusehen, dass ihn sein innerer Konflikt förmlich zerriss. Louis spürte seine Angst. Und Angst bedeutete, dass jemand möglicherweise nicht das tat, was man von ihm verlangte. Furcht machte jemanden unberechenbar. »Wenn ich Sie jetzt unmittelbar hätte töten wollen, dann wären Sie bereits tot. Also setzen Sie sich«, versucht er, die Situation etwas zu entspannen.

Obwohl dieser Satz im Grunde genommen nichts aussagte, was Zöllner Sicherheit oder in irgendeiner Hinsicht eine Aussicht auf eine Zukunft auf was auch immer geben konnte, schien es ihn so weit zu beruhigen, dass er Louis Anweisungen folgte.

»Vor Ihnen liegen Stift und Papier. Schreiben Sie! Schreiben Sie exakt das auf, was Sie mir über McAffrey erzählt haben. In zweifacher Ausführung. Persönlich von Ihnen unterschrieben. Ich verspreche Ihnen, dass ich Ihrer Familie kein Haar krümmen werde. Tun Sie es nicht, Zöllner, wird sich das Leben Ihrer Tochter innerhalb kürzester Zeit grundlegend verändern. Und Sie werden es nicht verhindern können. Egal, wo Sie sie verstecken. Auch das ist ein Versprechen.«

Zöllner wollte etwas erwidern. Aufbegehren. Irgendetwas tun. Schließlich fügte er sich und griff mit zittriger Hand den Stift. Als er geendet hatte, hielt er Louis die beiden wortgleichen Dokumente hin. Louis las sich die Schriftstücke durch. Dann nickte er zufrieden.

»Sie sind Abschaum, Zöllner. Und viele, sehr viele Menschen hätten es um der Gerechtigkeit willen verdient, dass man Sie anklagt. Aber genau wie Sie bin auch ich ein Mann, für den Begriffe wie Versprechen und Ehre keine hohle Phrase sind. Daher werde ich mich an unsere Abmachung halten.«

Louis griff hinter sich, zog eine weitere Pistole aus seinem Hosenbund. Mit einer geübten Bewegung drückte er mit einer Hand eine Verrieglung, das Magazin glitt aus dem Schaft und prallte dumpf auf den Fußboden. Es war leer. Louis schob es mit dem Fuß unter das Bett. Anschließend warf er die Waffe auf die Matratze. »Ich verabschiede mich jetzt von Ihnen, Zöllner.« Während er das sagte, griff er in seine Hosentasche und holte eine Patrone hervor, die er zwischen Zeigefinger und Daumen hielt, bevor er sie Zöllner zuwarf. »Ich werde in genau fünfzehn Minuten irgendwo in der Nähe sein. Das heißt, ich schenke Ihnen fünfzehn Minuten, in denen Sie Ihrer Familie den Grund für Ihren Freitod niederschreiben können. Schreiben Sie, was Sie wollen. Es interessiert mich einen Dreck. Das ist mehr, als so ein Scheißkerl wie Sie zu erwarten hat. Fünfzehn Minuten. Ansonsten werde ich mich auf mein anderes Versprechen besinnen.«

KAPITEL 11

Mucki fingerte eine Zigarette aus seiner Jackentasche und schob sie sich in den Mundwinkel. Auf dem Beifahrersitz stand eine braune Reisetasche mit zwei Kilogramm reinsten Kokains. Ein Vermögen. Anton »Toni« Gebauer hatte Probleme, an ausreichend Stoff zu kommen. Er hatte keinen blassen Schimmer davon, dass Mucki seit einiger Zeit seine Spielchen mit ihm trieb. Toni hielt sich für schlau. Doch er war nicht clever genug. Sonst hätte er seine Männer besser durchleuchtet. Mucki hatte einen Typen aus Tonis engstem Dunstkreis, zu dem er geschäftliche Beziehungen unterhielt. Geschäfte, die aus seiner mangelnden Impulskontrolle hinsichtlich des Glücksspiels resultierten und die man, einseitig betrachtet, als durchaus unkündbar beurteilen konnte. Den Rest erledigte von Gleiwitz. Die Asservatenkammer der Polizei quoll förmlich über von Tonis Stoff.

Mucki hatte eine Knarre mit, obwohl es keinen Grund gab, sich Sorgen zu machen. In dieser Hinsicht waren alle Profis, und es war relativ unwahrscheinlich, dass man ihn überfiel. Aber das Ding verlieh ihm ein gutes Gefühl. Würde er sie einsetzen, würde er einen Krieg heraufbeschwören. Der Zuhälter sah auf die Uhr. Auf die Minute pünktlich bog ein elfenbeinfarbener Käfer auf den beleuchteten Schotterparkplatz eines alteingesessenen Restaurants, dessen Besuch sich in der Stadt sicher nicht jeder leisten konnte. Zwei Kerle stiegen aus. Sie waren gut gekleidet und wirkten seriös. Normale, rechtschaffene Restaurantbesucher eben, die einen angenehmen Abend in einem Lokal verbringen wollten. Toni näherte sich Mucki, während der andere sich so unauffällig wie möglich in alle Richtungen sichernd umsah. Den meisten Menschen wäre dieses Verhalten ohnehin nicht aufgefallen. Toni öffnete die Beifahrertür und setzte sich in den Wagen. Der andere sicherte weiterhin.

Gebauer sagte nichts, während er einen Umschlag aus seiner Innentasche zog und Mucki einen Blick auf die Geldscheine gewährte.

»Nicht nötig, Toni.«

Gebauer verzog keine Miene. Lediglich das Hochziehen einer Braue verriet seine Gedanken.

»Wir sollten miteinander arbeiten, Toni. Und das geht nur über Vertrauen.«

»Was willst du, Mucki? Hast du von deinem Zeug genascht?« In Tonis Stimme klang so etwas wie Misstrauen und Warnung zugleich.

»Was ich will? Dich als Geschäftspartner, Toni. Ich habe da eine neue Quelle aufgetan. Das Zeug ist so gut, so etwas hat sich hier in der Stadt noch niemand durch die Nase gezogen. Glaub mir. Astreine Qualität.«

»Wir werden sehen, Mucki. Wir werden sehen. Aber wenn es so gut ist, wie du behauptest, wirst du es sicher nicht geschenkt bekommen haben, oder?«

»Toni. Nimm den Stoff mit und teste ihn. Wenn du zufrieden bist … und das wirst du sein … zahlst du bei der nächsten Bestellung. Vertrauen, Toni. Verstehst du?«

Toni Gebauer grinste. »Wusste gar nicht, dass du so naiv bist, Mucki.«

Kahrmann schüttelte den Kopf. »Du sollst nicht mit mir ins Bett steigen. Es sei denn, du möchtest unbedingt. Es ist ein offenes Geheimnis, dass dir Ware fehlt. Der Markt ist zurzeit wie leer gefegt. Ist schwer, da an vernünftigen Stoff zu kommen. Und alle wissen, dass das Zeug, welches du verteilst, nicht das allerbeste ist. Sei ehrlich. Deswegen bist du doch hier. Du bist Geschäftsmann, Toni. Und ein guter Geschäftsmann wird sich keine Lieferadresse dieser Qualität versauen.« Mucki reichte Toni die kleine Reisetasche. »Ich kann den Stoff nicht allein auf die Straße bringen. Wir profitieren also beide davon. Du bleibst in deinem Revier und ich in meinem. Teste das Zeug. Bist du zufrieden, zahlst du den Preis. Wenn nicht, gebe ich dir dreißig Prozent Abzug. Ohne Wenn und Aber.«

Toni blickte einen Moment nach vorn. So, als wäge er ab. Mucki wusste, er hatte sich längst entschieden. »Einverstanden«, sagte er schließlich, öffnete die Tür und stieg aus. »Du hörst in einer Woche von mir«, ergänzte er und warf die Tür zu.

Kahrmann sah seinem Widersacher nach. Mit Mühe unterdrückte er ein breites Grinsen. »Das glaube ich nicht, Toni. Das glaube ich nicht«, murmelte er.

*

Louis hatte sich unweit des Hotels in einen abgedunkelten Bereich zurückgezogen, von dem aus er die beiden Zimmer Zöllners beobachten konnte. Er ging im Geiste nochmals die letzten Tage durch, während er in seine gefalteten Hände hauchte. Es war schon überraschend, wie das Leben so spielte. Vor wenigen Tagen hatte er als verurteilter Mörder in einem Gefängnis gesessen und jetzt hatte er einem hohen Beamten einer Bundesbehörde den Suizid angeboten und wurde von einem Auslandsgeheimdienst gejagt. Es gab noch vieles, was er noch nicht in Erfahrung gebracht hatte. Aber es war jedenfalls genug, um eine Entscheidung zu fällen: Es war an der Zeit, einigen Leuten mächtig in den Arsch zu treten. Nach exakt fünfzehn Minuten erfolgte der Schuss, der die Nachtruhe zerriss. Nach weiteren zwei Minuten hörte er den spitzen Schrei der Rezeptionistin. Weitere acht Minuten später hörte er die Sirene des Streifenwagens und die des Krankenwagens. Er wartete weitere zehn Minuten, bis die Besatzung des Rettungsdienstes das Gebäude in Begleitung der offenbar völlig geschockten Hotelangestellten verließ und sich mit ihr entfernte.

Louis schlug den Kragen seiner Jacke hoch. Er hatte genug gesehen. Es war an der Zeit, aufzuräumen. Und das ein für alle Mal.

*

Von Gleiwitz sah auf seine Uhr. Wenn alles bisher nach Plan gelaufen war, dann müsste Anton Gebauer jede Sekunde ums Eck biegen. Der Kriminalbeamte hatte sämtliche Seitenstraßen mit Streifenwagen sperren lassen. Toni würde mit Sicherheit nicht freiwillig in eine Polizeikontrolle fahren, wenn er mehrere Kilo Kokain im Wagen hatte. Er musste also zwangsläufig diese Straße nehmen. Offiziell hatte von Gleiwitz einen anonymen Tipp erhalten, das Ganze gewissenhaft zu Papier gebracht und für diesen Einsatz ordnungsgemäß den Rückhalt seines Vorgesetzten eingeholt. Toni Gebauer war der gesamten Kriminalpolizei schon seit Langem ein Dorn im Auge, doch hatte er entweder mächtig was auf dem Kasten oder in der Vergangenheit einfach nur unverschämtes Glück gehabt und war mit allem davongekommen. Erschwerend kam hinzu, dass er einige mächtige Fürsprecher in der kommunalen Politik hatte, was jedes Mal zu unangenehmen Fragen führte, wenn gegen ihn ermittelt wurde. Von Gleiwitz rauchte seine Zigarette zu Ende und schnippte sie aus dem Fenster des zivilen Funkstreifenwagens, den er hinter einem Busch so sichtgeschützt geparkt hatte, dass man den Wagen erst spät entdeckte und er die Straße weit einsehen konnte. Als Spannmann begleitete ihn einer dieser jungen Schutzleute. Gerd Fleischhauer, mächtig motiviert. Von ihm hatte der Kripo-Mann schon den einen oder anderen Tipp bekommen. Nur Kleinkram, nichts, was wirklich von Wert gewesen wäre. Wenn man mal von dem Hinweis zu Muckis entlaufender Nutte absah. Dass man den Mord an diesem Flittchen diesem französischen Ex-Soldaten untergeschoben hatte, hatte ihm seine Beförderung beschert. Doch damit wollte er sich nicht zufriedengeben. Von Gleiwitz vermutete, dass der Jungspund neben ihm von einigen Leuten aus seinem Bezirk geschmiert wurde. Wahrscheinlich verarschten sie ihn und benutzten ihn für ihre Zwecke. Aber er war geradezu hörig, wenn es darum ging, der Kriminalpolizei einen Dienst zu erweisen. Und solche Typen stellten weder Fragen, noch hinterfragten sie etwas. Der ideale Partner, wenn es galt, seinen Plan in die Tat umzusetzen. Gerade als von Gleiwitz darüber nachdachte, sich eine weitere Zigarette anzuzünden, um seiner Nervosität etwas entgegenzusetzen, sah er einen elfenbeinfarbenen Brezelkäfer in die Straße einbiegen. Von Gleiwitz ließ den Motor an. »Es geht los!«, sagte er knapp und legte den ersten Gang ein. Der Kriminalbeamte wartete. Er sah Fleischhauer nicht an, spürte aber, dass der seine Geduld kaum zügeln konnte. Das hier war eine andere Nummer, als Parksündern fünf Mark abzunehmen. Plötzlich gab von Gleiwitz Gas, der Wagen schoss nach vorn und versperrte die Straße. Der Käfer kam kurz vor dem Heck des Polizeiwagens zum Stehen. »Du sicherst«, rief er zu Fleischhauer, während er aus dem Fahrzeug sprang. Von Gleiwitz sah, wie Gebauer einen Schulterblick tat und nach hinten sah. Schon rechnete von Gleiwitz damit, dass er den Rückwärtsgang einlegen, um zu entkommen. In einer fließenden

Bewegung zog der Beamte seine Waffe aus dem Holster und richtete sie direkt auf Anton Gebauer. Währenddessen war Fleischhauer auf der anderen Fahrzeugseite und hielt den Beifahrer mit gezogener Pistole in Schach. Toni fing sich wieder. Sein überraschter Gesichtsausdruck wich einem Pokerface. Langsam kurbelte er das Fenster herunter und stellte den Motor ab.

»Hab echt gedacht, uns will einer überfallen. Bis ich die Uniform Ihres Kollegen gesehen habe.« Anton Gebauer versuchte sich an einem freundlichen Lächeln. »Was gibt's denn, Herr Kommissar?«

»Toni! Sieh an. Laufen die Geschäfte so schlecht, dass man jetzt schon Käfer fährt?«

Gebauer zuckte mit den Schultern. »Was für Geschäfte? Keine Ahnung, was Sie immer vermuten, Herr Kommissar.«

»Oberkommissar«, kam es vorwitzig von Fleischhauer. »Herr von Gleiwitz ist Kriminaloberkommissar.«

Von Gleiwitz warf dem jungen Streifenpolizisten einen Blick zu. Dieser Trottel sollte besser sein Maul halten. Normalerweise legte er selbst Wert auf diese Feststellung. In dieser Situation wirkte diese Bemerkung lächerlich. Die Antwort folgte prompt.

»Kriminal*oberkommissar!*« Gebauer machte ein beeindrucktes Gesicht. »Erfolg ist mit den Tüchtigen.« Er sah seinen Beifahrer an, der mit gleicher Miene zurückgrinste. Von Gleiwitz spürte, wie Zorn in ihm aufstieg und das bisschen Restbedenken, was er in den letzten Stunden verspürt hatte, regelrecht beiseitefegte. Er trat einen weiteren Schritt auf den Wagen zu und ließ den Arm mit der Pistole sinken.

»Wer ist denn dein Begleiter, Toni? Hast du einen neuen Wachhund?«

Gebauer überging die Bemerkung. »Gibt es einen besonderen Grund für diese … Kontrolle?«

»Haben einen Tipp bekommen.« Von Gleiwitz meinte, eine Reaktion in Tonis Gesicht erkannt zu haben. Sofort setzte er nach. »Wir haben einen geflüchteten Strafgefangenen, der – wie soll ich es sagen? – bei einer Überstellung zum Gericht außer Kontrolle geraten ist.«

Gebauers Züge entspannten sich unmittelbar. Sofort zeigte sich wieder sein überhebliches Grinsen. »Euch ist einer abgehauen?«

Von Gleiwitz tat, als wäre ihm die Situation unangenehm. Verlegen kratzte er sich am Hinterkopf. »Glaub mir. Mir würde das nicht passieren. Jedenfalls haben wir eine groß angelegte Fahndung und müssen uns jeden Wagen ansehen. Direkter Befehl vom Polizeipräsidenten. Macht sich nicht gut, wenn so einer frei rumläuft. Nicht ungefährlich, der Bursche. Na ja. Die Kollegen haben euren Käfer gesehen und ihn uns über Funk zugesprochen, weil sie meinten, da säßen zwei … finstere Gestalten drin.«

Gebauer reagierte auf diesen Seitenhieb mit einem süffisanten Lächeln. Von Gleiwitz sah zu Fleischhauer. In den Zügen des jungen Streifenpolizisten lag so etwas wie Staunen. Anerkennung. Von Gleiwitz hatte ihm zuvor gesagt, dass Toni wahrscheinlich eine große Menge harter Drogen dabeihatte. Genug, um für verdammt lange Zeit hinter schwedischen Gardinen zu sitzen. Der junge Kollege schien von der Raffinesse, mit welcher der Kriminalbeamte die beiden stellte und dabei in Sicherheit wiegte, hellauf begeistert.

»Alles in Ordnung, Fleischhauer. Herr Gebauer und ich sind alte Bekannte. Wenn Sie bitte so freundlich wären, den Kollegen per Funk mitzuteilen, dass wir keine Feststellungen haben.«

Der Streifenpolizist blickte seinen Vorgesetzten unsicher an. Es war das abgesprochene Signal, Verstärkung anzufordern. Etwas zu nervös für von Gleiwitz' Geschmack steckte er seine Pistole zurück ins Holster und bewegte sich mit eiligen Schritten um den Wagen.

Von Gleiwitz wartete, bis der junge Kriminalbeamte auf seinem Beifahrersitz saß und an den Einstellungsknöpfen des Funkgerätes hantierte. Diese waren nicht auf die gewohnte Frequenz eingestellt. Und darauf hatte von Gleiwitz gewartet. »Waffe weg!«, schrie er, so laut er konnte, während sein Arm in die Höhe schnellte und er die Pistole auf den Innenraum des Käfers ausrichtete. Zwei Schüsse in Folge. Die eine Kugel fand ihr Ziel in der Stirn des Beifahrers und verteilte Blut und Hirnmasse auf der Seitenscheibe und dem Innenraum. Tonis Verstand war viel zu träge, um die Situation zu realisieren. Bevor er reagieren konnte, zerfetzte bereits die zweite Kugel seinen Herzmuskel und er sackte augenblicklich nach vorn.

Von Gleiwitz fuhr herum. Fleischhauer war aus dem Wagen gesprungen. Die Lage überforderte ihn sichtbar. Mit weit aufgerissenen Augen und offen stehendem Mund sah er seinen Vorgesetzten an.

»Was ist los mit Ihnen?«, schrie von Gleiwitz. »Rufen Sie Verstärkung und einen Notarzt.«

Als hätte man den jungen Polizisten mit einer schallenden Ohrfeige aus seiner Trance gerissen, sprang er wieder in den Polizeiwagen. Von Gleiwitz öffnete die Fahrertür und wuchtete den toten Gebauer aus dem Käfer. Mit schnellen Bewegungen tastete er dessen Jacke ab. Das Kuvert befand sich in der Innentasche. Von Gleiwitz zog es heraus und ließ es in seiner Jacke verschwinden. Tonis Waffe befand sich in einem verdeckten Holster. Von Gleiwitz zog sie heraus und warf sie in das Fahrzeuginnere.

Innerhalb von zwei Minuten traf die Verstärkung ein. Von Gleiwitz saß neben dem toten Gebauer auf der Straße. Er zitterte am ganzen Leib. Etwas, was er nicht schauspielern musste.

»Wir hatten alles unter Kontrolle«, sagte er zu den eintreffenden Kollegen. »Auf einmal zog der Kerl seine Pistole und zielte auf mich. Fleischhauer kann es bezeugen!«

Dieser blickte irritiert, nicht wissend, was er tatsächlich beobachtet hatte, nickte aber sogleich heftig. »Ich hab alles gesehen!«, pflichtete er seinem Vorgesetzten bei und glaubte auch noch das, was er sagte.

Kriminalhauptmeister Löningen kniete sich hin und legte von Gleiwitz eine Hand auf die Schulter. »Ich bin froh, dass Ihnen nichts passiert ist, Chef.«

Von Gleiwitz erhob sich langsam, wobei ihm Löningen zur Unterstützung die Hand reichte. Schwer atmete er aus. Dann straffte er seine Haltung. So, wie man es seiner Auffassung nach von einem Vorgesetzten erwarten konnte. »Sehen Sie in dem Wagen nach«, sagte er zu dem Kriminalhauptmeister. Unter dem Beifahrersitz wurde er fündig und reichte von Gleiwitz die kleine Reisetasche. Dieser stellte sie auf die Gepäckklappe des Käfers und öffnete sie für alle Anwesenden einsehbar. Die Tasche war bis oben hin mit reinstem Kokainstein gefüllt. Obwohl er noch immer mit den Nerven kämpfte, musste er den Drang niederringen, nicht zu lächeln. Er hatte gerade den perfekten Mord unter den Augen eines anderen Polizisten begangen. Der geschickteste Schachzug, den er in seiner beruflichen Laufbahn je vollzogen hatte. Die nachfolgenden Ermittlungen glichen einem Spaziergang. Nichts, was ihn besorgte. Man würde ihn einige Tage vom Dienst befreien, die Zeugen befragen und in diesem Fall unzweifelhaft schnell zu dem Ergebnis kommen, dass der Gebrauch der Schusswaffe ausschließlich dem Notwehrgedanken zuzusprechen war. Und mehr noch. Er hatte seinem Revier einen der größten Erfolge der letzten Jahre beschert. Ein Ergebnis, welches er für sich allein verbuchen konnte. Wenngleich von Gleiwitz noch immer förmlich unter

Strom stand, überkam ihn ein wahres Glücksgefühl. In seiner Tasche befand sich ein Umschlag mit mehreren tausend Mark, und er hatte soeben einen der größten Verbrecher der Stadt unschädlich gemacht. Man würde an ihm als zukünftigen Chef der Kriminalpolizei nun nicht mehr herumkommen. Da war sich von Gleiwitz sicher.

*

Kahrmann prostete Tom breit grinsend zu. Der Whiskey rann brennend seine Kehle hinunter, um ihm sogleich das angenehm warme Gefühl in der Magengegend zu bescheren, nach dem sein Körper sich zunehmend mehr sehnte, als für ihn gut war.

»Gratuliere, Mucki! Hab es gerade erfahren. So wie es aussieht, gehört die Stadt nun dir.«

»Uns, mein lieber Tom. Sie gehört uns.« Mucki hielt das Glas zur Seite, ohne der Frau, die eiligst bestrebt war, es sofort wieder zu füllen, auch nur einen flüchtigen Blick zu schenken.

»Gut, dass du deinen Mann bei den Bullen hast.«

Mucki nickte, während er sein Getränk wieder zum Mund führte. Dieses Mal nippte er nur daran. Von Gleiwitz hatte ihn überrascht. Verdammt! Das hätte er ihm nicht zugetraut. Er war davon ausgegangen, dass er Gebauer mit dem Koks hochnehmen, ihn für einige Jährchen wegsperren und sich als Gegenleistung die Kohle einstreichen würde. Dass dieser schmierige, korrupte Bulle dazu fähig war … Kahrmann war ein Stück weit beeindruckt. Und besorgt. Möglicherweise hatte er von Gleiwitz unterschätzt. Er würde in Zukunft vorsichtiger sein und jede seiner Bewegungen genauestens verfolgen.

»Hat einiges gekostet, Tom. Von zwei Kilo trennt man sich nicht mal soeben. Aber …«, Mucki hob das Glas, »verfluchte Scheiße, Mann! Das war es wert.« Er leerte den Drink in einem Zug. »Außerdem sollten wir uns daran gewöhnen, in größeren Dimensionen zu denken. Den Verlust haben wir relativ schnell wieder drin.«

Tom, lehnte sich zurück und ließ den Rauch seiner Zigarette zur Decke schweben. »Ich werde mich um die Mädels kümmern. Müssen uns neu aufstellen und frische Ware an Land ziehen. Habe gehört, dass die im Süden der Stadt ein Faible für ganz junge Dinger haben.«

»Wie jung?«

Tom grinste. »Sagen wir so … wenn sie ihre Tage noch nicht hatten, umso besser.«

Mucki schüttelte abwiegend den Kopf. »Weiß nicht. Ist 'ne heikle Sache.«

»Aber äußerst lukrativ. Man könnte es so aufbauen, dass man keine Verbindung zu uns ziehen kann. Die Kunden sind recht speziell. Zahlen Unsummen. Möglicherweise gibt's ja keine Zeugen …« Tom zwinkerte grinsend.

Kahrmann sah kurz zur Seite, während er darüber nachdachte. »Wir sollten das nicht übers Knie brechen. Verschaff dir 'ne Übersicht über den Markt. Mariella wird dir helfen. Habe ich recht, mein Schatz?«

Mariella rang sich ein knappes Lächeln ab. Sie genoss nach wie vor Muckis Vertrauen, was die Mädchen betraf. Aber seine Zuwendung bröckelte. Das Problem war, dass man nicht einfach so aus dem Arbeitsverhältnis entlassen wurde. Wenn Mucki für sich zu dem Ergebnis kam, sie nicht mehr zu brauchen, so würde er sie eiskalt entsorgen. Ihr Leben hing maßgeblich davon ab, ob er mit den Mädchen zufrieden war. Mariella gehörte in ihrem Job noch nicht zum alten Eisen, aber ihr grau-trübes Auge machte sie für die Freier nicht mehr so interessant und somit für einen Zuhälter wertlos.

»Was willst du mit Tonis Männern machen, Mucki?«

»Der eine oder andere ist sicher zu gebrauchen. Die Geschäfte sollten nicht ins Stocken geraten, und mit unserem eigenen Personal können wir das zumindest derzeit nicht leisten.«

»Wir sollten unseren zukünftigen Kunden etwas bieten«, schlug Tom vor. »Die Leute hungern förmlich nach mehr. Wir sollten sie mit einer Kostprobe von der Qualität unserer Ware überzeugen.«

Kahrmann nickte anerkennend. »Was ist mit diesen beiden Neuen? Wie heißen sie noch gleich? Billy und Klaus? Sieh zu, dass sie sich auf der Gästeliste der angesagten Partys befinden. Wird uns was kosten, aber ich gebe dir recht. Wir sollten am Anfang nicht zu wenig in die Werbung investieren.«

Tom verzog das Gesicht. »Trotzdem ... wir haben nicht genug Leute.«

»Dann müssen wir am Anfang improvisieren. Was ist mit den Mädels, Tom?«

»Die meisten sind selbst drauf. Denen kannst du keinen Stoff anvertrauen. Und ich bezweifle, dass sie für elitäre Kundschaft gut genug sind. Außerdem kann man so Jungs wie Billy nur bedingt in die richtigen Kreise bringen. Vielleicht schaffst du es, diesen vollgeschissenen Strumpf in die richtigen Klamotten zu stecken. Aber spätestens, wenn der das Maul aufmacht, ist Feierabend. Dieser Bulle ... wie hieß er noch gleich?«

»Von Gleiwitz?«

»Genau, Boss. Der kann uns nicht überall den Rücken freihalten. Außerdem ... ich kann es nicht erklären, aber ich glaube sogar, der wird irgendwann gefährlich.«

Das liebte Kahrmann an Tom. Er war nicht nur loyal. Er hatte was auf dem Kasten, den richtigen Riecher und dachte in vielen Situationen genau so wie er. Und das war jetzt umso wichtiger, da er sich nicht allein um das ganze Gebiet kümmern konnte. Tom war der richtige Mann. Das stand fest.

*

Am späten Mittag saß Tom Eckhardt an seinem Frühstückstisch im Club. Nicht ungewöhnlich, sein Arbeitstag endete erst in den frühen Morgenstunden. Er trank einen frisch gepressten Orangensaft, obwohl er die Säure nicht gut vertrug. Sie hatten ihren Erfolg, die unmittelbar bevorstehende Übernahme des Südens, bis in aller Herrgottsfrühe gefeiert, und es würde bestimmt noch einen, wenn nicht sogar zwei Tage dauern, bis sich sein Magen und sein Darm beruhigten. Und ebenso würde es noch einige Zeit brauchen, bis sie die Tragweite ihres Erfolges in Gänze begriffen. Erneut nahm Tom die Zeitung zur Hand und überflog den insgesamt sechs Spalten umfassenden Artikel, welcher der Polizei einen außergewöhnlichen Erfolg über die organisierte Kriminalität attestierte. Der Artikel beschäftigte ihn dermaßen, dass er bisher noch nicht zur Sportseite vorgedrungen war, die er gewöhnlich zuerst aufschlug. Alles in allem aber änderte es nichts daran, dass in den nächsten Wochen und Monaten harte Arbeit vor ihnen liegen würde. Die Konkurrenz aus den anderen Städten würde von dem momentanen Machtvakuum des Essener Südens recht schnell erfahren und ihrerseits versuchen, so schnell wie möglich ein großes Stück des Kuchens abzubekommen. Sie mussten die bestehenden Verteilungskanäle offen halten und zu ihren Gunsten ausbauen. Nicht einfach, mit den Leuten, die sie hatten. Es klopfte. Die Tür wurde zunächst einen Spalt weit geöffnet und Billy streckte seinen Kopf hinein, unterwürfig wie ein Hund unterster Rangordnung.

»Tom? Kann ich dich kurz stören?« Billy war Anfang zwanzig, relativ schmächtig und sicher nicht die hellste Lunte.

Aber er hatte das Bestreben, gefallen zu wollen, und führte Aufträge nahezu ohne Widerspruch und – was in diesem Job noch viel wichtiger war – ohne Skrupel aus. Trotzdem würde er nie wesentlich höher aufsteigen. Er hatte nicht das Zeug dazu.

Tom sah auf seine Uhr. »Abgesehen davon, dass du das soeben schon hast … mir brummt der Schädel. Ich hoffe für dich, dass es wichtig ist«, sagte er gereizt und mit müder Stimme.

Billy öffnete die Tür ganz und schloss sie auffallend langsam und leise hinter sich, als könne er die Störung damit wettmachen. »Es geht um die Mädchen. Da ist ein Kerl, der dich deswegen sprechen will.«

Tom runzelte genervt das Gesicht. »Dann soll der heute Abend wiederkommen, wenn der Laden geöffnet hat. Oder meint der, nur weil er Druck auf den Eiern hat, öffnen wir für ihn? So quasi als Mittagstisch?«

»Schon klar, Tom. Aber der Kerl ist kein gewöhnlicher Kunde. Du solltest wirklich …«

»Sag mir nicht, was ich soll, du Wurm!«

Billy zog den Kopf ein wie ein räudiger Köter, der Prügel erwartete. Tom griff sich an die Schläfe. »Herrgott! Dann lass den Typen meinetwegen rein.«

Billy nickte nur und verschwand, wobei er die Tür einen Spalt geöffnet ließ. Wenige Augenblicke später trat der Mann ein. Tom sah sofort, dass dessen Anzug nicht von der Stange war und ein Arbeiter für ein solches Stück sicher lange sparen musste. Maßgeschneidert, perfekt sitzend und von hervorragender Qualität, das erkannte Tom sofort. Der Fremde, der darin steckte, hatte eine durchaus charismatische Ausstrahlung. Das musste Tom sich eingestehen. Seine Haltung und sein Körper signalisierten eine gewisse Spannung, die durchaus eine gewisse Warnung ausstrahlte. Seine Haltung wirkte beinahe militärisch. Das Haar lag akkurat und der Vollbart war perfekt gestutzt. Mehr aber noch stach dieses Selbstbewusstsein in den Zügen des Mannes heraus. Er war einer, der mit Sicherheit Weisungen erteilte und nicht zu befolgen hatte. Vielleicht war es bereits die Konkurrenz, schoss es ihm zuerst durch den Kopf. Er verwarf den Gedanken jedoch sofort wieder. Tom musste zugeben, dass dieser Kunde ihn interessierte. Der Zuhälter setzte sich etwas seitlich, überkreuzte die Beine und zündete sich eine Zigarette an, während der Fremde auf ihn zuschritt. Tom warf Billy einen Blick zu und entließ ihn mit einer Handbewegung. Der Fremde blieb vielleicht zwei Meter vor dem Tisch stehen.

»Sie wollten mich sprechen?« Tom blies den Rauch leicht zur Seite.

»Wenn Sie derjenige sind, der in diesem Etablissement das Sagen hat, ja.«

»Haben Sie Zweifel daran?«

Der Unbekannte zuckte mit den Schultern und sah Tom mit gesenktem Kopf über den Rand seiner Brille an. »Zumindest war es relativ einfach, zu Ihnen vorzudringen.«

Der kleine Seitenhieb saß, doch Tom nahm es eher amüsiert. Recht untypisch für ihn, insbesondere in seinem verkaterten Zustand.

»Was kann ich für Sie tun, Herr …?«

»Kaufmann. Mir gehört eine gut laufende Firma. Sehr gut laufend, könnte man auch sagen. Daraus resultieren zahlreiche geschäftliche Beziehungen mit Partnern aus dem Ausland.«

Tom drückte die Zigarette aus. »Und für diese Zwecke benötigen Sie unsere Dienste, Herr Kaufmann?«

»Ich bin in der Tat an einer längerfristigen Verbindung interessiert. Lassen Sie es mich so sagen: Die Zusammenarbeit sollte sich möglichst auf Diskretion und einer gewissen Exklusivität der gebuchten Begleitungen beziehen. Meine Geschäftspartner sind äußerst wählerisch.«

Tom Eckhardts Interesse war geweckt. Ein solcher Kunde war möglicherweise die Eintrittskarte in die Kreise, die Mucki und er anstrebten. Er zeigte auf einen Stuhl ihm gegenüber.

»Setzen Sie sich bitte.« Er wartete, bis sein Gast Platz genommen hatte. »Was genau stellen Sie sich vor, Herr ... Kaufmann?«

»Ich suche passende Begleitungen. Die Damen sollten in der Lage sein, sich sicher auf einer Veranstaltung mit durchaus gut betuchten und intellektuellen Gästen bewegen zu können. Sie verstehen ...?«

»Verstehe ...«, antwortete er, wobei er nicht richtig verstand.

»Ich beabsichtige, regelmäßig solche Einladungen auszusprechen. In einer solchen Atmosphäre lassen sich Geschäfte erfahrungsgemäß ... wie soll ich es ausdrücken – vorteilhafter abschließen. Welcher Herr möchte sich schon in Begleitung einer ansprechenden jungen Dame die Blöße geben? Unterschätzen Sie nicht die Anwesenheit einer schönen Frau.«

Tom grinste. Der Mann gefiel ihm. Was ihm weniger gefiel, war die Tatsache, dass er kaum geeignete Mädchen hatte. Streng genommen fiel ihm spontan keines ein. Genauso gut wusste er, dass es möglicherweise eine einmalige Chance war. Er hatte einen Riecher für so etwas. Wenn er die Gelegenheit nicht ergriff, würde ihnen vielleicht einiges durch die Lappen gehen.

»Sehen Sie sich willens und in der Lage, sich mit meinen Vorstellungen auseinanderzusetzen?«

Tom rieb sich das Kinn. »Wie schnell benötigen Sie denn die Damen? Und wie viele Begleitungen stellen Sie sich vor?«

»Ich spreche von Veranstaltungen, bei denen sich sicher regelmäßig mehr als zwanzig Gäste einfinden werden. Ich benötige für ausgewählte Geschäftspartner zuverlässig immer wieder mindestens zehn Damen. Eventuell können es auch mal mehr sein. Mir ist bewusst, dass es einige Zeit an Vorbereitung braucht, um geeignete Bewerberinnen zu finden. Ich bin mir sicher, es wird sich für Sie finanziell lohnen.«

»Wann frühestens, Herr Kaufmann?«

Der Gast zuckte mit den Schultern. Ich plane im kommenden Monat eine große Feier anlässlich einer Firmenübernahme auszurichten. Es wäre aus meiner Sicht wünschenswert, die Damen zuvor in einer Art – nennen wir es von mir aus Schulung – mit den Grundzügen der Geschäftspraktiken vertraut zu machen. Eine Dame, die ein Gespräch mit Wissen begleitet, kann durchaus zum Erfolg einer Verhandlung beitragen.«

Tom hatte längst angebissen. So viel stand fest.

»Oder übersteigt mein Anliegen Ihre Möglichkeiten?«

Tom fühlte sich in seinem Denken beinahe ertappt. »Nein. Natürlich sind Sie bei mir richtig.«

»Gut«, sagte der Besucher auf eine Art, die anzeigte, dass das Gespräch so gut wie beendet war. Er griff in seine Innentasche und zog ein Bündel gerollter Geldscheine hervor. Mit schnellen Fingern zählte er einige Scheine ab, die er sodann herauszog. »Hier sind zweitausend Mark.«

Tom Eckhardt hatte Mühe, sich seine Euphorie nicht anmerken zu lassen. Der Kerl hatte ihm tatsächlich einen Batzen Scheine hingelegt und das Bündel wirkte dadurch nicht annähernd schmaler.

»Sehen Sie es als Anzahlung und Zeichen meiner Wertschätzung. Ich möchte Sie bitten, mir zunächst in der kommenden Woche – sagen wir mal – fünf Damen vorzustellen. Sehen Sie sich dazu in der Lage?«

»Selbstverständlich. Ich kümmere mich persönlich darum.«

»Sehr gut. Ach ja, eines noch. Das hätte ich beinahe vergessen. Es wäre von großem Vorteil, wenn Sie darüber hinaus jemanden finden könnten, der fließend Italienisch spricht, um zwischen meinen Kunden zu übersetzen. Ich habe enge Geschäftsbeziehungen nach Genua und in die Region Kalabrien.«

Tom hatte einen Lotteriegewinn gezogen. Zumindest fühlte er so. »Ich freue mich auf unsere Zusammenarbeit«, sagte er und schlug in die ausgestreckte Hand des Gastes ein.

»Dann sind wir im Geschäft. Ich melde mich wieder bei Ihnen. Ich hoffe, Sie werden Ihrem Ruf gerecht.«

KAPITEL 12

Louis empfand keine Genugtuung über Zöllners Tod. Komischerweise tat er das nie. Er hatte zweifellos ein anderes Schicksal verdient. Demütigung. Bloßstellung. Erniedrigung. Aber dafür war keine Zeit gewesen. Letztendlich hatte er das bekommen, was er verdient hatte. Alles Weitere bekam er in der Hölle. Der Irish Pub lag in einer Seitenstraße. Eigentlich war so ein Laden für dieses Bonner Viertel eher untypisch. Es handelte sich um eine ehemalige, sogenannte gutbürgerliche Kneipe, wie ein verblasster Schriftzug an der seitlichen Hauswand verriet. Louis vermutete, dass sich nur wenige Anwohner darin verirren würden. Und Iren und Schotten gab es in Bonn auch nicht viele. Unmittelbar vor Kriegsende hatte der damalige deutsche General, nach Absprache mit den Bürgern, Bad Godesberg kampflos an die Amerikaner übergeben und so dazu beigetragen, dass dieser Stadtteil nahezu ohne größere Schäden durch den Krieg gekommen war. Wahrscheinlich hatten irische und schottische GIs den Laden ins Leben gerufen. Jetzt trafen sich dort Botschaftsangehörige und Bedienstete. Louis hatte unweit des Lokals ein möbliertes Zimmer angemietet. Schon vor der Gaststätte drang die typisch irische Musik von einer offenbar ambitionierten, für seinen Geschmack aber mäßig begabten lauten Band an sein Ohr. Das Betreten war nicht ungefährlich. Je nachdem wie voll der Laden war, wurde jeder neue Gast taxiert. Doch Louis vertraute seiner Verkleidung. Er war ein einfacher Bürohengst, der auf dem Heimweg noch einen Absacker nehmen wollte. »Schauen wir mal, was uns so erwartet«, dachte er laut, während er die Tür aufzog. Die Befürchtung, man könnte ihm Aufmerksamkeit schenken, legte sich bereits, bevor er die Tür ganz geöffnet hatte. Die stickige, rauchgeschwängerte Luft und das Stimmengewirr, das gegen die Musik ankämpfte, waren ein untrügerisches Zeichen dafür, dass die Bude rappelvoll war.

Louis sah sich kurz um, beschloss dann, sich ein Kilkenny zu gönnen. Er war kein Freund von Ale, aber das Zeug war zumindest halbwegs genießbar. Taktisch war das Lokal von Vorteil. Es war mehr ein großer Raum, fast ein kleiner Saal, in dessen Mitte eine große und u-förmig angelegte Theke stand. Man konnte sich mit einigen Standortwechseln relativ unauffällig einen Überblick über die gesamte Fläche und alle Gäste machen. Sogar der Türbereich war aus fast jedem Winkel des Lokals einsehbar. Einziges Manko war die Sprachbarriere. Louis konnte nur ein paar Brocken Englisch und er musste höllisch aufpassen, dass dies nicht auffiel. Etwas, was bei diesem recht trinkfreudigen und extrovertierten Publikum nicht so einfach war.

Zum Glück war der Lautstärkepegel der Musiker so hoch, dass ein Gespräch nur dann möglich war, wenn man seinem Gegenüber ins Ohr schrie. Louis wunderte sich immer wieder aufs Neue, wie die Iren und Schotten bei diesem Krach von gemütlicher Atmosphäre sprechen konnten. Ein falsch verstandenes Wort konnte hier eine wilde Schlägerei auslösen oder man fand einen Freund fürs Leben.

Eine Zeit lang stand er unauffällig in der Nähe der Band, wechselte dann zu einer Dartscheibe und beobachtete, nicht ohne eine gewisse Anerkennung, wie die Männer ihre Pfeile trotz reichlichem Bierkonsums treffsicher ins Ziel brachten. Jedes Mal, wenn ein Werfer in die Mitte traf, ertönte aus unzähligen Kehlen »Bullseye« in einer Lautstärke, dass dies sogar den Krach der Instrumente übertraf. Louis war bereits den dritten Abend hier. Immer in anderer Verkleidung. Zu seiner Verwunderung hatten die Zeitungen nur am Rande über Zöllners Tod berichtet. Man vermutete als Grund eine unheilbare Erkrankung, aufgrund dessen er beschlossen hatte, seinem Leben ein Ende zu setzen. Zumindest spekulierte die Presse so. Das Obduktionsergebnis stand noch aus, und die Ermittlungen waren laut Staatsanwaltschaft noch nicht völlig abgeschlossen. So oder so. Man würde Zöllner bald vergessen haben. Goldschmidt hatte ihm in einem Telefonat mitgeteilt, dass Gerry auf dem Weg der Besserung war. Er war noch nicht über dem Berg, doch Martin kümmerte sich täglich um seinen inoffiziellen Patienten. Marleen hatte sich Urlaub genommen und pflegte Rosenkranz rund um die Uhr. Gerade, als er sich ein weiteres Ale bestellen wollte, fiel sein Augenmerk erneut auf den Eingang. Die alte Regel bestätigte sich mal wieder: Geduld wurde fast immer belohnt. Morrissey trug seine Brille nicht und er hatte die Haare nach hinten gekämmt, nicht wie sonst gescheitelt. Trotzdem wusste Louis sofort, dass er es war. »Wie sagt Frieda immer? Der Bauer erkennt seine Schweine am Gang«, murmelte er grinsend vor sich hin. Fortuna schien es gut mit ihm zu meinen. Es war an der Zeit, diese irische Spelunke zu verlassen und den nächsten Schritt zu tun.

Etwas über zwei Stunden hatte er warten müssen, bis Morrissey den Pub verließ. Louis war überrascht, wie unvorsichtig sich dieser Kerl bewegte. Anderseits war er nicht im Dienst. Es gab keinen Grund, misstrauisch zu sein. Vielleicht lag es auch am Alkohol. Er war nicht betrunken, doch hatte er sich einige Bierchen genehmigt, wie man an seinem leicht schwankenden Gang erkennen konnte. Die Wohnung des Amerikaners befand sich nicht weit weg, knappe zehn Minuten Fußweg. Dreißig Sekunden, nachdem der CIA-

Mann durch die Haustür geschritten war, ging in der zweiten Etage Licht an. Etwas, was Louis überraschte. Wenn Gefahr drohte, konnte man nur schlecht entkommen. Entweder hatte er nichts anderes gefunden, oder er war sich seiner Sache recht sicher. Er würde die Bude ohnehin nur für kurze Zeit angemietet haben. Louis wartete eine halbe Stunde, bis die Beleuchtung erlosch.

Die nächsten zwei Tage passierte nichts. Der Ami verließ in den Morgenstunden das Haus, um zum Bäcker zu gehen. Zum Nachmittag hin erledigte er weitere Einkäufe in einem der nahe gelegenen Tante-Emma-Läden. Er zeigte sich in seinem Verhalten erstaunlich unbedarft. Entweder war es Teil seiner Tarnung, oder er bewegte sich tatsächlich völlig unbekümmert. Das änderte sich am dritten Tag. Louis hatte die Observation in den späten Abendstunden abgebrochen und die Beschattung erneut gegen vier Uhr in der Früh wiederaufgenommen. Zu seiner Überraschung trat Morrissey eine Viertelstunde später in Sportkleidung aus dem Haus und lief die Straße hinunter. Eine halbe Stunde später war er zurück. Um exakt sechs Uhr verließ er erneut das Gebäude. Er wirkte auf Louis verändert. Er trug jetzt wieder seine Brille mit dickem, dunklem Gestell und auch die Haare waren erneut zur Seite gescheitelt. So wie bei ihrer ersten Begegnung im Knast. Bekleidet war er mit einem dunkelgrauen Trenchcoat und einem Hut, den er zunächst in der Hand hielt und erst im weiteren Verlauf aufsetzte. Obwohl es nur Kleinigkeiten waren, hatten diese Veränderungen bewirkt, dass er mit dem sportlich legeren Typen aus der irischen Kneipe nichts mehr zu tun hatte. Der CIA-Agent ging zielstrebig und zügig. Er wirkte dabei auch in seinem Verhalten anders. Aufmerksamer. Vielleicht vorsichtiger. Louis fluchte. Um diese Uhrzeit war es beinahe unmöglich, ihm zu folgen, ohne aufzufallen.

Als der Ami ums Eck bog, sprang Louis aus dem Wagen und eilte ihm nach. Er presste sich gegen die Fassade und spähte vorsichtig in die Seitenstraße, in die Morrissey soeben eingebogen war. Er hatte die Straßenseite gewechselt, und Louis konnte so gerade eben noch erkennen, wie der Mann in einer Einfahrt verschwand. Circa dreißig Sekunden später startete ein Motor und ein Lichtkegel drang von der Einfahrt auf die Straße. Louis drehte und rannte zurück zu seinem Wagen. In dem Moment, wo er die Tür zuzog, bog ein schwarzer Ford Taunus Typ 12M aus der Seitenstraße. Louis startete seinen Wagen. Der Verkehr war noch relativ schwach, was die Verfolgung erschwerte. Als hätte der CIA-Mann eine Verwandlung vollzogen, schien er sich, anders als zuvor, nun an alle Regeln zu halten, um mögliche Verfolger abzuschütteln. Mal fuhr er betont langsam, deutlich unter der zulässigen Höchstgeschwindigkeit, mal beschleunigte er plötzlich, sodass Louis gezwungen war, seine Observation abzubrechen.

Am nächsten Tag parkte Louis seinen Wagen um kurz vor sechs in einer Seitenstraße in etwa der Höhe, wo er seine Verfolgung tags zuvor abgebrochen hatte. Und tatsächlich. Seine Rechnung ging auf. Der schwarze Taunus hielt pünktlich an einer der Ampeln. Louis bog ab und befand sich nun vor Morrissey. Dieser würde auf der Suche nach möglichen Verfolgern in den Rückspiegel schauen. Ein Fahrzeug, was sich vor ihm befand, würde seine Aufmerksamkeit wahrscheinlich nicht auf sich ziehen. Louis fuhr etwas langsamer. Nicht zu langsam, aber doch in einer Geschwindigkeit, dass der Taunus schnell zu ihm aufschloss. Schon nach wenigen Augenblicken überholte ihn der Ford und dieses Mal gelang es Louis, dranzubleiben. Die Fahrt dauerte nur noch wenige Minuten. Der Taunus bog von der Hauptstraße ab, fuhr einige Seitenstraßen entlang und hielt dann vor einem Metalltor. Es gehörte zu einem frei stehenden Haus aus der

Gründerzeit, welches großzügig mit einem mindestens zwei Meter hohen Zaun eingefriedet war. »Hier also versteckt ihr euch«, murmelte Louis leise vor sich hin, während er an der Zufahrt vorbeikam, durch die Morrissey auf das Gelände gefahren war.

*

»Zweitausend Mark? Einfach so?«

»Ich schwör's dir, Mucki. Es war genau so, wie ich es dir gesagt habe. Und so wie der Kerl angezogen war, ist das für den Klimpergeld.«

Mucki fuhr sich mit der Hand über seine Bartstoppeln. »Ist vielleicht wirklich eine günstige Gelegenheit«, sagte er mehr zu sich selbst, um seine Bedenken etwas in den Hintergrund zu drängen. »Hast du denn die Mädchen dafür? Ich meine ... Du wirst ihm sicher keine zugedröhnten Straßennutten präsentieren wollen. Wenn er sich tatsächlich noch mal meldet.«

»Der hat zweitausend Mark dagelassen.«

»Stimmt auch wieder. Aber wie willst du ein halbes Dutzend Frauen auftreiben, die für den Job passen?«

Tom wog den Kopf hin und her. »Ich weiß, Mucki. Der Typ hat eine Firma. Sagt er zumindest. Er pendelt regelmäßig zwischen Essen und Italien. Daher braucht er einen italienischen Dolmetscher. Du weißt, was ... oder wen ich damit meine?«

»Mariella? Ich weiß nicht. Unter makelloser Ware würde ich etwas anderes verstehen.«

»Schon klar, Mucki. Aber wenn wir sie in die richtigen Klamotten schießen ... Sie hat immer noch einen verdammt guten Arsch. Und sie ist intelligent genug und spricht fließend Italienisch. Sie soll die Damen ja nur betreuen. Nichts anderes, als sie ohnehin schon macht.«

»Das löst aber nicht das Problem, dass wir nicht genügend geeignete Kandidatinnen haben, Tom.«

»Und genau da kommt Mariella ein zweites Mal ins Spiel.« Tom zeigte auf Mucki, als hätte der einen Geistesblitz gehabt. »Wir haben gerade eine unheimliche Schwemme an Italienern. Da gibt's doch dieses Abkommen zwischen Deutschland und Italien.«

»Abkommen?« Mucki runzelte die Stirn.

Tom winkte ab. »Irgend so 'ne Geschichte, dass man Arbeitskräfte braucht und nun die Itaker einlädt. Ist auch scheißegal. Jedenfalls gibt's sicher eine Menge Weiber, die mitziehen. Vielleicht ist da ja die eine oder andere dabei, die sich ein hübsches Sümmchen nebenbei verdienen will? Und jetzt rechne mal nach.« Tom tippte mit dem Zeigefinger auf die ausgestreckten Finger der linken Hand. »Ein Kunde will gepflegte Frauen für italienische Gäste. Und wir präsentieren hervorragende Pferdchen, die möglicherweise Italienisch sprechen, vielleicht sogar aus Italien kommen, und für die Mädels, die nicht in diese Sparte passen, haben wir eine astreine Dolmetscherin, die jeden noch so ausgefallenen Wunsch weitergeben kann.« Tom spreizte die Arme auf eine Weise, als hätte er die Präsentation einer Weltneuheit geleitet.

»Wir kriegen das hin, Boss«, versicherte er nochmals.

Mucki konnte ein Grinsen kaum unterdrücken. Er dachte schon an das ganze Geld, das bald aus noch mehr Kanälen zu ihm strömen würde.

»Wenn das klappt, bestellen die nie wieder woanders. Das spricht sich rum, Mucki. Wir bieten internationale Küche an!« Tom lachte lauthals über seinen eigenen Witz. »Und du weißt genauso gut wie ich, da wo gevögelt wird, wird …«, wieder zeigte er auf Mucki.

»Gekokst, gesoffen, gezockt«, ergänzte er den Satz.

Tom klatschte in die Hände. »Verstehst du? Wenn wir das

nicht versemmeln, ist das vielleicht der Weg nach oben. Ich jedenfalls will nicht ewig auf dem Straßenstrich Kohle eintreiben oder in einer stinkenden Hinterhofbude Stoff strecken und in kleine Tütchen packen.«

Die Euphorie seines Handlangers riss ihn immer mehr mit. Trotzdem. Das Schwelgen in Wunschvorstellungen und die Realität waren zwei unterschiedliche Dinge. Trennte man das nicht rational, so konnte dieser Leichtsinn einem schnell das Genick brechen. Diese Einstellung und sein generelles Misstrauen hatten ihn maßgeblich da hingebracht, wo er jetzt war.

»In Ordnung, Tom. Mariella soll sich um geeignete Bewerberinnen kümmern, und die Mädels, die bei uns passen, auf Spur bringen. Aber bleib cool. Das Ganze kann auch nur eine aufgeblasene Geschichte sein. Wir sollten so weit aufgestellt sein, für den Fall, dass der Kerl sich wirklich meldet und dann nicht nur seine Kohle wiederhaben will. Mach dir ein Bild von ihm und halt mich auf dem Laufenden. Dann sehen wir weiter.«

*

»Zu Ihrer Information. Der Lauf, den ich hier gegen Ihren Sitz drücke, gehört zu einer 45er und hat in etwa die Größe eines Scheunentores. Liebevoll geölt und mit nervösem Abzug. Die pustet Sie mitsamt dem kompletten Motorblock auf die Straße.«

»Was wollen Sie?«, kam es von Morrissey vorsichtig, aber nicht ängstlich, wie Louis fand. Dafür, dass er ihn überrumpelt hatte und mit einer Waffe bedrohte, wirkte er beeindruckend beherrscht.

»Zunächst möchte ich, dass Sie mit ihrer rechten Hand den Innenspiegel nach unten drücken. Man könnte auch sagen, ich will Ihre Eier sehen.«

Morrissey tat, wie ihm aufgetragen wurde.

»Gut so«, bestätigte Louis. »Beide Hände ans Lenkrad.« Louis rückte etwas zur Sitzmitte, um das Profil des Amerikaners zu sehen. Morrissey sah tatsächlich so aus, als könnte er keiner Fliege etwas zuleide tun. Er bewegte sich, als würde er jede einzelne Geste zuvor genauestens überdenken.

»Was ich von Ihnen will?« Es knisterte hörbar, als sich Louis über sein unrasiertes Kinn strich. »Na ja. Mühlenkamp. Oder nenne ich Sie besser Clark?« Dieses Mal war tatsächlich eine Reaktion in den Zügen zu erkennen. Flüchtig, aber der Amerikaner fing sich sofort wieder. Doch Louis war es nicht entgangen. »Sie haben mich beschissen, Clark. Mich für Ihre Zwecke missbraucht und als Dank versucht, mich umzulegen. Was könnte ich also von Ihnen wollen?«

»Sie waren Soldat, Louis. Sind es wahrscheinlich immer noch. Auf Ihre eigene spezielle Weise. Sie kennen das. Es ist das übliche Spiel. Entscheidungen werden über unsere Köpfe hinweg getroffen, und wir haben sie auszuführen und nicht infrage zu stellen.«

Louis nickte, obwohl Morrissey ihn nicht sehen konnte. »Klingt trotzdem etwas nach Verantwortungsverschiebung. Sie wissen schon ... Hab nur Befehle befolgt. Das Übliche. Ist 'ne heikle Geschichte in diesem Land.«

Morrissey zuckte mit den Schultern. »Sie wissen genauso gut wie ich, dass es nicht um Verantwortung geht«, entgegnete er, als hätte er bereits mehrfach auf diesen Vorwurf antworten müssen. »Oder um Recht oder Unrecht. Und auch nicht um Moral. Die Interessen des eigenen Landes kann ich nur mit der Einstellung vertreten, alles und jeden zum Wohl meiner Nation so weit zu benutzen, oder von mir aus auch bescheißen, wie es nötig ist.«

»Interessant, Clark. So hab ich das noch nie gesehen.«

»Machen wir uns nichts vor, Louis. Niemanden interessiert es, was aus Ihnen wird. Und ebenso interessiert es niemanden, ob Sie mir hier das Hirn aus dem Schädel pusten. Die haben meine Reste noch nicht über den Atlantik geschifft, da ist schon ein Neuer hier und macht genau da weiter, wo ich aufgehört habe.«

»Gut gesprochen, Cowboy. Aber widerspricht sich das nicht? Ich hatte Sie eher für einen lupenreinen Pazifisten gehalten.«

»Man wird in meinem Job schnell auf den Boden der Tatsachen geholt, Louis.«

Wieder nickte Louis. »Das stimmt. Insbesondere, wenn man von den eigenen Leuten hintergangen wird, Clark.« Morrissey antwortete nicht, aber Louis sah, wie er fragend eine Braue hochzog.

»Was hat McAffrey … nennen wir ihn mal so … Was hat er Ihnen gesagt, Morrissey?«

»In Bezug auf Sie?«

Louis schüttelte den Kopf. »Ihre Loyalität in allen Ehren, aber will man nicht wissen, warum man gewisse Leute abknallen soll? So ’ne Bombennummer wie die in Rolandswerth ist auch für die Verhältnisse der CIA ’ne größere Sache. Vermute ich mal. Da wollte jemand tatsächlich auf Nummer sicher gehen. Was hat McAffrey Ihnen gesagt, Clark?«

Louis sah, dass der Agent grinste. Etwas, was ihn ein Stück weit tatsächlich erheiterte, weil er wusste, dass Morrissey nicht antworten würde.

»Lassen Sie mich raten, Clark. Er hat Ihnen in seinem Büro bei ihrem obligatorischen und wahrscheinlich sündhaft teurem Nachmittags-Whiskey eine abenteuerliche Geschichte verkauft. Eine Story von einem Kerl, der heute in der Organisationen Gehlen arbeitet und der ein ehemaliger SS-Offizier ist. Und wahrscheinlich hat er Ihnen auch erzählt, dass dieser Typ, nennen wir ihn mal Zöllner … dass dieser Zöllner ein Spion der Russen ist. Hat er Ihnen das so erzählt?«

Morrissey antwortete nicht. Er versuchte sich in einem Pokerface, was nur mäßig gelang.

Louis war auf der richtigen Spur. »Dann hat er Ihnen wahrscheinlich auch erzählt, dass die Sowjets mithilfe dieses Zöllners Reinhard Gehlen an der Übernahme der Präsidentschaft des Bundesnachrichtendienstes hindern wollen, habe ich recht?« Morrisseys Kaumuskeln pulsierten leicht. Das entging Louis nicht. »Und dann taucht plötzlich ein Reporter auf, der – und das muss man sich mal auf der Zunge zergehen lassen – aus dem Hauptquartier des russischen Geheimdienstes Informationen erhalten soll, die exakt den Plan der Amerikaner, nämlich Gehlen zu etablieren, gefährden könnten. Was macht man also? Man beabsichtigt, den Reporter und damit das, was man ihm übergeben hat, zu beseitigen. Am besten so, dass man einem anderen die Schuld in die Schuhe schiebt. Was mich auf den Plan rief.«

Morrissey versuchte weiterhin, sich unbeeindruckt zu zeigen.

»Tja!«, Louis schnalzte mit der Zunge. »Dumm nur, dass ich entkommen konnte. Und das nicht nur mit der Information. Oder soll ich lieber *Zeuge* sagen? Man gab mir einen Bonus. Etwas, was McAffrey nicht auf dem Zettel hatte. Die Information oder vielmehr den Informanten hätte man mundtot machen können. Aber in Verbindung mit den Fotos bekam das Ganze eine völlig andere Würze. Der Plan lief aus dem Ruder. Man hätte Gehlen unmittelbar vor der Wahl am höchsten Ast aufgehängt. Die Russen hätten sich ins Fäustchen gelacht. Und der CIA hätte sich mächtig blamiert, habe ich recht, Clark?« Louis beugte sich leicht vor. »Oder sollte ich eher sagen, McAffrey hätte sich mächtig blamiert?«

»Fantasie haben Sie, Louis, Sie sollten Agentenromane schreiben.«

»Vielleicht mach ich das mal. Wenn ich in Rente bin.« Louis langte in seine Tasche und zog einen Umschlag heraus. Er tippte Morrissey damit auf die Schulter, der ihn darauf entgegennahm. »Ich möchte, dass Sie sich das durchlesen, Clark.«

Einen Moment verharrte der Amerikaner, dann entnahm er den Inhalt, faltete das Papier auseinander und las. Louis erkannte, dass sich seine Züge mit jedem Wort, das er aufnahm, verhärteten.

»Das ist ein Original. Eines von zwei wortgleichen. Und es ist unterzeichnet, Clark. McAffrey wird natürlich alles aalglatt abstreiten. Aber wenn das Dokument seinen Weg auf einen offiziellen Tisch findet, wird er nicht drum herumkommen, jemandem die Verantwortung zuzuschreiben. Sollen wir beiden Hübschen jetzt gemeinsam raten, wer das wohl sein wird?«

»Lächerlich. Das ist eine Fälschung!«

»Sie wissen, dass es das nicht ist, Clark. Aber soll ich Ihnen was sagen? Sie können das Schreiben behalten. Prüfen Sie es auf Echtheit.«

»Sie haben ihn erpresst. Unter solchen Umständen bekommt man jedes Geständnis.«

»Ach, Clark. Erpresst. Das hört sich so brutal an. Ich hätte Zöllner so oder so getötet. Er konnte somit keinen Vorteil aus der Sache ziehen. Wir haben uns auf ein Geschäft geeinigt. Er schrieb mir die Wahrheit auf, und ich gab ihm die Chance auf einen Freitod mit dem Versprechen, dass sein dunkles Geheimnis zum Wohle seiner Familie gewahrt bleibt.«

Louis zeigte Morrissey das Bild, auf dem Zöllners Frau und dessen Tochter zu sehen waren.

»Ich habe das zweite Dokument und ich habe Ari Silberstein. Also zwei hervorragende Zutaten für den Bau einer Bombe. Sie müssen sich entscheiden, Clark. McAffrey oder

Sie. Sollten Sie sich für McAffrey entscheiden, wird man das zweite Dokument zusammen mit einer unanfechtbaren Zeugenaussage der Presse und den Ermittlungsbehörden übergeben. Ich bin gespannt, inwieweit sich Ihr Vorgesetzter dann vor Sie stellen wird. So schnell werden Karrieren beendet, bevor sie begonnen haben, Clark.«

Louis zog den Türöffner und stieß die Tür etwas auf, die er mit seinem Fuß in Position hielt.

»Ihre Entscheidung, Clark. Ich erwarte Ihre Antwort morgen Nachmittag.«

»Wie finde ich Sie, Louis?«

»Wenn Sie so clever sind, wie ich Sie einschätze, werden Sie das zu gegebener Zeit wissen«, antwortete Louis und verschwand.

*

»Wer hätte das gedacht?« In McAffreys Zügen haftete ein eisernes Grinsen. »Manche Probleme lösen sich von ganz allein. Und es gibt keinen Zweifel?«

Morrissey schüttelt den Kopf. »Es ist offiziell. Die Ermittlungen sind abgeschlossen. Der Kerl hat sich in seinem Hotelzimmer in Essen den Schädel weggepustet. Inklusive Abschiedsbrief und allem, was dazugehört. Schon seltsam.«

McAffrey zog lediglich eine Braue hoch. Auf eine Art und Weise, als wüsste er etwas. Er sagte jedoch nichts, sondern sprach weiter.

Schließlich platzte es aus Morrissey heraus: »Sir, Sie wissen doch etwas.«

»Möglich …« McAffrey drehte sich um, ging zu seinem Schreibtisch und goss, wie bei jeder Besprechung, zwei Brandys ein. Er hielt seinem Kollegen das Glas mit ausgestrecktem Arm hin. »Setzen Sie sich, Morrissey. Nehmen Sie Platz.«

Der junge Agent zögerte einen Augenblick, setzte sich dann seinem Chef gegenüber. McAffrey trank einen Schluck ab und stellte das Glas auf sein rechtes Knie, während er seinen Partner ansah, als suche er nach einem richtigen Gesprächsanfang.

»Erinnern Sie sich daran, was ich Ihnen gesagt habe, Morrissey? Dass man sich außerhalb des Protokolls bewegen muss, um etwas zu erreichen? Insbesondere, wenn man seine Feinde nicht vollumfänglich kennt?«

Morrissey nickte, während er an seinem Glas nippte. »Selbstverständlich Sir. Ich habe eigentlich gedacht, dass wir das täten. Mir schwant, ich irre mich?«

»In der Tat. Aber nicht, weil Sie die Situation falsch eingeschätzt haben.«

»Sir. Ich verstehe nicht ...«

McAffrey unterbrach ihn mit einer Handbewegung. »Keine Angst, Clark. Ich werde Sie nicht dumm sterben lassen.«

Morrissey ließ sich seine Verwunderung nicht anmerken. Es war äußerst selten, dass sein Chef ihn beim Vornamen nannte.

»Wir wussten seit geraumer Zeit, dass die Russen ein Komplott schmiedeten. Sie wollen unter allen Umständen Gehlen als Präsident des BND verhindern. Wer will's ihnen verübeln? Bei all dem, was er über die Sowjets weiß?« McAffrey trank einen weiteren Schluck. »Zöllner wurde von uns rekrutiert. Sein Name ist ein Pseudonym. Es handelt ... handelte sich bei ihm in Wirklichkeit um Ernst Hildebrandt. Ein ehemaliger SS-Offizier, der so einige Juden auf dem Gewissen haben soll. Er war bei den Nazis mehr als ein kleines Rädchen im Getriebe. Wir haben ihm für unsere Zwecke eine neue Identität verpasst und uns so seine Loyalität gesichert. Dachten wir. Irgendwie sind die Sowjets auf ihn aufmerksam geworden.«

»Der Kerl ist ... war ein Doppelagent?«

McAffrey leerte sein Glas und stellte es beiseite. »Die CIA mag eine effiziente Organisation sein. Aber sie ist bei Weitem nicht die einzige, die was drauf hat. Das ist der Grund, warum ich Sie im Ungewissen lassen musste.«

»Sie erwähnten einen Maulwurf.«

McAffrey nickte. »Nichts gegen Sie persönlich, mein Junge. Doch woher sollten die Russen sonst von ihm wissen, wenn nicht aus unseren Reihen?«

»Verstehe, Sir ...«

»Der Chef von diesem Gerry Rosenkranz, dieser Redakteur ... Beckmesser oder so ähnlich ... na ja. Jedenfalls ist dieser Kerl ein Zocker. Hat bei nahezu jedem in der Stadt Spielschulden. Er steht auf unserer Gehaltsliste und gab uns einen Tipp. Wir erfuhren, dass dieser Rosenkranz gegen Zöllner ermittelte. Zusammen mit Victor Baptiste. Sie waren überzeugt, dass Zöllner ein Kriegsverbrecher sei.«

»Die beiden haben etwas rausgefunden«, stellte Morrissey fest.

»Ja. Baptiste hatte im Rahmen dieser Recherchen von einer jüdischen Gruppierung, die sich wohl mit der Aufdeckung von untergetauchten Nazis befasst, einen Hinweis bekommen. Es gab wohl einen weiteren Zeugen, ein früheres Opfer, der Zöllner identifizieren konnte. Eine Person, deren Identität aber offenbar geheim war.«

»Ari Silberstein?«

»Ja, Clark. Über diesen Redakteur erfuhren wir, dass die Organisation eine Quelle direkt aus dem Büro des KGB hatte und dass diese Quelle diesem Baptiste Informationen übergeben wollte.«

»Respekt!«

McAffrey nickte. »Es ging um die Identität dieses Zeugen. Wir haben unseren Louis ausfindig gemacht und aus dem

Knast geholt, weil er Baptistes Vertrauen genoss. Schließlich hatte Louis ihm und einer Menge anderer an der Front selbstlos den Arsch, respektive die Ärsche gerettet.«

Morrissey verstand. Und ärgerte sich insgeheim. McAffrey hatte ihm subtile Hinweise auf diesen Fremdenlegionär gegeben und sich somit seines Engagements bedient. Er war dem vorgegebenen Weg gefolgt und hatte diesen Legionär aus dem Knast geholt. Das und die Flucht dieses Kerls gingen dann unbestritten auf seine Kappe, wenn es darauf ankam. McAffrey wäre schön raus. Du alter Fuchs, dachte Morrissey.

»Dieser Silberstein«, fuhr der CIA-Chef fort, »stellte eine Bedrohung für Zöllner dar. Er verfügte über irgendwelche Beweise, womit er ihn hätte zu Fall bringen können. Mit diesem Wissen hatten die Russen Zöllner am Fliegenfänger und konnten ihn so binden und für ihre Zwecke einsetzen. Mehr noch. Ich vermute, Zöllner war derjenige, der Gehlen offiziell aus dem Amt gestoßen hätte. Und gleichzeitig hätte er sich für diesen Posten wärmstens empfohlen. Die Russen wären vor Lachen nicht in den Schlaf gekommen, Clark. Sie hätten uns eins ausgewischt, uns der Lächerlichkeit preisgegeben, den BND als eine amerikanische Marionette bloßgestellt und gleichzeitig ihren Mann auf einem der wichtigsten Posten installiert. Wie hätte man diese Informationen wohl in der DDR aufgenommen? Ich sag's Ihnen. Wir hätten dort nie wieder einen Agenten angeworben.«

Morrissey lehnte sich zurück.

»Darum mussten wir diesen Baptiste ausschalten, bevor er den Namen an Rosenkranz hätte weitergeben können. Die beiden hätten keine Ruhe gegeben, diesen Silberstein zu finden und vielleicht zu einer Aussage zu bewegen. Zöllner wäre möglicherweise außer Kontrolle geraten. Er hätte uns, um seinen Arsch zu retten, den schwarzen Peter zugespielt. Dann geriet das Ganze außer Kontrolle. Dieser Legionär entkam. Er hatte den Namen des unbekannten Zeugen und etwas, was die Sache zusätzlich verkompliziert hatte. Etwas, von dessen Existenz wir keine Ahnung hatten. Weiß der Geier, wie die Sowjets da drangekommen sind.«

»Die Fotos. Verstehe …«

»Und er hat Rosenkranz gerettet. Silberstein selbst hätten wir, sofern wir ihn gefunden hätten, mundtot machen können. Aber nun potenzierte sich die Anzahl der Zeugen, die ihre Aussagen zusätzlich mit Fotos untermauern konnten.«

Morrisseys Gemüt schwankte zwischen Enttäuschung und Hoffnung. Die Geschichte klang nachvollziehbar. Zu gern hätte er seinem Vorgesetzten geglaubt. Doch es war an der Zeit, sich seinen Zweifeln zu stellen, McAffrey zu überführen. Trotzdem hoffte Clark Morrissey bis zuletzt, dass die Antwort eine andere sein würde. Aber er ahnte, dass er Gewissheit erhalten würde. »Zöllner … das waren also wir«, stellte er mit eiserner Miene fest.

»Mir gefällt, dass Sie meine Erwartungen erfüllen. Gut kombiniert, Morrissey. Sehr gut kombiniert.« McAffreys Grinsen ging derart in die Breite, dass Morrissey die hinteren Goldkronen sehen konnte.

»Zöllner wurde zu einem unkalkulierbaren Risiko, Clark. Thompson hat dafür gesorgt, dass die Fotos vernichtet wurden. Schade um ihn. War ein guter Mann …« McAffrey zuckte beiläufig mit den Achseln. »Die Fotos und somit die Beweise sind vernichtet. Mit Zöllners fingiertem Freitod sind wir aus der Schusslinie. Alles wurde perfekt inszeniert. Das Ding ist sicher. Niemand wird eine Verbindung zu uns herstellen. Die deutsche Polizei hat ihre Ermittlungen abgeschlossen. Und gleichzeitig haben wir den Sowjets ein Schnippchen geschlagen. Silberstein und Rosenkranz sind mit Zöllners Tod uninteressant geworden. Von jetzt auf gleich. Für alle Seiten. Die Ernennung Gehlens ist in nicht mal zwei

Wochen. Die Sowjets werden sich so schnell nicht neu aufstellen können. Wer sollte uns jetzt noch in die Suppe spucken können?« McAffrey zeigte mit einem Lächeln auf seinen Mitarbeiter. »Darum geht es, Clark.« Er tippte sich an die Schläfe. »Man muss einen Plan haben. Am besten einen, der funktioniert.«

»Wie geht es weiter, Sir?«

McAffrey lehnte sich zurück und verschränkte die Arme hinter dem Kopf. »Ich bin zu alt für diese Scheiße, Clark. Ich überlege, ob ich Washington nicht um meine vorzeitige Ruhesetzung ersuche. Diese Behörde braucht junge Kollegen. Engagierte und unverbrauchte. Vielleicht sollten Sie sich mit dem Gedanken tragen, zukünftig etwas mehr Verantwortung zu übernehmen.«

Clark Morrissey erhob sich und schritt zum Fenster. Er schaute über die Stadt, als suchten seine Augen in der Ferne den Mann, der soeben vom Feind zum Verbündeten geworden war. Louis hatte verdammt noch mal recht gehabt. McAffrey hatte ihn von vorn bis hinten belogen. Ihn zum Mitwisser und somit zu einem Werkzeug gemacht. Vor seinem geistigen Auge hörte er McAffreys Worte: »Daher ist die Sache inoffiziell. Streng genommen wissen nur wenige Leute davon. Auf dem europäischen Kontinent sind es lediglich zwei. Sie ab jetzt mit eingerechnet.« Das waren seine Worte gewesen. Und dann erinnerte er sich an jenen Satz McAffreys, der erst jetzt seine wahre Bedeutung erhielt: »Das bedeutet, dass man bereit sein muss, jedes noch so hohe Opfer zu bringen. Jedes, Morrissey, haben Sie verstanden? Jedes.«

Alle beteiligten Personen, die gegen den CIA-Chef hätten aussagen können, waren tot. McAffrey würde ihn gnadenlos als denjenigen präsentieren, der für dieses Versagen verantwortlich war, sollte Louis die Wahrheit ans Licht bringen. Und dass er das tun würde, stand außer Frage. Er war, verdammt noch mal, im Arsch, dachte er. Während er weiter nach draußen starrte, nippte er erneut an seinem Glas. Doch dieses Mal schluckte er das Getränk nicht herunter. Es war, als wäre er in der Bewegung erstarrt. »... sündhaft teurem Nachmittags-Whiskey ...«, murmelte Morrissey vor sich hin. Es war kein Whiskey, es war Brandy. Den Unterschied kannten nur Liebhaber. Woher wusste Louis, dass sie während einer Besprechung ...?

Und mit einem Mal hatte Clark Morrissey die Botschaft verstanden. Er drehte sich zu seinem Vorgesetzten, der ihm, noch immer breit grinsend, zuprostete. Morrissey schluckte den Alkohol hinunter und erwiderte die Geste. Dann drehte er sich entschlossen um und öffnete das schusssichere Fenster.

*

Die Waffe war in einem tadellosen Zustand. Das musste sie auch, denn in der Regel gab es nur eine einzige Chance. Konzentriert spähte er mit seinem rechten Auge durch das Zielfernrohr und tastete mit dem Fadenkreuz die Fassade des Gebäudes ab, welches sich in einer Entfernung von circa dreihundert Metern befand. Man würde ihn nicht sehen. Das dichte Tuch, welches er über die Waffe und das Bodenstativ gelegt hatte, und welches beinahe seinen gesamten Oberkörper bedeckte, hatte annährend die gleiche Farbe wie der Untergrund. Nichts würde seine Position verraten. Das Gebäude und insbesondere die Fenster waren zweifelsohne gesichert. Trotzdem fand er die Tatsache, sich täglich zur gleichen Zeit zu treffen, für Geheimdienstmitarbeiter seltsam. Er hatte keine Ahnung davon, doch war er der Auffassung, dass das Festhalten an Gewohnheiten in diesem Beruf etwas war, womit man sich einer gewissen Gefahr aussetzte. Das Zeitfenster, in dem Morrissey und McAffrey zusammenkamen, öffnete sich in diesem Moment, sofern sie von ihrem Verhalten, was er seit einigen Tagen beobachtet hatte, nicht abwichen. Kurz sah er über den Lauf und suchte erneut den Raum, in dem sich die beiden Männer regelmäßig aufhielten. Wieder richtete er das Fadenkreuz aus. Der Wind und die Temperatur spielten eine ebenso wichtige Rolle bei der Berechnung der Flugbahn wie die Entfernung. Auch das Material der Kugel wurde in die ballistische Berechnung mit einbezogen. Doch all das war für ihn nur Theorie. Louis hatte sich immer auf den Karabiner K98 des deutschen Herstellers Mauser verlassen können. Mit ihm traf er. Alles und jeden.

Er erkannte einen Mann am Fenster. Seine Atmung wechselte in ein langsames und tiefes Ein- und Ausatmen. Alles um Louis herum war wie ausgeschaltet. Es gab nur das Fadenkreuz und sein Ziel. Plötzlich wurde das Fenster geöffnet. Sein Finger legte sich nun automatisch und wie in Zeitlupe auf den Abzug. Morrissey trat beiseite und im Fadenkreuz erschien der Mann, dem er seine tödliche Botschaft senden würde. Louis hielt die Luft an, wartete, bis das Schwanken seiner Zieleinrichtung einfror, dann zog er den gekrümmten Zeigefinger in einer gleichmäßigen Bewegung nach hinten. Der Rückstoß ließ das Gewehr kraftvoll gegen seine Schulter stoßen. Der Knall hallte einige Augenblicke nach. Ein paar aufgeschreckte Tauben erhoben sich wild flatternd in die Lüfte. Obwohl die Flugzeit des Projektils nur wenige Zehntelsekunden dauerte, überkam ihn der Gedanke, sein Ziel verfehlt zu haben. Dann sah er, wie der Kopf seines Zielobjekts zurückschnellte und dessen Körper zusammensackte. Er hatte McAffrey getroffen.

Louis zog seine Tarndecke von der Waffe und rollte sich mit dem Gewehr zur Seite. Sein Herz schlug nun wie wild und seine Lungen forderten tiefe Atemzüge. Er setzte sich aufrecht hin und lehnte sich an eine Mauer. Clark Morrissey würde dafür Sorge tragen, dass keine Informationen über die vergangenen Sekunden je nach außen dringen würden. Zumindest nicht, was die deutsche Polizei betraf. Die würden nie etwas davon erfahren. Da war er sich sicher. Wie Morrissey den Mord der CIA gegenüber erklären würde, wusste Louis nicht. Aber das war nicht sein Problem. Es war vollbracht. Louis erhob sich, sammelte die Patronenhülse ein und verstaute die Waffe. Es war an der Zeit, sich weiter seinem Plan zu widmen. Und seine Rache würde gnadenlos sein.

KAPITEL 13

»Herr Kaufmann! Schön Sie zu sehen.« Tom Eckhardt breitete die Arme zu einer Willkommensgeste aus, bevor er Louis entgegenschritt und ihn überschwänglich begrüßte. Louis ergriff die ihm entgegengestreckte Hand. Der Zuhälter hatte sich erkennbar Mühe gegeben. Sein Anzug war nach Maß und seine Frisur saß tadellos. Nur mit seinem Rasierwasser hatte er es etwas übertrieben. Doch sprachen sowohl seine äußere Erscheinung als auch sein Verhalten eine deutliche Sprache. Die Rollen hatten sich scheinbar vertauscht. Eckhardt war nun derjenige, der augenscheinlich etwas wollte. Er ließ Louis' Hand los, die er für dessen Geschmack viel zu lange festgehalten hatte, und bot ihm Platz an.

Louis kam ohne Umschweife zur Rede. »Und? Haben Sie sich mit meinem Angebot auseinandergesetzt?«

Tom Eckhardt grinste wie ein Gebrauchtwagenhändler. »Selbstverständlich. Ich habe das Ganze mit meinem Partner besprochen.« Tom winkte einem seiner Lakaien zu, der eine Tür öffnete.

Für einen winzigen Augenblick zogen sich Louis' Eingeweide zusammen. Er hatte Eckhardt am Vortag angerufen und ihm gesagt, er sei außerplanmäßig in Deutschland und würde ihn gern spontan in der Sache sprechen. Seiner Verkleidung traute Louis, was Eckhardt betraf. Und natürlich hatte er den Laden seit den frühen Morgenstunden beobachtet. Aber wenn Mucki jetzt auftauchen würde, würde ihn das tatsächlich in arge Bedrängnis bringen. Vorsichtshalber öffnete er den Knopf seines Jacketts, unter dem sich seine Waffe befand.

Zu seiner Erleichterung trat eine Frau in den Saal. Louis wusste sofort, dass sie es war. Sie trug eine dunkle Sonnenbrille, obwohl das Licht im Raum eher diffus war. Die Frau blieb vor dem Tisch stehen.

»Darf ich Ihnen unsere Mitarbeiterin vorstellen? Mariella. Begrüße bitte unseren Gast.«

»Buon giorno, Signore Kaufmann.«

Louis erhob sich, ergriff die dargebotene Hand und deutete einen Handkuss an.

»Bitte sehen Sie es mir nach, dass ich Ihre Begrüßung nicht auf Ihrer Landessprache erwidere. Das ist der Grund, warum mir an Ihrer Hilfe so gelegen ist. Erlauben Sie mir trotzdem festzustellen, dass ich von Ihrer Attraktivität äußerst positiv überrascht bin.«

Mariella erwiderte Louis' Schmeichelei mit einem perfekt inszenierten Lächeln. Er war sich sicher, dass sie sein Gebaren als widerlich empfand. Louis verwies auf einen freien Stuhl.

»Würden Sie mir bitte einige Momente Ihrer Zeit schenken?« Er wartete, bis Mariella sich gesetzt hatte, und nahm dann selbst wieder Platz. Ein Blick auf Eckhardt zeigte ihm, dass der Zuhälter offenbar mit dem ersten Auftritt seiner Dame und der Reaktion seines Gastes zufrieden war.

»Mariella ist der gute Geist des Hauses und kümmert sich um unsere Damen.«

Louis betrachtete Mariellas Gesicht. Es wirkte ausdruckslos. Louis konnte oder wollte sich nicht ausmalen, was sie in ihrem Leben bereits durchgemacht hatte. Sie verachtete ihn sicherlich, was er ihr nicht verübeln konnte. Es berührte ihn eher. Weil er wusste, dass sie trotz ihrer eigenen Sorgen Moni die Kraft gegeben hatte, die sie letztlich am Leben gehalten hatte. Er wünschte sich, ihr das alles zu erklären. Jetzt. Hier und sofort.

»Und sie spricht tatsächlich Italienisch?«, spielte er überrascht.

»Fließend, Herr Kaufmann.«

»Ich bin beeindruckt. Wirklich. Ehrlich gesagt ...« Louis beugte sich etwas vor. »Ich habe nicht geglaubt, dass Sie das hinkriegen. Oder sagen wir ... zumindest nicht in so kurzer Zeit. Mir scheint, ich habe den richtigen Geschäftspartner gefunden.«

Wie leicht das Ego dieses Zuhälters doch zu befriedigen war, dachte Louis, als er das breite Grinsen seines Gegenübers betrachtete.

»Was den Rest betrifft ... Wir sind da am Ball. Ich denke ... ich bin mir sicher, dass wir Ihnen schon bald geeignete Kandidatinnen vorstellen können.«

Louis versuchte sich in einem selbstgefälligen Lächeln. »Daran zweifle ich nicht. Ich würde vorab gern mit Mariella einige Dinge besprechen. Sie verstehen ...« Louis machte eine nichtssagende Handbewegung. »Hinsichtlich meiner Vorstellungen, wie die Damen einen Empfang bereichern könnten. Wären Sie damit einverstanden? Vielleicht übermorgen? Am Samstag? Ich bin dann von meiner Geschäftsreise wieder zurück.«

Eckhardt machte ein gönnerhaftes Gesicht. »Natürlich. Wann immer Sie wollen. Wir kommen gerne.«

Louis räusperte sich. »Ich würde mich gern mit Mariella allein unterhalten. Um sie besser kennenzulernen. Sie verstehen ... Um zu schauen, ob sie für meine Kunden ...«

Tom Eckhardt verzog das Gesicht. Er überlegte einige Momente. Schließlich entspannten sich seine Züge. »Warum nicht? Abgemacht. Wann und wo?«

»Sehr schön. Bei einem Abendessen?« Louis sah Mariella

an, deren Züge weiterhin emotionslos waren. Sie wusste, diese Frage war nicht an sie gerichtet. Eckhardt zuckte mit den Achseln.

»Dann nächsten Samstag«, wiederholte Louis und erhob sich. »Ich melde mich bei Ihnen bezüglich der Adresse. Es war mir ein Vergnügen. Auf Wiedersehen.«

*

Zwanzig Minuten, nachdem Louis das Royal verlassen hatte, fuhr der Zuhälter Tom Eckhardt in Begleitung einer seiner Männer vom Hof und bog auf die Altenessener Straße in Richtung Süden. Louis folgte ihnen in ausreichendem Abstand. Er rechnete nicht damit, dass die beiden mit der gebotenen Vorsicht agierten. Das Gefühl der Unantastbarkeit haftete ihnen derzeit an. Außerdem befand sich Eckhardt sicher im Zustand äußerster Euphorie, denn möglicherweise hatte er einen großen Deal an Land gezogen. An einem Wagen dranzubleiben, war nicht immer leicht. Glücklicherweise fuhr Eckhardts Mann keinen heißen Reifen. Der Verkehr in der Innenstadt war dicht, sodass die Gefahr eher darin bestand, die beiden Männer aus den Augen zu verlieren als aufzufallen. Der Zuhälter saß auf dem Beifahrersitz und rauchte. An seinen Kopfbewegungen erkannte Louis, dass er zwischen den Zügen ohne Unterlass auf den Fahrer einredete. Er war bester Stimmung. So viel stand fest. Sie fuhren über Rüttenscheid in Richtung Bredeney. Die Gegend wurde zusehends besser und der Verkehr immer dichter, was Louis etwas Deckung verschaffte. Die beiden Männer bogen von der Alfredstraße ab und nahmen einige Seitenstraßen, die sich durch ein Wohngebiet mit vorwiegend frei stehenden Häusern schlängelten. Wer hier wohnte, der mähte seinen Rasen nicht selbst. Louis befürchtete, dass er den Wagen aus den Augen verlieren würde, da erkannte er, dass die Männer in eine Sackgasse abbogen. Er fuhr an der Straße vorbei, parkte sein Fahrzeug, stieg aus und suchte Deckung hinter dem Stamm einer alten Kastanie. Vielleicht waren sie in den engen Straßen doch auf ihn aufmerksam geworden und überprüften so, ob das Auto im Rückspiegel ihnen weiter folgte. Nach ungefähr fünf Minuten war sich Louis sicher, es riskieren zu können. Er hatte seinen künstlichen Vollbart abgenommen und auch die Kleidung so verändert, dass Eckhardt ihn zumindest auf eine gewisse Distanz nicht mehr als denjenigen erkennen würde, der ihm zuvor einen Besuch abgestattet hatte. Die Sackgasse war vielleicht hundertfünfzig Meter lang und so eng, dass zwei Fahrzeuge gerade so aneinander vorbeikamen. Bereits im Einmündungsbereich stehend entdeckte Louis den Wagen des Zuhälters, der vor dem drittletzten Haus rechtsseitig geparkt hatte. Louis ging zu seinem Wagen zurück. Er wusste nicht, wie lange es dauern würde, bis Eckhardt zurückkehrte, ob es vielleicht sogar das Haus war, in dem er wohnte, und er wollte nicht das Misstrauen einer der Nachbarn wecken, wollte nicht auffallen.

Nach fünfundvierzig Minuten sah er im Rückspiegel, wie Eckhardts Wagen aus der Straße bog und die Richtung nahm, aus der sie zuvor gekommen waren. Louis hatte genug gesehen. Er würde später hierher zurückkehren.

Gegen Nachmittag nahm Louis die Observation wieder auf. Er hatte sich eine Schornsteinfegermontur samt Zubehör besorgt und sich Gesicht und Hände geschwärzt. Ein Schornsteinfeger auf dem Weg in den Feierabend. Er würde so nicht weiter auffallen. Das Haus war mit einer niedrigen, weiß getünchten Mauer eingefriedet, auf der sich ein gusseiserner, vielleicht zwei Meter hoher Zaun befand. Der Eingangsbereich war ebenfalls mit einem Tor gesichert. Ein Namensschild war nicht angebracht. Eckhardts Wagen sah er nicht. Plötzlich bog ein Auto in die Straße. Das Motorengeräusch verriet ihm, dass es kein Kleinwagen sein konnte. So klang nur ein Sechszylinder. Louis drehte auf dem Absatz und ging weiter. Als der Wagen auf seiner Höhe war, grüßte ihn der Fahrer. Louis grüßte freundlich zurück und für einen flüchtigen Moment trafen sich die Augen der beiden. Einen Sekunden überlegte er. Dann war Louis sich sicher: Es war Fredi Schumacher. Muckis rechte Hand und derjenige, der im Gericht gegen ihn ausgesagt hatte.

*

Am nächsten Abend klingelte Louis. Er hatte das Haus den ganzen Tag über observiert. Er hörte Schritte und unmittelbar darauf, drehte jemand einen Schlüssel um. Der Kerl, der ihm öffnete, war vielleicht fünfunddreißig Jahre alt. Und das Letzte, was er sah, war die Mündung des Laufs, der direkt auf seine Stirn gerichtet war. Das Projektil durchschlug die Schädeldecke des Mannes, durchdrang dessen Hirn und trat am Hinterkopf wieder aus, um erst von der dahinter befindlichen Wand gestoppt zu werden. Sofort sackte der Getroffene zusammen und fiel nach hinten. Louis stieg über ihn hinweg, wobei er den Toten fast beiläufig musterte. So, als müsste er sich vergewissern, dass er tatsächlich tot war. Die Tür hinter ihm folgte seinem Stoß und fiel ins Schloss. Die Hütte war nicht übel, dachte Louis. Nicht mal das kleinste Fitzelchen Staub war auf dem dunklen Furnier der hochwertigen Möbel zu erahnen. Es folgte das, womit Louis gerechnet hatte. Tritte in schneller Reihenfolge in der Etage über sich. Der Schalldämpfer hatte dem Schusslärm etwas an Intensität genommen hatte, aber er hatte das Geräusch nicht unhörbar gemacht. Louis folgte den Schritten, die nun eilig eine Holztreppe hinunterrannten.

»Billy?«, rief jemand.

Louis kniete sich hin und spähte ums Eck. Schon sah er die Füße des anderen Kerls auf den Stufen. Louis zog eine weitere Pistole aus seinem Hosenbund. Zwei Schüsse in schneller Reihenfolge, noch ehe der Oberkörper folgte. Beide Kugeln fanden ihr Ziel und zerschmetterten die Knochen der Unterschenkel. Das Poltern war nahezu ohrenbetäubend, als der Mann aus voller Bewegung laut stöhnend nach vorn fiel und mit dem Kopf gegen die Wand prallte. Benommen blieb er liegen. Louis schritt an ihm vorbei, richtete den Arm geradeaus und beendete dessen Leben.

»Du hast Besuch, Fredi!«, rief er die Stufen hinauf. Er wusste, dass Schumacher ihn hörte. Und ebenso wusste er, dass diese feige Ratte eine Pistole bei sich hatte. »Schicke Bude, Fredi. Zumindest besser als im Knast.« Louis sah sich um und ergriff ein Kissen, welches auf einem Sofa lag. Er richtete die Waffe geradeaus, legte den Finger an den Abzug und schritt die Stufen langsam seitlich nach oben. »Ich habe dir ein Versprechen gegeben, Fredilein. Erinnerst du dich?« Er warf das Kissen ins obere Stockwerk. Drei Schüsse in schneller Reihenfolge ertönten. Anschließend hektische Schritte. Eindeutig weg von der Treppe. Louis betrachtete das Kissen, das langsam nach unten rollte. Federn quollen aus den Löchern. Es roch nach Pulverdampf. Louis' Nerven waren bis zum Zerreißen gespannt, als er vorsichtig weiterging. Der Flur erstreckte sich nach rechts. Louis suchte Deckung und ging in die Hocke, während seine Finger in der Außentasche seiner Jacke nestelten. Ohne hinzusehen, öffnete er den Deckel der leeren Puderdose und hielt sie so, dass er über den Spiegel im Deckel den Flur betrachten konnte. Schumacher war in einem der drei Räume verschwunden. Einer befand sich am Ende, jeweils eine Tür ging links und rechts ab. Louis sah auf einem Beistelltisch eine Porzellanvase mit asiatischen Motiven. Gebückt überwand er die Distanz, ergriff sie und suchte erneut Deckung. Sie wog recht schwer und er musste ausholen, als er sie vor die Tür am Ende des Flures warf. Der dumpfe Aufprall auf dem Teppichboden hallte durch das ganze Haus. Doch zerbrach sie nicht. Und dann folgte das, was er provozieren wollte. Zwei Schüsse krachten durch die Tür auf der rechten Seite.

Ihm gingen die Nerven durch, dachte Louis. Die Spuren, welche die Projektile im Türblatt und anschließend im Mauerwerk hinterlassen hatten, sprachen eine deutliche Sprache. Ein Kleinkaliber stanzte eindeutig kleinere Löcher. Noch einen Schuss, dachte Louis. Wenn Schumacher noch immer seine Smith & Wesson hatte, und davon ging er aus, blieb ihm noch eine einzige Kugel in der Trommel. Louis erhob sich und ging, eng an die Wand gepresst, den Flur entlang. Er achtete darauf, sich so geräuschlos wie möglich zu bewegen. Das waren mit Sicherheit keine tragenden Wände. Schumacher war kein Held. Er hatte sich bei ihrer ersten Begegnung bereits in die Hosen gepisst. Und die Tatsache, dass er seine Wut an wehrlosen Frauen ausließ, sagte einiges über ihn aus. Er hockte höchstwahrscheinlich irgendwo hinter einem Sessel und hielt seine Knarre krampfhaft auf die Tür gerichtet. Louis machte zwei Schritte zur anderen Seite und näherte sich der linken Tür. Ein Badezimmer. Das Fenster gab genug Licht. Er entdeckte hinter der Tür einen Schrubber, nahm ihn sich und schlich wieder auf den Gang. Louis näherte sich der Türklinke und ließ den Schrubber dann auf die Klinke fallen. Der nächste Schuss zerriss die angespannte Stille. Anschließend hörte Louis mehrfach ein klickendes Geräusch. Der Abzugshahn schlug auf Metall. Die Trommel war leer. Louis ließ den Besen fallen, trat die Tür ein und betrat mit gezogener Pistole den Raum.

»Sechs Schuss, Fredi. Du kannst weiter den Abzug durchdrücken. Aber vertraue mir. Da kommt nichts mehr.« Schumacher kniete tatsächlich hinter einem Möbel, offensichtlich in der irrigen Annahme, dass Holz Pistolengeschosse aufhalten könnte. Ungläubig, als müsste er die Aussage des Mannes überprüfen, betrachtete er den Revolver, dessen Abzug er noch immer betätigte. Dann realisierte er die Lage und ließ die Waffe fallen. Schumacher streckte die Arme in die Höhe und erhob sich langsam.

»Hab dir einen echt miesen Urlaub zu verdanken, Fredi.«

»Hey, Louis … ehrlich! Ich hab nur gemacht, was mir gesagt wurde. Du musst mir …«

Louis zog seinen rechten Handrücken ansatzlos durch Schumachers Gesicht. »Hat man dir, Kerbtier, auch gesagt, dass du Mariella mit deinem Siegelring bearbeiten sollst?« Louis trat über den am Boden liegenden Zuhälter hinweg, fasste ihn am Revers und zog ihn hoch. Er blutete aus der Nase und seine Oberlippe schwoll binnen Sekunden an. Louis drehte ihn, packte ihn nun von hinten und drückte ihn mit der Brust auf den Schreibtisch. Anschließend kniete er sich auf Schumachers rechten Arm, der ausgestreckt auf der Tischplatte lag, sodass er schmerzhaften Druck auf das Ellenbogengelenk ausübte.

»Du bist ein machtbesessenes, narzisstisches Schwein, Schumacher. Jemand, der sich daran ergötzt, wenn er Schwächere demütigen und quälen kann.« Louis zog sein Messer aus der Halterung an seinem Unterschenkel. »Nein, Schumacher. Niemand hat dir gesagt, dass du sie halb blind prügeln solltest. Du hast es genossen. Dich in Rage geprügelt. Du hast dabei einen Steifen bekommen. Ein widerlicher Feigling bist du.«

Mit einem einzigen Hieb trennte Louis Fredi Schumacher zwei Finger von seiner rechten Hand. Der Aufschrei war nahezu unmenschlich. Mit weit aufgerissenen Augen starrte er auf seine Gliedmaßen, die dort in einer Blutlache auf dem Schreibtisch lagen. Louis hob den Finger mit dem Siegelring an und betrachtete ihn nachdenklich. »Ich sollte ihn mir überziehen und dir die Scheiße aus dem Leib prügeln. So lange, bis du an deinem eigenen Blut erstickst.« Louis warf den Finger direkt neben Schumachers Gesicht. »Moni. Ich will, dass du mir sagst, wer ihr das angetan hat.«

Fredis spärliches Haar klebte ihm nass am Kopf und der Schweiß rann ihm in Strömen vom Schädel. Er versuchte, seine Stimme in den Griff zu bekommen, was ihm nicht gelang. »Ich schwöre! Ich schwöre bei meinem Leben, dass ich es nicht ...«, stöhnte er.

Das rasierklingenscharfe Messer durchdrang Schumachers Handrücken wie Butter und blieb tief in der Tischplatte stecken. Der Schmerzenslaut glich dieses Mal einem Grunzen. Rotz quoll in Blasen aus Schumachers Nase und vermischte sich mit dem Blut aus seiner aufgeplatzten Lippe.

»Acht Finger sind übrig, Fredilein. Gleich nur noch sieben. Danach schneide ich dir die Nase ab. Dann die Ohren. Also. Kotz dich aus.«

Schumacher weigerte sich noch immer einzusehen, dass es keinen Ausweg gab. »Er ... er bringt mich um! Bitte ... das musst du doch verstehen?«

Louis verzog nachdenklich das Gesicht, obwohl der Kerl unter ihm ihn nicht ansehen konnte. »Was glaubst du, was ich mit dir mache?« Louis näherte sich Schumachers Ohr. »Die Frage ist, wie lange es dauert, Fredi. Ich habe alle Zeit der Welt. Und ich sorge dafür, dass dir jede einzelne Minute davon vorkommt wie ein ganzer Tag. Wer hat ihr das angetan?«

Der Zuhälter starrte auf seine Hand, in der noch immer das Messer steckte. Sein Gesicht war eine schmerzverzerrte Fratze. Louis ergriff seinen Nacken und drehte Fredis Kopf so, dass er ihn ansehen musste. »Du warst es.« Louis' Satz war eine Feststellung.

Schumacher keuchte. »Hör zu, Mann … Ich habe nur Befehle … konnte ja keiner wissen, dass diese kleine Nutte dir was …«

Abrupt zog Louis das Messer aus Schumachers Hand. Dessen Aufschrei hallte durch den Raum. Louis ergriff ihn und stieß ihn derart kraftvoll auf einen Stuhl, dass Schumacher damit beinahe nach hinten gekippt wäre. Ungläubig hielt er die verletzte Hand mit der anderen fest und betrachtete sie. Die nächste ansatzlose Ohrfeige brachte ihn erneut aus dem Konzept. Noch ehe er die Lage begriff, hatte Louis beide Handgelenke an den Armlehnen gefesselt. Anschließend erfasste er den linken Unterschenkel, hob ich an und streifte Fredis Schuh von der Ferse. »Für jede Frage, die du nicht beantwortest, für jede Frage, die du nicht sofort beantwortest, ist ein Zeh fällig.«

Panisch sah Schumacher auf seinen Fuß, von dem Louis soeben den Socken abstreifte.

»Wer war alles dabei gewesen?«

Schumacher pumpte. Er blinzelte, da der Schweiß in den Augen brannte und ihn die Sicht trübte. Louis setzte das Messer an.

»Warte, warte! Mucki war da.«

»Wer noch?« Er legte die Schneide zwischen zwei Zehen.

»Dieser Bulle. Der war auch da.«

Louis hielt inne. »Dieser Gleiwitz?«

Schumachers Augen suchten die von Louis. Er nickte hektisch. »Ja. Genau der.«

»Die beiden machen gemeinsame Sache?«

Der Zuhälter betrachtete kurz seine verstümmelte Hand, von der noch immer große Blutstropfen Richtung Boden fielen. »Hey, Mann! Jeder schmiert die Bullen. Wenn du keinen Ärger willst, musst du sie bezahlen. Bitte … meine Hand …«

»Was wollte der Bulle von Moni?«

Schumacher reagierte nicht, sondern starrte auf seine Verletzung. Noch schützte ihn die schmerzhemmende Wirkung des Adrenalins. Doch er stand unter Schock. Eine weitere Ohrfeige holte ihn zurück.

»Noch mal, Fredi. Und ich wiederhole mich danach nicht mehr. Was wollte dieser Bulle von Moni?«

»Von der kleinen Schlam...? Nichts. Mucki wollte den anderen Mädchen eine Lektion erteilen. Dass man ihn nicht hintergeht. Und dieser Bulle hat ihm geholfen. Keine Ahnung ... hat vielleicht Kohle bekommen, um das Ganze zu decken. Hat ihm 'ne Menge an Lorbeeren eingebracht. Hab gehört, er ist wohl befördert worden.«

Louis' Verstand lief auf Hochtouren. Darum also hatte man ihm den Mord in die Schuhe geschoben. »Wo ist Mucki?«, fragte er schließlich, wobei er jedes einzelne Wort betonte.

»Keine Ahnung. Ich weiß nicht ...«

Louis schnellte hoch, stieß das Messer nach vorn und stoppte erst wenige Zentimeter vor Fredi Schumachers linkem Auge. »Ich frage dich ein letztes Mal.«

Schumacher presste sich gegen die Lehne. »Er ist im Royal. Um die Uhrzeit ist er immer im Royal.«

»Bis wann?« Louis nahm die Klinge etwas zurück.

Schumacher starrte auf die Waffe. »Keine Ahnung. Immer unterschiedlich. Der Laden schließt gegen zwei Uhr. Je nachdem, wie viel Gäste noch da sind. Mucki macht die Kasse immer selbst. Drei. Vielleicht halb vier.«

Louis steckte das Messer wieder in die Scheide an seinem Unterschenkel und krempelte die Hose darüber. Schumacher stieß einen lauten Seufzer aus.

Louis griff in seine Außentasche und holte ein Halstuch hervor. Noch ehe Fredi die Lage erfasste, knebelte er ihn damit. Seine Panik verstärkte sich etwas. Gleichzeitig formte

Schumachers Blick Fragen. So, als verbinde der Zuhälter die Tatsache, dass Louis ihn knebelte und nicht tötete, mit einer gewissen Hoffnung. Auf was auch immer.

Die schnelle Durchsuchung von Schumachers Taschen förderte ein Bündel Geldnoten hervor. Man brauchte es nicht zu zählen, um zu wissen, dass es ein hübsches Sümmchen war. Es wanderte in Louis' Jacke. Schließlich erhob er sich und blieb vor Fredi Schumacher stehen. Eine Weile betrachtete er ihn wortlos. Sein Gesichtsausdruck brachte das zum Ausdruck, was er für ihn empfand. Pure Verachtung. Er griff erneut in seine Jacke und beförderte eine Einhandgranate hervor. Schumacher starrte mit Entsetzen darauf. Louis nahm Schumachers unversehrte Hand, öffnet sie beinahe widerstandslos, legte die Granate in die Handinnenfläche und schloss dessen Finger wieder darum. Wie ein Schraubstock umschloss Louis' Hand die von Schumacher, während er mit der anderen den Sicherungsring zog. »An deiner Stelle würde ich den Bügel gut festhalten, Fredi. Sonst bist du schneller dort, wo wir beide zweifelsfrei hinkommen, als dir lieb ist. Im Übrigen habe ich den Zünder modifiziert. Die Granate detoniert nach sechs Sekunden. Nur für den Fall, dass du meinst, sie loslassen zu müssen, während ich noch hier bin. In sechs Sekunden bin ich bereits drei Straßenblocks weiter.« Louis ließ sein Gegenüber los und richtete sich auf. Schumacher blickte mit weit aufgerissenen Augen auf seine Hand, in der sich die Granate befand. Louis trat aus dem Zimmer. Kurz drehte er sich nochmals um. »Irgendwann werden deine Finger müde. Fredi. Vielleicht in einer Stunde, vielleicht auch erst in drei. Genug Zeit, um dich an das zu erinnern, was du ihr angetan hast. Was du anderen angetan hast. Aber egal, wie lange du durchhältst, die Zeit wird nicht reichen, um von deinem Schöpfer Vergebung zu erhalten.« Schumacher brüllte etwas gedämpft in seinen Knebel, doch Louis entfernte sich bereits. Es war an der Zeit, seinen Plan zu Ende zu bringen.

*

»Danke für Ihre Zeit«, sagte Louis höflich. Sie rang sich ein müdes Lächeln ab. Eines, das ausschließlich ihre Mundwinkel einnahm und den Rest ihres Gesichtes ausschloss.

Der Kellner erschien und servierte einen Sekt, stellte die Flasche auf den Tisch und zog sich zurück.

»Ich möchte Ihnen eine Frage stellen, Mariella. Es wird Ihnen wahrscheinlich seltsam vorkommen. Würden Sie sich auf dieses Spiel für mich einlassen?«

»Ich dachte, wir wollten über geschäftliche Dinge reden.«

Louis überging ihren Einwand. »Stellen Sie sich vor, Sie sollen eine Person … einem Menschen, dem Sie noch nie begegnet sind, vom Gegenteil überzeugen. Von etwas, an dem er oder sie felsenfest glaubt. Halten Sie das für grundsätzlich möglich?«

Mariella holte eine Zigarette hervor. Louis hielt ihr den Kerzenständer hin und wartete, bis sie den ersten Zug gemacht hatte. »Weiß nicht. Kommt wahrscheinlich darauf an, um was es sich handelt.«

Er ließ sich einige Momente Zeit, bevor er fortfuhr. »Nehmen wir mal an, die Überzeugung, also das, an was derjenige glaubt, basiert auf … Angst. Auf Abhängigkeit.«

»Was wird das hier?«, fragte sie scharf.

Louis hob abwehrend die Hände. »Sehen Sie es nur als Gedankenspiel. Meinen Sie, es wäre … oder anders ausgedrückt: Was müsste man tun, um den anderen zu überzeugen?« Kurz ging Louis davon aus, sie würde aufstehen und das Lokal verlassen. Stattdessen aber schob sie den Stuhl etwas zur Seite, überkreuzte die Beine und zog erneut an ihrer Zigarette. Eine Antwort blieb sie schuldig. Stattdessen forderte ihr Blick eine Erklärung.

Louis lehnte sich etwas zurück, als könnte er ihr damit etwas Abstand einräumen.

»Vertrauen kann es nicht sein. Woher auch? Ohne gemeinsame Basis. Was könnte zumindest das Interesse, die Bereitschaft, bis zum Ende zuzuhören, fördern?«

Ihre Augen verengten sich zu Schlitzen. Sie suchte nach einem Anhaltspunkt in seinen Worten. Nach einer Falle, nach irgendetwas, was ihr Misstrauen rechtfertigte. Und Louis war sich sicher, dass sie äußerst feine Antennen für so etwas hatte. Sie schnippte etwas Asche ab, nahm einen Schluck und sah ihn auffordernd an. »Sagen Sie es mir.«

Louis zuckte mit den Achseln. »Keine Ahnung. Wenn ich mich in einer solchen Situation befände, was würde mich persönlich neugierig machen?« Er rieb sich nachdenklich das Kinn. »Ein Beweis? Wäre es das? Was halten Sie davon?«

»Der müsste schon richtig überzeugen.«

Louis grinste. »Die Frage jedoch ist, wenn ich meine eigene Realität habe, bin ich dann überhaupt in der Lage oder auch willens, einen Beweis als solchen zu erkennen und anzunehmen?«

Mariella drückte die Zigarette deutlich zu fest aus. »Ich verstehe nicht, was diese ganze Scheiße ...«

»Ich habe Moni ein Versprechen gegeben, Mariella.« Dieses Mal war ihre Reaktion echt. Ungespielt. Ungläubig starrte sie ihn an, bevor sie aufstand.

»Fick dich!« Sie ergriff ihren Mantel. Louis setzte alles auf eine Karte, sprang auf und fasste sie am Arm.

»Weißt du, was für sie das Schlimmste war? Dass sie sich schuldig fühlte. Sie fühlte sich schuldig dafür, dass dieser Schumacher dich mit seinem Siegelring geschlagen hat, weil du sie in Schutz genommen hast. Daran ist sie beinahe zerbrochen.«

Sie stand da wie erstarrt und sah ihn mit offenem Mund an.

Er ließ sie los und setzte sich wieder. »Du kannst jetzt den Laden verlassen oder du setzt dich wieder und hörst mir zu.«

Sie schaute ihn skeptisch an. Sie trug einen inneren Konflikt aus. Der scheue, ängstliche Blick zur Seite signalisierte ihm, dass sie nicht gehen würde. Tatsächlich setzte sie sich, wenn auch nur zögerlich. Louis beugte sich etwas vor. Seine Miene wurde ernst.

»Jeden Tag hat sie an dich gedacht. Jeden einzelnen, verfluchten Tag.«

»Ich glaube dir, Mistkerl, nicht ein Wort!«

Leise begann er eine Melodie zu summen, bevor er fast flüsternd den Text sang. »Wollst endlich sonder Grämen, aus dieser Welt uns nehmen, durch einen sanften Tod! Und, wenn du uns genommen, lass uns in den Himmel kommen, du unser Herr und Gott.« Er ließ das Ganze einen Moment wirken. Louis sah, wie sie innerlich in sich zusammenzufallen schien. Ihre Schultern ließ sie auf einmal hängen. Tränen rannen ihre Wange hinab. Mariella nahm ein Taschentuch und tupfte sich unter dem Rand ihrer Sonnenbrille das Gesicht ab.

»Du hast ihre Seele am Leben erhalten, Mariella.«

»Was passiert hier?«

»Ich wollte mit ihr abhauen. Weit weg. Weg von all dem. Wahrscheinlich wäre sie jetzt noch am Leben. Sie konnte nicht. Und weißt du warum? Ihre ganze Sorge galt dir, Mariella. Diese Angst um dich hat sie fast aufgefressen. Sie hatte mich angefleht, dir zu helfen.« Er glaubte, in ihren Zügen so etwas wie ein wehmütiges Lächeln zu erkennen.

»Willst du mir zuhören?«, fragte er einfühlsam.

»Sie sind dieser Louis, habe ich recht? Der Kerl, den die Polizei sucht.«

Louis nickte. »Ich habe ihr nichts angetan, Mariella. Ich habe …«

»Ich weiß, was passiert ist. Zumindest weiß ich, dass Sie es nicht waren.« Der Stein, der ihm vom Herzen fiel, wog Tonnen.

»Ich habe sie geliebt, Mariella. Und sie so akzeptiert, wie sie war. Mit all dem, was zu ihr gehörte. Wahrscheinlich war ich der erste Kerl, der das aufrichtig tat.«

Ihre Hände zitterten und er gab ihr einige Augenblicke, sich zu beruhigen.

»Unsere erste Begegnung war eher zufällig. Ich war Zeuge, wie ein Kerl sie in den Mangel nehmen wollte«, begann er, als müsse er sich erklären. »Bin dazwischen …«

Sie beugte sich vor, ergriff die Flasche und schenkte sich mit zitternden Fingern ein. Louis wartete, bis sie das Glas wieder abstellte.

»Danach wurde es etwas kompliziert. Jedenfalls hab ich ihr für eine Nacht meine Wohnung überlassen. Frag mich nicht, warum. Ich hatte wohl ein schlechtes Gewissen, weil sie mir gesagt hat, dass meine Einmischung für sie Konsequenzen haben würde. Na ja … am nächsten Tag hab ich sie rausgeschmissen. Ich wollte mich da nicht in irgendwas reinziehen lassen.« Louis sah sie ernst an. »Es war ein Fehler, der mir bis heute leidtut.«

»Es waren ein paar harte Tage für sie, als sie zurückkam«, sagte Mariella. Sie wirkte bei diesen Worten verhärmt. Ihre Worte trafen ihn bis ins Mark.

»Ich hatte ihr versprochen, sie zu beschützen. Verstehst du? Sie hatte mir vertraut.« Dieses Mal war er es, der mit sich rang. Mariella gab ihm die Zeit.

»Diese ganze Show … warum, Louis?«

»Weil ich ihr ein Versprechen gegeben habe. Und auch mir.«

Plötzlich lag etwas Sanftes in ihren Zügen und sie lächelte zaghaft. »Es gibt Dinge, Fehler, die sind geschehen. Unwiderruflich. Und manchmal sind sie nicht zu ändern, Louis. Unsere Gedanken bestimmen, ob etwas gut oder schlecht ist. Das ist das Geheimnis.«

Mit einem Mal wusste er, warum Moni von Mariella so gesprochen hatte. Louis lächelte zurück, während er den Kopf schüttelte. »Nein, Mariella. Es ist eine Flucht aus der Wirklichkeit.«

»Es ist eine andere Form der Realität. Nenn es von mir aus eine Parallelwelt. Eine, in der du überlebst.«

»Für eine gewisse Zeit vielleicht. Aber immer wieder öffnet sich ein Tor zur Hölle. Und die Dämonen, die daraus aufsteigen, kriegen dich. Irgendwann.«

»Manchmal hat man keine Alternative.«

»Doch«, widersprach er. »Du kannst kämpfen. Ihnen die Stirn bieten.«

Mariella lachte sarkastisch auf. »Wie Moni? Nennst du das kämpfen? Meinst du etwa, wir hätten es nicht versucht? Jede von uns hat das irgendwann einmal getan. Man kann ihnen nicht entkommen. Glaub mir! Wer sich mit ihnen anlegt, der tut es danach nie wieder.«

Da hatte sie verdammt recht, dachte er. Sie hatten zweifelsohne ihre Mittel und bestimmt davon Gebrauch gemacht, um das eine oder andere Exempel zu statuieren, welches seine Wirkung sicher nicht verfehlte und für die anderen ein mahnendes Beispiel war. Louis sah sie an, als suchte er nach den passenden Worten.

»Erinnerst du dich an den Anfang des Gespräches? Als ich dich fragte, wie man jemanden möglicherweise dazu bringen kann, von seiner Überzeugung loszulassen? Was wäre, wenn ich dich davon überzeugen wollte, dass es diesen Ausweg gibt?«

»Ich frage mich gerade, ob es nicht eher du bist, der einer Illusion nachläuft, Louis.«

»Im Ernst, Mariella. Erinnere dich. Was hast du geantwortet?«

»Du meinst das mit dem Beweis?«

Louis nickte langsam. »Du sagtest sinngemäß, dass er gewichtig sein müsste. Was, wenn ich dir diesen Beweis bringen könnte? Jetzt und hier?«

Sie hob abwehrend beide Hände. »Ich weiß nicht. Dieses Gespräch … wir sollten …«

»Was, wenn ich dir den Beweis erbringen könnte, dass dies alles vorbei sein kann? Dass du aus diesem Albtraum aufwachst. Ein für alle Mal. Und dass dich diese Dämonen nie wieder aufsuchen können. Was wärst du bereit, dafür zu geben?«

Sie sah ihn an wie jemanden, der den Verstand verloren hatte. »Du hast keine Ahnung, mit wem du dich anlegen willst«, stellte sie fest.

»Und du hast keine Ahnung, wer dir gegenübersitzt«, sagte er und schob ihr einen kleinen Karton über den Tisch. Irritiert blickte sie darauf und sah ihn danach fragend an.

»Darin ist der Beweis, den du einfordertest. Wenn du es zulassen möchtest. Du hast zwei Möglichkeiten, Mariella. Du lässt diese Schachtel in Ruhe und alles bleibt, wie es ist. Unser Gespräch hat dann nie stattgefunden. Oder du öffnest sie. Eins muss dir klar sein. Wenn du das tust, gibt es kein Zurück.«

Unschlüssig betrachtete sie die kleine Schachtel eine Weile, während sie an ihrer Unterlippe nagte. Schon befürchtete Louis, sie würde aufstehen, als sie sich abrupt nach vorn beugte und den Karton ergriff. Nochmals ruhten ihre Augen voller Zweifel auf dem kleinen Gegenstand. Plötzlich veränderten sich ihre Gesichtszüge. Es war keine Neugier, die er sah. Sie zeigten Entschlossenheit. Einen Ausdruck der signalisierte, die Konsequenzen zu tragen, wie auch immer sie aussehen würden. Sie hob den Deckel ab und ihre Augen weiteten sich. Mit aschfahlem Gesicht betrachtete sie das, was darin lag.

*

»Verfluchte Scheiße!« Mucki fegte mit dem Unterarm den Tisch leer. Der Lärm hatte etwas Brutales.

Tom Eckhardt wartete, bis dessen Tobsuchtsanfall vorbei war. Ihn besänftigen zu wollen, brachte nichts. Oft schlug ein solcher Versuch ins Gegenteil um.

»Früher oder später hätten wir damit rechnen müssen, Mucki.« Tom Eckhardt zuckte mit den Schultern. »Nur dass die so heftig rangehen, hätte ich nicht gedacht«, ergänzte er.

Roland Kahrmann alias Mucki zog an seiner Zigarette und inhalierte den Rauch tief.

»Was hat von Gleiwitz noch erzählt?«, setzte Tom nach.

Mucki fuhr sich durchs Haar. »Die Bullen wissen noch nicht viel. Im Erdgeschoss haben sie Billy und Klaus gefunden. Beide ein mächtiges Loch zwischen den Augen. Unterschiedliche Kaliber. Die vermuten mindestens zwei Typen. Die erste Etage haben sie in die Luft gejagt. Ein Nachbar hat die Explosion gehört und Feuer gesehen. Kein Stein mehr auf dem anderen. Die Feuerwehr hatte wohl Probleme gehabt, die Hütte zu löschen. Ach ja! Keine Einbruchspuren oder so. Scheint, als hätte man denen einfach so die Tür geöffnet.«

»Was ist mit Fredi?«

Mucki blickte irgendwo vor sich hin. »Die haben oben ein paar Knochen aus den Glutnestern gefischt. Man konnte die Leiche noch nicht identifizieren. Herrgott! Ich schwör dir …«

»Mucki! Wir müssen erst einmal abwarten …«

»Abwarten? Hat man dir ins Gehirn geschissen?«, brüllte

Mucki mit sich überschlagender Stimme. »Die jagen in meinem Revier eine meiner Hütten in die Luft und bringen drei meiner Leute um! Und ich soll abwarten?«

»Ich meine nur, wir müssen erst einmal wissen, wer es war. Dass wir uns das nicht bieten lassen, ist doch wohl klar.«

Mucki drückte die Zigarette aus und genehmigte sich den Rest seines Drinks. »Es muss irgendjemand gewesen sein, den wir kennen. Sonst hätten Billy oder Klaus nicht einfach so die Tür aufgemacht. So 'ne Nummer ziehst du nur ab, wenn du damit ein Statement setzen willst. Das war eine eindeutige Warnung. Finde raus, was man erzählt. Wer sich für Tonis Revier empfiehlt.«

Tom nickte. »Wir kriegen diese Schweine, Mucki. Ich sag das Treffen mit diesem Geschäftsfuzzi ab und kümmere mich höchstpersönlich darum.«

»Nichts wirst du abblasen! Kapierst du es nicht? Das ist doch genau das, was die wollen. Uns einschüchtern. Meinst du, ich lasse mich einschüchtern? Glaubst du das?«

Tom wusste, es war eine schmale Gratwanderung. Ein falsches Wort und Muckis Laune kippte. Was das bedeutete, hatte er in der Vergangenheit unzählige Male miterleben müssen. Er stand in der Gunst seines Chefs sehr weit oben, aber er war damit nicht unantastbar. »Natürlich tust du das nicht! Dir gehört die Stadt.«

Mucki musterte ihn. So, als prüfte er die Loyalität seines Mannes. Schließlich entspannte er sich etwas. »Wir machen weiter wie bisher. Erhöhe die Sicherheitsvorkehrungen. Wann will dein neuer Kunde unsere Mädels?«

»Er trifft sich gerade mit Mariella und bespricht sich mit ihr.«

»Du bist nicht dabei?«

Tom machte eine abwehrende Handbewegung. »Er wollte mit ihr allein sprechen. Hätte ich ablehnen sollen? Hätte einen scheiß Eindruck gemacht. Außerdem will er sie nur kennenlernen.«

»Das musst du entscheiden«, knurrte Mucki.

»Keine Sorge, Boss. Hab zwei Männer vor der Tür.«

Mucki wirkte wenig überzeugt. »Wann?«

»Wenn er zufrieden ist ... sprach von nächster Woche. Sucht noch eine geeignete Lokalität. Diskretion. Du verstehst.«

Mucki rieb sich nachdenklich das Kinn. »Und du meinst, der Kerl ist den Aufwand wert?«

»Willst du weiter Hartgeld am Straßenstrich einsammeln, Mucki? Keine Ahnung, ob er die Eintrittskarte nach oben ist. Aber er ist eine Chance. Die größte, die wir bisher hatten.«

Roland Kahrmann setzte sich. Er wirkte von jetzt auf gleich erschöpft. Die vergangenen Monate waren hart gewesen. Personalmangel, Konkurrenzdruck und immer schlechterer Stoff. Es wurde mittlerweile um jeden Quadratmeter des Stadtgebietes gerungen. Und gleichzeitig wusste er, dass nach Tonis Tod der eigentliche Kampf gerade erst begonnen hatte. Abrupt zeigte er auf Tom. »Wir machen Folgendes: Wenn er anbeißt, biete ihm das Royal an. Inklusive Fahrdienst und Hintereingang. Wir garantieren ihm und seinen Gästen bei völliger Anonymität einen Abend, den sie nie vergessen werden. Gleichzeitig halten wir die Kontrolle. Sag ihm das.«

Mucki erhob sich wieder und lief auf und ab. »Nein. Warte! Ich sag dem Kerl das persönlich. Ich will mir selbst ein Bild machen. Wann triffst du ihn?«

Tom sah auf seinen Chronografen. »Würde so in 'ner halben Stunde los.«

»Gut. Ich ... ach, verdammt. Ich bin in der kommenden Woche nicht da. Muss nach Rotterdam. 'ne Lieferung kommt.« Kurz blieb er stehen und dachte nach. »Scheiß der Hund drauf! Der soll sich Montag freinehmen. Ich will ihn

Montag treffen. Ziehe so viele Männer wie möglich zusammen. Das Royal wird eine Festung. Wer auch nur versucht, in die Nähe zu kommen, wird halb tot an die Schweine verfüttert.«

»Klingt gut. Sehr gut.«

Mucki schien zufrieden mit seiner Idee. »Klär das ab. Und jetzt sieh zu, was du rausbekommst. Ich möchte, dass diese Dreckschweine für das, was sie angerichtet haben, bezahlen.« Mucki wandte sich ab. Er war bereits wieder in Gedanken. Er würde die Verantwortlichen zur Rechenschaft ziehen und dafür sorgen, dass man sich zukünftig dreimal überlegte, ob man sich mit ihm anlegte.

*

Das Entsetzen stand ihr ins Gesicht geschrieben. Mit offenem Mund sah sie auf den violett-bläulich verfärbten Finger, der auf einem Blut besudelten Lappen lag und der den Ring trug, den sie mehr als nur zu gut kannte. Erst nachdem Louis die Schachtel wieder verschloss, konnte sie ihren Blick davon lösen.

»Nie wieder wird dieses Schwein jemandem etwas zufügen, Mariella. Nie wieder, hörst du?«

»Ist er …?« Sie beendete ihre Frage nicht. Sie kannte die Antwort. Und obwohl sie Schumacher jeden Tag den Tod gewünscht hatte, war sie dennoch geschockt. »Willst du etwa einen Krieg heraufbeschwören?«, fragte sie nach einer Weile.

Louis' Miene war ernst. »Er hat bereits begonnen.«

»Sie werden dich umbringen.«

»Möglich.« Er zuckte in einer Art mit den Schultern, als würde ihn das nicht sorgen. »Weißt du… sie kennen sich mit Erpressung aus. Mit Drogen und mit Menschenhandel. Und sie sind brutale Schweine ohne jegliche Skrupel. Aber sie wissen nichts vom Krieg, Mariella. Ich war da. Ich bin nicht naiv. Sie betreten mein Terrain und sie haben nicht die geringste Vorstellung davon, was das bedeutet.«

Mariella betrachtete ihn. Seine Entschlossenheit machte ihr Angst. Da war irgendetwas Erbarmungsloses in ihm.

»Du kannst sie nicht alle aus dem Weg räumen.«

»Nein. Das kann ich nicht«, pflichtete er ihr bei. »Aber ich kann der Schlange ihren Kopf abschlagen. Es gibt keine andere Alternative.«

Sie runzelte mit der Stirn. »Warst es nicht du, der vor wenigen Minuten noch sagte, dass man immer eine Alternative hat?«

»Krieg ist eine Ausnahmesituation. Aber selbst im Krieg besteht die Möglichkeit, irgendwann zur Diplomatie zurückzukehren. Früher oder später ist es die einzige Möglichkeit für Frieden. Man besinnt sich auf Werte. Auf menschliche, auf moralische und von mir aus auch auf religiöse. Oder einfach, weil beide Seiten sich bis aufs Letzte abgenutzt haben. Weißt du, warum Kriege ausbrechen? Fast immer? Zu Beginn besteht eine Meinungsverschiedenheit. Zwei unterschiedliche Positionen. Oft nur zwischen zwei Menschen. Mehr nicht. So lapidar, wie sich das anhört. Bei diesem Krieg gibt es keine Aussicht auf Diplomatie. Weil es nicht um unterschiedliche Positionen geht. Mucki, Schumacher ... Sie sind wie ein bösartiges Geschwür. Vielleicht kann man es nicht vollständig entfernen. Und es wird nachwachsen. Ganz sicher sogar. An gleicher oder an anderer Stelle. Aber was man erreichen kann, ist Zeit, Mariella. Darum geht es.«

Sie verstand. Doch war sie nicht überzeugt. »Sie sind viele. Du bist allein.«

»Das ist richtig. Aber sie wissen noch nicht, dass sie sich im Krieg befinden. Und sie haben keine Ahnung davon, wer ihr Feind ist und dass er sich bereits in ihrem eigenen Schützengraben befindet. Nicht ausschließlich die Quantität entscheidet über den Sieg.«

Mariella zitterte, als sie das Glas anhob. Der Kellner erschien. Louis drückte ihm einen Geldschein in die Hand. Der Mann verbeugte sich leicht, bevor er sich wieder entfernte.

»Ich habe Moni dieses Versprechen gegeben. Egal, wie du dich entscheidest, es wird nichts daran ändern, was meinen Weg angeht. Ich werde das tun, was zu tun ist. Nichts im Leben ist ohne Risiko. Und kein Risiko ist ohne Angst. Das brauche ich dir nicht zu erklären.«

Mariella stützte ihren Ellenbogen auf den Tisch und legte ihre Stirn in ihre gefalteten Hände.

»Wovor hast du Angst, Mariella? Vor der Veränderung, die ein neues, ein dir fremdes Leben mit sich bringt? Oder davor, dass es tatsächlich ein aussichtsloser Kampf ist und sie sich an dir rächen?«

Sie hob den Kopf und sah ihn an.

»Dann stell dir die Frage, was passiert, wenn du noch ein paar Jährchen älter bist. Eine Jubiläumsfeier und eine Rente auf Lebenszeit? Du weißt, wie es für dich ausgeht. Früher oder später.«

Erneut kämpfte sie mit den Tränen. »Du verstehst das nicht, Louis. Es geht nicht nur um mich.«

Er verstand sehr wohl. »Wenn du dich dagegen entscheidest, ist Moni umsonst gestorben, Mariella. Du warst der alleinige Grund, warum sie nicht wegwollte. Wovor, meinst du, kannst du andere schützen? Du bewahrst sie nicht vor dem Elend. Du tröstest. Mehr nicht. So wichtig das auch ist, du änderst ihre Situation nicht. Sie werden trotzdem zugrunde gehen. Ich gebe dir die Chance auf Freiheit. Auf ein selbstbestimmtes Leben. Du entscheidest, ob du es dir oder anderen widmest. Aber ich kann dich nicht zwingen.«

Eine Zeit lang starrte Mariella irgendwo ins Nichts. Sie stand von jetzt auf gleich vor der größten Entscheidung ihres Lebens. Aber was war ihr Leben denn wert? Dieses Leben, welches entsetzliche Formen angenommen hatte. Ein Dasein, ein nicht enden wollender Albtraum aus Schmerz und Furcht. Lebte sie überhaupt, frage sie sich. Schließlich löste sie sich aus ihren Gedanken. Erneut warf sie einen Blick auf die Schachtel, die noch immer auf dem Tisch stand. Dann suchten Ihre Augen die von Louis. Er verstand. Sie hatte eine Wahl getroffen.

Louis zog den Stuhl näher an den Tisch. »Hör mir genau zu!«

KAPITEL 14

Louis presste sich in den unbeleuchteten Hauseingang und beobachtete den Mann, der soeben vorgefahren und ausgestiegen war. Der Fahrer setzte sich lässig auf den Kotflügel von Muckis Mercedes und rauchte eine Zigarette. Der Motor lief noch immer und die Lichtkegel der Scheinwerfer erhellten den gesamten rückwärtigen Bereich des Royals. Die Hintertür öffnete sich und ein weiterer Kerl erschien. Er grüßte den anderen und wechselte ein paar Worte mit ihm. Beide waren jung, unter dreißig, zumindest sah dies aus einer Entfernung von gut dreißig Metern so aus. Schlank waren sie, vielleicht um die fünfundsiebzig Kilogramm. Ihr Verhalten war stümperhaft. Gerade in Anbetracht der jüngsten Vergangenheit, müssten sie jederzeit mit einem Angriff rechnen. Aber sie wirkten dagegen fast schon gelangweilt. Sorgenlos. So, als warteten sie auf einen Bus und nicht auf eine lokale Rotlichtgröße. Für jemanden, der es auf sie abgesehen hatte, waren sie leichte Opfer. Der, der gerade aus dem Haus gekommen war, schritt mit beiden Händen in den Hosentaschen vor dem Wagen auf und ab und kickte ein Steinchen vor sich her. Die Hintertür des Nachtclubs öffnete sich erneut und ein Kleiderschrank trat heraus, grüßte die beiden, bevor er wieder verschwand. Die beiden lachten laut auf. Offenbar hatten sie einen Witz auf seine Kosten gemacht.

Louis sah auf die Uhr. Es war drei Uhr. Lange würde es nicht mehr dauern. Es war alles vorbereitet. Wenn auch übereilt. Irgendwie schien es zu seinem Leben dazuzugehören, dass nichts nach Plan lief und er spontan reagieren musste. Und in der Regel waren die Chancen auf einen Erfolg jedes Mal sehr gering gewesen. Als Mariella nach ihrem ersten Treffen abgeholt wurde, hatte sich Tom Eckhardt zu ihm gesetzt. Louis hatte Mariella in den höchsten Tönen gelobt und diesem Zuhälter derart viel Honig um den Mund geschmiert, dass er tatsächlich geglaubt hatte, der Geschäftsmann zu sein, für den er sich hielt. Zu Louis' Überraschung hatte Eckhardt eine Aussage gemacht, die ihn auf dem falschen Fuß erwischte. »Mein Chef würde Sie gern persönlich kennenlernen. Leider ist er in der kommenden Woche geschäftlich unterwegs. Er bittet Sie, am Montagabend ins Royal zu kommen. Wir garantieren Ihnen selbstverständlich Diskretion.« Louis hatte somit knapp sechsunddreißig Stunden Vorlaufzeit gehabt. Das war wenig. Verdammt wenig. Mariella hatte ihm verraten, dass Mucki jeden Sonntag die Abrechnung machte und die Kohle persönlich wegbrachte. Ein verdammt dicker Haufen Zaster sei das, hatte sie noch hinzugefügt. In der Regel verließ er seinen Laden um exakt drei Uhr fünfzehn. Normalerweise holte ihn immer Melonen-Berti ab, der eigentlich Berthold hieß. Sein Merkmal war dieser sonderbare Hut. Er war bekennender Fan von Stan Laurel und Oliver Hardy und trug aus Sympathie diese Melone. Was ursprünglich mal ein Witz mit besoffenem Kopf gewesen war, war mittlerweile sein Markenzeichen. Melonen-Berti fuhr Mucki seit Jahren. »Bei den anderen muss ich immer kotzen!«, hatte Mucki sich stets beschwert. Er hatte eine Erkrankung, die Mariellas Meinung nach vom Saufen kam. Reflux nannte man das wohl. Irgendwas mit dem Magen. Ihm wurde leicht übel und er stieß ständig auf.

Mucki legte peniblen Wert auf Pünktlichkeit. Wenn er zwölf Uhr sagte, meinte er zwölf Uhr und nicht eine Minute vor oder danach. Daher waren seine Leute meistens eine gewisse Zeit vorher da. Selbst Unpünktlichkeit konnte einen unkontrollierten Wutausbruch nach sich ziehen. Niemand wollte dann der Grund dafür sein. Seit der Nummer mit Schumacher hatte Mucki die Sicherheitsvorkehrungen erhöht, und laut Mariella würde er so viele Leute im Royal in Position bringen, wie man den Gästen so gerade noch zumuten konnte. Die Bande war nervös, das stand außer Frage. Louis' Plan war riskant, geradezu heikel. Doch lief ihm die Zeit davon. Alles noch mal über den Haufen zu werfen und neu zu planen, kam nicht infrage. Die Aussage, dass Mucki die kommenden Tage nicht da sein würde, hatte ihn in arge Bedrängnis gebracht. Die Beziehung zu diesem Tom Eckhardt war zu weit fortgeschritten, als dass er, ohne Misstrauen zu wecken, einen zeitlichen Rückzieher hätte machen können. Er musste heute seinen Plan umsetzen. Obwohl, streng genommen verdiente dieses Vorhaben die Bezeichnung Plan nicht. Er verließ sich auf die Hilfe einer Frau aus dem Milieu, die er nicht kannte und die er lediglich zweimal in seinem Leben gesehen hatte. Aber es war, unter den gegebenen Umständen, die einzige Möglichkeit. Eine Verfolgung würde um diese Uhrzeit ein zu großes Risiko bergen, aufzufallen oder Mucki aus den Augen zu verlieren. Außerdem hatte Mariella ihn gewarnt. Berti hatte wohl immer eine abgesägte Schrotflinte neben dem Sitz. Und Mucki würde sicher nicht nur 'ne Nagelfeile mit sich tragen. Schräg gegenüber dem Hintereingang des Royals befand sich eine Seitenstraße, in welcher der Lieferwagen stand, den Louis am Abend zuvor entwendet hatte. Den Schriftzug hatte er mit Lackfarbe überstrichen, in der Hoffnung, dass er einer Polizeistreife nicht sofort ins Auge fiel. Anschließend hatte er einen Reifen zerstochen und ein Schild mit der Aufschrift »Panne« auf das Armaturenbrett gelegt, damit Anwohner sich nicht sofort Gedanken machten. Vielleicht zwei Tage. Länger musste der Wagen nicht unbemerkt bleiben. Das reichte völlig.

Der Kerl auf dem Kotflügel, bei dem es sich wahrscheinlich um diesen Berti handelte, schnippte seine Kippe weg und zog eine Taschenuhr hervor, die er mit einer Kette an seiner Hosenschlaufe befestigt hatte. Der andere reckte sich gerade. Solche Jungs konnte man allein durch einen falschen Blick provozieren. Oft reichte noch weniger. Louis sah ebenfalls auf seine Uhr und stieß sich von der Backsteinwand ab. Es war an der Zeit. Noch zehn Minuten, wenn Mucki tatsächlich so pünktlich war, wie Mariella sagte. Insgesamt vier Stunden hatte er die Bude observiert. An die Sperrstunde hielt sich natürlich keiner. Die Fensterläden wurden geschlossen und nach dem offiziellen Ladenschluss ging man von hinten rein. Gegen zwei Uhr, ungefähr eine halbe Stunde nach dem letzten Gast, verließen die Mädchen in Begleitung von zwei Handlangern das Royal. Junge Dinger, fast noch Kinder. Irgendetwas knapp unter zwanzig oder darüber. Sie bewegten sich langsam, fast schwankend, und Louis vermutete, dass Alkohol und Drogen die Ursache dafür waren. Man verfrachtete sie in drei Limousinen, die wie auf Kommando vorgefahren kamen, und fuhr sie davon. Wut stieg in ihm auf, bei dem Gedanken, was man ihnen an diesem Abend angetan hatte. Es würde das letzte Mal sein. Zumindest in diesem Laden. Mit torkelnden Bewegungen lief er den Gehweg auf der anderen Straßenseite entlang, stolperte, fiel beinahe hin und rappelte sich wieder unbeholfen auf. Ein Blick aus den Augenwinkeln sagte ihm, dass er die Aufmerksamkeit der beiden hatte. Es war kein Interesse aus Misstrauen oder angebrachter Vorsicht. Es wirkte eher so, als wären sie für jede Ablenkung dankbar. Louis murmelte etwas vor sich hin, bewegte sich bis an die Ecke zur Seitenstraße, blieb dort stehen und tat so, als ob er urinieren würde. Mit schwankenden Bewegungen drehte er den Kopf zu den beiden.

»Was guckt ihr so dämlich?«, lallte er. »Noch nie einen richtigen Schwanz gesehen?«

Der Typ auf dem Kotflügel erhob sich. Beide sahen zu Louis. Was für Dilettanten, fuhr es Louis durch den Kopf. Er tat, als schüttelte er ab. »Vielleicht steht ihr beiden auch nur auf Jungs? Wahrscheinlich. So wie ihr ausseht, lutscht ihr euch regelmäßig gegenseitig einen.«

Die beiden explodierten förmlich. Louis hatte ungefähr zwanzig Meter Vorsprung. Mehr brauchte er nicht. Nach vielleicht drei oder vier Metern war er für einen Moment außerhalb ihres Sichtfeldes. Schon bogen die beiden in die Seitenstraße. Melonen-Berti rannte geradezu in das Messer, welches direkt in seinen Herzmuskel drang. Der Kerl, der die Steinchen gekickt hatte, prallte im vollen Lauf gegen ihn. Beide waren davon ausgegangen, einem Besoffenen mit ihren Fäusten Manieren beizubringen. Die Situation hatte auch ihn völlig überrascht, und noch bevor er die Lage erfassen konnte, schlug er leblos neben seinem Partner auf den Gehweg auf. Louis streifte das beidseitig geschliffene Kampfmesser an Bertis Kleidung ab, steckte es in die Scheide, riss die seitliche Tür des Lieferwagens auf und wuchtete die beiden Kerle hinein. Das Ganze hatte nicht mal eine Minute gedauert. Im Hintergrund hörte er, wie jemand die Fensterläden öffnete. Er würde nichts zu sehen bekommen und schon bald glauben, etwas geträumt zu haben. Zielstrebig ging Louis zu Muckis Wagen, während er sich dabei Bertis Melone aufsetzte und sich dünne Lederhandschuhe überzog, um anschließend hinter dem Steuer Platz zunehmen. Bis hier hatte alles geklappt. Jetzt hing alles Weitere vom Glück ab. Und davon brauchte er ab jetzt jede Menge.

*

Mucki betrachtete seine Bilanz, die er mit Bleistift in sein Kassenbuch eingetragen hatte. Eine seiner Angewohnheiten, er dokumentierte alles penibel. Jede noch so kleine Einnahme oder Ausgabe wurde aufgeschrieben. Am Ende einer jeden Woche übertrug er die Aufzeichnungen in ein weiteres Buch. So hatte er immer eine aktuelle Kopie. Seine Laune war mies. Das Ergebnis passte ihm überhaupt nicht. Von den Wochenendeinnahmen erwartete er mehr. Deutlich mehr. Ebenso vom Verhalten seiner Männer. Ihre Arbeitsweise war mittlerweile zur Routine geworden und das führte unweigerlich zur Abnahme der notwendigen Vorsicht. Die Lage war brisant, doch kapierten die meisten dieser Trottel das offensichtlich immer noch nicht. Es war ermüdend, von ihnen ständig das Verhalten einzufordern, welches er sich selbst abverlangte. Mucki nahm generell nichts auf die leichte Schulter, sonst wäre er nicht so weit gekommen. Die Stufen in seinem Gewerbe waren nicht leicht zu nehmen. Sie waren spiegelglatt, uneben und man musste jederzeit damit rechnen, dass man hinuntergestoßen wurde. Manchmal hatte der Stress sogar etwas Gutes. Er schärfte die Sinne und hielt einen wach. Aber zu viel davon konnte einen auch an seine Grenzen bringen, ihn auslaugen und erschöpfen. Das war der Preis dafür, den man zahlte, wenn man sich unbedeutender Helfer bediente. Handlanger, die jederzeit austauschbar waren. Sie begehrten selten auf, dachten ebenso selten selbstständig, und wenn sie es doch taten, befand sich das Ergebnis nah an der Grenze zur Dummheit. Mucki achtete äußerst genau darauf, dass sie nichts von dem Zeug nahmen, das sie auslieferten. Sie waren aus einem einzigen Grund loyal. Sie führten in der irrigen Annahme Befehle aus, um durch ihren Gehorsam aufzusteigen. Und weil Muckis Brutalität bei einem Versagen berüchtigt war.

Gustav, der Türsteher, trat ein. Er war in der Wehrmacht und früher ein begnadeter Ringer gewesen. Nach Muckis Meinung war er aber das eine oder andere Mal zu heftig mit der Rübe auf die Matte geknallt. Dafür befolgte er Befehle wie ein Metzgerhund, und sein Äußeres schlichtete eine Auseinandersetzung in der Regel, noch ehe sie richtig begonnen hatte.

»Chef. Der Wagen ist da.«

Mucki sah auf seine Uhr. Zumindest auf Melonen-Berti war Verlass. Er war seiner Meinung nach zu nichts anderem zu gebrauchen, aber stets pünktlich. Und vor allen Dingen recht wortkarg. Ein wirklich außergewöhnlicher Umstand war die Tatsache, dass er nicht vorbestraft war. Intern nannten sie ihn deswegen oft auch »unsere Jungfrau«. Es war nicht so, dass er ein Engel auf Erden war. Man hatte ihm bisher nichts nachweisen können. Nach Muckis Einschätzung das Ergebnis puren Glücks. Außerdem fuhr er einen heißen Reifen, wenn es darauf ankam. Mit einem lauten Knall schlug Mucki sein Kassenbuch zu. Das Pochen hinter seinen Schläfen hörte nicht auf. Er legte sich eine Tablette auf die Zunge und leerte sein Cognacglas in einem Zug, bevor der bittere Geschmack der Arznei sich ausbreiten konnte. »Keine Ahnung, was los ist!«, schimpfte er mehr vor sich hin, während er die Geldbündel in eine Aktentasche packte. »Offensichtlich verliert die Stadt die Lust am Vögeln. Oder den Schlampen geht es einfach zu gut.« Die Gründe waren offensichtlich. Immer mehr Konkurrenz drängte auf die Straße und drückte die Preise in Bereiche, die für ihn unprofitabel wurden. Wenn das so weiterging, würde sich das alles nicht mehr lohnen. Er würde sich darum kümmern müssen, und Tom darüber hinaus in die Pflicht nehmen, seinen Damen mehr Initiative abzuverlangen. Die sollten sich, verdammt noch mal, mehr Mühe geben. Mucki verschloss die Tasche, zog seinen Mantel über und sah erneut auf die Uhr.

»Er soll schon mal den Wagen starten«, rief er schlecht gelaunt zu Gustav.

»Läuft schon, Boss«, erwiderte der, während er Mucki die Tür aufhielt.

*

Da war es wieder. Dieses berauschende Gefühl, wenn Adrenalin die Venen flutete und die Aufmerksamkeit auf den Augenblick richtete. Wenn sich der Herzschlag erhöhte und sein Körper ungeahnte Kräfte freisetzte. Louis' Hände umfassten das Lenkrad so fest, dass er die Finger nur langsam würde lösen können. Die meisten hätten diese Anspannung möglicherweise als Angst interpretiert. Louis dagegen genoss diesen Moment auf seine eigene Weise.

Die Tür öffnete sich, der Gorilla erschien und hielt sie auf. Es war exakt drei Uhr fünfzehn. Unbewusst schob sich Louis die Melone etwas tiefer ins Gesicht. Der Sechszylinder des 300er SL grummelte im Standgas vor sich hin. Als Mucki die hintere Tür öffnete und einstieg, drang der Geruch der Abgase in den Innenraum. Louis sah nicht in den Rückspiegel, sondern fuhr mit dem Zufallen der Tür los. »Links rum«, hatte Mariella auf seine Frage hin gesagt. »Er biegt immer links ab.« Viele Nächte hatte sich Louis ausgemalt, wie es sein würde, wenn er dem Mann in die Augen sehen würde, der Moni das angetan hatte. Der ihn zum Mörder gebrandmarkt und im Gericht verhöhnt hatte. Der Mann, der im Knast den Sizilianer auf ihn angesetzt hatte und der nach wie vor unermessliches Leid über andere brachte. Bilder stiegen in Louis auf. Bilder, die nicht verblassen, die sich nicht verdrängen lassen wollten. Er beschleunigte weiter, fuhr die Straße vielleicht zweihundert Meter entlang und bog dann nach links ab.

»Sag mal, drehen heute eigentlich alle am Rad? Wo verdammt noch mal willst du hin?«, hörte er von hinten.

Louis fuhr rechts ran und sprang aus dem Wagen. Sofort war er an der hinteren Beifahrertür und zog sie auf.

»Hast du Arschhaare geraucht, Berti? Was zum …«

Muckis Augen wanderten von der Mündung des Revolvers über den Lauf hin zu dem Gesicht des Mannes, zu dessen versteinerter Mimik.

»Aussteigen!«, befahl Louis. Mucki rührte sich nicht, sondern starrte ihn mit offenem Mund an. »Ich werde mich nicht wiederholen.«

Mucki fing sich wieder. »Du? Ich fasse es nicht! Du bist so gut wie tot, Arschloch. Ich werde dir deine Eier abschneiden und sie dir in dein Maul …«

Der Schlag mit dem Griffstück der Waffe kam ansatzlos. Der Schmerzimpuls war so heftig, dass der Zuhälter sofort reflexartig mit beiden Händen seine Nase hielt. Blut fand den Weg zwischen den Fingern hindurch und tropfte auf Mantel und Hemd.

»Was … was willst du?«

Louis fasste ihn am Revers und zog ihn aus dem Wagen. Mucki landete mit dem Oberkörper zuerst auf der Straße, kaum in der Lage, sich abzufangen. »Mein Versprechen einlösen, du Schwein!«, antwortete Louis. Er fesselte Muckis Hände hinter dem Rücken, schob ihm ein Taschentuch in den Mund und verband ihm die Augen. Louis musste seine gesamte Kraft aufwenden, um den Kerl zurück ins Fahrzeug zu verfrachten. Der Zuhälter brüllte in den Knebel und warf sich hin und her, sodass Louis ihn erst mit einem Schlag auf den Solarplexus ruhig bekam. Es war fraglich, ob ihn jemand um diese nachtschlafende Zeit hörte. Und wenn es so war, würde es keine Rolle spielen. Die Straßenbeleuchtung war nicht gerade die beste. Und in dieser Gegend war eine Auseinandersetzung nichts, dem man besondere Aufmerksamkeit schenkte. Hier wohnten vorwiegend Leute, die sich um ihre eigenen Angelegenheiten kümmerten. Louis setzte sich hinter das Steuer und atmete einige Male tief durch, während der Zuhälter auf der Rückbank weiter in seinen Knebel schrie. Nach wenigen Kilometern verwandelte sich das Viertel schrittweise von einer einfachen Arbeitergegend in einen Bereich, in dem sich fast ausschließlich Firmengelände zweifelhafter Herkunft befanden. Bereiche, die in unzählige Parzellen mit Lagerhallen und anderen Gebäuden aufgeteilt waren und die mit provisorischen Sichtschutzzäunen neugierige Blicke der Konkurrenz und noch mehr der staatlichen Gewalt abhielten. Ein nicht abzuschätzender, rechtsfreier Raum. Louis ließ sich Zeit und fuhr langsam. Obwohl es ihm schwerfiel. Wenn er jetzt auf eine Polizeistreife traf, würden sie ihn anhalten. Das stand außer Frage. Und er würde sich so kurz vor dem Erreichen seines Ziels nicht davon abhalten lassen. Das war das Letzte, was er brauchte und wollte. Bewusst fuhr er einige Male an seinem Zielort vorbei und peilte die Lage. Er wollte unter allen Umständen vermeiden, dass ein unentdeckter Zeuge mitbekam, wie er Mucki aus dem Wagen zerrte. Das zahlte sich aus. Lediglich ein Obdachloser schlich in unmittelbarer Nähe herum und durchforstete einige Mülltonnen nach Brauchbarem. Louis kurvte eine weitere Runde um den Block, wobei er das Licht des Mercedes ausschaltete, immer wieder rechts ranfuhr, den Motor ausstellte und die Gegend beobachtete. Irgendwo bellte ein Hund. Tief und rau klang er. Es war mittlerweile fast vier Uhr. Die Zeit drängte, da viele Firmen bereits wieder gegen fünf Uhr mit ihrer Arbeit begannen. Außerdem lebten viele illegal Beschäftigte auf den Geländen, die schon bald ihre Nachtruhe beenden würden. Während er das Viertel observierte, kamen Erinnerungen hoch. Gedanken, gegen die er in den letzten Monaten immer wieder angekämpft hatte. Weil sie unsagbare Qualen in ihm verursachten und, was er als viel schlimmer empfand, ihm das Gefühl grenzenloser Schuld gaben. Er hatte ihr versprochen, sie zu beschützen, und sie hatte ihm vertraut. Louis sah ihr Gesicht. Es war ihm, als spürte er ihren Körper, diese samtgleiche Haut, die trotz ihrer vielen Narben für ihn makellos gewesen war. Louis hörte ihr Lachen. Hell wie ein Glockenspiel. Und er sah ihre Augen, die tief in seine Seele geblickt hatten. Augen, aus denen eine Lebensfreude strahlte, die ihn zutiefst beeindruckt hatte. Und dann kamen die Bilder, vor denen er sich fürchtete. Die Erinnerungen, als er sie gefunden hatte. Sie hätten sie einfach töten können. Aber das hatten sie nicht gewollt. Das hatte der Mann, der dort wimmernd auf der Rückbank des Wagens lag, nicht zugelassen. Er hatte sie bestrafen wollen. Er hatte ihr zeigen müssen, dass sie immer noch ihm gehörte, sein Eigentum war. Es lag eine klare Aussage in diesem Mord: »Du bist nichts wert, und du entkommst mir nicht.« Und dass sie diese Nachricht mit jeder Faser ihres Körpers verstehen würde, dafür hatte er Sorge getragen. Und das Sahnehäubchen obendrauf war die Bestrafung Louis'. Er hatte ihm für den Rest seines Daseins diese unerträgliche Schuld aufgebürdet. Eingesperrt, hinter Gittern mit diesem unerträglichen Schuldgefühl.

Unvorstellbare Wut stieg in Louis auf. Er musste sich beherrschen, diesem Mistkerl nicht jetzt und hier auf der Stelle die finale Kugel zu verpassen. Louis legte den Gang ein und fuhr los.

Die Lagerhalle war klein und heruntergekommen. Das Erste, was ihn bei der Besichtigung begrüßt hatte, waren Ratten gewesen. Louis hatte an einem abgeblätterten Schriftzug erkannt, dass hier einst mit Gemüse gehandelt worden war. Der Vermieter hatte mit ausladenden Armbewegungen den günstigen Preis gelobt und erklärt, dass man das Objekt mit wenig Aufwand herrichten konnte. Außerdem befand sich

Karnap auf dem aufsteigenden Ast, die Preise würden schon bald in die Höhe schnellen. Louis solle sich durch den ersten Eindruck nicht abschrecken lassen. Man würde ihm, im Falle eine Anmietung, großzügig entgegenkommen. Louis tat skeptisch. Der Vermieter war ein Betrüger. Das Objekt stand nicht grundlos seit langer Zeit leer. Aber es erfüllte alle Voraussetzungen. Tatsächlich war der Laden ein Glückstreffer. Er lag abgelegen. Niemand schenkte dem Gebäude und der Gegend drum herum Beachtung. Entscheidend aber war die Tatsache, dass die Halle über einen Kühlraum verfügte. Der Generator hatte zwar Aussetzer, aber er kühlte den kleinen Raum ausreichend auf einen einstelligen Minusbereich. Louis öffnete das Tor des Geländes. Anschließend öffnete er die beiden Flügeltüren der ehemaligen Firma und parkte den Mercedes in der Halle. Der Zuhälter hatte sich völlig verausgabt. Sein Haar klebte nass am Kopf und er roch streng nach Schweiß. Louis erkannte keine Angst in dessen Blick. Mucki war über die Zeit unantastbar geworden. Warum sollte er sich jetzt ausgeliefert fühlen? Blanker Hass sprühte aus seinen Augen. Louis zog ihn aus dem Auto und ließ ihn fallen. Der Tritt zur Körpermitte war hart und sofort krümmte sich der Zuhälter. Der Schmerz raubte ihm den Atem und aus dem geknebelten Mund drang ein tiefes Grunzen. Louis öffnete die Tür zur Kühlhalle. Er zog etwas heraus und positionierte es in der Raummitte. Er hatte über den Gegenstand ein großes Laken ausgebreitet, sodass Mucki nicht erkennen konnte, was sich darunter befand. Mucki beobachtete Louis, wie dieser einen Stuhl heranzog und darauf stieg. Allmählich schien Mucki zu begreifen, was ihn erwartete. Louis richtete das Seil mit dem Henkersknoten aus, das er über einen Stahlträger der Dachkonstruktion geworfen hatte, und schob anschließend das darunter, was er aus der Kühlkammer geholt hatte.

»Aufstehen!«, befahl er, während er den Mann vor sich an den Fesseln packte und mit Gewalt nach oben zog. Kahrmanns Augen weiteten sich. Energisch versuchte er, seine Fesseln zu lösen, während er auf den Galgen starrte und unverständliche Laute schrie. Unnachgiebig zog Louis Monis Mörder Zentimeter für Zentimeter weiter. Dann erreichte er das Seil. Er ergriff es, zog es zu sich heran und legte die Schlinge um den Hals des Gefesselten. Als er mit einem Ruck die Schlinge zuzog, brach jeder Widerstand. Krächzend und um Luft ringend ging er auf die Knie, seine Beine suchten Halt und streckten sich, um der Strangulation entgehen.

»Steig da rauf!«, zischte Louis gefährlich, während er erneut an dem Seil zog.

Mucki konnte nicht anders. Wollte er nicht ersticken, musste er den Anweisungen folgen. Unbeholfen stieg er auf den Gegenstand, wobei Louis ihn weiter mit dem Seil bugsierte, das er gnadenlos auf Zug hielt.

»Du wirst da raufsteigen. Und wenn ich dir die Scheiße aus dem Leib prügeln muss!«

Schließlich stand der Zuhälter da, wo Louis ihn haben wollte. Mucki hatte Todesangst. Er wollte einen Blick nach hinten auf Louis erhaschen, drohte dabei jedoch das Gleichgewicht zu verlieren. Louis befestigte das Seil. Es war nun totenstill in der Halle. Nur das Schnaufen Roland Kahrmanns war zu hören. Louis durchsuchte die Taschen des Verbrechers. In der linken Außentasche fand er, was er suchte. Ein Bund mit vier Schlüsseln. Louis steckte ihn ein. Seine Schritte hallten, als er langsam um Mucki schritt. Er betrachtete dessen geschwollenes und blutverschmiertes Gesicht.

»Ich habe dir ein Versprechen gegeben. Damals, nach der Urteilsverkündung. Erinnerst du dich?« Louis trat ganz nah an Mucki heran. Mit leicht geneigtem Kopf sah er ihm in die Augen. Louis lächelte. »Du erinnerst dich nicht.« Er trat einen Schritt zurück, als würde ihn die unmittelbare Nähe anekeln. »Weißt du, was du nicht geschafft hast? Du hast sie nicht gebrochen. Trotz all dem, was du ihr angetan hast.« Louis schritt erneut um ihn herum und kontrollierte die Handfesseln. Als er wieder in Muckis Sichtfeld trat, lächelte er erneut. »Ich soll dir übrigens Grüße bestellen.« Tatsächlich erkannte er, wie der Zuhälter irritiert die Stirn in Falten legte. »Von Mariella. Du sollst zur Hölle fahren, soll ich dir ausrichten.«

Für einen flüchtigen Augenblick zeigte Muckis Gesicht Anzeichen großer Überraschung. Er murmelte etwas in seinen Knebel. Louis verstand die Worte nicht, aber er konnte sie auch so deuten. Es war der verzweifelte Versuch, um sein Leben zu betteln. Louis drückte den Stoff mit dem Zeigefinger etwas fester in Muckis Mund.

»Ich werde dir keine Möglichkeiten geben, um dein erbärmlichen Leben zu flehen oder Monis Namen ein letztes Mal in den Dreck zu ziehen. Ich habe mir geschworen, dich zu töten. Und ich werde es langsam tun. Aber nicht so, wie du es vermutest.« Louis schüttelte fast nachdenklich den Kopf. »Es gibt Methoden, die unsägliche Qualen verursachen. Aber es würde dein Denken ablenken oder du würdest dich vielleicht sogar in Bewusstlosigkeit flüchten.« Wieder schüttelte er den Kopf. »Deine Strafe wird es sein, dich an Moni zu erinnern. Was du Dreckschwein ihr angetan hast. Und nichts wird dich davon ablenken. Du wirst in der Gewissheit sterben, dass sie dich letztendlich doch besiegt hat.«

Louis schritt zum Wagen und holte die Aktentasche heraus. Unter Muckis angsterfüllten Augen ging er zur Tür. Ein letztes Mal drehte er sich zu ihm um, während er die Hand auf die Klinke legte.

»Du stehst auf einem Eisblock. Mit jedem Millimeter, den er schmilzt, wirst du dich an Moni erinnern. Wenn du nach einiger Zeit immer panischer wirst, auf deinen Zehenspitzen stehst und du dich langsam um die eigene Achse drehst, bis deine Lunge verzweifelt, aber vergeblich ein letztes Mal nach Luft schnappt. Wenn deine Augen aus deinem violett angelaufenen Gesicht quellen und du dich eingepisst hast, wird sie das Letzte sein, an was du denkst, bevor du in die Hölle fährst.«

KAPITEL 15

»Das stinkt zum Himmel! Und zwar gewaltig.« Tom Eckhardt lief nervös auf und ab und kaute dabei an seinem seitlichen Nagelbett.

»Boss. Das muss nichts heißen ...«

Eckhardt sah Pläte ernst an. Pläte hieß eigentlich Günter. Er hatte es geschafft, mit etwas über zwanzig Jahren eine stattliche Halbglatze sein Eigen zu nennen. Körperlich war er weniger ernst zu nehmen. Er wirkte stets blass und kränklich, war hager und seine Kleidung sah immer so aus, als wäre sie eine Nummer zu groß. Doch hinter seinem kahlen Schädel verbarg sich ein durchaus brauchbarer Verstand.

Eckhardt blieb stehen und starrte vor sich auf einen imaginären Punkt, während er nachdachte.

»Ich habe es überprüft, Boss. Sein Wagen steht nicht in seiner Garage. Wahrscheinlich ist er unterwegs.«

Eckhardt sah ihn skeptisch an.

»Melone ist auch nicht da. Zumindest erreichen wir ihn nicht«, ergänzte Pläte. »Die sind mit Sicherheit unterwegs. Wenn etwas passiert wäre ... also ein Unfall oder so ... dann wüssten wir das.«

»Und was ist mit Chris? Ohne Bescheid zu sagen, mit Mucki und Melone mitgefahren? Der Kerl hat sich immer noch nicht gemeldet. Schumacher, Billy ... Das sind mir zu viele Zufälle.« Eckhardt goss sich einen Cognac ein und leerte das Glas in einem Zug. Der Alkohol brannte in der Kehle und Tom verzog das Gesicht. »Wie viel hat Mucki so in der

Tasche? Wenn er Kasse macht? Bestimmt zwanzigtausend. Wenn nicht mehr.«

»Ein Raubüberfall?« Pläte schüttelte den Kopf. »Es gibt sicher noch andere Feinde auf der Straße … Aber ein Raub? Berti hat 'ne Abgesägte und wenn es darauf ankommt, fährt der in 'ner Kurve auf nur zwei Reifen. Und Mucki nässt sich auch nicht ein, wenn irgendwelche Hurensöhne ihn überfallen. Da hätten wir was mitbekommen.«

Eckhardt nickte. Wenn auch mehr zu sich selbst. Pläte hatte recht. Mucki einen solchen Batzen abzunehmen, hätte mit Sicherheit einiges an Lärm verursacht. Außerdem war es noch mal eine ganz andere Hausnummer, ein paar Leute einfach so spurlos verschwinden zu lassen. Und das auf eine Weise, dass niemand etwas mitbekam. Sie hatten ihre Informationsquellen bei der Polizei. 'ne Schießerei in der Stadt hätte die Bullen unweigerlich auf den Plan gerufen. Und dass man Mucki und zwei seiner Männer ohne jegliche Gegenwehr überfallen hatte, schloss er kategorisch aus. Außerdem wollte Mucki am Montag in die Niederlande. Vielleicht war etwas dazwischengekommen und er hatte sich entschlossen, eher abzureisen. Seine Bedenken legten sich etwas, wollten aber nicht ganz verschwinden. Er sah auf seine Uhr. Die Zeiger schritten unbeirrbar voran. In drei Stunden würde dieser Kaufmann auflaufen. Die Putzfrauen waren durch und hatten den Laden auf Vordermann gebracht. Tom Eckhardt hoffte, dass der Aufwand die ganze Mühe auch wirklich wert war. Wenn nur die Hälfte von dem stimmte, was Mariella ihm von dem Gespräch berichtet hatte, dann war der Kerl möglicherweise tatsächlich die Eintrittskarte in die bessere Gesellschaft. Ihr war es gelungen, ihm einige Informationen von seinen geschäftlichen Tätigkeiten zu entlocken. Offiziell war er wohl in der Transportbranche und importierte Waren mit Frachtcontainern vorwiegend aus Südeuropa. Oliven, Weine, solche Dinge. Er hatte vor, ins Immobiliengeschäft einzusteigen. Seine vorwiegend italienischen Kunden hätten ein großes Interesse daran, ihr hart verdientes Geld in Deutschland anzulegen. Kaufmann hatte sich in seinem Redeschwall offenbar selbst nicht bremsen können. Er sprach von Geschäften jenseits sechsstelliger Summen. Mariella schloss daraus den wahren Grund seiner Auslandsaufenthalte. Kaufmann lobte die Weitsichtigkeit seiner Kunden hinsichtlich der Wertsteigerungen in der jungen und aufblühenden Bundesrepublik. Er war wohl oft in Süditalien und schätzte die kalabrische Küche. Kaufmann hatte von der Blüte der Bergamotte geschwärmt und von den malerischen Dörfern. Nach all dem, was Mariella berichtet hatte, bestand für Tom Eckhardt kein Zweifel. Hier sollte illegales Kapital in legales umgewandelt werden. Das plante man nicht, wenn man etwas Hartgeld übrighatte. Der Typ war offenbar ganz nah dran an der ehrenwerten Gesellschaft. Und derzeit schwärmten die italienischen Gastarbeiter wie Bienen in das Land, in dem Honig aus Trümmern floss. Da war es nur eine Frage der Zeit, bis die Mafia nachzog. Und da taten sich möglicherweise ungeahnte Möglichkeiten auf.

»Du weißt, Boss, dass Mucki äußerst zuverlässig ist.«

Eckhardt wurde aus seinen Gedanken gerissen.

Pläte sah ihn über den Rand seiner Brille an. »Grund zur Sorge sollten wir uns erst machen, wenn er nicht kommt«, ergänzte er.

Eckhardt stellte sein Glas ab und zündete sich eine Zigarette an. Er inhalierte tief und sah der ausgestoßenen Rauchwolke einen Moment lang abwesend nach. »Wahrscheinlich hast du recht«, sagte er nach einigem Überlegen. In ihrem Gewerbe sah man die Dinge oft komplizierter, als sie waren. Wenn man vom Schlechtesten ausging, konnte jede Überraschung nur positiv sein. Müde rieb er sich mit geschlossenen Augen die Nasenwurzel. »Ich möchte, dass die Mädels in spätestens zwei Stunden hier sind. Und sieh zu, dass sie nicht zugedröhnt sind. Kümmere dich drum!«

*

Das Royal stammte aus den Achtzigerjahren des vergangenen Jahrhunderts und hatte die beiden großen Kriege weitestgehend unversehrt überstanden. Es war ein großes, zweigeschossiges Backsteinhaus am Rande von Altenessen, frei stehend und die neumodische, bunte Leuchtreklame war von Weitem gut zu sehen. Louis näherte sich von der Rückseite. Die Stahltür passte nicht zu dem Gebäude und erinnerte mehr an eine alte Fabrik. Er wurde bereits erwartet. Als er die Stufen zu dem erhöhten Eingangsbereich hinaufschritt, stand dort dieser breitschultrige Kerl, den er in der Nacht zuvor gesehen hatte.

»Guten Abend, der Herr.«

Louis begnügte sich mit einem Kopfnicken.

»Gestatten Sie?« Der Gorilla streckte die Hände aus. Sie waren bis zu den ersten Fingergliedern stark behaart. Louis hob die Arme an und der Türsteher tastete ihn kurz ab. Er war sich sicher, dass diese Pranken Stahl verformen konnten. Durch die Hintertür des Royals gelangte man in einen schmalen Schlauch. Der Boden war mit einem bordeauxroten Teppich ausgelegt. An den Wänden hingen Fotos mit irgendwelchen Leuten. Offenbar Prominente. Louis kannte keinen Einzigen. Am Ende des Flurs stand ein Bursche wie ein Hotelpage und öffnete eine schwere dunkle Holztür. Er war in dieser Rolle nicht geübt und wirkte dabei tollpatschig.

Tom Eckhardt saß an einem Tisch und begrüßte Louis mit seinem typischen, geheuchelten Grinsen, bevor er aufstand und seinem Gast mit ausgesteckter Hand entgegenschritt. Louis erwiderte die Geste mit festem Griff und sah sich dann um, bemüht, ein anerkennendes Gesicht aufzusetzen. In dem Raum befanden sich insgesamt sechs runde Tische, an denen jeweils mindestens sechs Personen Platz fanden. Sie waren durchaus geschmackvoll eingedeckt – mit Blumen und hochwertigem Porzellan.

»Ich gestehe, ich bin positiv überrascht«, sagte Louis, während er sich weiter in dem Saal umschaute. »Ich habe mir Ihre Lokalität ... sagen wir ... nicht so gehoben vorgestellt.«

Eckhardt zuckte kurz mit den Schultern. »Wir sind das beste Haus in der Stadt. Kein Bordell mit billigen Plüschecken.«

Nochmals drehte sich Louis langsam um die eigene Achse. Sieben Männer zählte er. Einschließlich Tom Eckhardt. »Sehr schön. Wirklich. Herr Eckhardt. Sie haben mich überrascht.«

»Kommen Sie! Was möchten Sie trinken?« Die Laune des Zuhälters schien in Anbetracht des Lobes zu steigen und die Unsicherheit zu verdrängen, die Louis meinte, gespürt zu haben. »Ich habe einen ausgezeichneten Cognac. Direkt aus Frankreich importiert. Mögen Sie Cognac? Ich hätte auch Champagner, wenn Sie den lieber mögen.«

»Champagner ist mehr etwas für die Damenwelt. Cognac ist eine gute Wahl«, pflichtete Louis ihm bei und folgte Eckhardt, der zur Bar wechselte. »Cognac! Sie sind genau nach meinem Geschmack, Kaufmann!« Der Tresen war lang und nahm fast die gesamte Breite ein. Louis strich mit dem Finger über die Holzoberfläche. »Mahagoni?«

»Teak. Ist pflegeleichter. Hat einen hohen Ölanteil und es gibt weniger Ränder«, erklärte Eckhardt. Die Männer stießen an und jeder trank einen Schluck. Der Cognac war in der Tat hervorragend. Während Louis erneut an dem Getränk nippte, drehte er sich nochmals und prägte sich den exakten Standort der übrigen Männer ein. Sie standen unverändert.

»Eins aber irritiert mich«, sagte Louis, während er beiläufig Richtung Tresenende schritt. Für einen flüchtigen Augenblick glaubte Louis, so etwas wie ein Anflug von Misstrauen in Eckhardts Gesicht zu erkennen.

»Es geht nichts über einen richtigen Männerabend, meine Herren!« Louis prostete den übrigen zu. »Doch hatte ich gehofft, mit der bezaubernden Mariella anstoßen zu können.«

»Mein lieber Herr Kaufmann«, erwiderte Tom lächelnd. »Natürlich ist Mariella da! Kümmert sich noch etwas um die Damen.« Eckhardt zwinkerte und zeigte nach oben. »Sie verstehen ... sind etwas nervös, die Mädels.«

Louis lächelte süffisant zurück. »Verstehe. Ich war schon enttäuscht ...«

»Enttäuscht? Vergessen Sie dieses Wort. Bei mir werden Sie nicht enttäuscht. Sie wollten das Beste, und das werden Sie bekommen.« Eckhardt setzte sein Gewinnerlächeln auf.

»Gerd!«, rief Eckhardt. »Sag Mariella Bescheid. Sie soll runterkommen.«

Gerd war der schmächtige Kerl, der Louis zuvor die Tür aufgehalten hatte. Er lief etwas zu eifrig zu einer weiteren Tür und verschwand. Louis hatte das Gefühl, dass alle im Raum von einer gewissen Anspannung ergriffen waren. Es war nach seiner Einschätzung keine Form von Misstrauen ihm gegenüber. Eher wie Lampenfieber vor einer Premiere.

»Wo ist Ihr Chef? Sagten Sie nicht, dass er ebenfalls kommen wollte?«

Eckhardt wirkte etwas verunsichert. »Herr Kahrmann ist viel beschäftigt. Ihm ist sehr an einem Kennenlernen gelegen. Manchmal werfen die Geschäfte Pläne von jetzt auf gleich über den Haufen.«

»Wem erzählen Sie das?« Louis tat verständnisvoll. Dass Mucki sich nicht gemeldet hatte, machte Eckhardt sichtlich nervös.

»Er versucht, noch zu kommen. Ich soll Ihnen Grüße …« Die Tür öffnete sich. »Mariella! Da bist du ja.« Eckhardt war für die Unterbrechung sichtlich dankbar. »Unser Gast hat dich schon vermisst.«

Sie sah hervorragend aus, hatte sich für ein figurbetontes Kostüm entschieden. Schlich und elegant, so wie man es von der Gattin eines gut betuchten Geschäftsmannes erwarten würde. Eine Sonnenbrille trug sie auch jetzt. Sie passte farblich zu ihrer Kleidung und kaschierte ihren Makel perfekt. Sie war sichtbar angespannt. Mariella wusste, dass die Entscheidung unmittelbar bevorstand. Eine Entscheidung, die über ihr Leben bestimmen würde. Sie war geübt im Umgang mit Angst. Doch anders als bisher gab es nun keine Wahl mehr. Louis hoffte, dass sie es durchstehen würde. Er schritt ihr entgegen und streckte die Hand aus.

»Ich freue mich, Sie zu sehen. Das rundet meinen überaus erfolgreichen Tag ab.« Sie verstand seine Botschaft und Louis hoffte, dass es ihr etwas von ihrer Furcht nahm. Er ergriff ihre Hand und deutete einen Handkuss an.

»Danke. Das Vergnügen ist ganz auf meiner Seite. Ich bin mir sicher, dass alles zu Ihrer vollsten Zufriedenheit erledigt wurde. Der Abend sollte Ihre Erwartungen vollauf erfüllen.«

Louis lächelte ihr zu, bevor er ihre Hand losließ. Noch einmal schaute er sich in dem Saal um und sah jeden einzelnen der Männer an. »Dann wollen wir mal etwas Schwung in die Bude bringen«, sagte er, griff unter den Tresen und zog die Pistole hervor.

*

Von Gleiwitz stützte die Hände auf dem Schreibtisch auf und erhob sich müde. Er sah auf die Uhr. Noch eine Viertelstunde bis Feierabend. Er streckte die Arme weit von sich, ging ins Hohlkreuz und reckte sich erneut. Anschließend schritt er zum Lichtschalter, schaltete die Raumbeleuchtung ein und sah sich seine gerahmten Auszeichnungen und Fotos an. Die meisten seiner Kollegen, die ihn auf diesen Bildern noch voller Tatendrang entgegenblickten, waren über die untersten Rangebenen nie hinausgekommen. »Du bist von allen der Beste«, flüsterte er zu sich. Was hatte er doch für einen Enthusiasmus zu Beginn seiner Karriere. Kriminalität, Korruption … Das war nicht das Land, in dem er Leben wollte. Von Gleiwitz stammte aus einfachen, bürgerlichen Verhältnissen. Der Vater war gelernter Metallarbeiter und hatte sich in einer Schraubenfabrik in Essen-Horst die Knochen kaputtgeschuftet. Leutselig war er gewesen. Dazu engagierter Familienvater. Die Mutter war Hausfrau gewesen und hatte an der Kinokasse der Lichtburg das bescheidene Haushaltseinkommen aufgebessert. Von Gleiwitz hatte höhere Ziele. Anfänglich mit sich hadernd, hatte er letztendlich kapieren müssen, dass Kriminalität nicht die Ausnahme war. Sie war das alles Beherrschende. Eine Gesellschaft funktionierte genau so. Wenige Prozent der Leute besaßen über achtzig Prozent des gesamten Vermögens. Selbst die Regierung arbeitete mit Kriminellen und bediente sich ebensolcher Machenschaften. Politiker waren nichts weiter als Verbrecher. Es ging um Karrieren, um Befindlichkeiten und wie schon immer um Macht. Der einzige Unterschied bestand darin, dass diese Halunken Anzüge trugen. Der Staat verprasste das hart erarbeitete Geld des einfachen Mannes, um es den Reichen in diesem Land noch komfortabler zu machen. Irgendwann hatte er vor der Wahl gestanden. Weiter einen aussichtslosen Kampf gegen sprichwörtliche Windmühlen zu führen oder seinen eigenen Weg zu gehen. Es war lediglich eine Frage der Einstellung. Es gab weder Recht noch Unrecht. Auch keine Moral. Das hatte er gelernt. Sein Vater war überzeugter Atheist gewesen. Bis zu seinem frühen Tod. Eine Auffassung, die von Gleiwitz teilte. Die Bedrohung durch ewiges Fegefeuer war somit nichts, wovor er sich fürchtete. Wenn er also nichts für die Sache tun konnte, dann eben für sich. Vielleicht war es sogar ein notwendiger Bestandteil evolutionärer Entwicklung. Letztendlich war jedes Lebewesen Opportunist. Die Mittel, derer er sich bediente, waren aus seiner Sicht legitim. Für Verbrecher gab es keine Regeln. Die Polizei hingegen wurde von Gesetzen und Handlungserlassen geradezu eingeengt, fast schon erdrückt. Ein ungleicher Kampf. Kriminalitätsbekämpfung bedeutete im Grunde genommen, dass die Beamten sprichwörtlich mit einem stumpfen Messer zu einer Schießerei geschickt wurden, weil die Gegenseite in allen Belangen hoffnungslos überlegen war. Die Gesellschaft würde in ihrer pseudomoralischen Bewertung sein Handeln wahrscheinlich verurteilen. Zumindest öffentlich. Hinter vorgehaltener Hand sah das wahrscheinlich anders aus. Täter hatten Rechte. Waren ihre Verbrechen noch so schlimm. Rechte, die durch fragwürdige Winkeladvokaten durchgesetzt wurden. Was war mit den Opfern? Für sie interessierte sich niemand. Toni war ein solcher Verbrecher gewesen. Ein Zuhälter, Drogenhändler und mit Sicherheit hatte er den einen oder anderen Mord in Auftrag gegeben. Auch er war von elitären Kreisen, von lokalen Politikern in seinem Handeln gedeckt worden. Von Gleiwitz hatte der Gesellschaft im Grunde genommen einen Gefallen getan. Er hatte ihn dahin befördert, wo er hingehörte. Ohne dass er dem Staat auf ewig finanziell zur Last fallen würde. Er würde die Stadt auf seine Weise säubern. Doch für heute war es genug. Das Telefon läutete und riss ihn aus seinen Gedanken. Er ließ es dreimal klingen. So wie immer. Es war aus seiner Sicht die angemessene Zeitspanne, um einerseits nicht den Eindruck zu erwecken, zu wenig zu tun zu haben, gleichzeitig ein Gespräch noch rechtzeitig annehmen zu können. »Kriminaloberkommissar von Gleiwitz.«

»Herr Kommissar? Mariella hier. Sie kennen mich. Ich bin die … Bekannte von Herrn Kahrmann.«

Von Gleiwitz spürte, wie eine Woge voller Wut in ihm aufstieg. So, als hätte jemand einen Schalter umgelegt. Wie konnte sie es wagen, ihn im Büro anzurufen? Er würde Mucki einen Einlauf verpassen, der sich gewaschen hatte. Doch seine Alarmglocken schrillten. Mariella flüsterte. Sie hatte Angst.

»Er ist hier!«

Von Gleiwitz hörte raus, dass sich ihre Panik bei diesen drei Worten schlagartig verstärkt hatte.

»Wer, verdammt noch mal, ist da?«

»Der … dieser Kerl. Hier im Royal. Der Typ, der Moni umgebracht hat. Dieser Louis.«

»Ganz ruhig, Mädchen. Wo …«

»Der Kerl, den sie suchen. Er hat eine Waffe! Er will alle töten. Ich habe Angst. Sie müssen …«

»Wo ist Mucki?«

»Keine Ahnung. Er … er sagt, er hat ihn kaltgemacht. Sie müssen uns hel…«

Das Gespräch war abrupt beendet worden.

Von Gleiwitz verharrte einige Sekunden wie unter Schock stehend. Dann drehte er mit zitternder Hand die Wählscheibe.

*

Der Wagen war noch nicht zum Stehen gekommen, da riss Kriminaloberkommissar von Gleiwitz bereits die Tür auf und sprang auf die Straße. Zwei Streifenwagen waren zeitgleich eingetroffen, und die Beamten suchten hinter den offenen

Türen Schutz. Obwohl man ihnen beigebracht hatte, dass eine Kugel ein Autoblech problemlos durchschlug. Von Gleiwitz hatte alles angefordert, was in der Stadt an Polizisten zur Verfügung stand. In wenigen Minuten würde es hier von Beamten nur so wimmeln. Nicht mal eine Küchenschabe würde dann hier rauskommen. Er hatte allen Streifenführern eingebläut, dass dieser Louis extrem gefährlich und mit Sicherheit bewaffnet war und von seiner Schusswaffe sofort Gebrauch machen würde. Eine Behauptung, die sicher nicht untertrieben war. Von Gleiwitz hatte der Verstärkung mitgeteilt, dass er einen Hilferuf aus dem Royal erhalten hatte. Von einer Mitarbeiterin, deren beste Freundin von diesem Kerl grausam ermordet worden war. Ohne Zweifel hatte dieser Louis das Royal aufgesucht, um Rache zu nehmen. Möglicherweise hatten sie es sogar mit einer Geiselnahme zu tun. Oberstes Ziel, so hatte von Gleiwitz gefordert, sei die Rettung der Geiseln.

Schon eilten die ersten Schaulustigen herbei. Das war die Gelegenheit. Wenn es ihm gelang, diesen Mörder festzunehmen, sogar Geiseln aus dessen Händen zu befreien und all das unter den Augen der Öffentlichkeit … Man würde ihn die Stufen der Karriereleiter geradezu hinauftragen. Von Gleiwitz suchte den Blickkontakt mit den Verstärkungskräften und gab ihnen mit der Hand das Zeichen, das Gebäude zu stürmen, während er das Funkgerät nahm, es sich vor dem Mund hielt und so tat, als würde er sprechen. Die Männer bewegten sich beherzt, wenn auch relativ unkoordiniert nach vorn. Die Ersten waren nur noch wenige Meter vom Eingang des Royals entfernt, als plötzlich eine Fensterscheibe barst. Unmittelbar darauf hörten die Männer das unverwechselbare Geräusch einer abgefeuerten Schusswaffe.

*

Tom Eckhardt blickte ungläubig auf die Pistole, deren Lauf direkt auf ihn zielte.

»Keine Bewegung!«, brüllte Louis in die Richtung von Eckhardts Handlangern. »Sonst puste ich eurem Hirten hier die Birne weg!« Louis sah ihnen an, dass sich ihre Gedanken überschlugen. Eckhardts Männer waren es nicht gewohnt zu denken, erst recht nicht in einer Ausnahmesituation. Sie waren nur dazu da zu reagieren.

»Nehmt eure verfluchten Finger von euren Knarren, ihr Vollidioten!«, knurrte Eckhardt.

»Schön auf den Chef hören! Und keine Tricks. Niemand zieht seine Kanone schneller, als sich mein Zeigefinger krümmt.« Mit wenigen Schritten lief Louis um den Zuhälter herum. Der stand nun zwischen ihm und seinen Männern. Louis griff in seine Tasche und wedelte anschließend mit einem Schlüsselbund. »Mucki lässt sich entschuldigen. Er ist außerstande, zu unserem Stelldichein zu kommen. Es sei denn, jemand glaubt hier ernsthaft an so etwas wie die Auferstehung. Dafür hat sich Jesus aber auch drei Tage Zeit genommen, wenn ich mich nicht irre.«

Tom Eckhardt wich alle Farbe aus dem Gesicht. Louis sah zu Mariella, die an ihrem Platz noch immer wie angewurzelt stand.

»Jetzt weiß ich, woher ich dich kenne«, sagte sie. Ihre Überraschung war perfekt gespielt, wie Louis fand. »Ich hatte die ganze Zeit über ein scheiß Gefühl bei der Sache. Du bist dieser Kerl, den sie suchen! Der, der Moni auf dem Gewissen hat.«

Louis quittierte ihre Schauspieleinlage mit einem Lächeln. »Sagen wir so … Mucki und dieser Bulle, dieser von Gleiwitz, haben es so inszeniert, dass man mich dazu verurteilt hat. Umgelegt hat sie ein anderer, hab ich recht, Tommy?«

Eckhardt schien sich wieder zu fangen. Höhnisch grinste er Louis an.

»Du!« Louis blickte in Richtung des jungen Burschen, der ihm zuvor im Flur die Tür geöffnet hatte. »Drei Schritte vor. Du wirst ganz langsam deine Jacke ausziehen. Und keine Tricks.« Der Angesprochene trat etwas vor und zog seine Jacke wie in Zeitlupe aus. Es kam das zum Vorschein, was Louis vermutet hatte. Seine Pistole steckte in einem Holster.

»Du wirst die Knarre jetzt mit zwei Fingern langsam am Griffstück herausziehen und vor dich auf den Boden legen.«

Der Bursche zögerte. Seine Augen suchten die von Eckhardt. Erst nachdem dieser kaum merklich nickte, tat er, was ihm befohlen worden war.

»Umdrehen. Langsam!« Der junge Mann wandte sich auf der Stelle um. »Hosenbeine hoch.« Louis sah keine weitere Waffe. »Stell dich wieder an deinen Platz!«

Während er den Anweisungen folgte, nahm Louis in den Augenwinkeln eine plötzliche Bewegung wahr. Reflexartig richtete er die Waffe aus und schoss. Der Mann sackte mit einem Stöhnen in sich zusammen, während seine Pistole mit einem dumpfen Poltern zu Boden fiel. Mit schmerzverzerrtem Gesicht hielt er sich den Oberschenkel, während sich ein dunkler Fleck auf seinem Hosenbein ausbreitete. »Ich hoffe, die anderen haben etwas mehr Rübenschmalz. Beim Nächsten, der es versucht, geht die Kugel eine Etage höher.« Alle Beteiligten wirkten augenblicklich erstarrt.

»Gut. Ich möchte die übrigen Herren bitten, die Taschen zu leeren. Einer nach dem anderen. Und denkt daran! Mein Abzugsfinger ist heute etwas nervös.«

In der Raummitte türmte sich ein kleines Waffenarsenal auf. Zum Schluss leerte Eckhardt seine Taschen und legte die Sachen auf die Theke. Darunter verflucht viele Geldscheine. Louis stieß ihn zu den anderen. Anschließend zog er seine Jacke aus und warf sie lässig über eine Stuhllehne.

»Und jetzt? Willst du uns alle umlegen?« Eckhardt fand allmählich zu seiner Überheblichkeit zurück.

Louis rieb sich das Kinn. »Der Gedanke ist sicher verlockend.« Er setzte sich und legte die Waffe auf seinen Oberschenkel ab. Der Finger befand sich unverändert am Abzug.

»Und weißt du was, Tom? Verdient hättest du es allemal. Aber deswegen bin ich nicht hier. Ich bin hier, weil du mir helfen wirst.«

Der lachte laut auf. »Das glaubst du doch selbst nicht?«

»Doch. Und sei dir sicher, dass du das wirst. Und ebenfalls deine geistig behinderte Combo.« Louis rutschte auf der Sitzfläche hin und her, als wäre der Stuhl unbequem. »Ich hatte Mucki ein Versprechen gegeben. Damals. Nach der Urteilsverkündung. Und ich halte meine Versprechen. Von Gleiwitz hatte ihm geholfen. Damals. Dieser Mistkerl hat alles so gedreht, dass man mich in den Knast gesperrt hat. Aber wem erzähl ich das. Du weißt es ohnehin. Du … Ihr werdet mir helfen, diesen Bullen an den Eiern zu packen.«

»Pah!«, entfuhr es Eckhardt. »Das kriegst du nicht alleine hin?«

Louis sah ihm unverwandt in die Augen. »Von Gleiwitz eine Kugel zu verpassen, ist kein Problem. Aber es ist nicht das, was ich mir für ihn ausgedacht habe. Was würde passieren, wenn ich dieses korrupte Schwein umlegen würde? Ich sag's euch. Man würde ihn als Helden feiern. Einen aufrichtigen Staatsdiener, der in Ausübung seiner Pflicht von Verbrechern ermordet wurde, deren Bekämpfung sein Lebensziel … bla, bla, bla.« Louis schüttelte den Kopf. »Nein. Das hat dieses Schwein nicht verdient. Ich will, dass die Bevölkerung erfährt, was für ein kriminelles Subjekt er ist. Und ich will, dass er sich für den Rest seines Lebens mit seinem Scheitern auseinandersetzen muss. Sein Ego ist das, womit man ihn packen kann. Und genau da werd ich ihn mir holen.«

Wieder lachte Eckhardt auf. »Klar! Und wir helfen dir dabei.«

Louis nickte auf eine Art, die keinen Zweifel daran aufkommen ließ, dass er von dieser Aussage fest überzeugt war. »Ja. Das werdet Ihr. Gleiwitz wird euch alle umlegen. Wahrscheinlich ist er bereits auf dem Weg hierher. Und ich bin mir sicher, dass nichts und niemand ihn davon abringen wird.«

Dieses Mal rollte Tom mit den Augen. »Hättest du die Güte, uns aufzuklären? Ich meine, wir essen zeitig, verstehst du?«

»Gut«, sagte Louis und setzte sich aufrecht hin. »Ich will versuchen, euch geistigen Sickergruben das so verständlich wie möglich zu verklickern. Ich bin im Besitz eines Buches.«

»Na toll. Gibt's jetzt 'ne Gutenachtgeschichte?«

»Muckis Kassenbuch, Tom. Er hat wirklich jede Ausgabe penibel notiert. Wann, wie viel und wofür. Beziehungsweise für wen. Darunter ist auch eine Zahlung aufgelistet, aus der hervorgeht, dass Mucki ihm schlanke zwanzigtausend Mark für die Sache mit diesem Toni Gebauer gezahlt hat. Und dass man darüber hinaus zwei Kilo reinstes Kokain investiert hat. Das Buch bestätigt von Gleiwitz also als Verbrecher. Wenn es die Strafverfolgungsbehörden in die Finger bekommen, ist sein Leben ruiniert.«

In Toms Gehirn überschlugen sich die Gedanken, während er das Gehörte verdaute. »Das ergibt alles keinen Sinn!«

»Doch, mein lieber Tom. Würde es. Wenn du intelligenter wärst.«

»Wenn ich das richtig verstanden habe, hast du Mucki kaltgemacht. Und mit diesem Buch hab ich nichts am Hut. Was geht diese Sache mich an?«

Louis atmete hörbar aus. »Enttäusch mich nicht, Tom. Du bist doch angeblich so ein cleverer Bursche. Rein zufällig hat ihm ein Vöglein gezwitschert, dass du das Buch hast. Und zufällig wird Mucki in ungefähr einer halben Stunde tot aufgefunden werden. Jetzt streng dich mal etwas an und bilde dir einen Reim darauf. Was bedeutet das?« Louis wartete, ob Tom antwortete. »Okay, dann erkläre ich es dir. Wir haben nicht mehr allzu viel Zeit und sollten sie produktiv nutzen. Von Gleiwitz geht davon aus, dass du Mucki umgelegt hast, um seinen Posten einzunehmen. Zumindest wurde ihm das so gesteckt. Da du wenig Interesse daran haben dürftest, dass die Bullen das rauskriegen, wird er vermuten, dass du ihm das unterjubeln willst. Als Beweis hast du das Kassenbuch und drehst alles so, dass es so aussieht, dass Gleiwitz Mucki umgelegt hat, weil der diesen Bullen erpresst hat. Was glaubst du, was von Gleiwitz tun wird?«

Mit einem Mal wirkte Eckhardt verunsichert. »Die Geschichte nimmst du dir doch selbst nicht ab.«

»Das ist völlig unerheblich. Die Polizei wird es. Weil es plausibel ist. Zwei tote Zuhälter. Zufällig Konkurrenz von Mucki und zufällig durch von Gleiwitz erschossen. Ein Bucheintrag, der belegt, dass von Gleiwitz einen großen Batzen Kohle von Mucki für diese Nummer eingestrichen hat. Ganz nebenbei ... nicht der einzige Eintrag, der belegt, dass dieser Bulle regelmäßig die Hand aufgehalten hat. Und dann findet man die stinkenden Reste von Mucki.« Louis tippte sich an die Stirn. »Kapiert du und deine Horde Primaten das? Er hat keine Wahl. Von Gleiwitz muss unter allen Umständen dafür sorgen, dass es keine Zeugen gibt und dieses Buch niemals in die falschen Hände gerät.«

Tom Eckhardt sah Louis auf eine Art an, als suchte er fieberhaft nach einer Lösung, aus dieser Falle herauszukommen.

Louis setzte nach. »Er wird in wenigen Minuten hier sein. Und dann ist die Luft voller Blei. Er wird diese Hütte zusammenschießen. Es sei denn ...« Louis bemerkte, wie sich die anderen Männer verunsichert ansahen und ihre Blicke erneut auf ihn richteten. »Keine Ahnung, ob deine Jungs hier bereit sind, für dich ins Gras zu beißen, Tommy Baby. Aber wenn ihr mitspielt, erledigt sich das Problem möglicherweise. Zumindest, was diesen von Gleiwitz und seine Absichten betrifft. Für diejenigen unter euch, und das dürften wohl die meisten sein, die das jetzt kognitiv nicht so richtig verdauen können … Ihr bleibt am Leben.«

Die Verunsicherung bei den Männern stieg. Offenbar vermissten sie die selbstsicheren Befehle, den Respekt einflößenden Tonfall, an dem sie sich orientieren konnten. Es stand außer Frage, dass die Entscheidung nicht mehr ausschließlich von ihrem Boss abhängen würde, wenn der nicht bald klare Kante zeigte. Während Louis gesprochen hatte, war er langsam in Richtung Fenster gegangen. Mit der freien Hand schob er den Vorhang leicht zur Seite und spähte kurz auf die Straße. Die Dämmerung setzte ein und schon bald würde es dunkel werden.

»Okay.« Eckhardt räusperte sich. »Was … schlägst du vor?«

Louis zuckte mit den Achseln. »Ganz einfach. Zumindest aus intellektueller Sicht. Versucht, am Leben zu bleiben. Zu verhindern, dass die Bullen die Hütte hier stürmen. Genug Knarren habt ihr ja.«

Die Frage, was Louis vorhatte, war den Kriminellen förmlich ins Gesicht geschrieben.

»Ich werde dafür sorgen, dass jemand ganz Bestimmtes das Buch erhält, während ihr hier Wilder Westen spielt. Und wenn das der Fall ist, dann Gnade von Gleiwitz Gott! Ihr solltet aber eins beherzigen. Ich war nie hier. Wenn ihr nicht wollt, dass dieser Bulle euch fertigmacht, solltet ihr konsequent abstreiten, dass ich jemals hier war. Sonst könnte es sein, dass unser wunderschöner Plan in sich zusammenfällt. Und das bedeutet, dass du Mucki für die Bullen auf dem Gewissen hast, Tom. Was das heißt, brauch ich dir hoffentlich nicht zu erklären.« Nochmals schaute er nach draußen, die Pistole weiter auf Tom und sein Gesindel gerichtet. »Es wird Zeit, dass ich mich nun verabschiede. Nur für den Fall, dass jemand auf unkluge Gedanken kommt … Mariella wird mich begleiten. Als so 'ne Art Versicherung. Keine Sorge. Ihr wird nichts passieren. Vorausgesetzt, sie macht keine Dummheiten«, ergänzte er, bevor er die Fensterscheibe einschlug und blindlings in Richtung der Polizei schoss, die soeben auf den Eingang zustürmte.

*

»Rückzug!« Von Gleiwitz fiel förmlich in die Hocke und suchte hinter dem Heck des Wagens Deckung. Hektisch nestelte er nach seiner Waffe. Die Wachtmeister, die sich soeben dem Royal genährt hatten, rannten panisch zurück. Das Herz schlug dem Kriminalbeamten bis zum Hals. Eines stand fest. Diese Mariella hatte offenbar die Wahrheit gesagt. Er stützte sich mit beiden Händen an der Karosserie ab, als er sich vorsichtig so weit erhob, dass er einen schnellen Blick über das Dach hin zum Gebäude werfen konnte. Als er sich umdrehte sah er, dass sich alle Schaulustigen ebenfalls geduckt hatten. Doch als kein weiterer Schuss fiel, erhoben sich die ersten bereits wieder. Das war gar nicht gut, dachte er. Unter ihnen waren Frauen und Kinder. Wenn sich einer von diesen Deppen 'ne Kugel fing, ging das auf seine Kappe. Mit hektischen Armbewegungen wies er einen Wachtmeister an, die Leute beiseitezudrängen. Dieser verstand und begann, mit einem weiteren Kollegen die Menschenmenge zurückzuschieben.

Von Gleiwitz überlegte. Das war kein gezielter Schuss gewesen. Das Loch in der Fensterscheibe war klein. So, wie er die Lage einschätzte, hatte sie dieser Fremdenlegionär lediglich einschüchtern wollen.

»Verdammt!«, fluchte er laut. Was, wenn das nur eine kurze Ablenkung war, um abzuhauen? Wieder fuhr er herum. Einer der Beamten sah dies und erwiderte den Blickkontakt. »Zum Hintereingang!«, schrie er ihm zu. »Los!«

Der Mann schaute sich verzweifelt um. Als suchte er nach jemandem, dem er den Befehl des Kommissars weitergeben könnte. Doch dessen Miene war eindeutig, also lief er los.

Nochmals erhob sich von Gleiwitz. Anschließend begab er sich gebückt zur Beifahrerseite und griff nach dem Funkgerät. »Zentrale!« Seine Hand umklammerte das Gerät. »Wir werden beschossen. Ich brauche alle verfügbaren Kräfte. Möglicherweise ist der Täter noch im Objekt. Vielleicht bereits auf der Flucht. Wir brauchen Straßensperrungen.«

Das Funkgerät krächzte. »Reuter hier!«, hörte er den Kriminaloberrat. »Machen Sie Meldung!«

Von Gleiwitz wollte soeben antworten, als ihn ein grelles Licht blendete. Ungläubig sah er den Pressefotografen an, der seine Kamera noch immer auf ihn gerichtet hatte. Er stand mitten auf der Straße mit einer Selbstverständlichkeit, als könnte sein Körper keine Kugel schmücken.

»Von Gleiwitz!«

Die Stimme seines Vorgesetzten holte ihn aus seiner Starre. »Verschwinde, du Geier, oder ich breche dir alle Knochen im Leib«, fauchte er den Journalisten an. Einen Moment sah er dem Mann nach. Dann betätigte von Gleiwitz die Sprechtaste. »Herr Kriminaloberrat. Die Lage droht hier zu entgleiten. Vermutlich flüchtiger Straftäter im Royal. Definitiv bewaffnet, Möglicherweise haben wir eine Geiselnahme. Wir können mit dem derzeitigen Kräfteeinsatz nicht mehr für die Sicherheit der Bürger garantieren. Ich brauche alle verfügbaren Kräfte.«

Wieder öffnete sich der Funkkanal. »Ziehen Sie sich zurück, Gleiwitz. Die Sicherheit der Bevölkerung geht vor. Ich mache mich sofort auf den Weg.«

Das fehlte noch, dass der alte Geier hier die Lorbeeren einstrich, dachte von Gleiwitz.

»Herr Reuter. Wenn Sie mir erlauben, einen Vorschlag zu machen …« Er legte eine Pause ein und wollte seine Worte mit Bedacht wählen, da jeder Pressefuzzi den Polizeifunk abhörte. »Ich bin der Überzeugung, dass ein Beamter Ihres Ranges bei einer solchen Großlage die Interessen unserer Behörde an den geeigneten Stellen vertreten sollte. Ich halte es für äußerst wichtig, dass wir jetzt mit der notwendigen Professionalität an die Sache rangehen. Wenn es sich tatsächlich um einen flüchtigen Mörder handelt, wird das Fragen aufwerfen. Ich könnte mir vorstellen, dass der Bürgermeister eine Erklärung für das haben will, was in der Stadt vorgeht. Sobald ich über ausreichende Kräfte verfüge, kann ich die Lage hier einfrieren und für die Sicherheit der Stadt und der Menschen garantieren. Ich erstatte ihnen lückenlosen Bericht.«

Von Gleiwitz war klar, dass auch Reuter wusste, dass der Funk mitgehört wurde. Mit seinen Worten hatte er ihn. Reuter kam aus der Nummer nicht raus.

»Einverstanden«, hörte er Reuter schließlich. Wobei von Gleiwitz deutlich wahrnahm, dass dies nicht der Fall war. Und dass Reuter im Nachgang mit ihm noch ein Hühnchen rupfen würde. »Ich betone nochmals! Die Sicherheit unserer Bürgerinnen und Bürger geht vor«, ergänzte der Polizeiführer.

Geduckt lief von Gleiwitz zurück. Er winkte einige Beamte heran. »Sperren Sie den Bereich großräumig. Ich will, dass hier keine Maus mehr durchkommt. Sie! Wie heißen Sie?«

Der Polizeibeamte nahm Haltung an. »Oberwachtmeister Berghofer.«

»Gut, Berghofer. Sie sind ab sofort Verbindungsmann für die Presse. Sorgen Sie dafür, dass diese Aasgeier aus sicherer Entfernung alles auf die Linse kriegen. Wir können es uns in der heutigen Zeit nicht leisten, die vor den Kopf zu stoßen.« Von Gleiwitz drehte sich im Kreis und sah die Streifenbeamten an. »Ich brauche eine Flüstertüte. Wir müssen verhandeln. Die Lage beruhigen.« Jemand gab ihm ein Megafon. »Gut. Alles auf die Plätze. Sichern Sie mich.«

Ein letztes Mal sah sich der Kriminalpolizist prüfend um. Ein Lieferwagen fuhr vor und wurde von einem pflichtbewussten Streifenbeamten angehalten. Von Gleiwitz erkannte am Steuer eine Ordensschwester. »Du fehlst mir jetzt auch noch«, murmelte er vor sich hin. »Machen Sie die Fahrbahn frei!«, rief er dem Beamten zu, der den Wagen unverzüglich weiterwinkte und sich ebenfalls zurückzog. Tief holte von Gleiwitz Luft. Das würde sein Auftritt werden. Er würde dafür sorgen, dass die Öffentlichkeit eine Show geboten bekam, die sie so schnell nicht vergessen würde.

*

Tom Eckhardt presste sich eng an die Wand, schob mit der Hand den Vorhang etwas zur Seite und lugte aus dem Fenster. Er blähte die Wangen auf und ließ die Luft hörbar entweichen. Etwas, was in der Stille des Raumes deutlich zu hören war. »Die haben da mächtig Bullen aufgefahren«, sagte er, ohne seine Männer anzublicken. Schließlich löste er sich von der Szenerie vor dem Royal und drehte sich seinen Männern zu. »Ich glaub, ich hab noch nie so viele von denen auf einem Haufen gesehen.« Nachdenklich kratzte er sich am Hinterkopf. »Keine Ahnung, ob dieser Kerl uns nur verarscht.«

»Er hat die Tür abgeschlossen«, kam es von einem Handlanger, der die Klinke mehrfach hinunterdrückte, als müsste er seine Aussage damit belegen.

Gustav, der Türsteher, ergriff das Wort. »Also, ich glaub ihm, dass die Bullen uns fertigmachen wollen.«

Pläte trat einen Schritt vor. Seine Glatze glänzte im Licht. »Der Kerl will uns in eine Falle locken. Das ist doch offensichtlich! Der hat die Bullen unter einem Vorwand hierher zitiert. Weiß der Geier, was der denen erzählt hat. Wenn ihr mich fragt ... der will, dass wir uns mit den Bullen anlegen. Wahrscheinlich steht der da draußen und lacht sich eins ins Fäustchen, wenn die uns zusammenballern. Wir sollten mit denen sprechen. Also verhandeln ... So macht man das doch. Noch haben wir uns nichts vorzuwerfen.«

Eckhardts Gedanken rotierten. Er teilte Plätes Meinung ein Stück weit, obwohl das, was dieser Louis geschildert hatte, tatsächlich Sinn ergab. Wenn es denn stimmte. Kurz ließ er seinen Blick über seine Männer schweifen. Sie waren zu sechst. Mit ihm sieben. Wolfgang, den sie Wolle nannten, hatten sie den Oberschenkel notdürftig verbunden. Er saß auf einem Stuhl und kippte bereits den dritten Whiskey in sich hinein. Er hielt sich tapfer, doch hatte er Schmerzen und würde wahrscheinlich keine große Hilfe sein. Bei was auch immer. Eckhardt musste eine Entscheidung treffen. »Wir machen Folgendes, Gustav: Brich diese verfickte Tür auf und geh hoch zu den Mädels. Halte ein Auge auf sie«, wies er ihn an. »Pläte! Einer geht mit ihm und sichert den ersten Stock. Und einer kümmert sich um den Hintereingang. Verbarrikadiert die Tür. Falls die auf die Idee kommen, den Laden von hinten zu stürmen. Der Rest bleibt bei mir. Wir warten ab. Da draußen steht die halbe Stadt und gafft. Die Bullen können also nicht einfach so drauflosballern. Irgendwann werden die sich melden. Dann sehen wir weiter.«

Toms Männer setzten sich in Bewegung, froh, dass nun wieder jemand das Ruder übernahm, als plötzlich mehrere Schüsse die Stille durchbrachen. Einen Wimpernschlag später brach die Hölle los.

*

Während Louis die massive Tür abschloss und ein schweres Sideboard davorschob, eilte Mariella nach oben und holte die Frauen, die ihr mit angsterfülltem Gesicht folgten. Gemeinsam liefen sie die Treppen zum Keller hinab. Sie rannten einen geraden Gang entlang, von dem links und rechts einzelne Lagerräume abgingen. Geradeaus befand sich der Bierkeller. Louis, der voranlief, öffnete die Deckenklappe zur Straße. Er kletterte die schmale Fassrutsche hinauf und öffnete die seitliche Schiebetür des Lieferwagens, den er unmittelbar davor geparkt hatte und der die Sicht auf den Bereich komplett versperrte. Eilig trieb er die Frauen an, wobei er jeder die Hand reichte und ihnen die glatte Bohle hinaufhalf. Innerhalb weniger Augenblicke waren sie im Wagen verschwunden und er schloss die Tür. Mariella war bereits um die Front geeilt und hatte auf dem Fahrersitz Platz genommen. Trotz der Situation, in der die Nerven aller zum Zerreißen gespannt waren, konnte sich Louis ein Schmunzeln nicht verkneifen. Mariella hatte sich eine Nonnenhaube aufgesetzt und hielt mit einer Hand ein baumelndes Holzkreuz fest. Louis vermutete, es war eine Verkleidung, für die spezielle Gäste einiges extra hinblätterten.

»Viel Glück!«, sagte er kurz, bevor er die Fassrutsche wieder hinunterglitt.

Louis rannte den Kellertrakt entlang, nahm anschließend zwei Stufen auf einmal, eilte dann in das obere Stockwerk und zog die Dachluke auf. Es entfaltete sich eine hölzerne Leiter, die bedrohlich unter seiner Last zu wippen begann, als er sie hochkletterte.

Wenige Schritte und er stand am Fenster des Dachbodens. Die gesamte Straße war von Streifenwagen gesäumt. Schaulustige standen hinter einigen, eilig gezogenen Absperrungen, während die Blitzlichter ihm verrieten, dass dieser Einsatz die volle Aufmerksamkeit der Presse hatte. Louis zog hektisch sein Jackett aus und streifte sich die Polizeiuniformjacke über, die er dort zuvor abgelegt hatte. Er schloss den Kittel und setzte sich die Schirmmütze auf. Für einen kurzen Moment hielt er angespannt den Atem an. Er sah, dass die Polizei den Lieferwagen mit Mariella am Steuer angehalten hatte. Er konnte nicht erkennen, was genau passierte. Doch plötzlich trieb der Beamte den Wagen hektisch zur Weiterfahrt an und zog sich ebenso eilig zurück. Und dann sah er ihn. Von Gleiwitz trat auf die Straße. In der Hand hielt er ein Megafon. Seine gesamte Körpersprache verriet Louis, dass dieser Kerl seinen Auftritt nicht nur gekonnt inszenierte. Er genoss ihn. Louis schob sich die Schirmmütze etwas in den Nacken und richtete seine Waffe aus. Exakt auf den Streifenwagen, neben dem sich dieser Kriminalbeamte soeben positioniert hatte. »Du willst deine Show?«, murmelte Louis, während er über Kimme und Korn zielte. »Du wirst sie bekommen.« Dann zog er den Abzug durch.

*

Schlagartig wurde es still. Die Spannung übertrug sich auf jeden. Von Gleiwitz trat zur Mitte der Straße. Im Royal brannte Licht, doch er erkannte hinter den zugezogenen Vorhängen keine Bewegung. Er war sich sicher, dass er beobachtet wurde. Seine Nerven waren zum Zerreißen gespannt. Er stand hier wie auf dem Präsentierteller. Immer wieder sah er Blitzlichter aufleuchten, die sich in den Scheiben des Royals brachen. Vor seinem geistigen Auge sah er die morgigen Titelseiten, wie er sich allein auf der Straße diesem Verbrecher entgegenstellte und um das Leben möglicher Geiseln kämpfte. Gelang es ihm, diesen Gangster zur Aufgabe zu überreden, würde man ihn mit Lob überhäufen. Wenn Mariella recht hatte und dieser Legionär Mucki tatsächlich kaltgemacht hatte … Von Gleiwitz wäre damit beinahe unantastbar. Um seinen Stellvertreter, diesen Tom Eckhardt, würde er sich zu gegebener Zeit selbst kümmern. Wer weiß? Vielleicht fand sich sogar an diesem Abend eine Möglichkeit. Reuter war ein alter, lahmender Gaul, der schon bald pensioniert und somit schnell in Vergessenheit geraten würde. Mit dieser Nummer würde von Gleiwitz sich Reuters Posten sichern. Die Stadt würde ihm gehören. Man würde ihn in den oberen Gesellschaftskreisen herzlich empfangen. Vielleicht tat sich ja zukünftig eine politische Karriere auf? Ein Gedanke, der ihm durchaus gefiel. Jetzt aber galt es, der Stadt die Show zu liefern, nach der es ihr gelüstete. Von Gleiwitz stellte sich breitbeinig hin. Langsam hob er den Arm und führte das Megafon zum Mund. Die Schüsse zerrissen die Stille auf eine brutale Art. Die Windschutzscheibe des Streifenwagens neben ihm ging zu Bruch. Von Gleichwitz ließ die Flüstertüte fallen und warf sich neben dem Fahrzeug zu Boden, während die Kugeln den Wagen durchsiebten. Binnen Wimpernschlägen erwiderten die Polizeibeamten das Feuer. Im Donnerhall unzähliger Pistolen pfiffen die Kugeln von beiden Seiten über ihn hinweg. Glas splitterte und die Straße war erfüllt von lauten Stimmen, die Anweisungen brüllten und dem hohen Kreischen der Schaulustigen, die in Panik auseinanderstoben. Von Gleiwitz presste sich auf den Boden und hielt schützend die Arme über den Kopf. Erneut vernahm er eine Salve, dieses Mal aus dem Haus kommend. Vorsichtig setzte er sich auf und presste den Rücken gegen den Wagen. Ungläubig sah er, wie die Beamten ohne Unterlass und ungezielt in Richtung des Royals schossen. Kurz schätzte er die Entfernung zum Megafon ab. Er zögerte zuerst, dann machte er einen Sprung nach vorn, ergriff es und suchte wieder Schutz hinter dem Fahrzeug. »Feuer einstellen!«, brüllte er aus Lebenskräften. »Feuer einstellen!«

Es dauerte einige Sekunden, bis auch der Letzte seine Waffe senkte. Das Feuergefecht hatte nur wenige Sekunden gedauert. Nun machte sich eine bedrohliche, angespannte Ruhe breit. Pulverdämpfe waberten umher. Von Gleiwitz Brustkorb hob und senkte sich wie nach einem Sprint. Was ging hier vor sich? Die Lage deckte sich nicht mit der, die er erwartet hatte. Hektisch sah sich der Kriminalbeamte um. Er saß in der Falle. Bis zur rettenden Häuserecke waren es gut und gern zehn Meter. Hier stimmte es gewaltig nicht. Warum sollten die Männer aus dem Royal zurückfeuern, wenn sie doch von diesem Louis als Geiseln …? Und mit einmal traf ihn die Erkenntnis mit voller Breitseite und eine Gänsehaut überzog seinen Körper. Man hatte ihn reingelegt. Er hatte ihn reingelegt.

*

Der Lärm war ohrenbetäubend. Die gesamte Belegschaft des Deutschen Tagesblatts lief entweder hektisch über den Flur oder brüllte sich aus den Zimmern gegenseitig die neuesten Erkenntnisse zu. Sämtliche Telefone schienen gleichzeitig zu läuten. Helga Gießmann eilte zum Büro ihres Chefs, wobei sie auf ihren Schmierzettel blickte. Sie hoffte, dass sie die krakeligen Striche zu einem halbwegs sinnhaften Text zusammensetzen konnte. Mehrfach wäre sie beinahe mit einem ihrer Kollegen zusammengestoßen.

»Wo bleibt mein verfluchter Kaffee?« Harald »Harry« Zimmermann hatte den Hörer zwischen Kinn und Schulter geklemmt und las zwei verschiedene Dokumente unter dem Schein einer milchigen Sechzig-Watt-Birne. Kurz sah er über den Rand seiner Lesebrille zu ihr auf, als sie den Raum betrat. Er verdrehte die Augen in einer Art, die ihr sagte, dass sein Gesprächspartner seine bereits kaum messbare Geduld überstrapaziert hatte. Der Chefredakteur steuerte auf die Belastungsgrenze zu. Helga Gießmann hatte Gerti, die Sekretärin, bei dem Lärm nicht bemerkt. Sie hatte ihrem Chef die ersehnte Tasse Kaffee gebracht. Harry schmiss die Zettel auf den Schreibtisch, nippte an dem Getränk, während er sich weiter auf das Telefonat konzentrierte.

»Herrgott!«, fluchte er in den Hörer. »Dann finden Sie einen Weg. Abgesperrt? Mit Flatterband? Haben Sie es mit den Bandscheiben?« Wieder sah Harry Helga mit einem fast verzweifelten Gesichtsausdruck an. Gleichzeitig gab er ihr ein Handzeichen, sie möge die Tür schließen.

»Dann werden Sie halt eingesperrt. Hauptsache Sie bringen mir die Fotos!« Harry knallte den Hörer auf. »Ich fass es nicht!«, sagte er in ihre Richtung. »Die Story des Jahres und der Kerl sagt mir, dass vor ihm eine Absperrung aus Flatterband ist. Kein Bulle auf weiter Flur. Das muss man sich mal vorstellen. Flatterband.« Er wies sie an, sich zu setzen. »Erzähl, Mädchen!«

Helga Gießmann war die einzige Reporterin beim Blatt. Dass Harry die Tür schloss, während es in der Redaktion brannte, konnte man durchaus als Adelstitel werten. Helga hatte verflucht viele Hürden zu nehmen und hatte sich die Akzeptanz bei ihrem Chef hart erarbeiten müssen. Sie wusste aber auch, dass sie seine Gunst nur für den Moment genoss. Solange alles nach seiner Vorstellung lief, brauchte sie nichts zu befürchten. Sie musste nur liefern. Ein Fehlschlag und sie konnte sich wieder weit hinten anstellen.

»Noch nichts Verifiziertes. Aber ich habe ein paar …«

»Mach es nicht so spannend, Schätzchen!«

Sie warf einen Blick auf ihre Notizen. »Die Polizei hat einen Tipp bekommen. Erinnerst du dich noch an diesen Mord an dieser Prostituierten? Knappes Jahr her. Wo die gesamte Rotlichtwelt der Stadt gegen so einen Kerl ausgesagt hat, der sich nicht ein einziges Mal zu der Sache …«

»Ja. Ich erinnere mich. Du hast ihn doch mal im Knast besucht, stimmt's? Ist der Kerl nicht abgehauen?« Harry trieb sie mit einer Handbewegung an.

»Korrekt. Der Typ soll sich dort aufhalten. Also im Royal. Man befürchtet, dass er Rache nehmen will. An Kahrmann.«

Harry versuchte sich erneut an seinem Kaffee. »An Mucki? Meinen Segen hat er. Woher hast du die Infos?«

Sie lächelte. »Von einem Schutzmann. Muss dafür mit ihm Essen gehen.«

Harrys Grinsen drohte ihm die Mundwinkel zu zerreißen. »So geht das! Genau so geht das.« Er zeigte anerkennend auf seine Mitarbeiterin.

»Heißt das, du bezahlst?« Sie grinste zurück.

»Kommt drauf an, was du rausbekommst.«

»Jedenfalls stimmt da was nicht. Den Typen hat man zumindest bisher noch nicht ausmachen können. Stattdessen liefert sich die Polizei gerade einen höllischen Schusswechsel mit Muckis kompletter Mannschaft.«

Sein Gesicht wurde ernst. »Was ist deine Meinung?«

»Da braut sich etwas zusammen, Harry. Warum sollen Muckis Männer sich 'ne Schießerei mit den Bullen liefern, wenn doch dieser … ich glaube, er nennt sich Louis … Jedenfalls ergibt das keinen Sinn. Und jedes Mal ist dieser von Gleiwitz mit von der Partie. Mit dem Kerl stimmt was nicht, wenn du mich fragst.«

Harry machte eine abwehrende Handbewegung. »Komm doch endlich mal von diesem Kerl los. Ja, ich gebe dir recht. Er ist ein gelecktes Arschloch. Aber welchen Grund sollte er haben, das Royal zusammenzuballern?«

»Harry! Dieser Mord an der kleinen Nutte wurde von Gleiwitz aufgeklärt. Ein Mädchen, auf das Mucki seine Eigentumsrechte geltend gemacht hat. Toni Gebauer und sein Leibwächter. Hältst du es allen Ernstes für Zufall, dass

Toni diesem Kerl in eine Absperrung fährt, während er Koks im Wert von einigen tausend Mark dabeihat? Und dass er zufällig von Gleiwitz erschossen wird? Und einziger Zeuge ist ein Streifenpol…«

»Genug, Helga. Bitte. Wir hatten das bereits ausreichend besprochen.«

»Ich weiß, Harry. Aber es ist ein offenes Geheimnis, dass Toni und Mucki die größten Konkurrenten waren.«

»Das heißt, wenn ich deiner Theorie folgen würde, hat Mucki Toni reingelegt? Was hat nun Gleiwitz damit zu tun?«

»Weil er irgendwie da mit drinsteckt.«

»Und was vermutest du?«

»Keine Ahnung. Vielleicht schulden die ihm was oder erpressen ihn?«

»Auch wenn ich von einer solchen Story begeistert wäre, ist das ziemlich an den Haaren herbeigezogen.«

»Erwin … also mein Schutzmann sagt, dass sie derzeit nicht davon ausgehen, dass Mucki da ist. Auf jeden Fall hat er von einem anderen Streifenpolizisten gehört, dass man an Muckis Anschrift war und man ihn dort nicht angetroffen hat. Und sein Wagen stand ebenfalls nicht in der Garage.«

»Und? Helga, das muss doch nichts heißen. Der hat seine schmutzigen Finger noch in anderen Sachen.«

»Aber warum ballern Muckis Leute auf die Polizei, wenn angeblich dieser Louis im Royal ist? Das ergibt doch keinen Sinn.«

Das Telefon läutete. Zeitgleich flog die Tür auf und mit dem hereindrängenden Lärm trat ein weiterer Kollege ins Büro. Harry erhob sich. »Vergiss das mit diesem Kerl, Baby. Sieh zu, dass du dir diesen … Erwin? Dass du dir deinen Schutzmann warmhältst«, sagte er, während er den Hörer abnahm.

»Helga, da ist ein Anruf für dich. Irgendein Typ, der nur mit dir sprechen will. Es geht ums Royal.«

»In meinem Büro?«

»Ist noch dran. Denke ich …«

Der Hörer lag auf dem Schreibtisch.

»Hallo? Gießmann. Sind Sie noch dran?«

»Mein Name tut nichts zur Sache«, hörte sie eine männliche Stimme.

»Klar!« Anonyme Hinweise kamen nahezu täglich herein. Die meisten waren Spinner. Wichtigtuer. »Man sagte mir, Sie können mir etwas über das Royal sagen?«

»Möglicherweise …«

»Gut.« Helga nahm sich einen Stift, während sie sich setzte. Sie klemmte den Hörer zwischen Kinn und Schulter und trat gleichzeitig mit der Fußspitze ihre Tür zu. »Ich bin ganz Ohr.«

»Kennen Sie das Gewerbegebiet im Norden? Karnap? An der Grenze zu Gelsenkirchen? Am alten Güterbahnhof?«

»Ja. Schon … Aber …«

»Am Ende des Gebietes, parallel zu den Gleisen, befindet sich auf der rechten Seite eine leer stehende Lagerhalle. So ziemlich am Ende der Sackgasse. Es wurde dort mal Obst und Gemüse gehandelt. Erkennt man sofort. Grüne Werbetafel über dem Eingang.«

»Ich verstehe nicht, was das jetzt mit dem Royal …«

»Dort werden Sie den Grund für die Schießerei finden.«

Helga Gießmann legte den Stift auf den Tisch. Wieder so ein Idiot, der sich wichtigmachen wollte. »Hören Sie. Ich habe wirklich nicht viel Zeit. Entweder können Sie mir was Konkretes …«

»Von Gleiwitz.«

Schlagartig spürte sie, wie ihr Herz zu galoppieren begann. »Was ist mit ihm?« Sie setzte sich kerzengrade auf.

»Fahren Sie zur Halle. Es wartet eine Überraschung dort.«

»Können Sie mir bitte etwas Genaueres sagen?«

»Nur so viel. Von Gleiwitz steht auf Muckis Gehaltsliste. Gleiwitz wollte aussteigen. Macht sich nicht gut, wenn man Karriere machen will und gleichzeitig mit einer Rotlichtgröße in Verbindung gebracht werden könnte. Hatte Mucki verständlicherweise was dagegen.«

Hektisch schrieb Gießmann mit. »Mucki erpresst ihn?«

»Wie gesagt. In der Halle. Gleiwitz hat aber das, was er wollte, nicht bekommen. Daher das Royal. Er will Spuren ... Zeugen vernichten.«

»Was hat er nicht gekriegt?«

»Die Aufzeichnungen. Aus denen unter anderem hervorgeht, dass er Toni für Mucki umgelegt hat.«

Helga hatte das Gefühl, dass ihr Puls durch die Decke ging. Der Typ bestätigte all ihre Vermutungen. Wenn es denn stimmte. »Und woher wissen Sie das alles?«

»Sagen wir so ... Ich habe etwas dagegen, wenn man mich übers Ohr hauen will, wenn Sie verstehen.«

Gießmann lehnte sich zurück und fuhr sich durch die Haare. »Hören Sie! Ich weiß nicht, was Sie mir da ...«

»Auf Ihrer Poststelle«, unterbrach er sie. »Ein Kuvert. An Sie adressiert. Aber seien Sie vorsichtig. Viel Glück.«

Der Anrufer hatte aufgelegt. Für einen flüchtigen Moment stieg das Gefühl in ihr hoch, dass ihr die Stimme bekannt vorkam. Dann sprang sie auf, ergriff erneut den Hörer und drehte die Wählscheibe. »Gießmann hier. Wurde ein Kuvert für mich abgegeben?« Einige unerträglich lange Sekunden musste sie warten. Dann knallte sie den Hörer auf die Gabel und eilte aus ihrem Büro.

*

Ein Jahr, vier Monate und dreizehn Tage. Das war die Zeit, die es bis zur Pensionierung zu überbrücken galt. Da sollte nichts mehr schiefgehen. Eigentlich. So kurz vor der Zielgeraden. Karl-Heinz Reuter starrte ins Leere. Das Telefonat hatte ihn bis ins Mark erschüttert. Reuter blickte auf eine lange, ereignisreiche Berufslaufbahn zurück. Reuter war in der Wehrmacht gewesen. Zuletzt, weil er es musste. Seine anfängliche Begeisterung für den Führer hatte relativ schnell nachgelassen. Als die Alliierten 1945 einmarschierten und die Militärregierungen der Amerikaner und der Briten für die Sicherheitslage in der Bundesrepublik zuständig waren, sahen sie sich einem Chaos unvorstellbaren Ausmaßes gegenüber. Raubüberfälle, Diebstähle und Tötungsdelikte waren an der Tagesordnung. Horden von ehemaligen Zwangsarbeitern und psychisch labilen Soldaten, mit erbeuteten Wehrmachtgewehren und Pistolen bis an die Zähne bewaffnet, zogen plündernd durch die Städte. Die Infrastruktur lag am Boden und beinahe täglich hatte man Opfer aufgrund hochgegangener Bomben und Granaten zu beklagen. Und jetzt gab es diese Großlage in der Nordstadt. Dieser Umstand war durchaus außergewöhnlich, aber an sich nicht bedrohlich. Und dann dieser Anruf, der möglicherweise alles veränderte. Nochmals rief er sich das Gespräch in Erinnerung, dass das Zeug dazu hatte, die Kriminalpolizei bis auf die Grundfesten zu erschüttern.

»Herr Reuter? Harald Zimmermann. Ich bin Chefredakteur des Deutschen Tagesblattes. Ihre Sekretärin war so freundlich, mich zu Ihnen durchzustellen. Ich habe einige Informationen für Sie. Äußerst prekär.«

Reuter wusste, wenn der Anrufer an seiner Sekretärin vorbeigekommen war, musste es eine gewisse Gewichtung haben.

»Nun, Herr Zimmermann. Das behauptet wohl jeder Journalist, der Informationen hat.«

»Es geht um einen Ihrer Kriminalbeamten. Von Gleiwitz, der sich ja gerade am Royal austobt.«

Noch bevor Karl-Heinz Reuter eine Frage hatte stellen können, hatte dieser Journalist weitergesprochen.

»Ich habe Beweise ... zweifelsfreie Beweise, die belegen, dass Ihr Herr von Gleiwitz nicht nur diesen Zuhälter Toni Gebauer und dessen Spannmann ermordet hat. Ich kann ebenso beweisen, dass von Gleiwitz Roland Kahrmann, den wir alle als Mucki kennen und dem bekanntermaßen das Royal gehört, an dem Ihr besagter Kommissar gerade für Wirbel sorgt ... dass er Mucki ebenfalls auf dem Gewissen hat.«

Für einen Augenblick war Reuter geneigt gewesen, den Anrufer als Spinner abzutun. Aber das Selbstbewusstsein, welches der Mann in seiner Stimme trug, erweckte in ihm die Erkenntnis, dass sich durch dieses Telefonat sein gesamtes Leben ändern würde. »Das sind geradezu ungeheuerliche Anschuldigungen. Das ist Ihnen doch wohl klar?«

»Das ist mir mehr als bewusst, Herr Reuter. Dessen können Sie sich gewiss sein. Aber wie gesagt, ich habe eindeutige Beweise.«

»Und welche können Sie da konkret anführen, Herr Zimmermann?«

»Nun«, kam es nach einer kurzen Pause. »Wenn Sie sich die Mühe machen würden, mich unverzüglich aufzusuchen, so könnte ich Ihnen nicht nur die Belege hinsichtlich der Morde zum Nachteil von Gebauer und Partner zeigen. Ich könnte Sie geradewegs zur Leiche von Kahrmann führen. Einige meiner Reporter sind vor Ort. Es sei denn, Sie glauben mir nicht. Dann würde ich die Story ohne Absprache mit Ihnen veröffentlichen.«

Fast wie in Trance schaute der Leiter der Kriminalpolizei auf die handschriftliche Notiz mit der durchgegebenen Adresse. Schließlich drücke er den Knopf der Gegensprechanlage. »Frau Berger? Bitte weisen Sie den Fahrer an, in fünf

Minuten abfahrbereit zu sein. Ach ja! Und ich möchte, dass mich ein Beamter begleitet.«

*

Die Belagerung dauerte nun bereits über eine Stunde. Und genau so lange saß er hier fest. Gefangen zwischen dem Royal und seinen Kollegen, die sich zwanzig Metern entfernt hinter Mauern, Fahrzeugen und anderen Dingen verschanzt hatten. Nach den ersten Schusswechseln war eine gewisse Ruhe eingekehrt. Die Lage war statisch. Eine Art Patt-Situation. Die Verbrecher kamen nicht raus, die Polizei nicht rein. Von Gleiwitz machte sich nichts vor. Wahrscheinlich hatten die da drin Vorräte, sodass sie noch tagelang durchhalten konnten. Und ebenso viel an Munition. Er hatte keine Vorstellung davon, wie viele Männer sich im Royal befanden. Einige Male hatte er mit dem Megafon die Männer zur Aufgabe aufgefordert. Die Antwort war jedes Mal die gleiche gewesen. Ein oder zwei Schüsse ungezielt in seine Richtung. Was ihm darüber hinaus klarmachte, dass er nicht mal einen Meter weit kommen würde, bevor ihn eine Kugel in den Rücken traf. Zumindest hatten seine Leute verstanden und hielten sich zurück. Die Kollegen hatten die Schaulustigen und die Journalisten mittlerweile in die Seitenstraßen zurückgedrängt. Doch der eine oder andere Pressevertreter hatte einen Weg vorbei an den Absperrungen gefunden. Mehrere Male hatte er das kurze Aufleuchten eines Blitzgerätes aus einem der Dachfenster und den angrenzenden Wohnungen wahrnehmen können. Er musste etwas unternehmen, sonst würden die Bilder, wie er zusammengekauert allein hinter diesem zerschossenen Streifenwagen kauerte, in wenigen Stunden an jedem Kiosk lautstark angepriesen werden. Etwas, was von Gleiwitz sich nicht einmal in seinen Albträumen ausgemalt hatte.

Plötzlich kam Bewegung in die Sache. Schlagartig gingen alle Lichter aus. Die Wohnungen der Anwohner wurden von jetzt auf gleich dunkel, ebenso erlosch die Straßenbeleuchtung. Wer auch immer diese Idee hatte, hatte genau das Richtige getan. Es war die Chance für ihn. Und wenn er erst einmal hier weg war, dann würden die Karten neu gemischt werden. Von links hörte er etwas. Es kam stetig näher. Große Teile der Straße bestanden aus Kopfsteinpflaster. Das Geräusch war ihm vertraut. Es handelte sich um stahlummantelte Holzräder eines Pferdeanhängers. Und tatsächlich schälten sich schon bald die Konturen eines Fuhrwerks aus der Dunkelheit. Nervös verfolgte er die Szene. Man hatte das Pferd abgespannt und die Deichsel fixiert. Die Männer, die den Karren schoben, befanden sich auf der vom Royal abgewandten Seite. Da hatte sich tatsächlich jemand Gedanken gemacht. Der Anhänger näherte sich stetig und schon bald erkannte er, dass die Kollegen ein Kohlefuhrwerk organisiert hatten. Schließlich kam das Gefährt unmittelbar hinter dem Auto zum Stehen. Von Gleiwitz rollte unter dem Anhänger auf die schützende Seite.

»Wurde auch langsam Zeit!« Gemeinsam schoben sie den Wagen aus der Gefahrenzone. »Verfluchte Scheiße!«, knurrte von Gleiwitz so, dass es niemand hörte. »Der fehlt mir jetzt auch noch.« Kurz holte er Luft. Dann schritt er entschlossen auf den Leitenden Kriminalbeamten Reuter zu, der ihn mit ernster Miene entgegenblickte.

»Herr Oberrat! Die Lage eskaliert. Man hat ohne Vorwarnung auf uns geschossen. Ich konnte mich so gerade eben hinter den Wagen flüchten. Glauben Sie mir. Die sind da drin zu allen entschlossen. Wir können von Glück sagen, dass bisher niemand zu Schaden gekommen ist. Wenn Sie mich fragen …«

»Ruhe!«

Mit offen stehendem Mund sah von Gleiwitz seinen Vorgesetzten an. Es war nicht rundgelaufen. Das stimmte. Aber die Sache war noch nicht vorbei. Noch hatten sie die Gelegenheit, das Ruder zu ihren Gunsten rumzureißen. Vielleicht konnten sie die Sache sogar im Nachhinein der Öffentlichkeit so präsentieren, dass sich die Stadt von der Umsichtigkeit der Polizei beeindruckt zeigte. Immerhin hatten diese Verbrecher zuerst geschossen. Zeugen dafür gab es genug. Etwas aber irritierte von Gleiwitz. Es war nicht der ungewöhnlich harte Ton, den Reuter anschlug. Es war sein Gesichtsausdruck. Zunächst dachte von Gleiwitz, dass sein Vorgesetzter wütend war. Dann aber glaubte er einen Unterschied auszumachen. Eine feine Nuance. Es war keine Wut in seinem Gesicht. Es war ... Verachtung.

»Herr Oberrat. Ich verstehe nicht ... Was soll das heißen?«

»Sie sollen verdammt noch mal Ihr schändliches Maul halten, Gleiwitz!«

Unbewusst wich der Kriminalbeamte etwas zurück. Er sah in die Runde. Die anderen Beamten starrten ihn ebenfalls an. Ihre Lippen waren aufeinandergepresst. Hinter Reuter erschien eine Frau. Sie betrachtete ihn ebenso mit Abscheu, wie Reuter es tat. Von Gleiwitz hatte sie schon einmal gesehen, er erinnerte sich jedoch nicht mehr daran, woher er sie kannte. Er bemerkte ihren Presseausweis. »Helga Gießmann« stand darauf.

»Festnehmen«, bellte Reuter und noch ehe von Gleiwitz verstand, bogen ihm die Kollegen die Hände auf den Rücken.

»Herr Oberkommissar von Gleiwitz«, hörte er Reuter. Ein Blitzlicht blendete ihn. »Ich verhafte Sie hiermit wegen Verdacht des Mordes an Toni Gebauer sowie wegen Verdacht des Mordes zum Nachteil von Roland Kahrmann. Darüber hinaus wegen Bestechlichkeit, Mittäterschaft am Drogenhandel, Beweisunterdrückung und Geheimnisverrat. Diese

Aufzählung ist nicht abschließend. Sie brauchen sich der Polizei gegenüber nicht zur Sache einlassen und können im Anschluss einen Rechtsbeistand beauftragen.«

Von Gleiwitz fühlte, wie ihm die Beine versagten. Nur die Arme der Streifenbeamten hielten ihn aufrecht. »Aber …«

»Abführen«, kam es knapp von Reuter. Noch ehe von Gleiwitz etwas erwidern konnte, wurde er herumgerissen und weggeführt. Auf dem Weg zum Streifenwagen sah er fassungslos, wie sich die Eingangstür des Royals öffnete, die Verbrecher langsam mit erhobenen Händen hinauskamen und sich widerstandslos festnehmen ließen. Von Gleiwitz wurde unsanft auf die hintere Sitzbank gedrückt, ein Beamter setzte sich neben ihn. Der Wagen fuhr mit einem Ruck an.

Ein Polizist stand am Rand und nahm in dem Moment seine Schirmmütze ab, in dem sie in Schrittgeschwindigkeit an ihm vorbeifuhren. Für einen flüchtigen Moment trafen sich die Blicke der beiden. Der Polizist zwinkerte ihm zu. Und dann traf von Gleiwitz die Erkenntnis mit voller Wucht.

KAPITEL 16

Sie wirkte etwas verunsichert. Louis fühlte ihre Furcht.

»Vieles wird jetzt anders sein, Mariella. Aber hab keine Angst. Sieh es als eine Art Geburt. Als Abenteuer. Du bist noch jung. Die Schatten der Vergangenheit werden dich noch einige Zeit begleiten. Aber sie werden verblassen. Nach und nach. Ich weiß, wovon ich spreche.«

Scheu drehte sie sich um und schaute auf die junge Frau, die am Bahnsteig saß und ihre Tasche festhielt, in der sich ihr gesamter Besitz befand. Louis vermutete, dass es sich um ihren Schützling handelte. So, wie es einst Monika gewesen war.

»Schon Pläne?«, fragte er.

Sie zuckte mit den Schultern. »Vielleicht zurück nach Italien. Habe dort noch eine Tante.«

»Italien? Das finde ich schön«, sagte er aufrichtig. »Das würde Moni gefallen.«

»Ja. Wahrscheinlich …«

»Bau dir ein neues Leben auf. Erfülle dir einen Traum.«

Wehmütig schüttelte sie den Kopf. Kurz sah sie zu Boden. »In unserer Welt gab es keine Träume, Louis.« Sie sah ihn an, und erst jetzt fiel ihm auf, wie verletzbar sie war. Langsam hob er seine Hand und strich ihr über die Wange. »Wenn du keine Träume hast, dann lebe Monis Traum. Es wäre in ihrem Sinne.«

»Und welchen Traum hatte sie?«

Louis lächelte, als er sich zurückerinnerte. »Sie wollte einfach nur ein normales Leben. Vielleicht in einem Modegeschäft arbeiten. Mehr nicht. Hatte sie einmal gesagt.«

Mariella schmunzelte. »Ja. Das hätte zu ihr gepasst.«

Louis griff in seine Innentasche und zog ein Kuvert hervor, das er ihr reichte.

»Was ist das?« Sie öffnete es nicht.

»Ich denke, es steht dir zu.« Kurz sah er zu der jungen Frau auf der Bank. »Es steht euch zu.«

Mariella öffnete die Lasche und warf einen Blick hinein. Ihre Augen weiteten sich. »Das kann ich nicht, Louis. Das ist ...«

Vehement schüttelte er den Kopf. »Sie haben es auf eure Kosten erwirtschaftet. Jeder einzelne verdammte Pfennig steht euch zu.« Er nahm das Kuvert erneut, klappte die Lasche ein und steckte es in ihre Reisetasche. »Pass gut darauf auf. Besser, du nimmst es gleich heraus und trägst es eng am Körper.« Er sah den Widerstand in ihren Zügen. »Geh zurück nach Italien. Das Geld sollte reichen, um eine kleine Boutique zu eröffnen, die für euch beide ein Auskommen darstellt. Tu es für Moni. Es würde sie sehr glücklich machen.« Er lächelte erneut. »Und mich auch.«

Mariella presste die Lippen zusammen. Einen Moment lang sah sie ihn an. »Ich verspreche es dir, Louis.«

Der Zug lief ein und das Quietschen der Bremsen riss sie aus ihren Gedanken. Rebecca, wie die junge Frau auf der Bank hieß, trat zu ihnen.

»Pass auf Mariella auf.« Er zwinkerte ihr kurz zu. Der Schaffner öffnete die Tür und Louis stellte ihr Gepäck in den Wagen.

Mariella reichte ihm die Hand. Sie wollte noch etwas sagen, stattdessen gab sie ihm einen Kuss auf die Wange. »Danke. Danke für alles.«

Louis schüttelte den Kopf. »Dank mir, in dem du ins Leben zurückkehrst.«

Die beiden Frauen verschwanden im Zugabteil. Louis schlug den Kragen hoch. Als der Zug anfuhr, standen die beiden Frauen am Fenster. Ein letztes Mal winkten sie sich zu. Louis vergrub die Hände in den Taschen und sah dem Zug nach, wie er aus dem Bahnhof fuhr und schließlich als winziger Punkt in der Ferne verschwand. Und mit diesem Abschied stieg das Gefühl der Leere wieder in ihm auf. Seine Rache war vollbracht. Er fragte sich, wohin seine Reise ihn wohl führen würde. Ob es überhaupt ein neues Ziel für ihn gab.

»Ein Legionär hat keine Heimat«, hatte Raul gesagt. »Seine Heimat ist die Front.« Und Louis fragte sich, ob der Krieg jemals für ihn vorbei sein würde.

*

Der April 1956 war für diese Jahreszeit typisch. Verregnet bei einstelligen Temperaturen. Es würde noch etwas dauern, bis die ersten kurzen Hemdsärmel im Straßenbild auftauchen würden. Clark Morrissey saß dort, wo er die letzten Tage immer zur gleichen Zeit gesessen hatte. Versteckt hinter einer Tageszeitung, mit dem Blick zur Eingangstür, vor sich eine Tasse Kaffee. Dabei wirkte er wie immer so unscheinbar, dass es möglicherweise nicht einmal der Bedienung aufgefallen war, dass der Gast regelmäßig am gleichen Tisch Platz nahm.

Der Mann vor ihm schob den Stuhl etwas weg und setzte sich, wobei er sich entspannt zurücklehnte. Morrissey faltete das Tagesblatt zusammen, legte es seitlich auf den runden Tisch und trank in Ruhe etwas von seinem Kaffee, als hätte er auf das Auftauchen des anderen gewartet. Von außen betrachtet eine alltägliche Situation. Das Treffen von Geschäftspartnern oder guten Bekannten.

»Ich hatte in der Tat etwas früher mit Ihnen gerechnet, Louis.«

Dieser zuckte kurz mit den Schultern. »Ich hatte noch etwas zu erledigen. Privat.«

Morrissey lächelte seinen Gast wissend an. Und ebenso wusste der CIA-Mann, dass seinem Gegenüber klar war, dass ihm die Hintergründe dieser privaten Erledigung bekannt waren. »Ich weiß.« Morrissey trank erneut einen Schluck. »Sie halten stets Ihre Versprechungen.« Der Agent war sich sicher, dass Louis die Botschaft hinter dieser Aussage verstand.

Louis reagierte nicht darauf. »Habe gelesen, dass man Ihren Mann zum Präsidenten des Bundesnachrichtendienstes ernannt hat. Wem darf man auf die Schulter klopfen?«

Morrissey verzog das Gesicht, auf eine abwägende Weise. »Unser Einfluss schwindet, Louis. Die Bundesrepublik wird schon bald auf eigenen Füßen stehen. Spätestens mit der nächsten Generation. Und die scharrt schon mit den Hufen.« Dieses Mal erkannte Morrissey so etwas wie Zustimmung in den Zügen seines Gegenübers.

»Da haben Sie wohl recht, Clark. Die Zeiten der alten Dinosaurier sind endgültig vorbei.«

»Ja. Weitestgehend. Einige werden wir aber noch etwas begleiten müssen.«

»Verstehe. Bezogen auf Gehlens Vergangenheit ist das wohl notwendig.« Louis sah zur Bedienung und gab ihr mit einer Geste zu verstehen, nichts bestellen zu wollen.

Morrissey zuckte mit den Schultern. »Fürs Erste bleibe ich wohl hier. Es ist darüber hinaus ein … sagen wir mal, unerwartetes Vakuum innerhalb meiner Dienststelle entstanden. Strukturen müssen neu aufgebaut und optimiert werden.«

»Dann darf ich Ihnen gratulieren?«

»Zum gegenwärtigen Zeitpunkt wäre das aus meiner Sicht zu früh, Louis. Oberste Priorität hat derzeit unser Sicherheitskonzept. Da gab es offenbar Lücken, die zu einem tragischen Vorfall und, daraus resultierend, natürlich zu jeder Menge Fragen geführt haben. Die Aufarbeitung und Klärung der Hintergründe werden noch einiges an Arbeit und Zeit in Anspruch nehmen. Ich persönlich bin skeptisch, ob dies jemals vollumfänglich gelingen wird.«

Morrissey war klar, dass es keiner weiteren Erklärung bedurfte. Louis wusste, dass er sich um das Problem gekümmert hatte und weiter kümmern würde. Das war Teil ihrer Abmachung. Die deutsche Polizei war außen vor. Niemand hatte von McAffreys Tod erfahren. Seine sterblichen Überreste befanden sich, getarnt in einem Container eines Ozeandampfers, bereits auf dem Weg in die Staaten. Intern vermutete man, dass die Russen ihre Finger im Spiel hatten. Grund genug hatten sie. Immerhin hatte McAffrey Zöllners Ableben für sich verbucht und die Gelegenheit unverzüglich genutzt, dies Washington mitzuteilen. Möglich, dass die Russen davon Wind bekommen und die Antwort darauf auf ihre Weise gegeben hatten. Beweise dafür würden sich nicht finden lassen. Damit rechnete auch keiner. Letztendlich, so viel hatte Clark Morrissey gelernt, interessierte es niemanden. Gehlen war zum Präsidenten des BND ernannt worden. Das war das erklärte Ziel gewesen. Zöllner, sein vermeintlicher Widersacher, war tot und den Sowjets war somit die Möglichkeit genommen worden, Gehlen und die Amerikaner zu diskreditieren. Nun galt es für die CIA, den BND im Auge und vor allen Dingen auf Kurs zu halten, solange dies noch möglich war. Morrissey hatte als Assistent des verstorbenen CIA-Leiters das notwendige Wissen. Und er war noch jung. Die Chancen standen für ihn gut, dass er McAffreys Posten beerbte.

Louis erhob sich und rückte den Stuhl wieder an den Tisch. »Schätze, dass sich unsere Wege nun trennen.« Louis tippte sich an die Schläfe und drehte sich in Richtung des Ausgangs.

»Louis«, rief ihm Morrissey hinterher.

Dieser drehte sich um. Morrissey griff seitlich seines Sitzplatzes zu einer Papiertüte und hielt sie über den Tisch.

»Brandy. Aus Jerez de la Frontera. Direkt am Atlantik.« Morrissey sah, wie Louis eine Braue hochzog. »Nicht alle Amerikaner trinken Whiskey. Wir denken zu sehr in Klischees, Louis. Vielleicht sollten wir zukünftig daran arbeiten. Teile der Welt werden enger zusammenrücken. Daran werden wir uns gewöhnen müssen«, sagte Morrissey augenzwinkernd.

*

»Was haben Sie jetzt vor, Louis?« Goldschmidts Ausdruck hatte etwas Väterliches.

Louis zuckte mit den Schultern. Er wusste es tatsächlich nicht.

»Wir könnten jemanden wie Sie gebrauchen.«

Louis' Lächeln wirkte sarkastisch. »Ihre Sache hat etwas Ehrenhaftes. Sie dient einem guten Zweck. Ich weiß nicht, ob ich das für mein Leben behaupten kann.«

Der alte Mann drehte das Weinglas hin und her, während er auf die rote Flüssigkeit darin schaute. »Ehrenhaft … Was ist schon Ehre?« Nachdenklich sah er auf. »Ich denke, kein Begriff wird mehr missbraucht und zweckentfremdet als dieses Wort. Es ist von seiner Auslegung her so dehnbar, dass ich mir selbst nicht zutraue, Ehre zu definieren. Sie sehen etwas Gutes in unserem Tun. Andere ein Verbrechen.«

Louis schüttelte den Kopf. »Die zurückliegenden Tage, all die Gewalt … Ich verspüre keine Genugtuung. Aber es war mir vertraut. Verstehen Sie? Es ist, als wenn ich nur in einem Krieg oder einem ähnlichen Zustand das Gefühl habe, zu Hause zu sein. Und das macht mir Angst.« Er hielt kurz inne. »Sollte mir Angst machen.«

Goldschmidt lehnte sich zurück und verschränkte die Arme vor der Brust, während er Louis betrachtete.

»Das sind nicht Sie, Louis. Das, was Sie meinen zu sein, ist das, was das Leben Ihnen auferlegt hat. Es ist ein kleiner Teil dessen, was Sie ausmacht. Sie identifizieren sich lediglich damit als Ganzes.«

Louis machte eine abwägende Kopfbewegung. »Sie meinen, ich bin eher ein Fall für ein Dutzend geschulte Seelenklempner?« Er schüttelte den Kopf. »Ich will mich nicht in Rechtfertigungen und Ausreden flüchten. Die Zeit, der Krieg … All das hat vielen meiner Generation einiges abverlangt. Doch hatte ich wie jeder Mensch die Möglichkeit, mich dafür oder dagegen zu entscheiden. Mir wird man keine zweite Chance einräumen. Ich bin der Hölle näher als die meisten. Und das habe ich ganz allein zu verantworten.«

»Glauben Sie an die Hölle, Louis?«

»Sie nicht?«

Goldschmidt lächelte. Auf eine sanfte Weise. »Mein Junge … ich bin gläubiger Jude. Trotz allem. Und ich lebe nach den Regeln meiner Religion. Das bedeutet aber nicht, dass ich nicht erkenne, dass jede Religion menschengemacht ist. Mit all ihren Vorschriften, ihren Geboten und Verboten. Religion ist lediglich ein spiritueller Pfad zu einer Transzendenz. Sie selbst sind nicht heilig. Sie sind, jede für sich und jede irgendwie auf ihre eigene Art, der wahre Weg zu Gott. Den findet man nicht in Tempeln, Synagogen oder Kirchen. Er ist in dir. Und das ist es, was viele Religionen verbindet. Tief in jeder Glaubensrichtung steckt die gleiche Botschaft. Sie zeigen dir den wahren Weg, wenn du bereit bist, ihn erkennen zu wollen. Vielleicht ist es sogar egal, woran man glaubt, solange dieser Glaube im Kern zu diesem Pfad führt.«

Louis zog eine Braue hoch. »Wenn ich, welchem Schöpfer gegenüber auch immer, irgendwann Rechenschaft ablegen muss ... Da bleibt nicht viel auf der Habenseite.«

Goldschmidt schüttelte den Kopf. »Wenn anderen Menschen großes Unrecht angetan wird und die Verantwortlichen nicht zur Rechenschaft gezogen werden, sie nicht an ihren Taten gehindert werden, machen wir uns dann durch unsere Untätigkeit nicht mitschuldig? Ich möchte nicht behaupten, dass Sie von Gott gesandt wurden, Louis. Aber möglicherweise sind Sie eine der Antworten darauf. Vielleicht ist es eine Art der Bestimmung. Ihrer Bestimmung.«

Louis lachte kurz auf. »Einen Götterboten habe ich mir immer anders vorgestellt.«

Goldschmidt grinste breit. »Nein. Das sind Sie sicher nicht.«

»Eher das Werkzeug des Teufels. Wie geht's Ari?«

»Er kommt durch. Unser junger Mediziner hat gute Arbeit geleistet. Wir haben ihn ins Krankenhaus gebracht. Jetzt, wo er außer Gefahr ist.«

Louis war aufrichtig froh darüber.

»Ich soll Sie im Übrigen von ihm grüßen.«

Goldschmidt trank einen Schluck und stellte das leere Glas ab. »Man sagt, dass sie diesen Kriminalbeamten mächtig drankriegen. Der Kerl, der Sie damals ins Gefängnis gebracht hat. Muss wohl mit der halben Unterwelt krumme Geschäfte gemacht haben, dieser Saubermann. Irgend so eine Reporterin hat wohl einiges ausgebuddelt, was ihm das Genick gebrochen hat.«

Louis zuckte mit den Achseln. »Hörte davon. Wird wohl 'ne längere Geschichte für ihn.«

Goldschmidt grinste. Auf eine wissende Art und Weise.

Es entstand eine Pause, in der beide in Gedanken versunken ins Leere starrten. Erneut trafen sich ihre Blicke. Louis nickte dem alten Mann zu. Er erhob sich und reichte Goldschmidt die Hand. Dessen Griff war fest, als er sie nahm und Louis dabei tief in die Augen sah. »Shalom aleichem. Auf dass Sie Ihren Weg finden, Louis.«

»Vielleicht. Shalom aleichem. Eines Tages. Leben Sie wohl!«

Alle Bücher von Mike Steinhausen:

Polizist Robert Kettner ermittelt:
1. Fall: Schlagwetter
ISBN 978-3-8392-1617-0

2. Fall: Rachebrüder
ISBN 978-3-8392-1759-7

3. Fall: Fliegenschmaus
ISBN 978-3-8392-2053-5

Weitere:

Operation Villa Hügel
ISBN 978-3-8392-1404-6

Ruhrpiraten
ISBN 978-3-8392-2252-2

Geheimoperation Gehlen
ISBN 978-3-8392-0482-5